Anke Berg

Zurück im Leben

Über das Buch:

"Zurück im Leben" ist die Fortsetzung zum ersten Buch der Autorin "Haarscharf am Tod vorbei". Die Autorin zeigt darin, wie sie sich Stück für Stück immer mehr zutraut und so auch mehr Lebensqualität erlangt und wie sie immer selbständiger wird. Sie berichtet aber auch von den Schwierigkeiten dabei und den ständigen Schmerzen, die sie begleiten. Auch von den Rückschlägen und Enttäuschungen, die sie erfahren muss. Was sie immer wieder aufbaut, ist die liebe ihrer Familie zu ihr und ganz besonders das Zusammensein mit ihren Enkelkindern.

Über die Autorin:

Anke Berg, Jahrgang 1959, erlitt mit 44 Jahren plötzlich eine Hirnblutung. Nach Operation, Koma und monatelanger Rehabilitation ist sie endlich wieder zu Hause und beschließt, ihre Erlebnisse niederzuschreiben, um alles besser zu verarbeiten. So entsteht ihr 1. Buch "Haarscharf am Tod vorbei" und kurze Zeit später ihr 2. Buch "Augen so blau- Geschichten, die das Leben schreibt" Das vorliegende Buch ist das dritte der Neuautorin und wir wollen gespannt darauf sein, wie viele noch folgen.

Anke Berg

Zurück im Leben

epubli

Bibliografische Information
Die Deutsche Bibliothek verzeichnet diese Publikation
in der Deutschen Nationalbibliografie; detaillierte
bibliografische Daten sind im Internet über
<http://dnb.ddb.de> abrufbar.

Umwelthinweis:
Alle bedruckten Materialien dieses Taschenbuches
sind chlorfrei und umweltschonend.

1. Auflage
Taschenbuchausgabe Februar 2014

Umschlaggestaltung: epubli GmbH, Berlin
Satz und Layout: epubli GmbH, Berlin
Druck und Bindung: epubli GmbH, Berlin
www.epubli.de
Printed in Germany
ISBN 978-3-8442-7518-6

Zurück im Leben

September 2011

Mein Mann erholt sich langsam, aber stetig von der schweren Operation am achten September. Sie hat fünf Stunden gedauert und es wurden der Zwölffingerdarm und die Galle entfernt. Die Geschwulst saß am Kopf der Bauchspeicheldrüse. Befindet sie sich am Schwanz der Bauchspeicheldrüse, muss meistens die Milz entfernt werden. Gespannt warten wir auf das Ergebnis der Pathologie. Ob sie gutartig oder bösartig ist, wird die Auswertung der Pathologie zeigen. Wir sind regelmäßig in telefonischem Kontakt, Um ihn zu besuchen, bräuchte ich einen Autofahrer, der mich mitnimmt. Aber meine Brüder Olaf und Klaus besuchen ihn zwischendurch auch.

Wieder einmal rufe ich Siggi an und frage nach dem pathologischen Ergebnis. Er antwortet mir, dass das Ergebnis endlich vorliegt und neugierig frage ich: „Was ist nun dabei rausgekommen?" Ausweichend antwortet er: „Ich darf viel spazieren gehen und mir wurde auch erlaubt, am Sonnabend und am Sonntag nach dem Mittag nach Hause zu gehen. Ich erzähle es dir dann in Ruhe." Jetzt erst recht beunruhigt, gebe ich mich damit aber erst einmal zufrieden, denn Siggi ist schwach und möchte schlafen. Doch mir geht durch den Kopf, dass es bösartig sein muss, denn sonst hätte er mir was gesagt. Die Gefühle fahren mit mir Achterbahn. Immer, wenn man von Bauchspeicheldrüsenkrebs gehört hat, sind die Betroffenen innerhalb kürzester Zeit gestorben! Ich mag gar nicht daran denken! So was hätte jetzt auch noch gefehlt! Diese Nacht schlafe ich schlecht.

Erlösung bringt der Sonnabend. Am Nachmittag, ich sitze mit meiner Mutti auf der Terrasse und wir spielen Halma, kommt mein Mann gutgelaunt nach Hause und begrüßt uns freudig. Mutti guckt ganz erschrocken, ich habe ihr von meinen Sorgen erzählt. Siggi ist sowieso schlank, aber jetzt sieht er so richtig abgemagert aus. Nun ja, er war vor der Operation auf Diät gesetzt worden und die Operation hat auch an ihm gezerrt. Ich weiß nicht, ob er mit der guten Laune sein Schicksal überspielen will und frage ängstlich: „Erzählst du bitte, was genau mit dir ist?“ Lächelnd sieht er uns an und antwortet: „Es ist alles gut. Die Geschwulst war gutartig!“ Uns fällt ein Stein vom Herzen, wir umarmen ihn und vorsichtig frage ich weiter: „Warum hast du dann so geheimnisvoll am Telefon getan, warum hast du es da nicht gesagt? „Ich wollte nicht, dass es meine Zimmernachbarn mitkriegen, es geht sie ja schließlich nichts an!“ Vorwurfsvoll erzähle ich ihm von den Sorgen, die wir uns gemacht haben. Er nimmt mich und Mutti in den Arm und sagt: „Entschuldigung, das wollte ich nicht. Jetzt ist ja alles gut!“ Mein Mann hat sich nichts dabei gedacht und kann nun unsere Sorgen nachvollziehen. Gemütlich verbringen wir den Nachmittag auf der Terrasse und Siggi erzählt von seinen Erlebnissen im Krankenhaus. Dann muss er auch wieder los, denn er soll zum Abendbrot wieder im Krankenhaus sein. Siggi nimmt Mutti gleich mit, er muss sowieso an ihrer Wohnung vorbei gehen und so gehen sie zusammen.

Drei Wochen nach seiner Einlieferung und ein paar Kilo leichter wird mein Mann am neunzehnten September aus dem Krankenhaus entlassen. Er ist froh, wieder zu Hause zu sein. Quer über den Bauch hat Siggi eine riesige Narbe. Daher muss er auch ganz besonders vorsichtig bei Tätigkeiten oder Bewegungen sein, die seine Bauchmuskeln beanspruchen. Das ist zugleich Motivation für mich, so viel wie möglich selbst zu machen. Ich decke zu den Mahlzeiten den Tisch, was zwar wiederum mein linkes Bein sehr belastet, denn ich habe nur eine Hand, die ich nutzen kann und muss deshalb entsprechend öfter laufen. Doch ich muss immer mehr in Bewegung kommen und will es ja auch! In diesen Tagen beginne ich, mir meine Schnitten wieder selbst zu schmieren. Das sieht zwar nicht gerade gut aus, wenn die linke Faust auf der einen Hälfte der Schnitte liegt, aber es geht und Übung macht bekanntlich den Meister! Bei der zweiten Hälfte benötige ich jedoch Hilfe, doch von Tag zu Tag geht es besser. Auch beim Anziehen entwickele ich neue Strategien, wie es am besten klappt.

Wie ihm die Ärzte geraten haben, geht Siggi viel spazieren, fährt sogar mit dem Fahrrad und verrichtet im Garten leichte Arbeiten, wovon im Herbst genug da ist. Er beschneidet die vertrockneten Sträucher und ich helfe ihm dabei, alles in Plastesäcken zu verstauen. Das Umgraben hat unser Sohn übernommen, der inzwischen von seinem Urlaub zurück ist und sich besorgt alles von uns erzählen lässt. Schwere Arbeit ist meinem Mann noch nicht gestattet, daran hält er sich und ich passe auf. So kauft Thomas auch die schweren Getränke für uns auf Vorrat ein.

Siggi ist nicht ausgelastet und ständig dabei, sich Beschäftigung im Haus zu suchen. Die findet er im Keller und beginnt Raum für Raum inklusive Schränke aufzuräumen. Keller heißt bei uns: Heizungskeller und Werkstatt, Vorratsraum, Hobbyraum mit Tischtennisplatte und Kellerflur mit Kleiderschrank und Schuhregalen. Die gesamte Grundfläche des Hauses ist unterkellert. Das sind sechs mal zwölf Meter, also zweiundsiebzig Quadratmeter, so eine große Wohnung haben viele nicht! Siggi sortiert die Sachen für den Sperrmüll und den Hausmüll aus. Bei der Kleidung und den Schuhen helfe ich beim Sortieren. Was bleibt, was in den Müll und was in die Altkleidersammlung kommt. Wir sortieren rigoros aus und haben bald wieder viel Luft und Platz im Keller. Nach und nach bringt er die Kleidersäcke zum Altkleider-Container, erfüllt somit sein Soll fürs Spazierengehen.

Angestachelt durch unsere Aufräumerei im Keller mache ich mich auch an den Schränken in den Zimmern zu schaffen und stelle trotz der vielen aussortierten Sachen fest, und das kann bestimmt jede Hausfrau nachvollziehen, dass uns ein Kleiderschrank fehlt. Mein Mann kann das nicht verstehen, da ich sowieso schon den Großteil der Schränke mit meinen Sachen in Beschlag habe. Aber ich argumentiere damit, dass ein weiterer Schrank notwendig ist, nicht um meine Sachen unterzubringen, sondern um ein besseres System in die Schränke zu bekommen, damit zum Beispiel seine Anzüge, Hosen und Hemden in einem Schrank sind und nicht wie im Moment noch verteilt auf mehrere Schränke. Der Zufall kommt mir zu Hilfe und im Briefkasten steckt ein IKEA-Katalog. Schnell finde ich einen Schwebetürenschrank, der sowohl farblich als auch von den Maßen her noch genau ins Schlafzimmer passen würde. Der Schrank ist preisgünstig und sieht gut aus, so dass ich Siggi schnell überzeugen kann, dass wir ihn kaufen. Eine Lieferung wäre fast so teuer wie der Schrank selbst. Also heißt es, hinfahren. Da wir hier in der Nähe keinen IKEA haben, telefoniere ich mit Steffi und erzähle ihr von unserem Vorhaben. Sie findet den Plan gut und schlägt mir vor, dass wir gleich nächsten Sonnabend unseren Plan in die Tat umsetzen. Sie sagt: „Ihr könntet nach Berlin-Charlottenburg fahren, da ist ein IKEA und ich komme mit Benno auch dahin. Steffen muss sowieso arbeiten und ich muss mit Benno raus, in Potsdam haben wir schon alles in der Nähe abgeklappert und das wäre für mich auch eine Abwechslung. Außerdem kann ich dann Papa beim Einladen helfen.“ Ich kann mich erinnern, dass wir bei dem besagten IKEA schon waren, als wir für Steffis Zimmer in der Lehre ein paar Möbel gekauft haben. Sie erklärt mir, dass wir die Autobahnabfahrt Berlin-Spandau nehmen, dann rechts abbiegen und immer geradeaus fahren müssen. Wir verbleiben so, dass ich mit Siggi sprechen werde und wir dann weitersehen. Als ich es Siggi erzähle, ist er anfangs natürlich nicht gerade begeistert, was Männer ja immer sind, wenn es ums Geldausgeben geht. Lächelnd sagt er: „Das war ja klar, dass du gleich wieder Nägel mit Köpfen machst!" Ich antworte nur: „Ja, du kennst mich eben! Außerdem ist es auch für mich wieder mal eine Gelegenheit, rauszukommen." Meinem Argument, dass wir dann auch unseren kleinen Benno wieder sehen, kann er schließlich auch nicht widerstehen. Mir fällt ein weiteres Pro ein und ich sage: „Du hast dann auch wieder was zu tun und kannst den Schrank aufbauen. Ich bin in Gedanken ebenfalls schon dabei, den Schrank einzuräumen, denn auch mir fällt die Decke langsam auf den Kopf und ich muss auch etwas zu tun haben. Wir sind uns einig und ich mache mit meiner Tochter eine Uhrzeit aus, wann wir uns am Sonnabend bei IKEA treffen wollen. Am Samstag klappt alles wunderbar. Wir haben unser Auto im Parkhaus abgestellt und sitzen wartend vor dem Eingang des Kaufhauses auf einer Bank. Steffi haben wir telefonisch informiert, wo wir genau sind. Es dauert nicht lange und wir hören die Stimme unserer Tochter. "Sieh mal, wer da ist!" Gleichzeitig drehen wir beide uns um und da stehen Steffi und Benno Hand in Hand. Benno sieht uns an, als würde er denken: Wie kommen denn jetzt auf einmal Oma und Opa hierher? Und geht lächelnd auf uns zu. Inzwischen läuft er schon so sicher, dass man nicht mehr so viel aufpassen muss. Ich strecke ihm so gut es geht die Arme entgegen und Benno kommt freudestrahlend auf mich zu und sagt: „Mama." Er kann bisher nur „Papa", „Mama" und „Wauwau" sagen und für ihn sind „Mama" neben seiner Mutti auch mal der Papa und die Omas und Opas und sogar die Erzieherin in der Kita. Überglücklich nehme ich ihn in die Arme und bekomme auch ein Küsschen. Doch dann will er weiter zu seinem Opa, und meine Tochter und ich begrüßen uns. Wir erzählen kurz und machen uns auf den Weg zum Eingang. Meinen Rollstuhl habe ich zu Hause gelassen, erstens will ich so viel es geht laufen und zweitens brauchen wir den Platz im Kofferraum für den Schrank. Steffi hat auch erzählt, dass es genügend Sitzgelegenheiten gibt und so werde ich mich zwischendurch auch ausruhen können. Trotzdem fragt sie: „Du willst wirklich laufen, Mutti?“ Ich bejahe und sage: „Ich kann mich am Einkaufskorb festhalten und anders geht es ja nun auch nicht!“ Den Vorschlag meines Mannes, ich könne ja auch im Auto warten, lehne ich kategorisch ab und antworte lächelnd: „Das würde dir gefallen, aber vielleicht sehe ich was Schönes, was wir auch noch kaufen können!“ Steffi stimmt mir zu: „Ich finde garantiert etwas und wie ich Mutti kenne, sie auch!“ Siggi schüttelt genervt den Kopf: „Ihr Frauen habt wirklich nur Einkaufen im Kopf!“ Fast gleichzeitig und ziemlich synchron antworten Steffi und ich: „Das macht doch auch Spaß und das Geld ist doch zum Ausgeben da!“ Sich von soviel Frauen-Power geschlagen gebend, fahren wir mit der Rolltreppe in den ersten Stock und beginnen unsere Runde. Sogar Benno ist begeistert. Er läuft neben uns her, hie und da ist ein Spielgerät, das er eingehend untersucht.

Wir bekommen schon Angst, dass es unseren Schrank gar nicht gibt, da der Katalog schon für 2012 war. Das wäre dann aber ein teurer Samstagsausflug! Doch schließlich finden wir den Schrank und schreiben uns die Nummer von dem Regal auf, wo wir ihn eingepackt vorfinden werden. Er sieht in echt noch viel besser aus als auf dem Katalogfoto. Bevor wir ihn holen, machen wir uns auf den Weg zur Speisegaststätte, die es in jedem IKEA auch gibt, um uns zu stärken, denn es ist Mittagszeit und alle können eine kleine Pause gut vertragen. Wir suchen uns etwas aus und lassen es uns schmecken. Sogar Benno ist von seinem Essen begeistert. Er hat das Kindergericht, Nudeln mit Tomatensauce. Bei IKEA ist wirklich alles insbesondere auf junge Familien mit Kindern ausgerichtet. Beim Besteck liegen sogar Papier-Lätzchen und so macht es nichts, dass er sich beim Essen etwas bekleckert. Als er mit seinem Essen fertig ist, will er gleich weiter.Doch er muss noch auf uns warten und ist ungeduldig. Schon bald hat er die Spielecke für Kinder entdeckt und zeigt uns unmissverständlich, dass er dort hin will. Wir tun alles für Benno, räumen den Tisch ab und gehen mit den Getränken zur Spielecke. Auch da hat sich IKEA etwas speziell für Babies und Kleinkinder einfallen lassen. Es ist ein Karree von etwa zwei mal zwei Metern, auf dem Boden und an den Seiten abgepolstert und rundherum ist ein Tresen wie in einer Bar und außen sind hohe Stühle, ähnlich den Barstühlen. Wir machen es uns darauf bequem und können nun in Ruhe unsere Getränke genießen und haben dabei Benno im Blick. Steffi zieht Benno die Schuhe aus, was Vorschrift ist, damit sich die Kinder nicht gegenseitig weh tun, und setzt ihn hinein zu den anderen Kindern und dem Spielzeug, was natürlich in Hülle und Fülle vorhanden ist. Benno ist sofort mit Eifer dabei und geht zuerst zu zwei anderen Kindern in etwa seinem Alter. Er ist sehr kontaktfreudig, liebt es, mit anderen Kindern zu spielen, er geht ja auch gern in die Kita. Wir sehen freudestrahlend zu und genießen unsere Getränke. Nachdem wir unsere Pause hatten und Benno seine Spielphase, machen wir uns auf den Weg, unseren Schrank zu suchen. Wir erschrecken uns, weil wir ihn erst nicht finden, doch dann hilft uns ein freundlicher Mitarbeiter und wir haben endlich unseren Schrank, der versehentlich im Nachbarregal lag und wirklich der letzte war. An der Kasse geht es auch ungewohnt für uns zu. Die Kunden sollen ihre Ware selbst einscannen, damit es schneller geht, doch Steffi kennt sich aufgrund ihrer Erfahrung durch die Arbeit im Supermarkt aus und es geht alles ruckzuck. Ich habe mir noch einen Schwung Holzkleiderbügel und zwei sehr preiswerte Orchideen mit je drei Blütenstängeln ausgesucht. Zusammen mit Steffis Kleinigkeiten unterscheidet sich unser Einkaufswagen nicht von denen der anderen Kunden, die alle voll beladen sind, was ja auch kein Wunder bei IKEA ist, denn es gibt viele billige und praktische Sachen. Nun habe ich ungewollt jede Menge Werbung für das schwedische Unternehmen gemacht, aber die Waren sind einfach so: praktisch, preiswert, schick! Das ganze Ambiente ringsherum stimmt auch: Kantine beziehungsweise Speisegaststätte, Spielecken und überall Geschicklichkeitsspiele für Kinder. Die hohen Kundenzahlen geben diesem Konzept Recht und zeigen, wie beliebt das Unternehmen besonders bei jungen Familien ist.

Am Auto angekommen, setze ich mich auf den Fahrersitz und Steffi gibt mir Benno auf den Schoß, der natürlich am Lenkrad spielt und auch ausnahmsweise einmal hupen darf. Ihm ist warm und er nimmt seine Mütze ab und legt sie auf den Beifahrersitz. Siggi und Steffi sind inzwischen mit dem Einladen der Schrankkartons fertig. Steffi sieht durch das geöffnete Fenster der Fahrertür, um zu erfahren, ob alles in Ordnung ist. Sie sieht Benno ohne Mütze und fragt erschrocken: „Wo ist Bennos Mütze, haben wir sie unterwegs verloren?“ Ich muss so lachen, als Benno zum Beifahrersitz hinüberlangt, die Mütze nimmt und sie seiner Mutter zeigt. Ja, er kann zwar noch nicht viel sagen, aber er versteht schon Einiges! Amüsiert darüber, dass Mama und Oma sich freuen, lacht auch Benno lautstark. Ich will ihn gleich noch mal testen, ob er wirklich alles versteht und frage ihn: „Benno, gibst du Oma ein Küsschen?“ Sofort dreht er sich zu mir um, lächelt mich schelmisch an, schlingt seine Ärmchen um meinen Hals und gibt mir einen Kuss. Ergriffen drücke ich ihn und stelle mal wieder fest, wie sehr ich meinen Enkelsohn liebe. Steffi drängelt, dass sie los will und da auch Benno langsam müde wird, verabschiede ich mich von ihnen und wechsele auf den Beifahrersitz. Siggi begleitet mit der vollen, aber leichten Einkaufstasche beladen noch Steffi und Benno zu ihrem Auto.

So landen wir am Nachmittag mit unserem Schrank wieder zu Hause. Während Siggi mit einem Nachbarn, den er um Hilfe beim Tragen gebeten hat, die Kartons ins Schlafzimmer trägt, ruft Steffi schon an, dass sie auch schon vor einer Stunde gut zu Hause gelandet sind, Benno unterwegs geschlafen hat und nicht mal beim Hochtragen in die Wohnung aufgewacht ist, so dass sie ihn gleich ins Bett legen konnte, wo er immer noch schläft. Als das Auto ausgeladen ist, muss ich mit meinem Mann schimpfen, weil er schon dabei ist, die Einzelteile auszupacken. Er würde am liebsten gleich mit dem Aufbau beginnen. Ich hasse diese Rastlosigkeit und schlage, da ich selbst wenig helfen kann, vor: „Lass das jetzt und lege dich ein Stündchen hin. Rufe lieber Olaf an, er wird dir bestimmt helfen! Siggi tut das erstaunlicherweise auch und ruft meinen Bruder an, der hier in der Nähe wohnt. Olaf kann zwar heute nicht mehr kommen, verspricht aber, es morgen Vormittag zu tun und wir legen uns auf die Couch, um einen verspäteten Mittagsschlaf zu machen.

Wie verabredet, kommt Olaf am Sonntagvormittag und in nicht einmal einer Stunde haben sie den Schrank aufgebaut. Allerdings haben wir übersehen, dass wir die Einlegeböden dazu extra hätten kaufen müssen. So haben wir nur das reine Schrankgehäuse mit den Kleiderstangen. Mein Lobgesang auf IKEA relativiert sich gleich wieder und ich bin doch etwas enttäuscht. Doch gleich am Montag fährt Siggi zum Baumarkt und kauft vier passende Einlegeböden. In Gedanken plane ich schon, wie ich was ein- und umräumen werde.

Zusammen mit meiner Mutti setze ich das dann die nächsten Tage in die Tat um. Ich bin so froh, mal etwas anderes zu tun als Zeitung oder Buch zu lesen, Kreuzworträtsel zu lösen oder fernzusehen. Dann haben wir es geschafft. Siggi hat endlich seinen eigenen Kleiderschrank und im Kleiderschrank, der im Kellerflur steht, sind nur noch die Jacken für draußen, die wir im

Moment nicht brauchen, also die Sommer- und Winterjacken sowie Mützen, Handschuhe und Schals.

Wie so oft sehen Mutti und ich uns auch in diesen Tagen Fotoalben an. Ich habe schon immer gern fotografiert, war auch in meiner Kindheit und Jugend in Fotozirkeln und habe bis zum Zeitalter des Internets akkurat sämtliche Bilder von den Urlauben, Familienfeiern in den Fotoalben verewigt. Dieses Mal landen wir bei dem Album aus dem Jahr 1992. Da hatte Mutti ihren sechzigsten Geburtstag. Den haben wir in Trassenheide auf der Insel Usedom gefeiert. Zu meinem Arbeitsbereich als Abteilungsleiter Sozialökonomie gehörte zu der Zeit das unserem Betrieb gehörende Kinderferienlager und so war es ein Leichtes für mich, dort alles mit Unterkunft zu organisieren, zumal mein Vater, der das sonst immer gemacht hat, schon seit zwei Jahren tot war. Mutti gerät beim Anblick der Bilder, die sie im Kreise ihrer sechs Kinder und damals neun Enkelkinder zeigen, ins Schwärmen und sagt: „Das war eine schöne Feier damals, da hatte ich alle dabei: meine Kinder, meine Schwiegerkinder und meine Enkel!" Ich stimme ihr zu und bei mir klingeln sofort die Alarmglocken. Im nächsten Jahr wird Mutti achtzig und was vor zwanzig Jahren möglich war, müsste jetzt auch machbar sein. Wir haben 1992 in einer Baracke mit etlichen Zimmern geschlafen, wo sonst das Personal vom Ferienlager und einige Urlauberzimmer untergebracht waren, aber es war ja Juni und somit Vorsaison. Im Speisesaal der Baracke haben wir dann gefeiert. Das Ferienlager existiert zwar nicht mehr, es wurde gleich nach der Wende aufgelöst, aber wir haben ja einen guten Draht zu der Bungalowsiedlung, die wir uns ausgesucht hatten, nachdem das Ferienlager weg war, wir aber Trassenheide weiter die Treue halten wollten. Ich sage zu Mutti: „Das können wir zu deinem achtzigsten Geburtstag ja wieder so machen. Es ist zwar nicht dort, wo wir deinen sechzigsten Geburtstag gefeiert haben, aber wir haben gute

Verbindungen zu der Bungalowsiedlung, wo wir seitdem immer im Urlaub waren. Sie sieht mich lächelnd, aber auch ein bisschen traurig an und antwortet zögernd: „Das wäre schön, vor allem könnten auch die Enkel mit ihren kleinen Kindern dabei sein, aber…" Sie spricht nicht weiter, aber ich weiß, dass sie sich Gedanken um die Finanzierung macht. Es ist ja klar, das kann sie nicht allein tragen! Ich habe schon eine Idee und entgegne: „Mache dir keine Gedanken um die Kosten. Schließlich hast du sechs Kinder und du tust dich mit Geschenkwünschen immer schwer, da du deiner Meinung nach alles hast und nichts brauchst! Ich werde mit meinen Geschwistern reden und sie fragen, was sie davon halten, wenn wir dir die Feier zum Geburtstag schenken. Du musst nur erst einmal sagen, ob du grundsätzlich gerne dort feiern wollen würdest. Alles Andere kläre ich." Zur Verdeutlichung male ich ihr das Gelände auf, damit sie eine Vorstellung davon hat. Im Kiefernwald gelegen befindet sich in der Mitte des Terrains die Gaststätte und rundherum verteilt die Bungalows und zwei massive flache Gebäude mit Gästezimmern sowie ein kleiner Spielplatz. Ich zeige auf das eine massive Gebäude, das genau gegenüber der Gaststätte liegt und sage: „Für die ältere Generation würde ich hier Zimmer zu bestellen versuchen, es ist alles gepflastert und für euch gut, weil ihr doch nicht mehr so gut zu Fuß seid. Für die Anderen werde ich Bungalows nehmen, die sind im Gelände und da geht es doch schon mal hoch und runter und man muss aufpassen." Mutti ist begeistert und sagt: „Ich habe schon hin- und herüberlegt, wie ich das durchhalten soll, vom Kaffe bis in die Nacht auf einem Stuhl zu sitzen. Mir fällt das doch schon schwer und ich brauche ein bisschen Schlaf nachmittags. Das wäre toll, wenn das klappen würde!" „Ich kümmere mich darum und werde auch bald anrufen, ob es prinzipiell möglich ist. Es ist zwar dann noch Vorsaison, doch wir dürfen nicht vergessen, es ist an der Ostsee und da muss man sich rechtzeitig kümmern." Wir machen noch eine Aufstellung, wen Mutti einladen will. Es sind natürlich ihre sechs Kinder mit Partnern, die elf Enkel, teilweise mit Partner und ihre sechs Urenkel sowie ihre Schwester und zwei Schwägerinnen, mit denen sie am meisten Kontakt hat, so dass wir insgesamt auf dreiunddreißig Erwachsene und sechs Kinder kommen.

Am nächsten Tag telefoniere ich mit dem Chef der Bungalowsiedlung und frage, ob es möglich wäre, die Feier und Unterkünfte zu diesem Zeitpunkt zu organisieren. Er bejaht es nach einem Blick in seine Unterlagen und sagt, er würde die Gaststätte für den Tag der Feier schließen. So hat er schon mal für eine Nacht sichere Gäste in der Vorsaison und wir verbleiben so, dass wir an einem der nächsten Sonnabende vorbeikommen, um alles genauer abzusprechen. Im Hinblick darauf, dass meine Geschwister alle arbeiten und ich glaube, dass sie die Idee toll finden, übernehmen Siggi und ich gern die Organisation, da Siggi arbeitslos ist und ich auch genug Zeit habe und wir froh sind, etwas zu tun zu haben. Durch unsere regelmäßigen Besuche dort in Trassenheide kenne ich die Preise und kalkuliere alles durch.

Abends telefoniere ich mit meinen Geschwistern, teile ihnen unser Vorhaben mit und frage, ob sie damit einverstanden sind, dass wir zusammen Mutti die Feier schenken und dass es für jeden von uns bedeuten würde, sich mit zweihundert Euro zu beteiligen. Sie sind alle einverstanden, finden die Idee super und freuen sich, dass ich mich um alles kümmere. Am Tag darauf schreibe ich am Computer die Einladungen mit Wegbeschreibung. Mutti unterschreibt sie und tütet sie ein.

Pünktlich vor dem erbetenen Rückantworttermin haben wir von allen die Zusage, dass sie gern kommen und sich schon riesig freuen. Nur mein blinder Neffe Marcel ist traurig, dass er nicht dabei sein kann und lässt durch seine Eltern ausrichten, dass er genau an dem Wochenende ein

Treffen vom Blindenverband und dort schon zugesagt hat. Das ist natürlich vollkommen zu verstehen.

Um immer mobiler und sportlich wieder fitter zu werden, stellen wir unseren Hometrainer, der jetzt im Zuge unseres Umräumens mit den Schränken nicht mehr so richtig ins Gästezimmer passt, ins Schlafzimmer. Dazu kommt auch der Stepper aus Steffis Zimmer. Da ich sowieso morgens sehr zeitig wach werde, weil ich nur auf dem Rücken oder der rechten Seite liegen kann, stehe ich zeitig auf und mache von nun an jeden Morgen eine halbe Stunde Sport auf dem Hometrainer und dem Stepper. Weil mir auch der Rücken schmerzt und mir mein Physiotherapeut gesagt hat, dass das von zu wenig Bewegung kommt, gehe ich, wenn es das Wetter erlaubt und nicht gerade regnet unter Aufsicht des Therapeuten im Wohngebiet spazieren, so dass er meinen Gang korrigieren und mir Tipps geben kann, wie ich besser laufe. Er empfiehlt mir zum Beispiel, beim Laufen die linke Hand in die Jackentasche zu stecken, was zwar ein bisschen lässig aussieht, aber so halte ich den linken Arm nicht so verkrampft vor den Bauch, der Arm ist dichter am Körper und ich habe weniger Schmerzen in der Schulter.

Meine viele freie Zeit nutze ich weiter, um auch die Wohnzimmerschränke von Grund auf aufzuräumen. So bin ich an einem Tag dabei, auch ein Schubfach, in dem wir den ganzen Schreibkram aufbewahren, zu ordnen. Ich sortiere alte Karten und Briefe aus, bis mir auf einmal ein Brief in die Hand fällt, der meine Handschrift trägt und worauf steht: „Bitte nach meiner Beerdigung öffnen!“ Mir rutscht das Herz fasst bis in die Hose, so erschrocken bin ich und mit zittriger Hand öffne ich den Brief. Er ist von 2006, also von drei Jahren nach der Hirnblutung, und ich schreibe darin meinen Verwandten, dass sie nun alle zu meiner Beerdigung gekommen sind, ich sie aber zu Lebzeiten mehr gebraucht hätte und sie lieber da hätten kommen sollen. Mir wird bewusst, wie depressiv ich zu der Zeit war und dass es wirklich so ist, dass depressive Menschen besonders viel Liebe und Wärme von ihren Angehörigen bekommen müssen. Die hatte ich ja, insbesondere von meiner Mutti, meinem Mann und meinen Kindern und auch besonders von meinen beiden Brüdern Jürgen und Olaf. Aber ich habe die Zuwendung meiner drei anderen Geschwister vermisst! Aus jetziger Sicht verstehe ich das ja, dass alle ihre eigenen Sorgen und wenig Zeit haben und vielleicht haben sie sich auch ein bisschen dahinter versteckt, dass Mutti immer bei mir ist und meine Kinder auch viel da sind. Ich denke in solchen Momenten immer, wie ich wohl handeln würde. Egal, wer es wäre, wäre einer meiner Geschwister so krank, ich würde regelmäßig nach ihm sehen oder zumindest regelmäßig anrufen, wenn es die Entfernung nicht zuließe, so oft hinzufahren!

Ich bin so froh, dass niemand den Brief gefunden hat und zerreiße ihn natürlich sofort

Aber ich finde im Zuge meiner Aufräumaktion auch andere Sachen. Da fällt mir zum Beispiel ein Stapel geschnürter Briefe in die Hände. Als ich auf die Rückseite des Briefes schaue, um zu sehen, von wem sie sind, steht dort statt eines Absenders jeweils ein Datum. Es sind zehn Briefe beginnend mit dem 22. Dezember 2003 bis zum 31. Dezember 2003 und ich ahne, dass es um mich geht. Am 22. Dezember 2003 hatte ich die Hirnblutung. Ich setze mich bequem in den Sessel und beginne, die Briefe der Reihe nach zu lesen. Meine Ahnung bestätigt sich, die Briefe sind an mich gerichtet und von meiner Tochter geschrieben. Im ersten Brief schreibt sie: „Liebe Mama! Heute ist etwas sehr Tragisches passiert, nämlich Deine Hirnblutung. Da Du mir das Wichtigste auf der Welt bist, habe ich mich entschlossen, Tagebuch für Dich zu führen.“ Sie berichtet, wie sie den Tag erlebt hat. Mittags klingelten mein Geschäftsführer und eine Kollegin aus meinem Bereich an der Tür und meine Tochter ahnte, dass etwas mit mir passiert sein musste. Doch meine Kollegen konnten ihr über meinen Zustand nichts sagen, da es zu dem Zeitpunkt noch keine Diagnose gab. Meine Tochter erhielt nur die Information, dass ich im Krankenhaus bin, und eine Telefonnummer vom Krankenhaus, wo sie in etwa einer Stunde anrufen könnte. Steffi war zutiefst geschockt und hat versucht, meinen Mann, der arbeiten war, telefonisch zu erreichen. Er war nicht zu kriegen und so rief sie meine Mutter an, um ihr zu erzählen, was passiert ist und dass ich im Krankenhaus bin. Danach hat sie versucht, über die erhaltene Telefonnummer mehr über mich und meine Lage herauszubekommen. Steffi erhielt immer die gleiche Antwort: „Wir wissen noch nichts Genaues, die Untersuchungen laufen noch. Rufen Sie bitte später noch einmal an!“ So verging der halbe Nachmittag und weil Steffi nicht allein zu Hause bleiben wollte, da ihr Bruder Thomas, der sich zu der Zeit neben der Schule ein bisschen Geld mit Arbeit bei Burger King verdiente, arbeiten war, ging sie zu ihrer Oma und verbrachte dort die nervenaufreibende Zeit. Zwischendurch rief sie immer wieder im Krankenhaus an und erfuhr so, dass mein Mann im Krankenhaus ist. Mein Ex-Chef hatte seine Handy-Nummer und ihn informiert. Aufgeregt und mit strapazierten Nerven wartete dann meine Tochter zu Hause auf ihren Vater. Sie war froh, als er dann endlich kam und sie aufklären konnte. Da mein Chef von einem Kreislaufkollaps oder ähnlichem gesprochen hatte, traf es sie wie ein Schock, was mein Mann ihr erzählte. Sie schreibt: „Irgendwie hatte ich so etwas Heftiges nicht erwartet!“ Da mein Mann ja gerade vom Krankenhaus gekommen war, meine Tochter mich aber unbedingt heute noch sehen wollte, überredete sie meinen Mann, mich mit ihr noch einmal zu besuchen, da auch bei Thomas nicht abzusehen war, wann er Feierabend hat. Im Brief steht: „Auf jeden Fall hatte ich tierische Angst, in Dein Zimmer zu gehen. Ich habe mir schon vorher vorgenommen, Dir ganz viel Liebes und was den Tag so passiert ist, zu erzählen. Ich kann nicht beschreiben, wie ich mich gefühlt habe, als ich Dich da liegen gesehen habe. Du lagst nur mit einem Tuch bedeckt da, Deine Haare waren an der rechten Seite abrasiert und Deine Körpertemperatur war total heruntergefahren, damit Deine Schwellung im Kopf zurückgeht. Wie ich Dich da liegen sah, konnte ich Dir nicht oft genug sagen, wie sehr wir alle Dich lieben. Jetzt merkt man erst, was Du alles hier im Haus gemanagt hast, ohne Dich ist es eine gewaltige Umstellung. Auf jeden Fall wollte ich Deine Hand gar nicht mehr loslassen, als wir an Deinem Bett saßen. Ich kann mir das Alles immer noch nicht richtig vorstellen: Gestern haben wir noch gekuschelt und die Welt war in Ordnung und auf einmal liegst Du im künstlichen Koma! Ich habe Dir erzählt, dass wir alle stark sein werden und sind, damit Du wieder auf die Beine kommst. Du bist die allerbeste Mami der Welt und hast es einfach nicht verdient! Die Welt kann manchmal so ungerecht sein. Mir kommen ständig die Tränen, wenn ich an Dich denke, speziell wenn ich an gestern denke, als alles noch in Ordnung war. So lieb, wie Du immer zu uns warst! Ich hoffe, wir können Dir genauso all die Liebe und Fürsorge geben! Ich bin so froh, dass ich Dir in letzter Zeit so oft meine Liebe gezeigt und es Dir auch gesagt habe!“

Beim Lesen dieser Zeilen kommt bei mir noch mal die Erinnerung an Alles hoch und mir wird bewusst, was meine Familie in diesen Tagen durchgemacht hat, zumal ja auch noch Weihnachten war. Meine Tränen laufen schon die ganze Zeit, es sind auch schon ein paar auf den Brief getropft. Nun muss ich erst einmal die Brille abnehmen, sie putzen und meine Nase ausschnauben. Als ich das getan habe, lese ich weiter. Steffi schreibt, dass sie ganz fest daran glaubt, dass ich im Unterbewusstsein mitbekomme, dass sie da sind und deshalb wollen sie viel mit mir reden und meine Hand streicheln. Sie berichtet auch, dass sie mir ganz viel Kraft geben will, weil ich das Wichtigste auf der Welt für sie bin. „Wir werden immer zu Dir halten, egal, was auch passiert!“ Ich kann gar nicht richtig weiter lesen, jetzt schüttelt es mich richtig und ich muss erst ein paar Mal tief durchatmen, um wieder runterzukommen. Im Brief steht weiter, dass meine Mutter und mein Mann meine Geschwister informiert haben und dass alle erschrocken und tief betroffen sind. Mein Bruder Jürgen wollte mich gleich besuchen kommen, aber mein Mann konnte ihn davon überzeugen, dass es im Moment wenig Sinn macht, zumal er ja auch eine Strecke von über hundert Kilometer zu fahren hätte. Der Brief endet so: „So, Mum, morgen werde ich wieder alles aufschreiben, was mich bewegt und was ich fühle. Du bist die beste Mutter der Welt und ich vermisse Dich unendlich. Ich liebe Dich! Deine Steffi.“ Ich weiß zwar, dass meine Familie mich liebt, aber es schwarz auf weiß zu lesen, wie sehr sie mich vermisst haben, gibt mir auch jetzt noch Kraft.

Im Brief vom 23. Dezember schreibt Steffi wieder, dass ich ihnen fehle und das Haus so leer ohne mich ist. Sie berichtet davon, dass mein Mann und sie zu meinem Betrieb gefahren sind und wie komisch es war, meinen Arbeitsplatz so verlassen zu sehen. Sie haben meine persönlichen Sachen zusammengesucht und mein Auto, das noch dort stand, nach Hause gefahren. Kaum zu Hause, kamen Siggis Bruder, dessen Frau und Tochter zu Besuch. Sie schreibt, dass der persönliche Besuch meinem Mann gut getan hat. Am Nachmittag sind dann Siggi, meine Mutter und mein Sohn bei mir zu Besuch im Krankenhaus gewesen. Steffi hat mich bewusst danach besucht. Sie wollte mit mir allein sein, um mit mir in Ruhe zu reden. Sie schildert, dass sie dieses Mal noch mehr geweint hat als am Vortag. Das lag daran, dass ihr nun so richtig bewusst war, wie ernst die Lage war. Im Brief steht: „Das Haus ist so leer ohne Dich! Ich könnte die ganze Zeit nur heulen. Du bist so ein wunderbarer Mensch. Ich bin so stolz, Dich als Mutter zu haben! Wir werden alle stark sein, damit wir Dir zur Seite stehen können. Als ich heute bei Dir war, wollte ich gar nicht mehr Deine Hand loslassen, weil ich mich Dir so am nächsten fühlte. Es zerbricht mir das Herz, Dich da so liegen zu sehen und nicht zu wissen, wie es weitergeht. Ich hoffe so sehr, dass es Dir bald besser geht und Deine Schwellung im Kopf zurückgeht und sie Dich endlich aus dem künstlichen Koma zurückholen können!“ Diese Zeilen zeigen, wie innig unser Verhältnis ist. Wir sind nicht nur Mutter und Tochter, sondern auch Freundinnen und Steffi kam schon immer mit all ihren Sorgen, Nöten und auch Freuden zu mir, um meine Meinung zu hören oder einen Ratschlag zu erhalten. Der Brief endet damit, dass sie mich auf jeden Fall morgen wieder besuchen kommen werden: „Schließlich ist ja Heiligabend. Da gehört die Familie zusammen! Das wird so hart morgen, Heiligabend ohne Dich zu Hause! Das erste Jahr, in dem wir nicht alle zusammen am Tannenbaum sitzen und der wichtigste Teil der Familie fehlt!“ Mir wird wieder einmal bewusst, wie schlimm diese Situation für meine Familie war. Verstärkt wurde die an sich schon schlimme Angelegenheit noch dadurch, dass es gerade zu Weihnachten passiert ist.

Mir fällt es schwer, den dritten Brief, den von Heiligabend, zu öffnen, weil ich ahne, wie sehr meine Familie gerade an diesem Tag gelitten hat. Es ist auch der dritte Tag, den ich im Koma liege. Steffi schildert, wie sie meine Aufgabe übernommen hat, die Weihnachtsteller vorbereitet und die letzten Weihnachtsgeschenke eingepackt und alles unter den Baum gelegt hat. Die anderen Geschenke hatte sie schon vorher eingepackt, denn ich war Anfang Dezember noch bei ihr in Berlin und wir haben zusammen Weihnachtsgeschenke eingekauft. Daher wusste sie, was für wen ist und wo die Sachen liegen. Sie hat geschrieben, dass sie meine Geschenke so lange unter dem Weihnachtsbaum liegen lassen bis ich wieder zu Hause bin. Es ahnte ja keiner, wie lange das dauern wird! Sie schreibt weiter, dass sie gestaunt hat, wie viele Geschenke sie bekommt. Das habe ich bewusst getan, da sie beim Einkauf dabei war, und sie sollte mit noch einem Geschenk überrascht werden, von dem sie nichts ahnte. Die Überraschung war ja dann auch gelungen. Ihre Größe und persönliche Reife zeigte sie dann dadurch, dass sie sich entschied, da es so viel war, einiges davon für ihren Geburtstag zurückzulegen, der im Januar ist.

Um halb fünf haben sich die drei dann auf den Weg zu mir ins Krankenhaus gemacht, weil wir um diese Zeit immer Bescherung gemacht haben und sie auch heute um diese Zeit bei mir sein wollten. Meine Tochter ist dann noch länger bei mir geblieben, hat meine Hand gehalten, sich auf meine Beine gelegt und mit mir gekuschelt. Bevor mein Mann und mein Sohn gegangen sind, haben Siggi und Steffi noch mit dem Arzt gesprochen. Sie schreibt: „Der Arzt sagte, dass Deine Gehirnblutungen ziemlich ausgedehnt waren und dass Deine Prognose schlecht ist. Solch schlechte Nachrichten habe ich nicht erwartet, zumal mir die Tatsache Mut gemacht hatte, dass die Erstversorgung gut und ziemlich schnell war. Er sagte auch, dass auf jeden Fall Folgeschäden zurückbleiben. Man stürzt echt von einem Loch ins andere! …“ Sie schreibt weiter, dass sie hofft, sich morgen mit ihrer Freundin treffen zu können, um sich mit ihr auszutauschen. Deren Schwiegermutter in spe hatte einen Schlaganfall und ist seitdem schwerbehindert. Ich lese weiter: „Aber ich werde zu Dir halten, egal, was auch passiert. Du bist meine Beste und wirst es auch immer bleiben!“ Mir kommen wieder die Tränen. Ich bin so unendlich stolz auf meine Tochter, denn inzwischen habe ich es ja erfahren, dass diese Worte nicht nur pflichtbewusst dahergeschrieben, sondern ernst gemeint waren. Steffi erzählt im Brief, dass heute noch eine Weihnachtskarte von meiner Studienfreundin Andrea gekommen ist und sich mein Mann daraufhin entschieden hat, sie anzurufen und ihr neben den Feiertagswünschen von meinem Schicksal zu erzählen. Sie war total traurig und hat auch geweint. „Diese Nachricht trifft jeden wie ein Schlag ins Gesicht. So viele Menschen schätzen und lieben Dich!" Steffi berichtet, dass sie alle hilflos sind, da die Ärzte nichts Genaues sagen können, solange ich im Koma liege. Sie teilt mit, dass mein Mann, mein Sohn und sie jeder für sich kommen, damit auch ich mehr davon habe.

Der vierte Brief ist vom ersten Weihnachtsfeiertag und zugleich mein vierter Tag im Koma. Wie Steffi schon angekündigt hatte, waren sie nacheinander bei mir im Krankenhaus. Mutti hat sich dazugesellt und mich zusammen mit meinem Mann besucht. Beim Lesen der Zeilen tut mir meine Mutter leid, denn schließlich ist sie mit einundsiebzig auch nicht mehr die Jüngste und muss in dem Alter miterleben, wie ihre Tochter mit dem Tode ringt. Meine Tochter besucht mich heute als letzte, um wie sie schreibt, Zeit und Ruhe zu haben, mit mir zu kuscheln. Sie erzählt, dass zu Hause keine richtige Weihnachtsstimmung aufkommen will und auch der Weihnachtsbaum und die Geschenke nichts daran ändern, weil ich fehle. Sie berichtet, dass meine Mutter bei uns war und Mittagessen gekocht hat. Anschließend kamen noch Siggis Eltern zu uns nach Hause. Meine Schwiegermutter ist sehr empfindlich, was Krankenhaus im Allgemeinen betrifft, erst recht mein Zustand, den sie wahrscheinlich nur schwer verkraftet hätte, zumal sie Diabetikerin und fast siebzig Jahre alt ist. So sagte mein Mann: „Es ist nicht schlimm, wenn ihr Anke nicht besucht, wir sind regelmäßig da, fahrt mal nach Hause." Meine Schwiegermutter war erleichtert und so machten sie sich nach dem Kaffee wieder auf den Heimweg und mein Mann besuchte mich zusammen mit meiner Mutter. Danach löste Thomas sie ab und wie üblich kam Steffi mich zum Schluss besuchen. Sie erzählte erst mit mir, schenkte mir viele Streicheleinheiten und gab mir ganz viele Bussis auf den Mund und auf meine Hand. Dieses Mal hatte sie beschlossen, mir aus dem Buch „Das Fest“ von John Grisham vorzulesen, das wir ihr zu Weihnachten geschenkt haben. Steffi ist Fan von John Grisham und hat schon so ziemlich alle Bücher, die es hier zu kaufen gibt, gelesen. Ich war froh, dieses Buch noch gefunden zu haben und hatte es als weitere Überraschung gedacht, weil ich auch wusste, dass sie es noch nicht kennt. Also hat sie es dann quasi mit mir zusammen angefangen zu lesen. Der Arzt lobte sie und meinte, dass es sehr gut ist, mir vorzulesen. Eine Krankenschwester fragte, ob ich gerne lese, was Steffi bejahte. Sie erzählt, dass sie sich gestern noch mit ihrer Freundin und deren Freund getroffen hat und ihr es gut getan hat, mit Angehörigen einer ebenfalls vom Schlaganfall Betroffenen zu sprechen, da sie eine solche Situation wie mit mir bereits mit ihrer Schwiegermutter in spe durchgemacht haben. Steffi schreibt: „Ich hoffe jeden Tag darauf, dass der Arzt sagt, dass die Schwellung abgeklungen ist und sie Dich aus dem Koma zurückholen können!“ Meine arme Steffi, wie sehr sie doch gelitten hat! Die anderen haben auch gelitten, aber bei meiner Tochter ist es noch ein bisschen anders, da sie schon sehr an mir hängt und mich braucht. Wenn man all seine Gedanken und Gefühle aufschreibt, erlebt man die Situation auch viel intensiver.

Den fünften Brief beginnt Steffi so: „Heute ist der zweite Weihnachtsfeiertag und der fünfte Tag, den Du im künstlichen Koma liegst. Am Anfang hatte ich Hoffnung, dass sie Dich bis morgen aus dem Koma holen können. Jetzt würde ich mich freuen, wenn dieser innige Wunsch wenigstens bis Silvester wahr werden könnte! Es ist echt schwer, die Hoffnung zu behalten, wenn einfach keine Besserung eintritt! Aber wir werden stark sein und zu Dir halten, egal, was auch passiert. Schließlich bist Du das Wertvollste in unserem Leben!“ Sie berichtet, dass heute ihre Freundin für eine Stunde bei ihr war und sie sich wieder austauschen konnten. Und heute hat mein Mann meine

Schwester mit ins Krankenhaus genommen, die mich unbedingt sehen wollte. Sie wäre beinahe zusammengebrochen, als sie mich dann sah, obwohl mein Mann sie mental auf meinen Anblick vorbereitet hatte. Aber Theorie und Praxis sind eben weit voneinander entfernt! Erst gestern soll ein Besucher auf der Intensivstation ohnmächtig geworden sein und die Krankenschwestern mussten neben ihrer ohnehin schweren Arbeit auch noch Erste Hilfe leisten.

Steffi wollte ursprünglich zwei Stunden bleiben, aber ihre Übelkeit hat ihr einen Strich durch die Rechnung gemacht. Ich kann es mir gut vorstellen, der Geruch im Krankenhaus ist sowieso gewöhnungsbedürftig und dann noch der Anblick der vielen Maschinen und Apparaturen auf der Intensivstation und zwischendurch erhascht man einen Blick auf einen anderen Intensivpatienten. Dazu das geschäftige Treiben der Krankenschwestern und Ärzte. Das ist definitiv nichts für Weicheier! Meine Tochter hat mir wieder fleißig vorgelesen, aber „wir" haben nur ein Kapitel geschafft im Gegensatz zu zwei Kapiteln gestern. Dann konnte sie gar nicht schnell genug an die frische Luft kommen aus Angst, ohnmächtig zu werden. An der frischen Luft ging es ihr schnell wieder besser, doch sie plagte das schlechte Gewissen, nur eineinhalb Stunden bei mir gewesen zu sein und verspricht, morgen mindestens zwei Stunden zu bleiben. Sie erzählt weiter, dass sie alle jetzt schon öfter den Versuch gestartet haben, ob ich sie im Unterbewusstsein spüre oder höre. Die Versuche blieben leider ohne Erfolg und eine Schwester hat gemeint, dass ich für die Dosis, die ich erhalten habe, ziemlich fest schlafe. Steffi berichtet, dass die Tage vergehen und sie sich vom gesellschaftlichen Leben abkapseln, da sie keinen Spaß haben würden. „Wir stehen auf und sitzen die Zeit zu Hause ab bis wir Dich besuchen können. Und da unsere Liebe zu Dir so grenzenlos ist, machen wir das aus purer Selbstverständlichkeit."

Weihnachten ist vorbei, doch Steffi hat mir weiter bis zum Jahresende Briefe geschrieben. Am 27. Dezember ist sie erst einmal zur Bibliothek gefahren, um sich Bücher zum Thema Schlaganfall zu holen. Sie hat auch etwas gefunden, aber nicht speziell zum Thema Aneurysma. Da die Ausfallerscheinungen bei einem „normalen“ Schlaganfall ähnlich sind, konnten sie sich trotzdem informieren. Mein Mann und Steffi haben mich dann nachmittags wieder besucht, mein Sohn musste arbeiten und kam nach, so dass sie dann zu dritt an meinem Bett saßen. Siggi und Thomas sind früher wieder losgegangen. „Ich versuche, immer so lange wie möglich bei Dir zu bleiben, weil ich weiß, dass Du das Gleiche für mich tun würdest.“ Steffi hat mir wieder fleißig vorgelesen und wie üblich mit mir gekuschelt.

Beim Besuch am 28. Dezember bei mir gab es für meinen Mann und meine Kinder einen kleinen Lichtblick. „Äußerlich siehst Du jetzt schon besser aus, aber Berührungsängste hatte ich schon seit meinem zweiten Besuch nicht mehr. Ansonsten habe ich ein wenig mehr mit Dir gekuschelt, indem ich mich auf Deine Beine gelegt und Deine Hand gestreichelt habe.“ Steffi schreibt, dass sie sich nun mehr auf meine rechte Körperseite konzentriert hat, denn sonst saß sie immer an meiner linken Seite. „Da die linke Körperseite Lähmungserscheinungen aufweisen wird, und da ich möchte, dass Du meine Anwesenheit auch spürst, bevorzuge ich die rechte Seite. Nur zum Vorlesen setze ich mich auf die linke Seite.“ Sie berichtet weiter, dass sie am Vorabend zur Geburtstagsparty ihrer Freundin war, es ihr ganz gut gefallen hat, aber ihr mein Mann leid tat, da er ganz allein zu Hause saß, da auch Thomas unterwegs war. „Deshalb habe ich mir vorgenommen, die nächsten Abende bis Silvester zu Hause zu bleiben.“ Ich muss wieder einmal die Tränen runterschlucken, weil ich denke, wie fürsorglich meine Tochter doch ist und es erfüllt mich mit Stolz, denn wir haben sie schließlich so erzogen!

Den Besuch im Krankenhaus haben die drei auch genutzt, um wieder einmal mit dem Arzt zu sprechen. Der hat gesagt, dass die Medikamente, die für den Wasserrückgang im Gehirn und damit für den Schwellungsrückgang verantwortlich sind, reduziert werden müssen. Dadurch würde ich frühestens am Freitag, also am Tag nach Neujahr, aus dem Koma zurückgeholt werden. Diese Nachricht traf die drei wie ein Schlag ins Gesicht, denn vorher war immer die Rede davon, dass es noch im alten Jahr passiert.

Steffi schreibt: „Mutti, Du fehlst uns so sehr. Das Haus ist so leer und traurig ohne Dich! Jetzt hast Du Weihnachten ganz verpasst, aber wir haben ja versprochen, dass wir den Baum, die Geschenke und den Weihnachtsteller stehen lassen, bis Du das auch alles gesehen hast." Zum Schluss schreibt sie, dass sie schon jetzt den Tag kaum erwarten können, wenn ich endlich aus dem Koma geholt werde. „Erst dann kann man weitersehen, was die Folgeschäden angeht. Im Moment ist es einfach eine Zeit des Bangens und Hoffens." Sie versichert erneut, dass, egal was passiert, sie zu mir halten werden. Heute haben „wir" wieder drei Kapitel gelesen und sind schon in der Mitte des Buches angekommen.

Am 29. Dezember berichtet Steffi in ihrem Brief an mich, dass sie heute mit ihren Freunden unterwegs nach Polen war. Sie war erst um halb sieben zurück. Da ich heute schon genau eine Woche im künstlichen Koma lag, war sie schon ganz unruhig, weil sie noch zu mir ins Krankenhaus wollte. Mein Mann und Thomas waren schon vom Krankenbesuch zurück. Im Krankenhaus hat sie dann ihre Großeltern, also meine Schwiegereltern, getroffen. Sie berichteten ihr, dass ich in der Aufwachphase bin. „Das hat mich total gewundert, denn der Arzt hatte vorher gesagt, dass Du frühestens am zweiten Januar aus dem Koma geholt wirst! Aber der Neurochirurg und Dein behandelnder Arzt waren sich nicht einig. Dein behandelnder Arzt hätte Dich noch länger im Koma gelassen. Wir sehen das natürlich als kleinen Fortschritt und hoffen auf Dein baldiges Erwachen, wobei ich, wenn ich ehrlich bin, keine Veränderung an Dir bemerkt habe. Doch man weiß ja auch nicht, wie das Ganze abläuft mit der Aufwachphase." Steffi hat mir dann wieder fleißig vorgelesen, während sich meine Schwiegereltern wieder auf den Heimweg gemacht haben. Der nächste Tag hat laut Steffis Bericht bei mir keine Veränderungen gebracht. Silvester und Neujahr wird Steffi noch zu Hause sein. Sie schreibt, dass sie sich die nächste Woche krankschreiben lassen und die darauf folgende Woche Urlaub nehmen will, falls die Situation es erfordert. Sie berichtet, dass sie heute zum ersten Mal allein unsere Waschmaschine bedient und das Badezimmer gründlich sauber gemacht hat. Ja, da kann ich mich auf meine Steffi verlassen, sie ist fleißig wie ein Bienchen. Beim Besuch im Krankenhaus haben mein Mann und meine Kinder erfahren, dass mich die Ärzte über Nacht wieder ins künstliche Koma versetzt haben, ich mich seit dem Morgen aber wieder in der Aufwachphase befinde. Steffi schreibt: „Als wir Dich besucht haben, warst Du zwar in der Aufwachphase, hast aber ein Schlafmittel verordnet bekommen, damit Du ruhig bleibst. So ganz verstehen konnten wir die Sache nicht, aber wir sind ja auch keine Ärzte!" Steffi hat mir wieder vorgelesen. „Kein Besuch bei Dir ohne Lesestunde! Wir haben das Buch mittlerweile fast durch. Nur noch fünfzig Seiten von insgesamt zweihundert! Der Arzt sagt immer, wenn er reinkommt, dass ich ruhig weiterlesen soll. Außerdem finde ich das Buch auch richtig gut. Obwohl es mich interessiert, wie es weitergeht, warte ich immer den nächsten Tag ab, um mit Dir zusammen zu lesen. Ohne Dich wird nicht weiter gelesen!" Der Brief endet mit den Sätzen: „Ich hoffe so sehr, dass der Tag bald kommt, an dem Du endlich aufwachst und wir Deine Stimme endlich wieder hören können. Du bist die beste Mama der Welt und ich bin so stolz auf Dich! Wir lieben Dich."

Steffi berichtet im nächsten Brief, dass mein Mann, mein Sohn und sie voller Hoffnung, an mir eine Veränderung zu bemerken, mich heute, an Silvester, wieder besuchen kommen. Sie sind enttäuscht, dass es keine Fortschritte weiter gab und von meiner Aufwachphase äußerlich nichts zu bemerken ist. Das hindert sie aber nicht daran, mit mir zu erzählen und mir die üblichen Streicheleinheiten zu geben. Mein Arzt ermunterte sie auch dazu, mit mir zu reden und mich zu berühren. Heute haben „wir" das Buch zu Ende gelesen. Steffi schreibt, dass sie und Thomas, da sie wissen, dass mein Mann Silvester bei unseren Nachbarn ist, beruhigt zu ihren Sivesterpartys gehen. Thomas feiert mit seinen Freunden und Steffi will mit ihren Freunden in den Schlachthof gehen. Das ist eine Großraumdisco hier in Neubrandenburg. Später, also schon am Neujahrstag morgens um zwei Uhr hat sie ergänzt: „Ich habe heute jemanden wiedergetroffen, den ich vorher schon mal kennen gelernt habe. Er ist sehr nett und gefällt mir. Mal sehen, ob was daraus wird. Er heißt Steffen." Ja, Steffen, mit ihm lebt sie nun schon acht Jahre zusammen und sie haben einen gemeinsamen Sohn, unseren Enkel Benno!

Ich sehe noch einmal genauer nach und finde dort, wo ich diese zehn Briefe vom 22. bis 31. Dezember 2003 gefunden habe, noch einen letzten vom Neujahrstag 2004.Steffi berichtet, dass sie mich wieder besuchen waren und auch meine Mutter dabei war. Ihre Hoffnung, dass es nun endlich etwas mit mir vorangeht, hatte sich wieder zerschlagen. Steffi muss heute wieder nach Berlin, da sie morgen, am Freitag, arbeiten muss. So kuschelte sie ausgiebig mit mir, da sie auch noch nicht wusste, ob sie am Wochenende wieder zu Hause ist. Weil sie jetzt nicht mehr so viele Tage am Stück zu Hause sein kann und meine Mutter ihr erzählt hat, dass sie auch immer alles aufschreibt, was es über mich Neues zu berichten gibt, teilt sie mir im Brief mit, dass das heute der vorerst letzte Brief ist. Die Enttäuschung, dass sie in den elf Tagen seit meiner Hirnblutung nicht mit mir reden konnte, ist ganz deutlich zu spüren.

Der schöne Alt-Weiber-Sommer, als man nachmittags noch auf der Terrasse Kaffee trinken konnte, ist zu Ende. Mein Mann hat die Gartenmöbel schon längst in der Garage und im Keller verstaut. Mutti und ich pflanzen die Blumenzwiebeln, die ich mit Steffi schon eingekauft hatte, im Garten und Vorgarten. Es ist für uns beide nicht so einfach, bei meiner Mutter altersbedingt und bei mir gesundheits- beziehungsweise krankheitsbedingt. Ich sehe solche Sachen immer positiv und als zusätzliche Therapie. Es geht auch immer besser, ich komme schon richtig in die Hocke und kann ganz gut das Gleichgewicht halten. Zufrieden mit unserer Arbeit und froh, bei der Gelegenheit frische Luft geatmet zu haben, trinken wir anschließend schön Kaffee und widmen uns wieder unserem Alltag. Ich setze mich an den Computer und schreibe fleißig an meinem Buch „Haarscharf am Tod vorbei“ weiter. Ich will nun endlich fertig werden und es beim Verlag einreichen.

Dann habe ich es endlich geschafft. Ich habe 65 Seiten am Computer geschrieben. Es war gar nicht so einfach! Eigentlich wollte ich wenigstens auf einhundert Seiten kommen, doch was sollte ich schreiben außer von meinen gesundheitlichen Fortschritten, wie die Therapien ablaufen und wie es mir geht. Ich habe mir dann überlegt, dass ich zusätzlich von meinen Erlebnissen berichte, die für mich immer Höhepunkte in meinem sonst sehr eintönigen Alltag seit meiner Hirnblutung waren und natürlich maßgeblich zu meiner immer besseren Genesung beigetragen haben. So habe ich immerhin die fünfundsechzig Seiten geschafft. Geholfen hat mir meine Liebe zum Schreiben. Was für viele früher in der Schule ein Horror war, nämlich, Aufsätze zu schreiben, habe ich geliebt und auch immer sehr gute Noten dafür bekommen.

Im Internet informiere ich mich über mögliche Verlage, aber mir ist das alles zu anonym. Ich möchte auch gern einen persönlichen Kontakt. Ein Zufall kommt mir auch hier zu Hilfe. Da ich täglich intensiv den „Nordkurier“, unsere Lokalzeitung, lese, stoße ich am siebten September auf den Bericht über einen hiesigen neugegründeten Verlag. Ich sehe mir die Internetseite des Verlages an und lese dort, dass er besonders einheimischen Menschen eine Plattform bieten möchte und dass man den Mut haben soll, sein Werk einzureichen, das geprüft und bei Eignung gedruckt wird. Ermuntert wurde ich ja schon von meiner Schulfreundin Christine, die selbst gerade mit einem Gedichtbändchen in Verhandlung bei einem Verlag ist, und von meiner besten Freundin Andrea, mit der ich zusammen studiert habe. Beide hatten uns im August besucht und sich einige Seiten meines Entwurfes durchgelesen. Sie fanden es ergreifend und gut, dass ich meine viele Zeit mit dem Schreiben ausfülle. Also fasse ich mir ein Herz, rufe bei dem Verlag an, bringe mein Anliegen vor und mir wird gesagt, dass ich mein Manuskript ausgedruckt einreichen soll, man es sich ansehen werde und ich dann Bescheid bekomme. Sofort setze ich mich an meinen Laptop und mache ein Anschreiben fertig.

Oktober 2011

Anfang Oktober gibt mein Mann das Manuskript persönlich in meinem Namen beim Verlag ab. Gespannt warte ich auf seine Rückkehr. Sein kurzer Kommentar: „Sie haben sich bedankt, sehen sich dein Werk an und in zirka vierzehn Tagen bekommst du Bescheid." Ich bin aufgeregt und fiebere dem Tag der Entscheidung entgegen.

Am sechsten Oktober wollten wir eigentlich bei unserem Sohn in Hamburg sein. An diesem Tag ist die Immatrikulation der neuen Studenten und wie jedes Jahr wird anlässlich dieses Tages der Mars-Merkur-Preis an den Jahrgangsbesten vergeben. Unser Thomas ist einer von drei Studenten, die dafür nominiert waren. Es wurden viele Gespräche mit ihm geführt und im Urlaub auf dem Weg nach Bali, als er und Julia gerade Zwischenstation in Singapur machten, hat er dann erfahren, dass er der Auserwählte ist. Das hat er uns erzählt und auch erfahren, dass die Veranstaltung uniintern ist und wahrscheinlich nichts für uns wäre und wir sollten überlegen, ob wir den Weg nach Hamburg dafür in Kauf nehmen, zumal abzusehen ist , dass er nicht viel Zeit für uns haben würde. So entscheiden wir uns, nicht hinzufahren und lassen uns am übernächsten Wochenende von Thomas erzählen, wie alles abgelaufen ist. Unsere Glückwünsche empfangend strahlt er über das ganze Gesicht. Er erzählt, dass er ganz stolz ist, denn den Preis gibt es nicht nur für den besten Bachelorabschluß dieses Jahres an den beiden Bundeswehruniversitäten Hamburg und München, sondern auch für seine soziale Kompetenz .und Persönlichkeitsentwicklung. Thomas berichtet, dass ihm der Professor seiner Fachrichtung Maschinenbau herzlich beglückwünscht und sich riesig gefreut hat, dass es dieses Jahr ein Student seiner Fachrichtung geschafft hat. Wie stolz wir als Eltern sind, dass Thomas so erfolgreich seinen Weg geht, brauche ich nicht extra zu betonen! Steffi freut sich ebenfalls sehr über den Erfolg ihres Bruders und sagt respektvoll: „ Ehrlich gesagt, habe ich das bei seinem Ehrgeiz erwartet und gewusst, dass er den Preis bekommt.“ Am neunten Oktober, einem Sonntag, fahren mein Mann und ich nach Trassenheide, um Essen und Unterkunft für Muttis 80. Geburtstag im nächsten Jahr persönlich abzusprechen, was ich bisher nur telefonisch vormerken lassen habe. Wir machen aus, dass wir die Feier mit dem Kaffee beginnen und erfahren, dass wir Kuchen und Torte mitbringen können. Mit dem Abendbuffett sind wir uns auch schnell einig, das besorgt und macht der Chef der Bungalowsiedlung selbst. Wenn wir schon an der Ostsee feiern werden, darf natürlich eine schöne Fischplatte nicht fehlen. Mit den Unterkünften sprechen wir es so ab, dass zum Beispiel wir Geschwister, die Kinder und Enkel haben, jeweils einen Doppelbungalow mit gemeinsamer Terrasse bekommen. So haben wir dann beispielsweise einen Doppelbungalow, so dass in dem einen Bungalow mein Mann und ich mit Thomas und Freundin und in dem Bungalow nebenan unsere Tochter mit Familie unterkommen. Für meinen Bruder Jürgen machen wir es ebenso, sodass seine Tochter mit den dann drei kleinen Kindern im Bungalow nebenan wohnt und die andere Tochter mit ihrem Freund bei ihm und seiner Frau. So können sie die Tochter bei der Betreuung der Kinder am besten unterstützen. Gleichzeitig buchen wir, so habe ich es mit ihm vorher abgesprochen, für ihn, seine Frau und die Tochter mit den drei Kindern von Sonnabend bis Montag, damit es sich für die Tochter lohnt und sie sich mit ihrem ‚Partner bei der Gelegenheit vom Alltagsstress mit den drei Kleinen im Alter von vier und zwei Jahren sowie fast sechs Monaten erholen kann Alle Anderen bleiben ja nur eine Nacht. Auch mein Bruder Klaus bekommt einen Doppelbungalow für sich, seine Frau und die eine Tochter sowie nebenan für die andere Tochter mit Mann und zwei Kindern. Für die Senioren, also meine Mutter und drei Tanten nehmen wir Zimmer im massiven Haus. Von dort haben sie den kürzesten und den ebensten Weg bis zur Gaststätte.

Als wir alles besprochen haben, essen wir gleich noch in der Gaststätte Mittag und machen uns zufrieden mit dem Ergebnis der Absprache wieder auf den Heimweg. Es ist ein schöner sonniger Tag und wir entscheiden uns zu einem Überraschungsbesuch bei meiner Schwester und ihrem Lebenspartner. Sie freuen sich, denn wir haben uns auch schon lange, genauer gesagt, seit dem Geburtstag von Mutti im Juni, nicht mehr gesehen. Das schöne Wetter noch einmal ausnutzend, trinken wir auf der Terrasse Kaffee und erzählen von unserem Besuch in Trassenheide. So ist wieder ein Wochenende geschafft und man hat ein gutes Gefühl, etwas getan zu haben.

Ab Mitte Oktober bekomme ich Probleme mit dem Laufen. Die Spastik im linken Bein ist so stark, dass das Laufen für mich immer mühsamer wird. Ich überlege, ob ich mich doch zu sehr beansprucht habe und ob es nicht alles ein bisschen zu viel für mich war. Ich denke sogar kurz darüber nach, wieder meine Gehhilfe zu nutzen. Doch auf Anraten meiner Therapeuten lasse ich es. Es ist im Moment ein Spagat zwischen zwei Möglichkeiten. Entscheide ich mich für die Gehhilfe, um mein Bein zu entlasten, habe ich zwar weniger Schmerzen, aber mein Gangbild und meine Haltung würden sich wieder verschlechtern. Ich suche mir die Broschüre über Spastik heraus, die ich mal beim Neurologen bekommen habe und belese mich. Ich erfahre, dass immer mal wieder spastische Schübe möglich sind. Gleichzeitig entdecke ich einen Artikel über die Medikation. Ein dort empfohlenes Mittel gegen die Spastik nehme ich regelmäßig, aber es wird auch noch eine andere Tablette empfohlen, vielleicht ist diese ja günstiger für mich! Ich beschließe, mit meinem Neurologen abzusprechen, welche Tablette für mich besser ist. Der nächste Termin ist zwar erst im Februar, ich bin turnusmäßig jedes halbe Jahr dort, aber man hat auch keine Chance, einen Termin zwischendurch zu bekommen. Das habe ich im Wartesaal oft genug miterlebt, wenn Patienten telefonisch oder persönlich nach einem Termin gefragt haben.

Also heißt es für mich, Augen zu und durch, wie man so schön sagt. Ich muss erst einmal mit den Schmerzen leben. Es geht ja auch so leidlich. Ich kann trotzdem laufen, muss nur aufpassen, dass ich nicht über die Hüfte die Schmerzen im Bein auszugleichen versuche, denn dann habe ich bald ein Problem mit der Hüfte. Außerdem werden mein Fuß und die Wade deshalb in den Therapien durchmassiert, was mir wiederum für kurze Zeit Erleichterung bringt.

Am achtzehnten Oktober besuche ich meinen ehemaligen Chef anlässlich seines 75, Geburtstages. Auch mein lieber Ex-Kollege Achim ist mit seiner Frau dort sowie die Tochter meines ehemaligen Chefs, die eine Zeit bei mir in der Buchhaltung gearbeitet hat und mit der ich inzwischen gut befreundet bin. Beim Kaffee erwähnt sie, dass ich bald unter die Autoren gehen werde. Da ich gar nicht weiß, wie mein Manuskript überhaupt ankommt und ich auch noch keine Rückantwort habe, beschwichtige ich die Euphorie und sage: „Erst einmal abwarten, vielleicht wird es gar nichts!“

Prompt habe ich am nächsten Tag einen Brief vom Verlag im Briefkasten. Aufgeregt öffne ich ihn und kann es nicht fassen! Mein Manuskript hat gefallen und der Verlag möchte es drucken. Vor lauter Freude kullern mir die Tränen. In dem Moment ruft meine Tochter an und fragt, ob sich der Verlag schon gemeldet hat. Ich will es ihr erzählen, bekomme aber kein Wort heraus. Steffi kennt mich gut und fragt: „Mutti, weinst du jetzt, weil du traurig bist oder vor Freude?“ Mühsam bringe ich schluchzend hervor: „Vor

Freude!“ Meine Tochter ist erleichtert und versucht, mich zu beruhigen. Als ich mich wieder gefasst habe, erzähle ich ihr, was in dem Brief steht. Sie ist begeistert und meint: „Mensch Mutti, du wirst berühmt!“ Ich antworte: „Erst einmal abwarten. Ich muss mich an den Kosten, die der Verlag für notwendige Leistungen erbringt, wie Beantragung einer ISBN, Einreichung von Exemplaren bei der Deutschen Nationalbibliothek und der Mecklenburgischen Landesbibliothek sowie diverser anderer Leistungen, beteiligen. Ich soll mir das überlegen und wenn ich möchte, schließen wir dann einen Verlagsvertrag.“ „Das machst du doch oder?“ ist ihre Antwort. Ich entgegne: „Ich glaube schon. Das ist für mich eine Bestätigung, dass ich trotz körperlicher Behinderung noch etwas leisten kann.“ Zufrieden mit meiner Antwort wünscht sie mir noch einen guten Tag. Später, als dann meine Mutter da ist, zeige ich ihr stolz den Brief, sie war schließlich immer die erste, die mein Werk gelesen hat, sobald ich ein paar Seiten fertig hatte. Sie überrascht mich total, als sie sagt: „Das habe ich gewusst, dass sie es drucken. Du hast so schön geschrieben und es ist doch für andere interessant, das zu lesen, wie schwer alles für dich war!“ Abends ruft mich mein Sohn an und fragt: „Du hast was Schönes zu erzählen?“ Steffi hat ihm die frohe Nachricht überbracht, aber noch nichts Genaues erzählt.

Ich berichte ihm von der Neuigkeit, er gratuliert mir herzlich und sagt, dass er stolz auf mich ist. Mein Mann staunt ebenfalls über den positiven Bescheid des Verlages.

Für Steffi sind die Wochenenden in Potsdam auch nicht einfach. Steffen muss meistens arbeiten, da er Shopleiter der Souvenirläden im Schlosspark Sanssouci ist und dort natürlich in den Sommermonaten und an den Wochenenden am meisten los ist. So muss sie sich überlegen, was sie mit Benno unternimmt. Umso erfreuter bin ich, als sie mir mitteilt, dass sie mit Benno von Freitag bis Montag zu uns nach Hause kommt. Wir freuen uns, sie und unseren Enkel wieder zu sehen. Benno ist jetzt ein eineinhalb Jahre alt und wir sind gespannt, was er inzwischen wieder gelernt hat.

Nach einer guten Woche Bedenkzeit rufe ich beim Verlag an und teile mit, dass ich gern einen Verlagsvertrag machen würde. Die Verlagsleiterin freut sich über meine Entscheidung und wir verabreden uns für den ersten November bei mir zu Hause, da sie weiß, dass ich nicht mobil bin.

Zusätzlich zu den Schmerzen im linken Bein stellen sich bei mir Schlafstörungen ein. Ich kenne es, dass ich mich auf Grund der Spastik oft strecken muss, was schmerzhaft ist und öfter einen Krampf im Fuß, in der Wade oder im Oberschenkel auslöst. Dadurch werde ich oft wach und finde schwer wieder in den Schlaf. Doch dagegen nehme ich die Spastiktabletten und habe die Spastik nachts einigermaßen im Griff. Hinzu kommt, dass ich nur auf dem Rücken und der rechten Seite schlafen kann und dann irgendwann nicht mehr weiß, wie ich liegen soll. So bin ich sehr früh wach. Mir ist auch klar, dass ich auf Grund meiner geringen Beanspruchung tagsüber und weil ich ausgeruht bin, wenig Schlaf benötige. Außerdem gehen mir tausend Gedanken durch den Kopf. Es ist der Wahnsinn, was mir da alles einfällt und meine Familie staunt manchmal, was ich alles noch so weiß. Ich glaube einfach, ich bin geistig unterfordert. Meine Gedanken gehen immer öfter in die Richtung, dass ich Arbeit brauche und unter Leute muss. Andererseits hilft mir das Schreiben und ich habe inzwischen ein weiteres Buch angefangen. Es sind Erzählungen aus dem Leben, die ich selbst während meiner Lehre, meines Studiums und in der Zeit nach meiner Rehabilitationsmaßnahme in meinem Umfeld miterlebt beziehungsweise erfahren habe. So soll das Buch dann auch heißen: „Augen so blau - Geschichten, die das Leben schreibt“. „Augen so blau“ bezieht sich dabei auf meine Kerngeschichte in dem Buch.

November 2011

Heute ist der Tag, an dem die Verlagsleiterin kommt. Ich bin aufgeregt, denn es ist wieder mal ein Höhepunkt für mich. Ich bereite einen Kaffee vor, weil ich an einer lockeren und entspannten Atmosphäre interessiert bin und pünktlich zum vereinbarten Termin klingelt es an der Tür. Freudig bitte ich die Verlagsleiterin herein und meine Nervosität ist verschwunden, denn sie ist sehr nett und wir sind uns sympathisch. Entsprechend locker verläuft das Gespräch. Sie sagt mir, dass sie das Manuskript gelesen hat und es gut geschrieben ist. Dann reden wir darüber, dass man den Eindruck hat, dass es immer mehr Leute, vor allem auch jüngere trifft, die einen Schlaganfall oder auch speziell eine Hirnblutung erleiden. Gerade diesen Menschen und ihren Angehörigen macht mein Buch Mut, dass es wieder aufwärts gehen kann, wenn man den Lebensmut nicht verliert und selbst hart an sich arbeitet. Anschließend gehen wir den Verlags-Vertrag durch. Es sind die üblichen Vereinbarungen, zum Beispiel bezüglich des Titels, der noch in Abstimmung zwischen Autor und Verlag geändert werden kann. Gegenstand ist natürlich die Veröffentlichung des Werkes. Jetzt erfahre zum ersten Mal, dass es zirka einhundertundfünfzig bis einhundertundsechzig Buchseiten werden. Dann geht es darum, dass der Autor allein berechtigt ist, die urheberrechtlichen Nutzungsrechte an seinem Werk zu verfügen. Weiterhin geht es um Darstellungen von Personen oder Ereignissen, mit denen das Risiko einer Persönlichkeitsverletzung verbunden ist und dass die Haftung für eventuell daraus entstandenen Schaden oder Regress des Verlages ausgeschlossen ist. Damit habe ich kein Problem, denn ich habe keine Persönlichkeitsrechte verletzt. Wie gesagt, es sind die üblichen Vereinbarungen, die wir Punkt für Punkt durchgehen und gegen die ich nichts einzuwenden habe. Dann kommen wir zu dem für mich interessanteren Teil, nämlich der Verlagspflicht. Der erste Absatz beinhaltet, dass das Werk zunächst als Softcover erscheinen wird. Damit bin ich sehr einverstanden, denn ich weiß, dass ein Softcover im Verkauf billiger ist und entsprechend öfter gekauft werden würde. Im zweiten Absatz steht, dass Ausstattung, Buchumschlag, Auflagenhöhe, Auslieferungstermin, Ladenpreis und Werbemaßnahmen vom Verlag bestimmt werden. Das ist ebenfalls in meinem Interesse, denn der Verlag hat dafür die Fachkräfte und mir fehlt dafür die Fachkompetenz. Die weiteren Absätze beinhalten zum Beispiel, dass der Verlag nicht verpflichtet ist, weitere eingesandte Werke anzunehmen und das Werk lieferbar zu halten sowie eine ISBN zu vergeben und das Werk an das „Verzeichnis lieferbarer Bücher" anzubinden. Ein anderer Paragraf enthält das Autorenhohorar. Nur soviel, es ist nicht viel und man kann nicht reich dabei werden. Aber das ist auch nicht mein Interesse. Ich möchte in erster Linie Betroffenen und ihren Angehörigen Mut machen und zeigen, wie man es schaffen kann, wieder auf die Beine zu kommen. Im Vertrag sind weitere Paragrafen zur Manuskriptablieferung, zum Satz und Korrektur sowie Lektorat enthalten, eben alles die üblichen Sachen, die ich zur Kenntnis nehme. Etwas schlucken muss ich beim Pauschalpreis für die Lektorats- und Vorbereitungsarbeit sowie Satz und Gestaltung. Es ist ganz schön teuer und in Anbetracht dessen, dass mein Mann arbeitslos und seit März 2010 kein Arbeitslosengeld oder ähnliches bezieht und ich nur meine kleine Rente, überlegenswert. Aber ich habe in der Vergangenheit gut verdient, unser Haus ist abbezahlt und wir hatten auf Grund meiner Krankheit in den letzten Jahren keine größeren Ausgaben, zum Beispiel für teure Auslandsreisen. So entschließe ich mich trotz des Angebotes der Verlagsleiterin, mir das ein paar Tage zu überlegen, sofort und unterschreibe den Vertrag. Sie ist freudig überrascht und erzählt, dass einige potentielle Autoren die Kosten abgeschreckt haben und es deshalb nicht zum Vertrag kam. Doch wie gesagt, ich will mit dem Buch nicht Geld verdienen, mein Ziel ist ein anderes. Ich habe mit dem Schreiben mein Schicksal verarbeitet, bin psychisch viel stabiler geworden und es erfüllt mich mit Stolz, trotz körperlicher Einschränkungen, etwas geleistet zu haben. Wir besprechen noch, dass ich Fotos nachreiche, die das Geschriebene ergänzen und die zeigen sollen, wie ich mich auch äußerlich seit der Entlassung aus der Frührehabilitation verändert habe. Gut gelaunt verabschieden wir uns und verbleiben, dass wir in Kontakt bleiben und ich über den Fortschritt der Entwicklung meines Buches informiert werde. Zum Schluss erzählt mir die Verlagsleiterin, dass am Donnerstag eine Buchlesung mit einer ebenfalls neuen Autorin stattfindet. Das interessiert mich total und sie sagt: „Kommen Sie doch auch hin, es wird bestimmt schön!“ Ich habe Bedenken, ob mein Mann da mitkommt, denn er interessiert sich nicht für solche Sachen, beschließe aber, ihn trotzdem zu fragen.

Die Verlagsleiterin ist kaum weg; als es schon wieder klingelt. Ich öffne die Tür und ein Nachbar, den ich vom sehen kenne und dem mein Mann vor ein paar Tagen beim Reifenwechseln geholfen hat, gibt mir einen Zettel mit einer Telefonnummer, während er sagt: „Sind Sie bitte so nett und geben Sie ihrem Mann die Telefonnummer, er soll noch heute dort anrufen! Ihr Mann weiß Bescheid.“ Ich bedanke mich und denke, dass das mal wieder typisch für meinen Mann ist, er hat mir gar nichts erzählt. Inzwischen ist Siggi von einer kleinen Radtour zurück und ich richte ihm die Nachricht aus. Er erklärt mir, dass er sich beim Reifenwechseln mit dem Nachbarn unterhalten und ihm auch erzählt hat, dass er Arbeit sucht und einfach nichts zu kriegen ist. Der Nachbar hat meinem Mann gesagt, dass sein Chef, der ein Speditionsunternehmen hat, vor kurzem noch Kraftfahrer gesucht hat und er mal nachfragen will, ob er immer noch jemanden sucht. Das Ergebnis ist die private Telefonnummer und die Aufforderung, heute noch anzurufen, obwohl schon Feierabendzeit ist. Wir sind beide sehr aufgeregt. Sollte sich unser sehnlichster Wunsch, dass Siggi endlich wieder Arbeit bekommt, nun erfüllen? Siggi ruft sofort an und antwortet auf die Fragen nach der Führerscheinklasse und welche Art von LKW er fahren kann. Da Siggi alles außer Bus fahren kann, fährt er schon einmal die ersten Pluspunkte ein. Auch, dass er seine Wiederholungsprüfung für den Schein für Gefahrguttransporte auf eigene Kosten gemacht hat, zahlt sich jetzt aus und spricht für ihn. Letztendlich vereinbaren sie, dass mein Mann schon am kommenden Donnerstag mit jemand mitfahren soll, um zu sehen, ob ihm die Arbeit zusagen würde. Endlich wieder Licht am Horizont für meinen Mann! Er muss unbedingt wieder unter Leute. Nur die Hausarbeit, einkaufen und mich versorgen ist auf Dauer für keinen Mann die Erfüllung. Gespannt warte ich am Donnerstag auf das Ende des Probearbeitstages. Siggi war schon gestern Abend, als er seine Sachen zusammenpackte, richtig aufgeregt. Das ist ja auch verständlich, ich kann es ganz besonders nachfühlen: Eine so lange Zeit immer das gleiche Umfeld, dieselben Sachen, die zu erledigen sind. Doch nun bin ich es, die nervös ist und schwer abwarten kann, was nun geworden ist. Um uns die Zeit besser zu vertreiben, spielen meine Mutter und ich Halma. So oft wie wir schon Halma gespielt haben, sind wir schon richtige Experten geworden. Dann endlich sehe ich unser Auto auf die Auffahrt fahren. Ich muss weiter warten, denn Siggi hat noch gleich Getränke eingekauft und trägt alles ins Haus. Mein Mann liebt es, solche Sachen spannend zu machen. Er begrüßt uns schnell und bringt die Getränke in den Keller. Ich bin wiederum der Typ, der in solchen Momenten seine Ungeduld versteckt und nach außen hin ganz ruhig und geduldig wirkt. Endlich ist er fertig und setzt sich zu uns. Ich frage: „Na, wie war`s?“ Seine knappe Antwort: „Gut!“ Als ich ihn fragend und ein bisschen die Augen verdrehend ansehe, wird er gesprächiger und erzählt, dass es ihm gut gefallen hat, wo sie überall waren und dass der Chef anschließend mit ihm gesprochen hat Ich sage, nun doch etwas ungeduldig: „Lass dir nicht jedes Wort aus der Nase ziehen! Wie geht es weiter?“ Sich auf dem Stuhl gerade machend, antwortet er stolz: „Ich soll morgen meine Papiere abgeben, damit die Frauen mich bei der Krankenkasse anmelden können und am Montag geht es los!“ Freudig beglückwünschen meine Mutter und ich ihn. Endlich hat die Arbeitslosenzeit für meinen Mann ein Ende! Einziger Wermutstropfen ist das frühe Aufstehen. Um fünf Uhr muss Siggi bei der Firma sein, das heißt, drei Uhr dreißig aufstehen! Doch das ist ihm im Moment egal, was zählt, ist, dass er Arbeit hat. Seine gute Laune ausnutzend, bringe ich mein Anliegen mit der Buchlesung vor. Wie erwartet, will er nicht mitkommen, bietet aber an, mich in die Stadt zu fahren, mich in die Gaststätte zu begleiten, dass ich erst einmal meinen Platz habe und dann will er in der Stadt spazieren gehen bis ich ihn anrufe, dass die Veranstaltung zu Ende ist beziehungsweise ich los möchte. Gesagt, getan. Während Siggi meine Mutter nach Hause bringt, ziehe ich mich um und mache mich fertig. Als er zurückkommt, können wir auch gleich los. In der Gaststätte sieht mich die Verlagsleiterin gleich, begrüßt mich und bietet mir einen Platz in der Nähe von sich und ihren Kollegen an. Mein Mann ist froh, mich untergebracht zu haben und verschwindet gleich wieder. Ich bestelle mir einen Schoppen Rotwein und dann geht es auch schon los. Die Autorin heißt Karina Albrecht und stellt ihr Buch „Holundertee mit Doppelkorn“, einen satirischer Roman, und den Gedichtband „Unverblümt- die Welt in meinem Spiegel“ vor. Sie ist mein Jahrgang und ich denke gleich, dass unser Jahrgang wohl sehr schöpferisch ist, denn auch meine Freundin Christine wurde im gleichen Jahr geboren und wir drei sind alle Neuautoren! Die Lesung gefällt mir sehr gut, ich kaufe das Buch und erhalte eine Widmung von ihr: „Der Kollegin Anke Berg herzlichst Karina Albrecht“ Darüber freue ich mich sehr und als ich gerade meinen Mann anrufen will, steht er schon neben mir.

Entsprechend gelöst verläuft das ganze Wochenende. Alles dreht sich verständlicherweise um Siggis neue Arbeit. Am Sonnabend kauft sich mein Mann noch eine neue Arbeitshose im Baumarkt, geht Sonntag zeitig schlafen und steht Montag trotz der frühen Zeit frisch und ausgeruht auf und macht sich auf den Weg. Ich stehe ebenfalls auf. Es mag für gesunde Leute verrückt klingen, dass ich, obwohl ich noch im Bett bleiben könnte, schon um vier Uhr aufstehe. Doch aus den bereits geschilderten Gründen bin ich froh, endlich aus dem Bett zu kommen und mache mich ans Schreiben. Es ist insofern schön für mich, da es ruhig ist und ich dadurch gut formulieren kann und es sprudelt einfach nur so aus mir heraus. So schreibe ich Tag für Tag an meinem neuen Buch.

Schon nach ein paar Tagen Arbeit ist mein Mann wie ausgewechselt. Er ist ruhig und ausgeglichen. Wir erzählen schön, wenn er von der Arbeit kommt. Er berichtet von seinem Tag, ich von meinem. Das gab es zu Zeiten seiner Arbeitslosigkeit nicht! Wie auch, er hatte ja nichts Nennenswertes erlebt und ein Tag war wie der andere und vor seiner Arbeitslosigkeit hatte er einen so stressigen Job, dass abends nur über die Arbeit geschimpft wurde.

Am Wochenende nach seiner ersten Woche in Arbeit besuchen wir unsere Freunde Jörg und Birgit in Berlin. Wir sind gut drauf und auch sie freuen sich, dass Siggi wieder Arbeit hat. Am Sonntag nach dem Mittag fahren wir wieder los. Natürlich fahren wir über Potsdam zurück und nutzen die Gelegenheit, bei unserer Tochter, Benno und Steffen vorbeizuschauen. Steffen ist sogar mal zu Hause, er muss erst später arbeiten. Wir sind keine Stubenhocker und fahren alle zusammen ins Stern-Center, ein bisschen bummeln und die ersten Weihnachtsgeschenke kaufen. Auch hierbei ist Siggi völlig entspannt. Wie die meisten Männer gibt er nicht gerne Geld aus, was vorher verständlich war, da er ja keine Leistungen bezog. Wir amüsieren uns über Benno, der Hunde mag und sobald jemand mit Hund an uns vorbeiläuft, „Wauwau“ ruft, hinterher läuft und enttäuscht ist, wenn diejenigen nicht stehen bleiben. Steffen muss los zur Arbeit und nachdem wir alle eine Kleinigkeit gegessen haben, verabschieden wir uns von ihm, gehen mit Steffi und Benno noch bis zu ihnen nach Hause und machen uns auch auf den Heimweg.

Ich bin in ständigem Kontakt mit meiner Freundin Christine, deren Gedichtband in Kürze erscheinen soll. Da ich keine Ahnung von der Art Gedichte habe, bitte ich sie darum, mir mal eine Kostprobe über E-Mail zu schicken. Ich weiß nur, dass es gefühlvolle Gedichte sind, die dem japanischen Haiku ähneln und aus siebzehn Lautsilben im fünf-sieben-fünf-Rhythmus bestehen. Haiku sind aufgeschriebene Augenblicke oder Sinneseindrücke, die besonders durch die Sprachmelodie wirken. Am nächsten Tag habe ich schon eine Kostprobe. Ich bin beeindruckt! Durch diesen Rhythmus von fünf-sieben-fünf Silben wirken die Verse nachhaltiger und sie regen zum Nachdenken an. Hier die Kostprobe von Christine Neumann aus dem Band „Licht aus – Tränen an“, das sie ihrem verstorbenen Sohn Paul widmet:

„Mitten in der Nacht
Das Schicksal hat nicht gefragt
Alles ist vorbei

Sterne schimmern matt
Universum schweigt wie immer

Blick in den Abgrund

Du bist immer da
Warum bist du nicht mehr hier
Schnell vergeht die Zeit."

Man muss wissen, meine Freundin hat so literarisch das tragische Schicksal ihres jüngeren Sohnes verarbeitet. Er hat Hotelmanagement studiert und war zum Praktikum in einem Hotel in Thailand. Während seines Aufenthaltes in Thailand hat er vor Weihnachten auf tragische Weise sein Leben verloren. Welch eine Parallele – wieder vor Weihnachten, dem Fest der Familie!

Angeregt durch diese Form von Versen, setze ich mich sofort hin und versuche, die Tage des Bangens um meinen Mann, als er die Bauchspeicheldrüsengeschwulst hatte und wir auf das Ergebnis der Pathologie warteten, in Worte zu fassen und im beschriebenen Silbenrhytmus auszudrücken. Dabei merke ich, wie schwer es ist, sich so kurz zu fassen und dabei diesen Silbenrhytmus hinzukriegen. Das Folgende kommt dabei raus:

Kein Lebenszeichen
Angst vor der schlimmen Nachricht
Dann die Erlösung.

Alles wird gut
Wieder Licht am Horizont
Neuanfang, wie schön!

Blässe, Schwachheit, Stolz
Mut, gesund zu werden, ist da
Frohsinn, Hoffnung keimt.

Meiner Freundin maile ich das Ergebnis. Sie bewertet es als schon ganz gut, doch ich erwidere, dass es nur drei Verse waren und ich sie bewundere, so ein ganzes Büchlein geschafft zu haben.

Mitte November erhalte ich das fertige Buch mit einer Widmung von ihr und freue mich riesig darüber. Ich lese es durch, mir kommen in Anbetracht dessen, was sie durchgemacht und so schön zu Papier gebracht hat, die Tränen und das Buch erhält bei mir in der Anbauwand einen Ehrenplatz. Es ist wunderschön illustriert. Meine Freundin hat einen guten Illustrator gefunden. Auf meine Frage, warum sie es nicht selbst illustriert hat, denn sie kann wunderbar zeichnen, antwortet sie mir: „Ich habe absichtlich einen Illustrator gewählt, weil ich sehen wollte, inwieweit ich meine Gefühle transportieren konnte und wie man die Verse mit anderen Augen sieht."

Mit meiner Freundin Christine bin ich in ständigem Kontakt und berichte über die Fortschritte mit meinem Buch.

Am 28. November hat mein Mann Geburtstag. Es ist ein Montag und ich freue mich, dass Siggis Bruder Bodo kommen will. Die Firma, in der er arbeitet, befindet sich in Insolvenz und er musste aufgelaufenen Urlaub nehmen und er weiß, dass er bald arbeitslos wird. So ist er zu Hause und kann vorbeikommen. Pünktlich zum Kaffee ist er da und wir müssen nicht lange warten bis auch Siggi von der Arbeit kommt. So sitzen wir in kleiner Runde mit meiner Mutti und Siggis Bruder beim Kaffee und später zum Abendbrot zusammen und mein Mann hat einen schönen Tag, zumal unsere Kinder nicht direkt am Geburtstag kommen können. Die richtige Feier ist am dritten Dezember. Neben meinem Mann haben am 30. November der Lebensgefährte meiner Schwester Maik, am ersten Dezember meine Schwester Ines und am dritten Dezember mein Bruder Olaf Geburtstag. Was liegt näher, als zusammen zu feiern! Dieses Jahr findet die Feier am dritten Dezember, einem Sonnabend, bei meiner

Schwester und ihrem Lebensgefährten in Wildberg statt. Sie haben auch ein Haus und somit genug Platz, um alle Gäste unterzubringen. Wir überlegen uns, neben Getränken auch einen selbstgebackenen Kuchen mitzubringen. Ich entscheide mich für einen Zupfkuchen und will es ganz allein probieren. Das traue ich mir zu, man muss einfach den Mut haben, es auch zu tun. Da ich morgens gegen vier Uhr mit aufstehe und genug Zeit habe bis der Tag richtig beginnt, plane ich für Freitag früh das Backen des Kuchens. Am Donnerstagabend holt mir Siggi Rührschüssel, Backform und Mixer aus dem Keller und stellt es mir in der Küche zurecht. Alles Andere wie Messbecher und Zutaten habe ich in der Küche. So mache ich mich Freitagfrüh ans Werk und es klappt besser als erwartet. Es ist zwar schwer, mit nur einer Hand zu hantieren, aber es geht. Das größte Problem ist das Aufschlagen der Eier. Ein paar Schalen landen mit in der Tasse, doch die fische ich wieder heraus. Nach zirka zwei Stunden ist mein Kuchen fertig und ich habe sogar noch Zeit, mich wieder dem Schreiben zu widmen.

Am Sonnabendnachmittag geht es dann los zur Geburtstagsfeier meiner Gerschwister Olaf und Ines sowie meines Mannes und Maik. Mutti fährt natürlich bei uns mit. Es ist wie jedes Jahr lustig, wenn mein Mann, meine Geschwister und mein Fast-Schwager sich gegenseitig nachträglich gratulieren. Mein Bruder Olaf hat ja dieses Mal sogar genau auf den Tag heute Geburtstag. Alle anderen müssen praktisch vier Geburtstagskinder beglückwünschen Mein ältester Bruder Manfred gehört eigentlich auch noch zu dieser Geburtstagsrunde. Sein Geburtstag ist der zweite Dezember. Da er aber in München wohnt, kann nur telefonisch gratuliert werden.

Im Dachausbau haben Maik und Ines eine Tischtennisplatte zu stehen, die zur Kaffeetafel umfunktioniert wurde und der Raum füllt sich schnell mit Gästen. Neben uns vier Geschwistern mit Partnern und unserer Mutter sind auch Maik`s Mutter, seine zwci Brüder, sein Sohn sowie Ines` Sohn Mario und unser Thomas mit Julia da. Steffi hat sehr bedauert, dass sie nicht kommen kann, aber sie hat am vierzehnten Dezember eine große Schwerpunktprüfung und da sie auf Grund dessen, dass Benno in letzter Zeit öfter krank war, wenig zum Lernen kam, benötigt sie jetzt unbedingt das Wochenende, um das Lerndefizit aufzuholen. Siggi und natürlich auch ich haben dafür vollstes Verständnis. Wir sind eine lustige Runde, es wird viel erzählt und gelacht.

Anfang Dezember kommt meine Ergotherapeutin nach längerer Krankheit wieder zurück. Dass sie schwanger ist, wusste ich schon. Dass die gesundheitlichen Probleme mit der Schwangerschaft zusammenhängen, hatte mir dann ihre Vertretung erzählt.

Nun erzählt sie mir, dass sie auf Anraten des Frauenarztes bis zum Beginn des Schwangerenurlaubes nur noch zwanzig Wochenstunden arbeiten darf. Daher wird ab jetzt immer montags ein neu eingestellter Kollege kommen, den sie heute nach telefonischer Absprache mit mir schon mitgebracht hat und sie kommt wie gehabt weiter dienstags und donnerstags. Ich habe nichts dagegen, im Gegenteil, ich mag männliche Therapeuten. Mit meinem Physiotherapeuten Thomas habe ich ja schon gute Erfahrungen gemacht.

In Anbetracht dessen, dass mir das Kuchenbacken recht gut gelungen ist und die Adventzeit begonnen hat, denke ich über das Plätzchenbacken nach. So klassisch mit Teigausrollen und -ausstechen geht es beim besten Willen nicht mit einer Hand, aber bei unseren letzten gemeinsamen Einkäufen, habe ich entdeckt, dass es wieder Schwarz-Weiß-Gebäck gibt, besser gesagt, den Teig dafür. Das sind backfertige Rollen, die nur zu Plätzchen geschnitten und in den Ofen geschoben werden müssen. Das ist durchaus für mich machbar und die Plätzchen schmecken auch lecker. So haben wir schon ein paar Packungen, es gibt verschiedene Sorten, eingekauft. Zusätzlich fallen mir die Kakaokugeln ein. Das sind Plätzchen, die immer allen gut geschmeckt haben, besonders unseren Kindern und die sie „Kleiner-Muck-Kekse“ genannt haben, weil sie wie der Turban vom Kleinen Muck aussehen. Ich schaue nach, das Rezept habe ich noch, lese es mir wieder durch und entscheide, die backe ich auch. Wir brauchen nur noch Haselnusskerne und Weizeninmehl, was schnell eingekauft ist. Ich warte nicht lange und am Sonntagabend ier beginnen wir mit den Vorbereitungen. Mein Mann belegt unsere zwei Backbleche mit Backpapier, holt mir Rührschüssel, Mixer und Keksdosen aus dem Keller hoch in die Küche und als sich mein Mann am Montag frühmorgens auf den Weg zur Arbeit macht, beginne ich mein Werk. Ich backe die Kakaokugeln und das Schwarz-Weiß-Gebäck.Es klappt alles prima, aber die größte Herausforderung kommt erst, wenn ich die Kakao-Kugeln mit Puderzucker bestreuen werde. Ich teste mit einer Rouladennadel, ob sie durch sind. Okay, es bleibt kein Teig haften, also kann das Blech aus dem Ofen. Man muss aufpassen, denn die Kugeln sind durch den Kakao dunkel und so kann man optisch nur schwer feststellen, ob sie bereits abgebacken sind. In meinem Fall sind sie es, ich stelle das Blech wieder auf den Herd und schiebe das zweite Blech Schwarz-Weiß-Plätzchen in den Ofen. Nun schiebe ich die Kakao-Kugeln schön dicht in der Mitte zusammen, tue in ein Teesieb Puderzucker, schiebe den Stiel des Siebes in meine durch die Spastik ständig zur Faust geschlossenen linken Hand und teste, ob ich das Sieb halten kann. Das geht durch die intensiven Therapien in der Vergangenheit schon recht gut, sodass ich mit einem Teelöffel im Sieb rührend, den Puderzucker auf die Kakao-Kugeln verteile. Anstrengend wird es, als ich den Arm mit dem Sieb in der Hand strecken muss, um an alle ,Plätzchen heranzukommen. Aber irgendwie bekomme ich das ganz gut hin.

Jetzt habe ich zwei große Keksdosen voller Plätzchen! Zufrieden mit meinem Werk hole ich mir die Zeitung aus dem Briefkasten und lese bis meine Mutter pünktlich wie immer um halb zehn kommt. Sie bemerkt sofort den Keksgeruch und ich zeige ihr stolz, was ich heute geleistet habe. Wir machen uns einen Kaffee und probieren gemeinsam ein paar Plätzchen. Auch sie kann sich an die „Kleiner-Muck-Plätzchen" erinnern und staunt, dass ich sie so gut hinbekommen habe. Begeistert schwärmt sie, wie gut sie schmecken und sagt, dass sie regelrecht im Mund schmelzen. Ich stimme ihr zu und erkläre, dass das durch das Weizeninmehl und den Puderzucker kommt. Damit meine Leser auch eine Vorstellung davon bekommen und es selbst ausprobieren können, hier das Rezept:

Kakao-Kugeln („Kleiner-Muck-Plätzchen"):

250 g Margarine

100 g Puderzucker
1P. Vanillezucker
75 g Mehl
30 g Kakao
1 gestr. Teel. Backpulver
zum Bestäuben 1 bis 2 Teelöffel Puderzucker.

Das Fett mit dem Puderzucker und Vanillezucker schaumig rühren und das Gemisch aus Weizenin, Mehl, Kakao und Backpulver darunter rühren und kneten beziehungsweise mit dem Mixer rühren. Aus dem Teig Rollen von zirka zwei Zentimetern Durchmesser formen und in zentimeterdicke Scheiben schneiden. Diese zu Kugeln formen und auf ein mit Backpapier ausgelegtes Blech legen und in die Kugeln je eine Haselnuss drücken. Bei guter Mittelhitze (180 Grad) zirka zwölf bis achtzehn Minuten backen. Die noch warmen Plätzchen mit Puderzucker bestäuben.

Versuchen Sie Ihr Glück, Sie werden bestimmt begeistert sein!

Begeistert sind jedenfalls meine Therapeuten, denen ich stolz eine Kostprobe anbiete, und unsere Kinder. Thomas und Julia nehmen sich freudig eine kleine Dose voller Plätzchen mit, als sie wieder hier sind.

Da es zeitlich nicht passt und Nikolaus auf einen Dienstag fällt, wir aber unser Nikolausgeschenk für Benno „loswerden“ wollen, vereinbaren wir mit Steffens Eltern, dass wir den auf Nikolaus folgenden Sonnabend zu Steffens Eltern zum Kaffee fahren, wo auch Steffen mit Benno sein wird. Steffi hat das Steffen so vorgeschlagen, da sie für die Prüfung mal ordentlich am Stück lernen will. Durch Steffens und Bennos Magen-Darm-Infekt kürzlich kam sie bisher nicht so richtig dazu.

An diesem Wochenende ist Thomas zwar zu Hause, aber er und Julia fahren Freitagabend zum

Volleyballmitternachtsturnier. Wir kennen das auch, waren früher selbst öfter bei solch einem Turnier. Da es folgerichtig sehr spät beziehungsweise früh werden wird, vereinbaren wir, dass wir statt Frühstück Brunch machen, damit die Beiden lange ausschlafen können. Meine Mutter findet die Idee auch gut. Vor allem hat sie auch etwas davon und muss dieses Mal kein Mittag machen. Erst will sie nicht kommen, doch dann können wir sie doch überreden.

Der Brunch mit frischen Bäckerbrötchen, die Siggi schon geholt hat, Hackepeter mit Frühlingszwiebeln, Rührei und dem üblichen Aufschnitt ist sehr gemütlich. Wir erzählen schön und sie berichten, dass sie den vierten Platz gemacht haben. Es ist praktisch, wir sind auf einen Schlag mit Frühstück und Mittag fertig und wollen das in Zukunft öfter machen. Thomas schlägt vor, mit mir zum Möbelhaus zu fahren, weil ich doch einen neuen Waschbecken-Unterschrank für das Gäste-WC möchte. Ich hatte Steffi davon erzählt, dass das Möbelhaus Jubiläum feiert und es diese Woche deshalb Prozente auf den Einkauf gibt. Da sie und Thomas dieses Jahr noch keine richtige Idee für ein Weihnachtsgeschenk für uns hatten und nicht irgendetwas Nutzloses kaufen wollen, haben sie sich überlegt, uns zusammen einen Waschbeckenunterschrank zu kaufen. Ich bin begeistert, denn mir ist das „Puppenwaschbecken“ im Gäste-WC schon seit unserem Einzug ein Dorn im Auge. Wir hätten vor unserem Einzug ein anderes Waschbecken ordern können, aber damals erschien uns der Aufpreis dafür zu hoch und wir beließen es bei diesem kleinen Waschbecken. Doch jedes Mal, wenn man sich zum Beispiel nach der Gartenarbeit die Hände darin wusch, sah es hinterher aus, als hätte man eine Woche lang das Becken nicht geputzt und außerdem spritzte man beim Händewaschen auf Grund der geringen Größe immer alles voll. Julia ist auch begeistert, will beim Aussuchen mithelfen. Siggi möchte nicht mit, er sagt zu mir: „Du machst das schon! Ich bleibe lieber hier, leiste Mutti Gesellschaft, die sich hinlegen kann, und ich räume auf."

So fahren wir zu dritt los. In der Bäderabteilung angekommen, entdecke ich sofort einen Schrank mit hellem Granitwaschbecken. Von den Maßen her würde alles passen. Eine Verkäuferin berät uns und teilt mit, dass der Schrank auch in anderen Farben erhältlich ist, hier steht er in antrazit. Aber der Preis ist nicht ohne und deshalb schauen wir uns weiter um. Die einfacheren und auch preiswerten Schränke gefallen uns nicht. Ich möchte ja auch gerade das Waschbecken, das mit für den hohen Preis verantwortlich ist, ausgewechselt haben. Alle anderen Schränke passen entweder von der Farbe oder den Maßen her nicht und so tendiere ich immer mehr zu meinem Favorit. Thomas schlägt vor, meinen Mann anzurufen und es mit ihm abzusprechen. Er gibt mir sein Handy, ich rufe Siggi an und frage ihn, was er davon hält, wenn wir den teueren Schrank kaufen. Ich will ihm den Preis nennen, doch er will ihn gar nicht hören, sagt: „Entscheide du, du bist doch unser Finanzminister und weißt, was wir auf dem Konto haben!" Das wollte ich hören und wir gehen zum Beratungstisch, um uns die anderen Farben zeigen und den genauen Preis sagen zu lassen. Thomas und Julia favorisieren auch diesen Schrank und sie sind der gleichen Meinung wie ich, dass das eine Anschaffung für lange ist. Wir lassen uns die anderen Farben zeigen. Meiner Meinung nach passt nur bourdeauxrot, da unsere Fußbodenfliesen im Gäste-WC antrazitfarben und die Wandfliesen beige sind und ein kräftiger Farbtupfer gut hineinpassen würde. Die Farbe für die Seitenteile belasse ich bei antrazit, für die Front entscheide ich mich für bourdeauxrot. Dann wird es spannend und die Verkäuferin rechnet den Preis aus. Als sie ihn mit Berücksichtigung der Prozente, die es heute gibt, nennt, müssen wir drei kräftig schlucken. Auf alle Fälle ist es etwas Edles! Ich kaufe nicht unbedingt teuer, aber die

Qualität muss stimmen. Da Thomas ja davon ausgegangen war, dass er und Steffi uns diesen Schrank zu Weihnachten schenken wollen und wir nicht unsere Kinder schröpfen wollen, mache ich einen Vorschlag: „Was hältst du davon, wir zahlen drei Viertel und ihr zusammen das andere Viertel?“ Damit ist Thomas einverstanden und froh, sein Geschenkproblem für uns gelöst zu haben und die Verkäuferin macht den Kaufvertrag fertig. Wenigstens Anlieferung, Aufbau und Montage sind im Preis inbegriffen! Allerdings müssen wir noch bis Anfang Februar warten, da wir eine andere als vorrätige Farbkombination gewählt haben. Zufrieden mit dem Einkauf machen wir uns auf den Heimweg. Siggi will gar nichts davon hören, sagt, er lässt sich lieber überraschen, wenn der Schrank dann da ist.

Wir ruhen uns alle noch ein bisschen aus, dann machen Thomas und Julia sich auf den Weg, sie haben noch eine Verabredung, wollen dann über Nacht bei Julias Eltern bleiben und am Sonntag nach dem Frühstück nach Hamburg fahren, da Thomas in der kommenden Woche noch eine Prüfung hat und noch etwas dafür tun muss. Als sie weg sind, machen wir uns auch fertig und fahren los zu Steffens Eltern nach Godendorf. Mutti liefern wir zu Hause ab, sie möchte trotz ausdrücklicher Einladung von Steffens Eltern nicht mit.

Benno steht am Wohnzimmerfenster als wir auf das Grundstück von Steffens Eltern fahren. Er haut freudig gegen die Scheiben als er uns erkennt. Arme Gitti, denke ich, das heißt, wieder Fenster putzen. Aber sie ist wie ich, das stört sie nicht. Bei einem Kleinkind muss man eben einmal öfter putzen. Kurz darauf kommt Steffen uns mit Benno auf dem Arm an der Tür entgegen und zur Begrüßung gibt es großzügig Bussis von Benno. Zum Kaffee stelle ich die mitgebrachte Keksdose mit meinen Plätzchen auf den Tisch. Benno langt kräftig zu und ich freue mich, dass ihm die Plätzchen auch schmecken. Zu Steffen sage ich, auf die restlichen Plätzchen zeigend: „Die nehmt ihr mit nach Hause, aber aufpassen, Benno darf die Kekse mit den Nüssen nicht essen!“ Steffen freut sich ebenfalls, denn er ist auch eine kleine Naschkatze. Nach dem Kaffee setzen wir uns auf die Couch. Wir haben den Beutel mit Bennos Nikolausgeschenk dabei und rufen ihn zu uns. Neugierig kommt er und ich hole zuerst einen mit Schokolade gefüllten Weihnachtskalender heraus. Steffi hat mir am Telefon erzählt, dass Benno jeden Morgen als erstes zu seinem Kalender läuft und ihn zum Öffnen zu ihr bringt. Ihm gefällt es, dass es da jedes Mal was Leckeres hinter dem Fenster zu holen gibt. Entsprechend begeistert ist er auch jetzt und es sind ja auch ein paar Tage nachzuholen. Doch er soll auch nicht zu viel mit einem Mal naschen und so holt mein Mann sein Geschenk zu Nikolaus aus dem Beutel heraus. Beim Anblick des bunten Kartons hat mein Mann sofort Bennos vollste Aufmerksamkeit. Wir erklären ihm, dass der Karton für ihn ist und fragen, ob er ihn auspacken möchte. Benno kann noch nicht viel sagen, aber er versteht doch Einiges, immerhin ist er fast ein und eindreiviertel Jahr alt! So nimmt Siggi ihn an die Hand, geht mit ihm ein paar Schritte und setzt sich auf den Boden vor dem Kamin, den Karton vor sich auf den Boden legend. Benno folgt ihm brav und bevor er sich auf die Beine meines Mannes setzt, zeigt er zum Kamin und sagt: „heiß!“ Steffen, seine Eltern Gitti und Roland und ich verfolgen aufmerksam das Geschehen und müssen lachen. Wir freuen uns, dass zu seinem Wortschatz ein neues Wort hinzugekommen ist. Benno erwidert unser Lachen und nun hat der Karton seine volle Aufmerksamkeit. Auf Siggis Beinen sitzend sieht er seinen Opa lächelnd an und zeigt ihm so, dass es jetzt losgehen kann. Zusammen öffnen sie den Karton. Es ist ein Auto-Transporter aus Holz. Wir sind selbst gespannt, haben den Transporter bisher auch nur auf der Verpackung gesehen. Er muss erst aus den Teilen zusammengesetzt werden. Benno staunt freudig, sagt

„oh“ und „ah“ und holt zum Schluss noch sechs PKW aus dem Karton und platziert sie auf dem Transporter. Man soll sich ja nicht selbst loben, aber es ist ein schönes Geschenk, aus Holz und schön bunt in den Farben rot, blau, grün und gelb. Zusammen fahren die drei Männer damit hin und her. Dann nimmt Benno jeweils einen PKW und bringt nacheinander einen zu Gitti und mir. So will er uns am Spiel und seiner Freude teilhaben lassen. Wir spielen noch eine Weile, doch dann wird Benno langsam müde und Steffen unruhig, da er bald los nach Potsdam will, da auch Steffi schon angerufen hat und es vor Sehnsucht nach Benno kaum aushält. Das ist auch der Startschuss für uns. Also machen wir uns startklar und sagen zu Steffen: „Lass uns erst einmal abfahren und dann macht ihr euch in Ruhe fertig, sonst vergesst ihr noch etwas!“ Wir bedanken uns für die Gastfreundschaft, verabschieden uns und werden von allen zum Auto begleitet. Jetzt, als Benno merkt, dass wir los wollen, ist er traurig und versucht, erst mich und dann Siggi wieder in Richtung Haus zu ziehen. Zum Abschied winkt er zusammen mit seinem Vater, bei dem er auf dem Arm ist, und seinen anderen Großeltern. Zum Schluss wirft er uns Handküsse zu. Wir sehen noch, dass Steffen mit Benno zum Zwinger mit dem Labrador geht, um ihn abzulenken.

Am zwölften Dezember ruft mich die Verlagsleiterin an und teilt mir mit, dass sie Covervorschläge für mein Buch haben und sie sie mir vorstellen möchten. So vereinbaren wir, dass sie und die Grafikerin am nächsten Tag zu mir kommen.

Sie zeigen mir die Entwürfe. So recht gefallen sie mir nicht, da es im Grunde die Bilder sind, die ich mitgegeben hatte und die für den Innenteil zur Ergänzung des Textes gedacht waren. Am besten gefällt mir noch der Covervorschlag, bei dem auch ein Foto von Steffen verwendet wurde, als er uns im Urlaub am Strand fotografiert hat. Im Vordergrund ist ein Rollstuhl, die auf dem Originalfoto vorhandenen Personen wurden wegretuschiert bis auf eine Person, die weiter weg am Strand entlangspaziert und die ich sein könnte. An sich gefällt mir das Foto, denn es ist freundlich und hell und zeigt, wo ich gerne und viel während meiner Krankheit war. Doch beim genauen Hinsehen fällt mir auf, dass die Person in Richtung Wasser geht und gebe zu bedenken, dass das missverstanden werden könnte. Der Rollstuhl im Vordergrund und die Person in Richtung Ostsee gehend könnte so interpretiert werden, dass sie den Lebensmut verloren hat und sich das Leben nehmen will. Nach kurzem Überlegen stimmen mir die Verlagsleiterin und die Grafikerin zu und da auch auf dem Rollstuhl das Copyrightzeichen zu sehen ist und es schlecht Rollstuhlbilder gibt, verbleiben wir so, dass wir Rollstuhlbilder über die Feiertage machen und dann zum Verlag per E-Mail schicken. Dann wird die Grafikerin ein Rollstuhlbild einbauen und die Person symbolisch zum Beispiel entsprechend meinem Vorschlag in Richtung aufgehende Sonne gehen lassen. Sie sagt zum Abschluss: „Wir lassen uns was einfallen, wir kriegen das hin bis zum Jahresbeginn." Davon bin ich überzeugt, denn sie ist die Expertin in dieser Sache. Weiterhin bekomme ich den Satz des Buches als Vorlage zur Korrektur. Wir verabschieden uns und verbleiben, dass wir in Kontakt bleiben.

Steffi ist im Stress. Zum einen, weil sie für die bevorstehende Prüfung lernen muss, Benno aber ständig kränkelt und sie deshalb nicht so richtig zum Lernen kommt. Zum anderen ist sie beim Kofferpacken für den Urlaub. Da sie dort vorwiegend Sommersachen benötigen, muss sie alles hervorkramen. Steffen und Steffi haben von Steffens Eltern eine einwöchige Urlaubsreise nach Ägypten geschenkt bekommen. Das ist ihr Geschenk zu Weihnachten und zu ihren Geburtstagen, denn Steffen hat jetzt im Dezember und Steffi im Januar Geburtstag. Die Idee finden wir auch gut, denn Steffi muss mal raus aus dem immer gleichen Alltagstrott und Steffen benötigt auch ein paar zusammenhängende Tage, um sich vom Arbeitsstress zu erholen, und auch Benno wird es gut tun, mal eine ganze Woche lang Papa **und** Mama um sich zu haben, und ein Klimawechsel kann auch nicht schaden! Ein paar Tage vor der Prüfung ist Benno endlich wieder gesund, sodass Steffi ihn am Prüfungstag in die Kita bringen und beruhigt zur Prüfung nach Berlin fahren kann. Wir fiebern alle am vierzehnten Dezember zur Zeit der Prüfung mit Steffi, zumal sie gesagt hat, dass sie sich nur meldet, wenn sie bestanden hat. Zum Glück kommt der Anruf, sie hat die Prüfung mit 2,1 bestanden, ist überglücklich und endlich kann sie den Stress der letzten Tage hinter sich lassen. Sie sagt zu mir: „Endlich kann ich abschalten! Jetzt denke ich nur noch an den Urlaub." Ich stimme ihr zu, sage, dass sie sich den Urlaub verdient haben und wünsche ihnen, auch im Namen meiner Mutter und meines Mannes einen erholsamen Urlaub.

Am nächsten Morgen geht es los. Steffi meldet sich nach dem „Check-in" vom Flughafen, berichtet, dass sie alle aufgeregt und in Urlaubsstimmung sind und Benno kommt aus dem Staunen nicht heraus, so viel Neues gibt es zu entdecken. Ich lasse mir Steffen geben, denn er hat heute Geburtstag, und gratuliere ihm auch im Namen von Siggi und meiner Mutter ganz herzlich. Das ist auch wieder so ein Zufall. Mein Vater hatte auch am 15. Dezember Geburtstag. Er wäre heute zweiundachtzig geworden, Steffen ist genau fünfzig Jahre junger Er bedankt sich und auch ihm ist die Vorfreude auf den Urlaub anzumerken.

Über Skype erfahren wir, dass sie gut angekommen sind und dass alles ganz schick ist, und wir bekommen auch schon die ersten Urlaubsbilder vom Strand. Zwei Tage vor Heiligabend melden sie sich, dass sie wieder gut in Berlin-Tegel gelandet sind.

Unaufhörlich rückt Weihnachten näher. Zu meinen bereits gebackenen Plätzchen gesellen sich noch Makronenplätzchen.

Ich glaube, ich habe ewig nicht mehr so viele Weihnachtskarten geschrieben wie in diesem Jahr. Doch das ist die beste Methode, selbst viel Weihnachtspost zu bekommen. Beim Durchblättern meines Adressbüchleins stoße ich auch auf Adressen von Freundinnen, mit denen ich mal in Briefkontakt stand, aber der Briefwechsel aus irgendwelchen Gründen eingeschlafen ist. Auch ihnen schreibe ich Weihnachtsgrüße in der Hoffnung, dass die Adressen noch stimmen und die Karten auch ankommen. Das ist zum einen eine Freundin aus meiner Kindheit in Pasewalk und zum anderen eine Freundin aus der Schulzeit in Havelberg. Ansonsten schreibe ich meinen Freundinnen vom Studium, unseren anderen Freunden und der Verwandtschaft.

Mit meiner Mutter packe ich die Weihnachtsgeschenke ein, besser gesagt, ich wähle das Einschlagpapier und die Schleifen aus und stelle meinen Finger beim Schleifeknoten zur Verfügung, die Hauptarbeit lastet auf den Schultern meiner Mutter. Die Geschenke habe ich entweder im Versandhaus bestellt oder mit Steffi eingekauft. Bei den Geschenken für meine Mutti hilft mir Julia beim Einpacken.

Weihnachten zu organisieren ist gar nicht so einfach! Die Eltern unserer Schwiegerkinder in spe wollen verständlicherweise auch ihre Kinder und Partner bei sich haben. Aber zum Glück sind alle bestrebt, eine für alle akzeptable Lösung zu finden. Mit meiner Mutter handhaben wir es schon seit Jahren so, dass sie Heiligabend bei meiner Schwester ist, am ersten Weihnachtsfeiertag bei meinem Bruder Klaus und am zweiten Weihnachtsfeiertag bei uns. Nur dieses Jahr haben wir mit meinem Bruder getauscht. Weihnachten ist nicht Weihnachten, wenn keine Kinder dabei sind! Ihre großen, glänzenden Augen bei der

Bescherung zu sehen, ist Balsam für die Seele und ein Genuss. Deshalb überlegen wir, wie wir das am besten mit Benno machen. Voriges Jahr waren Steffi und Steffen mit Benno bei uns und wir hatten Steffens Eltern zu uns eingeladen, die aber wegen Eisglätte nicht kommen konnten. Also sind dieses Jahr Steffens Eltern dran. Wir sprechen miteinander ab, dass wir Heiligabend zu ihnen kommen, auch Thomas und Julia, und dort die Bescherung in erster Linie für Benno machen. Am ersten Weihnachtsfeiertag soll es dann mit der Bescherung der Erwachsenen bei uns weitergehen. Der zweite Weihnachtsfeiertag gehört den Familien der Partner unserer Kinder. Ohne Kompromisse geht es nicht, man kann die Kinder nicht nur für sich beanspruchen.

Am Freitag vor Heiligabend habe ich wieder Backtag. Ich habe versprochen, einen Kuchen zu Steffens Eltern mitzubringen, da Backen nicht so Gittis Ding ist. Dafür backe ich einen Bienenstich, der ist mir bisher immer gut gelungen und schmeckt auch lecker. Der Teig wird mit Saurer Sahne gebacken, kommt dann schon mal in den Ofen, während man auf dem Herd die Masse für den Belag zubereitet, der aus Nüssen oder Mandeln, etwas Milch, Honig, Zucker und Butter besteht. Dann heißt es im Rezept: „Nach etwa fünfzehn Minuten den Boden aus dem Backofen holen. Der Teig ist noch hell, aber schon fest.“ So weit so gut. Ich verteile die aufgekochte Masse für den Belag auf dem Boden und schiebe den Kuchen für weitere fünfzehn Minuten wieder in den Ofen. Nach dieser Zeit sieht der Bienenstich schön knusprig aus, mein Test, ob er durch ist, ergibt nichts Gegenteiliges und ich hole ihn aus dem Ofen. Mir gefällt er optisch trotzdem nicht so richtig, er ist irgendwie nicht richtig hochgekommen. Egal, erst einmal geht es weiter. Ich habe inzwischen den Teig und die Quarkmasse für den Zupfkuchen, den ich für uns hier eingeplant habe, fertig gemacht und den Boden und die

Quarkmasse bereits in die Backform getan. Nun muss ich nur noch die Streusel obendrauf tun. Das ist schnell getan und mein Zupfkuchen im Backofen. Die Backzeit nutze ich, um mich umzuziehen und meine Sachen bereitzulegen, denn ich habe noch einen Friseurtermin. Pünktlich zur ausgemachten Zeit um dreiviertel zehn klingelt es auch schon und die Pflegeschwester ist da, um mich im Rahmen der Verhinderungspflege zum Friseur und wieder nach Hause zu bringen. Sie hilft mir in die Jacke und in die Schuhe und ab geht die Post. Vorher nehme ich noch den Kuchen aus dem Backofen. Er ist fertig und sieht gut aus. Das war mal wieder optimale Zeitplanung! Wir haben noch etwas Zeit und ich bitte die Schwester, mich vor der Sparkasse, die direkt neben dem Friseur liegt, herauszulassen. Ich muss unbedingt noch Geld holen und Kontoauszüge! Das erste Mal seit gefühlten Ewigkeiten gehe ich ohne Begleitung irgendwo hin und ich fühle mich gut dabei.

Und es klappt ganz gut. Vor allem das Gefühl ist ein erhabenes, mal nicht von Anderen abhängig zu sein. Mein Bein schmerzt nach wie vor, aber da muss ich durch. Ich kann mich ja nicht nur zu Hause einschließen! Eine Lesebrille habe ich in der Jackentasche und so ist es auch kein Kunststück, den Geldautomaten und den Kontoauszugsdrucker zu bedienen. Schon kommt mir die Pflegerin entgegen, hält mir die Tür auf und wir steigen wieder ins Auto, um ein paar Meter weiter auf den Parkplatz des Friseursalons zu fahren. Das Gute bei diesem Friseur ist, dass ich vom Parkplatz aus durch den Hintereingang in den Salon gehen kann, sodass ich nicht so weit laufen muss. Als wir aus dem Auto steigen, steht auch schon eine Friseuse an der Tür und wartet auf uns. Meine Friseuse hat noch eine Kundin und bittet uns, einen Moment im Wartebereich Platz zu nehmen. Einen Kaffee später bin ich auch schon dran. Planmäßig bin ich eine halbe Stunde später fertig und doch etwas unruhig, da ich um elf Uhr Physiotherapie habe und es nur noch ein paar Minuten bis dahin sind. Vorsorglich habe ich am Vortag meiner Mutter gesagt, sie möchte, falls ich noch nicht zurück vom Friseur bin und der Therapeut kommt, ihn schon hereinlassen und ihn „festhalten", da ich dann jeden Moment komme und ich nicht auf die Therapie verzichten möchte. So ist es dann auch. Als wir in unsere Straße einbiegen, sehe ich das gelbe Firmenauto von der Physiotherapie bei uns auf der Auffahrt stehen. Ich bin gerade dabei, den Schlüssel in meiner Handtasche zu suchen, als die Haustür auch schon geöffnet wird. Es ist nicht wie erwartet meine Mutter, sondern mein Physiotherapeut Thomas. Er bittet mich, in „sein" Haus einzutreten und wir müssen beide lachen. Den Spaß musste er jetzt einfach machen! Frohgelaunt beginnen wir mit der Therapie und Thomas erzählt, wie gut ihn meine Mutter mit Fotozeigen „festgehalten" hat, damit er ja wartet bis ich komme. Nach der Therapie muss ich erst einmal nach meinem Bienenstich sehen. Er ist total zusammengefallen. Mit Hilfe meiner Mutter schneide ich ein paar Stücken ab. So schön knusprig er oben ist, so glitschig und irgendwie nicht durch ist der Boden. Ich bin mächtig enttäuscht und überlege schon, abends noch einen Versuch zu starten. Ich kann einfach nicht verstehen, warum der Teig nicht hochgegangen ist. Meine Mutter versucht, mich zu beschwichtigen: „Warte doch erst einmal ab!" Ja, bloß davon wird der Kuchen auch nicht besser! Mir fällt ein, dass ich mächtige Schwierigkeiten mit dem Messbecher hatte. Wir haben so einen, wo die Schrift nicht in schwarz draufsteht, sondern in der gleichen Plastefarbe nur plastisch hervorgehoben ist. Ich hatte mich nämlich mächtig geärgert, dass ich trotz Brille die Maßeinteilung nicht richtig sehen konnte. Dann schießt es mir wie ein Blitz ein: Wahrscheinlich habe ich dadurch zu viel Zucker in den Teig getan. Das spräche dafür, dass der Boden so glitschig ist und weil Zucker schwer ist, auch nicht hochgegangen ist. Das ist meine Theorie und ich bin froh, eine Erklärung für mein Missgeschick gefunden zu haben. Am späten Nachmittag kommen unser Sohn und Julia. Ich freue mich, als er nach dem Wegräumen seiner Sachen mit einem Teller voller Stücken meines missglückten Bienenstichs zu uns ins Wohnzimmer kommt und es sich schmecken lässt. Ich versuche zu entschuldigen, dass der Kuchen misslungen ist. Er antwortet: „Wieso denn, der schmeckt doch Klasse, ganz knusprig und der Boden ist nicht so hoch.“ „Der muss aber normalerweise mehr aufgehen. Das Schlimme ist bloß, ich habe versprochen, einen Kuchen mitzubringen.“ Schließlich überzeugt mich mein Sohn, dass ich keinen neuen Kuchen backen muss und diesen mitnehmen kann. Ich bin froh und beschließe, auch den Bäckerstollen, den mein Mann gestern gekauft hat, mitzunehmen.

Abends holt mein Mann, als er von der Arbeit nach Hause kommt, die Nordmanntanne, die schon ein paar Tage in der Garage steht, hervor und macht sie auf der Terrasse in den Ständer. Dann stellt er den Baum wie jedes Jahr auf einen kleinen mit einer Weihnachtsdecke verzierten Blumenhocker ins Wohnzimmer. Jetzt erst ist zu sehen, wie schön gerade die Tanne gewachsen ist. Siggi hält sich nicht lange auf und holt mir die restlichen Sachen zum Baumschmücken aus dem Keller. Das Schmücken ist jetzt meine Sache. Das tue ich auch gern, denn Siggi hat eine Woche Arbeit hinter sich und ist geschafft. Zum Glück hatte ich ihn davon überzeugen können, dass wir uns zwei Zehnerpackungen LED-Kerzenlichter kaufen. Bei diesen muss man nur die Kerzenhalter an die Zweige knipsen und die Kerzen kommen anschließend hinein und werden magnetisch gehalten. Mit einer klassischen Kerzenkette wäre ich nicht klargekommen wegen nur einer funktionsfähigen Hand und Siggi hätte die Ruhe gefehlt, diese anzubringen. Es geht ganz schnell und die zwanzig Kerzen sind am Baum verteilt. Dann geht es an die Weihnachtsbaum kugeln. Ich öffne alle Schachteln und verteile sie auf dem Couchtisch. Ich nehme Kugel für Kugel, fummele die Anhänger daran und hänge die Kugeln auf. Das ist anstrengend für mich, aber wie immer denke ich, dass es gleichzeitig eine gute Therapie ist, immer aus dem Sessel aufzustehen, ein paar Schritte zu gehen, mich wieder zu setzen, zu schauen, wo nun welche Kugel hin könnte und das ganze Spiel von vorn zu beginnen. Zum Schluss ist das Lametta dran. Das ist wieder etwas für ganz Geduldige, jedenfalls, wenn man es so, wie ich es möchte, macht. Streifen für Streifen wird an den Baum gehängt, nicht gleich drei oder vier, wie es die meisten machen! So sieht es viel edler aus, kostet aber auch mehr Zeit und viel Geduld. Als ich fertig bin, kassiere ich Lob von meinem Mann und meinem Sohn. Thomas holt als Belohnung seine Gitarre und spielt mir etwas vor, weil er weiß, dass ich es liebe, wenn er singt.

Heiligabend ist meine Mutter etwas später als sonst, gegen zehn Uhr dreißig, bei uns. Sie macht sich gleich an die Zubereitung der Ente für den ersten Weihnachtsfeiertag. Sie kommt schon mal in den Ofen, so dass sie vorgegart ist und am fünfundzwanzigsten nur noch mal kurz in die Backröhre muss. Dann essen wir nur eine Kleinigkeit zum Mittag. Es gibt Eierkuchen mit Apfelmus und das ist heute meine Aufgabe, denn Mutti steht schon die ganze Zeit in der Küche. Pünktlich gegen vierzehn Uhr kommt Maiks Tochter, um meine Mutter abzuholen und nach Wildberg zu meiner Schwester und Maik zu fahren. Kurz darauf fährt auch Thomas los zu Julia, die zu Hause Mittag essen wollte und nun auf ihn wartet.

Wir müssen mit zwei Autos nach Godendorf fahren, da mein Mann und ich bis zum Abendbrot bleiben, Thomas und Julia aber nach dem Kaffee und der Benno-Bescherung zu ihren Eltern nach Hause fahren wollen. Wir sind ja kompromissbereit und haben kein Problem damit.

Also machen Siggi und ich uns auch fertig. Ich helfe meinem Mann bei der Wahl des Hemdes, das er bitte anziehen möchte, denn, wenn wir ehrlich sind, wir Frauen haben doch das bessere Auge bei der Wahl der Kleidung für bestimmte Anlässe. Siggi ist auch einverstanden, da es sein Lieblingshemd ist und wie er sagt, es auch gewählt hätte. Da bin ich mir nicht so sicher, aber egal, wir sind uns einig und das ist, was zählt. Wir packen den verunglückten Kuchen und den Stollen in den tollen Tragebehälter mit Griff, den ich bei der letzten Einkaufstour zusammen mit Steffi gekauft habe. Zum Glück komme ich hin und wieder dazu, mit Steffi einzukaufen, denn ich finde immer etwas und Siggi ist im Gegensatz zu mir nicht so schnell mit dem Kaufen, was im Einzelfall vielleicht auch gut ist.

Also, wir sind fertig und los geht es. Das Wetter ist nicht dem Heiligabend angemessen, es ist eher ein typischer Herbsttag, nieselig und dunkel. Als wir in Godendorf ankommen, sind Thomas und Julia schon da. Steffen, Steffi und Benno sowieso. Wir begrüßen uns und Benno ist ganz aus dem Häuschen, dass er seine anderen Großeltern nun auch um sich hat. Die Weihnachtsstimmung kommt auf, als wir uns alle an den gedeckten Kaffeetisch setzen und nebenan der hübsch geschmückte Weihnachtsbaum leuchtet. Benno zeigt uns auf Anweisung von Gitti: „Zeig doch mal Oma und Opa den Weihnachtsmann!“ prompt den am Weihnachtsbaum in seiner Augenhöhe hängenden Baumschmuck und ist glücklich, dass wir ihn dafür loben, wie gut er Bescheid weiß. Dann trinken wir in aller Ruhe Kaffee. Mir ist mein missglückter Bienenstich peinlich und ich entschuldige mich dafür. Aber insbesondere die Männer lassen ihn sich schon schmecken und bekräftigen, dass er doch gar nicht misslungen sei, sondern schön knusprig ist. Dann geht es zur Couch und Steffi setzt sich mit Benno neben dem Weihnachtsbaum und den vielen Geschenken für Benno auf den Boden. Er ist begeistert, seine Augen leuchten und er denkt wohl, was das heute soll und warum es so viele Geschenke gibt. Als erstes öffnet er ein Geschenk von Steffens Tante und Onkel. Den Dreh mit dem Papieraufreißen hat er schnell raus und freut sich, dass er mal so richtig agieren kann, ohne aufpassen zu müssen, dass etwas kaputt geht. Es ist ein Kinderstaubsauger, der richtig Krach macht wie ein echter, sogar etwas Saugkraft hat und Perlen, die den Staub imitieren, im Anzeigefeld aufwirbelt. Steffen will Benno zeigen, wie er funktioniert, doch Benno hat begriffen, dass es seiner ist und nimmt ihn Steffen wieder aus der Hand. Benno genießt, dass wir alle gespannt zusehen und beginnt mit dem Saugen. Er saugt unter dem Tisch, in allen Ecken und sogar bei uns an den Füßen. Er zeigt, dass wir diese hochhalten sollen und ist voll in seinem Element. Wir müssen lachen, denn es ist zu merken, dass er schon öfter seiner Mutter beim Saugen zugesehen hat und sie jetzt imitiert. Wir Erwachsenen trinken dabei ein Glas Sekt und langsam fängt das Geräusch des Staubsaugers an, uns auf die Nerven zu gehen. Mit Mühe bringen wir Benno dazu, die nächsten Geschenke auszupacken, so sehr hat der Staubsauger ihn in seinen Bann gezogen. Zum Glück machen die Batterien langsam schlapp und Benno setzt sich wieder zu seiner Mutti auf den Boden, bereit für das nächste Geschenk. Wieder unsere volle Aufmerksamkeit genießend, nimmt er sich das nächste Geschenk vor. Er reißt begeistert das Geschenkpapier ab und zum Vorschein kommt eine Musikbox mit Flöte, Triangel und Silophon von Thomas und Julia. Zuerst interessiert ihn die Flöte, aber er weiß nichts so richtig damit anzufangen. Julia fordert ihn auf, ihr die Flöte zu geben und sie spielt ihm „Oh Tannenbaum" vor. Da Benno sehr musikalisch ist und Musik liebt, hört er anfangs ganz aufmerksam zu und steht dann auf und beginnt zu tanzen. Wir bewegen uns alle im Rhythmus mit und Benno ist in seinem Element und bewegt die Arme wie ein Dirigent. Als Julia zu spielen aufhört, nimmt er die Flöte und will auch Musik machen, was natürlich nicht gelingt. Steffen nimmt die Flöte und erklärt ihm, dass er reinpusten muss. Und wirklich, er hat es verstanden, bekommt zwar keine Melodie hin, aber er kann tuten. Durch unseren Beifall angeregt, probiert er es immer wieder und es klappt auch von mal zu mal besser. Steffi lockt ihn mit dem nächsten Geschenk. Schnell hat er auch dieses ausgepackt. Es ist eine Kinder-Kaffeemaschine mit zwei Tassen. Benno stellt eine Tasse unter den Ausfluss und drückt auf den Knopf. Außer einer leuchtenden Lampe passiert nichts. Benno ist ein wenig enttäuscht. Steffen nimmt sich den Beipackzettel, liest ihn sich durch und sagt: „Man kann auch Wasser hineintun, es soll richtig funktionieren." Wir glauben nicht, dass wir es jetzt wirklich testen, doch Gitti steht auf, holt eine halbe Kinderspieltasse voll Wasser und sagt: „Was soll schon groß passieren, es ist nur Wasser, das kann der Teppich ab und der Kamin ist an, dass es schnell wieder trocknet." Roland stimmt ihr zu, Gitti kippt das Wasser in die Kaffeemaschine und Steffen sagt zu Benno: „So, nun stelle wieder die Tasse darunter und schalte an. Jetzt geht die Kaffeemaschine." Benno tut wie ihm geheißen, drückt auf den Knopf und tatsächlich, das typische Kaffeemaschinengeräusch ertönt und das Wasser läuft langsam aus der Kaffeemaschine in die Tasse. Benno wartet geduldig ab und nimmt ganz vorsichtig die Tasse heraus, um sie auf die Untertasse zu stellen. Das Wasser ist natürlich kalt und es kann nichts passieren, außer, dass er es verschüttet. Ein wenig geht auch daneben, doch es ist das geringste Problem. Doch Benno nimmt wieder die Tasse in die Hand und will trinken. Steffi springt auf, nimmt ihm die Spieltasse ab, die Benno erst nicht herausrücken will, und sagt: „Warte mal, ich hole dir dein Trinken." Damit ist er einverstanden und wartet geduldig, bis Steffi mit seiner Trinkflasche zurück ist. Benno hat Durst, nimmt einen ordentlichen Schluck und widmet sich seiner Kaffeemaschine, in die Roland wieder Wasser getan hat, und das Spiel beginnt von vorn. Dann ist ein weiteres Geschenk dran. Es ist ein Weihnachtspuzzlebuch mit Weihnachtsliedern und Weihnachtsgedichten von uns. Benno sieht sich die schönen bunten Bilder an. Auf ihre Bitte hin gibt er es Steffi. Sie sieht es sich ebenfalls an und sagt: „Das Buch ist schön. Für die Puzzles ist er noch zu klein, aber das Buch werde ich weglegen und immer zu Weihnachten vorholen, wenn er schon etwas damit anfangen kann." Das ist richtig, denn er hat genug Spielzeug und wird es gar nicht merken. Als hätte Benno uns zugehört und verstanden, sieht er zu seinem kleiner gewordenen noch nicht ausgepackten Geschenkehaufen und sofort huscht ein Lächeln über sein kleines süßes Gesicht, weil er sieht, da ist noch was. Dieses Mal muss Steffi ihn nicht locken, Benno geht von sich aus zum Tannenbaum, zeigt uns noch einmal den dort als Baumschmuck hängenden Weihnachtsmann, sagt „…mann", und hat wieder, was er wohl wollte, nämlich unsere uneingeschränkte Aufmerksamkeit. Er wählt einen großen Karton und hat ein bisschen Schwierigkeiten, ihn hochzuheben. Dieses Mal steht Siggi auf, um ihm zu helfen. Benno setzt sich wieder zu Steffi auf den Boden und in ganz kurzer Zeit, er hat ja schon Übung darin, ist auch dieser entblättert. Es ist ein Lego-Duplo-Baukasten, speziell für sein Alter von eineinhalb bis fünf Jahren mit seiner Lieblingsfigur Winnie-Pooh, einem Haus und noch ein paar anderen Figuren, den wir ihm schenken. Wir hatten ihm schon im vorigen Jahr Winnie-Pooh als sprechenden und singenden Plüschbären geschenkt und damit ist er gerne losgezogen und hat damit viel gespielt. Tüte für Tüte wird geöffnet und die Bausteine werden ausgebreitet. Steffen, nun auch neugierig geworden, setzt sich dazu und hilft, das Haus aufzubauen. Doch dieses Mal verliert Benno schnell die Geduld und sein Blick geht immer wieder zum Weihnachtsbaum, wo noch ein großes Geschenk auf ihn wartet. Wir wollen ihn auch nicht länger auf die Folter spannen und Steffi packt die Bausteine wieder in den Karton, denn Benno wird langsam müde. Dann geht es ans größte Geschenk. Steffi stellt es ein Stück vom Weihnachtsbaum weg und lässt Benno wieder sein Werk verrichten. Noch schneller als die Male davor reißt er das bunte Papier herunter, begleitet von „Oh-" und „Ah-Rufen". Er kommt gar nicht aus dem Staunen heraus, es ist ein Laufrad von seinen Eltern. Sofort will er aufsteigen, sein Vater hilft ihm dabei und schiebt ihn ein bisschen hin und her durch das Wohnzimmer. Bennos Beine reichen noch nicht ganz auf den Boden, es sind ja auch noch vier Monate Zeit bis er zwei Jahre alt wird, denn die Laufräder sind für Kinder ab zwei Jahre. Doch er hält sich schon schön am Lenkrad fest, lenkt nach rechts und nach links. Steffen, seinerseits geschafft vom Hin- und Herfahren mit Benno, zeigt auf das letzte unterm Tannenbaum liegende Geschenk, um dann nach kurzem Protest von Benno, erst einmal das Laufrad beiseite zu stellen. Nach kurzem Kampf gelingt es ihm, Bennos Interesse für das verbliebene Päckchen zu wecken. Artig widmet er sich diesem. Schnell hat er es ausgepackt. Es ist ein Spielzeugtoaster mit zwei Plastiktoastscheiben. Auch hier zeigt sich, was er schon zu Hause gesehen hat. Er bedient den Toaster, weiß genau, dass die Toastscheiben nach einer Weile herausspringen, wenn er auf den Knopf drückt. Er will sogar die Plasteschnitten essen. Das ist ein Zeichen dafür, dass er Hunger hat. Nach kurzen, spaßigen Bemerkungen, dass das arme Kind nicht genug zu essen kriegt, geht Gitti los, ihm eine Schnitte zu schmieren. Unser Eindruck war richtig, er hat Hunger, hatte auch schon zu Mittag wenig gegessen. Benno setzt sich brav hin und isst voller Appetit seine Schnitte.

Thomas und Julia beschließen, nun loszufahren. Sie verabschieden sich und wir begleiten sie zum Auto. Dabei wird Benno zuliebe noch einmal der Hund aus dem Zwinger gelassen. Er hatte sowieso schon gejault und sich gewundert, warum er heute Nachmittag nicht raus durfte. Wieder im Haus zurück, zeigt Benno auf den Kühlschrank und auf die fragenden Blicke von Roland und Gitti hin sagt Steffi: „Er hat bestimmt noch mehr Hunger!“ Gitti macht sich sofort daran, ihm noch eine Schnitte zu schmieren. Nebenbei schiebt sie zwei vorbereitete Aufläufe in den Backofen. Tatsächlich, mit viel Appetit isst Benno auch die zweite Schnitte, ihm hat wohl die Leberwurst besonders gut geschmeckt! Anschließend macht Steffi ihn bettfertig und ohne zu murren lässt Benno sich in sein Bett legen. Nur kurze Zeit darauf ist er eingeschlafen und wir können auch in Ruhe Abendbrot essen. Es schmeckt wie immer bei Gitti ganz lecker. Eine Weile sitzen wir noch zusammen und erzählen, wie schön die Bescherung für Benno war. Dann macht sich auch bei meinem Mann die Müdigkeit bemerkbar und wir machen wir uns fertig, bedanken uns für den schönen Tag und verabschieden uns. Der Hinweis von Roland, wegen Wildwechsel aufzupassen, war goldrichtig, denn es ist überall Wald und kurz vor dem Abbiegen auf die Bundesstraße stehen vier oder fünf Rehe am Straßenrand. Ansonsten sind die Straßen leer, es ist zu merken, dass heute ein besonderer Tag ist. Wir kommen gut durch und sind nach nicht einmal einer Stunde zu Hause.

Bevor wir schlafen gehen, lassen wir den Tag Revue passieren, sehen noch kurz fern und stoßen noch einmal mit einem Glas Sekt an.

Am ersten Weihnachtsfeiertag sind Siggi und ich schon im Gange als meine Mutter am Vormittag kommt. Mein Part beim Mittagessen ist der Rotkohl.Da gehört meiner Meinung nach unter anderem auch ein kleingeschnittener Apfel hinein und so versuche ich mich an einem Apfel, den ich viertele, das Gehäuse und die Schale entferne und danach in kleine Würfel schneide. Es geht besser als gedacht. Auch die Apfelstückchen kommen in den Rotkohl und nun kann er köcheln. Meine Mutter ist schon beim Kartoffelschälen und der Entenbraten brutzelt im Backofen. Ich setze mich zu ihr und lasse mir von ihrem Tag gestern bei meiner Schwester erzählen, ich berichte von Bennos Bescherung. Kurz darauf klingelt es schon und mein Bruder Jürgen und meine Schwägerin Carmen kommen kurz zu Besuch. Sie sind hier in Neubrandenburg bei Carmens Mutter und hatten angerufen, dass sie kurz vorbei kommen, um uns von einer Neuigkeit zu berichten. Ihre Tochter Julia, also unsere Nichte, hatte am 20. Dezember Entbindungstermin und hat, selbst am Heiligabend Geburtstag, auch an Heiligabend eine gesunde Tochter zur Welt gebracht. Wir gratulieren zum Enkelkind und können es gar nicht richtig fassen, alle haben vorher schon geunkt und gesagt, dass es ein Christkind wird. Und tatsächlich, genau so ist es passiert! Mein Mann sagt nur: „Wer Ostern mit den Eiern spielt, hat Weihnachten die Bescherung!“ Mein Bruder entgegnet: „Das habe ich ihr ja auch gesagt.“ Nun greife ich ein: „Obwohl ihr es ihnen ja so vorgemacht habt, hat Julia nicht daraus gelernt!“ Darüber lachend wechselt unsere Aufmerksamkeit zum Fenster, durch das wir Thomas und Julia auf die Auffahrt fahren sehen. Ich freue mich, dass sie heute sehr pünktlich sind. Staunend erfahren sie auch von der Neuigkeit. Thomas hat ein sehr gutes Verhältnis zu seiner Cousine Julia und bewundert, dass sie mit erst achtundzwanzig Jahren schon drei kleine Kinder hat, obwohl sie noch studiert. Es ist auch wirklich zu bewundern, ihr großer Sohn ist Ende November drei Jahre alt geworden, die größere Tochter wird im nächsten Jahr im Mai zwei Jahre alt und dazu jetzt das Baby. Sie studiert Mathematik, ihr Freund ist mit seinem Studium bereits fertig und arbeitet schon und ist ihr eine große Hilfe. Julia ist vom gleichen Kaliber wie Thomas und wir sind uns einig, dass sie Alles gut meistern wird.

Es geht straff auf Mittag zu und da auch die Schwiegermutter meines Bruders mit dem Essen wartet, machen sich Jürgen und Carmen jetzt auf den Weg zu ihr.

Sie sind gerade weg, als auch Steffen, Steffi und Benno kommen. Welch ein perfektes Timing! Die Kartoffeln stehen schon auf dem Herd und beim Tischdecken erzählen wir von der kleinen Johanna. Steffen und Steffi staunen ebenfalls und kommentieren: „Das ist ja ein Ding. Mutter und Tochter haben am gleichen Tag Geburtstag und dann noch am Heiligabend!“ Wir diskutieren noch darüber, dass Julia es schon immer gehasst hat, am Heiligabend Geburtstag zu haben, da sie am 24. Dezember nie mit ihren Freunden feiern konnte, da alle mit ihren Familien Bescherung gemacht haben. So wurde die Geburtstagsfeier mit den Freunden immer im neuen Jahr nachgeholt. Ich sage: „Vielleicht ist es ja ganz gut so! Julia kennt die Nachteile am besten und kann es bei ihrer Tochter nur besser machen!“ Es nutzt ja doch nichts, es ist eben wie es ist. Siggi bemerkt: „Es ist genauso wie bei meiner Mutter, die immer Silvester Geburtstag und wenig Verständnis dafür hatte, dass ihre Kinder öfter nur zum Kaffee blieben, weil sie entweder abends Silvestergäste hatten oder aber selbst woanders eingeladen waren.“

Doch nun ist erst einmal unser Entenbraten an der Reihe und wir setzen uns an den weihnachtlich dekorierten Tisch. Für sechs Personen, Benno brauchen wir als Esser nicht mitzählen, ist eine Ente etwas knapp, daher habe ich noch einzelne Entenkeulen dazu gekauft. Eine Gans wollte ich nicht, weil die meistens so fett ist und uns Ente einfach besser schmeckt. Unsere Ente ist schön knusprig und bevor wir mit dem Essen beginnen, stoßen wir mit einem Glas Rotwein an. Die Ente schmeckt so gut wie sie aussieht. Beim Rotkohl schlagen besonders meine Tochter und ich zu, wir mögen Rotkohl sehr gern. In Anbetracht dessen, dass heute noch viel geschlemmert wird, gibt es kein Dessert. Wir sind ja alle gesundheitsbewußt und auf eine schlanke Linie bedacht. Wir sind alle satt, machen es uns auf Couch und Sessel bequem und erzählen schön miteinander. Steffen und

Steffi erzählen noch einmal von ihrem Urlaub in Ägypten. Sie haben wirklich nur gekauftes, verschlossenes Wasser benutzt, selbst zum Zähne putzen, sämtliches Obst abgeschält und trotzdem hatte Benno etwas Durchfall. Steffi sagt: „Ein Wunder ist es ja nicht, es gab nur helles, größtenteils sogar süßes Brot. Man hat sogar bei Benno gemerkt, dass es ihm langsam über war. Es war schon gut, dass wir für ihn einige Konserven mitgenommen haben." Steffen stimmt ihr zu und ergänzt: „Aber am Strand hat er sich wohl gefühlt und wie ein Weltmeister gebuddelt." Ich frage: „Habt ihr denn auch schön gebadet?" Steffen entgegnet: „Obwohl laut Anzeige die Temperatur im Roten Meer zwanzig Grad sein sollte, waren wir wenig baden. Es war irgendwie ganz schön kalt. Aber ich war tauchen." Im Großen und Ganzen haben sich die drei jedenfalls schön erholt, haben etwas Farbe bekommen und können jetzt die Feiertage so richtig genießen.

Zum Kaffee gibt es Zupfkuchen und Plätzchen. Der ist mir wirklich gut gelungen und schmeckt allen ganz prima.

Dann ist Bescherung angesagt. Ich habe alle Geschenke in eine große Tasche getan, die mir Siggi nun holt. Die bunten Weihnachtsteller stehen schon unterm Tannenbaum. Ganz unspektakulär verteile ich die Geschenke. Beim Einpacken habe ich mir kleine Eselsbrücken gebaut, um mir die Fummelei mit den Geschenkanhängern zu ersparen. Siggis Geschenke haben ein blaues Schleifenband, Thomas` ein grünes, Muttis Geschenke sind mit einem roten Schleifenband versehen, Julias Schleifenband ist pink und meines lila. Für Steffen und Steffi brauchte ich keine Farbe, da sie von uns ein Geldgeschenk bekommen, was sie als junge Familie und jetzt nach dem Auslandsurlaub am besten gebrauchen können. Außerdem kaufen sie in Potsdam und Berlin viel besser und günstiger ein als ich es von hier aus tun könnte. Benno bekommt natürlich auch noch ein paar kleine Geschenke. Er scheint auch gar nicht mehr zu wollen, interessiert sich viel mehr dafür, was seine Tante, sein Onkel, die beiden Omas und Opa auspacken und hilft dabei fleißig mit. Zwischendurch darf er die LED-Weihnachtsbaumkerzen per Fernbedienung an- und ausschalten.

Die Geschenke kommen gut an. Zum Abendbrot haben wir Schweinefilet gekauft. Dieses Mal will ich es ganz allein herrichten und tue es auch. Ich mache Champignons dazu und toaste Brot. Ursprünglich wollte ich Pommes frites dazu machen, doch alle sind vom vielen Essen noch satt und wir einigen uns auf Toast.

Wir verbringen einen schönen Abend bei einem Gläschen Wein und viel Naschen. Es wird spät, ehe wir schlafen gehen.

Am zweiten Weihnachtsfeiertag kann ich seit Wochen endlich mal wieder länger schlafen. Beim Frühstück sind mein Mann und ich allerdings erst einmal allein, haben dafür aber auch Verständnis. Wir haben in dem Alter auch gern länger geschlafen. Gegen zehn Uhr kommt dann Leben in die Bude. Benno hat ausgeschlafen und so stehen Steffi und Steffen auch auf. Es herrscht hektisches Treiben. Sie duschen und beginnen, ihre Sachen zusammenzupacken. Von den Sachen her sieht es immer so aus, als ob sie zwei Wochen hier in Urlaub sind. Aber so ist das mit einem Kleinkind, man muss für alle Eventualitäten gerüstet sein, dazu Babyphon, die Hausapotheke und diverse andere Kleinigkeiten. Sie sitzen zu dritt beim Frühstück, als auch endlich Thomas und Julia aus dem Bett gefunden haben. Am Frühstückstisch ist fliegender Wechsel. Ich beschäftige mich mit Benno, während Steffi und Steffen dann ihr Auto beladen. Dann geht es auch schon los. Die drei verabschieden sich und fahren ab nach Godendorf zu Steffens Eltern, mit denen sie Mittagessen gehen wollen. Thomas und Julia sind noch fixer, haben schnell ihre Sachen zusammengepackt und fahren auch los zu Julias Eltern und

Großeltern, wo es heute eine Weihnachtsgans gibt. Morgen sind sie noch einmal bei uns, Julia möchte für uns kochen.

So ist das mit Weihnachten! Wochenlang fiebert man den Feiertagen entgegen, kauft Geschenke ein und bereitet alles vor und dann kommt es einem wie ein schöner Augenblick vor und Weihnachten ist im Nu wieder vorbei.

Mutti, mein Mann und ich machen uns die Reste vom Vortag warm und Mutti schält ein paar Kartoffeln dazu, sodass das Essen für uns völlig ausreichend ist. Beim Kaffee genießen wir noch einmal den schönen Tannenbaum und sehen fern. Ruhig geht auch der zweite Weihnachtsfeiertag zu Ende und der Alltag hat uns wieder. Wie versprochen, kommen Thomas und Julia am nächsten Vormittag noch einmal zu uns. Siggi muss heute arbeiten. Ich habe von den Kindern unter anderem einen Nagelstudiobesuch geschenkt bekommen. Ich hatte immer Julias Fingernägel bewundert, die regelmäßig ins Nagelstudio geht. Da ich immer darauf angewiesen bin, dass wir entweder bei Steffi sind oder sie bei uns ist, um mir die Fingernägel zu schneiden, weil ich sie mir auch von keinem anderen schneiden lassen will, haben sich unsere Kinder überlegt, mir dieses Geschenk zu machen, da dadurch auch das Nagelschneiden entfällt. Einen Termin habe ich auch für heute und so fährt Julia mit mir dort hin, da ich auch Unterstützung dabei benötige, wenn die Finger der linken Hand zum Härten des Gels in den UV-Apparat gesteckt werden müssen. Es klappt alles ganz prima. Wir schildern der Dame vom Nagelstudio mein Problem und ich erkläre ihr, dass sie beim Feilen und Geelen der Fingernägel der linken Hand die Fingergelenke durchdrücken muss, da ich selbst die Finger nicht strecken kann. Sie ist ganz nett und hat Verständnis dafür, sodass alles bestens funktioniert. Julia unterstützt meinen linken Arm und hält ihn, was mir ebenfalls allein schwer fallen würde. Glücklich und zufrieden mit meinen neuen Nägeln verlassen wir das Nagelstudio. Davor mache ich noch einen neuen Termin in einem Monat. Dann fahren wir einkaufen. Julia möchte gerne Lachs mit Spinat in Saurer Sahne machen. Alles ist schnell eingekauft und zu Hause angekommen, macht sich Julia sofort an die Mittagsvorbereitungen. Wir haben uns auf ein spätes Mittagessen wegen der viel zu vielen Kalorien über die Weihnachtsfeiertage geeinigt. Mutti hat schon die Kartoffeln geschält, sodass wir uns dann bald das leckere Mittagessen schmecken lassen können. Dann legen wir eine kurze Pause ein und Thomas und Julia laden ihre Sachen, besser gesagt, Thomas` Sachen, wie Ski und Skiausrüstung ins Auto. Sie wollen alles mit zu Julias Eltern nehmen, von wo aus sie am dreißigsten Dezember über Sylvester in den Skiurlaub nach Österreich fahren wollen.

Dann verlieren sie auch nicht viel Zeit und fahren los, sie wollen nur die Sachen abladen und dann weiter nach Hamburg, Julia fährt die paar Tage mit nach Hamburg, sie hat vorlesungsfreie Zeit.

So verbringe ich den Nachmittag mit meiner Mutter allein. Heute und auch die Tage bis Freitag hat mein Mann schon am frühen Nachmittag Feierabend, was wiederum normal wäre, denn seine Arbeit beginnt schließlich um fünf Uhr, trotzdem geht es aber sonst bis mindestens siebzehn Uhr. So ist er wenigstens Sylvester einigermaßen ausgeruht und die Chancen stehen gut, dass er dann überhaupt bis Mitternacht durchhält und nicht vorher einschläft. Als mein Mann diese Tage abends meine Mutter nach Hause bringt, knallen die Chaoten schon um die Wette. Meine Mutter mag das gar nicht, sie sehnt den Tag schon herbei, an dem die Knallerei endlich vorbei ist. Sylvester besteht auch keine Chance, sie aus ihrer Wohnung zu holen. Sie sieht sich lieber das Sylvesterfeuerwerk sicher durchs Fenster aus ihrer Wohnung im dritten Stock an

Wir hatten für Sylvester unsere Berliner Freunde Jörg und Birgit eingeladen, die aber nicht sicher waren, ob sie kommen oder nicht, da sie bereits letztes Sylvester mit ihren Berliner Freunden ausgemacht hatten, dass sie dieses Jahr wieder zusammen feiern. Sie konnten aber noch nichts Genaueres sagen, da diese noch im Urlaub waren und sie sich deshalb noch nicht verständigen konnten. Für uns steht fest, dieses Jahr wird richtig gefeiert, wir saßen schon die letzten Jahre allein zu Sylvester und das war ehrlich gesagt, ganz schön blöd. Als dann die Absage von den Beiden kam, entscheiden wir uns spontan, einen Volleyballfreund mit seiner Frau, einzuladen. Wir freuen uns, dass sie zugesagt haben.

Am Sylvesternachmittag machen Siggi und ich uns ans Schmücken des Wohnzimmers. Ein paar Tischknaller und etwas zum Knallen für draußen haben wir auch eingekauft. Pünktlich um neunzehn Uhr kommt unser Besuch. Wir umarmen uns, erfreut, uns wieder zu sehen. Die Beiden sind auch Ostseefans, wir hatten uns auch ab und zu in Trassenheide getroffen. Sie staunen, wie gut ich mich schon herausgemacht habe und freuen sich, dass es mir relativ gut geht. Kurz darauf treffen auch mein Bruder Olaf und seine Partnerin Marion ein. Die zwei haben wir auch eingeladen, denn Olaf hat Bereitschaft und falls er einen Einsatz hat, kann er auch von hier aus losfahren. Olaf und Marion kennen auch Horst und Sigrid, da Olaf ebenfalls im Volleyballverein war.

So sind wir eine gemütliche kleine Runde. Nach der ersten Runde Sekt essen wir Abendbrot. Sigrid hat Kartoffelsalat gemacht und mitgebracht und wir haben Kanapees und Obstsalat bestellt Als wir nach der Stärkung wieder am Couchtisch sitzen, tauschen Horst und ich die Plätze, weil ich Sigrid Bilder von unserem kleinen Benno zeigen will. Dabei erzählt sie mir, dass ihr Mann auch schon eine Hirnblutung hatte, die aber nicht so stark wie bei mir war und auch nicht zu neurologischen Ausfällen geführt hat. Interessiert höre ich zu. Ich wusste dunkel, dass da irgendetwas war und mir war auch beim Volleyballtraining öfter aufgefallen, dass Horst eine verzögerte Reaktion hatte. Nun weiß ich, dass das die Folge seiner Blutung war. Jetzt, wo man selbst betroffen ist und natürlich aufhorcht, wenn man etwas darüber hört, kommt es einem vor, als ob das schon fast eine Volkskrankheit geworden ist. Man ist ja auch viel mehr sensibilisiert, wenn man selbst oder ein Angehöriger diese Krankheit durchgemacht hat. Sigrid erzählt, dass ihr Mann von der Arbeit kam und sehr müde war. Sie schlug ihm vor, sich bis zum Abendbrot hinzulegen. Als es fertig war, hatte sie zu tun, ihn wach zu bekommen und als sie es dann endlich geschafft hatte, hat er die Augen verdreht und gelallt als wäre er betrunken. Er hatte Mühe, zu sprechen und ordentliche Sätze zu formulieren. Sigrid bekam es mit der Angst zu tun und rief einen Notarzt, der Horst mit ins Krankenhaus nahm. Am Telefon wurde ihr die Diagnose mitgeteilt und auch, dass ihr Mann, wenn er die Nacht überlebt, es geschafft hat. Verständlicherweise konnte sie die Nacht kein Auge zutun. Bei ihrem Besuch am nächsten Tag im Krankenhaus kam dann die Erlösung. Da die Blutung nicht so stark war, brauchte ihr Mann nicht operiert zu werden, man kriegte alles mit Medikamenten hin. Er blieb noch ein paar Tage zur Beobachtung im Krankenhaus und dann war alles wieder gut. Zum Glück, denn sonst hätte sie mit vier Kindern allein dagestanden.

Gegen dreiundzwanzig Uhr koche ich uns einen Kaffee und wir essen wie traditionell üblich in der Sylvesternacht einen Pfannkuchen, die Olaf und Marion mitgebracht haben. Wir haben Glück, es ist keiner mit Senf dabei.

Kurz vor Mitternacht stellen wir den Fernseher an, um die letzten Sekunden des alten Jahres mitzuzählen. In diesem Moment bekommen wir eine Handynachricht von Thomas und Julia. Thomas schreibt, dass sie fast im Schneechaos ersticken und dass sie uns schon mal ein gesundes neues Jahr wünschen, da wahrscheinlich um Mitternacht das

Handynetz zusammenbricht. Wir stoßen dann punkt zwölf Uhr in guter Stimmung miteinander an, wünschen uns ein gesundes neues Jahr und liegen uns in den Armen. Endlich kann auch Olaf mit anstoßen, da bis jetzt kein Anruf gekommen ist und nun auch keiner mehr kommen wird. Draußen knallt es schon und die Raketen fliegen in den Himmel. Also gehen wir auch vor die Tür. Als sich alle auf dem Flur beim Anziehen drängeln, husche ich schnell noch mal zurück ins Wohnzimmer, um meine Mutter anzurufen und ihr gute Wünsche auszurichten. Als das getan ist, gehe ich hinterher. Es ist trockene herrliche Luft, so um die acht Grad warm. Zum Knallen ist es schön, ohne Regen, ohne Schnee. Wir Frauen sehen den Männern zu, wie sie die Raketen und Fontänen zünden. Bei so was werden Männer bekanntlich zu Kindern und freuen sich wie diese über jede abgefeuerte Rakete und die anderen Feuerwerke. Wir stellen fest, dass wir wohl die Einzigen sind, die in unserer Straße knallen. Um das genau rauszukriegen und weil so schöne Luft ist, gehen wir drei Frauen unsere Straße lang spazieren und wirklich, alle Nachbarn feiern wohl auswärts. Wir gehen die Straße, die parallel vor unserer liegt, zurück, treffen dort ein paar Leute und wünschen uns gegenseitig alles Gute zum neuen Jahr. Als wir an unserem Haus eintreffen, haben die Männer alles verschossen und gezündet und wir gehen wieder hinein. Ich habe gerade die Schuhe ausgezogen, da klingelt das Telefon. Es ist Steffi, die ihre Wünsche loswerden will. Sie freut sich, dass wir schön feiern und erzählt, dass sie auch guter Stimmung sind. Ihre Schulfreundin und Freund sind bei ihnen zu Hause. Wir feiern noch bis gegen drei Uhr. Dann machen sich die vier auf den Heimweg, wir räumen noch ein bisschen auf und sind dann gegen vier Uhr im Bett.

Januar 2012

Am Neujahrsmorgen schlafen wir bis fast zehn Uhr. Sechs Stunden Schlaf, so lange habe ich schon sehr lange nicht mehr am Stück geschlafen und entsprechend ausgeruht fühle ich mich.

Die erste Woche im neuen Jahr ist eigentlich wieder Alltag bis auf, dass man sich überall ein gesundes neues Jahr wünscht. Meine Therapeuten sind wieder aus dem Urlaub zurück und der alte Trott beginnt von neuem. Mein Verlag, mit dem ich auch zwischen den Feiertagen in E-Mail-Kontakt war, hat mir neue Cover-Vorschläge geschickt und wir haben uns jetzt auf ein ganz anderes Cover geeinigt. Wie von mir gewünscht, spielt dabei wieder die Ostsee eine Rolle. Es zeigt ein Bild am Ostseeufer mit Fußspuren im nassen Sand, was ich ganz toll finde. Es hat doppelte Symbolkraft: zum einen die Gratwanderung zwischen Leben und Tod und zum anderen bringt es zum Ausdruck, dass ich während der letzten acht Jahre gern und viel am Strand gelaufen bin, weil ich es für mich als zusätzliche Therapie gesehen habe und die Ostsee einfach liebe.

Kurz darauf bekomme ich von der Grafikerin noch einmal den gesamten Buchumschlag mit Klappentexten und Rückentext geschickt. Auch meinen Buchtext bekomme ich als PDF-Datei zum Durchsehen, damit jetzt Nägel mit Köpfen gemacht werden können und ich das Buch zum Druck freigeben kann. Das passiert ganz schnell, denn ich habe nichts so viel wie Zeit.

Gleich am zweiten Januar, dem ersten Werktag im neuen Jahr, tue ich das, was ich mir für das neue Jahr vorgenommen habe. Ich habe im alten Jahr im Internet recherchiert, inwieweit es Möglichkeiten für Schwerbehinderte gibt, wieder arbeiten zu gehen. Bei der Agentur für Arbeit gibt es für diesen Bereich nur eine 0180-Servicenummer, wo niemand zu erreichen ist und immer nur in der Warteschlange landet. Ich habe im Internet gefunden, dass es einen Integrationsfachdienst gibt, der sich für den Personenkreis der schwer behinderten Menschen verantwortlich fühlt. Neben dem Aufgabenbereich der Rehabilitation soll dieser Personenkreis hier Unterstützung bei der Vermittlung bekommen. Ich weiß, dass ich etwas zu meiner Rente dazuverdienen kann. Warum soll ich es nicht versuchen? Ich muss unbedingt unter Leute, mir fällt auch so langsam die Decke auf den Kopf. Nur Fernsehen, Lesen und Kreuzworträtsel lösen ist auf Dauer auch unbefriedigend. Das mögen viele anders sehen, vergleichen es sogar mit Urlaub. Aber dem ist nicht so! Ich muss wieder gefordert werden. Mir fehlt die geistige Beanspruchung, körperlich mache ich mir nichts vor, da bin ich nur begrenzt belastbar. So lange habe ich an meinem Buch gearbeitet, jetzt ist die Zeit reif für etwas Neues, ganz davon abgesehen, dass ich schon wieder an einem neuen Buch schreibe! Also fasse ich mir ein Herz und rufe den Integrationsfachdienst beim Integrationsamt Neubrandenburg an. Eine sehr nette Frau bestätigt mir, dass ich bei ihr richtig bin und hört sich mein Anliegen an. Sie informiert mich, dass ich zuerst einen „Antrag zur Teilhabe am Arbeitsleben“ bei der Rentenversicherung holen und ihn ausgefüllt an die Rentenversicherung Bund nach Berlin schicken muss. Dort wird entschieden, ob er bewilligt wird oder nicht. Der erste Schritt ist getan und ich bedanke mich herzlich bei dieser netten Mitarbeiterin.

Am Freitag, den sechsten Januar, kommen Thomas und Julie gut erholt aus ihrem Urlaub in Österreich zurück. Anders als sonst ist jeder bei seinen Eltern. Ich bin egoistisch genug, das gut zu finden, habe so nach langer Zeit wieder einmal meinen Sohn ganz für mich. Thomas zeigt uns über den Fernseher Bilder aus dem Urlaub. Mit reichlich Schnee in diesem Jahr beschenkt, haben sie genau das Richtige getan. Alle sechs sind richtige Wintersporthasen und man sieht sie gut gelaunt auf Skiern und Snowboards. Thomas` Freund hat ihn sogar, selber Ski fahrend, bei einer Abfahrt gefilmt. Wir staunen nicht schlecht, wie rasant und mit wie viel Leichtigkeit er die Abfahrt meistert. Hochachtung auch für den Filmer! Da muss man schon Skifahren können, um gleichzeitig dabei zu filmen! Thomas erzählt begeistert, wie schön der Urlaub war und, was sie alles unternommen haben. Mein Mann erzählt von seiner Arbeit, dass sie ihm Spaß macht und wie froh er ist, wieder mit Kollegen zusammen zu sein. Ich habe auch etwas zu berichten und teile die Fortschritte mit meinem Buch mit.

Unser Sohn bleibt nur eine Nacht. Am Sonnabend nach dem Mittag fährt er mit Julia wieder nach Hamburg. Thomas hat jede Menge zu tun. Er muss an seiner Studienarbeit arbeiten und sich noch auf einige Prüfungen vorbereiten. Julie bleibt das Wochenende bei ihm und muss dann auch wieder nach Greifswald.

Am Dienstag in der zweiten Arbeitswoche des neuen Jahres bringt mein Mann mir den Antrag von der Rentenversicherung mit. Ich hatte ihn darum gebeten, bei der Rentenversicherung vorbeizusehen, da die Rentenversicherungsanstalt auf seinem Heimweg von der Arbeit liegt. Am nächsten Tag nehme ich mir den „Antrag zur Teilhabe am Arbeitsleben“ vor und fülle ihn aus. Ich muss Angaben zu meiner Berufsausbildung und meinen Tätigkeiten vor der Arbeitsunfähigkeit machen, meine Krankenkasse und meine behandelnden Ärzte angeben. Auf die Frage, mit welchen Leistungen mir die Rentenversicherung helfen kann, antworte ich, dass ich Hilfe bei der Vermittlung einer meiner Qualifikation und körperlichen Eignung entsprechenden Arbeit benötige. Und auch, dass ich, da ich nicht mobil bin, Hilfe benötige, um zur Arbeitsstelle und wieder nach Hause zu kommen. Den Antrag nimmt meine Mutter auf dem Heimweg mit und steckt ihn in den Briefkasten. Ich bin zufrieden und erleichtert, das erledigt zu haben. Nun muss ich sowieso warten, ob und was dabei herauskommt. Aber ich habe etwas getan, um die Situation zu verändern. Zu mir nach Hause wird niemand kommen und fragen, ob ich arbeiten möchte.

Am Freitag kommt Steffi mit Benno. Sie soll eine Krone bekommen und hat für Montag einen Termin bei einem Zahnarzt hier in Neubrandenburg gemacht, da die Krone hier wesentlich billiger als in Potsdam ist. Sie ist Studentin und muss das Geld zusammenhalten! Mit Benno ist dieses Mal gar nichts los. Er isst schlecht, das heißt, fast gar nicht. Sobald er einen Happen in den Mund nimmt, fängt er zu weinen an. Steffi war mit ihm vorher in Potsdam noch beim Kinderarzt, der nur kleine rote Pickel im Mund feststellte, aber seinen Anfangsverdacht Scharlach schnell ausschließen konnte, zumal es ihm sonst körperlich gut geht, er auch kein Fieber hat. Da Benno auch ständig sabbert, ihm läuft der Speichel regelrecht aus dem Mund und da, wo er gerade steht, hinterlässt er eine kleine Pfütze, gehen wir davon aus, dass der oder die Übeltäter ein oder mehrere neue Zähne sind. Jedenfalls sind die Tage mächtig anstrengend mit ihm, da er sich durch nichts wirklich ablenken lässt und viel weint. Da feste Nahrung gar nicht geht, versuchen wir es mit Suppe, Joghurt und Pudding. Damit ist er zufrieden, anscheinend tut ihm auch gut, dass der Joghurt schön kühl ist. Steffi entscheidet sich, weil er weiter rumquängelt, mit ihm am Sonntag zu Steffens Eltern nach Godendorf und dann gleich weiter nach Hause zu fahren. Sie hofft, dass er bei Steffens Eltern vor allem durch den Hund und die Katze von seinen Schmerzen abgelenkt wird. Schade ist es nur um Steffis Zahnarzttermin am Montag, doch Bennos Gesundheit geht vor!

Am Sonntagabend, Steffi wollte eigentlich schon längst wieder zu Hause in Potsdam sein, ruft sie an und erzählt uns, dass sie mit Steffens Eltern überlegt hat, dass sie über Nacht dort bleiben, am Montag wieder nach Neubrandenburg kommen und sie den Termin beim Zahnarzt doch wahrnimmt. Steffens Mutter Gitti hat frei und wird Steffi begleiten. So kann Gitti während Steffis Behandlung auf Benno aufpassen und die Zahnärztin kann mal bei Benno nachsehen, ob es wirklich durchkommende Zähne sind, was ihn so quält. Am Montag nach dem Zahnarztbesuch ruft Steffi wieder an. Ich frage gleich nach der Krone, ob sie sie nun hat. Sie sagt nur kurz: „Nein, es hat leider nicht geklappt. Ich konnte nicht geröntgt werden." Ich wundere mich erst und sie sagt, sie ruft noch einmal an, wenn sie wieder in Potsdam ist, weil es jetzt vom Handy aus ganz schön teuer ist. Bei mir kommt ein erster Verdacht auf. Sie erzählt dann noch, dass Benno keine neuen Zähne kriegt, er wahrscheinlich Herpes hat. Da das eine Virusinfektion ist, wird auch nichts weiter gemacht, das Immunsystem muss damit alleine fertig werden und man kann nur abwarten. Abends ruft sie wieder aus Potsdam an und mein Verdacht bestätigt sich. Sie sagt: „Aber noch nichts Papa sagen! Bisher wissen nur Gitti und du davon. Ich will es Papa und Roland selbst sagen." Mein Mäuschen ist wieder schwanger! Perfekt! Nun hat es doch so geklappt wie sie es immer wollte. Weil Steffi und Thomas zwei Jahre auseinander sind und sie diesen kleinen Altersunterschied immer optimal fand, wollte sie es bei ihren Kindern auch gern so. Benno wird jetzt im April zwei Jahre alt und das Kleine soll Ende Juli kommen. Perfekt! Überschwänglich gratuliere ich ihr und freue mich wie ein Schneekönig. Mir ist eigentlich schon zu Weihnachten aufgefallen, dass sie keinen Wein mitgetrunken hat, doch sie hatte angeblich Kopfschmerzen. Die folgenden Tage geht es Benno zusehends besser und er kann auch wieder feste Nahrung essen.

Am Dienstag erhalte ich dann auch schon die Information, dass mein Buch im Druck ist und das Erscheinungsdatum der 23. oder 24. Januar sein wird. Am

Mittwochnachmittag kommt pünktlich zum verabredeten Termin die Journalistin unserer Lokalzeitung. Wir führen ein lockeres Gespräch. Sie lässt sich alles von mir erzählen, wie und wann es zu dem geplatzten Aneurysma kam. Ich erzähle ihr auch, wie letztendlich das Cover des Buches zustande kam und, dass es mir gut tat, das Buch zu schreiben, ich dadurch alles gut verarbeitet habe, damit aber auch anderen Betroffenen und ihren Angehörigen Mut machen will, dass es wieder aufwärts gehen kann, wenn man seinen Teil dazu beiträgt und die Hilfe von Außenstehenden annimmt.

Das Interview verläuft in entspannter Atmosphäre und bevor die Journalistin nach nicht einmal einer Stunde wieder geht, fotografiert sie mich in meiner typischen Arbeitshaltung am Computer sitzend mit meinem Stützkissen unter dem linken Arm. Am Freitag soll der Artikel erscheinen.

Am Donnerstag, habe ich einen Termin bei meiner Frauenärztin. Ich muss nun langsam wieder die Arztbesuche erledigen, die in letzter Zeit zu kurz kamen. Ich werde von einer Pflegeschwester zur Praxis gefahren und die Sprechstundenschwester staunt, dass ich ohne Hilfe gefolgt von der Pflegerin die Frauenarztpraxis betrete. Nach kurzer Zeit werde ich schon aufgerufen, mein Blutdruck wird von einer weiteren Schwester gemessen. Ich kommentiere stolz: „Meine Hausärztin sagt schon immer, dass wir eigentlich den Blutdruck gar nicht zu messen bräuchten, er ist immer so 125 zu 75 und damit sehr gut.“ Die Schwester bestätigt mir, dass es auch dieses Mal so ist und macht mir ein Kompliment, wie gut ich zum Vergleich zu meinem letzten Frauenarztbesuch aussehe. Das war im Jahr 2010. Ich nutze die Gelegenheit und frage mit Blick auf die Waage, ob ich mich mal raufstellen kann. Mich interessiert schon lange, wie mein aktuelles Gewicht ist. Schon durch das Absetzen einer Reihe von Tabletten und den Verzicht auf häufiges Kuchenessen und Naschen müsste ich abgenommen haben, ich habe es ja auch schon an meiner Kleidung gemerkt. Trotzdem bin ich unsicher und sehe gespannt auf die Anzeige der Waage. Juchuuh, stolze neun Kilo habe ich seit dem letzten Besuch 2010 hier abgenommen! Das ist doch mal ein Erfolgserlebnis! Beim Eintritt ins Behandlungszimmer bemerkt die Frauenärztin meine gute Laune und fragt: „Na, Frau Berg, wie geht es Ihnen?“ Ich antworte: „Danke, sehr gut, Frau Doktor. Ich habe mir im letzten Jahr alles von der Seele geschrieben und mir geht es, vor allem psychisch, so gut wie lange nicht mehr!“ Sie kommt aus dem Staunen gar nicht mehr heraus, fragt noch einmal nach: „Wie geschrieben, ein Buch?“ Ich nicke: „Ja, ein Buch. Es kommt nächste Woche heraus und morgen erscheint ein Artikel über mich in der Zeitung.“ Sie wundert sich noch immer und während sie meine Brust untersucht, fragt sie: „Darf ich das meinem Mann erzählen?“ Ich antworte: „Gern, ich bitte darum!“ ‚Ihr Mann ist Neurochirurg hier an der Klinik und gehörte zu den Ärzten, die mich operierten. Ich bekomme noch Komplimente, wie gut ich aussehe und, als ich auf den Untersuchungsstuhl steige, bemerkt sie: „Es ist wirklich zu merken, dass es mit Ihnen aufwärts geht!“ Die Untersuchung verläuft ohne Probleme, alles ist soweit in Ordnung und beim Abschied sagt sie: „Die Zeitung werde ich morgen mit hierher bringen.“ Die Schwester im Behandlungszimmer antwortet erfreut: „Ja, das ist schön. Ich bin auch neugierig, wir haben nämlich keine Zeitung!“ Der Termin ist abgehakt und die Pflegeschwester bringt mich wieder nach Hause.

Am Freitag stehe ich dann wie immer in letzter Zeit kurz nach meinem Mann gegen vier Uhr auf. Es kann keiner verstehen, warum ich nicht länger schlafe. Wäre ich körperlich gesund und würde tagsüber auf Arbeit sein, könnte ich mit Sicherheit auch länger schlafen. Aber ich kann nur auf dem Rücken und auf der rechten Seite liegen, bin körperlich nicht ausgepowert, mache jeden Tag mein

Mittagsschläfchen und da ist es ganz normal, wie auch meine Hausärztin sagt, dass ich wenig Schlaf nachts benötige.

Außerdem ist es meine kreative Zeit. Wenn mein Mann dann gegen vier Uhr dreißig aus dem Haus ist, setze ich mich an den Computer und habe Ruhe und Muße zum Schreiben. Dieses Mal schreibe ich etwas ganz Anderes. Es sind „Geschichten, die das Leben schreibt“. Ich habe diese in meinem Umfeld während meiner Lehre, im Studium, während meines Arbeitslebens oder jetzt zu Hause miterlebt oder erzählt bekommen und finde sie so toll, dass sie es wert sind, aufgeschrieben zu werden.

Heute ist also der Tag, an dem der Artikel über mich erscheinen soll. Neugierig wie ich bin, gehe ich sofort nach der Morgentoilette und dem Anziehen zum Briefkasten, um mir die Zeitung zu holen und sie genüsslich bei einer Tasse Kaffee zu lesen. Fehlanzeige! Keine Zeitung im Briefkasten! Zuerst bin ich enttäuscht, denke, warum die Postfrau ausgerechnet heute uns aus Versehen keine Zeitung in den Briefkasten gesteckt hat. Doch dann ist mir alles klar. Es ist kurz nach halb fünf, um diese Zeit ist niemals die Zeitung da. Also heißt es, warten. Kein Problem, ich kann ja inzwischen an meinem Text weiter schreiben. Gerade in Gedanken versunken und die Wörter eines Satzes umstellend, höre ich, wie die Zeitung in den Briefkasten geworfen wird. Mein Blick geht sofort auf meine Armbanduhr: viertel sechs! Genau, um diese Zeit etwa kommt immer die Zeitungsfrau. Der Absatz wird noch zu Ende geschrieben, die Kaffeemaschine eingeschaltet und ich hole die Zeitung rein. Ich muss über mich selbst lächeln, wie ich die Situation theatralisiere. Erst wird der Kaffee eingegossen, ganz früh habe ich nur Milch getrunken, dann etwas Milch in den Kaffee getan und ich nehme den ersten Schluck, wobei ich beginne, die Zeitung durchzublättern. Ich habe mit einem kleinen, etwas versteckten Artikel gerechnet, doch als ich ihn entdecke, verschlägt es mir den Atem. Der Artikel füllt eine große halbe Seite aus zusammen mit einem recht gut getroffenem Bild von mir. Die Überschrift lautet: „Kämpferische Seiten nach Knall im Kopf". Die Journalistin beginnt mit der Beschreibung des ersten Covers meines Buches und wie es dann zu dem anderen Cover kam. Sie schreibt weiter, dass der von mir gewählte Buchtitel „Haarscharf am Tod vorbei" zum ständigen Begleiter meiner Diagnose wurde. Dann berichtet sie, wann und wie es passierte, wo und als was ich gearbeitet habe, wie die Erste Hilfe erfolgte und, dass ich sofort operiert wurde, dann im Koma lag und zur Frührehabilitation nach Greifswald kam. Sie berichtet weiter davon, dass auch die Verlagsleiterin von meinem Manuskript beeindruckt war, „mit welcher Willenskraft sich die Autorin das Leben zurückeroberte." Weiter wird beschrieben, dass ich mit meinem Mann, meinen Kindern und meiner Mutter eine starke Familie an meiner Seite hatte und habe. Auch mein Enkelsohn Benno wird genannt, der ja wirklich viel dazu beigetragen hat, mich anzuspornen, um ihm eine richtige Oma sein zu können, die ihn in die Arme nimmt und auch mit ihm spielt. Der Artikel endet mit der Beschreibung des Covers, das Fußspuren im nassen Ostseesand zeigt. Zum Schluss steht: „Die Spuren, die ihr Buch hinterlässt, werden gewiss nicht so schnell weggespült."

Erst jetzt merke ich, wie aufgeregt mein Herz schlägt. Es ist schon ein erhabenes Gefühl, so viel Gutes über sich selbst zu lesen! In aller Ruhe trinke ich meinen Kaffee aus und schreibe weiter an meinem Text. Wie immer kommt gegen halb zehn meine Mutter. Sonst erzählen wir immer, was es Neues gibt. Danach machen wir beide unser Zeitungsstudium. Heute gebe ich ihr, nachdem sie sich auf die Couch gesetzt hat, als erstes die Seite, auf der mein Artikel steht. Sie beginnt zu lesen und ich beobachte, dass sie schmunzelt. Da klingelt auch schon das Telefon und ich erhalte die ersten Glückwünsche zu meinem Buch. Meine Mutter hat zu Ende gelesen, sagt voller Stolz: „Prima, Anke. Ein ganz toller Artikel!“ ,Ich antworte nur: „Den habe ich ja nicht geschrieben!“

Ich habe gleich Physiotherapie, meine Mutter weiß mich dann in guten Händen und sagt: „Ich gehe schnell mal zum Supermarkt, bin gleich wieder zurück.“ Weil sie selbst keine Zeitung bekommt, will sie sich unbedingt die Zeitung holen, so stolz ist sie. Mit den Anrufen geht es den ganzen Tag so weiter. Ehemalige Kollegen, Nachbarn und Freunde, auch solche, von denen ich lange nichts gehört habe, melden sich und gratulieren mir zu dem Buch. Nun wurde mit dem Zeitungsartikel so richtig Werbung gemacht. Ich freue mich natürlich darüber, aber ansonsten geht der Alltagstrott weiter. In der Physiotherapie übe ich verstärkt, freihändig zwei Treppenstufen hinauf- und herunterzugehen, da ich momentan immer noch mächtige Schmerzen im linken Bein habe und dadurch versuche, auf die rechte Seite auszuweichen. Das ist nicht gut und geht wiederum auf die Hüfte. Ich weiß das und übe deshalb fleißig, ich möchte nicht noch zusätzlich Haltungsschäden bekommen.

Als mein Mann von der Arbeit kommt, fahren wir zusammen einkaufen. Wir müssen noch etwas für die Garagenparty morgen einkaufen. Wie jedes Jahr im Januar findet auch dieses Jahr so eine Party mit den Bewohnern unserer Straße statt. Eine Familie in unserer Straße hat eine Doppelgarage. Die wird für diesen Anlass leer gemacht, Tische und Bänke hineingestellt und Heizungen aufgestellt. Alle Bewohner unserer Straße haben eine Einladung bekommen, jeder bringt etwas zum Grillen, Glühwein, Bier und andere Getränke mit und wir sitzen dann fröhlich zusammen. So haben wir uns alle schon gut kennen gelernt und die meisten waren traurig, dass letztes Jahr die Party ausgefallen ist.

Nach dem Einkauf zeige ich meinem Mann erst einmal den Zeitungsartikel. Er ist auch begeistert, hatte ebenfalls nicht mit so einem großen Artikel gerechnet.

Zur Garagenparty gehe ich am Sonnabend an der Seite meines Mannes das erste Mal zu Fuß, statt mich im Rollstuhl schieben zu lassen. Sie findet am Ende der Straße statt. All die Jahre hat mich mein Mann mit dem Rollstuhl dorthin gefahren. Es ist nicht weit und deshalb möchte ich heute zu Fuß gehen. Bei der Begrüßung ist mein Zeitungsartikel und mein Buch das Thema Nummer eins. Mir ist das etwas peinlich und ich möchte gar nicht so viel Rummel um mich. Daher benehme ich mich ganz normal und versuche, mit meinen Nachbarn über andere Themen zu reden. Unsere Glühweinparty wird richtig lustig. Viele haben auch selbstgemachten Likör oder ihren Lieblingsschnaps mitgebracht und entsprechend gut ist die Stimmung. Die Männer grillen auf der Terrasse die mitgebrachten Bratwürste und Steaks, es ist ja auch fast frühlingshaftes Wetter, und alle lassen es sich gut gehen. Wir halten lange durch und mit dem Versprechen, nächstes Jahr wieder zu feiern und uns eventuell auch mal im Sommer zusammenzusetzen, endet dieser wunderschöne Abend.

Am Sonntag halte ich mal wieder, wahrscheinlich wegen des Glühweins, lange durch und wir schlafen bis gegen neun Uhr. Mein Mann ist auch dankbar, dass sein Ausschlafen nicht durch mein frühes Aufstehen gestört wird.

Am Dienstag steht mein nächster Arzttermin an, beim Facharzt für Chirurgie, in der Praxis für Enddarmerkrankungen, sprich für Hämorrhoiden. Ich habe seit der Geburt von Steffi Probleme damit und war seit Ewigkeiten nicht mehr da. Seit meinem Schlaganfall habe ich zwar weniger mit Hämorrhoiden zu tun, dafür aber mit dem großen Geschäft. Ich habe, wenn es hoch kommt, einmal die Woche Stuhlgang und dann ist er so hart, dass er mir echt Probleme bereitet, ich mich regelrecht quäle. Also dachte ich, dass es vielleicht doch wieder mit Hämorrhoiden zusammenhängt und habe daher diesen Termin gemacht. Mir ist klar, dass dieses Problem damit zusammenhängt, dass ich mich zu wenig bewege, doch ich mache ja schon, was möglich ist. Fakt ist, an der Ernährung liegt es nicht, ich ernähre mich ausgewogen, esse bewusst viel Obst und Gemüse! Als ich am Tresen stehe, meine Chipkarte hingebe und die dort sitzende Sprechstundenschwester alles in den Computer eingibt, kommt eine weitere Schwester dazu, grüßt mich freundlich und fragt: „Sie waren doch am Freitag in der Zeitung oder?“ Mir ist es langsam peinlich, dass der Artikel so viel Staub aufwirbelt und ich bestätige es verlegen lächelnd. Daraufhin sagt sie zu der anderen Schwester: „Siehst du, ich hatte doch recht!“ Offensichtlich haben sie mich vor der Praxis durchs Fenster aus dem Auto steigen sehen und schon überlegt, ob ich es bin, die in der Zeitung stand. Nach kurzem Warten werde ich auch schon aufgerufen. Der Doktor stellt fest, dass ich lange nicht da war und fragt nach meinem Problem. Ich erkläre meine lange Abwesenheit und schildere mein jetziges Problem. Er bittet mich zur Untersuchung auf die Liege. Da ich mich auf die linke Seite legen muss, hilft mir eine Schwester. Während der Doktor mich untersucht, sagt er, dass ich keine Hämorrhoiden mehr habe, wir wohl dieses Problem mit dem Veröden in der Vergangenheit beseitigt haben. Er sagt weiter: „Ihre schlechte Darmtätigkeit hängt zu neunzig Prozent mit Ihrem Schlaganfall zusammen, wahrscheinlich sind die Nerven im Darm geschädigt. Um ganz sicher zu sein, möchte ich Sie noch einmal zur kleinen Darmspiegelung wieder sehen und dann werden wir weitersehen.“ Ich bekomme gleich einen Termin für den kommenden Montag und soll am Sonntag davor einen halben Liter Sennesblättertee trinken und nur leichte Kost zu mir nehmen, damit der Darm leer ist.

Am nächsten Tag bekomme ich meine Bücher. Ich erhalte drei Freiexemplare und acht Bücher zum Vorzugspreis. Die sollen meine Mutti, mein Schwiegervater, meine Kinder, meine fünf Geschwister und meine Freundin Christine, die mich so sehr zum Schreiben des Buches motiviert hat, von mir geschenkt bekommen und ein Buch ist natürlich für uns. Die Bücher bringt die Grafikerin zusammen mit einer Rose und den Glückwünschen des Verlages. Es ist schon ein erhabenes Gefühl, das eigene Buch in den Händen zu halten. Jetzt ist mein Werk fertig und ich bin mächtig stolz darauf! Bevor meine Mutter kommt, schreibe ich für sie eine Widmung ins Buch. Sie bekommt nämlich das erste Buch, hat es mehr als verdient. Mutti ist genauso stolz wie ich und blättert erst einmal in aller Ruhe darin.

Am Freitag habe ich volles Programm. Eine Pflegeschwester holt mich ab und bringt mich zum Nagelstudio. Dieses Mal dauert es länger als geplant, da es auch nicht so einfach mit meinen Fingern ist, weil ich sie nicht allein strecken kann. Die Pflegeschwester hilft mir toll dabei und so habe ich nach etwas mehr als ursprünglich eingeplanter Zeit hübsche Fingernägel. Doch im Anschluss daran habe ich noch einen Friseurtermin, wohin ich jetzt zu spät komme. Da Ansatzfärben angesagt ist, benötigen wir die üblichen zwei Stunden und ich komme in Zeitnot, da ich anschließend von der Schwester von Steffis Schwiegermutter abgeholt werde, um zur Geburtstagsfeier von Gitti nach Godendorf zu fahren. Ich habe alles minutiös durchgeplant und es hätte auch geklappt, wäre keine zeitliche Verzögerung aufgetreten. Doch es geht schief. Dummerweise hatte ich vergessen, mir die Telefonnummer von Gittis Schwester mitzunehmen. So kann ich nicht Bescheid geben, dass ich etwas später komme. Wir biegen in unsere Straße ein und aufgeregt schaue ich, ob vor unserem Haus das Auto von Gittis Schwester steht. Niemand da!

Inzwischen bin ich schon über eine halbe Stunde über der verabredeten Zeit. Klar, dass sie nicht so lange wartet, zumal sie auch nicht weiß, wo ich war. Das war ganz schön dumm von mir und ich ärgere mich, ihr nicht gesagt zu haben, dass ich vorher noch unterwegs bin. Ich bedanke mich bei der Pflegeschwester und verabschiede mich. Dann führt mich mein erster Weg im Haus zum Telefon, um Gitti anzurufen, ihre Schwester kann ich sowieso nicht erreichen, da ich nur ihre Festnetznummer habe. Bei Gitti am Telefon ist besetzt, was verständlich ist, denn sie wird Geburtstagsglückwünsche bekommen. Ich bin enttäuscht, dass alles schiefgelaufen ist, denn ich hatte mich schon auf die willkommene Abwechslung gefreut. In diesem Moment höre ich, dass ein Auto auf die Auffahrt fährt. Es ist Gittis Schwester. Doch noch alles gut! Ich gehe ihr entgegen, entschuldige mich für meine Verspätung und erfahre, dass sie, da sie vor verschlossener Tür stand, bei ihrer Schwester angerufen hat und diese wiederum bei Steffi nachgefragt hat, wo ich bin. Steffi hat dann meine Mutter angerufen und sie gebeten, zu unserem Haus zu kommen und aufzuschließen, weil sie inzwischen befürchteten, mir ist etwas passiert und ich liege vielleicht hilflos irgendwo im Haus. Daher ist Gittis Schwester, obwohl sie schon auf dem Weg war, noch einmal zu unserem Haus gefahren, um auf meine Mutter zu warten und ihr zu helfen, wenn möglicherweise etwas mit mir passiert wäre. Also rufe ich sofort meine Mutter an, die gerade losgehen wollte, sage ihr, dass sich alles geklärt hat und alles in Ordnung ist, ich mich zeitlich durch das Nagelstudio verspätet habe. So ist sie beruhigt und wir fahren, zwar verspätet, aber nicht zu spät, noch nach Godendorf zu Gittis Geburtstagsfeier. Vorher stecke ich noch mein Buch ein, denn neben meiner Mutter hat Gitti das Manuskript zuerst gelesen und soll es nun fertig auch sehen. Wir machen uns auf den Weg, fahren noch am Blumenladen vorbei, denn ich muss noch einen Geburtstagsblumenstrauss haben. Das Geschenk, ein Buch von Desiree Nick, habe ich zum Glück am Vortag mit Mutti schön eingepackt. In Godendorf angekommen, müssen wir natürlich erst einmal erzählen, was los war. Mir ist das alles ganz schön peinlich, ich werde aber mit den Worten beruhigt: „Jetzt seid ihr ja da und alles ist gut." Wir verbringen einen schönen Nachmittag und Abend. Steffen und Benno sind auch da, während Steffi die Ruhe nutzt, um Sachen für ihr Studium zu erledigen. Nach dem Abendbrot machen sich die Beiden auf den Weg nach Potsdam und als weitere Gäste eintreffen, machen wir uns auch auf den Heimweg. Mein Mann ist auch froh als ich wieder da bin. Für ihn war es komisch, nach der Arbeit nach Hause zu kommen und ich war nicht da.

Trotz der ganzen Aufregung am Vortag und des vielen Laufens bin ich am Sonnabend pünktlich um vier Uhr wach und muss aufstehen. Ich schleiche mich aus dem Bett, schreibe aber nicht wie sonst am Computer, sondern setze mich im Gästezimmer an meinen Schreibtisch und schreibe in meine Bücher, die ich verschenken will, Widmungen. Außerdem adressiere ich DIN A5-Briefumschläge an die, denen ich das Buch nicht persönlich überreichen kann und lege ein paar persönliche Zeilen bei. Das sind meine auswärtigen Brüder Manfred, Klaus und Jürgen sowie meine Freundin Christine. Ich bereite alles vor und Steffi wird die Büchersendungen zur Post bringen.

Da Steffi am vierundzwanzigsten Geburtstag hatte und wir uns verabredet hatten, entweder Sonnabend oder Sonntag zu ihr zu fahren, fragt sie, ob es uns Recht wäre, wenn wir uns wieder am Sonntagmittag bei IKEA treffen würden. Inzwischen haben sie sich nach einer größeren Wohnung umgesehen. Ihre jetzige Drei-Raum-Wohnung ist doch ein bisschen klein, besonders im Hinblick auf den im Sommer kommenden Nachwuchs. Sie haben sogar den Zuschlag für eine bisher von Studentinnen bewohnte Vier-Raum –Wohnung erhalten, sehr gut geschnitten und über achtzig statt bisher knapp siebzig Quadratmeter groß. Die Studenten wollen die Auslegware, die laut Steffi sehr gut erhalten ist, gegen einen kleinen Obolus, in der Wohnung lassen. Das kommt dem schmalen Familienbudget von Steffi und Steffen sehr entgegen und die Miete ist nur unwesentlich höher als die der jetzigen Wohnung. Einziger Wehrmutstropfen ist die für den Monat März doppelte Miete, da sie ihre Wohnung nicht rechtzeitig kündigen konnten und die Studenten einen Nachmieter ab ersten März suchten. Außerdem benötigen sie die Zeit für die Organisierung des Umzuges und die Beschaffung neuer Möbel. So sind wir natürlich damit einverstanden, uns in Berlin-Spandau bei IKEA zu treffen, wo sie sich neue Inspirationen holen oder sogar neue Möbel kaufen wollen. Meinem Mann ist es auch ganz recht, so verbringen wir gemeinsam die Zeit bei IKEA und können im Hinblick darauf, dass er Montag früh wieder um halb vier aufstehen muss, am frühen Nachmittag wieder zurückfahren und sparen zusätzlich den Weg von Berlin nach Potsdam und zurück.

Als wir bei IKEA eintreffen, sind die drei schon dort. Benno ist wie ausgewechselt, ihm geht es gesundheitlich wieder gut. Wir gratulieren unserer Tochter noch einmal persönlich nachträglich zum Geburtstag. Statt eines Geschenkes bekommt sie von uns Pralinen und Geld, sie soll sich lieber alleine etwas aussuchen, hat in Potsdam und Berlin eine viel größere Auswahl als wir in Neubrandenburg.

Als erstes gehen wir in die Cafeteria und essen Mittag. Danach starten wir den Rundgang. Wir erfahren, dass sie sich eine weiße Anbauwand mit wenig offenen Fächern kaufen wollen. Sie haben sich schon eine in einem anderen Möbelhaus ausgesucht und zeigen uns eine ähnliche. Erst können wir uns weiß für das Wohnzimmer nicht so richtig vorstellen, sind nun aber beim Anblick der ähnlichen Anbauwand auch begeistert. Sie finden noch einen passenden Couchtisch, den sie auch gleich mitnehmen. Ich fordere Steffi auf, sich noch eine Grünpflanze statt des nicht mitgebrachten Blumenstraußes auszusuchen und ich kaufe mir zwei Blumentöpfe mit Gerbera für unser Küchenfenster.

Der Rundgang hat richtig an meinen Kräften gezerrt, die Männer haben auch die Nase voll und so beschließen wir, nach Hause zu fahren. Am Auto geben wir Benno noch ein Kinderbuch „Meine ersten Wörter“ und zwei Überraschungseier, auf die er im Moment besonders abfährt. Wir haben Glück und in einem Ei ist eine Schlumpffigur, die noch in seiner Sammlung fehlt. Ich gebe Steffi die vorbereiteten Büchersendungen, die sie für mich fertig machen und zur Post bringen will. Nach einigen süßen Handküssen und winke-winke von Benno brausen die drei los und auch wir machen uns auf den Heimweg.

Zu Hause angekommen, koche ich mir erst einmal den Sennesblättertee, den ich ja über den Nachmittag verteilt trinken soll. Der Darm soll zu der Darmspiegelung morgen leer sein, aber wie ich schon befürchtet hatte, tut sich gar nichts bei mir. Weil ich merke und auch weiß, dass der Darm noch voll ist, nehme ich am nächsten Tag früh nach dem Frühstück noch ein Abführzäpfchen. Immer noch nichts! Ich verstehe das nicht! Andere gehen fast täglich zum Stuhlgang auf die Toilette und bei mir klappt es nicht einmal mit Abführhilfe! Das sage ich dann auch der Schwester bei meinem Termin zur Darmspiegelung. Sie beachtet es nicht weiter, sagt nur: „Sie bekommen ja noch einen Einlauf und der wird den Erfolg bringen!“ Ich denke, hoffentlich hat sie Recht. Dann bin ich auch schon mit dem Einlauf dran und muss gleich in dem Bad mit der Toilette bleiben, soll aber mindestens sechs Minuten den Darmdrang anhalten. Das schaffe ich gerade so und werde von meinem Darminhalt befreit. Ich bin erleichtert, dass das geklappt hat und muss noch ungefähr fünfzehn Minuten warten. Bevor ich aufgerufen werde, wird die Begleitperson eines Mannes gebeten, mit ihm in den Frauenruheraum zu gehen, um auf ihn aufzupassen. Mir kommt das merkwürdig vor und wie immer in solchen Fällen, muss ich es wissen. Ich frage die Schwester: „Hatte der Mann auch eine Darmspiegelung?“ Sie antwortet: „Ja, aber eine große, und er hat eine örtliche Betäubung bekommen, ist noch wackelig auf den Beinen. Sie brauchen keine Angst zu haben!“ Angst habe ich nicht, denn ich hatte schon eine kleine Darmspiegelung und fand sie nicht schlimm. Als ich auf der Liege bin, sagt der Arzt zu mir, dass ich schön ruhig und entspannt bleiben soll und beginnt mit der Spiegelung. Da gleichzeitig Luft hineingepumpt wird, damit auf dem Monitor alles besser zu sehen ist, ist das Entspanntsein gar nicht so einfach und ich frage den Doktor, was ich machen soll, wenn die Luft raus will. Er antwortet: „Lassen Sie alles raus, was meinen Sie, wie viel Winde mir täglich um die Ohren wehen! Das ist für mich Gewohnheit und schon in Ordnung.“ Noch über die Winde lächelnd ist die Darmspiegelung auch schnell geschafft. Der Doktor sagt mir, dass sich sein Verdacht bestätigt hat und er mich gern zu einem Professor, der auf solche Sachen spezialisiert ist, nach Waren überweisen will. Meine ängstliche Frage, ob es Morbus Kron ist, verneint er und sagt, es ist nichts Entzündliches. Er begründet: „Ich könnte Sie auch erst zu einem Facharzt hier in Neubrandenburg überweisen, aber letztendlich würden Sie dann auch in Waren landen.“ Ich bin damit einverstanden, es lieber gleich so direkt zu machen. Die Schwester macht noch gleich einen Termin Anfang März mit Waren und ich kann meinen heutigen Arztbesuch abhaken. An einem der folgenden Tage bringt mir mein Mann von meiner Hausärztin einen Transportschein für den Termin in Waren von der Ärztin mit, sodass wir uns keine Gedanken machen müssen, wie ich zu der Untersuchung nach Waren komme.

Februar 2012

Am ersten Tag des neuen Monats besucht mich noch einmal die Verlagschefin. Sie erzählt mir, dass mein Buch bisher ganz gut verkauft wird, der Artikel in der Zeitung wohl auch dazu beigetragen hat. Wir überlegen, ob ich noch Buchlesungen machen sollte und einigen uns schließlich darauf, dass ich nicht wie sonst üblich eine Buchlesung in einem Buchgeschäft mache, sondern eher wie bereits von mir vorgeschlagen, zum Beispiel anlässlich der Woche des Schlaganfalls, die hier bei uns im Klinikum einmal jährlich stattfindet, eine Buchlesung machen würde. So könnte ich Betroffene direkt erreichen. Sie schlägt vor, eventuell auch eine Lesung in einer Schlaganfallklinik durchzuführen, vielleicht sogar in Greifswald, wo ich zur Rehabilitation war. Ich bin damit einverstanden und sie will sich darum kümmern.

Dann besprechen wir noch das Thema Leipziger Buchmesse, wo der Verlag mit einem Stand vertreten ist und die Neuerscheinungen vorstellt. Ich kann mit dabei sein, muss aber die Anreise und Unterkunft selbst organisieren. Ich möchte schon gern mitfahren, schon allein, um dem Alltag zu entfliehen und, weil mich die Buchmesse als solche interessiert. Mein Mann hat dafür weniger Interesse, es würde auch ein Problem für ihn werden, frei zu bekommen, da er noch nicht lange in der Firma arbeitet. Thomas ist zu dem Zeitpunkt schon in Spanien, es geht also auch nicht, dass er mich begleitet. Aber Steffi hatte gleich Interesse bekundet, mitzukommen. Ich erzähle ihr am Telefon davon und sie sagt: „Wir werden schon eine Lösung finden, ich komme ja am Wochenende."

Nach wie vor bekomme ich regelmäßig meine Therapien, Physiotherapie an allen fünf Wochentagen und Ergotherapie dreimal die Woche. Ich übe fleißig wie immer. Mit meinem neuen Ergotherapeuten bin ich sehr zufrieden.

Er ist sehr ehrgeizig, besucht neben seiner Arbeit ein Abendgymnasium, um sein Abitur nachzuholen. Er würde gern Medizin studieren und ehrgeizig wie er ist, traue ich ihm zu, dass er es schafft. In der Physiotherapie mache ich hauptsächlich Übungen auf dem Boden und wir arbeiten an meiner Haltung. Immer noch tut mir das linke Bein weh, ich kann nicht fließend laufen, habe Schmerzen im Fuß und Unterschenkel. Also werden auch die Schmerzpunkte dort behandelt.

Am Freitag, den zweiten Februar, kommen nachmittags Steffi und Benno. Ich bin froh, wieder Abwechselung zu haben. Benno ist gut drauf, spricht immer mehr und versteht so gut wie alles. Es macht Spaß, mit ihm zu spielen. Als er im Bett ist, besprechen Steffi und ich das Thema Buchmesse. Da mir die Verlagschefin mitgeteilt hat, dass zur Buchmesse die Hotels gut ausgebucht sind, suchen wir uns als erstes im Internet ein Hotel und buchen eine Übernachtung vom fünfzehnten zum sechzehnten März. Dann besprechen wir, dass ich am vierzehnten März mit dem Zug bis Oranienburg fahre und Steffi mich dort mit dem Auto abholt, weil es für sie günstiger ist, als wenn sie mich direkt in Berlin abholen müsste. Das wird meine erste alleinige Fahrt sein, seit ich aus der Reha entlassen wurde, aber ich traue mir das auf alle Fälle zu. Dann werde ich über Nacht bei Steffi, Steffen und Benno bleiben und morgens bringen wir Benno in die Kita, der dann von Steffen wieder abgeholt werden muss, und wir fahren danach mit dem Auto nach Leipzig.

Sonnabendmittag kommen Steffens Eltern, um Benno abzuholen. Sie wollen und sollen auch etwas von ihrem Enkel haben. Steffi wird ihn auf der Rückfahrt am Sonntag bei ihnen wieder abholen. Sie erzählen uns, dass sie vor der Heimfahrt erst noch zu einem Einkaufscenter wollen. Steffi und ich wollen auch dahin, denn wie immer, wenn Steffi bei uns ist, nutzen wir die Gelegenheit, um Bummeln zu gehen.

Da wir uns dort treffen könnten und wir Benno nicht verunsichern wollen, besprechen wir, aufzupassen, dass uns Benno nicht sieht.

Kurz nachdem Steffens Eltern mit Benno abgefahren sind, er auch friedlich zu ihnen ins Auto gestiegen ist, machen Steffi und ich uns auf den Weg. In einem Discounter kaufe ich neben zwei T-Shirts für meinen Mann noch ein paar Kleinigkeiten ein. Dann bummeln wir durch das Center und gehen anschließend noch in den Lebensmittel-Supermarkt. Wie kann es anders sein, sehen wir auch gleich Steffens Eltern mit Benno, der sich interessiert etwas in der Spielzeugabteilung anschaut. Bevor er uns entdeckt, schlagen wir einen Haken, um aus seinem Sichtfeld zu verschwinden.

Auf dem Centerflur gibt es Apfelsinen zu kaufen. Wir gehen näher und ich stelle fest, dass das endlich mal die schönen Navelapfelsinen sind, die es diesen Winter so gut wie gar nicht zu kaufen gab. Da das Angebot günstig ist, ein Zehnlitereimer voll Orangen kostet sechs Euro, schlagen wir zu und nehmen einen Eimer mit.

Zu Hause angekommen, bekommt mein Mann beim Anblick des Orangeneimers einen Schreck. Ich beruhige ihn und sage: „Du brauchst keine Angst zu haben, die esse ich alle auf. Ich habe mich gefreut, endlich ordentliche Apfelsinen zu bekommen."

Kurz darauf schält mir Steffi auch schon eine Orange und mein gutes Auge hat mich wieder einmal nicht getäuscht. Die Orange ist süß und saftig. Abends sitzen Steffi und ich noch lange, erzählen und sehen fern.

Am Sonntag nach dem Mittag fährt Steffi dann auch wieder los nach Hause. Auf den Montag freue ich mich schon, denn am frühen Vormittag soll unser neuer Waschtisch für das Gäste-WC kommen, den ich zusammen mit meinem Sohn und seiner Freundin im Dezember ausgesucht habe.

Als ich am Montagmorgen aufstehe und nach draußen sehe, denke ich, ich sehe nicht richtig. Alles ist weiß und auch das Thermometer zeigt ordentliche Minusgrade an. Zum Glück ist mein Mann zu Hause, denn er konnte kurzfristig seinen Urlaub aus dem vergangenen Jahr nehmen. Er hat von heute bis Mittwoch Urlaub.

Als dann die Zeit ran ist, dass unser Waschtisch geliefert werden soll, tut sich nichts. Ich bin enttäuscht und überlege, ob ich anrufen und nachfragen soll, als auch schon das Telefon klingelt. Mir wird gesagt, dass sich die Lieferung um ein bis zwei Stunden verschiebt, da das Möbelhaus auf Grund des plötzlichen Frostes Probleme mit dem Starten sämtlicher LKW hatte. Ich bin trotzdem zufrieden, bin ja zu Hause und musste nicht wie andere extra von der Arbeit frei nehmen, Hauptsache, der Waschtisch kommt heute noch.

Als mein Mann nach etwas längerem Ausschlafen aufsteht, wundert er sich ebenfalls über den plötzlichen Wintereinbruch. Er hat gar keine Ruhe beim Frühstück und beeilt sich, raus zu kommen, um Schnee zu fegen. Er fegt gleich bei den Nachbarn zu beiden Seiten mit, da die Bewohner der eine Seite arbeiten sind und auf der anderen Seite eine ältere Dame wohnt. Er ist gerade fertig, die Straße ist frei von Schnee und da kommt auch schon unser Waschtisch. Das Aufbauen und Anschließen geht schnell, der neue Waschtisch sieht ganz toll aus, was ich schon wusste, aber Siggi gefällt er auch und so sind wir glücklich mit unserer neuen Anschaffung.

Am Mittwoch fährt mich mein Mann zum Ärztehaus. Ich habe einen Termin beim Chirurgen wegen eines kleinen Griesbeutels zwischen den Brüsten, womit ich schon im Krankenhaus war, aber nichts dabei herausgekommen ist. Nun will ich ihn mir heute herausschneiden lassen. Mein Mann hat über meinen Mut gestaunt und gesagt: „Das kleine Ding würde ich mir aber nicht wegschneiden lassen!“ Ich habe geantwortet: „Ja, ihr Männer seid ja auch feige, aber mich stört das eben. Der Griesbeutel ist genau im Ausschnitt und ich habe das Gefühl, mir schaut jeder auf den Pickel. ‚Ich will das Ding weghaben!" Siggi antwortet: „Ist ja gut, das ist ja auch deine Entscheidung."

Wir nehmen im Wartezimmer Platz und Siggi fragt mich, ob ich klarkomme, er will noch etwas kaufen. Ich habe kein Problem damit und sage, dass er ruhig gehen kann. Er ist gerade weg, als meine Cousine Karin aus einem der Sprechzimmer kommt. Ich war als Kind fast jedes Jahr in den Sommerferien mehrere Wochen bei ihr und ihren Eltern und wir haben uns schon lange nicht mehr gesehen. Umso größer ist jetzt die Freude auf beiden Seiten. Wir umarmen uns herzlich und sie erzählt mir begeistert, dass sie mein Buch gelesen hat. Sie sagt: „Das hast du schön geschrieben. So hat man einen Einblick bekommen, wie alles abgelaufen ist." Ich freue mich darüber und während wir uns erzählen, weshalb wir hier sind, werde ich auch schon aufgerufen und wir verabschieden uns schnell wieder voneinander.

Ich muss auf den OP-Tisch und denke, ein ganz schöner Aufwand wegen eines so kleinen Pickels. Aber was sein muss, muss sein! Die Ärztin ist eine Nachbarin aus unserer Straße, in deren Garage die Bewohner unserer Straße die erste Feier im neuen Jahr gemacht haben. Entsprechend locker unterhalten wir uns. Sie sagt: „Das Schlimmste ist jetzt eigentlich die Betäubungsspritze, alles andere bekommen Sie gar nicht mit. Sie brauchen keine Angst zu haben!" Angst habe ich nicht, im Gegenteil, ich habe volles Vertrauen zu ihr. Eine Schwester hält meine rechte Hand. Ich finde das nett und sage es ihr. Sie freut sich darüber und entgegnet: „Ja, die meisten Patienten finden das gut, es beruhigt ein wenig oder?" Mit einem Nicken bestätige ich das und schon bekomme ich die Spritze. Sie tut tatsächlich etwas weh, was ja auch kein Wunder ist, denn zwischen den Brüsten hat man ja nur Haut und Knochen. So bin ich auch froh, als ich die Spritze endlich überstanden habe. Dann setzt die Ärztin das Skalpell an und ich zucke zusammen. Sie fragt: „Sagen Sie bloß, die Spritze wirkt nicht?“ ich bestätige dies und sie meint: „Dann müssen wir noch einmal nachlegen.“ So bekomme ich noch eine Spritze und danach geht alles ganz schnell und ich bin fertig. Frohgelaunt, alles gut überstanden zu haben und das „Ding“ endlich los zu sein, fahren wir wieder nach Hause.

Am Sonntag darauf habe ich mein zweites Manuskript fertig, das ich nach der Buchmesse beim Verlag einreichen will. Es sind dieses Mal Geschichten, die das Leben schreibt.

Am fünfzehnten Februar erhalte ich ein Antwortschreiben von der Rentenversicherung des Bundes auf meinen „Antrag zur Teilhabe am Arbeitsleben“. Ich bin aufgeregt, weil ich hoffe, dass schon etwas Konkretes drinsteht. Aber im Prinzip ist es nur eine Eingangsbestätigung mit dem Hinweis, dass der Antrag bearbeitet wird. Dazu muss ich auch noch meinem Neurologen ein Formular zum Ausfüllen vorlegen. Das passt ganz gut, denn am zwanzigsten Februar habe ich meinen nächsten Termin dort.

Am nächsten Tag kommt die Chirurgin nach Feierabend zu mir nach Hause, um die Fäden zu ziehen. Sie ist zufrieden, der kleine Schnitt ist gut verheilt und sie teilt mir auch noch mit, dass der Befund der Gewebeprobe auch gut ist.

Am Freitagvormittag habe ich erst wieder einmal einen Friseurtermin zum Ansatzfärben.

Ich bin froh, dass es die Möglichkeit der Verhinderungspflege gibt und so werde ich von einer Pflegerin zu Hause abgeholt, zum Friseur gebracht und auch wieder nach Hause gefahren. Besonders praktisch ist es, dass neben dem Friseur eine Sparkasse ist und ich bei der Gelegenheit gleich Geld und Kontoauszüge holen kann. Ich frage die Pflegeschwester, ob sie mich vor der Tür der

Sparkasse absetzen kann und schlage ihr vor, dass sie dann gleich zu ihrer Station fahren kann, denn das Färben dauert lange und die Zeit muss sie nicht beim Friseur absitzen, sondern kann sie besser in der Pflegestation verbringen. Sie zögert erst, hat Angst, mich allein gehen zu lassen. Ich versichere ihr, dass ich das allein schaffe und dass sie wirklich losfahren kann. Dann machen wir es so. Sie hält mir nur noch beim Aussteigen die Autotür auf und nimmt mir währenddessen die Handtasche ab. Nach nochmaliger Nachfrage, ob alles gut ist, fährt sie los. Mich überkommt ein erhebendes Gefühl, als ich ganz ohne Begleitung die Sparkasse betrete und am Automaten Geld und Kontoauszüge hole. So muss sich wohl ein kleines Kind fühlen, das zum ersten Mal einkaufen darf! Endlich mache ich wieder etwas ganz allein! Dann muss ich noch zirka zwanzig Meter bis zur Eingangstreppe meines Friseurs gehen, was auch prima klappt. Als ich den Salon betrete, kommt mir auch schon meine Friseurin Cindy freudestrahlend entgegen und sagt: „Mensch, Anke, welch ein ungewohnter Anblick, Du kommst ganz allein?“ Voller Stolz erkläre ich ihr, dass ich mich an der Sparkasse absetzen lassen habe und sie kommentiert: „Na, das geht doch schon prima!“ Dann darf ich mich gleich auf den Frisierstuhl setzen und es geht los.

Am frühen Abend, als Siggi von der Arbeit zurück ist, fahren meine Mutti, mein Mann und ich zur Geburtstagsfeier meines Bruders Klaus. Wir sind heute nur eine kleine Runde. Mein Bruder Olaf und seine Lebensgefährtin Marion sind in den Urlaub in die Dominikanische Republik geflogen, da Olaf viele Arbeitskollegen mit schulpflichtigen Kindern hat und deshalb schlecht Urlaub in der Ferienzeit bekommt. So sind neben uns nur noch meine Schwester Ines mit ihrem Lebensgefährten Maik bei der Geburtstagsfeier. Trotzdem wird es ein gemütlicher Abend bei einem schönen Glas Rotwein. Aber Siggi macht mir Sorgen. Wenn er auf die Terrasse eine rauchen geht oder zur Toilette muss, humpelt er gewaltig und verzieht das Gesicht vor Schmerzen. Er hatte schon auf der Fahrt zu meinem Bruder erzählt, dass er sich wohl auf der Arbeit beim Herunterspringen von der Ladefläche seines Transporters das rechte Knie verdreht hat. Beim Einsteigen in unser Auto nach der Geburtstagsfeier ist es dann richtig schlimm. Er sagt: „Was das wohl ist?“ Während der Fahrt bleiben die Schmerzen bestehen. Für die Nacht cremt er sein Knie mit Salbe ein, die auch für Sportverletzungen geeignet ist.

Am Sonnabend stehe ich schon um vier Uhr auf, obwohl wir erst eine halbe Stunde nach Mitternacht im Bett waren. Ich hatte gehofft, durch den Rotwein länger schlafen zu können. Aber meine Schlafprobleme sind nach wie vor da. Die Gründe kenne ich, ich bin einfach zu ausgeruht. So mache ich mich daran, am frühen Morgen das Mittagessen vorzubereiten. Heute Abend wird Thomas noch kommen und, da er gerne Kasseler isst, soll er diesen Sonntag zum Mittag bekommen. Nun habe ich wenigstens mein Tun, brate das Fleisch an und schiebe es anschließend in den Backofen. Dann mache ich mich an das Sauerkraut, bereite es a la Thomas mit Ananas zu. Gemeint ist mein Physiotherapeut Thomas, der nach eigenen Aussagen gut kochen kann und den ich, da mir Sauerkraut als Mittagsbeilage nie so recht gelungen ist, um Rat gefragt habe.

Als mein Mann aufsteht, kann er kaum laufen, solche Schmerzen hat er. Ich sage ihm, dass wir den Notarzt rufen müssen, so kann er auf keinen Fall zur Arbeit. Er will nicht so richtig, ist ja den vierten Monat erst bei diesem Arbeitgeber und will nicht gleich krankgeschrieben werden. Ich mache ihm den Vorschlag, bei seinem früheren Hausarzt nachzufragen, der zwei Häuser neben unserem wohnt und sich mal das Knie ansehen könnte. Mit meiner Gehhilfe humpelt er rüber und als er zurückkommt erzählt mir mein

Mann, dass die Ehefrau des Arztes an der Tür war und gesagt hat, dass ihr Mann gerade telefoniert, sie es ihm nach Beendigung des Telefonates aber ausrichtet und er bestimmt gleich zu uns kommt. Zehn Minuten später klingelt es auch schon. Er wundert sich, dass ich ihm die Tür öffne und fragt erstaunt: „Nanu, Frau Berg, **Sie** machen mir die Tür auf?“ Ich antworte: „Ja, im Moment kann ich besser laufen als mein Mann.“ Er untersucht das Knie meines Mannes und an den gezielten sicheren Handgriffen ist sofort zu sehen, dass er sein Fach beherrscht. Er war es auch, der bei der letzten Krankheit von Siggi sofort erkannt hat, dass es wohl etwas mit der Bauchspeicheldrüse ist. Nun ist sein Fazit in Bezug auf Siggis Knie: „Ich vermute, das Außenband des Meniskus ist angerissen. Sie müssen auf alle Fälle zum D-Arzt, weil es während der Arbeit passiert und damit ein Arbeitsunfall ist.“ Siggi antwortet: „Ja, ich werde mal sehen, wie ich das am Montag schaffe.“ Der Arzt entgegnet kategorisch: „Nichts mit Montag! Sie müssen heute noch zur Notaufnahme, innerhalb von drei Tagen muss ein Arbeitsunfall gemeldet werden.“ Zwischendurch erzählt er mir, dass er den Artikel über mich in der Zeitung gelesen hat und beglückwünscht mich zu meinem Buch.

Wir überlegen, wie wir das mit der Notaufnahme machen. Das Krankenhaus ist zwar nur fünfzehn Gehminuten von uns entfernt, doch laufen kann mein Mann auf keinen Fall! Also bleibt nur ein Taxi. Er kommt mit einer Krankschreibung und Schmerztabletten zurück und erzählt, dass zwar eine Ultraschalluntersuchung durchgeführt wurde, darauf aber nichts zu erkennen war und er deshalb am Mittwoch zum MRT muss. Er bringt noch den Krankenschein, wieder mit meiner Gehhilfe humpelnd, zu seinem Arbeitskollegen, der hier eine Parallelstraße weiter wohnt, mit der Bitte, ihn bei seinem Chef oder im Büro abzugeben.

Die Schmerztabletten helfen gut, aber ich muss meinen Mann immer wieder ermahnen, nicht so viel rumzulaufen, ihm wurde doch absolute Ruhe verordnet! Aber so ist das nun mal. Er hat Hummeln im Hintern und kann einfach nicht still sitzen, geschweige denn liegen. Zum Glück kommt am späten Nachmittag Thomas und Siggi hat dadurch ein bisschen Ablenkung. Thomas macht sich dann erst einmal auf den Weg, noch Getränke einzukaufen. Abends, Siggi ist schon im Bett, erzähle ich mit meinem Sohn und wir sehen bis spät fern. Am Sonntag schlafen meine beiden Männer lange. Bei Thomas ist das normal, aber ich freue mich, dass besonders Siggi gut schlafen kann und Dank der Tabletten in der Nacht keine Schmerzen hatte. Als Mutti kommt, muss sie noch Kartoffeln schälen, das Fleisch und das Ananassauerkraut müssen nur noch warm gemacht werden.

Vom Mittag sind alle begeistert. Das Kasseler ist saftig, die Sauce würzig und das Ananassauerkraut ist mir zum ersten Mal so richtig gut gelungen. Vor allem Thomas lobt mich: „Spitzenmittag, Mutti!“ Mein Mann bestätigt das zwar auch, aber er ist kein Fleischesser und so ist mir Thomas` Meinung auch am wichtigsten. Meine Mutter freut sich auch, heute brauchte sie sich nur um die Kartoffeln zu kümmern. Ich freue mich über die lobenden Worte und darüber, dass alle ordentlich reinhauen. Thomas bleibt nur noch kurz und muss dann auch schon wieder los. Er hat noch einiges in Hamburg zu tun, bevor es am ersten März dann nach Madrid geht. Thomas schließt noch eine Web-Cam an meinen Computer an, damit wir uns auch sehen können, wenn wir miteinander skypen. Dann bespricht er noch einiges wegen seines Autos mit Siggi. Er lässt sein Auto bei uns, damit wir es im Blick haben. Eine kleinere Reparatur ist außerdem notwendig, die Sensoren beim Rückwärtsfahren sind offenbar kaputt.

Bevor er abreist, bitte ich ihn, mit ins Gästezimmer zu kommen. Dort haben wir im Schrank einige Kosmetiksachen verstaut. Thomas hat am achten März Geburtstag und ich hatte ihm eigentlich ein Parfüm gekauft, das mir sehr gefallen hat, weil mir sein herber und männlicher Duft gefallen hat. Steffi war beim Kauf dabei und obwohl es ihr nicht gefiel, hatte ich es doch mitgenommen. Zu Hause hatte sie gemeint, dass das nichts für Thomas wäre und vorgeschlagen, sich nach etwas anderem umzusehen. Ich ließ mich beeinflussen, überlegte, das Parfüm für meinen Mann zu lassen und verblieb mit Steffi so, dass sie für mich etwas anderes besorgt. Sie hat dann einen schwarzen Pullover mit V-Ausschnitt von seiner Lieblingsmarke in meinem Namen gekauft. Jetzt will ich testen, ob ich wirklich so daneben liege. Ich suche besagtes Parfüm heraus und fordere Thomas auf, es zu öffnen. Unsicher sagt er: „Es ist ja noch zu!“ Ich erkläre ihm, dass das eigentlich sein Geburtstagsgeschenk werden sollte, mich Steffi aber verunsichert hat und ich trotzdem wissen möchte, ob es ihm gefallen hätte. Thomas tut sich etwas auf das Handgelenk und riecht daran. Sein Kommentar: „Ja, das hat etwas! Gefällt mir gut.“ Ich antworte zufrieden: „Nun ist es leider zu spät, jetzt haben wir etwas anderes“ und gebe ihm den inzwischen von meiner Mutter hübsch eingepackten Pullover. Thomas bedankt sich herzlich und sagt: „Das Geschenk werde ich aber erst an meinem Geburtstag öffnen. Als er dann weg ist, ärgere ich mich, warum ich ihm nicht das Parfüm trotzdem mitgegeben habe.

Das einzig Gute an Siggis Krankschreibung ist, dass er mal wieder ein paar Tage hintereinander ausschlafen kann.

An seinem ersten Tag nach der kurzen Krankschreibung fährt mein Mann mit Thomas` Auto zur Arbeit, weil er danach gleich in einer Werkstatt vorbeisehen will. Das klappt auch ganz prima, die Werkstatt hatte die Sensoren da und gleich gewechselt.

Ich habe heute meine obligatorischen halbjährlichen Termine beim Urologen und Neurologen im Ärztehaus. Eine

Pflegeschwester holt mich mit dem Auto ab. Es ist heute Schwester Christa und wir haben uns sehr lange nicht mehr gesehen. Sie ist erstaunt, wie gut ich drauf bin und dass ich ohne Hilfe umherlaufe und freut sich. Ich nehme meinen Schwerbehinderten-Parkausweis mit, dafür aber nicht den Rollstuhl. So können wir direkt am Eingang des Ärztehauses parken, denn lange Strecken schaffe ich noch nicht. Das erste Mal seit über acht Jahren betrete ich das Ärztehaus zu Fuß und fühle mich gut dabei. Unser Weg führt uns zuerst zum Urologen. Ich muss auch nicht lange warten und schon werde ich aufgerufen. Er bemerkt auch zufrieden, dass ich allein und ohne Rollstuhl sein Sprechzimmer betrete. Er macht jeweils einen Ultraschall von der Blase und den Nieren und sagt zu mir: „Ja, Frau Berg, es ist alles in Ordnung, Ihr Urin war auch ohne Befund und von meiner Seite her brauchen wir uns nicht mehr zu sehen, es sei denn, Sie haben Beschwerden. Dann können Sie sich natürlich kurzfristig melden." Ich bin erleichtert, hatte bisher ja nur meine Inkontinenzprobleme und zwischendurch auch einen leichten Blaseninfekt. Daher antworte ich erleichtert und glücklich: „Vielen Dank. Dann habe ich ab jetzt zwei Arzttermine weniger im Jahr" und sehe ihn fragend an. Er nickt und mit einem Lächeln und gegenseitigen Wünschen für die Zukunft verabschieden wir uns voneinander. Schwester Christa staunt, wie schnell ich fertig bin. Ich bremse ihre Euphorie und sage: „Dafür wird es nun beim Neurologen umso länger dauern. Trotz Termin sitze ich immer mindestens eine Stunde, bevor ich an der Reihe bin." Also machen wir uns auf den Weg zum Neurologen Auch hier stehe ich zum ersten Mal am Tresen, um mich anzumelden. Heute bin ich mal wieder mit einem EEG dran und kurz nachdem ich mich im Warteraum zu Schwester Christa gesetzt habe, werde ich auch schon zum EEG aufgerufen. Die Krankenschwester ist neu hier und deshalb noch unerfahren. Geduldig ertrage ich die Zeit bis sie alle

Elektroden am Kopf befestigt hat. Mir tut nur mein vor ein paar Tagen frisch frisierter Kopf leid. Dann geht es mit dem EEG los. Zwischendurch höre ich Schwester Christa am Tresen fragen, ob es noch lange dauert und als dies bejaht wird, sagt sie, dass sie nur schnell etwas erledigen muss und dann aber gleich wieder da ist und mir die Schwester dies ausrichten soll. Ich habe kein Problem damit und als das EEG fertig ist, setze ich mich in den Warteraum. Ich lese noch eine Weile und dann höre ich auch schon meinen Namen. Der Neurologe kommt immer persönlich ins Wartezimmer und holt seine Patienten ab. Er staunt nicht schlecht, als er mich ohne Begleitung sieht und ich mit ihm gehe. In seinem Sprechzimmer angekommen, sagt er zu mir: „Ich habe schon Platz für den Rollstuhl gemacht, aber den Platz brauchen wir heute nicht, wie ich sehe.“ Ich stimme ihm zu und sage, dass ich es einmal ohne Rollstuhl ausprobieren wollte.“ Er ist auch erfreut und fragt: „Dann geht es Ihnen also besser? Ich bejahe und erzähle ihm, dass ich schon lange ohne Gehhilfe im Haus auskomme, öfter vor dem Haus spazieren gehe und kleine Arbeiten im Garten verrichte, zur entsprechenden Jahreszeit natürlich. Sichtlich erfreut fordert er mich auf, meinen linken Arm zu heben und stellt erstaunt fest, dass ich ihn schon bis neunzig Grad anheben kann. Er fragt, was er für mich tun kann Ich habe mich dieses Mal sehr gut vorbereitet. Bei meinem letzten Termin hatte ich mir eine Broschüre über Spastik aus dem Warteraum mitgenommen und intensiv durchgelesen. Daraus habe ich erfahren, dass es ein neues Medikament gegen die Spastik gibt, das die allgemeine Erregbarkeit der Nerven vermindert und den Muskeltonus senkt. Da ich glaube, meine Schmerzen im Bein und ganz besonders im Fuß rühren von der Spastik her, spreche ich an, dass ich gern dieses Medikament verschrieben haben möchte. Der Neurologe stimmt zu und sagt aber, dass ich das aktuelle Medikament vorerst parallel dazu nehmen soll und das neue gern bekommen kann. Ich bin erleichtert, aber das meiner Meinung nach größere Problem kommt erst noch. Bisher musste ich morgens und abends ein Antiepileptikum nehmen. Im Beipackzettel habe ich gelesen, dass eine Reihe von Nebenwirkungen möglich sind. Um nur einige zu nennen: Appetitlosigkeit, Gewichtszunahme, mangelnde Koordination, emotionale Stimmungsschwankungen und Aufmerksamkeitsstörungen. Da ich diese Nebenwirkungen fast ausnahmslos auch an mir festgestellt habe, möchte ich gern diese Tablette abgesetzt oder zumindest die Dosis verringert haben. Dieses Problem hatte ich schon mehrmals angesprochen, aber jedes Mal bekam ich zur Antwort, dass diese Tablette ganz wichtig wäre und ich sie unbedingt weiter nehmen müsse. Auch dieses Mal ist er von meinem Ansinnen nicht gerade begeistert. Daher argumentiere ich weiter, dass ich im Fernsehen eine Sendung gesehen habe, dass der menschliche Körper nicht mehr als fünf Tabletten abbauen kann. Ich ende mit den Worten: „Ich fühle mich gut, bin vom Kopf her stabil und glaube, dass ich keine epileptischen Anfälle mehr bekomme. Er entgegnet, dass ich mich vielleicht deshalb so gut fühle, weil ich diese Tabletten nehme. Es kann doch nicht wahr sein, er ist einfach nicht zu überzeugen! Ich entgegne: „Ja, kann sein, aber das werden wir nie herausfinden, wenn ich nicht endlich die Tablette absetze oder wenigstens die Dosis verringert wird. Zum Schluss sage ich noch: „Warum soll ich so viel Chemie zu mir nehmen, wenn ich meinem Körper damit vielleicht mehr schade als nütze?“ Schließlich willigt der Neurologe ein, dass ich ab kommende Woche morgens und abends nur noch eine halbe statt einer ganzen Tablette nehmen soll und sie nach weiteren vier Wochen ganz absetze. Das ist doch ein Wort! Ich bin erleichtert und zufrieden, es endlich geschafft zu haben, von dieser Hammertablette loszukommen. Natürlich werde ich noch belehrt, dass es passieren kann, wieder einen epileptischen Anfall zu bekommen und mich bei Beschwerden jeglicher Art sofort wieder bei ihm melden soll. Dieses Mal soll ich mich nicht wie sonst nach sechs Monaten, sondern bereits nach sechs Wochen wieder vorstellen. Außerdem teilt er mir mit, dass das EEG technisch mangelhaft ist und es dann auch wiederholt werden muss. Damit habe ich kein Problem und auch die Möglichkeit eines epileptischen Anfalls erschreckt mich nicht, denn ich weiß einfach, es wird nicht passieren!

Dann fragt er mich noch, was es weiter gibt. Natürlich, ich muss ihm noch das Formular von der Rentenversicherung zum Ausfüllen geben! Ich erkläre ihm, dass ich einen „Antrag auf Teilhabe am Arbeitsleben" gestellt habe und gebe ihm das Formular mit der Bitte, es auszufüllen und zurückzusenden. Was jetzt kommt, schlägt dem Fass den Boden aus. Er sagt: „Was, Sie wollen arbeiten? Sie bekommen doch eine Rente und seien Sie froh, dass Sie zu Hause bleiben können!" Ich bin eben nicht froh, im arbeitsfähigen Alter zu Hause zu sitzen und Kreuzworträtsel zu lösen, aber das kann jemand, der noch nicht in solcher Lage war und diese nur aus der Theorie kennt, nicht verstehen. Daher entgegne ich: „Sie meinen, weil ich schwerbehindert bin, habe ich kein Recht, zu arbeiten?" Er antwortet: „Bei der augenblicklichen Situation auf dem Arbeitsmarkt wird sich bestimmt kein Arbeitgeber finden, der ausgerechnet einen Schwerbehinderten einstellt." Meine Antwort ist, dass sich das ja zeigen wird. Dann sieht er sich endlich das Formular an und sagt, dass er ankreuzt: „Für Arbeit in einer Behindertenwerkstatt **nicht** geeignet." Ich stimme ihm zu, denn so eine Arbeit wäre für mich körperlich zu schwer und ich hatte eher an eine Bürotätigkeit gedacht, zum Beispiel in der öffentlichen Verwaltung wie Finanzamt oder Arbeitsagentur oder Krankenkasse, denn geistig bin ich gesund und voll einsatzfähig. Ihn überzeugt das nicht, ich weiß nicht, warum. Ich werde das Gefühl nicht los, dass ihm nicht passt, dass es mir relativ gut geht. Egal, wir haben unsere Standpunkte ausgetauscht und verabschieden uns voneinander.

Am Mittwoch bestellt Siggi sich wieder ein Taxi, um den MRT-Termin wahrzunehmen. Als er zurück ist, frage ich neugierig, was dabei rausgekommen ist. Mein Mann antwortet: „Erst einmal noch nichts, die Auswertung ist am Freitag, dann muss ich noch einmal hin." Am meisten wurmt ihn, dass er am kommenden Sonnabend nicht beim Umzug meiner Tochter und Familie helfen kann. Er hatte schon mit seinem Chef abgesprochen, dass er sich einen Transporter ausleihen kann und wollte noch von Steffens Eltern einen Tisch und vier Stühle mitnehmen und auch gleich Steffens Vater mit nach Potsdam nehmen, der natürlich auch beim Umzug helfen will. Steffi und Steffen haben zwar ein Umzugsunternehmen bestellt und auch Freunde von ihnen werden helfen, aber die sollten mehr die Sachen von der vierten Etage hinuntertragen und wieder in die vierte Etage hinaufbringen. Die beiden älteren Herren Roland und Siggi wollten die Schränke ab- und aufbauen und die technischen Geräte anschließen. Das wird nun alles nichts, aber Roland hat einen Hänger und kann so den Tisch und die Stühle selbst nach Potsdam bringen.

Die Auswertung der MRT ergibt, dass Siggi nichts mit dem Meniskus hat, sondern er hat eine Zyste in der Kniekehle, woran aber aktuell nichts gemacht werden muss, sondern nur unter Kontrolle bleiben soll. Ab Montag ist Siggi auch wieder gesundgeschrieben und so nimmt er freudig das Telefon in die Hand, um es seinem Chef mitzuteilen. Statt sich zu freuen, dass mein Mann nur für eine Woche ausgefallen ist, kriegt mein Mann erst einmal etwas zu hören. Angeblich hat der Chef bei uns in der Woche angerufen und niemand ist ans Telefon gegangen. Außerdem muss mein Mann einen Unfallbericht machen. Da gibt es nichts dran zu beschönigen, der Unfallbericht muss immer sofort ausgefüllt und innerhalb von drei Tagen an die zuständige Berufsgenossenschaft gegeben werden. Aber er konnte sowieso nicht laufen und zu uns nach Hause wäre bestimmt niemand gekommen. Was natürlich nicht entschuldigt, dass Siggi seinen Chef nicht informiert hat, außer über den Krankenschein natürlich. Das mit dem Anruf allerdings ist uns unerklärlich, denn wir haben nichts von einem Anruf mitbekommen und einer von uns war auch immer zu Hause. Schließlich erklären wir es uns so, dass es zur Mittagszeit gewesen sein muss und wir beide wohl geschlafen haben. Siggi ist trotzdem verärgert und ich versuche, ihn zu trösten: „Dein Chef soll froh sein, dass du Montag wieder da bist, es hätte ja auch sein können, dass du operiert werden musst und dann wärst du noch länger ausgefallen!" Er ärgert sich trotzdem.

Die weiteren Tage liegt nichts weiter als meine Therapien an. Ich bin froh, dass ich regelmäßig die Hausbesuche habe, denn sie sind im Grunde genommen neben den Kontakten zu meiner Familie mein einziger Kontakt zur Außenwelt, mal abgesehen vom Briefwechsel und telefonischen Kontakten mit Freunden aus der Kindheit und Jugend. Nein, stimmt nicht ganz. Auch mit meinen beiden Giselas, meinen ehemaligen Kolleginnen, habe ich regelmäßig telefonischen und auch persönlichen Kontakt.

Am Freitag habe ich wieder einen Termin im Nagelstudio, der dieses Mal besonders wichtig ist. Meiner Nageldesignerin zeige ich die Katastrophe. Meine Nägel vom rechten Daumen, Zeige- und Mittelfinger, eben den Fingern, die man am meisten benutzt, haben sich komplett abgelöst, das heißt, das Gel, das auf die Fingernägel getan wurde. Sie sagt: „Ich vermute, das kommt von den vielen Medikamenten, die sie nehmen müssen." Richtig, das habe ich auch bereits im Internet recherchiert. Da sind wir wieder beim leidigen Thema, also war meine Hartnäckigkeit beim Neurologen, mit der Dosis runter zu gehen und langsam diese Hammertablette abzusetzen, doch richtig!

Am Mittwoch, zwei Tage vor dem großen Umzug von Steffen und Steffi, holen Steffens Eltern Benno ab, damit die Beiden beim Umzugsstress entlastet sind. So können sie noch in aller Ruhe den Rest einpacken und auch noch andere Dinge erledigen. Gittis Schwester freut sich auch immer, Benno zu sehen. Daher will sie am Sonnabend zu Gitti fahren und auf Gittis Vorschlag hin, auch mich mitnehmen. Am Freitag kommt dann die Hiobsbotschaft, dass Gittis Schwester nicht kommen kann, da ihr Auto in der Werkstatt ist. Ich bin ganz schön traurig, hatte ich mich doch schon so gefreut, wieder einmal raus zu kommen und vor allen Dingen, mit Benno einen Tag zu verbringen. Siggi ärgert es, wie gesagt, auch, nicht beim Umzug helfen zu können. Jetzt ist er ja gesundgeschrieben, ihm geht es gut und er könnte auch hinfahren. So überlegen wir uns, doch zu fahren. Nach einem Telefonat mit Roland und Gitti ist alles geklärt. Am Sonnabend früh um acht Uhr wollen Roland und sein Schwager mit PKW und Anhänger losfahren. Damit nicht jeder mit seinem Auto fährt, sollen wir zu der Zeit in Godendorf sein. Gitti freut sich, dass ich nun auch kommen kann. Wir hatten versucht, Gittis Schwester telefonisch zu erreichen, denn nun hätten wir sie ja mitnehmen können, aber sie ging nicht ans Telefon. Da ich weiß, dass ich Sonnabend wieder pünktlich gegen vier Uhr aufstehen werde und die Zeit bis zur Abfahrt auch sinnvoll nutzen möchte, überlege ich mir, Kuchen zu backen und mitzunehmen. Ich wollte schon immer mal Prasselkuchen probieren. Das ist Blätterteig mit Streuseln. Den essen mein Bruder Jürgen und ich besonders gern und den gibt es nur in bestimmten Gegenden. Da ich ihn auch zu meinem Geburtstag backen möchte, ist das jetzt eine gute Gelegenheit für die Generalprobe. Also lasse ich mir Freitagabend von Siggi alles Nötige aus dem Keller hoch in die Küche bringen, also Rührschüssel und Mixer.Der Blätterteig ist tiefgefroren und mit einem großen scharfen Messer schneide ich die Platten zu kuchengroßen Stücken, sodass der Teig über Nacht gehen kann. Wie erwartet, stehe ich zu „meiner“ Zeit auf. Nach der Morgentoilette und dem Anziehen mache ich mich auch gleich ans Werk. Aus dem Internet habe ich mir ein Rezept für die Streusel herausgesucht und lege los. Den Blätterteig bepinsele ich mit Milch, damit die Streusel besser haften und tue sie darauf. Dann kommt das Blech auch schon in den vorgeheizten Ofen und nach zwanzig Minuten ist alles fertig. Wenn der Kuchen so schmeckt, wie er aussieht, dann ist es ein voller Erfolg! Ich lasse ihn kurz abkühlen und lege die Kuchenstücken dann in eine große Keksdose. Was für Kekse gut ist, kann auch für Kuchen nicht schlecht sein! Während ich alles wegräume und abwasche, so gut ich es mit einer Hand kann, höre ich auch schon, dass mein Mann im Gange ist. Schnell bereite ich die Kaffeemaschine und das Frühstück vor und da ist Siggi auch schon da. Er bestaunt meinen Kuchen mit den Worten: „Sieht ja gut aus!“ Während er abtrocknet, verschwinde ich und tausche meinen bequemen Hauslook gegen ordentliche Sachen. Dann frühstücken wir in aller Ruhe und fahren los. Zehn Minuten vor acht Uhr sind wir in Godendorf und vor allem Benno wundert und freut sich, uns hier zu sehen. Er sieht immer wieder zu seinen anderen Großeltern und dann zu uns und lächelt. Er denkt wohl: Das ist ja ein Ding! Da sind alle Omis und Opis vereint! Kurz nach uns kommt auch der Schwager von Gitti und Roland. Nach einem herzhaften zweiten Frühstück der Männer, wir Frauen trinken nur Kaffee, fahren sie auch schon los nach Potsdam. Gitti, Benno und ich gehen mit dem Hund im Dorf spazieren, spielen dann noch ein bisschen mit Benno im Garten und beschließen, nun nach Fürstenberg zu fahren. Dort gehen wir etwas bummeln und in einem Geschäft verschwindet Benno ganz fix in die Spielzeugecke, ganz so, als würde er sich auskennen. Das tut er bestimmt auch, denn Steffi geht ja viel mit ihm einkaufen und die Geschäfte sind ja auch ähnlich angelegt. In der Spielzeugecke entdeckt er sofort so eine kleine Puppensportkarre wie ich ihm schon gekauft habe. Er ist gar nicht mehr davon wegzukriegen und als Gitti sieht, dass sie auf fünf Euro gesenkt ist, sagt sie: „Weißt du was, die nehme ich einfach mit!“ Ich warne sie und sage: „Mach das lieber nicht, sonst bekommst Du Ärger mit deinem Sohn, der mag das nicht, wenn sein Sohn mit einem Puppenwagen spielt!“ Sie antwortet: „Der soll nicht spinnen, dann kriegt er ein Paar hinter die Löffel!“ Wir sind uns einig, dass auch Jungen Mutter-Vater-Kind spielen wollen und, dass es ganz normales soziales Verhalten ist und auch die Verkäuferin bestätigt: „Was meinen Sie, wie viele auch für einen Jungen einen Puppenwagen kaufen!“ und so kauft Gitti die kleine Puppensportkarre. Ganz stolz schiebt Benno seine neue Eroberung über den Bürgersteig und auch wir freuen uns. Auf einmal sieht Benno die Eiswerbung über einem Eiscafe`, zeigt darauf und sagt: „Eis!“ Gitti und ich sehen uns lächelnd an und sie fragt mich: „Wollen wir einen Eisbecher essen?“ ich antworte: „Ja, dann lassen wir aber das Mittag weg!“ Wir sind uns einig und gehen zum Eingang, Benno ist freudig erregt, doch leider müssen wir dann feststellen, dass das Eiscafe` heute Ruhetag hat. Benno kann es nicht verstehen und will uns immer wieder in Richtung des Einganges zerren. Wir beschließen, dann eben eine Kleinigkeit zum Mittag zu essen und finden auch schnell eine kleine gemütliche Gaststätte. Während wir auf das Essen warten, fährt Benno munter mit seinem Puppenwagen im Gastraum herum. Eine ältere Dame findet das ganz süß und sagt zu ihm: „Zeigst du mir mal deinen hübschen Puppenwagen?“ Dabei streckt sie die Hand danach aus und Benno hat wohl Angst, dass ihm der Wagen weggenommen wird, dreht um und stellt sich schutzsuchend zu uns. Wir müssen lachen und erklären ihm, dass die Oma doch nur mal seinen Wagen ansehen möchte. Seltsamerweise versteht er es und geht mit dem Wagen wieder zu ihr, nimmt ihre Hand und legt sie auf den Griff des Wagens. Sie freut sich, bestaunt seinen schicken Puppenwagen und fragt: „Sagst du mir auch, wie du heißt?“ Hilfesuchend sieht Benno uns an und ich antworte an seiner Stelle: „ Seinen Namen haben wir noch nicht mit ihm geübt. Er heißt Benno.“ Sie bemerkt, dass Benno ein schöner Name ist und, dass er ein freundlicher kleiner Junge ist und sagt zu uns sehend: „Ihr Sohn ist aber auch ein kleiner Süßer!“ Wir beide müssen lachen und erklären: „Nein, wir sind die Omis von Benno!“ Sie entgegnet: „Aber eine von Ihnen beiden hätte auch die Mutti sein können! Das sehen wir nicht so, denn das hätte ja geheißen, wir hätten noch mit über fünfzig ein Kind bekommen und das ist wohl eher unrealistisch. Trotzdem bedanken wir uns herzlich für das Kompliment und dann kommt auch schon unser Essen und Trinken. Benno isst bei uns beiden etwas mit und da er schon unruhig wird, zahlen wir kurze Zeit später und machen uns wieder auf den Weg zum Parkplatz. Wieder schiebt Benno seine Puppenkarre stolz durch die Gegend und Gitti meint: „Ich verstehe nicht, warum Steffen sich so hat. Benno hat doch richtig Freude daran.“ Wir sind uns darin einig, dass Benno zumindest in unserer Anwesenheit damit spielen kann und Steffen noch überzeugt werden muss. Wieder in Godendorf angekommen, macht Gitti für Benno noch etwas zu essen fertig, denn er hat bei uns ja nur rumgenascht. Er isst gut und dann fallen ihm auch schon immer öfter die Augen zu. Daher werden schnell die Windeln gewechselt und ab geht es ins Bett. Ohne Protest und Schimpfen schläft Benno dann auch schon zehn Minuten später ein. Wir nutzen die Gelegenheit und legen uns auch ein Stündchen auf jeweils einer Couch hin. Gitti und ich sind wieder wach und machen uns frisch und da es verdächtig ruhig ist, sehen wir nach Benno. Zufrieden schläft er immer noch tief und fest. Daher nutzen wir die Gelegenheit und rufen in Potsdam an, um zu erfahren, wie es mit dem Umzug klappt. Steffi berichtet, dass alles wunderbar läuft, die Helfer sich die Arbeit aufgeteilt haben und jeder fleißig werkelt. Wir sind auch froh, dass alles gut läuft. Gitti und ich haben uns keine Mühe gegeben, besonders leise zu sein, denn so langsam soll Benno ja auch aufwachen. Auf einmal hören wir ihn auch schon fragend rufen: „Mama, Mama.“ Wir befürchten, dass Benno nun seine Mama vermisst und, wenn er uns statt seine Mutti sieht, enttäuscht sein wird. Vorsichtig pirschen wir uns ins Schlafzimmer. Er liegt ganz artig da und spielt mit seinem Kuscheltier. Doch dann bemerkt er, dass er beobachtet wird. Er sieht uns im Türrahmen stehen und kann gar nicht schnell genug hochkommen, als wir ihn fragen, ob er ausgeschlafen hat. Statt des befürchteten Weinanfalls strahlt er uns an, zeigt erst auf Gitti und sagt: „Oma“, dann wiederholt er das Gleiche mit mir. Ihm gefällt ganz offensichtlich, dass er beide Omas um sich hat. Im Wohnzimmer macht Gitti ihm neue Windeln um. Auf der Terrasse steht Lord, der Hund der Familie, und durch das Fenster beobachtet er das Treiben im Haus. Der Labrador ist Bennos Liebling und natürlich sieht er ihn auch sofort, zeigt auf ihn und sagt: „Wauwau“. Wir antworten ihm, dass wir gleich mit Lord spazieren gehen werden. Doch vorher soll Benno erst einmal richtig zu sich kommen und wir lassen ihn im Wohnzimmer herumlaufen. Benno bekommt noch etwas zu trinken und da Lord lautstark winselt, holt Gitti einen Hundekuchen, den Benno Lord geben soll. Dazu wird das Terrassenfenster einen Spalt geöffnet und Lord steckt schon seine Schnauze durch den Spalt. Ich kann das gar nicht ruhig mit ansehen, wie Benno sich erst an mir, dann an Gitti vorbeidrängelt und ohne jegliche Angst Lord das Leckerli hinhält. Nun gut, die Erfahrung, dass ein Hund oder auch ein anderes Tier ihm wehtun könnte, hat er noch nicht gemacht und wird er hoffentlich auch nicht machen, und somit geht er wesentlich entspannter ans Füttern, als ich es zum Beispiel tun könnte. Außerdem kennt er Lord von seinen vielen Besuchen und ist quasi mit ihm aufgewachsen. Lord ist zufrieden und frisst seinen Hundekuchen. Danach aber will er mehr und steht bellend auf der Terrasse. Das ist nicht gerade leise und, wenn ich ehrlich bin, für mich auch ein bisschen beängstigend. Gitti geht die Bellerei auch auf die Nerven und sie erklärt mir, dass Lord Gassi gehen will und fragt mich: „Wollen wir noch einmal eine Runde spazieren gehen?“ Nichts lieber als das! Ich muss auch wieder ein bisschen laufen. Lieber laufen und liegen, statt sitzen und stehen, wie man so schön sagt. So geht Gitti hinaus und sperrt Lord erst einmal wieder in seinen Zwinger. Benno schimpft, er will auch zu Lord und ich erkläre ihm, während ich schon seine Jeans, Jacke, Mütze und Schuhe hole, dass wir gleich spazieren gehen. Inzwischen ist auch Gitti zurück und sie übernimmt das Anziehen von Benno, da ich mit einer Hand doch nicht so richtig zurechtkomme. Nun sind wir fertig angezogen und auf geht es an die frische Luft. Benno entdeckt sein Dreirad und will damit fahren. Also nehmen wir das Dreirad mit und ich übernehme die Schubstange und schiebe Benno. Am Zwinger warten wir, bis Gitti Lord angeleint hat. Doch Benno steigt noch einmal von seinem Dreirad und geht zu Lord, um ihn zu streicheln. Auch Lord mag Benno, was am Wedeln seines Schwanzes deutlich zu sehen ist, und ist ganz aus dem Häuschen. Gitti hat zu tun, ihn an der Leine zu halten. Sie geht mit dem Hund vor mir und Benno, doch immer wieder führt Lords Weg zu Benno. So kommen wir nur langsam vorwärts und da auch Benno seinerseits zu Lord will, und andauernd vom Dreirad steigt, reicht es Gitti und sie sagt: „Es hat keinen Zweck, ich lasse Lord zu Hause.“ Sagt es und bringt Lord zurück zu seinem Zwinger. Ich kann gar nicht so schnell gucken, wie Benno schon wieder vom Dreirad gestiegen ist und hinterher trottet. Gitti schließt gerade die Eingangspforte und will Benno wieder mit zurückbringen, doch er lässt sich nicht beeindrucken und reißt immer wieder seine Hand aus

Gittis. Dann hebt er einen Stock auf und geht ganz fix an Gitti vorbei und stellt sich an die Pforte mit Blick zu Lord und sagt: „Wauwau.“ Das heißt, er will Lord mithaben. Nach langem vergeblichen Rufen unsererseits steht er wie beim Streik weiterhin in der Nähe von Lord und sein Blick scheint zu sagen: Wenn Lord nicht mitkommt, komme ich auch nicht mit! Wir müssen über seinen kleinen Dickkopf lachen und entscheiden uns, doch nicht spazieren zu gehen und gehen wieder zurück. Benno freut sich und auch Lord, dass er aus dem Zwinger und auf das Grundstück darf. Gitti holt mit Benno Wasser für Lord. Dann hebt Benno eine mächtig ramponiertes Plüschtierspielzeug von Lord auf und will es ihm geben, doch Lord hat Durst und im Moment keine Augen für sein Spielzeug. Wir können Benno kurz ablenken als sich der Kater Felix in sein Körbchen legt und sich von uns auch streicheln lässt. Sofort ist Benno da und spielt mit dem Kater. Am liebsten zieht er ihn am Schwanz und da es bei einer anderen Katze, der das nicht gefällt, schnell mal schief gehen kann, versuchen wir, Benno mit einem Ball zu locken .Er kommt auch und zu dritt schießen wir den Ball ein bisschen hin und her. Dann entdeckt Benno eine Spielgießkanne, geht damit zum Wasserfass und zeigt darauf. Wir verstehen und Gitti macht ihm Wasser in die Kanne. Nun darf Benno noch die Blumen gießen und da es merklich kühler geworden ist, beschließen wir danach, ins Haus zu gehen und Kaffee zu trinken. Mit leichtem Schimpfen lässt Benno es geschehen, dass wir reingehen. Auf dem Flur sieht er seinen Puppenwagen. Gitti sagt ihm, dass wir ihn mit ins Wohnzimmer nehmen und er gleich damit spielen kann. Zum Glück versteht Benno nun schon so einiges und er kommt entspannt mit ins Wohnzimmer. Nachdem Gitti ihm Jacke, Mütze und Schuhe ausgezogen und die Hausschuhe angezogen hat, stürmt Benno auch gleich zum Puppenwagen und nimmt ihn in Beschlag. Jetzt wird sämtliches Spielzeug hineingetan und jedes Mal fährt

Benno damit eine Runde durch das Wohnzimmer. Gitti hat inzwischen die Kaffeemaschine angestellt und ich helfe ihr beim Geschirr aufdecken. Wir machen es uns am Couchtisch bequem, Benno bekommt Milch und ich bin auch schon gespannt auf meinen Prasselkuchen. Nach dem ersten Bissen denke ich, der ist super gelungen! Und auch Gitti ist dieser Meinung. Sogar Benno schmeckt es und er haut ordentlich rein. Wir sind mit dem Kaffee fertig und Benno schon wieder mit seinem Puppenwagen im Gange, als wir auf die Idee kommen, dass er sich selbst einmal hineinsetzen soll. Er passt genau hinein, die Karre hätte nicht einen Zentimeter schmaler sein dürfen und Benno strahlt über das ganze Gesicht. So fahren wir ihn ein paar Mal hin und her und Gitti sagt: „Das muss ich jetzt erst einmal Steffen erzählen, wie Benno sich über den Puppenwagen freut.“ Ich warne sie, dass sie es lieber lassen soll, um keinen Ärger mit Steffen zu bekommen. Sie lässt sich davon nicht beeindrucken und schon hat sie Steffen an der Strippe. Sie fragt erst, wie weit sie sind und berichtet ihm dann von dem neugekauften Teil. Ich sehe gespannt zu ihr, als sie auch schon das Telefon ausdrückt. Auf meinen verwunderten Blick hin sagt sie: „Stell Dir mal vor, Steffen hat nur gesagt, dass er für solchen Quatsch jetzt keine Zeit hat und sich um den Umzug kümmern muss. Dann hat er einfach aufgelegt.“ Ich antworte: „Siehst du, das war zu erwarten.“ Wir ärgern uns nicht darüber und spielen weiter mit Benno. Gitti holt ein Holz-Steckspiel, bei dem man Tiere in die dafür ausgefräste Form legen muss. Benno weiß erst nichts damit anzufangen, aber neben einem Elefanten, einer Robbe und einer Giraffe sind auch ein Hund und eine Katze dabei. Hund und Katze kennt er und so begreift er es mit diesen beiden Tieren zuerst. Ihm macht das Spiel Spaß und wenn wir absichtlich das falsche Tier auf eine Form legen, lacht er und korrigiert es. Er begreift also recht schnell, unser kleiner Benno. Uns fällt ein, dass wir ja noch seinen Namen mit ihm üben wollen. Ich sage zu Gitti: „Pass mal auf, ich spreche dich jetzt mit Benno an, mal sehen, wie er reagiert!“ Ich gehe kurz zur Toilette und als ich wiederkomme, rufe ich „Benno“. Dabei sehe ich Gitti an und beobachte aus den Augenwinkeln Benno. Er spielt schon wieder mit seinem Puppenwagen und horcht auf, als er seinen Namen hört. Ich reagiere nicht, sehe weiter zu Gitti und wiederhole noch einmal seinen Namen ohne ihn anzusehen. Sichtlich empört kommt er mir entgegen, fasst mir ans Bein und zeigt auf sich. Dabei sagt er „Benno“. Ich freue mich, bücke mich zu ihm und sage: „Ja, fein, **du** bist Benno!“ Nun freut er sich auch, krabbelt zwischen mir und Gitti auf die Couch und wir führen die Lehrstunde fort, indem wir nach Körperteilen wie Augen, Nase, Mund, Ohren und Bauch fragen. Stolz zeigt er uns alles und zwischendurch fragen wir ihn immer wieder, wie er heißt. Die Antwort kommt immer schneller und die Zeit vergeht. Gegen achtzehn Uhr dreißig ruft Roland an und sagt, dass sie jetzt Schluss machen und bald losfahren werden. Gitti schmiert Benno eine Leberwurstschnitte und Benno isst sie mit viel Appetit. Dann ist Sandmannzeit und wir schalten den Fernseher an. Ganz artig und aufmerksam verfolgt Benno das Geschehen. Er zeigt zum Sandmann und sagt: „Mann“. Das richtige Wort ist noch zu schwer für ihn und wir belassen es dabei. Plötzlich schießt ihm wohl in den Kopf, dass doch irgendwie auch die Opas da waren, er hat Opa Roland ja auch am Telefon gehört, und er fragt: „Opa?“ Wir erklären ihm, dass die Opas bald kommen. Weil es schon spät ist und sich sowieso alles noch hinziehen wird, macht Gitti ihn schon bettfertig und zieht ihm einen Jogginganzug über den Schlafanzug. Eine halbe Stunde später hören wir auch schon das Auto kommen und sehen das Scheinwerferlicht auf dem Hof. Benno geht sofort zum Terrassenfenster, haut mit den Händen gegen die Scheibe und ruft ganz aufgeregt „Opa, Opa“. Die Männer reagieren auch und winken Benno zu, während sie zur Haustür gehen.

Benno macht kehrt und geht ihnen entgegen. Freudig begrüßt er seine Opas und den Onkel, Gittis und Rolands Schwager. Sichtlich erschöpft setzen sich die drei und Roland und sein Schwager genehmigen sich erst einmal ein Bier. Siggi muss damit noch warten, denn wir haben noch eine Stunde Autofahrt vor uns. Rolands Schwager bleibt über Nacht hier und fährt erst morgen nach Hause. Sie erzählen uns, wie alles gelaufen ist und wie immer bei solchen Anlässen, gibt es auch etwas Unschönes zu berichten. Steffen hat, um den Parkplatz für das Umzugsauto freizuhalten, einen der vier von Roland mitgebrachten Stühle als Parkplatzreservierung genutzt, und sich gewundert, als er dann kurze Zeit später weg war. Da hat wohl jemand gedacht, der Stuhl wäre Sperrmüll und ihn einfach mitgenommen. Tja, was soll`s? Das war mal wieder Lehrgeld, das Steffen bezahlt hat und es nutzt nichts, sich weiter darüber zu ärgern. Benno kriecht von einem zum anderen auf den Schoß und als wir sehen, dass ihm so langsam die Augen zufallen, gibt er uns ein Gute-Nacht-Küsschen und Gitti bringt ihn ins Bett. Es dauert keine zehn Minuten und kein Mucks ist mehr zu hören. Als Gitti noch einmal nach ihm sieht und sagt: „Er schläft tief und fest“, stehen Siggi und ich auf, verabschieden uns und ich bedanke mich bei Gitti, dass ich den Tag mit ihr und Benno verbringen durfte, und wir fahren los.

Morgen werden Roland und Gitti Benno nach Hause bringen und ich erzähle meinem Mann, dass Gitti gesagt hat, dass sie den Puppenwagen mitnehmen wollen. Siggi ist skeptisch und meint: „Den Puppenwagen haut Steffen bestimmt gleich in die Mülltonne!“ Ich bin auch auf seine Reaktion gespannt und entgegne: „Na, mal sehen, Gitti will mich ja anrufen, wenn sie zurück sind.“ Sonntagnachmittag kommt dann auch Gittis Anruf. Sie erzählt, dass sich Benno beim Ausladen gleich den Puppenwagen geschnappt und ihn stolz seinem Vater gezeigt hat, als dieser ihnen entgegenkam. Wie erwartet war Steffen nicht gerade begeistert, aber sie haben den Wagen erst einmal mit in die Wohnung genommen. Benno spielte auch in der neuen Wohnung schön damit, denn jetzt hat er ja so richtig Platz dafür. Trotzdem besserte sich Steffens Laune angesichts des Mädchenspielzeugs nicht und als er sagte: „In der Wohnung kann er damit spielen, aber draußen gibt es den Puppenwagen nicht!“, beschlossen Roland und Gitti, ihn wieder mit nach Hause zu nehmen, sodass Benno damit spielen kann, wenn er bei ihnen ist.

Die kommende Woche verläuft bis Mittwoch wie gehabt und wie ich es seit langem gewohnt bin. Ich bekomme meine Therapien und am Dienstag ruft mich die Verlagschefin an und fragt, ob ich ein aktuelles Passfoto von mir habe, das sie für die Buchmesse benötigen. Das habe ich nicht und so machen wir einen Termin, dass sie am Donnerstag bei mir vorbeikommt, um mich zu fotografieren. Am Mittwoch telefonieren mein Mann und ich noch ein letztes Mal vor Thomas Abreise nach Spanien mit ihm und wünschen ihm für den Spanienaufenthalt alles Liebe. Er hat auch seine letzten Prüfungen mit Bravour gemeistert und kann nun seinem Spanienaufenthalt entspannt entgegensehen.

Am Donnerstagfrüh, es ist der erste März, sind meine Gedanken bei meinem Sohn, der nun auch seine letzten Vorbereitungen für den Abflug trifft. Gegen Mittag bekomme ich eine SMS von ihm, dass er gut in Madrid gelandet und nun gespannt auf seine Wohnung ist. Er hat zusammen mit Julie eine möblierte Zwei-Raum-Wohnung für die vier Monate gemietet. Julie wird Ende des Monats nachkommen. Ich bin erleichtert, dass soweit alles gut geklappt hat Er ist zwar erwachsen und man bräuchte sich keine Sorgen machen, aber das Kind bleibt immer das Kind und man fiebert bei allem mit.

Am Nachmittag kommt die Verlagschefin und macht auf unserer Terrasse die Fotos von mir. Das geht ganz fix und die Fotos sind, soweit ich es schon beurteilen kann, ganz gut geworden.

Freitagfrüh muss ich nach Waren. Mein Facharzt für Enddarmerkrankungen hat mich aufgrund meiner Probleme mit dem Stuhlgang dorthin überwiesen, um der Ursache dafür endlich auf den Grund zu gehen. Um sieben Uhr werde ich vom Patiententransport abgeholt. Aufgrund meines frühen Aufstehens ist das für mich kein Problem und ich bin auch soweit fertig. Eine ganz neue Erfahrung seit langem ist für mich aber, so früh aus dem Haus zu gehen. Eine halbe Stunde vor meinem Termin erreichen wir die Müritz-Klinik Waren. Der Fahrer des Patiententransportes begleitet mich in die Klinik, wo wir von der Informationsdame zur Anmeldung und von dort zur Chirurgie geschickt werden. Dort wird mir mitgeteilt, dass ich erst einen Einlauf bekomme und dann zum Professor gebracht werde. Inzwischen telefoniert der Kraftfahrer und sagt mir, dass er zurück nach Neubrandenburg fährt und ich nach meiner Untersuchung entweder von ihm oder vom Müritz-Krankentransport abgeholt werde, je nachdem, was besser passt. Wegen der Telefonnummer lässt er seine Visitenkarte bei der Schwester. Ich muss nicht lange warten und bekomme meinen Einlauf. Wie man sich fühlt, wenn man nur selten Stuhlgang hat und endlich mal kann, muss ich nicht beschreiben! Jedenfalls bin ich im doppelten Sinn erleichtert und nach wiederum nur kurzer Wartezeit werde ich zum Professor beziehungsweise seinem Vorzimmer gebracht. Ich muss mich frei machen und auf dem Untersuchungsstuhl Platz nehmen. Nachdem ich der Schwester sage, dass es ganz schön kühl im Untersuchungszimmer ist, bekomme ich ein Tuch über die Beine gelegt. Das ist auch gut so, denn es dauert dieses Mal doch etwas länger, bis der Professor kommt. Dann ist er endlich da und lässt sich meine Beschwerden schildern. Danach befragt er mich nach Medikamenten, die ich regelmäßig nehme und schickt eine Assistenzärztin los, zu prüfen, inwiefern meine Medikamente etwas mit meinen Beschwerden zu tun haben könnten. Dann macht er eine kleine Darmspiegelung, die ja auch nicht neu für mich ist und die ich deshalb ohne Probleme ertrage. Er stellt soweit nichts weiter fest und prüft, wie gut mein Schließmuskel funktioniert. Inzwischen ist die Assistenzärztin zurück und teilt dem Professor mit, dass die eine Sorte Tabletten durchaus mit meinem Darmproblem zu tun haben könnten. Das ist die Tablette, mit deren Dosis der Neurologe nicht heruntergehen wollte. Da haben wir es wieder! Als ob ich es geahnt hätte! Es kann einfach nicht gut sein, Tabletten über einen langen Zeitraum zu nehmen, ohne zu testen, ob sie noch notwendig sind. Da habe ich mit meinem gesunden Menschenverstand doch richtig gelegen! Der Professor ist mit der Untersuchung fertig und sagt, fast schon im Hinausgehen, dass ich mich anziehen und im Nebenzimmer Platz nehmen soll und er gleich zum Auswertungsgespräch kommt.

Von diesem Untersuchungsstuhl aufzustehen, ist für mich nicht so einfach. Ich habe nur die rechte Hand zum Festhalten und bin auf dem linken Bein unsicher. Die Schwester steht zwar neben dem Stuhl, doch statt mir auf der linken Seite zu helfen, steht sie einfach nur da und sieht zu, wie ich mich abmühe. Als ich dann glaube, mit dem rechten Fuß einen sicheren Stand auf einem bereitgestellten Hocker zu finden, komme ich stattdessen aber ins Rutschen, weil ein Tuch auf dem Hocker liegt, und gerate angesichts des drohenden Abrutschens und der tatenlos zusehenden Schwester leicht in Panik. Aufgeregt und schon ein bisschen in Angst, gleich zu fallen, sage ich zur Schwester: „Nun helfen Sie mir doch bitte mal!“ Das muss ein bisschen unwirsch herübergekommen sein, denn statt endlich anzufassen, antwortet sie: „Ganz ruhig, Frau Berg. Es passiert nichts, ich bin doch da.“ Ich denke, ja, sie ist genauso da wie der Tisch im Zimmer, der steht auch nur an seinem Platz. Deshalb entgegne ich, schon etwas wütend: „Was nutzt es mir, wenn Sie da sind, aber mir im entscheidenden Moment nicht helfen!“ In dem Augenblick kullern bei mir auch schon die Tränen, ohne, dass ich es will und ausgerechnet jetzt kommt auch der Professor wieder ins Zimmer. Erstaunt sieht er zu mir herüber und fragt: „Was ist los?“ Da ich im Moment nicht antworten kann, antwortet die Schwester für mich: „Frau Berg hatte Angst, vom Stuhl zu fallen.“ Nun muss ich doch etwas sagen, was soll sonst der Professor denken: „Ich hatte berechtigte Angst, das ist schon blöd, wenn man links kein Gefühl hat und mit dem rechten gesunden Bein am Rutschen ist.“ Verwundert sieht er erst mich und dann die Schwester an, die auch gleich erklärt: „Frau Berg ist linksseitig gelähmt.“ Er fragt nach der Ursache und ich erzähle ihm von dem geplatzten Aneurysma. Interessiert hört er zu und entgegnet: „Dafür haben Sie sich aber sehr gut bei der Untersuchung angestellt, ich habe gar nichts von irgendeiner Einschränkung gemerkt.“ Ich denke, dass er sich ja schließlich auch auf etwas anderes konzentrieren musste. Trotzdem habe ich durch seine Worte richtig gute Laune. Schließlich zeigt das, dass nicht sofort zu sehen ist, dass ich schwerbehindert bin.

Ich habe mich wieder angezogen und warte im Nebenzimmer auf die Auswertung durch den Professor. Die Schwester kommt kurz rein und legt etwas auf den Schreibtisch des Professors. Ich nutze die Gelegenheit und frage sie, ob sie schon mal beim Patiententransport anrufen und Bescheid sagen kann, dass ich gleich fertig bin. Nach dem, was vorhin war, macht sie es natürlich gerne für mich, wie sie sagt. Nun kommt auch der Professor und sagt mir, dass er vorerst außer den bekannten Sachen nichts weiter feststellen konnte. Er bestätigt die Aussage meines Arztes, dass auf alle Fälle nichts Entzündliches am Darm ist und ich somit schon einmal beruhigt sein kann. Trotzdem müsse der Sache auf den Grund gegangen werden, was auch meine Meinung und mein Ziel ist. Er sagt, dass ich noch einmal zur Dekographie nach Waren kommen muss. Das ist eine radiologische Funktionsuntersuchung, bei der die Darmentleerung mit Röntgenkontrastmittel unter Durchleuchtung nachgestellt und analysiert wird. Diese Untersuchungen werden nur freitags durchgeführt und ich bekomme einen Termin für Freitag, den dreizehnten April. Ironie des Schicksals, aber zum Glück bin ich nicht abergläubisch. Vorher soll ich mich wieder bei meinem Facharzt vorstellen und bekomme für diesen einen Kurzbericht mit Diagnosevermutung mit. Mein Facharzt soll mich zur ambulanten Radiologie schicken, wo eine sogenannte Colon-Transit-Zeitbestimmung durchgeführt werden soll. Mit dieser Untersuchung kann man die Verweildauer der Nahrung im Darm bestimmen und somit eine eventuell verlangsamte Darmtätigkeit erkennen. Die Erkenntnis habe ich ja eigentlich schon: Es steht außer Frage, dass bei mir die Darmtätigkeit verlangsamt ist, aber die Frage ist doch, **warum** ist das so. Er gibt mir eine Kapsel mit Markern mit, die ich dann einnehmen muss und sechs Stunden später sollen das erste Röntgenbild und fünf Tage später das zweite Röntgenbild gemacht werden. Mit den Befunden der Röntgenbilder soll ich mich dann am dreizehnten April zur Dekographie vorstellen und anschließend bei ihm. Ganz nebenbei sagt er, dass mein Darm vielleicht nur zu lang ist und ich deshalb diese Beschwerden habe. Ich versäume es, zu fragen, was das bedeute. Die Schwester klopft und sagt, als sie den Kopf durch die Tür steckt, dass mein Patiententransport auf dem Weg ist. Der Professor nutzt die Gelegenheit und da wir auch fertig sind, verabschiedet er sich von mir. In gut einem Monat sehen wir uns ja wieder. Die Schwester begleitet mich bis zum Ausgang und erzählt mir unterwegs, dass mich der Müritz-Krankentransport abholen wird. Wir sehen vor der Tür schon so ein Auto stehen und ich gebe mich zu erkennen, als sich der Fahrer suchend in der Halle umsieht. Fliegender Wechsel sozusagen, das klappt ja prima. Der Krankenwagen hat schon eine Patientin mit Begleitung für das Krankenhaus in Neubrandenburg an Bord, sodass diese Variante wohl besser gepasst hat, als wenn mein Fahrer von Neubrandenburg zurückgekommen wäre. Mir ist das gleich und so werde ich pünktlich zu meiner Physiotherapie mittags zu Hause sein.

Am Sonnabendnachmittag kommen Steffen, Steffi und Benno zu Besuch. Benno ist richtig gut drauf, aber nur bis Sonntagfrüh. Wie immer bin ich schon längst im Gange, als Steffi mit Benno auf dem Arm gegen halb acht die Treppe herunter kommt. Sie hofft, dass Benno wieder einschläft, da er kaum die Augen aufbekommt. Sie sagt: „Mal sehen, wir setzen uns hin und warten ab." Also setzen wir uns ins Wohnzimmer und unterhalten uns leise. Steffi hat sich eine Fruchtmilch mit ins Wohnzimmer genommen und auf den Couchtisch gestellt. Benno wird nun richtig wach und sein erster Blick geht sofort zur Fruchtmilch, die er auch gerne mag. Er streckt die Hand danach aus und sagt: „Milch!“ Das ist eines der Worte, die er schon kann. Ich sage zu meiner Tochter: „Gebe ihm keine Milch, die kommt gleich wieder raus!“ Benno hatte gestern Nachmittag zwar noch nicht Durchfall, aber sein Stuhl war sehr weich. Steffi zögert und antwortet mir: „Ich kann ihm doch hier nicht was vortrinken und ihm nichts geben!“ Ich gebe noch einmal zu bedenken, dass Tee jetzt besser wäre. Da er diesen wegschiebt und wieder auf die Milch zeigt, bringt Steffi es nicht übers Herz und gibt ihm die Flasche mit der Erdbeermilch. Sie sieht mich an und sagt entschuldigend: „Nur einen kleinen Schluck!“ Ich will noch fragen, wie sie das hinbekommen will, als sie schon selbst bemerkt, dass Benno die Flasche nicht wieder herausrücken will. Schließlich schafft sie es, nimmt selbst einen Schluck und setzt sich mit Benno von der Drei-Sitzer-Couch auf den Zweisitzer. Zum Glück, denn kaum, dass sie wieder sitzen, bäumt sich Benno auf und in hohem Bogen kommt die eben getrunkene Milch aus seinem Mund geschossen. Alles landet auf dem Teppich und Steffi ist ganz unglücklich, solche Umstände gemacht zu haben. Ich winke ab, stehe auf, hole einen Lappen aus der Küche und tröste sie: „Sei froh, dass es jetzt raus ist. Es ist ja nichts weiter passiert, das hier kann man wieder sauber machen, schau, es geht ganz leicht weg! Aber du darfst Benno heute keine Milch mehr geben und auch keine Milchprodukte!“ Ich will nicht immer altklug wirken, denn Steffi wird auch ihre Erfahrungen machen und beim zweiten Kind klappt nachher schon alles viel besser. Ich weiß aber auch, dass sie dankbar meine Ratschläge annimmt. So versucht sie den ganzen Tag, Benno auf Diät zu halten, und zu trinken gibt es ab jetzt nur noch Tee. Obwohl Benno immer wieder nach Milch verlangt, bleibt Steffi standhaft und er bekommt nur Tee. Trotzdem und obwohl er wenig isst, hat er immer wieder Durchfall. Aber er hat auch keinen Appetit. Zum

Mittag gibt es Gulasch und Rotkohl. Das isst er sonst gern, heute nicht. Mit Benno ist nichts los und so entscheidet Steffi, dass sie nach dem Essen wieder losfahren. Am Sonntag ist nicht mehr viel dran und sie wollen sowieso noch zu Steffens Eltern.

Bei Steffens Eltern angekommen, meldet sich Steffi telefonisch und sagt, dass Benno die Autofahrt über, also eine dreiviertel Stunde, geschlafen hat und nun, da er die anderen Großeltern sowie Lord und Felix hat, wieder besser drauf ist. Wir freuen uns darüber und denken, dass das vielleicht nichts Ernsthaftes war. Am Montag erzählt Steffi dann auch, dass Benno keinen Durchfall mehr hat und sie ihn früh auch in die Kita gebracht hat.

Für mich ist die neue Woche wieder eine der alltäglichen Wochen, in denen nichts weiter passiert. Am Donnerstag ist der Internationale Frauentag, der nun aber nicht mehr so spektakulär wie zu DDR-Zeiten ist. Was wurde der Tag zu DDR-Zeiten in den Betrieben gefeiert! Seit der Wende wird ja nun mehr der Muttertag gefeiert. Aber heute am Frauentag sind meine Gedanken bei meinem Sohn Thomas. Heute vor sechsundzwanzig Jahren wurde er geboren. Ich weiß es noch ganz genau: Unsere Freunde Birgit und Jörg, die damals unsere Nachbarn waren und inzwischen in Berlin wohnen, waren bei uns und wir haben ein wenig Frauentag gefeiert. Am späten Nachmittag hatte ich die ersten Wehen, was mir keiner geglaubt hatte, da der Geburtstermin erst am siebzehnten März war. Abends sollte ein guter Film laufen, den ich mir unbedingt ansehen wollte. Doch dazu kam es nicht mehr. Ich bekam nach dem Abendbrot so heftige Wehen, dass es klar war, es geht bald los. Gegen zweiundzwanzig Uhr war ich im Krankenhaus und schon um dreiundzwanzig Uhr fünfzehn war das Baby da. Ich hatte die gleiche Hebamme wie bei Steffi. Sie konnte sich an mich erinnern, weil sie mit meinem Bruder Olaf in eine Klasse gegangen ist. Als nach den Anstrengungen das

Baby da war, machte sie es spannend und fragte mich geheimnisvoll: „Ihr erstes Kind ist doch ein Mädchen oder?“ Ich horchte auf, wagte nicht zu hoffen, dass es vielleicht ein Junge ist. Also bestätigte ich, dass ich schon ein Mädchen habe und sie gab mir mit den Worten: „Na, dann passt es ja. Das hier ist ein Junge!“ mir meinen Sohn in die Arme. Ich war so gerührt, dass mir erst einmal die Tränen liefen. In den achtziger Jahren war es noch nicht so wie heute, dass man das Geschlecht des Kindes vorher schon sehen konnte und deshalb war ich total überrascht. Meine älteren Geschwister haben entweder zwei Mädchen oder zwei Jungen. Außerdem verlief diese Schwangerschaft genau wie die mit Steffi und deshalb war ich überzeugt, es würde wieder ein Mädchen werden. Wir hatten uns schon gewünscht, dass es ein Junge wird, aber nicht wirklich nicht zu hoffen gewagt, warum ausgerechnet wir das Glück haben sollten, ein Pärchen zu haben. Nun war es so und alle erlittenen Qualen der Geburt waren vergessen, als ich meinen süßen Sohn in den Armen hielt.

Inzwischen ist aus ihm ein schmucker junger Mann geworden, auf den wir zu Recht sehr stolz sind. Ich lasse den ganzen Tag meinen Computer an, was sonst gar nicht meine Art ist. Er wird eigentlich nur morgens angeschaltet und dann erledige ich alles.

Doch Thomas ist einfach nicht online, nun gut, heute ist ja auch ein ganz normaler Wochen- und damit Arbeitstag. Als er am frühen Abend immer noch nicht online ist, überlege ich mir, dass er bestimmt anlässlich seines Geburtstages seine jetzigen Arbeitskollegen zu einem kleinen Umtrunk eingeladen haben wird. Bevor mein Mann meine Mutti nach Hause bringt, versuche ich noch einmal mein Glück. Die Beiden haben es eilig und trotz meiner Aufforderung, einen Moment zu warten, gehen sie los. Im nächsten moment habe ich Glück. Thomas ist online. Wir sehen uns und begrüßen uns und besonders ich bin glücklich, unserem Sohn endlich gratulieren zu können. Er bedankt sich und ihm fällt ein: „ Siehst du, jetzt kann ich ja mein Geschenk von euch aufmachen!“ Es ist fast so, als ob er mir wirklich gegenüber sitzen würde und ich beobachte ihn und bin glücklich, dass es ihm gut geht. Thomas öffnet das Paket, sieht sich den Pullover an, hält ihn bei sich ran und sagt: „Super, habt ihr gut ausgewählt, der gefällt mir und anpassen muss ich ihn, glaube ich, wohl nicht oder?“ Ich bestätige das, denn Thomas hat irgendwie Modellmaße und alles sieht gut an ihm aus. Er erzählt von seinen ersten Tagen, denn nun ist er immerhin schon eine Woche in Madrid. Dann erzählt er, dass er heute, Kavalier, der er ist, für alle Frauen in seinem Institut, mit denen er zusammenarbeitet, je eine Blume mitgenommen hat. Das ist so typisch mein Tomi, immer aufmerksam, immer galant! Diese Geste kam natürlich gut an und ich kann mir vorstellen, dass Tomi nun der Hahn im Korbe ist. Dann zeigt mir Thomas die Wohnung, in der er nun vier Monate verbringt. Es ist alles schick eingerichtet und sogar einen Balkon hat er. Ich erzähle Thomas gerade, dass mein Mann meine Mutti nach Hause bringt und leider nicht da ist und höre in diesem Moment den Schlüssel in der Haustür. Siggi kommt zurück und ich freue mich, dass die Beiden auch noch miteinander reden können. Wir erzählen ihm dann noch unter anderem, dass er gestern einen Bußgeldbescheid bekommen hat: Fünfundzwanzig Euro für fünfzehn Km/h Geschwindigkeitsüberschreitung in Hamburg. Solche Post geht immer zu seinem Hauptwohnsitz, also zu uns. Zum Glück, denn so kann ich die fünfundzwanzig Euro für ihn überweisen, sonst hätte er vielleicht ein Verfahren an den Hals bekommen, da er nicht reagieren hätte können, weil er nicht in Deutschland ist. Thomas weiß gleich Bescheid, er kann sich daran erinnern, dass er geblitzt wurde. Dann ist unsere Talkzeit auch schon zu Ende, denn jetzt hat Thomas die von mir vermutete Geburtstagsfeier mit seinen ersten Freunden und Kollegen dort.

Am nächsten Tag bezahle ich nicht nur Thomas` Bußgeld, sondern auch unsere neue Küche, die am einundzwanzigsten März geliefert und montiert werden soll.

Ansonsten ist das Wochenende unspektakulär. Ein erster Hauch von Frühling ist zu spüren, die Tulpen und Narzissen stecken ihre Köpfe aus dem Boden, aber nachts gehen die Temperaturen teilweise noch unter null Grad und die Kraft der Sonne reicht noch nicht, richtige Frühlingstage zu zaubern. Trotzdem und weil ich ein richtiger Sonnenanbeter bin, habe ich schon meine ersten Sonnenbäder auf unserer Terrasse genossen, natürlich noch ordentlich in eine Decke eingepackt.

Dienstagnachmittag kommt meine Hausärztin zu einem mal wieder fälligen Hausbesuch. Es geht hauptsächlich darum, dass sie mir notwendige Überweisungen und Rezepte verschreibt. Ansonsten werde ich abgehorcht und mein Blutdruck wird gemessen: 125 zu 75. Wir müssen beide lachen, das Messen kann sie sich wirklich bald sparen! Ich habe immer diesen guten Wert. Dann fragt sie mich noch nach Problemen oder Wünschen. Die habe ich nicht und die Sprechstunde ist schnell beendet. Zum Abschied sagt sie mir, dass sie sich freut, wie gut ich mich entwickelt habe, auch hinsichtlich meiner Psyche. Sie ist kaum weg, als es schon wieder klingelt Es ist der Postbote mit einem Paket und der Post. Richtig, das Paket beinhaltet drei Bücher, die in der letzten „Super-Illu“ beworben wurden und die ich online bestellt habe. Sie heißen „Blutiger Osten“ und es wird über authentische Kriminalfälle, einschließlich Morde, erzählt. In der Vorankündigung hatte ich auch von einem Frauenmörder in Rahnsdorf und Umgebung gelesen. Weil ich während meiner Lehre regelmäßig zum Handballtraining nach Rahnsdorf gefahren bin, kann ich mich noch genau daran erinnern, wie einmal meine Trainingskolleginnen nach dem Training zu mir sagten: „Pass bloß auf, hier treibt sich ein Frauenmörder herum!“ Erst dachte ich, sie wollten mich veralbern, doch dann fiel mir ein, dass ich davon in der BZ gelesen hatte. Mein Weg von der Turnhalle zur S-Bahn führte durch einen baumreichen Park. Zudem war es dunkel, unser Training ging immer bis zweiundzwanzig Uhr. Ich hatte ganz schöne Manschetten und entsprechend schnell war ich am S-Bahnhof. Die Geschichte über diesen Mörder interessiert mich daher besonders und da die drei Bücher zusammen nur fünfzehn Euro kosten, habe ich sie kurzerhand bestellt. Außerdem ist das genau die richtige Lektüre für den beginnenden Frühling, wenn die Sonne scheint und ich mich auf die Terrasse setzen kann.

Am Mittwochvormittag, dem vierzehnten März, geht es erst noch zum Friseur zur Fönwelle, denn Nachmittag geht es auf große Reise erst nach Potsdam und am Donnerstag dann nach Leipzig, wo die Buchmesse vom fünfzehnten bis achtzehnten März stattfindet. Heute kommt meine Mutti nicht, denn ich bin ja mehr weg als zu Hause. Meinen kleinen Koffer-Trolley haben wir gestern gepackt und ich muss nur noch meine Handtasche „entrümpeln“ und sortieren. Ich bin doch schon ganz schön aufgeregt, denn bestimmt zum zehnten Mal sehe ich meine Handtasche durch: Portemonnaie, Schwerbehindertenausweis, Wertmarke vom Versorgungsamt, Buch, Taschentücher und Gummibärchen und ein Überraschungsei für Benno. Alles ist da. Die Zeitung habe ich regelrecht durchgeforstet, habe jeden Artikel gelesen, nur um die Zeit totzuschlagen. Zum Glück hatte ich zwischendurch auch meine beiden Therapien, danach mache ich mich soweit fertig und dann höre ich auch schon ein Auto auf die Auffahrt fahren. Perfekt, jetzt ist die Pflegeschwester da. Schwester Ivonne hilft mir noch in die Jacke und los geht es. Im Bahnhof trägt oder zieht sie meinen kleinen Koffer, während ich bei ihr eingehakt nebenher laufe. Die Zugfahrt ganz allein heute ist

Premiere für mich und wenn es mir gefällt und alles gut klappt, werde ich bestimmt öfter mal Gebrauch davon machen, vielleicht sogar mal mit Gitti zu Steffi fahren, wenn das Kleine da ist.

Schwester Ivonne stellt den Koffer zu mir in den Zug und fragt: „Kommen Sie jetzt allein klar, Frau Berg?“ Ich antworte ihr: „Ja, vielen Dank.“ und sie verabschiedet sich. Ich habe nicht bemerkt, dass hinter mir der Schaffner steht, der nun auch fragt: „Wohin wollen Sie denn?“ Gut, der Schaffner darf fragen. Ansonsten hätte ich geantwortet: „Das geht Sie gar nichts an!“ Ich antworte ihm freundlich, denn vielleicht brauche ich ihn noch: „Nach Oranienburg“ Skeptisch sieht er mich an und entgegnet: „Das wird aber nichts! In Neustrelitz müssen Sie umsteigen und durch den Tunnel zum anderen Gleis!“ Nun bin ich doch etwas verärgert und antworte ihm: „Es wäre nett, wenn Sie mir dann den Koffer vom Zug auf den Bahnsteig stellen würden. Das Weitere werde ich dann schon schaffen und wenn nicht, frage ich einen der Fahrgäste. Mir wird schon jemand helfen!“ Er reagiert unerwartet freundlich und sagt: „Das ist kein Problem, beim Aussteigen helfe ich Ihnen, aber bis zum anderen Gleis kann ich nicht mitkommen.“ Ich antworte: „Danke, das ist sehr nett und reicht mir dann auch.“ Doch jetzt kommt noch der Hammer! Er fragt mich, warum ich nicht den Zug eine Stunde später nehme, der würde durchfahren. Patzig antworte ich: „Weil meine Tochter, die mich abholt, es nicht anders einrichten kann!“ Was geht den an, mit welchem Zug ich fahre! Dann endlich sitze ich und hole mein Buch aus der Tasche. Doch gleich darauf lege ich es wieder beiseite, denn Lesen kann ich noch genug und so sehe ich erst einmal interessiert aus dem Fenster. Diese Strecke bin ich während meiner Lehre und meines Studiums so ziemlich jedes Wochenende gefahren und kenne sie fast wie meine Westentasche. In der Natur hat sich schon gewaltig was getan. In der Gartenanlage „Mühlenholz“ kann ich schon vereinzelt blühende Tulpen und Osterglocken sehen und die meisten Bäume sind schon voller Blattknospen oder sogar bereits grün. Wir fahren gerade durch den Burg-Stargarder Bahnhof und Erinnerungen werden bei mir wach. Jedes Jahr, wenn ich in den Sommerferien bei meiner Cousine in Neubrandenburg war, sind wir beide für mindestens eine Woche mit dem Zug zu unseren Großeltern hierher gefahren, die in der Bahnhofstraße wohnten. Etwas nervig war damals, dass genau gegenüber dem Schlafzimmer die Bahnschranken waren und heute auch noch dort sind. Wir wurden nachts oft wach, denn mindestens stündlich kamen hier aus beiden Richtungen die Züge vorbei. Aber es war auch irgendwie romantisch. So in Gedanken verloren bin ich gerade auf der Höhe des Hauses, in dem meine Großeltern früher wohnten, und erfreue mich an dem Anblick. Das Haus wurde inzwischen saniert und hebt sich in einem hübschen lindgrün von den anderen Häusern ab.

Als wir Burg-Stargard durchfahren haben, beginne ich nun wirklich zu lesen. Mein Buch ist so spannend, dass die Zeit wie im Fluge vergeht, und ich das Buch schnell in meine Tasche packe, als die Durchsage kommt: „Wir erreichen gerade den Bahnhof Neustrelitz.“ Ich bin gerade dabei, mich nach einem Helfer umzusehen, als auch schon der Schaffner da ist und sich wortlos meinen Koffer schnappt. Ich habe Mühe, ihm zu folgen, will ihm das aber nicht sagen, da er nachvollziehbar in Zeitnot ist. An der Treppe zum Tunnel und damit zum Übergang zu den anderen Bahnsteigen staune ich nicht schlecht. Der Schaffner wartet auf mich und sagt: „Wir fahren mit dem Fahrstuhl.“ Erst glaube ich, mich verhört zu haben, aber dann sehe ich es. Es gibt wirklich auf den Bahnsteigen Fahrstühle! Da hätte ich es ja wirklich ganz allein geschafft. Wir fahren hinunter, gehen durch den Tunnel und fahren an dem anderen Bahnsteig wieder mit einem Fahrstuhl hoch.

Der Schaffner stellt meinen Koffer neben mich und sagt: „Bitteschön! Ich muss jetzt wieder los." Ich antworte: „Natürlich! Vielen Dank, das war sehr nett von Ihnen!" Mit einem Lächeln und Nicken verabschiedet er sich. Na bitte, es geht doch! Er ist bestimmt in sich gegangen, dass er etwas zu schroff zu mir war. Vielleicht hatte er auch Angst, dass ich mich irgendwo beschweren könnte. Das gab es in letzter Zeit ja öfter, dass Schaffner besonders mit Kindern nicht besonders nett umgegangen sind und hat Empörung bei der Bevölkerung ausgelöst. Na, egal, er hat mir geholfen und ich freue mich darüber.

Im nächsten Moment kommt auch schon mein Zug. Eine aufmerksame junge Frau fragt mich, ob sie helfen kann. Ich nicke und bitte sie darum, den Koffer in den Zug zu stellen, was sie dann auch tut. Die weitere Fahrt vergeht wie im Fluge. Ich lese in meinem spannenden Buch und nur einmal, als der Schaffner die Fahrkarte sehen will, werde ich gestört. Ich habe gar keine Fahrkarte! Als Schwerbehinderte benötige ich nur meinen Ausweis und eine Wertmarke vom Versorgungsamt. Die habe ich mir vorsorglich besorgt. Doch erst einmal gebe ich ihm nur meinen Schwerbehindertenausweis. Mehr möchte er auch gar nicht sehen. Ich beschließe in diesem Moment, in Zukunft öfter mit dem Zug zu fahren. Gerade jetzt, wo bald das Baby da ist. Dann bin ich nicht so von meinem Mann abhängig. Eventuell fahre ich dann mal zusammen mit Gitti zu unseren Kindern. Sie würde in Fürstenberg zusteigen. Genau, das passt. So in Gedanken versunken hält der Zug auch schon in Fürstenberg. Nun noch eine Viertelstunde und ich bin da. In Oranienburg wird mir wieder von einer jungen Frau Hilfe angeboten und sie trägt meinen Koffer auf den Bahnsteig. Ich überlege, ob Frauen die Hilfsbereiteren sind oder, ob sie einfach nur aufmerksamer als Männer sind. Meinen Trolley-Koffer ziehend gehe ich dem Menschenpulk hinterher und setze mich dann auf eine Bank, die ungefähr zwanzig Meter vor dem Übergang zum Bahnhof steht. Nun suche ich mein Handy raus und rufe erst einmal meine Tochter an in der Hoffnung, dass sie bald hier ist. Sie ist ganz begeistert und sagt: „Das passt ja gut, Mutti, ich habe gerade vor dem Bahnhof eingeparkt.“ Ich nenne ihr den Bahnsteig, auf dem ich mich gerade befinde, und sie sagt: „Okay, bis gleich!“ Gespannt sehe ich zur Treppe und da kommen sie auch schon. Ich winke und Benno sieht sich verwundert um, weil er sich wohl fragt, wie die Omi hierher kommt. Freudig kommt er auf mich zugerannt und schenkt mir ein Küsschen nach dem anderen. Immer wieder sagt er „Oma“. Inzwischen kann er es gut sagen, vorher ließ er immer das O weg.

Im Auto setze ich mich zu ihm nach hinten. Wir spielen eine Weile miteinander, doch dann verliert er die Geduld. Auf einmal zeigt er auf meine Handtasche. Unsicher frage ich Steffi, was das zu bedeuten hat. Sie antwortet mir: „Mutti, Benno ist ein schlaues Kerlchen, er will mal in Deiner Handtasche nachsehen, ob Du was mitgebracht hast.“ Na klar, darauf hätte ich auch selbst kommen können! Ich mache sie auf und lasse Benno hineinschauen. Sofort entdeckt er das Überraschungsei und sieht mich fragend an. Ich nicke ihm zu und sage: „Ja, das Ei ist für Benno.“ Ein Lachen huscht über sei kleines Gesicht und schon hat er das Überraschungsei in der Hand. Er gibt es mir wieder als ich ihm anbiete, das Ei auszupacken. Mit gutem Appetit isst er die Schokolade. Die Überraschung ist leider nur Kleinkram und keine Figur, so dass ich es vorerst wegpacke. Dabei sieht er wieder meine Tasche und möchte noch einmal hineinsehen. Doch dieses Mal passt Steffi auf: „Nicht noch mehr Süßigkeiten, Mutti!“ Sie gibt mir einen Behälter mit Cherry-Tomaten und Benno langt auch da ordentlich zu. Als wir auf der Stadtautobahn sind, wird Benno langweilig und er schimpft ein bisschen. Unauffällig hole ich ein Tütchen Gummibärchen aus meiner Tasche. Als ich sie ihm hinhalte, strahlt er über das ganze Gesicht und streckt seine Hand danach aus. Ich mache die Tüte mit den Zähnen auf und gebe sie ihm Zufrieden und glücklich sitzt er da und holt vorsichtig ein Gummibärchen nach dem anderen aus der Tüte und schiebt es sich in den Mund. Damit er sie nicht alle allein aufisst, frage ich ihn: „Gibst Du Omi auch ein Bärchen?“ Mit der nun folgenden Reaktion habe ich nicht gerechnet. Er schüttelt mit dem Kopf und zieht auch gleich seine Hand mit der Tüte weg. Steffi hat das natürlich alles mitbekommen und sagt in ernstem Ton zu Benno: „Gib Omi mal auch ein Bärchen, sonst ist sie traurig.“ Sofort dreht er sich zu mir und sieht mich neugierig an. Ich setze natürlich ein trauriges Gesicht auf und siehe da, aus Mitleid bekomme ich nun ein Gummibärchen. Benno freut sich, auch, weil ich wieder lache, und nun gibt er abwechselnd uns Beiden immer ein Bärchen. Schnell ist die Tüte alle und Benno fordert Nachschub. Leider muss ich nun auch streng sein und sage: „Alle, es ist nichts mehr da, Benno!“ Er sieht mich so traurig an, dass ich schwach werden könnte, doch Steffi reicht mir schon Vollkornkekse nach hinten und damit gibt sich Benno nun zufrieden. Wir sind schon in Potsdam und Steffi erklärt mir, wo Luftlinie ihre neue Wohnung liegt. Dort angekommen, bin ich begeistert. Die Wohnung ist zwar wie die vorherige in der vierten Etage, aber Steffi und Steffen sind jung und sie scheuen die paar Stufen nicht. Sie sagen: „Wenn **Du** es schaffst, Mutti, schaffen wir es erst recht!“ Genau so ist das. Wir kommen in einen herrlich großen Flur mit Einbauschrank. Wohnzimmer und Küche sind ebenfalls schön groß. Gut, Schlafzimmer und die beiden Kinderzimmer sind kleiner, aber ausreichend für die Ansprüche der kleinen Familie. Alles in Allem ist es eine schöne große Wohnung. Benno ist ganz aufgeregt, nimmt mich an die Hand und zeigt mir sein Spielzeug, und vor allem sein neues Bett. Es sieht aus wie ein Rennauto. Für Benno ist es von Vorteil, dass er nicht so hoch liegt und falls er mal aus dem Bett fallen sollte, er eben auch nicht so tief fällt. Steffi erklärt mir gleich, dass Benno vorerst noch in seinem Kinderbett schläft und sie ihn erst kurz vor der Entbindung an das neue Bett gewöhnen will, damit keine Eifersucht aufkommt, wenn auf einmal das Baby in seinem Kinderbett schläft. Der Balkon gefällt mir auch. Er ist etwas quadratisch, also nicht so ein Schlauch wie in den meisten Neubaublöcken. Alles in allem eine schöne Verbesserung für unsere Kinder. Die Möbel, die sie sich neu gekauft haben, sind auch sehr schön und gefallen mir.

Wir spielen schön mit Benno und dann wird es Zeit für das Abendbrot. Wir überlegen gerade, was wir essen werden, als Steffen anruft und Bescheid sagt, dass er jetzt Feierabend hat und nach Hause kommt. Ich schlage Steffi schnell vor: „Kann er Croques mitbringen, liegt so ein Imbiss auf dem Weg?" Steffi nickt und wir bitten ihn, uns welche mitzubringen. Die Zeit überbrücken wir, indem wir uns Apfelstücken schmecken lassen. Benno zeigt mir, dass er schon einen Apfel durchschneiden kann. Mir fällt sofort der Spruch ein: „Messer, Schere, Licht, sind für kleine Kinder nicht!" Steffi kennt den auch und erklärt mir, dass Bennos Messer ein stumpfes Kindermesser ist und damit nichts passieren kann. Nach dem Abendbrot fallen Benno dann auch schon die Augen zu und wir bringen ihn ins Bett. Wir drei sitzen noch eine Weile und erzählen schön. Steffen und ich gönnen uns ein Glas Rotwein, Steffi darf ja nicht. Gegen Mitternacht streichen wir dann die Segel. Steffen legt sich in Bennos neues Bett und ich schlafe bei Steffi. Am Freitagmorgen ist alles entspannt und ruhig. Ich bin natürlich schon fertig, da ich zwar früh, aber natürlich nicht so extrem früh wie sonst aufstehe. So geht alles ganz schnell. Ich kann zwischendurch Benno übernehmen und mit ihm spielen. Steffi bringt schon mal unsere Taschen ins Auto, während ich auf Benno aufpasse. Dann steht auch Steffen auf und wir sind startklar. Wir verabschieden uns von ihm und machen uns auf den Weg zur Kita. Im Vorraum trifft Benno seine kleine Freundin Amely. Sie begrüßen sich mit einer Umarmung, gehen Hand in Hand in den Gruppenraum und setzen sich zu den anderen Kindern an den Frühstückstisch. Steffi hantiert noch an Bennos Kleiderfach, da mache ich einen fatalen Fehler. Ich meine es nur gut und rufe noch einmal zu Benno in den Gruppenraum: „Benno, tschüß! Winke-winke!“ Das hätte ich nicht tun dürfen! Er springt weinend auf, läuft zu mir in den Vorraum und schmeißt sich lang. Ich kann das gar nicht ertragen und halte mich im Hintergrund. Die Erzieherin, die inzwischen gekommen ist, gibt Steffi ein Zeichen, dass wir gehen sollen und spricht beruhigend auf Benno ein. Er ist ganz unglücklich, lässt sich aber langsam beruhigen, und wir stehlen uns davon. Als wir im Auto sitzen, sagt Steffi: „Das mag ich gar nicht, wenn ich ihn morgens abgebe und er weint! Dann habe ich irgendwie ein schlechtes Gewissen.“ Ich erst mal! Reumütig entgegne ich: „Das heute war aber meine Schuld! Ich hätte nicht noch einmal etwas zu ihm sagen dürfen.“ Steffi tröstet mich, indem sie sagt, dass Benno sich laut den Worten der Erzieherinnen auch immer ganz schnell wieder beruhigt.

Nun fahren wir zu einem Bäcker, bei dem man sich auch hinsetzen und einen Kaffee trinken kann, und frühstücken. Nach der Stärkung geht es auf die Autobahn in Richtung Leipzig. Es ist schönes klares Wetter und fährt sich sehr gut. Um Leipzig herum ist alles sehr gut ausgeschildert und wir finden ohne Probleme und planmäßig zum Messegelände. Nachdem wir das Auto abgestellt haben, machen wir uns auf den Weg zum Stand des Verlages. Die Hallen- und Standnummer haben wir, so dass wir ihn auch schnell finden. Wir begrüßen die Mitarbeiter des Verlages sowie einen weiteren Autor und lassen erst einmal alles auf uns wirken, wobei Steffi ein Wasser und ich einen Kaffee trinken. Der Stand ist ein U, an dessen Innenseiten Regale angebracht sind, in denen die Neuerscheinungen stehen. So auch mein Buch. In der Mitte des U befindet sich ein

Stehtisch, auf dem eine Schüssel mit kleinen Gummibärtütchen steht sowie Flyer des Verlages liegen. Wir stellen schnell fest, dass heute am ersten Tag der Buchmesse sehr viele Schulklassen unterwegs sind, die auf Schnäppchenjagd sind und hauptsächlich schauen, wo es etwas kostenlos gibt. So nimmt die Gummibärchenschüssel auch schnell ab, denn, wenn die Kinder und Jugendlichen in die Schüssel greifen, nehmen sie nicht ein oder zwei Tütchen, sondern eine ganze Hand voll. Innerhalb des U befindet sich eine Sitzbank, die man hochklappen und dort Sachen verstauen kann. Wir verstauen dort unsere Taschen und setzen uns und beobachten das Treiben. Nach einer Weile gehen Steffi und ich auch mal los, um uns umzusehen. Es ist der Wahnsinn, wie viele Verlage hier präsent sind. Es ist so eine Fülle von Informationen, die man auf einen Schlag gar nicht verarbeiten kann. Auch strengt mich das Laufen ganz schön an und so gehen wir wieder zum Stand zurück. Steffi macht ein paar Fotos und geht noch einmal allein eine Runde schauen.

Kurz vor Mittag ist sie wieder zurück und wir beschließen, gleich eine Kleinigkeit essen zu gehen. Inzwischen strahlt die Sonne mit voller Kraft und dort, wo Glasdächer sind, kommt man sich wie im Gewächshaus vor. Besser so als zu kalt! Wir finden einen Platz, ich setze mich und Steffi holt erst einmal für uns beide etwas zu trinken. Ich habe frischgepressten Orangensaft gesehen und Appetit darauf. Steffi kommt mit einem kleinen Becher Orangensaft und einer kleinen Cola zurück. Die Preise sind ganz schön gepfeffert. Die zweihundert Milliliter Orangensaft kosten einen Euro und neunzig Cent, und die kleine Cola drei Euro und fünfzig Cent. Wie wir es gelernt haben! Angebot und Nachfrage! Wenn die Nachfrage da ist, geht der Preis schnell hoch. Man sieht es ja auch. Überall sind Schlangen. Die Leute stehen an und kaufen. Steffi holt dann für sich ein Würstchen und für mich einen Becher frischen Obstsalat.

Bei der Hitze habe ich richtig Appetit auf etwas Frisches. Auf dem Rückweg suchen und finden wir eine Toilette. Wir warten bei der Behindertentoilette, da sie offensichtlich besetzt ist und sich bei der normalen Toilette eine riesige Schlange gebildet hat und es nur langsam vorwärts geht. Als sich nach über einer halben Stunde Warten und Klopfen unsererseits noch nichts auf dem Behinderten-WC getan hat, werden wir unruhig und ich spreche einen von diesen Sicherheitsleuten an, die hier überall herumlaufen. Ich sage: „Könnten Sie hier mal hereinschauen, irgendetwas stimmt da nicht. Vielleicht ist da drin jemand umgefallen oder so." Er antwortet, dass er einen Generalschlüssel holt und gleich wieder da ist. Es stellt sich heraus, dass niemand auf der Toilette war und ist, sie war einfach nur abgeschlossen. Wieder am Verlagsstand angekommen, bin ich von unserer Mittagstour ganz schön geschafft, setze mich und trinke wieder in aller Ruhe einen Kaffee. Steffi geht los, um sich nochmals umzuschauen.

Während ich so dasitze, schaut sich eine Frau interessiert mein Buch an. Ihr Finger zeigt auf den Untertitel „Diagnose Aneurysma". Die Verlagschefin erklärt ihr, dass die Autorin ein schweres Schicksal durchgemacht hat. Sie will ihr gerade erklären, was ein Aneurysma ist, als die Frau verstehend nickt und sagt: „Ja, ich weiß, ich habe selbst so ein Schicksal in der Familie!" Ich werde aufmerksam und die Verlagschefin stellt mich als Autorin dieses Buches vor. Dann erzählt uns die Frau, dass ihrer Tochter mit zehn und mit siebzehn Jahren ein Aneurysma im Kopf geplatzt ist und dass die Familie ganz schön was durchgemacht hat. Keiner kann das so gut verstehen wie ich. Ich unterhalte mich noch eine ganze Weile mit der Frau und zum Schluss fragt sie mich: „Frau Berg, sind Sie heute am späten Nachmittag auch noch hier?" Ich antworte ihr, dass wir bis zum Abend hier sind und sie erklärt: „Dann komme ich noch einmal mit meiner Tochter vorbei. Sie haben so schön gesprochen.

Vielleicht können Sie ihr Mut machen!" Ehrlichen Herzens antworte ich: „Das mache ich gern. Ich freue mich darauf, Ihre Tochter kennen zu lernen." Und das ist keine Floskel, es ist wirklich etwas ganz anderes, mit einer Betroffenen zu reden, die alles genau wie ich durchgemacht hat, als mit einem Unbeteiligten.

Drei Stunden später sind sie auch da. Vor mir steht die jetzt neunzehnjährige Tochter. Sie ist sehr schlank und wirkt zerbrechlich. Ich sehe sofort, dass bei ihr die gleiche Seite wie bei mir betroffen ist. Ich bitte beide, Platz zu nehmen und wir unterhalten uns. Neben vielen Parallelen gibt es einen gewaltigen Unterschied. Dieser besteht darin, dass ich zum Zeitpunkt des „Ereignisses" eine abgeschlossene Ausbildung und sogar über zwanzig Jahre Berufserfahrung hatte, während sie sich in der Schulausbildung befand und noch befindet und durch ihre Krankheit gewaltig zurückgeworfen wurde. Außerdem hatte und habe ich eine eigene Familie, zwei tolle Kinder und sogar schon einen Enkel. Es ist ganz deutlich herauszuhören, diese junge Frau hat Angst vor der Zukunft, davor, nicht selbst für ihren Lebensunterhalt sorgen zu können. Sie sagt: „Wer nimmt schon jemanden mit so einer Behinderung?" Ich versuche, sie aufzumuntern und erkläre ihr, dass die Unternehmen in Deutschland verpflichtet sind, fünf Prozent der Belegschaft mit Schwerbehinderten zu besetzen. Natürlich weiß ich, dass das die Theorie ist und gerade private Unternehmer sich scheuen, Schwerbehinderte einzustellen, obwohl sie laut Statistik sehr gut ausgebildet sind. Aber es gibt ja die Öffentliche Verwaltung und dort ist die Beschäftigungsquote von Schwerbehinderten sehr gut. Das alles erkläre ich ihr, und auch, dass sie bei der Rentenversicherung Bund einen „Antrag auf Teilhabe am Arbeitsleben" stellen soll und dann sicherlich Unterstützung bekommt. Sie erzählt mir noch, dass sie die Erfahrung gemacht hat, dass sich ehemalige Freunde von ihr abwenden. Sie vermutet, dass das deshalb so ist, weil sie mit ihr nicht mehr so viel anfangen können wie früher. Ich tröste sie und sage, dass auch ich diese Erfahrung gemacht habe und, dass es wirklich so ist, dass man in der Not die wahren Freunde erkennt. Dankbar für meine Worte lächelt sie mich scheu an. Bevor sie und ihre Mutter wieder gehen, sagt sie mir, dass ihr das Gespräch mit mir gut getan hat und, dass sie auch überlegt, ihre Erlebnisse niederzuschreiben. Wir wünschen uns gegenseitig alles Gute und ich habe das schöne Gefühl, heute etwas Gutes getan zu haben.

Danach ist auch zu merken, dass der heutige Messetag zu Ende geht. Die Schulklassen, die am meisten Krach gemacht haben, sind schon lange weg und auf den Gängen und an den Ständen ist nicht mehr so viel Gedränge wie den ganzen Tag über. So packen auch wir die Sachen zusammen und alle machen sich auf den Weg zu ihren Hotels. Wir haben kein Navi und verlassen uns auf unseren guten Menschenverstand und unsere gute Orientierung. Wir wissen, wo ungefähr das Dorf liegt, wo unser Hotel ist und finden das Dorf auch sofort. Doch in dem überschaubaren Ort ist einfach nicht unser Hotel zu finden. Wir werden zu einem anderen geschickt und beschließen, dort Abendbrot zu essen, sofern wir unser Hotel noch finden. Wir fragen zweimal Bewohner, doch sie schütteln den Kopf. Erst als ich sage, dass das Gebäude rot ist, helfen wir einer Frau auf die Sprünge und sie weist uns den richtigen Weg. Es ist ein renovierter Mehrfamilienblock und wir bekommen ein Zwei-Zimmer-Appartement. Es ist alles sauber und ordentlich, aber einfach, nicht wie ein Vier-Sterne-Hotel. Darauf hatten wir uns eingestellt und sind somit zufrieden, zumal wir auch nur vierzig Euro zahlen müssen. Es wird uns angeboten, gegen einen Aufpreis hier zu frühstücken, doch wir lehnen dankend ab, wir hatten uns vorher schon geeinigt, auf der Heimfahrt an der ersten Raststätte an der Autobahn zu halten und dort zu frühstücken.

Nachdem wir unser Appartement inspiziert und für gut befunden haben, fahren wir zu dem anderen Hotel, um dort zu Abend zu essen. Das Essen ist sehr gut und so geht es danach wieder zufrieden zu unserem Hotel zurück. Wir machen uns bettfertig und im Bett liegend sehen wir noch eine Weile fern. Wie befürchtet, werde ich wieder sehr früh wach, das heißt, es geht eigentlich. Durch das Umhergelaufe den ganzen Tag bin ich wohl so geschafft, dass ich immerhin bis gegen fünf Uhr schlafe. Ich schleiche mich, um Steffi nicht zu stören, aus dem Zimmer. Nach der Morgentoilette ziehe ich mich an und setze mich an den Küchentisch, um zu lesen. Die Sonne scheint schon herrlich durch das Küchenfenster, sodass ich nicht einmal Licht anmachen muss. Ich vertreibe mir die Zeit mit lesen, bis Steffi aufsteht. Schnell haben wir unsere Sachen zusammengepackt, melden uns ab und schon sind wir auf der Autobahn. Die erste Raststätte sagt uns doch nicht so zu, und so nehmen wir die zweite, um zu frühstücken. Gut gestärkt fahren wir weiter und beschließen, den Vormittag in Potsdam im Einkaufscenter zu verbringen, danach mit Steffen schön essen zu gehen und dann unseren kleinen Benno abzuholen.

Wir bummeln in aller Ruhe durch das Center und kaufen hier und da etwas ein. Ich freue mich besonders über ein Paar neue Schuhe. Es ist nicht so einfach, für mich Schuhe zu bekommen. Sie müssen bequem und zum Hineinschlüpfen sein. Steffi entdeckt solche beigefarbenen Schuhe zum Hineinschlüpfen. Ich muss sie zwar etwas größer nehmen als sonst, aber das ist egal. Dann kaufen wir noch farbenfrohe T-Shirts für den bevorstehenden Sommer. Am Obststand entdecke ich noch Navelapfelsinen, die ich diesen Winter vermisst habe. Ich habe einen Blick dafür und sehe, dass sie süß und saftig sind. Eine Kostprobe vom Händler bestätigt meine Vermutung und ich kaufe drei Kilo ein. Steffi will noch in einen Laden, der mich nicht so interessiert, und da ich vom Umherlaufen doch schon ganz schön geschafft bin, setze ich mich auf eine Bank und warte auf sie. Als sie zurück ist, sind wir uns einig, dass wir uns zum Mittagessen aufmachen können. Sie ruft Steffen an, dass wir gleich nach Hause kommen und zum Essen los wollen. Er ist gerade in einem Baumarkt, um noch etwas für die neue Wohnung zu besorgen. Und so verabreden wir, uns vor der Haustür zu treffen. Wir sind vor Steffen dort, doch das Warten macht uns nichts, da sehr schönes Wetter ist und wir die Frühlingsluft genießen. Dann kommt Steffen auch schon und kann direkt neben uns einparken. Steffi und Steffen laden alles von Steffis Auto in Steffens Auto, denn ab jetzt fahren wir mit diesem. Dann begrüßen wir uns und überlegen, wo wir essen gehen. Da ich die Spendiererin bin, möchte ich auch ein Wörtchen mitreden. Ich sage: „Mir ist es egal, wohin wir gehen. Am liebsten würde ich in eine Gaststätte gehen, wo wir draußen sitzen können. Das Wetter muss man einfach ausnutzen!" Steffi ist auch meiner Meinung und so entscheiden wir uns für eine italienische Gaststätte, in der wir schon einmal waren, als Benno noch ganz klein war. Als wir dort vorbeifahren, um einen Parkplatz zu suchen, sehen wir, dass auf der Terrasse noch keine Tische und Stühle stehen. Also fahren wir gleich weiter und versuchen unser Glück bei einer in der Nähe befindlichen Gaststätte. Wir sehen auch, dass hier Gartenmöbel auf der Terrasse stehen, doch als wir näher kommen, entdecken wir, dass es nur ein Tisch mit vier Stühlen ist. Aber gut, das reicht ja für uns und Steffen geht fragen, ob auch draußen bedient wird. Der Kellner kommt gleich mit und öffnet die um die Stühle und den Tisch gebundene Kette. Dann holt er noch Auflagen für die Stühle und wir setzen uns und bekommen die Speisekarten. Mit der Auswahl der Gerichte geht es ganz schnell, denn es ist schon fast vierzehn Uhr und wir haben alle Hunger. Steffen nimmt ein argentinisches Steak, Steffi Fisch und ich Geflügel. Wir lassen es uns schmecken und Steffen erzählt, wie er ganz allein mit Benno klar gekommen ist. Als er Benno von der Kita abgeholt hat, hat Benno sich gefreut, denn allzu oft kommt es nicht vor, dass er ihn abholen kann. Zu Hause hat er paar Mal nach Mama gefragt, aber sich dann auch damit zufrieden gegeben, als Steffen erzählt hat, dass Mama weggefahren ist. In der Nacht hat er zur üblichen Zeit nach Mama gerufen, war dann aber auch froh, als Papa erschien. Das nächste Mal hat Benno dann gleich Papa gerufen. Steffi und ich freuen uns, dass alles so gut geklappt hat. Wir sind inzwischen fertig, ich zahle und wir machen uns auf den Weg, Benno von der Kindertagesstätte abzuholen. Bei dem schönen Wetter sind die Kinder draußen. Wir entdecken Benno an einem kleinen Tisch, wo er mit Sandkastenspielzeug hantiert. Die Beiden lassen mir den Vortritt und ich gehe leise in Richtung Benno. Er ist so vertieft in sein Spiel, dass er gar nicht mitbekommt, dass jemand auf ihn zugeht. Ich rufe: „Hallo Benno!". Er dreht sich um und sieht mich an, als ob er es nicht glauben kann, dass ich wirklich hier bin. Doch nachdem ich ihn noch einmal anspreche, lässt er Schippe und Eimer fallen und kommt zu mir gestürzt. Ich kann ihn gerade noch halten, dass er nicht fällt und bekomme mit den Worten: „Oma, Oma!" einen Kuss geschenkt. Neben ihm hockend, nehme ich ihn in den Arm und zeige zu Steffen und Steffi: „Sieh mal, da sind Papa und Mama." Jetzt hält ihn gar nichts mehr und er läuft sofort zu seinen Eltern. Auf dem Weg zum Auto ist Benno überglücklich und quasselt nur so vor sich hin. Ich setzte mich im Auto zu ihm nach hinten und ab geht die Fahrt nach Berlin-Spandau, wir wollen zu IKEA.

Dieses Mal gehen wir zielstrebig in Richtung Schreibtische. Wir wissen ja auch, was wir kaufen wollen! Für mich wird es trotzdem langsam anstrengend und ich weise darauf hin, dass wir uns so langsam sputen müssen, damit wir fertig sind, wenn mein Mann kommt. Wir hatten eigentlich verabredet, dass er mich nach seinem Feierabend in Potsdam abholt. Doch da Steffi und Steffen einen Schreibtisch und noch ein paar Kleinigkeiten bei IKEA kaufen wollten, haben wir uns umentschieden und ich habe mit Siggi vereinbart, dass er mich von hier abholt. Das ist für ihn immerhin zirka zwanzig bis dreißig Minuten weniger Fahrzeit pro Strecke! Inzwischen hat er uns mitgeteilt, dass er auf dem Weg ist und müsste eigentlich jeden Moment eintreffen.

Steffi und Steffen suchen sich gerade ihren Schreibtisch aus den Regalen und ich nutze die Zeit und schaue mich in der Blumenecke um. Wie nicht anders zu erwarten, finde ich eine schöne Grünpflanze für zu Hause und packe sie in den Einkaufswagen. Obwohl es Freitagnachmittag ist, sind die Kassen relativ leer und wir sind schnell abkassiert. Ich erzähle Benno, dass Opa bald kommt und gemeinsam schieben wir unsere Einkaufswagen in Richtung Parkplatz. Ich bin kaputt und setze mich noch einmal kurz auf eine Bank. Steffi und Steffen parken ihren Einkaufswagen bei mir und auch Benno bleibt bei mir, während die Beiden das WC aufsuchen. Benno erzählt fleißig mit mir. Auf einmal sagt er: „Opa“. Im Glauben, dass er irgendeinen älteren Herren meint, sehe ich auf und, tatsächlich kommt mein Mann schon in unsere Richtung. Benno läuft zu seinem Opa und lässt sich von ihm durch die Luft drehen. Dann zeigt er meinem Mann, dass ich da sitze und beide kommen zu mir. Wir begrüßen uns und sind froh, dass alles so gut geklappt hat. Siggi berichtet, dass er die nächste Woche Urlaub hat. Während er mir weiter erzählt, dass auf der Berliner Stadtautobahn teilweise Stau war, kommen auch Steffi und Steffen. Wir halten uns aber nicht mehr lange auf und Siggi holt unser Auto, stellt es neben das von Steffen und es wird mein Gepäck umgeladen. Dann machen wir alle uns auch schon auf den Weg nach Hause. Steffen will seinen Schreibtisch noch aufbauen und auf uns wartet auch noch ein bisschen Arbeit. Wir müssen noch unsere alte Küche leer räumen, da sie morgen abgebaut und abgeholt wird. Einiges hatte ich schon vor der Fahrt zur Buchmesse in Bananenkartons eingepackt, die mein Mann dann abends in den Keller gebracht hat. Doch das war erst der Anfang. Obwohl auch Siggi die Tage ohne mich zum Räumen genutzt hat, ist noch Einiges in den Schränken und muss raus. Wir haben jemanden gefunden, der sich über unsere alte Einbauküche freut und sie für seine Gartenlaube haben möchte. Dafür ist sie auch noch sehr gut. Sie ist immerhin fast achtzehn Jahre alt. Uns hat eigentlich am meisten gestört, dass sie weiß und gemasert ist. In der Maserung hat sich immer der Dreck vom Kochen festgesetzt, sodass ich sie in regelmäßigen Abständen ordentlich putzen musste. Ansonsten sieht die Küche noch ganz gut aus. Nur der Herd hat schon so seine Macken. Zwei Kochfelder gehen nicht mehr richtig, doch die Backröhre und die zwei anderen Kochfelder sind in Ordnung. Der Geschirrspüler ist auch noch gut und den werden wir deshalb auch für die neue Küche behalten. Der ist sicher noch so gut, weil wir ihn zu selten benutzen. Mein Mann ist immer fix dabei, das Geschirr mit der Hand abzuwaschen. Damit habe ich mich nach langer ergebnisloser Diskutiererei mit ihm abgefunden und denke: Soll er doch, wenn es ihm Spaß macht! Das alles haben wir unserem Abnehmer gesagt und er ist damit einverstanden. Das Beste daran ist, dass er die Küche selbst abbaut und auch abtransportiert. Das wäre ja sonst unser Problem gewesen, wie wir sie entsorgen.

Wir machen uns nach unserer Ankunft fix etwas zu essen und danach daran, den Rest aus der Küche zu räumen. Dann gehen wir relativ zeitig schlafen.

Am Sonnabend bin ich wie immer als Erste auf den Beinen. Ich räume den allerletzten Rest aus den Schränken und stelle dann auch schon einen Kaffee für meinen Mann an. Mit den Mahlzeiten ist es nun nicht so einfach. Wir müssen wegen jeder Tasse, wegen jedem Messer in den

Keller. Zum ersten Mal wird uns so richtig bewusst, wie bequem so eine Küche samt Einrichtung eigentlich ist. Wir sind im Grunde soweit fertig, dass die Küche total leer ist und abgebaut werden kann. Es ist aber erst halb zehn und der junge Mann, der die Küche holt, wird erst gegen elf Uhr kommen, da er Nachtschicht hatte und erst noch ein bisschen schlafen wollte. Ich setze mich zu meinem Mann, der am Küchentisch sitzt und frühstückt. Er bietet mir eine Tasse Kaffee an, doch ich habe Appetit auf Milch und gieße mir welche aus dem Kühlschrank in die Tasse. Beim Trinken bemerke ich, dass die Milch nicht kalt ist. Mein Mann hatte sich auch schon gewundert. Wir überprüfen alles Andere im Kühlschrank und richtig, er kühlt nicht mehr. Wir haben uns gestern schon gewundert, weil er so komische Geräusche gemacht hat. Zuerst ratlos, sehen wir uns an und sind uns einig, dass wir wohl einen neuen Kühlschrank brauchen. Ich bin bei solchen Sachen immer dafür, gleich Nägel mit Köpfen zu machen, mein Mann braucht da immer einen längeren Anlauf. Jedenfalls schlage ich vor, gleich zu einem Elektromarkt zu fahren und einen passenden Kühlschrank zu kaufen. Wir einigen uns schließlich darauf, nur zu schauen, ob es einen passenden Kühlschrank gibt und wenn ja, den Preis mit einem eventuellen Nachkauf in dem Möbelhaus, wo wir die neue Küche gekauft haben, zu vergleichen. Doch das können wir erst am Montag tun, heute hat das Möbelhaus nicht geöffnet.

Wir werden gut beraten und uns wird ein passender Kühlschrank gezeigt. Allerdings muss auch dieser Kühlschrank erst bestellt werden, aber der Verkäufer sichert uns zu, dass es durchaus möglich ist, ihn am kommenden Dienstag zu liefern, wenn wir ihn heute oder Anfang der Woche kaufen. Wir lassen uns die Telefonnummer des Verkäufers geben und verbleiben so, dass wir uns bei Bedarf melden. Wieder zu Hause angekommen, dauert es nicht lange und der junge Mann, der unsere Küche haben möchte, ist mit seinem Bruder und einem Kleintransporter da, um die Küche abzuholen. Es geht alles sehr schnell, mein Mann hilft den Beiden beim Abbau und kann auch hier und da einen wertvollen Tipp geben. Es geht dem Ende zu und wir sind erschrocken, wie es hinter den Küchenmöbeln aussieht. Einige Fliesen des Fliesenspiegels sind so locker, dass wir den Eindruck haben, sie wurden nur noch durch die Küchenschränke gehalten. Die ehemals weiße Tapete über den Fliesen ist schmutzig und fleckig und zum Teil lose. Uns war schon klar, dass wir neu streichen müssen, aber, dass es so schlimm aussieht, hätten wir nicht gedacht. Ich biete an, einen Kaffee zu kochen. Dankbar nehmen die Beiden den Vorschlag an, und auch mein Mann und ich können einen Kaffee gebrauchen. So lasse ich mir von Siggi die Kaffeemaschine in die Wohnzimmerdiele in die Nähe einer Steckdose bringen und mache uns einen Kaffee. Wir trinken ihn in der Küche und unterhalten uns darüber, wie es an den Wänden aussieht. Einer der Männer hat Erfahrungen mit dem Abbau von Küchen und versichert uns, dass es ganz normal ist, dass die Küche durch das Kochen nach den Jahren, immerhin wohnen wir hier schon fast achtzehn Jahre, so aussieht. Außerdem wurde hier anfangs auch geraucht. Die Kaffeepause hat allen gut getan und im Endspurt werden die letzten Teile aus der Küche geholt, aufgeladen und weg sind die Beiden. Da so schönes Wetter ist und wir auch mal raus wollen, entscheiden wir uns für einen Abstecher zum Eiscafe. Sonst sind wir immer mit dem Rollstuhl dahin gefahren, doch heute will ich es zu Fuß probieren. Wir gehen schön langsam und genießen die Frühjahrssonne. Ehrlich gesagt, bin ich aber auch glücklich, als wir endlich am Eiscafe angekommen sind und ich mich setzen kann. Es ist schon recht voll, aber die meisten Leute haben es vorgezogen, sich ins Cafe zu setzen und nicht wie wir auf die Terrasse. Schnell wissen wir auch, warum. Wir sitzen nicht direkt in der Sonne und als wir dann auch noch unser Eis essen, wird uns schnell kalt. Siggi holt mir deshalb auch noch einen Kaffee, bevor wir uns wieder auf den Rückweg machen. Ich war schon lange nicht mehr bei meiner Mutter zu Hause und da sie in der Nähe des Eiscafes wohnt, wollen wir sie überraschen und gehen zu ihr. Doch als wir unten klingeln, kommt keine Reaktion. Erst nach einer ganzen Weile, als wir schon das dritte Mal geklingelt haben, betätigt sie den Summer und wir können in den Hausflur. Sie ist überrascht, dass ich dabei bin und staunt, als wir ihr erzählen, dass wir schon einen Eisbecher essen waren. Wir erzählen ihr, wie gut alles mit dem Ausbau der Küche geklappt hat und machen uns dann bald wieder auf den Weg nach Hause.

Am Sonntag kommt Mutti wie immer. Doch sonst wird am Wochenende gleich mit der Vorbereitung des Mittagessens begonnen. Heute nicht. Ohne Küche auch kein Mittag. Das dachte ich. Ich sitze am Computer und surfe im Internet, als mein Mann fragt, ob wir uns nicht Croques bestellen wollen. Das ist ganz selten, dass Siggi solch einen Vorschlag macht und da ich genügsam bin und auch so langsam Hunger bekomme, bestelle ich gleich online zwei Croques. Für Mutti und mich ist einer zu viel und deshalb werden wir uns einen teilen. Es dauert auch nicht lange und wir haben unser Mittagessen. Wir sitzen in der leeren Küche am Küchentisch und mein Mann ist schon in Gedanken dabei, was er als nächstes tun muss. So sind wir schnell mit dem Essen fertig. Mutti legt sich zum Mittagsschlaf hin und ich setze mich mit einem Buch auf die Terrasse. Mein Mann hat dafür keine Ruhe und beginnt damit, die losen Fliesen vorsichtig von der Wand zu lösen. Als er dabei ist, die Decke und die Wandtapete zu überstreichen, bekommt er einen Anruf von seinem Chef. Er soll am Montag doch arbeiten kommen, da ein Kollege ausgefallen ist und im Krankenhaus liegt. So ist das, wenn man glaubt, Urlaub zu haben! Bis auf das, dass Siggi am Montag alles noch einmal überstreichen wollte, ist es nicht weiter schlimm. Wir wollen ja nicht wegfahren oder so. Ohne Küche ist alles schwierig. Wegen jedem Geschirrteil heißt es, in den Keller gehen und es holen. Da ist mein Mann gefordert und er tut mir richtig leid, als er zigmal in den Keller muss bis er das Abendbrotzeug oben hat. Zum Glück haben wir noch unseren alten Kühlschrank im Keller, den wir sonst nur bei Familienfeiern nutzen, wenn es im anderen Kühlschrank zu eng wird. Glücklicherweise haben wir auch den neuen Waschtisch im Gäste-WC! Das Waschbecken vorher wäre viel zu klein für den Abwasch des Geschirrs gewesen. Manchmal hilft eben der Zufall.

Am Montag kümmere ich mich um den neuen Kühlschrank. Ich rufe den Verkäufer von Sonnabend an und bitte ihn, die Bestellung auszulösen und teile ihm mit, dass mein Mann nach der Arbeit vorbeikommt und den Kühlschrank bezahlt. Es klappt alles wunderbar, wir haben den Kühlschrank bezahlt und die Zusage, dass er morgen geliefert wird. Pünktlich zur angegebenen Zeit kommt er dann auch. Wir lassen ihn gegenüber unserer Essecke im Wohnzimmer hinstellen und sind froh, dass nun alles für den Einbau der neuen Küche morgen vorbereitet ist. Mein Mann war inzwischen auch fleißig, hat die Fliesen wieder angebracht und auch alles ein zweites Mal gestrichen.

Am Mittwoch soll zwischen sieben und halb acht unsere neue Küche kommen. Ich bin wie immer schon lange auf und bereite Siggi den Kaffee vor. Erst einmal soll er ausschlafen, schließlich hat er Urlaub. Er hat gerade die Frühstückssachen wieder in den Keller gebracht, als es auch schon klingelt. Ich öffne die Tür und zwei Männer tragen flott alle Teile erst einmal ins Haus. Zum Glück haben wir eine große Abstellfläche neben unserer Essecke! Die Beiden sind mit dem Reintragen fertig und beginnen mit dem Aufbau. Schon bald können wir die ersten Schränke aufgebaut bewundern. Ich lese inzwischen die Zeitung und entdecke ein Bild vom Kollektiv der Küchenaufbauer, auf dem auch die beiden sind, die gerade bei uns die Küche aufbauen. Ich zeige das Bild meinem Mann und er wiederum erzählt es den Beiden, die aber nicht überrascht sind, da sie wussten, dass das Bild heute in der Zeitung erscheinen wird. Sie benötigen gute zwei Stunden bis sie mit der Küche, einschließlich des Einbaus des Kühlschrankes, fertig sind. Die Küche sieht super aus und wir sind sehr zufrieden. Mein Mann ist sonst nicht so großzügig mit Trinkgeld, aber heute gibt es welches für die Beiden. Sie waren aber auch besonders fleißig!

Kaum, dass sie weg sind, holt Siggi zuerst die Lebensmittel, die gekühlt werden müssen und ich sortiere sie nach vorherigen Auswischen des Kühlschrankes da hinein. Dann geht es ans Geschirrsortieren. Siggi holt Karton für Karton hoch und ich sortiere alles ein. Man ist versucht, alles wieder an den gleichen Platz wie vorher zu stellen. Doch das ist nicht möglich, da wir nun weniger Stauraum als vorher haben und auch die Aufteilung ganz anders ist. Aber einen Vorteil hat das Ganze: Ich mache mich daran, einen Teil auszusortieren, besonders solche Sachen, die wertvollen Platz einnehmen, aber nur selten oder gar nicht benutzt werden.

Endlich haben wir wieder normale Zustände! Allerdings merke ich, dass meine schon seit ein paar Tagen vorhandenen Schmerzen im linken Bein immer schlimmer werden. Und auch meine linke Hand schmerzt jetzt öfter. Ich kann es mir vorerst nur mit der Anstrengung der letzten Tage erklären und damit, dass die Spastik erfahrungsgemäß immer wieder mal einschießt. Aber dieses Mal sind es irgendwie andere Schmerzen. Mir tut der Oberschenkel weh und der Fuß krampft. Nachts bin ich oft kurz davor, einen Waden- oder Fußkrampf zu bekommen. Dann springe ich vor lauter Angst immer aus dem Bett, was wiederum schwer in meinem Zustand und für mein Schlafproblem nicht gerade förderlich ist. Doch ich reiße mich in dem Bewusstsein zusammen, dass es schon wieder werden wird.

Als mein Mann heute meine Tabletten sortiert, schießt es mir wie ein Geistesblitz ein. Ich nehme seit Montag eine andere Tablette gegen die Spastik. Bisher nahm ich eine Tablette, die laut Broschüre besonders am Rückenmark ansetzt und die Reflexaktivität im Zentralen Nervensystem hemmt. Über die neue Tablette habe ich gelesen, dass sie sowohl zentral als auch peripher wirkt. Auf der zentralen Ebene reduziert sie genau wie die vorherige Tablette die erhöhte Aktivität der Nervenimpulse auf ein niedrigeres Niveau. Auf der peripheren Ebene entfaltet sie ihre Wirkung direkt an den Membranen der Nervenzellen. Der Wirkstoff blockiert den Einstrom von Natrium in die Nervenzelle und dadurch wird die allgemeine Erregbarkeit vermindert und der Muskeltonus gesenkt. Diese Aussagen hatten mich dazu bewogen, meinen Neurologen zu bitten, mir diese andere Tablette zu verschreiben. Und zwar auf meinen ausdrücklichen Wunsch hin, weil sich das so gut in der Broschüre angehört hat. Anfang April habe ich einen Termin beim Neurologen und werde diese Problematik ansprechen.

Am Donnerstag schlafe ich direkt einmal bis halb sechs. Das ist zwar immer noch sehr früh, aber schon besser als halb fünf! Nachmittags fahren wir zum Verlag und ich gebe mein neues Manuskript „Augen so blau – Geschichten, die das Leben schreibt“ ab. Dabei erzählt mir die Verlagschefin, dass sie jede Menge Manuskripte von potentiellen Autoren von der Buchmesse mitgebracht haben. Deshalb haben sie viel Arbeit im Verlag und es wird mit meinem Manuskript länger dauern. Ich soll mich auf zirka ein halbes Jahr einstellen.

Die Woche geht wie viele andere Wochen vorher vorbei, nur mit dem Unterschied, dass wir uns bei jedem Gang in die Küche an den neuen Küchenmöbeln erfreuen. Insgesamt haben wir weniger Stauraum als vorher. Die

Aufteilung ist natürlich auch anders und wir ertappen uns öfter dabei, dass wir ein Schubfach ziehen wollen, wo keines ist. Aber ansonsten gewöhnen wir uns schnell an die neue Küche. Ich bin besonders glücklich mit dem neuen Herd. Meiner Mutter muss ich beim Kochen assistieren, da sie sich noch nicht traut, den neuen Herd anzuschalten. Doch das macht nichts. Ich leiste ihr ja sowieso meist Gesellschaft in der Küche.

In der Nacht von Sonnabend zu Sonntag wird die Uhr eine Stunde vorgestellt. Nach alter Zeit schlafe ich wieder bis halb sechs. Wenn ich nur jeden Tag bis halb sechs schlafen könnte! Für Montagfrüh habe ich mir vorgenommen, für meinen Geburtstag am Dienstag Kuchen zu backen. Das wäre dann meine Premiere mit dem neuen Backofen, denn zu meiner Feier am siebten April muss ich ja auch backen. Deshalb stellt mir Siggi am Sonnabendabend alles, was ich zum Backen benötige, bereit, und ich schaue mir die Bedienanleitung für den Backofen an.

Zuerst backe ich wieder meinen Prasselkuchen, das heißt, der Blätterteig dafür ist aus dem Tiefkühlschrank und über Nacht aufgetaut, sodass ich nur die Stücken mit etwas Milch einstreichen und den Streuselteig machen und darauf verteilen muss. Während dieser Kuchen backt, bereite ich erst die Quarkmasse und dann den Teig für den Boden sowie die Streusel für den Zupfkuchen zu. Es klappt alles wunderbar und beide Kuchen sehen Klasse aus. Ich bin in meinem Element und freue mich darüber, dass ich beim Backen ganz allein klar komme. Als meine Mutti wie immer kommt, führt sie der Duft des Kuchens in die Küche und sie staunt nicht schlecht, dass ich gebacken habe und bewundert, wie gut der Kuchen aussieht.

In der Ergotherapie sage ich dem Ergotherapeuten, dass wir morgen an meinem Geburtstag Therapie Therapie sein lassen und stattdessen Kaffee trinken und Kuchen essen. Das Gleiche gilt für meinen Physiotherapeuten Thomas für

Mittwoch, denn dienstags und donnerstags kommt ja immer Dana, aber sie weiß auch schon Bescheid. Am frühen Nachmittag habe ich noch einen Termin bei meinem Facharzt wegen meiner Darmgeschichte. Eigentlich muss ich mich nur in Folge der Untersuchung Anfang März in Waren dort melden und es müssen nur Termine mit einem Radiologen vereinbart werden, wo ich zweimal in Vorbereitung des nächsten Termins in Waren geröntgt werden muss. Sechs Stunden vor dem erstem Röntgen muss ich eine Pille mit Markern schlucken und dann noch einmal fünf Tage danach, damit dann geschaut werden kann, wo die Marker inzwischen sind. Wichtig ist nur, dass alles vor dem dreizehnten April passiert, denn das ist mein Termin zur Defäkographie in Waren. Der erste Termin wird für Donnerstag vereinbart. Ich muss nur noch einmal vorbeischauen, um mir die Überweisung für die Untersuchung in Waren zu holen, da dann ja schon ein neues Quartal begonnen hat.

Mein erster Gratulant an meinem Geburtstag ist logischerweise mein Mann. Er bedauert es, dass ich auch an meinem Ehrentag nicht länger schlafen kann. Ich bedauere es noch viel mehr, doch was soll ich machen? Ich weiß, dass dieser Umstand auch von der Spastik herrührt und muss damit so gut wie möglich umgehen. An meinem Geburtstag möchte ich natürlich schick sein und so habe ich, nachdem ich früh am Computer geschrieben und die Zeitung ausführlich gelesen habe, erst einmal einen Termin beim Friseur. Zum Waschen und Föhnen. Ich bin gerade zurück, als auch schon meine Mutter kommt und mir auch herzlich gratuliert. Dann geht es Schlag auf Schlag und ich bekomme einen Anruf nach dem Anderen. Vormittags sind es hauptsächlich Ex-Kollegen und Verwandtschaft. Plötzlich klingelt es an der Haustür und ein Bote steht mit einem Blumenstrauß für mich da. Das ist eine echte Überraschung und ich frage noch, von wem der Strauß ist. Der Bote antwortet mir, dass im Strauß eine Karte steckt. Doch als ich ihn auspacke ist nichts von einer Karte zu sehen. Ich muss doch wissen, bei wem ich mich für den wunderschönen Frühlingsstrauß bedanken muss! Ich denke noch, der Absender muss mich gut kennen, denn im Strauß sind viele Freesien, was meine Lieblingsblumen sind. Zum Glück stehen auf dem Einschlagpapier der Name des Blumengeschäftes und auch die Telefonnummer! So rufe ich an und frage nach. Es überrascht mich doch sehr. Er ist von Jutta, einer Schulfreundin aus meiner Zeit in Havelberg. Vor ein paar Tagen haben wir noch miteinander telefoniert. Sie hat mir mitgeteilt, dass sie mein Buch gelesen hat und ganz stolz auf mich ist, was ich inzwischen alles geschafft habe. Ganz nebenbei hat sie gefragt, ob ich an meinem Geburtstag zu Hause bin. Ich hatte geglaubt, dass sie mich anrufen und mir gratulieren will, aber, dass sie mir gleich einen Blumenstrauß schickt, hätte ich nicht vermutet. In meiner Geburtstagspost ist neben einigen Glückwunschkarten auch ein dicker Brief. Darin ist außer der Geburtstagskarte eine CD von meiner besten Freundin Christine. Sie spielt in ihrer Freizeit Theater und das ist eine Kostprobe von einem ihrer Stücke. Ich freue mich darüber, aber das Ansehen hebe ich mir für später auf. Jetzt muss ich mich erst einmal um die Vorbereitungen für meinen Geburtstag kümmern. Ich freue mich riesig, dass schon den ganzen Vormittag über die Sonne scheint und beschließe nach einem Temperaturcheck, draußen auf der Terrasse Kaffee zu trinken. Mit Hilfe meiner Mutter löse ich den Zupfkuchen aus der Backform und positioniere ihn auf einem Tortenteller. Während meine Mutter den Kuchen aufschneidet, decke ich den Tisch auf der Terrasse und mache die Kaffeemaschine startklar. Dann noch schnell den Prasselkuchen auf einen Kuchenteller getan und schon ist es elf Uhr. Um diese Zeit kommt Dana, meine Physiotherapeutin dienstags und donnerstags, während Thomas montags, mittwochs und freitags kommt. Nachdem

Dana mir gratuliert hat, bitte ich sie gleich durch auf die Terrasse. Dank unserer guten Vorbereitung können wir auch gleich mit dem Kaffeetrinken beginnen. Wieder freue ich mich über das schöne Wetter und wir lassen es uns schmecken. Pünktlich um halb zwölf kommt mein Ergotherapeut Jan. Ich bekomme einen niedlichen Topf mit bereits blühenden Narzissen, bedanke mich und weise ihm den Weg zur Terrasse, wo wir es uns weiter gut schmecken lassen. Jan ist ein Kuchenfreund und ich fordere ihn auf, ordentlich zuzuschlagen. Er tut dies auch mit der Bemerkung, dass der Kuchen super gut schmeckt. Dana stimmt ihm zu und sagt etwas später, dass sie nun auch los muss. Dagegen kann ich nichts tun und ich begleite sie zur Haustür. Da die Ergotherapie immer eine Dreiviertelstunde lang ist gegenüber einer halben Stunde Physiotherapie haben wir noch ein bisschen mehr Zeit und genießen weiter in aller Ruhe den Kaffee und den Kuchen. Doch auch die Dreiviertelstunde ist schnell vorbei und ich bin mit meiner Mutter wieder allein. Mittagessen gibt es heute natürlich nicht, zumal ich für den Nachmittag noch Gäste erwarte. Am frühen Nachmittag, ich habe gerade den Geschirrspüler leer geräumt, klingelt es dann auch schon wieder. Es sind meine beiden Giselas, ganz liebe Ex-Kolleginnen aus dem RWN, meiner ersten Arbeitsstelle nach dem Studium. Ich freue mich riesig über ihr Kommen und den hübschen Blumenstrauß. Wir haben gerade auf der Terrasse Platz genommen und erzählen noch ein bisschen, da der Kaffee noch nicht ganz durchgelaufen ist, da klingelt es wieder. Dieses Mal ist es meine Tante Renate und meine Cousine Ilona. Beide habe ich lange nicht gesehen und ich freue mich deshalb besonders. Ilona ist von Beruf Bäckerin und sie hat tatsächlich eine schöne Erdbeer-Sahne-Torte mitgebracht. Jetzt haben wir mehr als genug Kuchen und Torte. Außerdem bekomme ich noch eine Schale mit farbenfrohen Frühlingsblumen, die sofort auf dem Absatz an der

Eingangstür ihren Platz findet. Ich mache alle miteinander bekannt, wir bringen die Torte und noch zusätzliche Gedecke auf die Terrasse und dann lassen wir es uns gut gehen. In aller Ruhe trinken wir Kaffee und erzählen miteinander. Am allerschönsten ist, dass Siggi heute früher nach Hause kommt und noch einen Kaffee mittrinken kann. Doch dann ist es bald wieder soweit, dass sich mein Besuch verabschieden muss. Siggi, meine Mutti und ich halten uns noch eine Weile auf der Terrasse auf, denn es ist immer noch vom Wetter her sehr schön, obwohl es schon fast neunzehn Uhr ist. Dann will auch meine Mutter los. Wir decken den Tisch ab und während Siggi meine Mutter nach Hause bringt, befülle ich den Geschirrspüler und schalte ihn an. Ich wundere mich schon, dass er so komische Geräusche macht, denke aber weiter nicht darüber nach. Als Siggi wieder zurück ist, fällt ihm sofort auf, dass er zwischendurch stehen geblieben ist. Er schaltet ihn manuell bis zum Ende durch. Da das Geschirr immer noch schmutzig ist, startet er ihn noch einmal. Die ganze Zeit sitzt er dabei, um weiterzuschalten, wenn der Geschirrspüler stehen bleibt. Wir denken beide das Gleiche: Nun hätte er ja auch noch ein bisschen durchhalten können. Mein Mann bemerkt, dass er ja immerhin fast achtzehn Jahre alt ist. Ich antworte spöttisch: „Aber dafür, dass wir ihn so selten benutzen, ist es noch nicht lange!“ ich muss mich nämlich immer durchsetzen, dass er auch benutzt wird. Siggi würde am liebsten immer per Hand abwaschen. Abends kommen noch mein Bruder Olaf und seine Lebensgefährtin Marion, um mir zu gratulieren. Sie waren gestern in Polen und ich bekomme ein hübsches Blumengesteck mit sämtlichen Blumen, die zu dieser Jahreszeit blühen. Eigentlich wollten wir gar nicht so lange sitzen, denn Siggi muss morgen wieder früh aus den Federn und auch Olaf muss arbeiten, doch bei Rotwein lässt es sich schön schnattern und es ist schon halb eins, als die Beiden sich wieder verabschieden. Wir räumen schnell auf und verschwinden ins Bett. Ich habe wirklich gedacht, am Mittwoch etwas länger schlafen zu können, aber denkste. Pünktlich als Siggis Wecker klingelt, liege ich schon eine Weile wach und muss auch aufstehen, da ich einfach nicht mehr liegen kann. Zum Glück habe ich meinen Laptop, an den ich mich immer setze und eine Art Tagebuch führe. So auch heute. Später bekomme ich noch ein paar Anrufe mit nachträglichen Gratulanten, die sich zum Teil beschweren, dass unser Telefon ständig besetzt war. Das stimmt auch, ich bekam den ganzen Tag Anrufe und dann habe ich noch mit jedem Anrufer eine Weile erzählt.

Morgen habe ich meinen ersten Termin beim Röntgen und als ich am Nachmittag meine Unterlagen dafür sortieren und zurechtlegen will, stelle ich fest, dass der Umschlag, in dem die Kapsel mit den Markern lag, verschwunden ist. Das fehlt jetzt auch noch! Aber dann fällt mir ein, dass ich heute Vormittag meine Geburtstagspost und andere Unterlagen sortiert habe. Dabei habe ich wohl versehentlich den Umschlag mit der Kapsel in die Papiertonne geschmissen. Mir wird ganz schlecht. Ohne Kapsel, die ich ja sechs Stunden vor dem Röntgen nehmen soll, brauche ich auch nicht zum Röntgen. Daher rufe ich in Waren an und frage, was ich tun soll. Sie geben mir den Rat, hier in Neubrandenburg in den Radiologien nachzufragen und sind der Meinung, dass die eigentlich solche Kapseln vorrätig haben müssten. Ich telefoniere sämtliche Radiologien ab, erkläre den Sachverhalt, doch keiner kennt und hat solche Kapseln. Also sage ich erst einmal meinen Termin zum Röntgen ab und melde mich wieder in Waren. Dieses Mal wird mir gesagt, dass ich eine Kapsel mit der Post geschickt bekomme. Mir fällt ein Stein vom Herzen, denn zeitlich wird alles ganz schön knapp, denn vor meinem nächsten Termin in Waren am dreizehnten April muss ich zweimal beim Röntgen gewesen sein, wobei zwischen beiden Röntgenaufnahmen fünf Tage liegen müssen. Das Gute ist, dass ich beim Telefonieren von einer Radiologie erfahren habe, bei der keine Termine notwendig sind und das passt doch perfekt für mich. Ich überlege mir, das erste Röntgen am fünften April wahrzunehmen, da ich an diesem Tag sowieso im Ärztehaus beim Neurologen bin, und das zweite Röntgen am zehnten April, fünf Tage nach Kapseleinnahme wie gefordert.

Am Sonnabend bereiten wir uns auf einen kleinen Ausflug vor. Siggis Schwester hat Silberhochzeit und da es Blödsinn ist, mit zwei halbbesetzten Autos dorthin zu fahren, haben Siggis Bruder und wir uns überlegt und abgesprochen, dass wir am Nachmittag zu ihm kommen und von ihm aus gemeinsam in einem Auto zur Silberhochzeit fahren. Wir wollen auch abends wieder zurückfahren, haben uns dagegen entschieden, bei Siggis Schwester zu übernachten. Dafür wollen wir über Nacht bei Siggis Bruder bleiben, denn er lebt in Scheidung und ist froh, auch mal jemanden zu Besuch zu haben. Nach dem Mittag machen wir uns auf den Weg. Da sich das Silberpaar Geld als Geschenk wünscht, müssen wir nur noch einen Blumenstrauß kaufen. Wir wählen einen hübschen Strauß aus und machen uns danach gleich auf den Weg erst einmal zu Siggis Bruder Bodo. Es ist wieder deutlich kälter geworden, unterwegs schneit und hagelt es. Ich denke, was ich doch für ein Glück mit dem Wetter an meinem Geburtstag hatte! Dann sind wir endlich da.

Wir stehen frierend vor der Haustür und niemand öffnet auf unser Klingeln. Ich versuche es auch mit dem Handy, keine Reaktion! Inzwischen geht Siggi zu den Häusern links und rechts nebenan nachschauen, ob sein Bruder dort vielleicht ist. Aber wieder ohne Ergebnis. Dann versuche ich es noch einmal mit einem Sturmklingeln. Endlich regt sich was und ein verschlafener Bodo steht an der Tür und kann es gar nicht glauben, dass wir schon zirka zwanzig Minuten hier stehen. Ihm tut es leid, dass wir eine Weile warten mussten und er erklärt uns, dass er erst in der Nacht nach Hause gekommen ist. Bodo ist Fernfahrer und wir haben volles Verständnis dafür, dass er sich noch einmal hingelegt hat und tief eingeschlafen ist. Wir trinken gemütlich Kaffee und nach einer guten Stunde machen wir uns auf den Weg zur Silberhochzeit. Siggi hat die Kraftfahrerrolle geschickt seinem Bruder zugeschoben, doch den scheint das nicht zu stören. Pünktlich zum in der Einladung angegebenen Termin kommen wir an der Gaststätte an und erkennen, dass wir hier schon einmal zur Jugendweihe unserer Nichte waren. Das Wetter ist hier genauso schlecht wie unterwegs und da ein eisiger Wind weht, beeilen wir uns, ins Warme zu kommen. Es dauert auch nicht lange und das Silberpaar bedankt sich für die Geschenke und das Kommen der vielen Gäste. Alle stoßen mit einem Glas Sekt an und bis zur Eröffnung des Abendbrotbuffetts werden überall lebhafte Unterhaltungen geführt. Das Buffett ist ganz prima. Es entspricht total meinem Geschmack mit viel Obst und Gemüse. Und sogar Siggi, der wirklich bei fast jedem Essen etwas auszusetzen hat, findet für sich schöne Sachen. Ich habe lange nicht so reichlich gegessen wie heute! Aber das muss ja auch einmal sein. Wir halten uns noch eine Weile auf, doch als sich die ersten Gäste wieder auf den Heimweg machen, entschließen auch wir uns, aufzubrechen. Gegen halb zehn sind wir bei Bodo zu Hause und kurze Zeit später kommt auch seine zwanzigjährige Tochter Melissa, die wir lange nicht gesehen haben. Bei einem schönen Glas Rotwein und die Männer natürlich bei einem Bier, lassen wir den Abend ausklingen. Melissa bereitet unsere Schlafgelegenheit zu und bevor wir schlafen gehen, inspiziere ich Lichtschalter und den Weg zum Bad, da ich nachts immer einmal zur Toilette muss. Meine Befürchtung, wieder so früh wach zu werden, bestätigt sich glücklicherweise nicht, im Gegenteil, ich schlafe total gut und werde erst gegen halb neun wach. Ich bin zwar die erste, vertreibe mir aber die Zeit, indem ich so gut ich es in einem fremden Haushalt kann und beginne schon, den Frühstückstisch zu decken. Dann kommen auch schon bald Bodo und seine Tochter. Kurze Zeit darauf gesellt sich auch Siggi zu uns und wir frühstücken schön. Da Bodo am vergangenen Tag in den sauren Apfel beißen musste und gefahren ist, schlage ich meinem Mann vor, dass wir Bodo und Melissa zum Mittag einladen und nach Mirow zu einer Gaststätte fahren. So machen wir es dann auch Wir fahren aber mit zwei Autos zur Gaststätte, weil wir dann in entgegengesetzte Richtungen müssen. Wir wundern uns, wie voll die Gaststätte ist und Bodo erzählt, dass sie sehr bekannt und beliebt ist, nicht nur bei Einheimischen. Trotzdem bekommen wir schnell unser Essen. Es schmeckt gut und zufrieden machen wir uns alle auf den Weg nach Hause. In Neustrelitz fährt Siggi durch die Stadt und nicht wie vorgesehen die Ortsumgehung. Ich hatte öfter schon einmal gesagt, dass ich die Ortsumgehung langweilig finde und gern durch die Stadt fahren würde, weil es so mehr zu gucken gibt. Siggi will mir einen Gefallen tun und macht es jetzt so. Wir sind schon fast durch die Stadt, als am Straßenrand vor einem Haus ein Sperrmüllhaufen liegt, Siggi hält an, dreht um und steigt aus dem Auto. Ich weiß gar nicht, was los ist. Erst, als er etwas eingeladen hat und wieder ins Auto gestiegen ist, erklärt er es mir. Er hat auf dem Sperrmüllhaufen die Felder eines Laufgitters gesehen und da bei uns zu Hause die offene Treppe eine Gefahrenquelle für Benno ist, hat Siggi so etwas schon länger gesucht, um die Treppe zum Keller zu sichern. Zu Hause macht er sich sofort daran, seine Idee in die Tat umzusetzen. Er baut ein Feld an der Treppe zum Keller an, das man wie eine Tür öffnen, aber wenn Benno hier spielt, eben zu seiner Sicherheit schließen kann. Es geht auch wieder schnell abzubauen. Stolz zeigt er mir sein Werk. Ich finde es auch toll. Jetzt können wir bei Bedarf das Gitter anbringen, sodass Benno und unsere folgenden Enkelkinder nicht die Treppe herunterfallen können.

April 2012

Am Montag stehe ich um fünf Uhr auf. Ich habe nicht einmal mitbekommen, als Siggi aufgestanden ist. Um vierzehn Uhr werde ich vom Pflegedienst abgeholt. Ich muss nur schnell wieder zum Facharzt für Enddarmerkrankungen, um die Überweisung von meiner Hausärztin abzugeben und eine Überweisung für meinen Termin am dreizehnten April in Waren zu holen. Ich freue mich riesig, an der Tür Simone zu sehen. Sie ist diejenige vom Pflegedienst, die in der ersten Zeit am meisten bei mir war und mit der ich mich recht gut verstanden habe. Im Jahr 2009 hat sie ihre Tätigkeit beim Pflegedienst unterbrochen und noch eine Lehre als Krankenschwester begonnen, obwohl sie auch nicht mehr die jüngste ist und auch schon erwachsene Kinder hat. Solche Menschen, die etwas für sich und ihre Zukunft tun und dabei auch Unannehmlichkeiten in Kauf nehmen, verdienen meinen Respekt. Sicher hätte sie auch den bequemeren Weg wählen und so weiter machen können wie bisher! Jedenfalls ist Simone nun fertig und darf sich Schwester nennen. Wir begrüßen uns herzlich und ich gratuliere ihr zu ihrem Abschluss als Krankenschwester. Beim Facharzt geht alles ganz schnell und ich frage Simone, ob wir noch kurz ins Einkaufscenter können. Es ist doch bald Ostern und ich möchte noch etwas vor allem für Benno kaufen. Sie hat nichts dagegen, im Gegenteil. Unser erster Weg führt in einen Spielzeugladen und ich kaufe einen kleinen Eimer mit Duplo-Bausteinen. Dann kaufe ich noch Pappostereier zum Befüllen und auch Straßenmalkreide fällt mir ins Auge. Damit kann sich Benno so richtig austoben und losmalen. Vor allem haben wir so schon etwas für ihn zu Ostern. Als wir fertig sind fahren wir noch zu einem Lebensmittel-Supermarkt, denn ich habe noch nicht einmal Schokoladenosterhasen. Auch hier sind wir ganz fix und ich kaufe ein paar Süßigkeiten ein. Als Siggi von der Arbeit kommt und ich ihm erzähle, dass ich schon Ostersachen eingekauft habe, ist er froh, um diese Aufgabe herumgekommen zu sein.

Am Dienstag schlafe ich sogar bis halb sechs. Ob das mit der gesteigerten Aktivität am Tage zuvor tun hat? Ich weiß es nicht, aber ich würde es mir wünschen. Denn wenn ich immer so sehr früh aufstehe, dauert es noch ziemlich lange bis es hell wird und diese Zeit muss erst einmal überbrückt werden! Heute erzählt mir meine Physiotherapeutin Dana, die auch mit dem zweiten Kind schwanger ist, dass sie am Dienstag nach Ostermontag das letzte Mal zu mir kommt, weil sie ab dann von ihrer Gynäkologin Beschäftigungsverbot erhalten hat. Sie hatte schon bei ihrem ersten Kind Schwierigkeiten und es kam ein paar Wochen zu früh und so wurde ihre erneute Schwangerschaft von Anfang an als Risikoschwangerschaft eingestuft. Sie hatte schon wieder erste leichte Krämpfe im Bauch. Es tut mir leid, dass ich sie als Therapeutin verliere, aber das Wichtigste ist, dass sie ein gesundes Kind zur Welt bringt. Am Donnerstag habe ich schon früh um halb neun einen Termin beim Neurologen. Diesen Termin im Ärztehaus will ich mit dem ersten Röntgen verbinden. Das Schwierige daran ist, dass ich keinen Termin zum Röntgen habe und auch nicht brauche. So weiß ich aber auch nicht, wann ich dort rankomme. Ich muss aber die Kapsel sechs Stunden vorher nehmen! Ich muss schätzen und so plane ich für den Neurologentermin drei Stunden ein. Dort muss ich erfahrungsgemäß immer lange warten und bin auch dieses Mal zusätzlich noch mit einem EEG dran. Das würde heißen, dass ich um halb zwölf fertig bin und wenn ich dann gleich zur Radiologie gehe, habe ich vielleicht Glück und komme sofort ran. Ich muss es einfach so einplanen, anders geht es nicht. Die Kapsel schlucke ich gleich früh um halb vier. Genau sechs Stunden bis zum Röntgen kann ich sowieso nicht einhalten, weil ich nicht weiß, wie voll es dort ist und wann ich rankomme. Viertel neun sollte ich eigentlich vom Pflegedienst abgeholt werden. Ich bin fertig angezogen und warte zeitunglesend, dass jemand kommt. Ich weiß nur soviel, dass der Pflegedienst jetzt eine Praktikantin hat, die sich in der Hauptsache um mich kümmern soll. Sie ist Studentin hier an der Hochschule und hatte mich auch schon zum Friseur und zum Nagelstudio begleitet. Es tut sich weiter nichts, sodass ich den Pflegedienst anrufe und nachfrage. An der Reaktion merke ich, dass etwas schiefgelaufen sein muss. Mir wird aber zugesichert, dass sofort jemand kommt. Eine mir noch nicht so geläufige Mitarbeiterin holt mich dann auch ab. Beim Neurologen komme ich sofort zum EEG ran und danach nach nur kurzer Wartezeit auch beim Arzt. Während des kurzen Wartens hat mir die Pflegeschwester mitgeteilt, dass sie nun los muss, aber dann gleich meine Studentin kommt. Das ist in Ordnung, ich muss ja sowieso noch zum Arzt rein und werde eben im Warteraum warten, falls sie noch nicht da ist, wenn ich aus der Sprechstunde komme. Ich berichte dem Doktor von meinen Schmerzen auf der linken Seite und dem Verdacht, es könne mit den neuen Spastiktabletten zusammenhängen. Er ist auch der Meinung und meint, dass man die richtige Dosis erst herausfinden muss. Er erhöht die Dosis auf das Dreifache, gibt mir aber gleichzeitig ein Rezept mit der Tablette, die ich vorher nahm, mit. Er sagt mir, das ich die Tablette mit der erhöhten Dosis nehmen soll. Wenn sich allerdings nach zirka drei Wochen keine Besserung mit den Schmerzen einstellt, soll ich wieder die vorherigen Tabletten von der Apotheke holen, ansonsten soll ich das Rezept zerreißen. Dieser Vorschlag gefällt mir und gutgelaunt verabschiede ich mich. Inzwischen ist auch meine Studentin gekommen und entschuldigt sich bei mir. Es ist ihr sichtlich peinlich, denn sie hat verschlafen. Ich beruhige sie mit den Worten: „ Es gibt Schlimmeres!“ und „Jetzt sind sie ja da!“ und wir machen uns auf den Weg zur

Radiologie. Mein Zeitplan passt perfekt, es ist jetzt halb elf und wenn ich bald rankomme, habe ich die sechs Stunden einigermaßen eingehalten. Im Wartezimmer sitzen nur einige Leute und da hier zwei Radiologen sind, weiß man auch nicht, wer zu welchem Radiologen muss. Also habe ich die Hoffnung, nicht allzu lange warten zu müssen. So ist es dann auch. Gerade als ich mich entschließe, mein Buch aus der Handtasche zu holen, werde ich auch schon aufgerufen. Ich muss mich auf eine Liege legen, die Hose öffnen und den Bauch freimachen und schon ist es passiert und die Aufnahme ist fertig. Ich soll nur noch einmal erklären, worum es bei mir geht. Das ist auch schnell getan und wir machen uns wieder auf den Heimweg. Unterwegs fragt mich die Studentin, was ich beruflich gemacht habe und was ich studiert habe. Ich erzähle es ihr und auch, dass ich Finanzbuchhalter mit Leib und Seele war und, dass ich es deshalb so spannend finde, weil Buchhaltung nicht einfach ist und andere da nicht durchsehen. Sie lächelt schüchtern und sagt: „Genauso geht es mir auch.“ Ich ermutige sie und sage: „Jetzt haben Sie ja erst einmal nur die Theorie und wenn Sie dann in der Buchhaltung zu arbeiten anfangen, werden Sie es schon nach und nach verstehen!“ Sie nickt und fragt mich schüchtern: „Würden Sie mir vielleicht Nachhilfe geben? Ich bezahle das auch.“ Ich antworte: „Ich gebe Ihnen gern Nachhilfe.“ Das ist eine Herausforderung für mich und dann habe ich etwas Anspruchvolles zu tun, denke ich. Zu ihr sage ich weiter: „ Aber bezahlen brauchen Sie das nicht. Studenten haben doch nie Geld.“ Sie freut sich und erzählt mir, dass Kommilitonen von ihr schon erfolglos versucht haben, eine Nachhilfe ausfindig zu machen. Wir verabreden uns fürs Erste für den übernächsten Sonnabend, da an dem Tag mein Mann arbeiten muss, das heißt, keine gemeinsamen Aktivitäten geplant sind. Doch ich habe noch Einiges auf dem Plan heute. Erst einmal die beiden Therapien und dann mache ich einen schönen Mittagsschlaf.

Der ist wohl Schuld, dass ich am nächsten Tag, es ist Karfreitag, wieder zu meiner frühen morgendlichen Stunde hellwach bin und aufstehe. Doch heute früh habe ich ja einiges vor, schließlich ist morgen meine Familiengeburtstagsfeier und ich muss noch backen. Neben meinem Prasselkuchen habe ich mir dieses Mal überlegt, einen Marmorkuchen zu backen. Beim Heraussuchen aller Sachen fürs Backen habe ich gestern allerdings festgestellt, das wir kein Mehl mehr haben. So etwas passiert mir sonst eigentlich nicht, aber einmal ist immer das erste Mal! Das ist ärgerlich, weil wir heute auch nichts mehr kaufen können, da Feiertag ist. Aus der Not geboren, komme ich auf eine Idee. Da ich erst vor kurzem meine Backrezepte in ein neues Buch übertragen habe, sind mir noch einige Kuchenrezepte beziehungsweise Namen von Kuchen geläufig. Dabei ist zum Beispiel ein Haselnusskuchen, bei dem man statt Mehl gemahlene Haselnüsse verwendet. Und wenn ich mich nicht täusche, haben wir davon noch etwas da. Richtig, meine Vermutung bestätigt sich und ich bin froh, dass ich meinen Plan umsetzen kann. Haselnusskuchen ist ja auch ein Rührkuchen. Zuerst widme ich mich allerdings dem Prasselkuchen. Da er so, wie ich ihn bisher gemacht habe, ein bisschen trocken ist, habe ich mir überlegt, Mandarinenscheiben mit darauf zu tun. So belege ich die Hälfte meiner Blätterteigstücken mit je vier Mandarinenscheiben. Darauf kommen dann die Streusel und ab geht es in den Backofen. Inzwischen bereite ich den Haselnusskuchenteig vor und mache ihn in die Backform. Es läuft alles nach Zeitplan. Ich bin eben Ökonomin! Meine zwei Bleche Prasselkuchen sind fertig und der Haselnusskuchen kommt in den Ofen. Über den Blätterteigkuchen mache ich noch etwas Zuckerguss und bereite wiederum Zitronenzuckerguss für den Haselnusskuchen vor. Der braucht über eine Stunde zum Backen und da es noch zu früh für warmes Wasser im Haus ist, mache ich Wasser im Wasserkocher zum Abwaschen heiß. Ich habe gerade dem Haselnusskuchen die Zuckergussglasur verpasst und unsere Küche ist wieder auf Vordermann, als meine Mutter auch schon kommt. So vergeht die Zeit, wenn man beschäftigt ist! Wie immer bewundert sie mich, was ich schon wieder so alles geschafft habe. Wir probieren ein mit Mandarinenscheibenbelegtes Blätterteigstück. Ohne mich selbst loben zu wollen, aber die Idee mit den Mandarinenscheiben ist gut und es schmeckt richtig toll.

Am späten Nachmittag kommen dann auch Steffen, Steffi und Benno. Wie freundlich doch Benno ist! Wenn er auf dem Arm seiner Mutter oder seines Vaters ins Wohnzimmer kommt, ist sofort ein Strahlen auf seinem Gesicht. Und das wiederum macht mich ganz emotional. Ich stelle wieder einmal fest, wie sehr ich meinen Enkel liebe und wie gut er mir tut. Ich gehe ihm entgegen und bekomme sofort ohne Bitte oder Aufforderung einen Kuss von ihm. Dann nimmt er mich an die Hand und führt mich zu meinem Sessel. Er bedeutet mir, Platz zu nehmen und schon bekomme ich den zweiten Kuss. Dann dreht er sich mit dem Rücken zu mir und ich weiß erst nicht, was er will. Aber gleich darauf wird mir klar, dass er auf meinen Schoß möchte und, dass ich ihm die Schuhe ausziehen soll. Das tue ich dann auch und in der Zwischenzeit hat Steffi Bennos Spielzeug aus ihrem Zimmer geholt und im Wohnzimmer abgelegt. Benno sieht das natürlich und holt erst einmal seine Spielzeuggitarre, schaltet sie an und als die Musik ertönt, beginnt er zu tanzen. Ich stehe auf und tanze mit. Er macht das wie ein alter Hase und es sieht so süß aus, dass er jedem, der zusieht, ein Lächeln ins Gesicht zaubert. Doch dann sieht er seinen Stapelturm, schaltet die Gitarre wieder aus und bringt die Stapelbecher auf den Hocker, der vor meinem Sessel steht. Das hat er sich gemerkt, denn darauf haben wir schon oft die Becher gestapelt und ich glaube, er macht das gern mit mir, weil ich die Ausdauer und Geduld habe, in Ruhe mit ihm den Turm aufzubauen. Den fertigen Teil halte ich auch immer schön fest, damit er nicht beim nächsten Becher umfällt. Schnell hat Benno Becher auf Becher getan und das letzte Teil, ein Kükengesicht, in der Hand. Er sieht mich erwartungsvoll an und ich ermutige ihn, dieses letzte Teil obenauf zu tun. Das macht er dann, der Turm steht und Benno dreht sich zu mir um, strahlt über das ganze Gesicht und klatscht in die Hände, was die Aufforderung für uns ist, ebenfalls zu klatschen, weil er den Turm so schön gebaut hat. Den Wunsch erfüllen wir ihm gern und jetzt schubst er mit großem Schwung den Turm um und freut sich riesig, als die Becher in alle Richtungen rollen. Er sieht, dass ich nicht richtig klatsche, sondern mit der rechten Hand auf den Handrücken der linken Hand klatsche. Er sieht mich an als wollte er sagen, so klatscht man doch nicht! Doch ich erkläre ihm, dass ich Aua an der Hand habe und nachdem er meine Hand gestreichelt hat, gibt er sich damit zufrieden. Steffen sieht als Erster die Sicherheitsabsperrung an der Treppe zum Keller und ist total begeistert. So muss man doch nicht mehr so aufpassen. Jetzt ist die einzige Gefahrenquelle bei uns die zwei Treppenstufen, die zum Wohnbereich führen, aber da ist Benno schon ganz vorsichtig und passt auf.

So gehört unsere ganze Aufmerksamkeit am Nachmittag und frühen Abend Benno. Doch dann ist plötzlich zu merken, dass er müde wird und Steffi beeilt sich, ihm eine Schnitte zu schmieren. Er isst mit gutem Appetit und geht danach auch gleich ins Bett. Wir essen etwas später auch Abendbrot und danach erreicht Steffi mit ihrem Laptop Thomas über Skype. Endlich können wir in aller Ruhe wieder einmal erzählen. Mit meinem Laptop stimmt irgendetwas nicht, ich komme nicht ins Internet. Steffen hat schon einmal nachgesehen, will aber morgen noch einmal schauen, wenn er mehr Zeit hat. Den restlichen

Abend genieße ich, dass ich auch mal wieder mit meiner Tochter über Gott und die Welt reden kann. Die Telefonate hält man ja doch etwas kürzer. So werden wir beide wieder zu Nachteulen und finden erst sehr spät ins Bett. Für mich ist es nicht so schlimm, ich habe immer im Hinterkopf, dass ich am nächsten Morgen umso länger schlafe, je später ich ins Bett gehe. Doch Steffi muss hoch, wenn Benno wach wird. Der Plan geht auf und ich schlafe am nächsten Tag bis halb sechs und das ist schon gut für meine Verhältnisse. Um halb sieben kommen dann auch Steffi und Benno. Benno hat ausgeschlafen und ist gut drauf. Steffi macht sich fertig und ich spiele in der Zwischenzeit mit Benno. Dann ziehen sie sich an und die Beiden ziehen los, frische Brötchen holen. Wir frühstücken dann schon einmal, denn die Männer werden noch eine Weile schlafen. Als dann später schon meine Mutti da ist und auch die Männer im Gange sind, machen Steffi und ich uns auf den Weg zum Supermarkt, um noch die letzten Kleinigkeiten einzukaufen. Wir kaufen auch frisches Gemüse, denn Steffi will zum Abendbrot auch einen Gemüsesalat machen. Wir treffen im Supermarkt erst meinen Bruder Olaf mit Marion und dann unsere ehemaligen Nachbarn aus dem Reitbahnviertel. Sie haben Steffi erkannt, obwohl wir vor fast achtzehn Jahren dort weggezogen sind und sie da gerade mal zehn Jahre alt war.

Unsere Taschen sind zwar voll, aber wir haben sehr günstig eingekauft. Siggi kann das immer nicht so richtig glauben und sieht skeptisch auf die vollen Einkaufstüten. Aber das kenne ich und beachte es gar nicht weiter.

Wir relaxen die übrige Zeit bis zum Mittag und am frühen Nachmittag stellen die Männer den Esstisch um und ziehen ihn auf volle Länge aus. Das sind immerhin zwei Meter und zwanzig Zentimeter! Bei Familienfeiern macht sich der Tisch echt bezahlt. Dann decken wir schon mal ein, schneiden Torten und Kuchen an und bringen alles auf den Tisch. Der Kaffee läuft durch die Maschine und es klingelt das erste Mal. Es sind Olaf und Marion. Kurze Zeit danach kommen Bodo und Melissa. Wir können anfangen, denn Jürgen und Carmen kommen erst abends. Es wird gut zugelangt, offensichtlich schmeckt der Kuchen allen. Auch Benno fühlt sich wohl. Er sitzt an der Stirnseite in seinem Kinderstuhl und genießt es, in so großer Gesellschaft zu sein. Nach dem Kaffee stoßen wir alle noch mit einem Glas Sekt an und setzen uns dann rüber an den Couchtisch. Inzwischen sind auch Jürgen und Carmen gekommen. Wir erzählen schön über sämtliche Themen und lachen viel. Nach einiger Zeit ist Steffi schon wieder fleißig in der Küche am Wirbeln. Deshalb sehe ich nach ihr. Sie ist dabei, den Gemüsesalat fertig zu machen.

Neben Wurst- und Käseaufschnitt habe ich noch Hähnchengeschnetzeltes mit Sahne und Zwiebeln vorbereitet und schiebe die Pfanne schon einmal in den Ofen, damit es nachher schneller geht. Dann decken wir den Tisch und ich bitte zum Abendessen. Wir lassen es uns schmecken und wieder am Couchtisch angekommen, laufe ich zur Höchstform auf. Ich hole einen Hefter mit Sketchen und Witzen, der mir vor kurzem wieder in die Hände gefallen ist, und lese einiges daraus vor. Wir müssen alle herzlich lachen. Ich habe an manchen Stellen zu tun, um weiterlesen zu können. Bei meinen Gästen spüre ich, dass sie sich freuen, mich wieder so ausgelassen zu sehen. So sitzen wir bis Mitternacht gemütlich zusammen. Dann kommt mit einem Mal Bewegung in die Runde. Jürgen und Carmen wollen los und Olaf und Marion schließen sich an. Meine Mutti nutzt die Gelegenheit, um bei Jürgen mitzufahren. Ansonsten hätten Olaf und Marion sie zu Fuß nach Hause gebracht. Es ist nämlich wirklich frisch geworden und so ist das die beste Lösung. Steffi, Steffen und Melissa verschwinden auch in ihre Betten, während Siggi, Bodo und ich noch eine halbe Stunde „durchhalten“ und dann natürlich auch müde in die Federn sinken. Meine Hoffnung, am Ostersonntag wieder länger schlafen zu können, erfüllt sich leider wieder nicht. Leise schleiche ich mich nach der Morgentoilette durch das Haus und gehe in die Küche, um das Mittagessen für heute vorzubereiten. Das Kasseler muss angebraten und das Ananassauerkraut so weit fertig gemacht werden, dass es schön durchköcheln kann. Als das Kasseler im Backofen ist und das Sauerkraut auf dem Herd vor sich hin köchelt, mache ich mich daran, den Frühstückstisch zu decken. Es dauert noch eine ganze Weile ehe sich etwas im Haus rührt. Die erste nach mir ist Steffi mit Benno auf dem Arm. Ich bin froh, endlich Gesellschaft zu haben und nehme Steffi Benno ab, damit sie sich in aller Ruhe fertig machen kann. Als Benno mitkriegt, dass seine Mama nicht mehr im Wohnzimmer ist, sieht er mich zwar mit fragendem Blick und dem Wort „Mama?" an, aber lässt sich auch schnell wieder ablenken. Ich erkläre ihm, dass Mama duschen ist und nehme ihn auf meinen Schoss, um das zu verdeutlichen und sage: „Horch, Mama duscht!" Dabei bin ich ganz leise und auch Benno nimmt den Zeigefinger an die Lippen und sagt: „Pst!" Er hört auf das Rauschen der Dusche und scheint zu verstehen. Unvermittelt dreht er sein süßes Gesicht zu meinem und gibt mir freudestrahlend einen Kuss. Dann rutscht er von meinem Schoss, nimmt mich an die Hand und führt mich zur Treppe. Er ist wirklich mit allen Wassern gewaschen, denke ich lächelnd. Jetzt will er mit mir zu Mama gehen, will den Beweis, dass sie wirklich im Bad duschen ist. Ganz flink klettert er die Treppe hoch. Ich gehe dicht hinter ihm. Für den Fall, dass er wegrutscht, kann er dann nicht die Treppe runter fallen. An der Badtür angekommen, klopfe ich und fordere Steffi auf, etwas zu Benno zu sagen. Sie sagt dann auch: „Benno, mein Schatz! Mama ist unter der Dusche und kommt gleich." Er ist froh, seine Mama sprechen zu hören, sieht mich aber wieder erwartungsvoll an. Weil ich Steffi nicht beim duschen stören will, frage ich Benno, ob wir mal nachschauen wollen, ob

Opa noch schläft. Begeistert nickt er und gibt mir wieder seine Hand. Also gehen wir ins Schlafzimmer. Siggi liegt friedlich da und schnarcht. Benno sieht mich an und hebt den Finger, wie um zu sagen „Horch!“ Ich antworte ihm: „Ja, Opa schläft noch und schnarcht.“ Das will Siggi nicht auf sich sitzen lassen und sagt: „Quatsch, ich schlafe nicht mehr!“ Freundlich sieht er zu Benno und fragt: „Kommst du zu Opa?“ Als hätte er nur auf diese Aufforderung gewartet, klettert er sofort zu seinem Opa ins Bett. Sie toben ein bisschen, bis Steffi um die Ecke schaut und sagt, dass sie fertig ist. Nun ist Mama wieder wichtiger als Opa und Benno läuft sofort zu Steffi hin, die ihn auf den Arm nimmt und mit ihm schmust. Jetzt geht Siggi ins Bad, um sich ebenfalls frisch zu machen. Das ist gut so, denn so ist das Bad gleich für Bodo und Melissa frei.

Im Wohnzimmer spielen wir alle noch etwas mit Benno. Und da er auch kurz am Radio spielen darf, wird mal die volle Lautstärke ausgetestet, wobei wir Erwachsenen uns alle die Ohren zuhalten müssen. Nur Benno findet es komisch und lacht herzlich. Kurz darauf hören wir oben eine Tür gehen. Wahrscheinlich haben wir jetzt unsere Übernachtungsgäste geweckt. Aber das ist auch nicht so schlimm, schließlich ist es schon halb neun und damit Zeit, aufzustehen. Also stelle ich schon mal die Kaffeemaschine an und wir tun die Brötchen zum Aufbacken in den Ofen.

Dann sitzen alle endlich am Frühstückstisch, Benno wieder an der einen Frontseite. Er genießt genau wie wir alle das ruhige und gemütliche Frühstück. Nachdem wir gestern den ganzen Tag Regen hatten, meint es das Wetter heute gut mit uns, denn seit wir frühstücken scheint die Sonne. Wir sind uns einig, dass es sich auch so gehört, wenn Ostern ist und ein lieber kleiner Junge die Osterüberraschungen im Garten suchen möchte. Schnell ist der Tisch abgeräumt, der Geschirrspüler läuft und alles andere ist wieder an seinem Platz. Wir warten nur noch auf Steffen, der als einziger noch nicht aus seinem Bett gefunden hat. Er ist ganz wichtig, denn er soll fotografieren, wenn Benno am Suchen ist. Wir haben uns alle schon mal im Garten umgeschaut, einfach, um zu sehen, wie warm es ist, als auch Steffen den Weg aus seinem Bett gefunden hat. Steffi bereitet ihm in der Küche ein Frühstück zu und dann machen Steffi und ich uns daran, die Osterüberraschungen für Benno im Garten zu verstecken. Steffi bekommt auf einmal einen Lachanfall und sagt, als ich sie fragend ansehe: „Komm, Mutti, das musst du sehen!“ Ich gehe zu ihr und immer noch lachend zeigt sie auf die Terrassentür, hinter der Benno steht und uns interessiert zusieht, was wir da draußen wohl treiben. Ich muss auch lachen, beruhige aber Steffi dahingehend, dass Benno trotzdem nicht so ganz mitgekriegt hat, dass wir Ostersachen verstecken. Wir sind fertig mit unserer Aufgabe und alle anderen haben sich inzwischen auf der Terrasse eingefunden, darunter auch meine Mutter und Steffen. Alle sichern sich einen Platz wie im Kino und Steffi fordert Benno auf, die Ostersachen zu suchen und zeigt ihm ein nicht so gut verstecktes Osterei. Benno jubelt und läuft sofort dorthin. Dann sieht er schon die nächsten Sachen und man kann beobachten, dass er überlegt, wie er das alles tragen soll. Deshalb sagt Steffen zu ihm: „Bringe das erst einmal zu Oma, dann holst du das nächste!“ Dieser Vorschlag gefällt ihm, er kommt zu mir gelaufen und gibt mir das erste bunte Papposterei. Bevor er wieder losgeht, überlegt er kurz und schenkt mir dann einen Kuss. Er freut sich darüber, dass die anderen ringsum lachen. Dann geht es weiter und Stück für Stück bringt er die gefundenen Ostereier, Osterhasen und Spielzeug zu mir. Besonders angetan ist er von einem hellblauen Plüschhasen, den Steffen ihm in die Kapuze seines Anoraks gesteckt hat und den er stolz herumträgt. Es ist schon ein ansehnlicher Haufen von Ostergeschenken entstanden. Da es nun keine weiteren Sachen mehr zu finden gibt, kommen Bodo und Steffen auf die Idee, die bereits gefundenen Sachen noch einmal zu verstecken. Außerdem haben die Erwachsenen auf der „Tribüne" auch ihren Spaß und in erster Linie natürlich auch Benno. Obwohl seine Mama gesagt hat, dass er nun alles gefunden hat, freut sich Benno, dass er doch noch etwas findet. Doch dann ist wirklich Schluss und Benno kommt zu mir, um sich die vielen schönen Sachen noch einmal anzusehen. Er möchte natürlich etwas naschen und darf sich auch etwas aussuchen. Seine Wahl fällt auf zwei kleine Tüten Gummibärchen und drei kleine Schokoladenostereier. Während ich beim Auspacken der Naschereien helfe, packen Steffi und Steffen die letzten Sachen für Benno zusammen, denn jeden Moment können die anderen Großeltern kommen, um Benno abzuholen. Kurz darauf klingelt es auch schon und sie sind da. Gänzlich unerwartet bekomme ich noch einen Geburtstagsblumenstrauß und ein kleines Geschenk. Benno ist glücklich, seine Großeltern in trauter Einigkeit zu sehen und läuft von einem zum anderen. Dann fragt Oma Gitti ihn, ob sie zum Wauwau fahren wollen. Benno horcht auf und macht sich auf den Weg zum Flur, um seine Schuhe zu holen. Das ist ein eindeutiges Zeichen, dass er zustimmt und nach dem Anziehen der Schuhe verabschiedet er sich ohne Theater von allen und Steffens Eltern fahren mit ihm los. Ja, den Hund von Roland und Gitti, einen Labrador, hat Benno in sein Herz geschlossen und die Aussicht, ihn bald zu sehen, macht es Benno leicht, sogar seine Eltern zurückzulassen.

Kaum weg, vermissen wir schon wieder sein Kinderlachen. Doch jetzt gibt es erst einmal Mittag. Das Kasseler sieht sehr gut aus, und auch beim Ananassauerkraut wird mir bestätigt, dass es gut gelungen ist. In all dem Trubel hatte meine Mutti noch wie ein fleißiges Bienchen Kartoffeln geschält. Nein, nicht wie. Sie **ist** ein fleißiges Bienchen! Gleich, nachdem sie gekommen war, hatte sie sich an die Kartoffeln gemacht und konnte so auch dem fröhlichen Treiben beim Ostereiersuchen in aller Ruhe zusehen. Steffi macht zusätzlich noch den Rest des Hähnchengeschnetzelten von gestern Abend in der Mikrowelle warm und stellt auch das auf den Tisch. Es schmeckt allen sehr gut, das Essen wird ausnahmslos gelobt.

Kurz nach dem Mittag machen sich Bodo und Melissa wieder auf den Weg nach Hause. Dann fahren Steffi und Steffen ebenfalls los, sie wollen noch Freunde besuchen. Meine Mutter legt sich zum Mittagsschlaf hin, und auch Siggi und ich legen die Beine hoch, um etwas auszuruhen Ich lese etwas, denn ich will mittags nicht mehr schlafen. Es dauert nicht lange und Steffi und Steffen sind wieder zurück. Wir trinken zusammen Kaffee und danach spielen Steffi, meine Mutter und ich noch ein paar Runden Halma. Steffen ist wieder los zu einem Kumpel und Siggi wirbelt im Garten. So vergeht der Nachmittag.

Wir verbringen noch einen schönen Abend und am Ostermontag nach dem Frühstück fahren Steffi und Steffen zu Steffens Eltern, um mit ihnen Mittag essen zu gehen und Benno abzuholen.

So ist wieder ein ereignisreiches Wochenende vorübergegangen. Ganz so, wie ich es liebe. Auch wenn ich dann persönlich mehr Arbeit habe, es füllt mich trotzdem viel mehr aus und ich bin zufriedener.

Am Dienstag muss ich dann zum zweiten Röntgen, was ja fünf Tage nach der Kapseleinnahme erfolgen soll. Heute ist es sehr voll. Ich hoffe für mich, dass die meisten Patienten zu dem anderen Radiologen müssen, denn den Wartebereich teilen sich zwei Radiologen. So ist es dann anscheinend auch, denn ich komme schon bald an die Reihe. Ich wundere mich allerdings, als die Radiologie-Assistentin zu mir sagt, ich möchte bitte alles bis auf Slip und Socken ausziehen. Das musste ich beim letzten Röntgen nicht. Vorsichtig sehe ich aus meiner Kabine um die Ecke und frage: „Entschuldigung, habe ich richtig gehört, ich soll

Schuhe, Hose, Pullover und BH ausziehen?“ Sie sieht erstaunt zu mir und antwortet: „Ja, schließlich wollen wir den Darm röntgen und der Bereich ist von hier bis hier.“ Dabei zeigt sie bei mir auf den Bereich von unter der Brust bis unter den Bauchnabel. Ich antworte: „Ja, schon! Ich frage nur, weil ich das letzte Mal alles anbehalten konnte und nur den Pullover hochschieben musste.“ Lächelnd sieht sie mich an und erwidert wiederum: „**Wir** machen es so!“, wobei die Betonung auf wir liegt. Sie röntgt mich nicht nur von oben, ich muss mich noch auf die linke Seite legen und mich dem dort befindlichen Röntgengerät zuwenden, was nicht so einfach für mich ist, aber es klappt trotzdem gut, da sie mir hilft. Zum Schluss fragt sie mich, was eigentlich mein Problem ist. Ich schildere es ihr und da sie ähnliche Probleme hat, findet sie meine Ausführungen sehr interessant. Dann verabschieden wir uns voneinander.

Da es bei mir mit den Schmerzen auf der linken Seite noch nicht besser geworden ist, steht für mich fest, dass die Ursache die neu verschriebene Tablette gegen die Spastik ist, die entweder nicht so gut oder eben anders wirkt als die vorherige Tablette. Daher habe ich vorausschauend das Rezept für die Tabletten, die ich bis dato genommen hatte und das mir der Neurologe vorsorglich mitgegeben hatte, eingesteckt und wir gehen in die im Ärztehaus befindliche Apotheke, wo ich mein Rezept einlöse. Ich sollte zwar noch drei Wochen die neuen Tabletten in erhöhter Dosierung testen und es ist erst eine Woche rum, aber was soll`s! Am Donnerstag habe ich einen DIN A4-Brief vom Verlag im Briefkasten. Gespannt öffne ich ihn und lese, dass der Verlag gern mein neues Buch in sein Verlagsprogramm aufnehmen möchte. Ich freue mich über die schnelle Zusage, denn mir war ja angekündigt worden, dass es sehr lange dauern wird, das Manuskript durchzusehen. Dass es nun doch so schnell ging, deute ich als einen Pluspunkt für mich, denn irgendetwas muss ja auf mein Manuskript neugierig gemacht haben. Neben diesem Antwortschreiben befindet sich auch ein Autorenvertrag in doppelter Ausfertigung im Briefumschlag. Ich weiß noch vom letzten Mal, dass mit der Unterschrift auch die Kosten für Druck, Lektorat und Covergestaltung fällig sind. Da das kein Pappenstiel ist, will ich noch ein paar Tage mit dem Unterschreiben warten. Freitagfrüh bin ich zeitig frisch gemacht und fertig angezogen, da ich schon um sieben Uhr von einem Taxi abgeholt werde und nach Waren muss. Mit Bedacht habe ich ein ganz bestimmtes Taxiunternehmen ausgewählt. Mit einem Fahrer dieses Unternehmens habe ich sehr gute Erfahrungen gemacht. Er hat mich im November nach einer Buchlesung nach Hause gefahren. Da schneite es zum ersten Mal und an unserem Haus angekommen, stieg er auch aus, öffnete mir die Beifahrertür, half mir beim Aussteigen und bot mir bis zur Haustür seinen Arm an aus Angst, ich könne ausrutschen und hinfallen. Das fand ich sehr nett, und da ich einen Transportschein für die Fahrt nach Waren bekommen habe und mir denke, dass solche Fahrt am frühen Morgen nach Waren und zurück für ein Taxiunternehmen attraktiv ist, habe ich wieder besagtes Taxiunternehmen geordert und wünsche mir insgeheim, dass es wieder der Fahrer ist, den ich auch nach der Buchlesung kennen gelernt hatte. Als es klingelt und ich die Tür öffne, bestätigt sich die mir eigentlich bewusste geringe Wahrscheinlichkeit und es ist ein anderer Taxifahrer. Ich steige ins Taxi und wir machen uns bei einem sich sonnig ankündigendem Tag auf den Weg. Die Straßen sind trocken und frei, und uns zwischendurch angenehm unterhaltend, landen wir pünktlich in Waren an der Klinik. Der Taxifahrer begleitet mich hinein. Ich werde zur Radiologie in den Keller geschickt. Wir finden schnell dorthin. Außer mir ist nur noch eine Frau im Wartebereich und meine Hoffnung, schnell ranzukommen, scheint realistisch zu sein. Der Taxifahrer verabschiedet sich fürs erste, da er noch eine Fahrt in der Nähe hat. Da ich sowieso nach dem Röntgen noch zum Professor für Chirurgie zur Auswertung muss und das Alles seine Zeit dauern wird, habe ich kein Problem damit, denn er versichert mir, dass er gleich nach dieser Fahrt wieder zurück zur Klinik kommt.

Ich hole meine Brille und ein Buch aus der Handtasche, um die Wartezeit mit etwas Sinnvollem zu überbrücken, und beginne zu lesen. Die Frau wird bald aufgerufen, sodass ich wirklich die Einzige im Wartebereich bin. Nach einer Weile lege ich eine kurze Pause vom Lesen ein, sehe Informationsblätter auf dem Tisch und greife mir ein Infoblatt über die mir bevorstehende Defäkographie. Ich will gerade darin zu lesen beginnen, als eine junge Schwester um die Ecke kommt und mir zwei große mit einer weißen Flüssigkeit gefüllte Becher bringt. Sie stellt sie auf den Tisch und weist mich an: „Die beiden Becher trinken Sie jetzt bitte innerhalb von zwanzig Minuten Schluck für Schluck aus, und dann sind Sie auch bald an der Reihe." Auf meine besorgte Frage, ob das auch schmeckt, antwortet sie ehrlich: „Es sieht zwar ein bisschen wie Fruchtmilch aus, schmeckt aber leider nicht so gut. Aber versuchen Sie trotzdem, alles zu trinken!" Weiter erklärt sie mir: „Weil es bei Frauen häufiger beim Pressen zu Vorfällen des Dünndarms kommt, muss dieses Kontrastmittel eine Stunde vorher getrunken werden, damit zusätzlich der Dünndarm dargestellt werden kann." Ich bedanke mich für die Aufklärung und wende mich wieder dem Faltblatt über Informationen zur Defäkographie zu. Darin steht: „Die Defäkographie ist eine radiologische Untersuchung, bei der die Darmentleerung mit Röntgenkontrastmittel unter Durchleuchtung nachgestellt und analysiert wird." Schmunzelnd muss ich an die Worte meiner Nachbarin denken, die auch schon eine Defäkographie hinter sich hat und es auf den Punkt gebracht hat: „Da sitzt du auf dem Topf und wirst dabei geröntgt." Mit „dabei" ist beim Stuhlgang gemeint. Ich lese auf dem Infoblatt weiter: „Diese Untersuchung kann wertvolle

Hinweise bei proktologischen Beschwerden geben, die im Zusammenhang mit der Stuhlentleerung stehen.“ Zufrieden denke ich: Das ist ja genau, was ich will, endlich herausfinden, wo die Ursachen liegen, dass ich so unregelmäßig und selten Stuhlgang habe, und wenn, ich mich so sehr mit steinhartem Stuhl quäle, dass es schnell zu bluten beginnt. So schlimm wird die Untersuchung schon nicht sein. Röntgen tut nicht weh! Also lese ich weiter in meinem Buch und nehme zwischendurch immer mal einen Schluck meines weißen Getränks, das zwar nicht gerade schmeckt, aber auch nicht besonders ekelig ist. Ich staune selbst, wie schnell ich die beiden großen Becher geleert habe, und im gleichen Augenblick werde ich auch schon von der Schwester aufgerufen und in die Kabine drei gebeten. Die Kabine ist gerade so groß, dass ein Stuhl und eine Person hineinpassen. Ich habe gerade meine Jacke an einen Haken gehängt, als durch die der Eingangstür gegenüberliegende Tür eine andere Schwester zu mir hereinschaut und sagt, dass ich mich bis auf BH und Socken ausziehen soll. Ich frage, ob ich meinen Pulli anbehalten kann, da es hier ziemlich kühl ist. Die Schwester antwortet: „Sie bekommen ja noch einen Kittel zum Überziehen. Ziehen Sie lieber den Pulli aus, so können Sie sich nicht beschmieren.“ Während ich noch meinen Gedanken nachhänge, was wohl damit gemeint sein könnte, kommt die Schwester auch schon mit einem Kittel zurück. Da er über den Kopf gezogen werden muss, lasse ich mir helfen, und auf einmal ist der Pulli kein Thema mehr und ich behalte ihn an.

Dann führt mich die Schwester in einen großen Raum, in dessen Mitte ein Monster von einem technischen Gerät steht. Vermutlich der Röntgenapparat, denke ich mir. Im nächsten Moment bestätigt das die Schwester, indem sie auf einen Thron aus Holz auf einem Podest zeigt und sagt: „Darauf müssen Sie sich nachher setzen und der Doktor wird

Sie dann beim Stuhlgang röntgen.“ Nun gut, die Vorstellung, Zuschauer dabei zu haben, ist schon gewöhnungsbedürftig, aber auch für den Doktor ist diese Situation nicht gerade schön, aber auf alle Fälle Alltag. Also sehe ich dem Ganzen entspannt entgegen. Das ist alles interessant und genauso interessiert frage ich zurück: „Und wenn man nicht kann?“ Da sie mich ungläubig ansieht, fahre ich fort: „Ich meine, wenn man presst und nichts kommt?“ Sie lächelt mich an und erwidert: „Sie werden schon können! Dafür bekommen Sie das Kontrastmittel in den Enddarm, das wirkt wie ein Einlauf, und glauben Sie mir, ich habe noch keinen erlebt, der da nicht konnte!“ Die Antwort stellt mich zufrieden, denn insgeheim denke ich, dass das mal eine Gelegenheit ist, nach langer Zeit wieder einmal Stuhlgang zu haben. Das können wohl nur diejenigen nachempfinden, die ähnliche Probleme wie ich haben. Wer immer gut kann, schüttelt wahrscheinlich über solche Probleme den Kopf. Das kenne ich auch von meinem Mann. Der kann ja fast auf Ansage! Die Schwester bittet mich, Platz zu nehmen und erklärt mir, dass der Doktor jeden Moment kommt. Ich sehe ihr zu, wie sie erst einen dickflüssigen weißen Brei wie einen Kuchen in einer Schüssel anrührt und dann in große Ampullen füllt. Neugierig frage ich, was das für ein Brei ist. Sie erklärt mir, dass das Bariumsulfat, das Kontrastmittel, ist, das gleich in meinen Enddarm gefüllt wird. Da sie eine Ampulle nach der anderen füllt, frage ich neugierig und etwas erschrocken weiter: „Wie viele von den Ampullen bekommt man denn?“ Verschmitzt lächelnd sieht sie mich an und antwortet: „Das ist ganz unterschiedlich. Ich bereite für jeden Patienten vier vor, mal wird nur eine gebraucht, mal alle vier.“ „Wonach richtet sich das?“, will ich meine Neugierde befriedigen. Sie antwortet: „Wenn der Drang, sich zu entleeren, da ist, ist Schluss. An meinen vollen Darm denkend, sage ich noch: „Ich brauche bestimmt nur eine Ampulle!“ Vielsagend sieht mich die Schwester an und entgegnet: „Wir werden sehen.“

Ich unterhalte mich mit ihr noch darüber, dass es viele Leute mit Darmproblemen gibt und den Hauptanteil darunter Frauen ausmachen. Sie erzählt, dass mit dieser Untersuchungsmethode recht schnell die Ursachen der Beschwerden gefunden werden.

Die Schwester hat gerade die vier Ampullen gefüllt und bereitgelegt, als auch schon der Doktor kommt. Er ist etwa in meinem Alter, sehr gutaussehend mit seinen graumelierten Haaren und sehr freundlich. Nach der Begrüßung und Vorstellung fordert er mich auf, mich auf der Liege auf die Seite zu legen, die Beine leicht anzuwinkeln und ganz locker zu bleiben, was in dieser Situation nicht ganz einfach ist. Dann beginnt er, meinen Enddarm mit Kontrastmittel zu füllen. Anfangs merke ich fast gar nichts, doch auf einmal wird der Drang so groß, dass ich Angst habe, es bis zur „Toilette" nicht mehr zu schaffen. Das sage ich dann auch und der Doktor beendet sofort das Einspritzen, hilft mir, mich hinzusetzen und sagt, dass ich zirka fünf Minuten sitzen bleiben und dann zum Röntgenapparat rüberkommen soll. Das Sitzenbleiben ist gar nicht so einfach, wie sich wohl jeder vorstellen kann. Als ich losgehe, ist mir klar, warum die Schwester anfangs gewarnt hatte, mich nicht zu beschmieren. Bei jedem Schritt tropft es entweder gleich auf den Boden oder es läuft an meinen Beinen herunter. Meine Beine sehen aus, als hätte ich im Kreideschlamm gebadet und auch der Fußboden muss erst einmal gewischt werden. Dann gehe ich die drei, vier Stufen zu dem als Toilette dienendem Thron hoch, setze mich darauf und beobachte den Doktor, der gerade dabei ist, den Röntgenapparat richtig einzustellen. Dann gibt er mir Anweisungen wie „Jetzt bitte pressen!" und „Den After schließen!". Ich mache alles wie mir geheißen und sehe dabei auf das Röntgenbild. Es ist sehr interessant, zu sehen, was da im eigenen Körper vor sich geht. Nach dreimal pressen ist für mein Empfinden alles raus und auch der Arzt sagt, dass wir fertig sind. Die Schwester hilft mir wieder die Stufen hinunter und sagt, dass ich erst einmal zur Toilette gehen kann, zur richtigen Toilette, wohlgemerkt. Erst überlege ich, was ich da soll, denn mein „Geschäft" habe ich doch schon erledigt. Doch als ich auf der Toilette sitze, ist mir sofort klar, warum mich die Schwester hierher geschickt hat. Jetzt will die angestaute Luft raus, und das Kontrastmittel hat seine Spuren hinterlassen, so dass ich mich erst einmal frisch mache. Wieder im Röntgenraum frage ich die Schwester, wie viele Ampullen ich eigentlich benötigt habe. Lächelnd sagt sie: „Alle vier!" Ich staune und frage zurück: „Wirklich?" Sie nickt, und da kommt auch schon der Arzt. Er setzt sich zu mir und erklärt: „Ich glaube, wir haben die Ursache für Ihre Beschwerden gefunden. Unmittelbar vor dem After ist eine Ausbuchtung im Darm, in der sich der Stuhl sammelt, hart wird und dadurch auch kleine Blutungen beim Stuhlgang verursacht." Ich antworte ironisch: „Mit Ausbuchtungen kenne ich mich aus!" Auf seinen fragenden Blick hin erkläre ich ihm die Sache mit dem Aneurysma. Verwundert sieht er mich an und sagt: „Das ist gar nicht zu merken! Sie haben sich wohl schon wieder gut erholt?" Ich bestätige, dass ich mich schon ganz gut erholt habe, dass Alles aber auch viel Zeit, Kraft und Geduld gekostet hat und ich noch viel mehr erreichen muss und will. Über die Worte des Arztes freue ich mich natürlich, denn sie sind Bestätigung dafür, dass ich auf dem richtigen Weg bin und sich meine Bemühungen gelohnt haben. Vor einem Jahr saß ich ja auch noch im Rollstuhl und hätte mir zu dem Zeitpunkt nicht zugetraut, ohne Begleitung einen Arzt aufzusuchen. Diesbezüglich bin ich viel selbständiger geworden. Der Arzt bemerkt meine guten Gedanken, lächelt mir aufmunternd zu und verabschiedet sich mit den Worten: „Auf Wiedersehen, Frau Berg. Sie gehen dann noch zur Auswertung auf die Chirurgie und alles Gute für Sie." Ich bedanke mich und erwidere die Wünsche.

Dann begleitet mich die Schwester wieder zur Kabine, wo ich mich anziehe und anschließend ebenfalls in ihrer Begleitung zur Chirurgie gehe. Dort muss ich nicht lange warten und komme sehr schnell an die Reihe. Der Professor sieht sich die Röntgenaufnahmen an und erklärt mir das, was mir bereits der Arzt in der Radiologie sagte, erneut. Zusätzlich erklärt er mir, dass ich ein sogenanntes Obstruktionsdefäkationssyndrom, kurz ODS, habe. Das ist eine chronische Form der Verstopfung. Aber, er sagt auch weiter, dass man das gut operieren kann. Er gibt mir eine Broschüre und führt aus, dass man das S. T. A. R. – Verfahren anwenden würde. Die Buchstaben stehen für die englische Bezeichnung, auf Deutsch hieße das „geklammerte transanale Rektumresektion". Das würde unter Vollnarkose mit einem Rundklammernahtgerät gemacht werden. Der Vorteil hierbei wäre, dass nicht über den Umweg Bauch, sondern auf direktem Weg über den Analkanal der untere Abschnitt des Rektums zusammen mit dem strukturellen Problem entfernt werden. Gleichzeitig wird der verbleibende gesunde Abschnitt des Rektums mit feinen Titan-Klammern wieder zusammengebracht. Er führt weiter aus, dass durch diese Operation das Rektum wieder seine ursprüngliche Form zurückbekommt und der Stuhl problemlos passieren kann. Ich höre aufmerksam zu, aber wahrscheinlich sind bei mir Sorgenfalten zu sehen oder dem Professor fällt meine Nachdenklichkeit auf. Tatsächlich denke ich schon weiter, meine Gedanken sind bei den Schmerzen, die man dann anfangs höchstwahrscheinlich beim Stuhlgang hat, und bei der Frage, ob es hinterher wirklich besser ist. Ein weiterer Punkt ist die Vollnarkose, die ja immer ein Risiko darstellt.

Wie gesagt, der Professor kann anscheinend Gedanken lesen oder besitzt einfach eine gute Menschenkenntnis, denn er sagt: „Da die Resektion hoch im Rektum vorgenommen wird, sind die mit diesem Verfahren verbundenen Schmerzen relativ gering und lassen sich gut mit

Schmerzmitteln behandeln. Innerhalb von zehn Tagen hat sich alles wieder regeneriert." Ich frage, wie lange der Krankenhausaufenthalt wäre und, ob es dann in Waren gemacht werden müsste. Die Frage nach der Örtlichkeit bejaht er und der Krankenhausaufenthalt würde eine Woche betragen. Allerdings weicht er auf die nochmalige Nachfrage, ob dann wirklich meine Verstopfungsprobleme beseitigt sind, etwas aus und antwortet: „Ich kann nur das beurteilen, was auch geröntgt wurde. Und da der Enddarm geröntgt wurde, kann man nicht einschätzen, ob an anderer Stelle des Darmes noch ein weiteres Problem vorliegt!" Schließlich einigen wir uns darauf, dass ich mir alles gründlich überlegen soll und für den Fall der Entscheidung für die Operation bekomme ich einen Termin am übernächsten Montag, wo ich mich nochmals in der Chirurgie vorstellen müsste und wo auch gleich die Anästhesie gemacht werden würde. Bei diesem Termin würden wir uns auch über den konkreten Termin der Operation unterhalten. Sollte ich mich gegen die Operation entscheiden, soll ich nur anrufen und den Arzttermin wieder absagen. Es ist alles gesagt und mit den besten Wünschen für ein schönes Wochenende verabschieden wir uns voneinander. Ich sehe auf die Uhr und freue mich. Es ist noch nicht einmal zehn Uhr und so kann ich noch meinen Physiotherapietermin um halb zwölf wahrnehmen, womit ich gar nicht gerechnet habe. Doch ich habe mich zu früh gefreut. Als ich mich im Vorraum des Krankenhauses nach dem Taxifahrer umsehe und auch vor die Tür nach dem Taxi schaue, ist von beiden nichts zu sehen. Ich setze mich, hole mein Handy heraus und rufe die Taxizentrale an. Mir wird von einer Frau gesagt, dass der Fahrer wohl zusätzliche Aufträge bekommen hat und unterwegs ist. Ich verweise darauf, dass ich hier fertig bin und schon eine Weile warte. Sie verspricht mir, ihn zu informieren, sagt aber gleichzeitig, dass es noch ein bisschen dauern kann. Etwas ungehalten gebe ich ihr zu verstehen, dass ich mich vorher extra erkundigt hatte, ob das Taxi während meiner Untersuchung wartet, und das war mir zugesichert worden. Mir ist natürlich klar, dass die Wartezeiten Leerzeiten für das Taxi sind, aber andererseits sichere ich mit meiner Fahrt über zwei Stunden der Arbeitszeit des Tages ab, und das auch noch zu der ungünstigsten Zeit für Taxiunternehmen, nämlich am Vormittag, wenn sonst vielleicht das Taxi auch nur rumstehen würde. Ich habe ja auch nichts dagegen, wenn sich, so wie mein Taxifahrer gesagt hatte, zwischendurch noch eine Tour ergibt, die er erledigen kann, während ich meinen Termin wahrnehme. Ich hätte nur gerne, so wie jetzt, wenn ich fertig bin, dass das Taxi auch bereitsteht oder zumindest jeden Moment kommt. Doch ich sitze hier schon über eine halbe Stunde und warte. Das Lesen ist auch kein wirkliches Vergnügen, da ich alle paar Minuten aufschaue, ob von meinem Taxi etwas zu sehen ist. Aber jedes Mal vergebens! Inzwischen ist es kurz vor halb elf. Da ich es jetzt nicht mehr zu meinem Therapietermin schaffen kann, rufe ich an und sage den Termin ab. Um meinen Augen mal eine Pause zu gönnen, lege ich eine Lesepause ein und beobachte von meinem Platz aus das Geschehen vor dem Eingang. Am laufenden Band kommen Taxis und holen wohl entlassene Patienten ab. Aber die Taxis haben meist Müritzer Kennzeichen. Doch ich kann auch einige andere Fahrzeuge mit Neubrandenburger Kennzeichen entdecken, darunter einen Behindertenfahrdienst. Ich bin drauf und dran, den Fahrer anzusprechen, ob er mich mitnimmt, denn ich habe ja den Transportschein von meiner Hausärztin in der Handtasche. Ich fühle mich auch im Recht, allerdings hat das Taxi eine Fahrt schon geleistet und das wäre dann so etwas wie Zechprellerei, wenn ich mich hier so einfach aus dem Staub machen würde. Andererseits ist das Taxi seinen Verpflichtungen, auf mich zu warten, nicht nachgekommen. Wie gesagt, es hätte ja nicht warten müssen, der Taxifahrer hätte irgendwo ein zweites Frühstück einnehmen oder etwas anderes machen können, ich war ja beschäftigt, aber der Fahrer hätte mit seinem Taxi wenigstens hier sein müssen als ich fertig war oder gleich darauf kommen müssen! Ich bin wirklich verärgert, aber da ich vernünftig bin und rational denke, nehme ich wieder mein Buch in die Hand und lese weiter. Vertieft in mein Buch bekomme ich eine Weile später nicht gleich mit, dass ich schon wiederholt angesprochen worden bin. Erschrocken blicke ich auf. Es ist mein Taxifahrer. Aus mir platzt es vorwurfsvoll heraus: „Na endlich!“ Mit unschuldiger Miene sieht er mich an und entschuldigt sich. Im Taxi begründet er seine Verspätung. Er hatte noch zwei Touren zu fahren. Ich erzähle ihm, dass ich in der Zentrale angerufen habe und mir die Frau gesagt hat, dass er wahrscheinlich noch Aufträge hereinbekommen hat. Es stellt sich heraus, dass die Frau, mit der ich gesprochen habe, die Chefin ist und, dass sie ihm die „wahrscheinlichen“ Fahrten aufgetragen hat. Meiner Bemerkung „Ganz schön scheinheilig!“ stimmt er zu und erklärt mir: „Ich habe ihr gesagt, dass ich wieder zur Klinik muss, aber sie hat angewiesen, dass ich vorher die zwei Touren machen muss. Und sie ist ja schließlich meine Chefin, was soll ich da machen?“ Ich entgegne: „Das ist schon richtig. In erster Linie müssen Sie das tun, was Ihre Chefin sagt. Aber, dass ich sauer bin, können Sie bestimmt auch verstehen oder?“ Er stimmt mir zu und obwohl mir klar ist, dass ich meinen Unmut beim Falschen ablade, schaue ich auf meine Uhr und sage: „Jetzt hätte ich meine Physiotherapie und das Ärgerliche daran ist, dass ich es hätte schaffen können! Wissen Sie, meine Therapie ist mir sehr wichtig und stattdessen sitze ich über eine Stunde rum und warte!“ Schuldbewusst stimmt er mir erneut zu und antwortet: „Ja, aber was sollte ich machen?“ Mir wird bewusst, dass ich ungerecht bin und er am wenigsten dafür kann. Deshalb lenke ich ein, dass er schon richtig gehandelt hat und erkläre ihm, dass ich nur sauer bin, dass ich ausgerechnet dieses Taxiunternehmen ausgesucht habe und wahrscheinlich mit jedem anderen besser gefahren wäre. In entspannter Atmosphäre unterhalten wir uns während der Fahrt über alle möglichen Themen. Auf halber Strecke fängt es ordentlich zu regnen an und wir sind uns einig, wie wichtig der Regen für die Pflanzen ist. Der Witz ist nur, dass in Neubrandenburg alles trocken ist, hierher kein Tropfen gefunden hat. Genau um halb zwölf, also zu meinem nun abgesagten Therapietermin kommen wir an unserem Haus an. Ich bedanke und verabschiede mich. Ich habe jetzt viel Zeit und obwohl mich der Tag geschafft hat und ein Mittagsschlaf mir gewiss gut tun würde, entscheide ich mich dagegen, denn mir ist es wichtiger, nachts einigermaßen gut und lange zu schlafen. Außerdem, so denke ich, können die Leute, die arbeiten gehen, auch nicht Mittagsschlaf machen. Also schalte ich das Radio ein und mache einige der Übungen, die mir mein Physiotherapeut Thomas gezeigt hat. Nun bin ich erst richtig kaputt, aber Ausruhen gibt es nicht, ich muss mich noch auf den morgigen Tag vorbereiten. Morgen kommt die Stusentin und Praktikantin vom Pflegedienst zur Nachhilfe in Buchhaltung zu mir. Ich überlege mir die Herangehensweise und fertige mir Notizen an. Dabei erinnere ich mich an bestimmte Übungen während meines Studiums und lasse diese in meine Aufzeichnungen einfließen. Zufrieden mit meinem Werk lese ich mir noch einmal alles durch und entscheide mich doch für eine geistige Erholung. Die besteht aber nicht im Schlafen, sondern ist dem schönen Wetter geschuldet. Ich setze mich auf die Terrasse und lese mein spannendes Buch „Das Verhängnis“ von Joy Fielding weiter. Zwischendurch schließe ich auch für ein paar Minuten die Augen, nicht, weil ich müde bin, sondern weil ich einfach die Sonne in vollen Zügen genießen möchte. Nach etwa eineinhalb Stunden überlege ich, was ich nun tun kann. Die Frage erübrigt sich, da mein Mann gerade von der Arbeit kommt und mir erst einmal von seinem Tag berichtet. Angesteckt vom schönen Wetter zieht er sich um, macht sich frisch und setzt sich zu mir. Er kann jedoch den Feierabend nicht so richtig genießen, da er morgen, am Sonnabend, ausnahmsweise arbeiten muss. Der einzige Vorteil, er muss nicht wie an den Wochenarbeitstagen um halb vier aufstehen, sondern erst um halb acht. Ich sage aus Spaß: „Da kannst du ja ausschlafen!“ Siggi kann nicht wirklich darüber lachen. Obwohl es ja im Vergleich zu den anderen Tagen vier Stunden mehr Schlaf bedeutet, ist für ihn die Zeit halb acht einfach keine Zeit, zu der man sonnabends aufsteht. Das ist ja auch klar. Eine harte Woche mit wenig Schlaf liegt hinter ihm.

Ich könnte ja nun wirklich in aller Ruhe ausschlafen, aber um fünf treibt es mich am Sonnabend aus den Federn. Ich habe mich schon eine Weile hin- und hergewälzt, konnte aber nicht wieder in den Schlaf finden. Also schleiche ich mich leise aus dem Schlafzimmer und gehe ins Bad. Dann suche ich mir meine Sachen zusammen, die ich benötige, um die Nachhilfe für meine Studentin vorzubereiten. Ich hatte mir schon eine Gliederung und Notizen gemacht. Doch nun will ich meinen Aufzeichnungen den letzten Schliff mit Hilfe eines Fachbuches geben. Es heißt zwar, gelernt ist gelernt, aber wenn man etwas weitervermitteln will, sollte alles schon Hand und Fuß haben, denn alles kann ich auch nicht mehr aus dem Gedächtnis hervorkramen. Trotzdem bin ich erstaunt, wie gut meine Aufzeichnungen schon sind, ich muss nicht wirklich viel ergänzen. Dann gehe ich alles noch einmal in Gedanken durch, wie ich es meiner Studentin erklären würde. Dabei versuche ich mich in die Lage von jemand zu versetzen, der noch nie mit Buchhaltung zu tun hatte und mir fällt ein, welche Fragen ich als Studentin bei den jeweiligen Abschnitten hatte. Deshalb untermauere ich die Theorie mit praktischen Beispielen. Zufrieden mit meiner Arbeit, packe ich gerade meine Sachen zusammen, als ich höre, dass mein Mann im Gange ist. Dabei ist es erst halb sieben. Er hätte noch eine Stunde schlafen können! Doch wahrscheinlich steckt das frühe Aufstehen schon so in ihm, dass er keine Ruhe mehr hat und automatisch wach wird. Ich stelle schnell die Kaffeemaschine an und decke für ihn den Frühstückstisch, als er auch schon in die Küche kommt. Ich frage ihn, was los ist, er könnte doch noch schlafen, aber er winkt nur ab. Bestimmt ist es auch die Aufregung, denn heute am Sonnabend läuft es auf der Arbeit anders ab als sonst. Ich setze mich zu ihm und trinke eine Tasse Kaffee mit. Da er gestern Abend genau wie sonst in der Woche gegen zwanzig Uhr ins Bett verschwunden war, sage ich zu ihm: „Siehst du, du hättest gestern ruhig noch ein bisschen aufbleiben können, dann hättest du heute früh wenigstens bis halb acht geschlafen!“ Mein Mann winkt ab und antwortet: „Wer weiß! Wahrscheinlich steckt die Zeit schon so in einem drin, dass man gar nicht mehr länger schlafen kann. Ich war schon eine ganze Weile wach!“ Ich entgegne: „Warte mal ab. Morgen kannst du bestimmt wieder länger schlafen! Im Unterbewusstsein schwirrte bestimmt bei dir der Gedanke herum, dass du heute arbeiten musst!“ Er nickt und antwortet: „Kann schon sein. Wir werden sehen!“ Während Siggi seine Sachen zusammenpackt, packe ich ihm eine kleine Tafel Schokolade in die Brotbüchse, wegen der Glückshormone, vielleicht funktioniert es! Dann macht er sich auch schon auf den Weg zur Arbeit und ich hole mir die Zeitung aus dem Briefkasten, um sie noch zu lesen, bevor meine Studentin kommt. Pünktlich um neun ist sie da und wir setzen uns über Eck an den Esstisch. Ich erkläre ihr, wie ich vorgehen will, welches Ziel ich mir für heute gesteckt habe und fordere sie auf, wenn sie etwas nicht versteht oder Fragen hat, diese gleich zu stellen. Sie ist damit einverstanden und wir beginnen den Nachhilfeunterricht. Dabei merke ich wieder einmal, dass es mir richtig Spaß macht, Dinge zu erklären. An mir ist wohl ein Pädagoge verloren gegangen, denke ich. Da meine Schülerin geduldig zuhört und bemerkt, dass der Stoff ganz schön umfangreich ist, sage ich zu ihr: „Sie können sich das Wichtigste ja auch aufschreiben oder haben Sie nichts mit?“ Sie nickt, holt ihren Schreibblock und einen Stift aus der Tasche und beginnt, sich etwas aufzuschreiben. Dabei stelle ich fest, dass sie Linkshänderin ist und staune, mit welcher Perfektion sie mit links schreibt. Es sieht putzig und irgendwie falsch aus, aber sicher ist es auch nur eine Frage der Gewöhnung. Sie erzählt, dass früher in der Schule einige Lehrer sie mit Macht dazu bringen wollten, mit rechts zu schreiben. Aber es gab schon die Erkenntnis, dass man Linkshänder nicht mit Gewalt zu Rechtshändern machen soll und so kümmerte sich ab da niemand mehr darum, mit welcher Hand sie schrieb. Nach eineinhalb Stunden ist uns beiden anzumerken, dass der Unterricht ganz schön schlaucht und so schlage ich vor, einen Kaffee zu machen, was sofort auf ihre Zustimmung trifft. Neben dem Kaffee stelle ich noch ein paar Kekse auf den Tisch und wir legen eine wohlverdiente Pause ein. Inzwischen ist auch meine Mutter gekommen und schwärmt von dem schönen Wetter heute. Automatisch gehen bei diesen Worten unsere Blicke in Richtung Terrasse und wirklich, die gesamte Terrasse erstrahlt in schönstem Sonnenschein. Ich schlage das Naheliegende vor: „Wollen wir auf der Terrasse weitermachen?“ Natürlich wird mein Vorschlag angenommen und wir ziehen auf die Terrasse um. So in der Sonne sitzend, atmen wir beide tief durch und fahren mit der Nachhilfe fort. Wir sind so in unserem Element, dass wir fast die Zeit vergessen. Eigentlich wundere ich mich nur, dass meine Mutter schon Kartoffeln schält. Ich sehe auf die Uhr und tatsächlich, es ist schon halb zwölf. Zweieinhalb Stunden sind wir schon fleißig. Wir beschließen, das angefangene Kapitel zu beenden und dann Schluss zu machen. Beim Verabschieden verabreden wir als nächsten Termin Mittwochnachmittag, wenn sie Feierabend hat. Da es wohl recht unterschiedlich mit dem Feierabend ist, verbleiben wir so, dass sie dann anruft und genauer Bescheid sagt, wann sie bei mir ist. Sie ist kaum weg, da kommt auch mein Mann von der Arbeit. Wir freuen uns, denn so ist er noch pünktlich zum Mittag da, womit keiner gerechnet hat. Den Nachmittag verbringen wir hauptsächlich im Garten. Ich versuche mich darin, Unkraut zu zupfen. Es macht mir Spaß, doch jedes Mal, wenn ich mich wieder aufrichte, ist mir leicht schwindelig. Durch meine Therapien weiß ich, wo der Fehler liegt. Ich bücke mich, ohne richtig die Knie zu beugen. Da ist im Hinterkopf die Angst, dass ich dann nicht wieder so leicht hochkomme. Ich muss meine Beinmuskeln trainieren, weiß ich von meinem Physiotherapeuten Thomas. Das mache ich ja schon bei jeder Gelegenheit. Immer, wenn ich an unserer Treppe im Haus vorbeikomme, stelle ich mich ans Geländer, halte mich mit der rechten Hand fest und mache Kniebeugen. Aber so schnell geht das nicht mit der Stärkung der Muskeln! Ich weiß, nur die Ausdauer und immer wieder die Übungen wiederholen, bringen mich ans Ziel.

So werde ich beim Unkrautzupfen immer mutiger und gehe richtig in die Hocke. Anschließend bin ich stolz, meinen kleinen Eimer weitgehend mit Unkraut gefüllt zu haben.

Am Sonntag ist Wäsche waschen angesagt. Da schönes Wetter ist, soll die Wäsche auch nach draußen auf die Trockenständer. Um meinen Mann zu entlasten und zu sehen, wie gut ich es hinkriege, übernehme ich das Aufhängen. Es ist sehr schwierig mit einer Hand, aber das weiß ich ja und mit Geduld und kleinen Tricks bekomme ich es hin. Obwohl meine Mutter drauf und dran ist, mir die Wäschestücke aus der Hand zu nehmen. Ich muss ihr immer wieder erklären, dass es lieb und nett von ihr gemeint ist, ich aber allein versuchen muss, immer mehr Hausarbeiten zu übernehmen. Nur so kann es mit mir besser werden. Den restlichen Sonntag faulenzen wir. Das schöne Wetter ausnutzend lese ich viel auf der Terrasse und lasse mich in der Sonne bräunen. Mein Mann werkelt an unserem Auto herum. Meine Mutter lässt sich nur ab und zu mal auf der Terrasse sehen. Sie fühlt sich im Haus wohler. Zum Kaffee überzeugen wir sie, das schöne Wetter auch zu genießen und sie setzt sich doch zu uns auf die Terrasse. Danach spiele ich noch mit ihr Halma, und dann ist das Wochenende auch schon gelaufen. Siggi bringt meine Mutter nach Hause und legt sich danach seine Sachen für die Arbeit zurecht. Nach dem Abendbrot geht mein Mann dann auch schon ins Bett, schließlich ist für ihn um halb vier die Nacht wieder zu Ende. Da ich ja nun nicht mehr insofern abhängig von ihm bin, dass er mir beim Zu-Bett-Gehen helfen muss, und ich auch noch gar nicht müde bin, bleibe ich auf und sehe fern.

Als mir montagfrüh beim Blick auf die Zeitung das Datum bewusst wird, es ist der sechzehnte April, steigen mir die Tränen in die Augen. Heute vor zweiundzwanzig Jahren starb mein über alles geliebter Vater. Er war nur sechzig Jahre alt geworden! Hätte ihn der Krebs nicht dahingerafft, wäre er heute fast dreiundachtzig Jahre alt und bestimmt stolzer Opa und Uropa, und wahrscheinlich auch stolzer Vater einer Tochter, die ein Buch geschrieben und ihr Schicksal bisher so gut gemeistert hat. So in Gedanken träume ich von der schönen Zeit, die wir mit unserem Vater hatten.

In der Physiotherapie spricht mich Thomas auf das Ende meines Buches an. Darin heißt es: „Mein großer Wunsch ist es, wieder einmal Auto fahren und vielleicht stundenweise arbeiten zu können. Ob das Realität wird, wird die Zukunft zeigen.“ Im Nachwort habe ich es noch deutlicher formuliert: „Ich habe noch ein großes Ziel, nämlich wieder Auto fahren zu können. Das werde ich auch schaffen, irgendwann." Thomas fragt mich, was mit meinem Wunsch, selbst wieder Auto zu fahren, ist. Dass mein „Antrag auf Teilhabe am Arbeitsleben" läuft, weiß er. Daher sehe ich ihn fragend an und will wissen, was er konkret meint. Er sagt: „Na, wie sieht es aus mit Autofahren?" Ich schüttele den Kopf und antworte: „Noch geht es nicht. Mit dem linken Bein würde ich es mir zutrauen, aber der Arm macht noch nicht mit. Ich kann ihn noch nicht allein hochhalten, aber an meinem Wunsch halte ich fest. Es wird immer besser mit meinem Arm! Es sind zwar nur kleine Fortschritte, doch Kleinvieh macht bekanntlich auch Mist." Thomas lobt meine optimistische Einstellung und sagt: „Genau so müssen Sie denken." Er sagt weiter, dass ein Automatikauto wahrscheinlich das Beste für mich wäre. Ich mag keine Automatikautos und auch die damit verbundenen Bequemlichkeiten nicht, weil ich finde, dass gerade auf längeren Strecken bei den traditionellen Autos durch die Tätigkeit des Schaltens die Zeit schneller vergeht. Außerdem muss ich immer daran denken, als wir uns auf meiner ehemaligen Arbeit einen Kleinwagen mit Automatikschaltung kauften. Mein damaliger Geschäftsführer hatte mich als Finanzer vor dem Kauf nach meiner Meinung gefragt. Da das Auto zum Fahren für mehrere Personen vorgesehen war, hatte ich gesagt, dass ich lieber ein Auto mit normaler Schaltung anschaffen würde, da die meisten privat auch kein Automatikauto fahren und sich dann ganz schön umstellen müssten. Auf mich wurde nicht gehört, das Auto gekauft und bei seiner Jungfernfahrt gab es gleich einen Unfall. Den hatte ausgerechnet unser Geschäftsführer! Weil sein PKW in der Werkstatt war, er auf Dienstreise nach Rostock musste, hatte er sich besagtes Auto genommen und auf der Rückfahrt kurz vor dem Ziel wollte er Gas gebenweil er noch bei grün über eine Ampel wollte. Durch die Macht der Gewohnheit passierte es dann. Weil an dieser Stelle beim Automatikauto die Bremse ist, bremste er stattdessen und ihm fuhr ein anderer PKW hinten auf. Der typische Automatikauto-Unfall! Ich kann nicht verhehlen, dass schon ein bisschen Schadenfreude bei mir da war. Und Genugtuung, als der Geschäftsführer mir am nächsten Tag sagte: „ Hätte ich nur auf Sie gehört, Frau Berg!“

Mein Physiotherapeut Thomas überzeugt mich, dass die einzige Möglichkeit für mich wäre, wenn ich nicht unser Auto aufwendig umbauen lassen will, Fahrstunden zu nehmen. Er sagt: „Nehmen Sie doch zwei oder drei Fahrstunden bei einer Fahrschule mit so einem Fahrzeug, nur um erst einmal zu sehen, ob und wie es überhaupt geht, und dann haben Sie vielleicht die richtigen Ansprechpartner für weitere Tipps.“ Ich stimme ihm zu. Eigentlich hat er Recht und nach einer Nacht Schlaf darüber bin ich fest entschlossen, es so zu machen. Mein Mann glaubt auch, dass das eine gute Idee ist. Als ich das nächste Mal mit meinem Sohn skype, erzähle ich ihm von meinem Vorhaben und frage ihn nach seiner Meinung. Er sagt: „Mutti, das mit den Fahrstunden ist ja nicht schlecht, doch das Geld dafür kannst du dir sparen. Ich kann auch mit dir fahren.“ Meine Gedanken waren auch schon so weit, dass ich diese Möglichkeit ins Auge gefasst hatte, denn Thomas hat auch ein Auto mit Automatikschaltung. Umso mehr freue ich mich über sein Angebot und verwerfe das Vorhaben, Fahrstunden zu nehmen, wieder.

In der Ergotherapie sagt mein Therapeut Jan nebenbei zu mir, wie schade es ist, dass man den ganzen Tag irgendwo drin verbringt und so das schöne Wetter gar nicht genießen kann. Ich sehe das auch so und schlage ihm vor, dass wir die Therapien ja künftig bei schönem Wetter auf unserer Terrasse durchführen können, zumal ich bei der Therapie sowieso meist am Tisch sitze, weil in der Hauptsache mein Arm und die Finger durchbewegt werden Den Vorschlag nimmt er dankbar an. Am Dienstag setzen wir unser Vorhaben das erste Mal in die Tat um. Alle Übungen können wir auch auf der Terrasse durchführen, und was liegt da näher, als gleichzeitig den Sonnenschein zu genießen. Die Vögel zwitschern wie verrückt, so als wären sie gerade aus dem Winterschlaf erwacht. Es ist eine so schöne Atmosphäre, dass wir beschließen, die Therapien künftig bei schönem Wetter nun immer draußen durchzuführen.

Nachmittags bekomme ich einen Anruf von der ehemaligen Chefin des Steuerbüros, in dem das Schicksal bei mir zuschlug. Sie ist seit dem letzten Jahresende im Ruhestand und hatte mir im alten Jahr versprochen, dass wir mal einen Kaffee zusammen trinken, wenn sie erst in Rente ist und mehr Zeit hat. Ich hatte, ehrlich gesagt, nicht viel darauf gegeben und es nur für eine Höflichkeitsfloskel gehalten. Aber nun erfüllt sie ihr Versprechen und fragt mich tatsächlich, ob ich am Donnerstag, den 26. April, Zeit habe und mit ihr einen Kaffee trinken würde. Und ob ich die habe! Ich bin dankbar für jede Abwechselung und so verabreden wir uns für übernächsten Donnerstagnachmittag.

Am Mittwochnachmittag ruft mich meine Nachhilfeschülerin Magdalena wie verabredet an und gibt mir Bescheid, dass sie gegen halb drei bei mir sein wird. Wir setzen uns gleich nach draußen und heute sind Buchungssätze dran. Ich erkläre ihr ausführlich, worauf sie achten muss und nachdem wir jede Menge Geschäftsfälle in Buchungssätze umgewandelt haben und die Konzentration langsam nachzulassen beginnt, koche ich uns einen starken Kaffee. Dabei erzählt sie mir, dass sie heute zum ersten Mal so richtig begriffen hat, wie das mit den Buchungssätzen funktioniert und warum man das so macht, warum man immer Soll an Haben bucht. Ich freue mich über die Aussage, denn irgendetwas habe ich dann wohl richtig gemacht. Nach der kurzen Pause machen wir eifrig weiter und merken gar nicht, wie die Zeit vergeht. Als mein Mann uns dann begrüßt, sehen wir erstaunt auf die Uhr und stellen fest, dass es schon halb sieben ist. Ich beende mein letztes Thema und wir machen als neuen Termin den Mittwoch nach dem ersten Mai aus. Als sie weg ist, merke ich auch, wie ausgelaugt ich bin. Das hat heute wirklich geschlaucht, aber gleichzeitig auch irgendwie gut getan, mal hintereinanderweg den Kopf zu benutzen. Ich merke immer wieder, dass mir die geistige Herausforderung fehlt, gerade deshalb habe ich ja auch den „Antrag auf Teilhabe am Arbeitsleben" bei der Rentenversicherung gestellt. Doch aus mir unerklärlichen Gründen dauert die Bearbeitung des Antrages Ewigkeiten. Abends schreibe ich unserem Sohn eine lange Mail, weil unser Skype nicht funktioniert. Darin berichte ich unter anderem über meine Nachhilfetätigkeit und dass die mir Spaß macht. Heute bleibe ich nicht viel länger als mein Mann auf.

Als ich am Donnerstag aufstehe und darüber nachdenke, welches Datum wir haben, fällt mir sofort ein, dass heute am 19. April meine Oma mütterlicherseits Geburtstag gehabt hätte. Sie wäre heute 105 Jahre alt geworden, doch leider ist sie schon 1990 an den Folgen eines Schlaganfalls gestorben. 105 Jahre sind natürlich utopisch, aber sie war so robust und zäh, dass ich mir durchaus hätte vorstellen können, dass sie sehr alt geworden wäre. Aber das Schicksal hat es nicht gewollt und als sie im März 1990 auf dem Friedhof war und das Grab meines Opas pflegte, war sie plötzlich hingefallen. Zwei junge Männer haben sie hilflos am Boden liegend gefunden und nach Hause gebracht, von wo aus die Nachbarn die Nachbarn meiner Tante, die die Schwester meiner Mutter ist, angerufen und darüber informiert hatten. Meine Tante, mein Onkel und meine Eltern machten sich dann sofort auf den Weg nach Burg-Stargard und alarmierten gleich den Notarzt, nachdem sie meine Oma gesehen hatten. Der wies nach einer kurzen Untersuchung meine Oma sofort ins

Krankenhaus ein und teilte mit, dass er vermutet, der Oberschenkelhals ihres linken Beines wäre gebrochen. So war es dann auch. Bei einem meiner Besuche im Krankenhaus schwärmte meine Oma über das gute und reichhaltige Essen und darüber, dass bei jedem kleinen Fleck sofort die Bettwäsche gewechselt wird. Ja, meine Oma hatte immer in einfachen Verhältnissen gelebt und viel gearbeitet. Daher schätzte sie besonders die Leistungen des Krankenhauses. Leider starb sie schon nach ein paar Tagen. Die Ärzte konnten es nicht genau sagen, aber wahrscheinlich hatte ein zweiter Schlaganfall zugeschlagen. Besonders schlimm war es dann, als wir uns alle für die Beerdigung fertig machten. Mein Vater war zu diesem Zeitpunkt schon sehr schwer krank, hatte schon Chemotherapie und Bestrahlungen hinter sich, war aber zu Hause, weil es ihm etwas besser ging. Kurz bevor wir losgehen wollten und alle im Wohnungsflur zusammenstanden, sagte er: „Die nächste Beerdigung ist dann wohl meine." Es traf uns wie ein Schlag. Andererseits wussten wir, dass er Krebs im Endstadium hatte und die Ärzte hatten uns auch keine Hoffnung mehr gemacht. Trotzdem war es herzzerreißend, diese Tatsache ausgerechnet von ihm so deutlich formuliert zu hören.

Am Freitag habe ich einen Brief von der Rentenversicherung Bund im Briefkasten. Ich bin gespannt, was drinsteht, denn die Bearbeitung meines „Antrages auf Teilhabe am Arbeitsleben" dauert nun schon über vier Monate. Mir wird eine Ärztin mitgeteilt, die zeitgleich mit diesem Schreiben von der Rentenversicherung beauftragt wird, ein Gutachten über meinen Gesundheitszustand anzufertigen. Mir wird weiter mitgeteilt, dass sie sich mit mir in Verbindung setzen wird, um einen Termin zu vereinbaren. Ich bin froh, dass nun anscheinend die Bearbeitung meines Antrages weitergeht. In der Physiotherapie übt Thomas mit mir besonders meine

Haltung beim Gehen und ich muss immer wieder die zwei Treppenstufen, die bei uns Wohn- und Essbereich trennen, hoch- und hinuntergehen. Es klappt noch nicht hundertprozentig gut, denn im linken Fußgelenk kommt es mir vor, als hätte ich dort eine Sperre. Außerdem fängt mein Bein zu zittern an sobald ich den Fuß abrollen will und auf den Ballen komme. Obwohl das äußerst unangenehm ist, muss ich die Zähne zusammenbeißen und das wiederholt üben, sagt Thomas. Nur so können die Bewegungsabläufe verinnerlicht werden. Ich will mir Mühe geben und fleißig üben, denn ich merke selbst, dass ich durch falsches Gehen und Angst vor Schmerzen die Hüfte verdrehe und mein Gangbild dann immer schlechter wird. Also nehme ich mir vor, bei jedem Gang über die zwei Stufen ganz besonders konzentriert zu sein und die Ratschläge von Thomas zu beherzigen: Brust raus, in die Knie gehen und den kleinen Schmerz im Fuß ignorieren. Mich führt sehr oft der Weg über die zwei Stufen, denn dort muss ich langgehen, wenn ich zur Küche, zu den anderen Zimmern, zur Toilette oder zur Haustür will.

Am Wochenende passiert nichts Besonderes. Ich bin eigentlich immer froh, wenn die Wochenende vorbei sind, ausgenommen wir haben etwas vor. In der Woche habe ich durch die Therapien und eventuelle Termine mehr Abwechselung als am Sonnabend und Sonntag. Das liegt zum Teil daran, dass mein Mann sowieso nicht sehr unternehmungslustig ist, andererseits aber auch froh ist, einfach mal abzuhängen und auszuruhen. Das verstehe ich natürlich auch, wenn eine Woche hinter ihm liegt, in der er täglich um halb vier aufstehen muss und den ganzen Tag mit dem LKW umherfährt, Ware abliefert und Termine einhalten muss, die er nur teilweise beeinflussen kann. Doch zum Glück ist schönes Wetter und ich kann wieder ein bisschen im Garten rumwerkeln, die Sonne genießen und lesen.

Neben meinen Therapieterminen passiert die folgende Woche über nicht viel. Am Donnerstag holt mich die Exchefin vom Steuerbüro wie verabredet um drei von zu Hause ab. Ich freue mich riesig, umarme sie strahlend zur Begrüßung, und wir brauchen nicht lange, da ist es zwischen uns wieder so freundschaftlich wie früher und nicht so, als hätten wir uns fast ein Jahr nicht mehr gesehen. Auf ihren Vorschlag hin fahren wir in den Kulturpark zur Gaststätte „Badehaus“ Obwohl es heute sehr windig und ein bisschen kühler als an den vergangenen Tagen ist, entscheiden wir uns, uns auf die Terrasse der Gaststätte zu setzen. Wir sind beide nicht aus Zucker und sind entsprechend angezogen. Der Wind ist zwar recht ungemütlich, aber es scheint auch die Sonne. Sie erzählt mir, dass es hier ganz tolle Windbeutel geben soll. Als wir die Speisekarten bekommen und wir neugierig nachschauen, bestätigt sich erst einmal die Sache mit den Windbeuteln. Acht Verschiedene gibt es, einer hört sich leckerer an als der andere. Vor allem, es ist für jeden Geschmack etwas dabei. Bei allen gibt es Schlagsahne, Früchte und passendes Eis dazu. Sie entscheidet sich für einen Windbeutel mit Heidelbeeren, ich wähle einen mit Mangostückchen. Die Windbeutel sind ein Gedicht und machen ihrem Ruf, ganz toll zu schmecken, alle Ehre. Wir lassen es uns schmecken und erzählen nebenbei über die Zeit, als wir dienstlich miteinander zu tun hatten. Ich erzähle ihr, dass ich so gut wie keinen Kontakt mehr zu ehemaligen Kollegen habe. Sie staunt und fragt, woran das liegt. Ich zucke mit den Schultern, sage, dass ich zu den Geburtstagen von ehemaligen Kollegen immer angerufen und gratuliert habe, um den Kontakt aufrecht zu halten, aber kein Feedback gekommen ist. Zu meinem Geburtstag habe ich zwar eine Karte von der Firma bekommen, die aber so unpersönlich war, dass sie mir nichts bedeutet. Ich sage, um das Thema abzuschließen, zu ihr: „Ja, in der Not zeigt sich, was wahre Freunde sind, und das hatte ich bei meinen engsten Kolleginnen wirklich gedacht, dass wir befreundet sind. Doch wahrscheinlich war es zu der Zeit, als ich noch gearbeitet habe, nur ein Getue mir gegenüber mit dem Hintergedanken, sich bei mir einzuschmeicheln, da ich ihre Chefin war.“ Mich nachdenklich anschauend sagt sie: „Ja, das könnte schon sein!“ Ich entgegne: „Ich bin fest überzeugt davon. Nun haben sie nichts mehr von mir, warum sollten sie sich da melden?“ Wir lassen das Thema und erzählen über private Dinge weiter, zum Beispiel über unsere Familien, insbesondere die Enkelkinder.

Die Zeit vergeht viel zu schnell und es geht schon dem Abend zu und so beschließen wir, wieder aufzubrechen. Vorher schlägt sie vor, dass wir so einen Nachmittag gerne wiederholen können, wenn ich möchte. Natürlich möchte ich sehr gern und wir vereinbaren für das nächste Mal den 30. Mai. Sie gibt mir ihre Telefonnummer für den Fall, dass bei mir etwas dazwischen kommt oder sie es verschwitzt, sich zu melden. Dann zahlt sie trotz meines Protestes, dass wir jeder für sich zahlen können, mit den Worten: „Sie sind heute **mein** Gast!“ Ich bedanke mich herzlich und wir machen uns auf den Weg zu ihrem Auto. Im Auto sitzend erzählt sie mir von einigen neu entstandenen oder umgebauten Häusern im Stadtzentrum und fragt, ob ich diese schon gesehen habe. Ich verneine und verweise darauf, dass ich nicht so oft rauskomme und wenn, dann fahren wir in der Regel die Fernverkehrsstraßen entlang. Kurzentschlossen schlägt sie vor, dass wir dann jetzt noch eine kleine Rundreise durch Neubrandenburg machen und sie mich anschließend nach Hause bringt. Zuerst zeigt sie mir das neue Eiscafe im Kulturpark und ich bin froh, dass ich endlich weiß, wo genau es ist. Dann hat die Rundschau-Tour ein Ende und sie bringt mich nach Hause, wo wir uns herzlich voneinander verabschieden und ich mich noch einmal für den wunderschönen Nachmittag bedanke.

Mein Mann ist schon zu Hause. Was heißt schon, es ist schließlich auch schon nach 18.00 Uhr. Er kommt mir neugierig entgegen und wir begrüßen uns mit einem Kuss. Lachend sage ich: „Heute ist es mal anders, da komme nicht ich dich begrüßen, sondern du mich!“ Er lacht auch und erwidert: „Na, das ist doch auch mal schön! Wie war es?“ Ich erzähle ihm begeistert, wie schön der Nachmittag war und er freut sich mit mir.

Meine Aufwachzeit pendelt sich so langsam aber sicher auf die Zeit zwischen fünf und sechs Uhr ein. Ich bin sehr froh darüber, denn diese Zeit hört sich ja schon viel besser an als halb vier oder vier. So auch am Freitag. Ich stehe so gegen halb sechs auf und mache mich gutgelaunt fertig. Dann schreibe ich wie jeden Morgen bei einer Tasse Milch nieder, was ich so die letzten Tage erlebt habe beziehungsweise wie es mir erging. Es folgt ein ausführliches Zeitungsstudium und danach kommt auch bald schon eine Pflegedienstschwester, um mich zum Friseur zu bringen. Mein Haaransatz muss wieder gefärbt werden. Da ich von Natur aus dunkelhaarig bin, meine Haare aber grau nachwachsen und das auch noch sehr schnell, ist dieser Termin für mich besonders wichtig. Der graue Haaransatz schimmert nämlich schon durch und ich bin eitel genug, diesen Zustand alle vier Wochen beseitigen zu lassen. Schlimm genug, dass es anderen Leuten egal ist und sie nichts dagegen unternehmen! Ich kann noch früh genug zu meinen grauen Haaren stehen! Je nachdem, welches grau man hat, finde ich Menschen mit graumelierten Haaren sogar sehr schick und auch sehr interessant, besonders Männern steht das graue Haar sehr gut. Ich weiß, wovon ich rede, habe ich doch vier Brüder, die bereits ergraut sind und alle sehr gut aussehen. Wenn wir uns immer mal wieder bei einer Familienfeier sehen, kommt das auch zur Sprache. Einer von ihnen sagt dann. „Wir sind alle schon ganz schön grau, nur Anke nicht!“ Natürlich wollen sie dann darauf anspielen, dass ich meine Haare färbe, aber das stört mich nicht und ist immer sehr lustig. Der Friseurbesuch ist auch eine willkommene Abwechselung für mich. Da erfährt man wieder mal etwas anderes und sieht auch andere Gesichter. Es ist schon fast Routine geworden, dass ich einige Friseurbesuche damit verbinde, dass ich mich vorher an der direkt danebenliegenden Sparkasse absetzen lasse und Kontoauszüge sowie Geld hole. Dabei habe ich ein ganz tolles Gefühl. Es ist so etwas wie Freiheit, nein Unabhängigkeit, wenn ich ganz ohne Begleitung die Räumlichkeiten der Sparkasse betrete, meine Dinge erledige und dann die paar Meter zum Friseur laufe. Als mich meine Pflegeschwester nach zwei Stunden wieder vom Friseur abholt erhalte ich ein Kompliment, wie gut ich aussehe und ich teile ihr mit, dass ich gern auf dem Rückweg noch im Supermarkt einkaufen will und danach noch unbedingt in ein Einkaufscenter zum Spielzeuglgeschäft muss, weil mein Enkelsohn morgen seinen zweiten Geburtstag hat und ich noch ein Geschenk brauche. Das ist alles kein Problem, denn mit der Pflegedienstleitung ist abgesprochen, dass ich solche Dinge gleich mit erledigen kann. Ich kaufe also ein, alles, was ich denke, dass wir es brauchen. Das Schöne ist: Ganz allein ich entscheide, was ich kaufe. So wie früher, als es von den Arbeitszeiten meines Mannes her so gut wie nicht möglich war, dass wir zusammen einkaufen waren. Mein Mann hat lediglich die schweren Sachen, also die Getränke eingekauft. Insgeheim habe ich immer die vielen Pärchen, die zusammen einkaufen waren, belächelt und darüber nachgedacht, warum die alle zu zweit einkaufen. Ehrlich gesagt, zu einem schlüssigen Ergebnis bin ich nicht gekommen, dachte einfach, dass die Frauen zu unselbstständig und daher auf ihre Männer angewiesen sind. Das muss doch furchtbar sein, nicht sein eigener Herr sein zu dürfen! Nun geht es mir auch so und ich bin von meinem Mann abhängig, dass er mich zum Einkaufen mitnimmt.

Aber das hat andere Ursachen und er macht es ja auch ab und zu. Doch öfter gibt es dann Diskussionen, ob das eine oder andere Teil notwendig ist. Deshalb ist es schön, wenn ich zwischendurch auch mal die Gelegenheit habe, ohne ihn einzukaufen. Mein Korb füllt sich schnell und als nächstes geht es zum Spielzeugladen. Ich habe genaue Vorstellungen, möchte gern einen Bauernhof für Benno. Mir wird einer von Playmobil gezeigt, den ich auch kurzentschlossen kaufe, da er mit Lernfunktion ist und die Tiere bellen, miauen, iahen und grunzen können. Das ist genau das Richtige für Benno. Da hat er viele Tiere und lernt dabei, wie sie heißen und welche Laute sie von sich geben. Die Pflegeschwester staunt nur, wie schnell alles geht. Beim Bezahlen frage ich nach, ob das Spiel auch als Geschenk eingepackt werden kann. Die Verkäuferin zeigt auf einen Tisch unweit der Kasse, wo Geschenkpapier und Geschenkband sowie Schere und Klebestreifen bereitliegen und antwortet mir: „Das müssten Sie bitte schon selbst machen.“ Ich bedanke mich und die Schwester ist so nett, das Geschenk hübsch einzupacken. Nun habe ich alles zusammen und bin voller Vorfreude auf den morgigen Tag. Zu Hause klemme ich unter das Geschenkband noch kleine Gummibärtütchen und kleine Tüten Smarties. Jetzt ist alles so hübsch eingepackt und ich bin mir sicher, dass Benno sich freuen wird. Ich lege alles bereit, sodass mein Mann abends keine Arbeit mehr mit dem Zusammensuchen der Sachen haben soll. Als er dann kommt, staunt er nicht schlecht, was Benno alles zum Geburtstag bekommt. Das Buch mit den Kinderliedern kennt er, wir haben es zusammen eingekauft. Ich erkläre ihm, was in dem großen Paket ist. Seine Reaktion ist: „So viel hätte ich mal zum Geburtstag kriegen sollen!“ „Oder ich.“ Ich erinnere ihn, dass wir sechs Kinder sind und es da bei uns noch schwerer war als bei ihm. Außerdem antworte ich: „Erstens waren das andere Zeiten, zweitens haben unsere Kinder auch ihre Geschenke bekommen und drittens ist

Benno unser erstes und bislang einziges Enkelkind und da ist es selbstverständlich, dass es auch ein ordentliches Geschenk gibt!“ Mein Mann winkt ab: „Ja, ja, ist gut, ich sage doch gar nichts.“ Am Sonnabend bin ich wie immer zeitig im Gange, packe alles zusammen, bereite den Frühstückstisch vor und lese ausführlich Zeitung. Ich erfahre, dass der Tag heute vor siebzig Jahren auch auf einen Sonnabend fiel und es in Neubrandenburg ein Gefecht zwischen Deutschen und Russen gab, dem etwa gleichviel Menschen auf beiden Seiten zum Opfer fielen. Welch ein Glück haben wir, dass wir in friedlichen Zeiten leben! Weiter lese ich, dass es heute ein sehr warmer Tag werden soll. Das passt ja prima, denke ich. Als ich überlege, was ich jetzt tun kann, höre ich, dass mein Mann im Gange ist. Um sicher zu gehen, dass er nicht nur schnell zur Toilette musste, rufe ich hoch und frage: „Stehst du schon auf?“ „Ja, ja, ich gehe nur unter die Dusche und bin gleich da.“ Ich staune nicht schlecht. Durch die Arbeit mit dem extrem frühen Aufstehen und damit verbunden auch dem zeitigen Zubettgehen ist er zu einem richtigen Frühaufsteher geworden. Früher hatte er es öfter geschafft, bis Mittag zu schlafen. Ich schalte also die bereits vorbereitete Kaffeemaschine an und lese noch ein bisschen, als er auch schon frisch geduscht an den Frühstückstisch kommt. Es ist gerade mal halb neun, und ich frage ihn: „Haben wir jemals an einem Sonnabend so früh zusammen gefrühstückt?“ Zur Antwort bekomme ich: „Ich kann mich auch nicht erinnern.“ Wir beschließen, gegen halb zehn loszufahren. Dann sind wir gegen halb zwölf in Potsdam, können gleich zum Einkaufscenter fahren, wo wir alle eine Kleinigkeit essen wollen und Benno, wie ihm versprochen worden ist, mit der Tschu-Tschu-Bahn fahren darf. Steffen ist nämlich in Zeitdruck, möchte noch mit dabei sein, wenn sein Sohn mit der Bahn fährt, noch etwas essen und dann muss er auch schon los zur Arbeit.

Es fährt sich sehr gut, die Straßen sind frei und das Wetter ist hell und trocken. Auf halbem Weg zwischen Berlin und Potsdam rufen wir schon einmal an, dass wir gleich da sind. Wir sollen erst zu ihnen nach Hause kommen und wollen von dort zusammen zum Einkaufscenter fahren. Pünktlich zur geplanten Zeit sind wir vor der Haustür. Wir sehen zum Fenster hoch, hinter dem Steffi mit Benno auf dem Arm steht und Benno, als er uns entdeckt hat, wie wild mit den Händen gegen die Scheiben klopft. Während Siggi hoch zur Wohnung geht, bleibe ich im Auto sitzen. Warum soll ich bis in die vierte Etage gehen, wenn wir sowieso gleich wieder los wollen, ich muss mir meine Kräfte einteilen, werde bestimmt noch eine Menge laufen müssen. Denn bei solchen Ausflügen bleibt mein Rollstuhl schon lange zu Hause. Es dauert auch nicht lange und alle sind unten am Auto. Wir begrüßen uns und die größte Aufmerksamkeit bekommt unser Geburtstagskind von uns. Benno ist sehr aufgekratzt. Er spürt wohl, dass heute irgendwie ein besonderer Tag ist und er dabei im Mittelpunkt steht. Natürlich kann er noch nicht begreifen, dass es sein zweiter Geburtstag ist. Doch er weiß, dass es jetzt zum Einkaufscenter geht und er mit der Tschu-Tschu-Bahn fahren kann. Denn als ich mich zu ihm auf die Rückbank setze, sagt er: „Tschu-Tschu". Ich nicke ihm bestätigend zu: „Ja, heute darfst du damit fahren" und meine Tochter ergänzt: „Heute hast du Geburtstag und du darfst alles, was du dir wünschst!" Wer glaubt, so ein kleiner Kerl von zwei Jahren versteht diese Worte nicht, irrt sich. Wie zum Test, ob das, was seine Mama gerade gesagt hat, stimmt, zeigt er auf meine Handtasche und sieht mich fragend an: „Gummi?" Natürlich habe ich Gummibärchen mit. Die gehören zum Inventar meiner Handtasche, wenn Benno in der Nähe ist. Doch ich muss erst Steffi fragen. Mir ist schon klar, dass es so kurz vor dem Mittag nicht gut ist, aber Benno freut sich immer so sehr. Steffi hat schon mitbekommen, worum es bei uns auf der Rückbank geht und ich sehe ihr Gesicht im Rückspiegel lächeln und höre sie sagen: „ Aber nur eine kleine Tüte! Es gibt gleich Mittag.“ Sie dreht sich zu Benno um, hat es noch gar nicht ganz ausgesprochen, als Benno auch schon heftig mit dem Kopf nickt. Wir müssen alle lachen. Was ist er doch für ein kleines Schlitzohr! Ich gebe ihm das kleine Tütchen, das ich schon vorsorglich aufgeschnitten habe, da ich die Tütchen mit den Fingern nicht aufbekomme. Mit geschickten Fingern holt er Bärchen für Bärchen heraus und schiebt es sich in seinen süßen kleinen Mund. Dabei strahlen seine Augen und er scheint die Gummibärchen wirklich zu genießen. Ihm war natürlich nicht entgangen, dass in meiner Tasche noch mehr Tütchen sind, und kaum hat er das letzte Gummibärchen im Mund, sieht er mich mit seinen großen braunen Augen traurig an, zeigt auf seine leeren Hände und sagt: „Alle!“ Ich müsste eigentlich das Gleiche sagen und ihm nichts mehr geben, aber mein Mann und meine Tochter diskutieren gerade über irgendein anderes Auto und sind daher abgelenkt. Also nutze ich die Gelegenheit und gebe Benno schnell ein zweites kleines Tütchen Gummibärchen. Als Dank bekomme ich strahlende Augen und ein breites Grinsen. Als ich mich zu Benno herüberbeuge, bekomme ich auch noch ein Küsschen. Im Einkaufscenter gehen wir in Richtung Haltestelle der Tschu-Tschu-Bahn. Benno läuft aufgeregt vor uns. Er weiß genau, was ihn gleich erwartet, und er ist voller Vorfreude. An der Haltestelle treffen wir Steffen, der allein mit seinem Auto gefahren ist, weil er nachher auch gleich von hier zur Arbeit fahren will. Er nimmt Benno, der schon aufgeregt von einem Bein aufs andere tritt, an die Hand und geht mit ihm zum Fahrer der Bahn, um zu bezahlen. Wir warten, bis sich die Bahn mit Fahrgästen gefüllt hat und staunen, wie viele den gleichen Gedanken hatten und heute mitfahren. Obwohl viele Erwachsene als Begleitung dabei sind, überwiegt natürlich der Anteil der Kinder. Benno hat sich einen Platz ganz vorn ausgesucht und als die Bahn an uns vorbeifährt und wir ihm zuwinken, strahlt er über das ganze Gesicht. Wir beschließen, uns eine Kugel Eis zu holen und setzen uns danach in den Mittelgang. Als die Bahn auf der Rückfahrt wieder bei uns vorbeikommt, stehen wir auf, um Benno zuzuwinken. Er winkt freudig zurück, sieht dann aber unser Eis, streckt seine Hand aus dem Fenster und sagt wehmütig: „Eis“ Das war klar, dass er auch ein Eis möchte, wenn er uns mit einem sieht! Das soll er ja auch haben, doch immer der Reihe nach. Etwa zweihundert Meter hinter uns ist die Haltestelle für die Tschu-Tschu-Bahn. Wir sind gespannt, ob Benno ohne Theater zu machen aussteigt oder ob er noch eine Runde fahren möchte. Doch dann sind Steffen und Benno schon auf dem Weg zu uns. Wir sehen ihnen erwartungsvoll entgegen. Benno strahlt über das ganze Gesicht und auf unsere Frage, ob die Fahrt schön war, nickt er heftig. Doch dann erinnert er sich und seine Mutti an das Eis und bekommt erst einmal eines. Wir genießen unser Eis in aller Ruhe und obwohl wir uns auf dem überdachten Flur des Centers befinden, spüren wir, wie warm es draußen sein muss, denn durch das teilweise verglaste Dach dringen die Sonnenstrahlen und man fühlt sich beinahe wie im Gewächshaus. Daher wollen wir uns beeilen, damit wir auch das schöne Wetter genießen können. Wir machen uns als Nächstes zu den Verkaufsständen auf, die Mittagessen anbieten. Jeder sucht sich etwas nach seinem Geschmack aus und als wir alle dann zusammen an einem Tisch sitzen, stellen wir fest, dass auch wirklich jeder etwas Anderes gewählt hat. Als Erster ist Steffen fertig. Ihm sitzt die Zeit im Nacken, weil er zur Arbeit muss. Er verabschiedet sich und wir gehen nun ganz zielgerichtet nur in die Geschäfte, in denen wir etwas kaufen wollen. Also die Suche nach irgendwelchen Schnäppchen oder etwas Schönes zum Anziehen entfällt, denn wir wollen so schnell wie möglich noch das schöne Wetter genießen. Außerdem hat Benno ja noch nicht einmal seine Geschenke von uns bekommen. Wir kaufen für meinen Mann eine Jeans und für Benno eine dünnere Zudecke. Mit den Sachen bepackt geht es zum Auto. Benno will erst nicht so richtig, doch als wir ihm erzählen, dass es zu Hause noch Geschenke von uns gibt, kann es gar nicht schnell genug gehen. In der Wohnung angekommen, zeigt uns Benno erst einmal seine bereits erhaltenen Geburtstagsgeschenke. Das Größte ist ein Krankenhaus aus Lego-Duplo-Steinen, das er schon mit seinem Papa aufgebaut hat. Es hat viele Krankenzimmer mit kleinen Bettchen darin. Einen Doktor und Krankenschwestern gibt es auch. Als er uns den Doktor zeigt und uns wohl mit Worten noch nicht erklären kann, was der macht, zeigt er uns das Stethoskop, das der Arzt um den Hals hat, und hält es sich an die Brust und atmet tief ein und aus. Auf unsere Frage, ob der Arzt ihn abhört, nickt er heftig und freut sich, dass wir ihn verstehen. Jetzt ist es an der Zeit, dass er die Geschenke von uns bekommt. Wir legen alles auf den Couchhocker, damit Benno es in Augenhöhe hat, und erklären ihm, dass das für ihn zum Geburtstag ist. Ungläubig sieht er uns an und erst, nachdem ich sage, er darf alles auspacken, macht er sich an die Arbeit. Er entdeckt die Gummibärtütchen und packt sie erst einmal zu den anderen Geburtstagssüßigkeiten in eine Ecke im Wohnzimmerschrank. Doch mit zwei Tütchen kommt er wieder zurück, sieht uns schelmisch an, hält sie uns entgegen und sagt: „Auf!“ Da ich die Tütchen wegen meiner eingeschränkten linken Hand nicht aufreißen kann, muss mein Mann ran und er überlegt, ob er Steffi fragen soll. Ich nehme ihm die Bedenken, sage: „Er hat doch schön zu Mittag gegessen und heute ist sein Geburtstag, Steffi wird schon nichts dagegen haben.“ Das übeein Tütchen. Benno steht ungeduldig von einem Bein auf das andere tretend neben ihm. Als Benno endlich sein Gummibärtütchen in der

Hand hält, sieht er uns verstohlen an, dann schaut er in das Tütchen, wie um zu kontrollieren, ob da wirklich Gummibärchen drin sind. Als er sich davon überzeugt hat, schüttet er den Inhalt auf den Lederhocker, um die Gummibärchen anschließend in Reih und Glied hinzulegen. Er macht das alles wie ein kleines Ritual und erst als er fertig ist, steckt er sich ein Gummibärchen in den Mund. Als Steffi uns dann zum Kaffeetrinken in die Küche ruft, hat Benno es ganz eilig und nimmt gleich zwei Gummibärchen in den Mund. Wir erklären ihm, dass wir erst Kuchen essen wollen und, dass er danach seine Gummibärchen aufessen kann. Schließlich lässt er sich überzeugen, nimmt meinen Mann und mich an die Hände und zieht uns in die Küche. Hier hat Steffi inzwischen den von uns mitgebrachten Nusskuchen aufgeschnitten und Kaffee gekocht. Wir lassen uns den Kaffee und Kuchen schmecken und bereden, dass wir gleich nach dem Kaffeetrinken endlich nach draußen spazieren gehen wollen. Vorher zeigt uns Benno noch voller Stolz die anderen Geburtstagsgeschenke. Er drückt uns immer etwas in die Hand, um sich dann ungestört wieder seinen Gummibärchen widmen zu können. Als Steffi ihm dann eine dünnere Hose anziehen will, lässt Benno sich das nur gefallen, weil er seine Bärchen mitnehmen darf. Wir haben kein bestimmtes Ziel, gehen einfach zwischen den Neubaublöcken spazieren. Benno hat sein Laufrad mit, das er zu Weihnachten von seinen Eltern bekommen hat. Nun sind seine Beine lang genug, dass er damit fahren kann. Wir staunen, wie geschickt und sicher er mit dem Laufrad hantiert. Da er mit dem Rad schneller ist als ich laufen kann, bleibt er öfter stehen, dreht sich nach uns um und ruft: „Oma, komm!“ Obwohl Steffi ihm zu erklären versucht, dass ich nicht schneller gehen kann, versteht er natürlich noch nicht, warum das nicht schneller geht.

Mit ganzer Wucht bekommen wir jetzt erst einmal mit, wie warm es ist. Im Autoradio haben wir auf der Fahrt zu

Steffi nach Hause gehört, dass es heute bis dreißig Grad werden sollen und wir glauben, dass die dreißig Grad schon erreicht sind oder es zumindest nahe daran ist. Benno scheint die Hitze nicht zu stören. Er rollert mit seinem Laufrad durch die Gegend und wir müssen nur aufpassen, dass er, so fix wie er ist, nicht eben mal schnell auf die Straße rollt. Wir kommen an einen Spielplatz und Benno testet Stück für Stück die einzelnen Spielgeräte mit einem Feuereifer als wären um ihn herum andere, angenehmere Temperaturen. Doch dann kommt er zu ans an die Bank, auf der wir erleichtert Platz genommen haben, und fordert, im Gesicht puterrot und verschwitzt: „Trinken!“ Steffi hat nur noch eine halbe Trinkflasche voll für Benno und da er sie in einem Atemzug leert, und wir auch Durst haben, schlägt sie vor: „Da hinten ist ein Supermarkt. Ich gehe schnell hin und hole etwas.“ Siggi würde Steffi gerne den Weg abnehmen, da Steffi schließlich schwanger ist, Diabetes hat und dazu noch diese mörderische Hitze ist. Doch sie lehnt dankend mit den Worten ab: „Papa, ich bin nur schwanger und nicht krank! Das ist schon in Ordnung. Ich bin gleich wieder da! Passt Ihr mal inzwischen auf Benno auf.“ Der verlangt auch ungeduldig nach mehr zu trinken. Steffi erklärt ihm, dass sie schnell etwas zu trinken einkauft und Opa so lange auf dem Spielplatz mit ihm spielt. Er ist zufrieden damit und sieht seinen Opi erwartungsvoll an. So geht es noch einmal zu jedem Spielgerät. Siggi hat alle Spielgeräte durch und ihm gehen langsam die Ideen aus, was er noch mit dem Kleinen anstellen könnte. Um die hübsch angelegten Blumenrabatten herum stehen dicht an dicht Sitzbänke und ich schlage Siggi vor, Benno auf den Bänken entlanglaufen zu lassen und ihn dabei festzuhalten. Das ist doch eine prima Idee! Jedenfalls macht es Benno Spaß, oben auf den Bänken entlangzulaufen und er fragt nicht ständig nach seiner Mama, weil er abgelenkt ist.

Dann ist Steffi auch schon wieder da. Auf meinen Wunsch hin hat sie mir Sprite mitgebracht. Siggi, sie selbst und auch Benno trinken Wasser. Ich habe als Einzige eine Dose und damit auch Bennos ungeteilte Aufmerksamkeit. Also ist es nur eine Frage der Zeit bis er nach meiner Sprite verlangt. Seine Eltern mögen nicht, dass er solch süßes Zeug trinkt, was ja auch im Fall von Steffi wegen ihres Diabetes sehr verständlich ist. Aber ich kann es nur schwer übers Herz bringen, ihm nichts zu geben. Deshalb frage ich Steffi, ob ich ihm einen Schluck geben darf. Sie stimmt zu, betont aber, dass er nicht so viel davon trinken soll. Leichter gesagt als getan! Als Benno erst einmal auf den Geschmack kommt und auch recht gut aus der Dose trinken kann, gibt er sie nicht wieder her. Steffi ist es jetzt wichtiger, dass er bei der Hitze viel trinkt, und so sagt sie ausnahmsweise: „Lass ihn ruhig austrinken! Wenn die Dose leer ist, muss er so oder so wieder Wasser trinken." Es dauert nicht lange und Benno stellt fest, indem er uns ganz traurig ansieht und auf die Dose zeigt: „leer!" Steffi bietet ihm Wasser an, doch das will er nicht und da unser aller Durst gestillt ist, machen wir uns nun auf den Heimweg. Wir sind von der Hitze geschafft und Benno fährt mit seinem Laufrad vorneweg, als wäre alles ganz normal und als hätte er nur diesen Zwischenstopp zum „Auftanken" gebraucht. Was hat dieser kleine Kerl nur für eine Energie!

Wir verabschieden uns gleich unten an der Haustür und Benno ist ganz traurig, als wir ins Auto steigen. Doch als ich ihm dann eine Kusshand zuwerfe, bekommen wir eine zurück und er strahlt wieder. Unterwegs in Berlin ist viel Verkehr. Es ist zu merken, dass viele Berliner bei dem schönen Wetter ins Umland gefahren und jetzt wieder auf dem Rückweg sind. Ich schlage meinem Mann vor: „Wenn das Wetter so bleibt, müsste man morgen glattweg an die Ostsee fahren!" Mir ist schon klar, dass er darauf keine Lust hat, zumal wir heute gerade unterwegs sind und er die ganze

Woche Auto fahren muss. Aber versuchen kann ich es ja mal und seine Reaktion testen. Aber nein, er möchte auch einen Tag zum Faulenzen haben. Wie gesagt, das sehe ich ein. Trotzdem bleibe ich hartnäckig, sage, dass wir auch noch etwas wegen der Bungalowbelegung zu Muttis Geburtstagsfeier klären müssen, was auch stimmt. Wir einigen uns schließlich darauf, dass wir am Dienstag, dem ersten Mai, nach Trassenheide an die Ostsee fahren können. Wieder zu Hause angekommen, kümmern wir uns um unseren Garten und gießen so lange bis unsere Tonnen leer sind. Dann ist noch ein bisschen fernsehen angesagt und ab geht es ins Bett. Am Sonntagmorgen scheint die Sonne schon so schön, dass ich einfach den Frühstückstisch auf der Terrasse decke. Das genießen wir richtig und so dauert das Frühstück doppelt so lange wie sonst. Danach beschäftigen wir uns im Garten. Es ist einfach zu schade, den Tag drinnen zu verbringen. Am Nachmittag wird gefaulenzt und in den Liegestühlen liegend gelesen und sich gesonnt.

Der Montag ist bis auf das Wetter wie jeder Montag vorher auch. Siggi ist zur Arbeit und ich habe meine Therapien. In der Physiotherapie gehe ich unter den strengen Augen meines Therapeuten Thomas bis zu einem in der Nähe befindlichen Teich, um an meinem Laufbild zu arbeiten. Immer wieder ermahnt mich Thomas, mein linkes Bein mehr zu heben. Das weiß ich eigentlich, passiert mir aber ständig, dass ich wahrscheinlich unbewusst aus Bequemlichkeit zu einem humpelnden Gang übergehe. Daher beschließen wir, in Zukunft wieder öfter zu laufen. Die Ergotherapie findet so wie ich es mit meinem Therapeuten Jan für schönes Wetter abgesprochen habe, auf der Terrasse statt, so hat auch er etwas vom Sonnenschein. Jan bewegt meinen linken Arm durch und hatte die Idee, mein Armstützkissen für Computertätigkeit mit einzubeziehen. Dabei kann ich meinen Arm auf dem Stützkissen ablegen und es ist nicht so anstrengend, wenn er meinen Arm und die Finger durchbewegt. Dann dehnt er meine Finger, indem er sie in die gestreckte Position bringt. Das ist etwas schmerzhaft, weil sich die Sehnen durch die ständig angewinkelten Finger stark verkürzt haben. Aber dadurch, dass mein Arm auf dem Stützkissen liegt, ist es wiederum auszuhalten und ich weiß ja auch, dass die Übungen einfach notwendig sind. Wie die anderen Tage schon, mache ich auch heute keinen Mittagsschlaf. Ich sonne mich lieber und lese ein Buch, während sich meine Mutti hinlegt und auf der Couch ihren Mittagsschlaf macht. Danach kann ich sie sogar überreden, am Terrassentisch Halma zu spielen, obwohl sie sich nicht mehr so gern in der Sonne aufhält. Aber sie bekommt ja auch den einzigen schattigen Platz. Siggi kommt heute relativ früh von der Arbeit, freut sich, uns auf der Terrasse sitzen zu sehen und macht sich gleich daran, den Pflanzen Wasser zu geben. Meine Mutter hat die Halmarunde gewonnen und macht sich fertig, um nach Hause zu gehen. Bevor mein Mann etwas sagen kann, sagt sie zu ihm: „Mache du mal weiter im Garten! Ich gehe allein nach Hause.“ Bisher hat er sie immer begleitet. In der dunklen Jahreszeit, weil sie etwas ängstlich ist, und aus alter Gewohnheit auch jetzt im Frühling. Es ist ja auch hell und nur zirka fünfzehn Minuten Fußweg bis zu ihrer Wohnung. Siggi ist froh, seine Arbeit nicht unterbrechen zu müssen. Heute sieht er mit mir zusammen den Achtuhrfilm. Das ist absolute Ausnahme geworden, seit er so früh aufstehen muss. Ich sehe danach noch ein bisschen allein fern. Das kann ich inzwischen, weil ich allein klarkomme. Früher war ich auf meinen Mann angewiesen, da er mir beim Umziehen und Waschen helfen musste. Zum Glück ist das jetzt anders und ich bin nicht mehr so sehr abhängig von ihm!

Mai 2012

Am Feiertag, dem ersten Mai, bin ich wie immer zeitig wach. Aber es ist immerhin schon sechs Uhr und nicht wie sonst vier oder fünf Uhr! Ich vertreibe mir die Zeit bis Siggi aufsteht damit, dass ich die Zeitung lese, den Strandrucksack packe und den Frühstückstisch decke. Um halb neun steht Siggi auf. Wir essen Frühstück und um halb zehn sitzen wir auch schon im Auto in Richtung Insel Usedom. Ich freue mich riesig auf den Tag, darauf, die Sonnenstrahlen auf der Haut zu spüren und das Meer zu riechen. Nicht so Siggi. Er fährt wohl gezwungenermaßen und aus Pflichtgefühl mit mir an den Strand, hat aber Hummeln im Hintern und würde sich lieber bewegen. Vorher waren wir auch immer am FKK-Strand, wo wir meist jemanden von unseren Strandbekanntschaften getroffen und auch gleich Volleyball gespielt haben. Doch jetzt laufen wir nicht mehr so weit durch und statt den Windschutz aufzustellen, nehmen wir wegen mir einen Strandkorb. So auch heute. Siggi rutscht neben mir hin und her. Er hat einfach kein Sitzfleisch! Doch ich habe an alles gedacht und ihm ein Buch mitgenommen. Mit Büchern ist es auch nicht so einfach bei ihm. Er ist nicht so eine Leseratte wie ich, und da muss man ihm schon etwas Gutes anbieten. Doch auch das ist natürlich relativ, aber ich weiß inzwischen, was er gerne liest und so habe ich ihm einen Band von „Blutiger Osten“ mitgenommen, in dem über authentische Kriminalfälle aus der DDR aus erster Hand berichtet wird. Er nimmt das Buch auch dankbar an und nachdem wir uns schön eingecremt haben, lesen wir, einträchtig nebeneinander im Strandkorb sitzend, unsere Bücher. Das Wetter ist wie erwartet und vorhergesagt sehr schön und am Strand ist schon Einiges los. Man sieht auch schon viele im Wasser, trotz der mit zwölf Grad noch ziemlich kalten Ostsee. Die Zeit vergeht wie im Fluge. Während ich mich ganz meinen Sinnen hingebe, zwischendurch lese und auch mal nur durch die Gegend schaue und dabei das Geräusch des Meeres und die Luft genieße, wird Siggi langsam ungeduldig und drängelt, dass wir uns langsam zur Bungalowsiedlung aufmachen, um alles wegen Muttis Geburtstagsfeier zu besprechen. Wir einigen uns schließlich darauf, bei der Gelegenheit nach dem Gespräch dort auch gleich Mittag zu essen. Wir begrüßen die Kellner, die wir aufgrund unserer jahrelangen und regelmäßigen Fahrten hierher schon gut kennen, und bestellen uns erst einmal nur etwas zu trinken. Es dauert nicht lange und der Chef setzt sich zu uns. Wir gehen die Belegung Bungalow für Bungalow durch und korrigieren einiges. Ich hatte nämlich vor ein paar Tagen mit ihm telefoniert und er hatte mir unsere Bungalownummern zusammen mit der Anzahl der Erwachsenen und Kinder genannt. Dabei war mir sofort aufgefallen, dass er Einiges durcheinander gebracht hatte. So war ich nochmals die Bungalows durchgegangen, hatte die Belegung korrigiert und wollte ihm das telefonisch mitteilen. Doch dem Chef war das ein zu großes Durcheinander und er hatte gemeint, dass es am besten wäre, wenn wir noch einmal herkämen. Nun ist das nicht gerade ein Katzensprung bis nach Trassenheide, aber mit knapp einhundert Kilometern auch keine große Sache. So haben wir das Nützliche mit dem Angenehmen verbunden, zweieinhalb Stunden am Strand verbracht und machen nun Nägel mit Köpfen. Damit bei der Anreise zur Geburtstagsfeier kein heilloses Durcheinander passiert, schlage ich dem Chef vor, die Belegung der Bungalows nicht nur mit der Anzahl der Personen aufzuschreiben, sondern sie auch namentlich festzuhalten. Genauso machen wir es und haben nun die Bungalownummern und wer wo wohnt. Wir haben insgesamt acht Bungalows und zwei Appartements für die Senioren zur Verfügung. Insgesamt werden wir dreißig Erwachsene und sieben Kinder sein. Ich erkundige mich noch nach dem Abendbrotbuffett und bekomme zur Antwort: „Alles wie abgesprochen, auch der zeitliche Ablauf!“ Damit sind wir zufrieden und bevor wir uns verabschieden, teilen wir mit, dass wir gleich noch etwas essen wollen. Der Chef sieht auf die Uhr und sagt, mit dem Kopf schüttelnd: „Das wird wohl nichts mehr!“ Erstaunt sehen wir ihn an und erfahren, dass er neuerdings seine Gaststätte von dreizehn bis fünfzehn Uhr schließt, um nicht die ganze Zeit Personal vorzuhalten, da sich mittags nicht so viele Gäste einfinden. Sein Pech ist, dass seine Gaststätte etwas ab vom Schuss im Wald liegt, hier nur ab und zu Fahrradfahrer und Spaziergänger vorbeikommen und er natürlich wirtschaftlich denken muss. Das ist uns klar und wir machen uns auf den Weg zu einer anderen Gaststätte. Unterwegs sehen wir noch eine Werbetafel von ihm mit den neuen Öffnungszeiten. Mir fällt auf, dass **wochentags** seine Gaststätte nach dem Mittag geschlossen sein soll. Heute ist zwar Montag, aber der erste Mai und damit Feiertag, der üblicherweise wie ein Sonntag behandelt wird. Ja, so kann man sich natürlich auch potentielle Gäste vergraulen. Egal, wir gehen in eine uns bekannte, erst vor zirka zwei Jahren eröffnete Gaststätte. Denn unser Vorteil ist, dass wir uns hier inzwischen sehr gut auskennen. Wir setzen uns auf die Terrasse und erhalten schnell unser Essen. Siggi hat sich ein Bauernfrühstück und ich mir Hähnchen-Cordonbleu mit Pommes ausgesucht. Beide Gerichte sehen prima aus und schmecken auch so, und wir sind auf eine Art froh, hier gelandet zu sein. Wir kommen gut nach Hause durch, denn die Wochenendurlauber werden erst am Abend abreisen. So verbringen wir den Restnachmittag im Garten, trinken Kaffee und geben auch den Pflanzen Wasser, das sie dringend brauchen, denn obwohl immer mal Regen angesagt wurde, kam bisher nicht viel runter. Dann ist bald Abendbrotzeit und gleich danach Schlafenszeit für Siggi. Obwohl die vor ihm liegende Arbeitswoche nur noch drei

Tage hat, ändert es nichts daran, dass er nach wie vor sehr früh aufstehen muss.

Die kurze Woche verläuft unspektakulär. Ich habe meine Therapien und freue mich auf das kommende Wochenende, an dem unsere Berliner Freunde Jörg und Birgit uns besuchen kommen werden. Am Freitagmorgen backe ich einen Russischen Zupfkuchen und Prasselkuchen sowie Blätterteigkuchen mit Mandarinenscheiben und Streuseln. Mittags habe ich einen Friseurtermin und auf dem Rückweg hole ich den telefonisch bestellten Kartoffelsalat von der Speisegaststätte ab. Der schmeckt sehr gut und wir bestellen ihn uns öfter, wenn wir grillen wollen. Besser kriegt man ihn selbst auch nicht hin! Fleisch und Würste habe ich schon zusammen mit meinem Mann geholt, als wir zusammen einkaufen waren. Gegen sechzehn Uhr sind unsere Freunde da, mein Mann natürlich nicht, obwohl er es von der Zeit her längst könnte, denn schließlich arbeitet er heute schon elf Stunden. Jörg und Birgit können es nicht glauben, als Siggi kurze Zeit später anruft und Bescheid gibt, dass er in etwa einer Stunde zu Hause ist. Ich bin darüber froh, denn ich kenne es, dass er meist erst nach achtzehn Uhr zu Hause ist, abgesehen von einigen wenigen Ausnahmen. Aber Jörg und Birgit haben Jobs mit regelmäßigen Arbeitszeiten und pünktlichem Feierabend, und sie müssen auch keine unentgeltlichen Überstunden machen. Wir sprechen darüber und auf ihren Hinweis, dass er sich etwas anderes suchen soll, antworte ich: „Das ist leichter gesagt als getan. Der Chef hat selbst schon zu seinen Kraftfahrern gesagt, wenn sie etwas anderes finden, können sie sofort wechseln. Das Problem ist nur, **hier** findet man nichts anderes und das weiß auch der Chef. Man kann unser Bundesland mit einer der höchsten Arbeitslosenquote im Bundesgebiet nicht mit Berlin vergleichen!“ Das sehen sie zwar nicht ganz ein, aber auf meine Bemerkung hin, dass Siggi fast ein Jahr arbeitslos ohne Leistungen vom

Arbeitsamt war und jetzt froh ist, erstens Arbeit zu haben und zweitens, wenn auch wenig, aber immerhin regelmäßig Geld zu verdienen, stimmen sie nachdenklich zu. Wir landen in unserer Diskussion schließlich da, dass wir jetzt Kapitalismus haben und es so ist, wie wir es einmal gelernt haben. Kapitalismus bedeutet Ausbeutung des Menschen durch den Menschen und das Streben nach höchstmöglichem Profit. Nicht zu vergessen, dass die Nachfrage das Angebot bestimmt und so lange es Arbeitsuchende gibt, kann der Lohn niedrig gehalten und können unentgeltliche Überstunden verlangt werden. So politisch wollten wir nicht werden und beenden die Diskussion. Vor allem hilft es niemandem, auch nicht meinem Mann, der gar nicht anwesend ist, sondern fleißig seinen Job macht. Zum Glück ist auch der Kaffee durch, den ich nun hole und die Beiden folgen mir, um mir beim Tischdecken zu helfen. Der Tisch ist schnell gedeckt, da ich zusammen mit meiner Mutter soweit schon alles vorbereitet und bereitgestellt habe. Auf der Terrasse am Kaffeetisch sitzend sind dann bald auch andere Themen gefunden. Einmal das schöne Wetter und zum anderen der Kuchen, der allen gut schmeckt. Wir sind noch beim Kaffeetrinken als Siggi nach Hause kommt. Doch er hat keinen Appetit auf Kaffee, isst nur ein Stück Kuchen mit, nachdem er sich umgezogen und ein bisschen frisch gemacht hat. Wir verbringen den restlichen Nachmittag mehr oder weniger im Garten, erzählen miteinander und dann bereiten die Männer auch schon bei einem Bier alles fürs Grillen heute Abend vor. Alles ist fertig, wir Frauen haben inzwischen frisches Gemüse geschnippelt und den Tisch gedeckt, da kommen mein Bruder Olaf und seine Lebensgefährtin Marion auch schon. Wir haben beide mit eingeladen. Sie kennen unsere Freunde auch schon sehr gut und dementsprechend freudig begrüßen sich die vier. In gemütlicher Runde lassen wir es uns schmecken. Zum Essen trinken wir Frauen Berliner Weiße, die Männer natürlich

Bier. Danach stoßen wir mit einem Glas Rotwein an. Wir staunen wieder einmal über das Durchhaltevermögen meiner Mutter, die ja schließlich fast achtzig Jahre alt ist und alles aufmerksam verfolgt und auch den Abend genießt, wie man merkt. Wir sind sehr froh, dass sie geistig und auch körperlich noch so fit ist. Da gibt es andere Beispiele, wo Gebrechen und Demenz auf der Tagesordnung stehen! Gegen ein Uhr rüsten Olaf und Marion zum Aufbruch. Sie sind zwar sonst richtige Durchhalter, aber Marion muss morgen früh zur Arbeit. Sie nehmen Mutti mit nach Hause, es ist nur ein kleiner Umweg für sie. Wir vier sitzen noch gut eine Stunde gemütlich beisammen, bevor wir dann auch schlafen gehen. Dadurch schlafe ich wohl am Sonnabend auch bis sechs Uhr. Die Zeit, bis auch die anderen aufstehen, überbrücke ich mit dem Schreiben an einer zusätzlichen Geschichte für mein zweites Buch, das „ Augen so blau - Geschichten, die das Leben schreibt“, heißen soll und worin ich Geschichten erzähle, die mir passiert sind beziehungsweise in meinem Umfeld geschehen sind und die ich so interessant finde, dass sie es wert sind, aufgeschrieben zu werden. Außerdem decke ich schon den Frühstückstisch. Als ich mir gerade die Tageszeitung hereingeholt habe und lesen will, kommt Siggi. Er hat auch schon ausgeschlafen. Der frühe Arbeitsbeginn hat schon seinen Biorhythmus verändert. Das ist, wie er selbst sagt, gar nicht so schlecht, da man mehr vom Tag hat. Nachdem er sich frisch gemacht hat, geht er los, frische Bäckerbrötchen holen. Ich nutze die Zwischenzeit, das Kasseler, das es heute Mittag geben soll, anzubraten. Dann stelle ich auch den Topf mit Sauerkraut und Ananasstückchen auf den Herd, um ihn ebenfalls durchköcheln zu lassen. Siggi ist vom Bäcker zurück, der Kaffee läuft durch die Maschine und meine Hoffnung, dass unser Besuch so langsam aufsteht, erfüllt sich auch. Es ist schon nach neun Uhr und oben in Thomas` Zimmer, wo Jörg und Birgit untergebracht sind, kommt Bewegung hinein.

Kurze Zeit später kommen die Beiden gut ausgeschlafen die Treppe herunter und nach einem „Guten Morgen“ von allen Seiten setzen wir uns an den Frühstückstisch und frühstücken gemütlich. Nach dem Mittag und noch einer Tasse Kaffee fährt unser Besuch wieder nach Hause, da Jörg, der in einer Projektgruppe bezüglich des Großflughafens Berlin-Schönefeld arbeitet, abends noch zur Arbeit muss.

Schon die ganze Woche hat Steffi mich zu überreden versucht, mein zweites Buch bei einem Berliner Verlag zu veröffentlichen, wo eine Schulfreundin von ihr in leitender Position arbeitet, und wo ich nicht in der Größenordnung in Vorkasse gehen muss wie bei dem vorherigen Verlag. Ich tue mich schwer damit, da mein Manuskript schon beim hiesigen Verlag vorliegt und ich auch schon Bescheid habe, dass es angenommen wurde und in das Verlagsprogramm aufgenommen werden soll. Natürlich tut mir auch das viele Geld leid, das ich zahlen müsste und ich hätte sicherlich auch eine bessere Verwendung dafür. Andererseits habe ich ansonsten sehr gute Erfahrungen mit diesem Verlag gemacht, es hat ja letztendlich alles gut geklappt. Bloß, wenn ich weiter so fleißig schreibe wie bisher und noch mehr Bücher veröffentlichen will, geht das wirklich nicht. Ich setze mich an meinen Laptop und schreibe meinem Sohn eine Mail, in der ich ihn kurzfristig um seinen Rat bitte. Die Meinung meines Sohnes ist mir sehr wichtig, da er immer sehr rational und unbeeinflusst urteilt und mein Mann sich bei solchen Sachen raushält, weil er wie er sagt, nichts davon versteht. Auch an die Schulfreundin meiner Tochter schreibe ich eine Mail und bitte sie um die Beantwortung einiger Fragen.

Am Sonntag passiert nichts weiter. Es ist einer dieser Gammeltage, wie ich sie besonders hasse. Den ganzen Tag über mache ich nichts anderes als im Wechsel fernsehen, lesen und Kreuzworträtsel lösen. Zwischendurch wird ein bisschen erzählt, aber wir wissen bald nicht mehr, worüber man noch reden könnte. Die einzige Abwechselung ist, dass ich am Nachmittag mit meiner Mutter Halma spiele. Siggi hat für Gesellschaftsspiele aller Art nichts übrig. Es war schon früher, als unsere Kinder noch klein waren, ein Krampf, ihn dazu zu bewegen, mitzuspielen.

Am Montag schlafe ich wie schon die letzten Tage auch wieder bis gegen sechs Uhr. Nach einer Tasse Milch kann ich es gar nicht erwarten, mich an den PC zu setzen. Und tatsächlich, ich habe sowohl von meinem Sohn als auch von der Freundin meiner Tochter eine Antwortmail. Mein Sohn rät mir dazu, das Buch beim Berliner Verlag zu veröffentlichen, da die entscheidenden Fakten dafür sprechen. Beim Lesen der Mail von Steffis Freundin bin ich auch zunehmend davon überzeugt, den Verlag zu wechseln, da die Konditionen einfach viel besser sind. Also schreibe ich eine Mail zurück und teile meinen Entschluss mit. Aber ich rufe auch bei meinem letzten Verlag an und bitte die Verlagschefin um ein Gespräch am Dienstagvormittag bei mir. Sie sichert mir zu, dass sie kommen wird. Ich habe doch ein schlechtes Gewissen, da ich bereits zugesagt hatte, das Buch bei ihnen veröffentlichen zu lassen und wie wir gelernt haben, kann eine mündliche Absprache auch ein Vertrag sein. Das möchte ich in einem ruhigen Gespräch mit ihr klären.

Ich schreibe noch eine Mail an die Rentenversicherung des Bundes. Ich habe schon im April ein Schreiben erhalten, in dem sie mir mitteilten, dass eine Neurologin, sie nannten auch den Namen, sich in den nächsten Tagen mit mir in Verbindung setzen wird, um einen Termin zur Begutachtung zu machen, dem ich auch Folge leisten soll. Das würde ich gern machen, aber seit dem Schreiben sind mehr als vier Wochen vergangen und es hat sich auch niemand gemeldet, obwohl ich praktisch immer zu erreichen bin. Auch als ich im Telefonbuch nachsehe, stelle ich fest, dass es besagte

Ärztin hier nicht gibt. Ich weiß, dass oft auswärtige Ärzte als Gutachter eingesetzt werden, aber auch dann hätte sich ja mal so langsam jemand melden müssen. Das alles teile ich in meiner Mail mit.

Beim Gespräch mit der Verlagschefin am Dienstag läuft alles problemloser als ich gedacht hätte. Sie sieht es ein, dass man nicht so ohne Weiteres eine so große Summe aufbringen kann, vor allem auch im Hinblick darauf, dass ich mit meiner literarischen Arbeit noch längst nicht am Ende bin, noch so einiges schreiben möchte. Ein weiteres Argument ist, dass man gerade, wenn man so wie wir ein Haus hat, eine Rücklage für größere Reparaturen oder Anschaffungen haben muss und ich diese nicht einfach so für mein Hobby aufbrauchen kann. Sie denkt, dass ich nun ganz und gar von einer Veröffentlichung des Buches absehe. Als ich ihr sage, dass die Veröffentlichung nach wie vor mein Ziel ist und ich auch schon einen anderen Verlag gefunden habe, ist sie neugierig und fragt nach dem Verlag. Ich nenne ihn ihr und auch den Fakt, dass ich nicht in Vorkasse gehen muss und auch die Konditionen insgesamt wesentlich besser sind. Sie versucht, mir einzureden, dass viele Verlage unseriös sind und legt mir ans Herz, aufzupassen. Ich weiß zwar nicht, worauf, denn zur Freundin meiner Tochter habe ich mehr Vertrauen als zu ihr, aber ich lasse das unkommentiert. Daraufhin verabschiedet sie sich und ich bin erleichtert, dass das Gespräch so gut gelaufen ist. Schon am nächsten Tag habe ich mein Manuskript und auch das Storno für die bereits gestellte Rechnung im Briefkasten.

Ich bin erleichtert und kann mich nun unbelastet auf meine Tochter und meinen Enkelsohn freuen, die heute Nachmittag noch kommen werden. Als ich sie auf die Auffahrt fahren höre, gehen meine Mutti und ich ihnen entgegen. Benno strahlt uns auf dem Arm seiner Mama an und sagt ganz stolz: „Oma Anke, Oma Elli“. Dabei zeigt er zuerst auf mich und dann auf meine Mutti. Es ist so schön, mit anzusehen, wie er immer mehr lernt und man sich nach und nach immer besser mit ihm verständigen kann. Nachdem meine Tochter alle Sachen ausgeladen und in ihr Zimmer gebracht hat, bringt sie einiges von Bennos Spielzeug aus ihrem Zimmer mit ins Wohnzimmer hinunter, das Benno sofort in Beschlag nimmt. Zuerst nimmt er wie immer seine Spielzeuggitarre, hält sie wie ein Rocker, schaltet sie an und als das Lied „Meine Oma fährt im Hühnerstall Motorrad“ erklingt, tanzt er mit der Gitarre in den Händen und wir klatschen im Takt dazu. Das haben wir schon öfter gemacht und das gefällt ihm. Danach kommt er mit seinem Einkaufskörbchen voller Plastikgemüse zu mir und hält mir ein Gemüse nach dem anderen hin, damit ich ihm sage, was das ist und er das Wort wiederholen kann. Auch das haben wir schon öfter gemacht und ich staune, dass er sich wieder daran erinnert. Am schnellsten kommt ihm „Mais“ über die Lippen, Kartoffeln sind „Toffeln“, aber Paprika und Zwiebeln sagt er ganz deutlich. Benno freut sich, wenn ich ihn lobe, wie gut er die Gemüsesorten schon kennt, und findet gar kein Ende, immer wieder zu üben. Erst als ich sein neues Buch entdecke und ihn auffordere, es mir doch einmal zu zeigen, wird das Gemüse samt Einkaufskörbchen zur Seite gelegt und er widmet sich seinem neuen Buch, sieht es mit mir zusammen an und benennt die Tiere auf dem Bauernhof richtig und macht sogar die Geräusche nach. Am niedlichsten ist sein „Kikeriki“, weil er versucht, es mit hoher Stimme zu rufen.

Da das Wetter wunderschön ist, gehen wir natürlich auch in den Garten. Wir spielen mit Benno auf der Wiese mit dem Ball bis er die Gartengießkannen entdeckt und auf die kleinere Fünf-Liter-Gießkanne zeigt. Sie ist bis zum Rand mit Wasser gefüllt und wie alle Kinder spielt auch Benno gern mit Wasser. Ich sage ihm, dass die Kanne zu schwer für ihn ist und als er trotzdem versucht, sie anzuheben, sage ich: „Warte mal, Oma holt eine kleine

Kanne“ und ich gehe zur Küche, um die Zimmerblumengießkanne zu holen. Er hat mich genau verstanden und wartet schon ganz aufgeregt. Die Kanne ist halbvoll und ich gebe sie Benno mit dem Hinweis: „Vorsicht, sonst machst du dir die Füße nass!“ Er achtet nicht auf meine Bemerkung und auch nicht darauf, als ich ihm zeigen will, wo er gießen soll. Er sieht mich an, während er willkürlich herausgesuchte Pflanzen gießt und sein Blick sagt ungefähr so etwas wie: „Ich kann schon allein entscheiden, was ich gieße!“ Die kleine Gießkanne ist schnell leer und er kommt zu mir gerannt, stellt die leere Kanne auf der Terrasse ab, zeigt auf die Fünf-Liter-Kanne und fordert mich auf: „mehr!“ Er kann sich genau daran erinnern, dass wir das letzte Mal immer mit der Kanne die kleine Kanne nachgefüllt haben. Das machen wir auch jetzt so und schnell sind die fünf Liter im Garten vergossen. Benno staunt, als die Tür von der Garage aufgeht und mein Mann in den Garten kommt. Wir haben gar nicht mitbekommen, dass er das Auto in die Garage gefahren hat. Nun ist die kleine Kinderseele vollends glücklich und jetzt gilt seine ganze Aufmerksamkeit dem Opa.

Nach dem Abendbrot gucken wir alle zusammen Sandmännchen. Benno ist dabei voll bei der Sache, macht alles nach, was das Sandmännchen oder die anderen Abendgrußfiguren machen, wie winken, singen und sich die Augen reiben. Wir genießen die Tage mit unserer Tochter und unserem Enkelsohn. Abends führen meine Tochter und ich tiefgründige Gespräche von Frau zu Frau. Sie erzählt mir unter anderem von ihrer Schwangerschaft und wir reden über Dinge, wozu wir sonst nicht kommen. Am Freitag bringen Steffi und ich Benno zu ihren Schwiegereltern, denn Steffi ist immer bestrebt, dass beide Großelternpaare gleichermaßen in den Genuss von Bennos Gesellschaft kommen. Hintergrund ist weiter, dass sie eine Schwerpunktarbeit fürs Studium fertigstellen muss und da ich ihr Benno nur begrenzt abnehmen kann, ist er bei den Schwiegereltern gut aufgehoben und Steffi hat genug Ruhe, an ihrer Arbeit zu schreiben. Benno freut sich auch riesig, die anderen Großeltern wieder zu sehen, und auch den Kater Felix und den Labrador Lord. Nachdem wir auf der Terrasse eine Weile miteinander erzählt haben und Benno im Garten spielt, verabschieden wir uns schon mal unauffällig von Gitti und Roland. Damit es kein Theater gibt, lenkt Gitti unseren Enkel ab und Steffi und ich schleichen uns zum Auto und fahren wieder zurück nach Hause. Steffi hat ein schlechtes Gewissen, sich davongestohlen zu haben. Ich beruhige sie, dass die Beiden Benno schon ablenken werden und er dort in guten Händen ist. In Neubrandenburg wieder angekommen, nutzen wir die Gunst der Stunde und bummeln noch durch ein Einkaufscenter.

Am Sonnabend ist es wärmer als der Wetterbericht vorhergesagt hatte. Erst zum Nachmittag wird es kühler. Am Sonntag ist es doch schon sehr frisch. Es ist zu merken, dass die Eisheiligen im Moment das Wetter bestimmen. Heute ist Muttertag und ich bekomme von Steffi in ihrem und Thomas` Namen Glückwünsche, einen niedlichen kleinen Blumenstrauß und meine Lieblingspralinen. Ich freue mich ganz besonders, als Thomas am Nachmittag noch persönlich aus Spanien anruft und mir seine Glückwünsche überbringt. Er ist momentan auf Mallorca, um dort den Junggesellenabschied eines Mitstudenten zu feiern und er berichtet mir, wie schön sie bisher schon gefeiert haben. Gegen fünfzehn Uhr fährt Steffi wieder los. Unterwegs wird sie bei ihren Schwiegereltern vorbeifahren, vielleicht noch Kaffee mit ihnen trinken und dann mit Benno nach Hause fahren, sodass sie rechtzeitig zum Abendbrot in Potsdam sein werden.

Am Montag höre ich nur Horrornachrichten. Als ich meine Exkollegin Gisela anrufe und ganz lapidar und gutgelaunt frage, wie es ihr geht, antwortet sie mit leiser

Stimme und traurig: „Nicht so gut!“ Ich bohre nach und erfahre, dass sie Brustkrebs hat. Auf meine Frage, wann sie ins Krankenhaus zur Operation muss, antwortet sie: „Das ist alles schon passiert. Mir wurde eine Brust abgenommen, anders kam man nicht an den Herd heran.“ Ich bin geschockt und versuche, mir das beim Reden nicht anmerken zu lassen. Nachdem sie mir gesagt hat, dass sie nun Chemotherapie bekommt, sage ich: „Du gibst aber nicht auf und bleibst optimistisch oder? Brustkrebs ist zwar der am häufigsten auftretende Krebs, aber auch der mit der höchsten Heilungschance!“ Das habe ich gelesen und möchte ihr damit Mut machen. Sie antwortet mir, dass sie das weiß und auch, dass sie auf keinen Fall den Kopf hängen lassen wird. Sie ist nur gespannt, wie sie die Chemotherapie verkraften wird. Eine Perücke hat sie sich auch schon besorgt. Dann erzählt sie mir von zwei Kollegen aus unserem ehemaligen Betrieb, die kürzlich verstorben sind. Beide kannte ich auch sehr gut und hatte arbeitsmäßig viel mit ihnen zu tun. Ja, was soll man da sagen? Der Tod gehört zum Leben dazu, wie wir alle wissen. Außerdem waren beide schon älter. Ich muss bei solchen Gelegenheiten immer an meinen Vater denken, der gerade sechzig geworden war und vier Monate später starb. Und ich muss daran denken, was gestern den ganzen Tag die Nachrichten beherrschte. Da hat ein junger Vater nach dem Einkauf im Supermarkt seinen zweijährigen Sohn auf dem Parkplatz aus dem Einkaufswagen gehoben, der dann auf dem Weg zu seiner Mutter stürzte. In dem Moment parkte ein einundsiebzigjähriger Mann rückwärts aus, sah den Jungen nicht und überfuhr ihn. Diese Nachricht stach mir mitten ins Herz, weil der Kleine so alt wie unser Benno war und man sich gar nicht vorstellen mag, wie es den Angehörigen geht. Ich finde, wenn man bei solchen Unglücken Angehörige im gleichen Alter hat, tut das gleich doppelt weh. Ich kann mich noch genau erinnern, als 1995 hier in Neubrandenburg ein neunjähriger Junge vermisst und schließlich ermordet in der Nähe des Sees gefunden wurde. Damals war unser Thomas auch neun Jahre alt und als die Polizei durch alle Straßen fuhr und per Lautsprecher die Bevölkerung aufrief, bei der Suche mitzuhelfen, haben wir mehr als einmal Gänsehaut bekommen.

Nach anfänglich kühlem Wetter erwärmt es sich heute noch so, dass man sich gut auf der Terrasse aufhalten kann. Ich nutze jede Gelegenheit, mich nach draußen zu setzen und zu lesen. Sogar meine Mutter kann ich immer öfter überzeugen, dass wir auf der Terrasse unser nachmittags zur Gewohnheit gewordenes Halma spielen. Die Sonne tut einfach gut und sorgt dafür, dass wir Glückshormone ausschütten.

Als es abends klingelt und mein Mann später mit einem kleinen Karton hereinkommt, sehe ich ihn neugierig an. Er erklärt mir, dass das eben unsere Nachbarin war, die uns eine Solarkugel besorgt hat. So eine steht bei ihnen im Garten. Am Tag lädt sie sich auf und im Dunkeln fängt sie in sich wechselnden Farben zu leuchten an. Ich hatte diese Kugel schon öfter beobachtet und fand sie ganz schick. Als ich sie schließlich Siggi gezeigt und geschwärmt habe, wie schön die Farben wechseln, hat er mit der Nachbarin gesprochen und gefragt, wo es diese Kugel zu kaufen gibt. Sie hat prompt reagiert und heute in der Mittagspause eine solche Kugel für uns gekauft. Wir suchen gemeinsam einen Platz aus und im Dunkeln setze ich mich kurz nach draußen auf die Bank, um das schöne Farbspiel zu beobachten. Ich freue mich riesig, dass wir nun eine eigene Solarkugel haben.

Am Mittwoch gehen mein Therapeut Thomas und ich in der Physiotherapie wieder einmal eine Runde um die Häuser, um an meinem Gehbild zu arbeiten. Dabei erzählt er mir, dass er sich in einer anderen Praxis beworben hat, da er mit den finanziellen Konditionen in seiner jetzigen Praxis nicht mehr einverstanden ist und auch ein Gespräch mit seiner Chefin keine Änderung in Aussicht gestellt hat. Das leuchtet ein und spontan sage ich, dass ich mitgehe, auch die Praxis wechsele, weil ich ihn als Therapeuten behalten möchte.

Nachmittags ruft mein Sohn wieder ganz unverhofft aus Spanien an. Ich freue mich wie immer riesig, von ihm zu hören. Er erzählt, dass alles mit seiner Masterarbeit planmäßig läuft und es ihnen auch gut geht. Ehrlich gesagt, habe ich auch nichts anderes erwartet. Bei Thomas wäre es schon sehr außergewöhnlich, wenn etwas **nicht** nach Plan liefe!

Am nächsten Tag ist Himmelfahrt. Ich habe mir spontan überlegt, einen Pulverkuchen zu backen. Da sich Siggi mit meinem Bruder Olaf zu einer Fahrradtour verabredet hat, können sie danach noch schön Kaffee trinken und ein Stück Kuchen essen. Das Wetter spielt auch mit, sodass wir alle schön auf der Terrasse sitzen und Kaffee trinken können, als sie gegen halb vier von ihrer Tour zurück sind. Am Freitag bekomme ich telefonisch Bescheid, dass die Physiotherapie ausfällt. Das ärgert mich, denn freitags habe ich planmäßig nur Physiotherapie. Das passiert mir in der Ergotherapie nicht, da bekomme ich immer einen Ersatztherapeuten, wenn meiner ausfällt.

Sonnabend ruft Thomas wieder an, dieses Mal nicht aus Spanien, sondern aus Deutschland. Er und Jule halten sich hier auf, da es heute noch zur Hochzeit des Freundes geht, dessen Junggesellenabschied sie am Muttertag auf Mallorca gefeiert haben. Allerdings werden wir uns jetzt nicht wiedersehen, da es einfach zu umständlich und zeitaufwendig wäre. Thomas hat bei Freunden in Berlin geschlafen, die Hochzeit ist in Karlsruhe und er muss ja auch wieder von Berlin nach Madrid fliegen, denn seine Aufgabe besteht im Moment darin, seine Masterarbeit zu schreiben. Das verstehen wir natürlich. Jule bleibt zwar nach der Hochzeit noch in Deutschland, aber das hat auch einen

Grund. Ihre Mutti wird in einer Woche fünfzig Jahre alt und da möchte sie auch bei den Vorbereitungen der Feier helfen und natürlich bei der Feier dabei sein.

Das Wetter ist nicht Fisch noch Fleisch. In der Sonne ist es warm, sonst aber noch ziemlich kalt und vor allem auch sehr windig. Am Sonntag schlafe ich endlich wieder bis sechs Uhr, nachdem ich die gesamte letzte Woche zwischen halb fünf und fünf Uhr aufgewacht bin. Am Montag ist ein wunderschöner sonniger Tag, laut Wetterbericht sollen es um die achtundzwanzig Grad werden.

Da meine Mail an die Rentenversicherung nichts gebracht hat, das heißt, ich keine Antwort bekommen habe, mache ich mich daran und schreibe einen Brief, in dem ich nochmals den unbefriedigenden Sachverhalt schildere und um eine Weiterbearbeitung meines Antrages bitte. Meine Therapien führe ich planmäßig durch. Außerhalb der Therapien setze ich die Tipps, die mir die Therapeuten gegeben haben, um und mache solche Übungen, die unabhängig von einem Therapeuten möglich sind. In meine linke Hand ist auch schon so nach und nach wieder etwas Leben zurückgekehrt. Ich kann die Finger zwar noch nicht ganz strecken, aber ich kann die Hand etwas öffnen und mein Daumen zuckt dabei wie wild, will fleißig mithelfen. Mein Ergotherapeut Jan deutet das als gutes Zeichen und sagt, dass wir auf dem richtigen Weg sind. Ich muss einfach weiter Geduld haben und meine Devise lautet: Üben, üben und nochmals üben. Wobei das auch wiederum nicht übertrieben werden darf! Ein gesundes Mittelmaß ist hier genau das Richtige.

Langsam, aber sicher rückt Muttis achtzigster Geburtstag immer näher. Am kommenden Wochenende ist es soweit, von Aufregung bei ihr aber keine Spur. Ich bekomme in diesen Tagen von meinen Geschwistern den abgesprochenen finanziellen Anteil überwiesen.

Am 30. Mai holt mich wieder die Ex-Chefin des Steuerbüros ab, damit wir gemeinsam einen schönen Nachmittag verbringen. Dieses Mal sind wir bei ihr zu Hause, wollten eigentlich auf der Terrasse Kaffee trinken, aber das Wetter macht uns einen Strich durch die Rechnung. Es ist ziemlich kalt. So verlegt sie das Kaffeetrinken nach drinnen. Ich lerne ihren Mann kennen und wir unterhalten uns nett. Als sie mich am späten Nachmittag wieder nach Hause bringt, sich dort von mir den Haustürschlüssel geben lässt, um schon aufzuschließen, stellt sie fest, dass kein Schlüssel des Schlüsselbundes passt. Ich sehe genau hin und entdecke, dass das das Schlüsselbund meines Mannes ist, einschließlich Autoschlüssel. Er hat heute nämlich Thomas` Auto genommen, weil er damit noch zur Werkstatt will, und da er genau wie ich an seinem Schlüsselbund einen Anhänger mit Bennos Bild hat, habe ich wohl beide Schlüsselbunde verwechselt und mich vergriffen. Nun stehe ich da wie die Kuh vor dem Tor! Aber zum Glück habe ich wenigstens mein Handy mit, was bei mir nicht unbedingt selbstverständlich ist. So rufe ich Siggi an, der zufälligerweise schon Feierabend hat und gerade in einen Supermarkt einkaufen gehen wollte. Ich schildere ihm die Situation und kurzentschlossen sagt er: „Na gut, dann komme ich erst schnell nach Hause und fahre dann noch mal los, einkaufen.“ Ich bin erleichtert. Ich hätte zwar noch die Option gehabt, den Schlüssel von meiner Mutti zu holen, aber dann hätte ich meine Begleiterin bemühen müssen und das wollte ich nicht auch noch tun. Da es unangenehm kühl ist und mir das Stehen zunehmend schwerer fällt, setzen wir uns wieder ins Auto, um die Wartezeit zu überbrücken. Es dauert nicht lange und mein Mann ist da, begrüßt uns, und ein Kopfschütteln, begleitet von einem Zwinkern, bleibt natürlich auch nicht aus. Wir bedanken uns bei meiner Begleitung und wünschen uns vor der Verabschiedung noch gegenseitig einen schönen Abend. Zum Abendbrot esse ich heute nur Erdbeeren, da ich zum Kaffee zwei Stücken Kuchen geschlemmert habe. Da wir noch genügend Erdbeeren haben, beschließe ich, morgen eine Erdbeertorte zusätzlich für die Geburtstagsfeier meiner Mutter zu backen. Obstkuchen geht immer und wird gern gegessen. Also bleibe ich nach dem Abendbrot in der Küche und mache mich daran, die Erdbeeren zu putzen. Es ist nicht einfach, den Stielansatz mit einer Hand zu entfernen, aber erstaunlicherweise geht es ganz gut. Wahrscheinlich, weil ich es inzwischen gewohnt bin, dass die rechte Hand die Arbeit der linken mit übernehmen muss. Die Erdbeeren klein zu schneiden und zu zuckern ist natürlich gar kein Problem.

Am Donnerstag stört mich nicht, dass ich schon wieder sehr früh wach bin, denn ich habe ja etwas vor. Also mache ich mich noch vor meiner morgendlichen Tasse Milch daran, einen Obstboden zu backen.

Ich habe ein schönes Rezept, bei dem man statt Margarine Speiseöl nimmt und dieser Teig gelingt immer. Es dauert keine Viertelstunde und mein Obstboden ist im Ofen. Weitere zehn Minuten und er ist fertig. Die Zeit des Erkaltens überbrücke ich mit dem Lesen der Tageszeitung. Dann ist der Rest schnell gemacht und meine Mutter staunt nicht schlecht, als sie gegen halb zehn kommt und sieht, wie fleißig ich schon war.

Freitagfrüh steht bei mir das planmäßige Backen für die Geburtstagsfeier an. Ich backe, wie eigentlich fast immer zu Familienfeiern, einen Russischen Zupfkuchen sowie Blätterteigstücken mit Mandarinen und Streuseln und einige nur mit Streuseln. Alles gelingt mir gut, nur unsere Küche sieht hinterher wie ein Schlachtfeld aus. Aber auch das kriege ich in den Griff. Danach bin ich aber auch froh, dass ich mich erst einmal in den Sessel setzen und die Beine hochlegen kann, denn trotz allem war es doch ganz schön anstrengend. Nachmittags kommen Steffi, Steffen und Benno. Sie bringen auch gleich Thomas mit, den Steffen gestern Abend vom Flughafen abgeholt und der bei Steffi und Steffen übernachtet hat. Meine Freude ist riesengroß, dass ich alle mal wieder zusammen habe. Zwischendurch ruft Jule an, die ja schon länger wegen des runden Geburtstages ihrer Mutter hier in Neubrandenburg ist, und will erreichen, dass Thomas zu ihr kommt. Doch er war auch drei Monate nicht mehr bei uns und eigentlich war es beschlossene Sache, dass er deshalb den Tag und Abend hier verbringt. Außerdem sehen sie sich morgen ja auch wieder und nach der Feier geht es auch gleich wieder nach Madrid, wo sie ihre Zweisamkeit genießen können. Ich finde es gut, dass Thomas den Abend mit uns verbringen will und dass er konsequent bleibt.

Sonnabendfrüh holt Siggi Brötchen vom Bäcker und wir frühstücken in aller Ruhe zusammen. Als erstes löst Thomas die Runde auf und fährt los, da er noch seine Freundin und danach zwei Tanten von mir abholen muss, bevor es nach Trassenheide geht. Danach fahren Siggi und ich los, Mutti abholen. Dann fahren wir nach Prenzlau, um meine Tante Ilse abzuholen. Den kleinen Umweg nehmen wir für meine Tante gern in Kauf. Wir haben ihr von Anfang an versprochen, dass sie bei uns mitfahren kann. Wir machen dann, so wie ich es mit meiner Tante abgesprochen habe, bei ihr eine kleine Kaffeepause. Das ist vor allem für meine Mutter gut, denn sie hat Probleme damit, lange am Stück zu sitzen. Wir halten uns aber nicht lange auf und machen uns an die Weiterfahrt. Meine Tante ist ganz aufgeregt, sagt, dass sie sich freut, weil sie so oft ja auch nicht mehr, außer zum Einkaufen, aus ihren vier Wänden herauskommt. Sie ist so selig, dass wir sie mitnehmen und bedankt sich immer wieder bei uns, obwohl wir ihr versichern, dass es für uns selbstverständlich ist. Nach einer knappen Stunde sind wir in Trassenheide. Außer uns ist Thomas mit seinen Mitfahrern schon da. Wir begrüßen uns alle und Siggi holt die Schlüssel für die beiden Appartements, wo meine drei Tanten und meine Mutter unterkommen, und den für unseren Bungalow, in dem Thomas, Jule, mein Mann und ich wohnen werden. Wir gehen mit zu den Appartements, sind neugierig, was die älteren Damen sagen werden. Wir kennen hier alles schon zur Genüge, haben sehr oft hier Urlaub gemacht. Sie sind so begeistert, dass sie es gar nicht glauben können, hier untergebracht zu sein. Von „So komfortabel habe ich noch nie gewohnt!“ bis „Sind wir auch richtig hier?“ sind sämtliche Kommentare vertreten und wir freuen uns, dass es ihnen so gut gefällt. So soll es ja auch sein. Da gerade Mittagszeit und bis zum Beginn der Feier um halb drei noch genug Zeit ist, beschließen die vier, einen kleinen Spaziergang zur Ostsee zu machen und an der Strandpromenade eine Kleinigkeit zu essen. Sie waren alle schon seit Ewigkeiten nicht mehr an der Ostsee. Thomas und seine Freundin ziehen auch los und so sind wir beide im Handumdrehen allein. Das ist aber kein Problem für uns, denn jetzt werden so nach und nach alle anderen Gäste anreisen und da wir schon alles organisiert haben, werden wir eben noch das Empfangskommitee geben. Wir setzen uns auf die Terrasse der Gaststätte und mein Mann bestellt sich ein Bier und ich mir einen Eiskaffee, der hier vorzüglich schmeckt. So sitzen wir eine Weile, als auch schon mein Bruder Jürgen und meine Schwägerin Carmen zu uns kommen. Im Tross dahinter kommt meine Nichte Julia mit ihrem Mann und den drei Kindern. Richtig, die sieben sind ja schon seit gestern hier, das hatten wir im Moment ganz vergessen. Wir sind gerade dabei, uns herzlich zu begrüßen, als Steffen, Steffi und Benno dazukommen, die auch gerade hier gelandet sind. So sind wir gleich ein großer Haufen und die anderen Urlauber wundern sich, was es mit uns auf sich hat. Die Kinder und auch wir entdecken auf dem kleinen Spielplatz unweit der Gaststätte ein neues Spielgerät – ein Trampolin. Das Sprunggerät wird auch gleich von den Kindern in Beschlag genommen. Es kann nichts passieren, denn ringsherum ist ein Netz angebracht.

Wir bringen unsere Kuchen in die Küche, damit alles aufgeschnitten und vorbereitet werden kann. Dabei sehen wir, dass im Gastraum bereits für uns eingedeckt ist, eine große u-förmige Tafel. Aber noch ist Zeit und so setzen wir uns wieder an unseren Tisch auf der Terrasse. Nach und nach trudeln so langsam alle ein. Zuerst meine Schwester Ines mit ihrem Lebensgefährten Maik und Sohn Mario. Dann kommt mein Bruder Klaus mit seiner großen Tochter, Schwiegersohn und den beiden Enkeltöchtern. Die letzte im Bunde ist Klaus` jüngere Tochter Doreen. Sie hatte einen langen Anfahrtsweg, kommt von Hamburg. So langsam kommen auch diejenigen zurück, die sich auf einen kleinen Spaziergang zum Strand aufgemacht hatten. Das ist auch gut so, denn Thomas hat den Schlüssel für unseren Bungalow mit und wir wollen uns nun umziehen und auffrischen, denn es ist vierzehn Uhr und in einer halben Stunde beginnt die Feier mit dem Kaffeetrinken. Nachdem wir uns umgezogen und frisch gemacht haben und wieder in der Gaststätte gelandet sind, müssen wir feststellen, dass alle anderen unpünktlich sind oder keiner der erste sein will. Also gehen wir noch einmal zu den Appartements meiner Mutter und meiner Tanten. Sie sind zwar alle dabei, sich fertig zu machen, aber eilig hat es keine von ihnen. Also muss ich einschreiten und sage: „Ihr müsst jetzt langsam mal rüberkommen, es ist kurz vor halb drei, in zwei Minuten beginnt die Feier! Meiner Mutter sage ich, dass ich erst etwas mit den Kindern mache und sie danach die Feier eröffnen soll. Ungläubig sieht sie mich an und ich ahne, dass sie sich davor drücken will. Deshalb komme ich ihr zuvor und sage: „Da musst du jetzt durch, Mutti. Das gehört dazu." Sie willigt schließlich ein und mein Mann und ich machen uns wieder auf den Weg zur Gaststätte. Als wir das Gebäude verlassen, kommen gerade mein ältester Bruder Manfred und meine Schwägerin Liane. Sie sind die einzigen, die nicht hier in der Bungalowsiedlung untergebracht sind, sondern eigenständig eine Unterkunft gebucht haben. Sie wohnen in München und verbinden ihren Besuch gleich mit einem Urlaub an der Ostsee und sind woanders untergebracht. Wir begrüßen uns herzlich und ich frage nach ihrem Sohn Frank mit Familie, die auch noch nicht da sind. Sie wissen nicht, was mit ihnen ist, antworten ausweichend: „Sie kommen vielleicht noch." Wir nehmen die Antwort hin, wundern uns aber doch, denn sie hatten eigentlich zugesagt, zur Feier zu kommen. Was soll`s, wir müssen es hinnehmen und drei Personen mehr oder weniger ist ja schließlich auch kein

Beinbruch. Kaum, dass wir sitzen, kommt der Kellner zu mir und fragt nach dem genauen Ablauf. Das finde ich schon mal gut, denn oft ist es so, dass sich ein kompetent erscheinender Gast herausgesucht und als Ansprechpartner gewählt wird. In unserem Fall wird der Chef der Feriensiedlung seinem Kellner Bescheid gegeben haben, dass wir die Organisatoren und damit die Ansprechpartner sind. Er fragt mich, wie genau jetzt der Ablauf ist. Ich antworte ihm, dass wir zuerst mit einem Glas Sekt anstoßen möchten und dass danach gleich der Kaffee serviert werden kann. Inzwischen sind auch alle Gäste da, haben sich einen Platz gesucht und, damit es nun losgeht, muss ich wohl das Wort ergreifen. Vor allem auch deshalb, damit die Raucher, die auf der Terrasse stehen und ihrer Sucht frönen, endlich hereinkommen. Mit meinem Teelöffel klopfe ich gegen mein leeres Glas und bitte so um Gehör. Das klappt wunderbar und alle Augen sind gespannt auf mich gerichtet. Ich begrüße alle und sage, dass vor Beginn des Kaffeetrinkens erst einmal die Kinder an der Reihe sind, da gestern Kindertag war und wir natürlich auch eine Überraschung für sie vorbereitet haben. Ich bitte darum, dass die Kinder alle zu mir kommen. Auf dem Fußboden neben mir habe ich einen Karton mit diversen Süßigkeiten wie Überraschungseier, Schokoladenriegel und Gummibärchen zu stehen sowie kleines Spielzeug, zum Beispiel Wasserpistolen, Buntstifte, kleine Ping-Pong-Spiele, leuchtende Flummibälle, Seifenblasenröhrchen und für die Größeren kleine bunte Notizhefte und ähnliches. Sie sind erstaunlich schnell bei mir und ehe ich mich versehe und nachdem ich gesagt habe, dass sie zugreifen können, bin ich umlagert. Sie greifen ungeniert zu und ich muss das nur insofern steuern, dass auch die beiden Jungen unter den fünf Kindern die beiden Wasserpistolen bekommen, sonst hätten die Mädchen sie in Beschlag genommen. Als die Kinder Probleme damit bekommen, ihre erbeuteten Schätze halten zu können, kommt ihnen mein Sohn zu Hilfe und unterstützt besonders die Kleinen, ihre Schätze zu ihren Eltern in Sicherheit zu bringen. Diese Aktion kommt gut an und ich glaube, in diesem Moment bin ich die beste Tante unter all den Gästen für die Kinder. Jetzt haben auch alle ein Glas Sekt auf ihrem Platz zu stehen und ich nicke meiner Mutti zu, dass sie nun an der Reihe ist. Sie steht auf, und damit die Gespräche beendet werden, klopfe ich wieder mit dem Teelöffel an ein leeres Glas. Schlagartig ist alles still und alle Augen sind auf meine Mutter gerichtet. Sie sagt das Übliche, was man bei einer Feier so sagt, freut sich, dass im Prinzip alle ihrer Einladung gefolgt sind und wünscht allen eine schöne Feier. „Doch nun erst einmal Guten Appetit beim Kaffee und Kuchen." Sie betont, dass alle Kuchen selbst gebacken sind und sicherlich vorzüglich schmecken werden. Bevor sie das Sektglas erhebt und „Prost" sagt, bedankt sie sich bei den fleißigen Bäckern. Ihre Gäste machen es ihr nach und fast im Chor wird das „Prost" erwidert. Im nächsten Moment servieren zwei Kellner den Kaffee und für die Nichtkaffeetrinker die anderen Getränke. Am Kuchenbuffett herrscht reges Treiben und alle lassen es sich schmecken. Ich sitze zwischen meinem Mann und meiner Tochter, neben ihr Benno.

Mein kleiner Benno kommt zwischendurch immer wieder zu mir, sieht mich mit seinen großen braunen Augen treuherzig an und sagt „mehr". Ich weiß genau, was er will, doch zu ihm sage ich: „Da ist nichts mehr, Benno. Alle, alle!" und mit dem Fuß schiebe ich den Überraschungskarton noch ein Stückchen weiter unter den Tisch, obwohl der keineswegs leer ist. Meine Tochter ergänzt: „Guck doch mal, du hast doch auch noch ganz viel!" und zeigt dabei auf seinen kleinen Haufen. Er gibt sich dann auch damit zufrieden, nachdem er sich ein kleines Tütchen Gummibärchen genommen hat. Danach läuft er von einem zum anderen und verteilt fleißig Kekse, die er von irgendjemand geschenkt bekommen hat. Besonders meine Tanten und meine Mutti finden es niedlich, wie emsig Benno bei der Sache ist und sich darum bemüht, niemanden auszulassen.

Alle haben sich gestärkt und Thomas kommt zu mir, um zu fragen, wie der weitere Ablauf ist, da die jungen Leute an den Strand gehen und Volleyball spielen wollen. Ich sage: „Das könnt ihr machen. Jetzt ist sowieso eine Pause bis halb sieben eingeplant, damit auch das Kaffeegeschirr abgedeckt und für das Abendessen alles neu eingedeckt erden kann.“ Das wollte er hören und er sagt, dass sie dann mal gehen und pünktlich wieder zurück sind. Auch die Kinder hält es nicht länger auf ihren Plätzen und sie verschwinden mit Mama oder Papa oder beiden zum Spielplatz. Nur unsere vier Senioren, für die wir eigentlich hauptsächlich die Pause eingeplant hatten, machen keine Anstalten und sitzen artig auf ihren Plätzen. Daher spreche ich meine Mutter an: „Mutti, ihr könnt euch jetzt hinlegen, es geht erst um halb sieben weiter!“ Statt meiner Mutter antwortet meine Tante Gerda: „Ja, das ist schön, los, Elli, wir legen uns hin.“ Meine anderen beiden Tanten stimmen ebenfalls begeistert zu. Erst in diesem Moment wird meiner Mutter bewusst, dass nun die Gelegenheit ist, die Beine für drei Stunden hochzulegen. Begeistert antwortet sie und sieht dabei die drei anderen an: „Das ist eine gute Idee, wir legen uns hin oder?“ Sie stimmen ihr zu und da alle vier immer noch keine Anstalten machen, in ihre Appartements zu gehen, fordert Siggi sie auf: „Je länger ihr hier sitzt, desto weniger Zeit bleibt euch zum Ausruhen!“ Wie auf Befehl stehen sie nun auf und trotten zu ihren Appartements hinüber. In dem Moment ist auch unser Sohn in Badeshorts und Sportdress zurück, um uns den Bungalowschlüssel zu geben. Wir gehen dann auch zu unserem Bungalow, um uns dort auf die Terrasse zu setzen und etwas auszuruhen. Auf dem Weg dorthin bleiben wir an dem kleinen Spielplatz stehen, den die Kinder in Beschlag genommen haben, und sehen eine Weile zu. Die Kinder fühlen sich wohl und ich fühle mich ein weiteres Mal darin bestätigt, dass eine Feier in einer Gaststätte wie dieser, wo jeder sich draußen die Beine vertreten oder man sich zwischendurch sogar hinlegen kann, die beste Lösung für meine Mutter und auch alle anderen Gäste ist.

Gegen halb sechs trudeln so langsam wieder alle in der Gaststätte ein. Die meisten haben sich noch einmal für den Abend umgezogen. Doch zwischen den schickgemachten Gästen taucht auf einmal unser Sohn auf, ganz leger in Sportkleidung und um den Hals ein Handtuch gelegt. Seine Haare sind nass und er ist auch ein wenig außer Puste. Siggi mahnt ihn zur Eile und ich frage, wieso er außer Atem ist. Thomas antwortet, dass er baden und das Wasser mit zirka fünfzehn Grad nicht gerade warm war. Um sich aufzuwärmen, ist er hierher gejoggt. Eigentlich wollte er nur die Bungalowschlüssel holen und er versichert, dass er und die anderen in ein paar Minuten auch da sind. Thomas erzählt noch, dass sie Volleyball gespielt haben und es Spaß gemacht hat. Im Prinzip haben alle Cousinen und Cousins mitgespielt oder waren so wie die jungen Mütter Julia und Steffi Zuschauer, da sie gleichzeitig auf ihre Kinder aufpassen mussten. Nach und nach treffen auch die jungen Leute frisch geduscht ein. Ein Großteil von ihnen war in der Ostsee baden, obwohl es mit vierundzwanzig Grad Lufttemperatur noch ziemlich kalt ist, wenn man dann wieder aus dem Wasser kommt.

Der Chefkellner kommt wieder zu uns und fragt, wie die weitere Planung ist. Wir sagen, dass nun individuell Getränke bestellt werden können und dass zu Mitternacht wieder mit einem Glas Sekt angestoßen wird, da meine Mutter ja erst am kommenden Tag Geburtstag hat und wir reinfeiern. Alles ist geklärt und auch alle Plätze sind wieder besetzt. Die Stimmung wird langsam ausgelassener, da nun auch Alkohol getrunken wird. Mehrere Kellner sind mit dem Eindecken des Abendbrotbuffetts beschäftigt und der Duft der Speisen steigt uns schon in die Nase.

So wie wir es abgesprochen hatten, kommt der Chefkellner pünktlich um halb acht zu uns und sagt, dass das Buffett eröffnet werden kann. Vorher sollen wir einen Blick darauf werfen. Das Buffett sieht sehr gut aus. Neben Brot mit Aufschnitt, Käse und Salaten gibt es auch warme Speisen, zum Beispiel Soljanka, Buletten, Schweinebraten und mehrere Gemüsesorten. Und das Allerwichtigste ist die Fischplatte, finde ich. Wenn wir schon an der See sind, sollte die nicht fehlen. Die ist auch da und besteht aus frischgeräuchertem Aal und Lachs. Ich bedanke mich beim Kellner und gehe zu meiner Mutter, um ihr zu sagen, dass das Buffett fertig aufgebaut ist und wir beginnen können. Sie macht es ganz formlos, bittet wie gehabt mit Teelöffel und Glas um Aufmerksamkeit und sagt: „Ich habe gerade erfahren, dass das Buffett fertig aufgebaut ist und wir beginnen können. Also langt ordentlich zu und lasst es euch schmecken. Guten Appetit.“ Nach anfänglichem Zögern, keiner will der erste sein, gehen sich schließlich alle etwas holen.

Es ist aber schon abzusehen, dass wir das alles nicht schaffen werden. Aber das ist besser als wenn es zu knapp bemessen wäre. So gehört sich das für eine Feier und die Reste können wir sicherlich mitnehmen. Wir langen alle ordentlich zu und es ist zu sehen, dass es allen gut schmeckt, niemand etwas auszusetzen hat. Das wäre auch eigenartig, denn es ist wirklich für jeden Geschmack etwas dabei. Nach einer angemessenen Pause vom Abendbrot wird Musik zum Tanzen aufgelegt, aber irgendwie hat keiner Lust, zu tanzen und so wird der Abend dazu genutzt, miteinander ausführlich zu erzählen, denn wir sehen uns untereinander auch eher selten. Gegen halb elf kommt der Kellner wieder zu uns und sagt, dass sie gern das Buffett abräumen würden und wir einigen uns darauf, dass das um elf passieren kann. Bis dahin sollen alle noch einmal die Gelegenheit bekommen, sich etwas zu holen. Das ist wieder mal mein Part und so mache ich die Ansage. Wider Erwarten stürmen auch viele ein zweites Mal zum Buffett. Es sind hauptsächlich die jungen Männer, die sich beim Volleyball ausgetobt haben und eine Stärkung gut vertragen können. Wir sind froh, denn je weniger übrig bleibt, desto besser ist es und um so weniger muss mitgenommen werden. Nach dem Essen wechselt fast jeder der Gäste zwischendurch seinen Platz und setzt sich eine Weile zu jemand anderem, um zu erzählen. Selbstverständlich profitiert meine Mutter am meisten davon, denn sie ist ja auch heute die Hauptperson, um die sich alles dreht.

Nachdem ein zweiter Versuch vergeblich gestartet wurde, uns zum Tanzen zu bewegen, wird die Musik etwas leiser gedreht, damit sich alle gut unterhalten können. So verbringen wir den Abend in ruhiger entspannter Atmosphäre und in sämtlichen Gesprächsrunden werden Anekdoten aus früheren Jahren erzählt.

Ehe wir uns versehen ist es halb zwölf. Die Kellner beginnen zum zweiten Mal die Sektgläser auszuteilen und einzugießen. Mit Olafs Lebensgefährtin Marion mache ich aus, dass sie Punkt zwölf „Happy birthday" anstimmt und zu unserem Sohn sage ich, er soll kräftig mit einstimmen, damit dann alle anderen auch mitsingen. Denn, was sowohl Siggi als auch ich definitiv nicht können, ist singen. Mitsingen ist natürlich kein Problem, aber ein Lied anzustimmen, ist für uns gleich eine andere Liga und das überlassen wir deshalb gern anderen, die es besser können.

Dann ist es soweit. Marion und ich sehen uns an und nach einem bestätigenden Blick auf unsere Armbanduhren steht sie auf und beginnt mit „Happy birthday", worauf die anderen Gäste gleich einstimmen, Mutti auch aufsteht und ganz gerührt ist. Um dies etwas zu überspielen, nimmt sie ihr Sektglas in die Hand, hält es als Aufforderung für ihre Gäste hoch und dann stoßen alle mit ihr an und trinken erst einmal einen Schluck. Gleich danach stürmen alle noch einmal mit ihren Geschenken zu Mutti, sodass bei ihr eine kleine Schlange entsteht. Dann wird geherzt und gedrückt. Von ihren Enkelkindern bekommt sie vor allem Blumen und sehr persönliche Geschenke. So zum Beispiel von Anne, die als Reiseleiterin durch die Welt tingelt, ein Fotobuch mit den Stationen ihrer Reisen in den letzten drei Jahren oder von Julia und Micha ebenfalls ein Fotobuch von sich und ihren drei kleinen Kindern. Von Steffi und Steffen bekommt sie einen Topf mit Fleißigen Lieschen und ein besonders schönes Bild im Bilderrahmen mit Benno neben sich auf der Couch, als sie gerade eine Schüssel mit Kartoffeln auf dem Schoß hat und Benno damit beschäftigt ist, mit seinen kleinen Fingern die Keime aus den Kartoffeln zu pulen, damit Mutti sie dann schälen kann. Danas Kinder sind schon größer und sie stehen zusammen mit ihren Eltern zum Gratulieren an, in den Händen einen Präsentkorb. Doreen hält einen wunderschönen kleinen Blumenstrauß mit weißen Lilien und roten Gerbera in den Händen. Thomas und Julia halten eine kleine Präsenttüte und einen Blumentopf mit einer Sonnenblume bereit. Die Einzigen, die nichts in den Händen haben, sind Siggi und ich. Mutti hat sich auf unser Nachfragen einen schönen Blumentopf gewünscht und wir haben eine prächtige Flamingoblume gekauft, die Siggi ihr aber schon im Vorfeld nach Hause gebracht hat. Das wäre der Blume sicherlich nicht gut bekommen, sie hin- und her zu transportieren. Im Moment sieht es etwas dumm aus, aber Mutti weiß das ja und das ist das Wichtigste.

Im Handumdrehen ist der Platz um Mutti herum mit Blumen und Geschenken gefüllt und sie ist richtig gut drauf. Als ich mich später noch einmal kurz zu ihr setze, sagt sie: „Ich kann es gar nicht glauben, dass ich wirklich schon achtzig bin!“ Ich antworte ihr: „Und was noch viel wichtiger ist: Du bist sowohl körperlich als auch geistig noch super fit! Andere träumen davon, so alt zu werden. Du brauchst ja nur an Vati und Jürgens Schwiegervater zu denken.“ Der Schwiegervater meines Bruders und unser Vater hatten beide Krebs und starben kurz hintereinander und eindeutig viel zu früh. Sie nickt, nimmt meine Hände und erwidert: „Ich bin ja auch unendlich froh.“ Ich glaube ihr aufs Wort als ich ihre tränenfeuchten, aber glücklichen Augen sehe. Es wird fleißig weitergefeiert, bis gegen halb drei morgens wieder der Kellner bei uns erscheint und fragt, wann Schluss ist. Wir vereinbaren, dass bis drei Uhr noch auf unsere Rechnung bestellt werden kann, dann aber Schluss ist beziehungsweise jeder sein Bestelltes selbst zahlen muss. Darüber informieren wir die Geburtstagsrunde und es wird noch einmal kräftig bestellt. Um drei gehe ich an den Tresen, um zu bezahlen. Es ist nicht ganz billig, aber es ist in Ordnung so. Man darf schließlich nicht vergessen, dass die Summe nicht nur die Feier beinhaltet, sondern auch die Unterkünfte für alle. Ich bin auch froh, dass meine Kalkulation aufgegangen ist. Bei dem supertollen Buffett hatte ich schon befürchtet, dass es teurer wird. Meine Mutter kommt zu mir und setzt sich neben mich. Dann sagt sie, dass sie sich ganz herzlich vor allem bei mir für die wunderschöne Feier bedanken möchte, da ich alles so prima organisiert habe. Auch Siggi drückt sie und sagt: „Danke, das habt ihr ganz toll gemacht und ihr hattet ja auch ordentlich Arbeit damit.“ Ich entgegne, dass wir das sehr gern getan haben und dass das Wichtigste ist, dass ihr die Feier gefallen hat.

Alle trinken ihre letzten Gläser aus und nach und nach verschwinden einige ins Bett. Wir gehören auch dazu. Während mein Mann schon neben mir schnarcht, höre ich später Thomas und Julia in den Bungalow kommen. Neugierig schalte ich die Nachttischlampe an und sehe auf die Uhr. Es ist vier Uhr fünfzehn. Oh, Gott, denke ich, die könnten ja gleich aufbleiben, da lohnt ja gar nicht mehr das Schlafengehen.

Am Sonntag bin ich natürlich gegen sechs Uhr wach und kann trotz intensiver Bemühungen einfach nicht wieder einschlafen. Nach einigem Hin- und Hergewälze stehe ich schließlich auf und versuche, leise zu sein, damit ich niemanden aufwecke. Da ich mir denken kann, dass um diese Zeit niemand weiter wach ist, schnappe ich mir nach dem Waschen und Anziehen mein Buch und schleiche mich auf die Bungalowterrasse. Dabei muss ich durch das Zimmer, in dem Thomas und Julia liegen. Die Beiden schlafen friedlich den Schlaf der Gerechten. Nach einer Stunde Lesen habe ich die Nase davon voll, lege das Buch beiseite und überlege, was ich nun machen kann. Neben unserem Bungalow ist der Bungalow meiner Nichte mit den drei kleinen Kindern. Und da von dort auf Grund des geöffneten Fensters Stimmen zu hören sind, gehe ich erst einmal in diese Richtung. Vor dem Bungalow spielt der dreijährige Ludwig mit seiner gestern erhaltenen Wasserpistole. Als er feststellt, dass sie offensichtlich gerade verstopft ist, kommt er mir hilfesuchend entgegen. Ich sehe mir die ganze Sache an und da ich mit einer Hand sowieso nichts ausrichten kann, gebe ich ihm die Wasserpistole mit Bedauern zurück und sage, dass er damit zu seinem Papa gehen soll. Er hat Bedenken, seine Eltern zu stören. Mir tut er leid und so klopfe ich an die Tür und frage meine Nichte nach einer Haarbürste, die ich angeblich vergessen habe. Im gleichen Atemzug spreche ich Micha an, dass die Wasserpistole seines Sohnes wohl verstopft ist und er mal nachsehen möchte. Das tut er und gleich darauf ist sie wieder funktionstüchtig und der kleine Ludwig strahlt über beide Ohren. Dann überlege ich mir, dass zumindest unsere Senioren schon wach sein müssten und beschließe, dorthin zu gehen. Dabei muss ich ganz schön aufpassen, denn die Bungalows befinden sich auf kleinen Hügeln im Wald und es geht immer hoch und runter und der Boden ist voller Kienäpfel, sodass man auch schnell umknicken kann. Doch es sind keine dreißig Meter, bis ich auf dem gepflasterten Weg lande, der zur Gaststätte und auch zu dem Gebäude führt, in dem meine Mutti und meine Tanten ihre Appartements haben. Ich gehe ins Gebäude und darin bis zum Ende des Flurs, wo sich die beiden Appartements befinden. Bevor ich anklopfe, höre ich schon Stimmen und freue mich, dass es hier auch Frühaufsteher gibt. Ich gehe zuerst ins Appartement meiner Mutti und meiner Tante Gerda, die die Schwester meiner Mutter ist und bei der ich als Kind oft in den Sommerferien war und meiner ein Jahr jüngeren Cousine Karin Gesellschaft leistete. Deshalb habe ich auch ein sehr gutes Verhältnis zu ihr. Sie freuen sich, mich zu sehen und nach einer herzlichen Begrüßung reden wir noch kurz über die Verfahrensweise beim Frühstück und ich verabschiede mich bis dahin wieder von ihnen, um zu meinen beiden anderen Tanten gegenüber zu gehen. Sie freuen sich ebenfalls über meinen Besuch und erzählen mir, dass in der Nacht vor ihrem Fenster noch ordentlich was los war. Die Fenster ihres Appartements liegen genau gegenüber der Gaststätte und so haben sie dann mitbekommen, als sie schon in ihren Betten lagen, dass sich unsere Jugendlichen nach der Feier noch auf der Gaststättenterrasse zusammengefunden haben, um noch eine Weile miteinander zu erzählen und zu lachen. Meine beiden Tanten sind die Schwestern meines bereits verstorbenen Vaters und besonders meine Tante Ilse sieht ihm sehr ähnlich und vom Charakter her ist bei Beiden nicht zu verkennen, dass sie zusammen mit meinem Vater aus einem „Stall“ kommen, weshalb ich sie auch sehr gern habe. Sie fragen ebenfalls nach dem Frühstück und ich sehe auf meine Uhr, die inzwischen zehn Minuten vor acht anzeigt und sage: „Ein bisschen müsst ihr noch warten. Frühstück gibt es ab halb neun.“ Dann mache ich mich auf den Rückweg zum

Bungalow und treffe auf dem Weg dorthin Siggi, der sich schon auf die Suche nach mir gemacht hat. Ich wundere mich, dass er schon aufgestanden ist und er erwidert: „Du weißt doch, seitdem ich so früh aufstehen muss, wenn es zur Arbeit geht, kann ich auch an den Wochenenden nicht wirklich lange schlafen und als ich wach wurde und du nicht da warst, bin ich eben auch aufgestanden.“ Ich finde das gut, gebe ihm einen Gluten-Morgen-Kuss und wir wenden uns wieder in die andere Richtung, denn was sollen wir jetzt im Bungalow. Wir würden nur unseren Sohn und Jule stören, die ruhig ausschlafen sollen. Beim Frühstück haben sich schon die Ersten eingefunden, auch einige Urlauber. Für uns sind die hinteren Tische in der Gaststätte reserviert, sodass wir alle zusammen sitzen können. Neben dem normalen Frühstücksbuffett für alle Übernachtungsgäste ist für uns noch ein Extratisch mit den Aufschnittresten von der Feier gedeckt. Als wir an unserem Tisch sitzen, sehen wir erst einmal in die Runde, wer alles so da ist beziehungsweise wer fehlt. Mein Bruder Jürgen und Familie ist schon mit dem Frühstück fertig. Wir haben sie auf dem Weg zur Gaststätte getroffen. Sie sind immer die ersten beim Frühstück, sie sind so ziemlich die einzigen Frühaufsteher in unserer Familie, von meiner momentanen Situation mal abgesehen. Neben unserem Sohn und seiner Freundin fehlt noch meine Nichte Dana mit Familie. Sie und ihr Mann gehörten auch zu denen, die erst spät beziehungsweise sehr früh am Morgen ein Ende gefunden haben und sie werden sicherlich ausschlafen. Ich mag gar nicht frühstücken, weil Thomas und Jule fehlen und frage Siggi, ob er nicht mal im Bungalow nachsehen möchte, ob die Beiden überhaupt schon aufgestanden sind. Er antwortet mir, dass ihm das zu blöd ist und in dem Augenblick betreten die Beiden auch schon die Gaststätte. Sie stellen auch gleich fest, dass Dana und Christian sowie ihre Töchter noch fehlen und bemerken schmunzelnd, dass

Christian vergangene Nacht gut drauf war. Aber es dauert nicht lange und auch die vier kommen zum Frühstück.

Bei guter Laune wird gefrühstückt und danach herrscht ein reges Treiben in den Bungalows und alle packen ihre Taschen, denn um zehn müssen wir aus den Bungalows sein, damit die Reinigungskräfte sauber machen können. Überall werden die Autos mit dem Gepäck beladen und zur Verabschiedung finden sich alle noch einmal auf der Gaststättenterrasse zusammen. Wir sagen Bescheid, dass sich jeder noch etwas von dem Übriggebliebenen des Buffetts und auch vom restlichen Kuchen einpacken kann und zeigen, in welchem Raum alles steht. Außerdem müssen ja auch noch die Kuchenformen und -teller abgeholt werden. Wir gehen auch in den Raum, in dem alles bereitsteht. Es ist noch sehr viel vom Buffett übrig, obwohl sich schon einige etwas geholt haben. Wir packen uns auch etwas ein und dann fordere ich noch einige auf, sich etwas mitzunehmen. Aber die Einen sind noch ein paar Tage hier und sie wollen nichts wegen der fehlenden Kühlmöglichkeit und die Anderen sind von weiter weg, dass sie nichts mitnehmen möchten. Was soll`s, das wird schon weiterverwertet werden, da sind wir uns ganz sicher. Mein Bruder Manfred und meine Schwägerin Liane, die nicht hier in der Anlage übernachtet haben, kommen gerade zur rechten Zeit, um sich zu verabschieden. Dann geht es Schlag auf Schlag. Eine Familie nach der anderen steigt ins Auto und macht sich auf den Heimweg. Ausnahmslos alle bedanken sich bei mir für die tolle Organisation und versichern, dass es eine sehr schöne Feier war. Darüber freue ich mich natürlich, da es einige Skeptiker gegeben hatte. Wir fahren wieder den kleinen Umweg über Prenzlau, um meine Tante Ilse dort abzusetzen. Meine Mutti und meine Tante schwärmen unterwegs um die Wette, wie schön die Feier war. Mein Mann und ich blinzeln uns zu. Jeder denkt das Gleiche, nämlich, dann haben wir ja alles richtig gemacht. Als wir meine Tante dann vor ihrer Haustür absetzen und uns verabschieden, gibt es Tränen bei ihr. Und auch bei mir. Ich bin auch nah am Wasser gebaut und wenn einer so seine Gefühle zeigt, öffnen sich meine Schleusen ebenfalls. Noch eine knappe Stunde Fahrt und wir landen auch wieder zu Hause nachdem wir erst die Geburtstagsgeschenke und die vielen Blumensträuße und Blumentöpfe zu Mutti nach Hause gebracht haben. Kurz nach uns kommen auch Thomas und Jule. Sie haben wieder meine beiden anderen Tanten mitgenommen und heil und sicher nach Hause gebracht. Steffi, Steffen und Benno sind gleich nach Potsdam durchgefahren. Wir sind uns einig, dass das Mittagessen heute ausfällt beziehungsweise jeder sich ganz unbürokratisch an den Resten vom Geburtstagsbuffett bedient. Dann lassen wir alle die Beine baumeln und nicken ein wenig über. Da meine Mutter ja heute erst so richtig Geburtstag hat, trinken wir gemeinsam Kaffee. Wie immer hatte ich auch für die Geburtstagsfeier reichlich gebacken und so habe ich von meinem Blätterteigkuchen noch genug da. Jule ist so begeistert davon, dass sie gern das Rezept haben möchte. Ich verspreche, es ihr zu mailen. Dann machen sie und Thomas sich auch schon auf den Weg nach Hamburg. Sie haben ja den längsten Weg, müssen noch von dort bis nach Madrid.

Die folgende Woche passiert nichts Aufregendes, der Alltag hat wieder Einzug gehalten und ich bekomme wie immer meine Therapien zu Hause. Am Freitag fällt meine Physiotherapie kurzfristig aus, da mein Therapeut Thomas krank ist. Die Woche darauf hat er Urlaub und ich ärgere mich darüber, dass die Physiotherapiepraxis nicht in der Lage ist, für Montag und Mittwoch eine Vertretung zu schicken, zumal die Therapie schon am Freitag ausgefallen ist. Ich bekomme zur Antwort, dass keine Kapazitäten frei sind. Das mag ja sein, doch ich bin schon eine langjährige Patientin, sodass man da verlangen kann, dass eine

Vertretung abgesichert wird. Mir geht durch den Kopf, dass meine Entscheidung, mit Thomas` Weggang auch die Physiotherapie zu wechseln nur logisch und folgerichtig ist.

Am Freitag fahren mein Mann und ich wie jedes Jahr um diese Zeit für ein verlängertes Wochenende bis Montag nach Trassenheide zu der Bungalowsiedlung, wo wir erst vor vierzehn Tagen waren und Muttis Geburtstag gefeiert haben. Wir sind relativ spät, aber noch am frühen Nachmittag dort, weil Siggi heute noch gearbeitet hat. In dem Glauben, dass mein Bruder Olaf und Marion, die auch jedes Jahr dabei sind, schon da sind, geht Siggi auf die Suche. Aber nein, sie sind noch nicht hier. Wir richten uns im Bungalow ein, packen unsere Sachen aus und setzen uns auf die Terrasse, um zu überlegen, was wir nun tun werden. Im nächsten Moment kommen die Beiden um die Ecke und wir begrüßen uns freudig. Olaf will sich anmelden gehen, aber das kann er sich sparen, da wir schon seinen Bungalowschlüssel für den Nachbarbungalow mitbekommen haben. Wir verbringen den Nachmittag erzählend auf der zu unseren beiden Bungalows gehörenden Terrasse. Zum Abendbrot gehen wir zur Gaststätte. Da schönes Wetter ist, suchen wir uns einen Platz auf der Gaststättenterrasse. Marion und ich essen nur einen kleinen Salat mit Putenstreifen, der aber sehr gut schmeckt. Bei einem Bier beziehungsweise wir Frauen bei einer Alster beschließen wir, morgen nach Polen zu fahren und dort ein bisschen durch die Geschäfte zu bummeln. Das Wetter soll morgen wechselhaft sein, das heißt also, es ist kein Strandwetter und unternehmen müssen wir ja irgendetwas. Außerdem haben morgen noch alle Geschäfte in Polen geöffnet und es ist gerade Kirschenzeit und erfahrungsgemäß gibt es dort immer sehr gute und preiswerte Kirschen, insbesondere Knorpelkirschen, die mein absolutes Lieblingsobst sind. Ich bin schon voller Vorfreude darauf, mir morgen welche zu kaufen und mich richtig satt daran essen zu können. Am Abend wollen wir

Karten spielen und stellen fest, dass sowohl Olaf als auch wir die Karten dieses Mal total vergessen haben. Aber das ist kein Problem. Wir fragen einen Kellner und bekommen ein Skatspiel geborgt. Bei einem Glas Rotwein spielen wir „Knack“ oder auch bekannt als „Schwimmen“. Es ist sehr lustig und als es langsam zu dunkel wird, sagt Marion: „Schade, ich wollte erst eine Kerze einpacken, aber das habe ich dann doch vergessen!“ Siggi entgegnet: „Aber wir haben eine, bei uns im Bungalow steht eine Kerze. Ich hole sie“ und schon ist er verschwunden, um sie zu holen. Er kommt wirklich mit einer Kerze zurück und als wir sie auf dem Terrassentisch anzünden, herrscht gleich wunderbare Urlaubsatmosphäre und wir hören zu spielen auf, um die laue Nacht und das schöne Flair ringsherum voll und ganz zu genießen.

Am nächsten Morgen treffen wir uns beim Frühstück wieder und sind uns einig, dass die Entscheidung, heute nach Polen zu fahren, richtig ist, denn es ist bewölkt und sieht nicht so aus, als ob sich in nächster Zeit die Sonne durchkämpfen wird. Nach dem Frühstück geht es los. Wir fahren natürlich nur mit einem Auto. Olaf hat sich bereit erklärt, zu fahren. Die Straßen sind frei, es ist kaum Verkehr. Erst als wir durch die Kaiserbäder Heringsdorf, Bansin und Ahlbeck kommen, ist auf den Straßen schon Einiges mehr los. Das ist auch kein Wunder, denn das ZDF-Fernsehen hat in Heringsdorf sein Sportstudio für die Zeit der Fußball-Europameisterschaft aufgebaut, eine große Open-Air-Anlage mit einer riesigen Video-Leinwand in der Ostsee errichtet, sodass alle Fußballfans auf ihre Kosten kommen und die Europameisterschaftsspiele als Public-Viewing erleben können. Dementsprechend haben auch eine Menge Urlauber hier gebucht. An der Grenze nach Polen entfällt das lästige Warten, jetzt wird die Einreise nicht mehr kontrolliert, kein einziger Zollbeamter ist zu sehen. Wir kennen auch andere Zeiten, als sich die Autokolonne bis zum fünf Kilometer entfernten Ahlbeck staute, ehe man an der Grenze einen Parkplatz bekam, man dann den Zoll passierte und sich zu Fuß zu den polnischen Märkten aufmachte. Heute ist unser Ziel die Stadt Swinemünde und sie liegt etwa fünfundzwanzig Kilometer landeinwärts. Eines ist noch genauso wie früher. Auf polnischer Seite stehen jede Menge Taxis und Pferdekutschen, die ihre Dienste anbieten und diejenigen, die ihr Auto auf dem großen Parkplatz abgestellt und sich wie früher auf den Fußmarsch zu den Märkten gemacht haben, zu ihrem Ziel fahren wollen. Das ist wahrscheinlich ein lukratives Geschäft und sichert Fahrgäste, vor allem jetzt in der Vorsaison und auch später in der Hauptsaison, wenn es viele neugierige Urlauber gibt. Im Herbst und Winter wird hier sicherlich nichts los sein. Auf dem Weg bis zu den Märkten sitzen am Rand einige Musikanten und Bettler, die zum Teil ihr Handycap wie fehlende oder verletzte Gliedmaßen zur Schau stellen und an das Mitleid und die Großzügigkeit der Urlauber appellieren. Auch einige alte Leute bieten in kleinen Schälchen wahrscheinlich mühsam gesammelte Blaubeeren oder anderes Obst aus dem heimischen Garten an, um sich eine Kleinigkeit zu der wohl mageren Rente dazu zu verdienen. Dann geht es mit dem Auto nur noch durch die Landschaft. Ich glaube, wir passieren nur ein oder zwei Dörfer bis wir in Swinemünde ankommen. So wie schon die ganze Strecke bis hierher fährt Olaf auch jetzt sicher und ohne mit der Wimper zu zucken durch den kleinen Urlaubsort bis in die Nähe des Stadtzentrums zu einem Parkplatz. Man könnte meinen, er fährt täglich die Strecke. So sicher fährt er und so gut kennt er sich aus. Von hier aus machen wir uns zu Fuß auf den Weg. Ich hake mich bei Siggi unter und auf geht es. Als erstes tauschen wir auf Olafs Anraten hin etwas polnisches Geld ein. Der Kurs ist wie in letzter Zeit schon immer zirka eins zu vier, das heißt, für fünfzig Euro bekommen wir gute zweihundert Zloty. Dann kommen wir an einem kleinen

Obst- und Gemüsemarkt vorbei und ich entdecke sofort herrlich große Kirschen. Das Kilo kostet vier Zloty und ist damit ein Schnäppchen gegenüber den momentanen Kirschenpreisen in Deutschland. Bei uns kostet ein Kilo mindestens fünf Euro, weniger nur, wenn man direkt an einer Kirschenplantage kauft. Also liegt es auf der Hand, dass ich mir ein Kilo kaufe. Olaf kauft sich eine Schale Erdbeeren, die auch wie gemalt aussehen. Dann müssen wir noch zirka zweihundert Meter bis ins Stadtzentrum laufen. Auf dem Weg dorthin koste ich die Kirschen und biete auch den Dreien welche an. Sie schmecken genauso gut wie sie aussehen und da mein Vorrat schon merklich abgenommen hat, schaue ich mich schon wieder nach einem weiteren Markt oder Obststand um. Wir bummeln durch Geschäfte, Kaufhäuser und Boutiquen. Am meisten kauft Marion ein. Ich kaufe mir nur ein Top und einen kleinen Trolleykoffer, falls ich mal allein auf Reisen gehe oder wir nicht so viel Gepäck benötigen. Während unseres Einkaufsbummels ist das Wetter immer schöner geworden. Inzwischen scheint die Sonne und wir tragen unsere vorsichtshalber mitgenommenen Wetterjacken über dem Arm. So langsam haben wir auch die Nase vom Einkaufsbummel voll und beschließen, da auch schon Mittagszeit ist, jetzt essen zu gehen. Wir finden ein schönes Lokal in der Nähe des Stadthafens und nehmen Platz. Marion bestellt sich Fisch, Siggi Hähnchenbrustfilet und bei Olaf und mir ist zu merken, dass wir Geschwister sind, denn wir bestellen uns das Gleiche: Wildgulasch mit Klößen und Rotkohl. Wir haben preiswert und sehr gut gegessen, ich habe noch ein weiteres Kilo Kirschen gekauft, die Männer Zigaretten und wir fahren in Richtung Ostsee, um noch an der Strandpromenade spazieren zu gehen. Dort herrscht trotz Vorsaison emsiges Treiben und nach einem kurzen Spaziergang direkt an die Ostsee beschließen wir, nun wieder zurück nach Trassenheide zu fahren. Die

Entscheidung ist goldrichtig, denn als wir im Auto sitzen und westwärts fahren, sehen wir dort dicke dunkle Wolken in unsere Richtung ziehen. In den Radionachrichten hören wir es dann auch gleich, dass erste kräftige Schauer aus Westen kommend die Insel Usedom erreicht haben. An sich ist es ja nach der langen Trockenperiode gut, dass endlich mal ordentlich etwas herunterkommt und wir freuen uns besonders für die Pflanzen in unserem Garten zu Hause. Als wir dann schon lange auf deutscher Seite und etwa fünfzehn Kilometer vor Trassenheide sind, erwischt uns dann ein starker Regenguss. Der Scheibenwischer von Olafs Auto ist auf höchster Stufe gestellt und schafft es kaum, die runterkommenden Regenmassen beiseite zu wischen. Olaf hat inzwischen abgebremst, Licht angeschaltet und fährt etwas schneller als Schrittgeschwindigkeit. Trotzdem gibt es immer wieder Kraftfahrer, die die Situation nicht richtig einschätzen, zu schnell oder zu dicht auf den Vordermann auffahren. Sie können sich einfach nicht den Witterungsbedingungen anpassen und gefährden andere Verkehrsteilnehmer! Nach einer Viertelstunde ist alles wieder vorbei, die Landschaft freut sich über den längst fälligen Regen und wir sind froh, den heutigen Tag noch bei schönem Wetter genossen zu haben.

In Trassenheide sind noch die Pfützen auf den Bürgersteigen und Straßen zu sehen. Das letzte Stück vor der Bungalowsiedlung müssen wir zirka fünfhundert Meter einen Waldweg entlangfahren, auf dem die ausgefahrenen Löcher ebenfalls mit Regenwasser gefüllt sind. Über die Löcher stolpernd erreichen wir schließlich unsere Bungalowsiedlung. Ganz zaghaft traut sich inzwischen auch wieder die Sonne zwischen den Wolken hervor. Wir beschließen, auf unserer Terrasse Kaffee zu trinken und die Männer gehen los, vier Kännchen Kaffee holen. Als sie wiederkommen, ist der Tisch bereits gedeckt. In der Mitte steht meine große Keksdose, gefüllt mit Blätterteigkuchen.

Ich konnte es nicht lassen und habe extra für unseren Kurzurlaub gebacken. Marion und Olaf freuen sich über den unerwarteten Kuchen. Siggi und Olaf berichten, dass der Kellner erzählt hat, dass hier den ganzen Tag kein schönes Wetter war, erst war es bewölkt und dann kam dieser heftige Regenschauer. Wir schauen uns an und freuen uns, alles richtig gemacht zu haben. Wir waren dort, wo schönes Wetter war und hatten einen schönen Tag. Wir genießen unseren Kaffee und Kuchen und überlegen, unser Abendessen mit dem Ansehen eines EM-Fußballspiels zu verbinden. Als Olaf und Siggi das Geschirr wieder zur Gaststätte zurückbringen, regeln sie auch gleich die Reservierung eines Tisches für heute Abend. Dann machen Olaf und Marion sich auf einen kleinen Spaziergang. Sie wollen sich eine andere Bungalowsiedlung im Ort ansehen und wir bleiben zurück, machen es uns auf der Couch bequem. Siggi schläft schnell ein und ich lese mein Buch weiter. Siggi wacht genau wieder auf, als Olaf und Marion von ihrem Spaziergang zurück sind. Sie berichten von ihren Eindrücken, gehen noch duschen und danach machen wir uns schon wieder auf den Weg in die Gaststätte. Der für uns reservierte Tisch ist optimal. Es ist ein Sechs-Personen-Tisch, sodass wir alle optimal in Blickrichtung des Fernsehers sitzen. Da es noch eine Weile hin ist bis zum Beginn des Europameisterschaftsspiels, bestellen wir uns erst einmal ein Bier und spielen Karten. Als es dann auf die Zeit des Übertragungsbeginns zugeht, bestellen wir unser Essen. Pünktlich zum Anpfiff haben wir es vor der Nase und tun das, was man früher seinen Kindern immer verboten hat: essen und gleichzeitig fernsehen. Es spielt zwar nicht Deutschland, aber es ist trotzdem spannend. Am Ende gewinnt Tschechien verdient gegen Polen mit 1:0. Wir trinken aus, zahlen und gehen wieder zu unserem Bungalow, um dort weiter Karten zu spielen, allerdings wechseln Marion und ich jetzt bei den Getränken zu Rotwein. Wir wollten erst draußen sitzen, entscheiden uns jedoch dagegen, da es empfindlich frisch geworden ist. Olaf sorgt für Knabbereien auf dem Tisch. Angefangen von Nüssen und Gummitieren über Schokolade ist für jeden Geschmack etwas dabei. Wir müssen lachen und Marion und Siggi stellen fest, dass Olaf genau so eine Naschkatze ist wie ich selbst und wir beide über Neuigkeiten auf dem Süßigkeitenmarkt immer bestens informiert sind. Wir hören nebenbei Radio und erfahren in den Nachrichten, dass morgen schönes Wetter werden soll, was unsere ohnehin schon gute Stimmung noch verbessert. Gegen ein Uhr streichen wir die Segel und gehen schlafen. Trotzdem treffen wir uns zum Frühstück am Sonntag wieder pünktlich und gut gelaunt, da die strahlende Sonne schon jetzt einen schönen Tag verspricht. Wir gehen dann auch gleich nach der Stärkung los zum Strand. Dort nehmen Siggi und ich uns einen Strandkorb an der Grenze zum FKK und Olaf und Marion bauen ihren Windschutz unmittelbar daneben auf. Sie sind nach wie vor FKK-Anhänger und so schlagen wir zwei Fliegen mit einer Klappe. Wir sind zwar auch immer noch FKK-Fans, aber seit ich schwerbehindert bin, mag ich nicht mehr nackt am Strand umherlaufen. Ich spüre so schon genug Blicke, die mir hinterherstarren und sich wohl fragen, was ich habe. So würde ich das noch forcieren und das muss nicht sein.

Die Sonne hält das, was sie schon am Morgen versprach und es ist den ganzen Tag schönstes Strandwetter. Mittags gehen die drei nach vorn zu den Verkaufsbuden, um etwas zu essen. Ich halte so lange die Stellung, esse erst meinen Apfel und später holt mir Siggi noch eine Bockwurst. Die Männer spielen sich gegenüberstehend ein bisschen Volleyball, während Marion und ich ihnen zusehen und dabei erzählen. Ins Wasser gehen heute nur Olaf und Marion. Mir ist es mit dreizehn Grad noch ein wenig zu kalt, ich muss richtig darauf Lust haben und die Lufttemperatur muss stimmen, dann gehe ich auch baden, aber heute ist mir noch nicht danach zumute. Bei Siggi muss das Wasser schon fast zwanzig Grad haben, sonst geht er nicht hinein.

Zur Kaffeezeit machen wir uns wieder auf den Rückweg zu unserem Bungalow. An der Fischbude machen wir einen Zwischenstopp, holen uns einen Kaffee und ich hole meine Keksdose mit dem restlichen Kuchen aus dem Rucksack. Damit hat keiner gerechnet und alle freuen sich wieder, dass es zum Kaffee Kuchen gibt. Nach dieser Stärkung geht es weiter. Die Gaststätten, an denen wir vorbeikommen, werben für Public-Viewing der Fußball-Europameisterschaft. Heute Abend ist das letzte Gruppenspiel Deutschlands gegen Dänemark und wir entscheiden uns spontan, uns einen Tisch zu reservieren. Siggi will das erledigen, doch als er zurückkommt, verrät seine Miene schon, dass es nicht geklappt hat. Er erzählt, dass schon seit Stunden alles weg ist. Wir versuchen es in einer zweiten Gaststätte, aber dort sieht es genauso aus. Wir überlegen, es lieber in der Gaststätte unserer Bungalowsiedlung zu versuchen, obwohl wir gern auch mal woanders hin gegangen wären. So machen wir es dann auch, reservieren den gleichen Tisch wie gestern und vertreiben uns die Zeit bis dahin mit duschen und Kofferpacken, denn morgen ist unser letzter Tag und wir müssen bis zehn Uhr aus den Bungalows raus sein, damit die Reinigungskräfte bis zur Anreise der neuen Gäste genug Zeit haben, alles wieder auf Vordermann zu bringen.

Als wir dann erwartungsvoll am gleichen Tisch wie gestern sitzen, bereits Essen und Trinken bestellt haben und uns im Fernsehen Vorberichte zu dem EM-Spiel ansehen, nimmt am Nachbartisch eine Gruppe Deutschland-Fans Platz, die auch alle im Gegensatz zu uns wie richtige Fußballfanatiker aussehen. Sie haben durchweg Deutschland-T-Shirts an und -mützen auf, Tuten Pfeifen und andere Krachmacher am Wickel und sorgen gleich für eine richtig gute Fußballstimmung in der Gaststätte. Wir sind froh, dass wir hier gelandet sind, denn woanders hätten wir sicherlich nicht so einen exquisiten Platz gehabt wie hier. Unser Timing stimmt und als das Spiel beginnt, sind wir fast mit dem Essen fertig. Nachdem der Kellner unsere Teller abgeräumt hat, schießt Lukas Podolski prompt das erste Tor für Deutschland. Erwartungsgemäß schaffen die Dänen später den Ausgleich. Doch Lars Bender sorgt dann mit dem 2:1 für die Entscheidung. Bundestrainer Joachim Löw hatte wieder einmal die richtige Entscheidung getroffen und Lars Bender, einen jungen neuen Spieler, als Rechtsverteidiger für den gelbgesperrten Boateng gebracht. So ist der Leverkusener in seinem ersten Länderspiel tatsächlich zum Matchwinner geworden. Deutschland hat sich nun als Sieger der Gruppe B für das Viertelfinale qualifiziert und trifft am 22. Juni auf Griechenland. Entsprechend groß ist die Freude bei allen Zuschauern. Aber besonders am Nebentisch ist die Hölle los, sie sind beim zweiten Tor aufgesprungen, schreien und die, die sich nicht in den Armen liegen, machen Krach mit ihren Tuten und Pfeifen. Wir sind eher die ruhigen Zuschauer und geben unserer Freude mit einem „Hurra" oder „Ja!" Ausdruck. Jedenfalls ist die Stimmung gut, wir sehen uns noch die Interviews und Nachberichte an und gehen nach dem Zahlen zu unserem Doppelbungalow, wo wir uns warm eingepackt auf die Terrasse setzen und in der stockfinsteren Nacht noch ein Glas Rotwein trinken, bevor wir schlafen gehen.

Am Montag packen wir vor und nach dem Frühstück unsere restlichen Sachen zusammen, laden sie ins Auto, geben die Schlüssel ab und fahren die Autos auf den öffentlichen Parkplatz. Erwartungsgemäß ist heute wieder schönes Wetter und wir haben gestern schon beschlossen, es wieder am Strand zu nutzen. Genau wie gestern nehmen wir uns wieder einen Strandkorb und Olaf und Marion bauen ihren Windschutz daneben auf. Am späten Vormittag kommen Marions erwachsenen Söhne Dustin und Marvin dazu. Sie hatten sich schon telefonisch angekündigt. Die Verlockung Ostsee war bei dem schönen Wetter auch im Inland einfach zu groß und so haben sie sich kurzentschlossen ins Auto gesetzt und sind hergekommen. Wir genießen den Tag am Strand. Siggi und ich können nicht so lange wie die anderen bleiben, da wir heute noch einen wichtigen Termin bei unserer Sparkasse haben. Wir stellen unseren Strandkorb zur Verfügung, denn wir haben schon für den ganzen Tag bezahlt. Olaf begleitet uns bis zur Strandpromenade, während Marion und ihre Söhne unterwegs sind, um etwas zu essen. Als wir an der Strandpromenade angekommen sind und ich vom Barfußlaufen durch den Sand ganz schön kaputt bin, macht Siggi den Vorschlag, dass er schon mal das Auto holt und wir uns auf halbem Weg auf eine Bank setzen und auf ihn warten sollen. So spare ich mindestens hundert Meter Weg und ich bin ihm dankbar für diesen Vorschlag. Wir sitzen keine fünf Minuten, als Siggi auch schon mit dem Auto kommt. Er wendet, wir verabschieden uns noch mit Grüßen an Marion, Dustin und Marvin und fahren los. Jetzt ist es kurz nach sechzehn Uhr, aber die Brücke in Wolgast wird um dreiviertel fünf für den Schiffsverkehr geöffnet und wir wissen nicht, ob sich der Verkehr von der Insel her staut. Sicherheitshalber nehmen wir noch eine Abkürzung, die eigentlich nur Einheimische kennen und die, falls wirklich Stau ist, uns ein ganzes Stück voran bringt. Aber die Straßen sind frei und der Verkehr fließt, sodass wir problemlos Wolgast passieren. Überpünktlich zu unserem Banktermin sind wir wieder zu Hause.

Ab Dienstag hat uns der Alltag wieder, aber wir sind uns einig, dass dies ein schöner Kurzurlaub war und wir auf alle Fälle erholt sind. In der Physiotherapie am Mittwoch erzählt mir Thomas, dass mit seiner neuen Arbeitsstelle alles abgesprochen ist und er die nächsten Tage seinen

Arbeitsvertrag unterschreiben wird. Ich freue mich mit ihm, mir tut es aber gleichzeitig Leid, dass er weg geht. Aber ich will ja auch zu ihm die Therapiepraxis wechseln. Am Freitag ist sein letzter Arbeitstag, da er noch Urlaub bis zum Ende des Monats hat. Er berichtet mir beim Hausbesuch, dass er den Arbeitsvertrag unterschrieben hat und sehr zufrieden mit den ausgehandelten Konditionen ist. Aber er sagt mir auch, dass die neue Physiotherapiepraxis leider keine Hausbesuche macht. Das wussten wir schon, aber wir dachten, wenn er mit der Chefin redet und praktisch eine Patientin mit wöchentlich fünf Therapien mitbringt, wird seine Chefin umzustimmen sein. Das ist leider nicht der Fall und als Thomas die Enttäuschung in meinen Augen sieht, sagt er, dass ich unbedingt schnell eine andere Praxis suchen soll. Das will ich auch, denn auf keinen Fall möchte ich in der bisherigen Praxis bleiben, nachdem ich schon angekündigt hatte, dass ich mit ihm gehe, wenn er die Praxis wechselt. Als er weg ist, nehme ich mir auch gleich das Telefonbuch zur Hand und rufe eine nach der anderen Physiotherapie an. Anfangs sortiere ich erst nach den in meiner Nähe befindlichen Praxen, dann telefoniere ich alle anderen der Reihe nach ab. Aber, was ich niemals gedacht hätte, immer, wenn die Mitarbeiter hören, dass ich für fünfmal die Woche Hausbesuche anmelden möchte, sagen sie ab und ich dachte, ich werde bei fünf Therapien wöchentlich mit offenen Armen empfangen! Aber entweder sind es nur ganz kleine Praxen mit zwei oder drei Mitarbeitern und sie haben nicht die personelle Kapazität, das abzusichern, oder sie führen einfach keine Hausbesuche durch. Das hätte ich niemals gedacht und ich ärgere mich, dass ich so vorlaut war. Doch fast zum Schluss habe ich Glück und die Mitarbeiterin am Telefon versichert mir nach kurzer Rücksprache mit ihrer Chefin, dass sie die Therapien absichern können. Allerdings ist da doch ein kleiner Haken, es geht erst ab Mitte Juli, wenn ein bestimmter Mitarbeiter aus dem Urlaub zurück ist.

Meine Hoffnung droht, wie eine Seifenblase zu zerplatzen und ich bitte darum, wenigstens noch einen Termin für Ende Juni zu bekommen. Mein jetziges Rezept ist mit der heutigen Therapie abgeschlossen und dann wäre ich fast drei Wochen gänzlich ohne Physiotherapie. Ich bekomme einen Termin am 28. Juni und bin unsagbar erleichtert darüber. Die Folgetermine soll ich dann auch erhalten. In Freude darüber kann ich meine Gedanken auf das kommende Wochenende richten, denn heute kommen Steffi und Benno zu uns und bleiben bis Montag.

Gegen sechzehn Uhr sind sie auch da und besonders Benno freut sich, wieder bei uns zu sein. Zu allererst holt er zusammen mit Steffi einiges von seinem Spielzeug aus Steffis Zimmer nach unten ins Wohnzimmer. Wie immer muss ich als nächstes erst einmal einen Turm mit ihm bauen, der, kaum dass der letzte Becher obendrauf gesetzt ist und Benno den eingeforderten Beifall von meiner Mutter, Steffi und mir bekommen hat, von ihm mit großer Freude wieder umgestoßen wird. So spielt er eine ganze Weile und bezieht uns Erwachsene in sein Spiel mit ein. Ich bin zum einen immer zuständig für Hilfestellung beim Bauen des Turmes sowie zum anderen beim Erlernen der Gemüsesorten aus seinem kleinen Einkaufskorb. Er merkt sich genau, was er mit wem schon gespielt hat. Mit meiner Mutter sieht er sich meist ein Buch an. Zwischendurch gehen wir auch in den Garten und spielen mit dem Ball. Man meint, er hat Power ohne Ende. Als Siggi von der Arbeit kommt, sind dann aber auch schon erste Ermüdungserscheinungen da. Benno läuft zwar erfreut zu seinem Opi hin und gibt ihm auch einen Begrüßungskuss, doch schon im nächsten Moment ist er wieder bei uns im Wohnzimmer, holt sich eine Gartenstuhlauflage, von denen zwei im Sommer immer neben der Terrassentür stehen, damit ich sie bequem auf die Terrasse bringen kann, wenn wir uns raussetzen wollen. Dann lässt Benno sich von mir das Kissen geben, das ich zur

Unterstützung des linken Armes und der linken Schulter nutze. Benno benötigt es als Kopfkissen und er wartet nur darauf, dass ich es ihm hinwerfe. Das tue ich und ehe wir uns versehen, liegt Benno schon ausgestreckt auf der Stuhlauflage, unter dem Kopf mein Kissen, und sieht mich erwartungsvoll lächelnd an. Ich weiß genau, was jetzt kommt und frage ihn: „Soll Oma dich zudecken?“ Kaum, dass ich die Frage gestellt habe, nickt er auch schon und ich gehe mit einer kleinen Decke zu ihm und decke ihn zu. Das ist schon ein richtiges Ritual und Benno macht das immer, wenn er bei uns ist. Zwischendurch nickt er wirklich kurz ein, was uns den Anstoß gibt, endlich Abendbrot zu machen. Meine Mutter verabschiedet sich nun auch, um zu sich nach Hause zu gehen. Das kann Benno anfangs gar nicht verstehen und wir brauchen einige Zeit, ihm zu erklären, dass Oma Elli eine eigene Wohnung hat und jeden Tag wieder nach Hause geht. Nach dem Sandmännchen verabschiedet sich Benno zum Schlafengehen und schläft auch schnell ein.

Am Sonnabend fahren Steffi, Benno und ich wieder nach Trassenheide, um den laut Wetterbericht schön vorhergesagten Tag optimal zu nutzen. Siggi kommt nicht mit, er will wie er sagt, nutzen, dass er den Tag für sich und seine Ruhe hat und machen kann, was er will. Besonders Benno ist voller Vorfreude auf das große Wasser und den Strand. Wir nehmen einen Strandkorb in der ersten Reihe zum Wasser, damit Benno es nicht so weit hat. Kaum ist er ausgezogen packt er sein Buddelzeug aus, nimmt sich seine kleine Gießkanne und erzählt uns: „Benno holt Wasser.“ Dabei sieht er uns erwartungsvoll an, so als wollte er uns zu verstehen geben, dass er ein nein nicht akzeptiert. Wir beobachten, wie er durch den Sand stakst, am Ufer ganz vorsichtig in Richtung Wasser geht, und sehen, dass er etwas zusammenzuckt, als das Wasser seine Füße umspült. Offensichtlich ist das Wasser doch noch etwas kalt. Aber kurz darauf stört er sich nicht weiter daran, füllt seine Gießkanne und kommt zielstrebig wieder zurück zu uns, um uns das Wasser über die Füße zu gießen. Als wir erschrocken aufschreien, freut er sich und macht kehrt, um die nächste Kanne voll Wasser zu holen. So geht es eine ganze Weile und wir wundern uns, woher der kleine Kerl die ganze Energie nimmt. Wir locken ihn nach einer Weile zu uns in den Strandkorb, damit er sich wieder etwas aufwärmen kann. Steffi cremt ihn erst einmal ordentlich ein und dann sehen wir uns zu dritt ein Buch an, wobei Benno Regie führt und alles erklärt. Danach spielt er eine ganze Weile vor uns im Sand und ihm ist anzusehen, wie wohl er sich fühlt. Nach einer Weile schnappt er sich erneut die Gießkanne und geht wieder zum Ufer. Dort ist gerade ein Pärchen mit drei kleinen Kindern, die baden gehen und Benno beobachtet sie fasziniert. Er füllt die Gießkanne und kommt im Laufschritt zurück. Ich sage zu meiner Tochter: „Pass mal auf, jetzt möchte er baden gehen!“ Und genau so kommt es. Steffi zögert nicht lange, nimmt ihren Sohn an die Hand und als sie mit den Füßen im Wasser steht, gibt sie mir zu verstehen, dass das Wasser wirklich noch ganz schön kalt ist. Ungeachtet dessen zieht Benno seine Mama tiefer ins Wasser und ehe man sich versieht, steht er bauchtief drin. Steffi hält ihn an den Händen und zieht ihn durchs Wasser. Als sie ihn kurz loslässt, nutzt er die Chance, seine Mama mit Wasser zu bespritzen und je mehr Steffi sich ziert, desto größer und stärker wird die Wassersalve. Schließlich taucht Steffi bis zum Hals unter Wasser und Benno will es natürlich nachmachen. Steffi erklärt ihm anscheinend, dass das Wasser dort zu tief ist und geht mit ihm ein paar Schritte in Richtung Ufer. Im flachen Wasser, wo er liegend mit den Händen auf den Grund kommt, lässt sie ihn noch eine Weile planschen und kommt dann mit ihm auf dem Arm schmusend wieder zu mir. Sie geben ein schönes Bild ab: Steffi mit dickem Babybauch und einem Kleinkind auf dem

Arm. Ich halte das Badetuch für Benno bereit und bereitwillig lässt er sich von mir abtrocknen. Er überschlägt sich fast dabei, mir zu erzählen, was ich schon alles beobachtet habe. Nach dem Abtrocknen bekommt Benno ein T-Shirt an und hat sich erst einmal eine Stärkung verdient. Voller Appetit isst er ein Leberwurstbrötchen mit Cherry-Tomaten dazu. Wir begnügen uns mit Obst und Gemüse, da wir vorhaben, später noch ein Eis zu essen. Nach einer weiteren Stunde Spielen im Sand klettert Benno wieder zu uns in den Strandkorb, tobt etwas mit uns, klettert zu Steffi auf den Schoß und es dauert nicht lange und er schläft ein. Steffi ist froh, dass er mal zur Ruhe kommt und traut sich nicht, sich zu rühren. Nach über einer Stunde Schlaf beschließen wir, nun ein Eis zu essen, das Steffi allerdings holen muss. Sie nimmt Benno vorsichtig zur Seite, aber wie erwartet wird er dabei wach. Er ist etwas ungehalten, aber als Steffi ihm erklärt, dass sie ein Eis holen will, ist alles wieder gut. Er kuschelt sich seitlich an mich und schläft tatsächlich wieder ein. Steffi geht zur Strandpromenade, um Eis zu holen. Wie auf Bestellung ist Benno wieder hellwach, als Steffi mit dem Eis zurück ist. Zu dritt genießen wir unser Eis, wobei Benno schon wieder zappelig wird, weil er zum Wasser will. So verbringen wir noch gute zwei Stunden am Strand, wobei hauptsächlich Steffi sich mit Benno beschäftigt und ich die Beiden beobachte oder lese. Als wir gegen siebzehn Uhr aufbrechen wollen, protestiert Benno natürlich heftig. Das ist auch vollkommen verständlich, denn für ihn ist die Ostsee im Sommer das Paradies schlechthin und das gibt man so schnell nicht auf. Und wir haben die undankbare Aufgabe, ihn davon zu überzeugen, dass wir nun los müssen. Schließlich schaffen wir es, indem wir ihn damit locken, dass er mit dem Schiff fahren kann. Das ist eines dieser euroschluckenden Fahrzeuge für Kinder, die vor Gaststätten oder Geschäften stehen, von den Kindern geliebt werden und in die man sie setzen kann und es sich dann nach Einwurf eines Euros in Bewegung setzt, schaukelt und wackelt. Das Schiff, das wir im Visier haben, steht vor dem „Knurrhahn“, einer netten Gaststätte. Es ist wirklich besonders schön. Außerdem wollen wir im „Knurrhahn“ noch essen. Benno ist Sachverständiger in Bezug auf diese Fahrzeuge, zumindest hier in Trassenheide und da er das Schiff auch toll findet, geht jetzt alles ganz fix. Wir sind gerade an der Gaststätte angekommen und haben uns einen Platz ausgesucht, da sitzt Benno schon im Schiff und lenkt wie wild das Steuerrad. Steffi geht hin, wirft einen Euro ein und erklärt Benno, dass er noch Piratenschiffe abschießen kann. In Blickrichtung des Steuermannes ist die Meeresoberfläche zu sehen, auf der nacheinander Piratenschiffe erscheinen und per Knopfdruck kann man diese abschießen. Benno versteht das schnell, schießt die Piratenschiffe mit Eifer ab und als der Euro abgelaufen ist, will er natürlich ein zweites Mal fahren. Jetzt sind wir aber streng und stellen ihm in Aussicht, dass er erst noch einmal fahren darf, wenn er gegessen hat. Das macht er mit großem Eifer und Appetit, und auch Steffi und ich lassen es uns schmecken. Wir haben kaum bezahlt, als Benno auch schon vom Tisch verschwindet und in Richtung des Schiffes geht. Dort bleibt er stehen und wartet auf uns. Es ist doch ein Ding, dass er mit seinen zwei Jahren noch genau weiß, was wir ihm versprochen haben. Er wird schon langsam ungeduldig, da inzwischen auch schon andere Kinder bei ihm stehen. Daher nehme ich einen Euro und gehe schon einmal zu ihm hin. Mit dem rechten Arm hebe ich ihn so gut ich kann hoch und er sucht sich den besten Platz aus, was ja auch sein gutes Recht ist, wenn wir bezahlen. Im Handumdrehen sitzen drei weitere Kinder bei ihm im Schiff und Benno zeigt mir altklug den Schlitz, wo ich den Euro einwerfen muss. Das tue ich und vier Kinderaugenpaare strahlen mich an. Inzwischen hat sich Steffi zu mir gestellt und wir warten noch ab, bis die Fahrzeit um ist. Dann gehen wir zügig zum Auto, denn wir wissen nicht, wie der Verkehr auf der Bundessstraße ist und wir wollen unbedingt noch vor der nächsten Brückenöffnungszeit die Brücke in Wolgast passiert haben. Wenn sie erst einmal für den Schiffsverkehr öffnet, dauert das eine Weile, bis die Wasserfahrzeuge durch sind und der Autoverkehr staut sich natürlich. Wenn das mit einer An- und Abreisewelle auf die Insel und von der Insel zusammentrifft, kann es schon passieren, dass man eine ganze Weile warten muss. Vorsichtshalber fahren wir über Mölschow zur Bundesstraße, denn wenn Stau ist, macht man so ein ganzes Stück gut. Und wirklich, wir sehen schon von weitem, dass es auf der Bundesstraße anscheinend nur im Schritttempo vorwärts geht.

Wir fädeln uns in den langsam fließenden Verkehr ein und über die Brücke und durch Wolgast geht es dann relativ zügig voran. Auch die restliche Fahrt kommen wir gut durch und als wir auf unsere Auffahrt fahren, steht Siggi schon vor der Haustür. Von wegen, er ist froh, wenn er seine Ruhe hat! Gewartet hat er schon auf uns und sich Sorgen gemacht! Wir sagen ihm, dass alles gut ist und wir einen wunderschönen Tag hatten. Er erzählt uns im Gegenzug, was er alles geschafft hat, von Saubermachen, Wäsche waschen bis hin zu Gartenarbeiten. So ist jeder mit seinem Tag zufrieden und Siggi spielt erst noch einmal ausgelassen mit Benno. Vor dem Abendbrot geht Benno noch in die Badewanne, denn durch das Eincremen hat er noch Sand am Körper. Dann geht er ohne zu murren ins Bett.

Am Sonntagmorgen beginnt das Spiel wie jeden Morgen, wenn Benno hier ist. Gegen halb acht kommt Steffi mit ihm auf dem Arm runter zu mir ins Wohnzimmer. Ich bin schon eine Weile wach, habe wie üblich an meinem neuen Buch geschrieben und mich mit einigen kleinen Hausarbeiten beschäftigt. Wir begrüßen uns herzlich und ich nehme Benno in Empfang. Vieles von seinem Spielzeug ist noch im Wohnzimmer und wir spielen zusammen, während

Steffi in aller Ruhe duschen gehen kann. Wir decken schon den Frühstückstisch und dann steht auch bald schon Siggi auf, sodass wir nun alle zusammen frühstücken können. Dann gehe ich mit Benno in den Garten, er entdeckt die Gießkanne voller Wasser und will natürlich wieder die Blumen im Garten gießen. Mit Wasser spielen eben alle Kinder gern. Das war bei uns auch nicht anders, nur unsere Eltern und Großeltern waren strenger und man durfte nicht so ohne Weiteres mit dem kostbaren Nass spielen. Da die Gartengießkanne zu groß und schwer für Benno ist, hole ich ihm unsere Gießkanne für die Zimmerpflanzen, fülle sie mit Wasser aus der Gartenkanne und Benno waltet seines Amtes wie ein alter Hase. Er kann gar nicht genug bekommen und nachdem er die fünfte oder sechste kleine Kanne vergossen hat, überzeuge ich ihn davon, dass wir nachsehen wollen, ob meine Mutter kommt. Es ist jetzt so ihre Zeit und wir gehen durch die Garage zur Straße vor dem Haus. Benno entdeckt in der Garage sein Dreirad, mit dem er nun natürlich fahren möchte. Kein Problem, dann gehen wir meiner Mutter eben mit dem Dreirad entgegen. Und wirklich, ungefähr auf Höhe der Hälfte unserer Straße sehen wir sie schon kommen. Unsere Straße ist sehr kurz, es stehen nur sieben Doppelhäuser in einer Reihe. Benno ruft schon von weitem und winkt wie verrückt, aber meine Mutti kann das natürlich noch nicht hören und uns auch noch nicht erkennen. Doch als sie ein Stück näher gekommen ist, erkennt sie uns und winkt zurück. Benno steigt vom Dreirad und läuft ihr entgegen, um sie zu begrüßen. Wir gehen zusammen zu unserem Haus zurück und Benno zeigt Steffi stolz, wen wir mitbringen. Den Vormittag über spielen wir alle mit Benno. Wir sind dann hauptsächlich im Haus. Deshalb sagt Steffi, dass wir am Nachmittag unbedingt noch einmal etwas mit Benno unternehmen müssen. Wir überlegen uns, zum Kulturpark zu fahren und im neuen Eiskaffee „Venezia“ ein Eis zu essen. Erst wollten wir mit dem Tretboot fahren, weil

Benno Boote und Schiffe liebt. Aber dann überlegen wir es uns doch anders, denn Siggi wäre mit uns Dreien überfordert. Ich kann zwar etwas laufen, bin aber unsicher und mit dem Gleichgewicht klappt es auch nicht hundertprozentig. Nicht auszudenken, wenn ich ins Wasser fallen würde! Benno ist so zappelig und übermütig, dass wir ständig ein Auge auf ihn haben müssen. Und Steffi ist zwar nicht krank, hat aber schon einen großen Babybauch, sodass sie nicht mehr so beweglich wie normalerweise ist. Also lassen wir das mit dem Tretboot lieber sein. Am Eiscafe nehmen wir neben einem Eisauto für Kinder Platz. Das gefällt Benno und er klettert gleich hinein. Ich will ihm den Euro geben, doch Steffi sagt zu mir, dass ich warten soll und solange er nichts sagt, soll ich ihn so im Auto spielen lassen. Er stört sich auch gar nicht daran, hat schnell begriffen, dass er in einem Eisauto sitzt und fordert uns auf, Eis bei ihm zu kaufen. Das tun wir auch der Reihe nach und jeder von uns erhält ein fiktives Eis. Wir spielen mit und loben, wie gut das Eis schmeckt. Benno kann gar nicht genug von diesem Rollenspiel bekommen und fragt uns, ob wir mehr wollen. Doch dann kommen unsere richtigen Eisbecher und wir lassen es uns schmecken. Ich bin mit meinem schon eine Weile fertig, als ich eine Gruppe von Leuten beobachte, die auf dem Weg nahe dem Cafe` vorbeigehen. Ich bin mir nicht so ganz sicher, aber ich glaube, meinen Chef vom RWN mit seiner Familie dort spazieren gehen zu sehen. Zur Sicherheit frage ich Siggi, doch der verneint. Als sie etwas näher sind, kann ich es genau erkennen, dass er es doch ist und ich stehe auf, rufe ihn und gehe zu ihm. Er bleibt stehen, sieht mir freudig entgegen und sagt, als ich ihn erreicht habe: „Das ist ja eine Überraschung! Sie ganz ohne Rollstuhl, Frau Berg?“ Stolz antworte ich: „Ja, kurze Strecken geht es schon ganz gut. Ich bin schon wesentlich mobiler geworden.“ Er freut sich darüber und sagt: „Sehen Sie, bei Ihnen wird es immer besser und bei mir kommt ein Wehwehchen nach dem anderen dazu.“ Ich antworte: „Ja, was wollen Sie verlangen? Sie dürfen auch nicht vergessen, dass Sie einundneunzig Jahre alt und immerhin trotzdem noch sehr mobil sind. Andere erreichen solch ein tolles Alter gar nicht.“ Er stimmt mir zu und wir tauschen noch ein paar nette Worte miteinander aus, bis er sagt, dass er weiter muss, da in zirka zweihundert Meter Entfernung schon seine Frau und seine Schwiegertochter warten. Ich sage, dass es mich gefreut hat, ihn wieder zu sehen. Er erwidert das und wir verabschieden uns wieder voneinander.

Auf dem Rückweg zu meinen Leuten gehe ich noch ein Eis bei Benno kaufen, der immer noch geduldig Eisverkäufer spielt. Als kurze Zeit später andere Kinder ins Auto wollen, gehen wir mit ihm ein paar Meter weiter zum Spielplatz. Das ist alles wieder neu und Benno untersucht eifrig die einzelnen Spielgeräte. Nachdem er soweit alle Spielgeräte untersucht und ausprobiert hat, landet er schließlich im Sandkasten und fragt Steffi: „Buddelzeug?“ Zum Glück hat sie Eimer, Schippen und Förmchen noch eingepackt und geht die Sachen schnell holen. Das Auto steht nicht weit vom Eiscafe` entfernt. Inzwischen passen Siggi und ich auf Benno auf. Wir wundern uns, dass zwei befreundete Pärchen, die auch mit ihren Kindern im Sandkasten sitzen, zwischendurch Benno mit seinem Namen ansprechen. Woher kennen sie seinen Namen, haben sie ihn vielleicht gehört, als einer von uns ihn gerufen hat? Wir bekommen es heraus, als Steffi mit dem Buddelzeug zurückkommt, denn sie begrüßen sich herzlich und wechseln ein paar Worte. Es sind gute Freunde von Steffen, der ja auch einmal in Neubrandenburg gewohnt hat.

Wir lassen Benno noch eine Weile im Sandkasten spielen, da so schönes Wetter ist, und dann fahren wir wieder nach Hause.

Am Montag fahren Steffi und Benno noch vor dem Mittag wieder los nach Potsdam. Steffen hat heute noch frei und sie wollen nachmittags noch etwas zusammen unternehmen. Sie sind gerade weg, als mein Physiotherapeut Thomas das allerletzte Mal zu mir kommt, da er noch seinen Resturlaub nimmt und dann zum ersten Juli auf seiner neuen Arbeitsstelle anfängt. Ich erzähle ihm, dass ich mit Mühe und Not gerade noch eine Physiotherapie gefunden habe, die fünfmal Therapie in der Woche als Hausbesuche absichern kann. Er freut sich mit mir und zum Abschluss bekomme ich noch einmal eine schöne Rückenmassage. Siggi hat diese Woche Urlaub und er bringt den gesamten Garten auf Vordermann, wozu er sonst nicht gekommen ist beziehungsweise es andere Prioritäten gab. Abends sieht er mit mir fern, schläft aber dabei ein, so sehr hat sich sein Rhythmus auf das frühe Zubettgehen eingestellt.

Am Dienstagnachmittag treffe ich mich wieder mit der Exchefin des Steuerbüros meiner Exfirma. Wir fahren zum knapp fünfundzwanzig Kilometer entfernten Jagdschloss Prillwitz. Obwohl wir wissen, dass dort den ganzen Sommer über wegen Renovierungsarbeiten geschlossen ist, wollen wir im Park spazieren gehen. Wir setzen uns auf eine Bank mit Blick auf die Lieps, die mit dem Tollensesee verbunden ist. Unweit vom Ufer ist eine kleine Insel, deren Bäume kahle Äste und Zweige haben. „Das kommt von den vielen Komeranen, die in den Bäumen sitzen und nisten“, wie mir meine Begleiterin erklärt. Es herrscht dort auch jetzt ein emsiges Treiben und die vielen Vögel machen richtig Krach. Die Situation, vor allem die kahlen Bäume und die Unmassen an Vögeln, die sich darauf drängen, dazu der Krach, den die Vögel machen, das Alles hat einen Hauch von einem Krimi von Edgar Wallace. Hinter dem gegenüberliegendem Ufer ist die Fernverkehrsstraße 96, die von Neubrandenburg nach Berlin führt, zu sehen und man kann von hier aus ganz deutlich die Autos darauf fahren sehen.

Wir beobachten noch zwei junge Männer, die am Badestrand sitzen und lesen oder lernen und sich dann mutig ins Wasser wagen. Trotz der angenehmen etwas über zwanzig Grad Lufttemperatur wäre es uns noch etwas zu kalt, aber wir haben ja auch nicht vor, baden zu gehen. Wie wir so dasitzen, erzählen wir miteinander und genießen den schönen Junitag. Ich berichte unter anderem von einer Episode, die ich auch ausführlich in meinem Buch beschrieben habe. Als meine Begleiterin wissend nickt und sagt: „Ja, ich weiß. Das haben Sie ja auch in Ihrem Buch beschrieben", erschrecke ich, denn ich habe mir noch ein Exemplar meines Buches besorgt, eine Widmung hineingeschrieben und wollte ihr das Buch heute als kleines Dankeschön, weil sie mit mir öfter etwas unternimmt, schenken. Daher sage ich zu ihr: „Oh, sagen Sie bitte nicht, dass Sie das Buch schon haben!" Sie antwortet: „Ja, natürlich! Und auch schon durchgelesen!" Ich erwidere: „Das ist schade, denn ich wollte es Ihnen heute schenken, und ich habe auch eine kleine Widmung hineingeschrieben." Sie antwortet: „Das ist nicht so schlimm. Ich freue mich trotzdem, meines verschenke ich dann." Ich ärgere mich trotzdem, aber andererseits hätte ich damit rechnen müssen, da wir uns schon öfter über das Buch unterhalten haben.

Wir machen uns langsam auf den Rückweg und beschließen unterwegs, noch zum Eiscafe` im Kulturpark zu fahren. Wir bestellen uns zufällig denselben Eisbecher, nämlich einen „Bananacup" und müssen darüber lachen, dass wir den gleichen Geschmack haben. Dann übergebe ich mein Buch, sie liest sich die Widmung durch, bedankt sich herzlich und wir genießen unser Eis. Jeder zahlt sein Eis und wir machen uns auf den Heimweg. Wohlbehalten lande ich wieder zu Hause, und es war trotz des geschlossenen Jagdschlosses ein wunderschöner Nachmittag für mich.

Am Donnerstag habe ich meinen ersten Termin bei der neuen Physiotherapeutin. Sie ist in etwa so alt wie meine

Tochter und wir verstehen uns von Anfang an sehr gut. Sie bringt mir schon ein paar weitere Termine mit und erklärt mir, dass sie sich anfangs mit einem ihrer Kollegen abwechseln wird. Mir ist es recht, Hauptsache ich bekomme meine Therapien. Sie lässt sich meine Krankengeschichte erzählen und fragt, was ich aktuell für Probleme und Beschwerden habe. Ich berichte ihr, dass mein größtes Problem die gesamte linke Seite von der Schulter bis zum Becken ist, dass ich dort fast ständig Schmerzen habe, die wohl davon kommen, dass ich durch die Last des linken unbeweglichen Armes immer nach links abknicke. Sie antwortet, dass meine Vermutungen grundsätzlich schon richtig sind, aber zusätzlich die Verspannungen Einfluss haben, das heißt, wenn diese Muskeln gefordert werden, es für mich sehr anstrengend ist, weil diese Seite nun einmal gelähmt ist. Sie zögert nicht lange und macht sich gleich an dieser Problemzone zu schaffen. Dazu sitze ich auf einem Stuhl, habe den Oberkörper frei und sie beginnt unter dem Schulterblatt zur Seite hin Stück für Stück die Muskeln zu lockern. Dabei kommt es mir vor als klebten sie auf den Rippen und müssten fast gewaltsam gelöst werden. Sie sagt, dass es fast auch so ist, dass sie angeschubst werden müssen, damit sie wieder aktiv werden und ihre eigentliche Arbeit übernehmen. Es ist für mich nicht ganz schmerzfrei, aber wohltuend. Ich muss ein Stück durchs Wohnzimmer laufen und staune, dass ich zum ersten Mal in all den Jahren meinen linken Arm locker herunterhängen lassen kann. Sie freut sich auch, dass ich so begeistert bin, sagt, dass wir an diesem Problem dranbleiben werden und widmet sich nun meinem linken Fuß, weil sie gesehen hat, dass ich nicht richtig abrollen kann. Auch das macht sie ganz anders als ich es von vorher gewohnt bin. Sie streicht Muskel für Muskel aus und massiert meinen Ballen, der immer besonders schmerzt. Und siehe da, als ich zur Probe ein paar Schritte laufe, fühle ich mich wunderbar befreit. Mein Arm ist locker und auch der Fuß fühlt sich viel besser an. Ich bin begeistert und denke bei aller Traurigkeit über den Weggang von Thomas, dass es vielleicht auch ein Glück für mich war, dass ich mir gezwungenermaßen eine neue Therapiepraxis suchen musste und nun jemanden habe, der ganz anders ansetzt.

Da Siggi schon die ganze Woche Urlaub hat, wir im Grunde aber gar nichts weiter vorhaben, hat Steffi vorgeschlagen, dass wir am Freitag nach Potsdam kommen, da sie mit Benno allein ist, weil auch die Kita geschlossen hat und die Kinder zu Hause bleiben müssen. Außerdem muss Steffen arbeiten. Ich bin sofort einverstanden, will keine Gelegenheit verpassen, meinen Enkel und meine Tochter zu sehen. Schließlich kann ich auch Siggi überzeugen, der anfangs nicht so begeistert ist, was ich auch einsehe, wenn er schon die ganze Woche über fahren muss. Als Kompromiss lasse ich ihn ausschlafen und wir fahren erst um halb elf los, sodass wir zwischen halb zwölf und zwölf da sein werden. Weil Mittagszeit ist und Steffi sich nicht die Arbeit machen soll, für uns zu kochen, fahren wir in ein Einkaufscenter, um dort Mittag zu essen und noch ein wenig durch die Geschäfte zu bummeln. Nach dem Essen macht sich Steffen gleich auf den Weg zur Arbeit. Wir kaufen für Benno eine dünne Schlafdecke für den Sommer und ich entdecke in meinem Lieblingsgeschäft eine schicke weiße Strickjacke für mich. In weiteren Geschäften kaufen wir noch ein paar T-Shirts für meinen Mann und mich. Dann kaufen wir noch ein paar Lebensmittel für Steffi ein und machen uns auf den Weg zu ihr nach Hause. Dort widme ich mich erst einmal in aller Ruhe meinem kleinen Benno und spiele mit ihm ausgiebig. Er ist glücklich, mag es, viele Leute um sich zu haben. Vor allem macht es uns jetzt auch schon richtig Spaß, mit ihm etwas zu machen, da er schon umgänglicher geworden ist und man gut mit ihm kommunizieren kann. Er kann zwar noch nicht alles sagen, versteht aber so gut wie alles. Wir verbringen den

Nachmittag zu Hause bei Steffi. Als Steffen dann am frühen Abend nach der Arbeit nach Hause kommt, ist es eine Wonne, zuzusehen, wie sehr sich Benno über seinen Papa freut. Beim Abendbrot sagt Steffi, dass ich bei ihr schlafen werde, Siggi im Wohnzimmer und Steffen in Bennos Rennfahrerbett. Wir sind gerade auf dem Balkon und genießen den schönen Frühsommerabend, als wir in der Ferne ein Wetterleuchten beobachten. Die Luft ist schwül, und ein Gewitter liegt in der Luft, wie man so schön sagt. Wir sagen gerade, dass ein bisschen Regen ganz wichtig für die Pflanzen wäre und im nächsten Augenblick kracht es ordentlich und das Gewitter zieht über die Stadt. Wir gehen rein und ich trinke mit Steffen ein Glas Rotwein, Steffi darf ja er aufgrund ihrer Schwangerschaft nicht und Siggi trinkt lieber ein Bier. Dabei zeigt uns Steffen einige neue Sachen auf seinem I-Pad und dann gehen wir auch bald schon schlafen. Morgens staunt Benno, dass ich wirklich in Papas Bett liege und er kommt zu mir kuscheln. Dann holt Steffi mit ihm Brötchen und nach einem ausgiebigen Frühstück fahren wir wieder nach Hause. Auf der Rückfahrt beschließen wir, in Neustrelitz eine Kleinigkeit zu essen. Wir wissen, dass auf dem Marktplatz ein Parkplatz mit zwanzig bis dreißig Parkgelegenheiten ist. Dahin fahren wir, sehen auch gleich zwei Behindertenparkplätze, von denen aber einer besetzt ist und auf den anderen gerade jemand fährt. Ich habe meinen Behindertenparkausweis schon in der Hand, um ihn wie immer ins Cockpit des Autos zu legen. Wir haben inzwischen schon so viele Erfahrungen mit anderen Behinderten, die einen Parkplatz suchen, dass wir erkennen, dass dieser Autofahrer hier unberechtigt parken will. Siggi hat den Blinker angeschaltet und als der Kraftfahrer von seinem Auto weggehen will, schaut er noch einmal in unsere Richtung. Siggi nimmt mir den Parkausweis aus der Hand und hält ihn in Richtung des Kraftfahrers. Der versteht und gibt ein Zeichen, dass er den

Parkplatz freimacht. Erleichtert sagt mein Mann: „Das habe ich mir gedacht, dass da kein Schwerbehinderter im Auto sitzt.“ Ich antworte ihm: „Wenn das so problemlos zu klären geht, ist ja alles in Ordnung. Blöd wäre es gewesen, wenn er schon weg gewesen wäre.“ Siggi stimmt mir zu, parkt ein und wir gehen zum „Cafe` am Markt“, das wir von früher noch kennen und weil dort eine Terrasse ist und wir so auch etwas vom schönen Wetter haben. Es gibt nur Kleinigkeiten zu essen, weil es nun einmal ein Cafe` ist, aber wir wollen ja auch nur was Kleines. Siggi bestellt sich ein Bauernfrühstück und ich mir einen kleinen Salat. So haben wir eine Kleinigkeit im Magen und setzen bald schon unsere Heimfahrt fort. Den Nachmittag über halten wir uns wegen des schönen Wetters im Garten auf.

Am Sonntag passiert nichts weiter. Die Sonntage sind für mich immer die schlimmsten Tage, weil nichts weiter los ist und ich keine Therapien oder sonstige Abwechselungen habe. Zum Glück ist das Wetter auf meiner Seite, sodass ich mich im Garten aufhalten kann und ich versuche mich daran, Siggi wenigstens eine kleine Arbeit abzunehmen, nämlich die Wäsche auf dem Wäscheständer aufzuhängen. Das ist gar nicht so einfach mit nur einer Hand, aber irgendwie kriege ich es ganz gut hin. Nachmittags spiele ich mit meiner Mutter auf der Terrasse mehrere Runden Halma. Siggi ist für Spiele nicht zu haben und fährt lieber etwas mit dem Fahrrad durch die Gegend.

Am Montag habe ich das erste Mal mit dem männlichen Kollegen Physiotherapie. Er ist Mitte dreißig und ebenfalls sehr nett. Seine Behandlung gefällt mir auch super. Sie ist wieder anders, aber ebenso effektiv. Nachdem ich ihm sage, dass mir heute die Hüfte wehtut, soll ich mich auf den Boden legen. Das tue ich natürlich nur mit entsprechender Polsterung. Als Unterlage dienen zwei Gartenstuhlauflagen. Mich kostet es etwas Überwindung, mich in die liegende Position zu bringen, denn ich habe immer noch mit dem Gleichgewicht zu tun und dann ist da auch noch die Angst, dass ich nach links fallen könnte und mich links nicht abstützen kann. Aber der Therapeut stellt sich neben mich, sozusagen jederzeit bereit, einzugreifen. Dann geht es ganz schnell und er staunt, wie zügig ich dann doch auf dem Boden liege. Ja, ich habe bei all der Einschränkung schon meine eigene Technik entwickelt. Ich gehe in die Hocke, stütze mich mit der rechten Hand ab und drehe meinen Po nach rechts, um im nächsten Moment zu sitzen und gleich darauf zu liegen. Mein Therapeut gibt mir noch ein Kissen für den Kopf und los geht es. Er knetet mir die Hüfte und den Oberschenkel durch. Er macht das so gut, dass danach die Schmerzen wie weggeblasen sind. Ich bin begeistert und erfahre, dass sowohl er als auch seine Kollegin den Bobath-Lehrgang haben. Dieses Konzept basiert auf einem Therapie- und Rehabilitationsansatz von Dr. Karel und Beta Bobath. Ich erfahre weiter, dass dieses Konzept für Patienten mit Störungen des Zentralen Nervensystems entwickelt wurde und von einem ganzheitlichen Ansatz ausgeht, der den Menschen in seiner Persönlichkeit einbezieht. Gestörte Bewegungsmuster sollen bei der Therapie gehemmt und mit Hilfe eines Physiotherapeuten verbesserte Körperhaltungen eingeübt werden. Genau diese Erfahrungen habe ich bei beiden Physiotherapeuten gemacht und ich bin froh, dass ich solches Glück mit dieser Physiotherapiepraxis und dabei insbesondere mit den beiden Therapeuten habe. Denn eines steht fest. Obwohl ich auf meinen Physiotherapeuten Thomas nichts kommen lasse, diesen Lehrgang hatte er nicht. Und würde ich noch Kontakt zu ihm haben, würde ich ihm dazu raten, ihn auch zu machen, denn nach den Therapien geht es mir weiterhin gut, so gut wie selten, weil mir sonst durch den ständig angewinkelten Arm die gesamte linke Seite weh tut und die dortigen Muskeln total verspannt sind. Die werden dann in den Therapien gelockert und aktiviert. Ich lerne von meinen beiden Therapeuten, dass die Ziele der Bobath-Therapie das Wiedererlernen verlorener Bewegungsfähigkeiten, die Wiederherstellung einer ädaquaten Muskelspannung sind, das heißt die Regulation des Tonus sowie der Abbau von Überaktivitäten der nicht betroffenen Seite. Dabei soll die Wahrnehmung des eigenen Körpers und der Umwelt normalisiert und die Selbständigkeit und Sicherheit im alltäglichen Leben erhöht werden. Bei allen Therapien erfrage ich, was ich als Patientin selber tun kann, um meine Beschwerden zu lindern. Ich bekomme Übungen gezeigt, die ich alleine trainieren kann. Zusammen mit den Therapien haben die regelmäßigen Übungen positiven Einfluss auf die Spastik und genau das ist auch mein Ziel, sodass ich bei jeder sich bietenden Gelegenheit die Übungen mache. Das kann auch beim Fernsehen im Sessel sein, wenn ich mich über die rechte Seite beuge und damit die linke Seite strecke und die Muskeln aktiviere. Oder wenn ich am Computer sitze soll ich mich nach rechts beugen, meinen linken Arm festhalten und heben und darunter hindurchsehen. Die Übungen mache ich schon fast automatisch und sie tun richtig gut, da sie die linke Seite entlasten und langsam die Muskeln lockern.

Am Freitag habe ich einen Termin bei meinem Neurologen. Es geht hauptsächlich darum, wie ich mit den abgesetzten beziehungsweise in der Dosis reduzierten Tabletten klarkomme und es muss wieder einmal ein EEG gemacht werden. Alles ist in Ordnung und wir unterhalten uns noch über den Stand meines „Antrages auf Teilhabe am Arbeitsleben". Ich erzähle ihm, dass ich gar nicht mit der Arbeitsweise der Rentenversicherung zufrieden bin, es einfach nicht vorwärts geht, obwohl ich von meiner Seite her alles Mögliche getan habe: Ich habe mehrfach angerufen, eine E-Mail geschickt und auch einen Brief geschrieben, worin ich geschildert habe, dass es die zur Begutachtung bestimmte Ärztin gar nicht gibt beziehungsweise sich noch niemand bei mir gemeldet hat, ich sollte laut Schreiben der Rentenversicherung ja zur Begutachtung aufgefordert werden. Mein Neurologe schüttelt dazu nur den Kopf und meint, dass die Mühlen der Verwaltung wieder mal langsam mahlen, erst recht jetzt in der Urlaubszeit.

Ich habe weiter meine Therapien und bin nach wie vor sehr zufrieden damit. Am Sonnabend wollten eigentlich Steffi, Steffen und Benno kommen, sagen aber wegen des Regenwetters ab. Anschließend skypen Steffi mit Benno und ich miteinander. Meine Mutter ist mal wieder fasziniert davon, was die heutige Technik so alles möglich macht. Auch Benno freut sich, dass er mich sehen und mit mir sprechen kann. Er schenkt mir einen Kuss nach dem anderen, besser gesagt, gibt diese dem Bildschirm und nach einem Hinweis von Steffi der Kamera.

Abends sind mein Bruder Olaf und Marion mal wieder bei uns. Am Sonntagmorgen höre ich gegen acht Uhr, dass das Schloss in der Haustür geht, und ich gehe nachsehen. Es ist unser Schwiegersohn. Er ist doch noch nach Neubrandenburg gekommen, da einer seiner Kumpel, der zur Zeit in Ägypten als Tauchlehrer arbeitet, momentan in Deutschland ist und hier vergangenen Abend seinen Geburtstag gefeiert hat und da wollte Steffen nicht fehlen.

Heute ist der achte Juli und das ist unser neunundzwanzigster Hochzeitstag. Mutti überrascht uns sogar mit einem Geschenk. Damit hatten wir gar nicht gerechnet, es ist ja auch ein fast normaler Tag. Wir beschließen am Abend, mal wieder zu unserem Italiener hier im Wohngebiet zu gehen. Mutti soll mitkommen, möchte aber nicht. So bringen wir sie noch ein Stück nach Hause und steuern anschließend gleich die Gaststätte an. Wir glauben, unseren Augen nicht trauen zu können. Wir sind die einzigen Gäste! Das können wir uns gar nicht richtig vorstellen. Als die Gaststätte vor einigen Jahren eröffnete, bekam man keinen Platz ohne vorher zu reservieren. Aus der ganzen Stadt kamen die Leute, um sich persönlich vom guten Ruf zu überzeugen und sich ein Bild von der Lokalität zu machen. Und auch wir gingen immer gern hierher. Wir setzen uns wegen des schönen Wetters draußen hin. Als der Inhaber uns wie immer sehr herzlich begrüßt, nutze ich die Gelegenheit und frage ihn: „Sagen Sie mal, was ist denn hier los, das erkennt man ja gar nicht mehr wieder?“ Er hebt nur ratlos die Schultern und antwortet: „Ich weiß es auch nicht, vielleicht ist es der Standort. Ich habe etwas im Stadtzentrum in Aussicht und wenn das in Papier und Tüten ist, bin ich hier weg.“ Das tut uns sehr leid, aber die Gaststätte befindet sich wirklich ein wenig ab vom Schuss, was aber wiederum vorher auch kein Hinderungsgrund war, dass die Leute in Scharen kamen. Wir essen nur eine Kleinigkeit, Siggi trinkt ein Bier und ich einen Cocktail und dann gehen wir auch wieder.

Ich genieße die Physiotherapien, weil sie mir richtig, richtig gut tun. Hinterher ist mein Körper jedes Mal wie befreit, meine linke Seite ist ganz locker und ich habe weniger Schmerzen. Zusammen mit den Ergotherapien empfinde ich meine Behandlung momentan als optimal. Doch bei aller Euphorie gibt es natürlich auch einen Wermutstropfen. Mein männlicher Physiotherapeut erzählt mir, dass er zum Ende August gekündigt hat und zu einer anderen Praxis wechselt. Wieder einer der Guten, der geht. Es ist doch wie verhext. Aber er wird schon seine Gründe haben und noch ist er ja ein paar Wochen da.

Am Montag, als wir die Ergotherapie wie üblich bei schönem Wetter wieder auf der Terrasse durchführen, ziehen so schnell dunkle Wolken auf und es beginnt zu regnen, dass wir es gerade noch ins Wohnzimmer schaffen. Solche lustigen Momente gehören auch zu den Therapien, genau wie wir uns gegenseitig erzählen, was aktuell gerade so bei jedem passiert. Das ist ja auch nachvollziehbar. Neben meiner Familie, unseren Freunden und unseren Nachbarn sind die Therapeuten und auch meine Ärzte die einzigen Menschen, mit denen ich außerhalb meiner vier Wände kommuniziere. Deshalb habe ich ja auch den „Antrag auf Teilhabe am Arbeitsleben“ gestellt, damit ich wieder wenigstens ein paar Stunden arbeiten gehen kann und wieder unter Leute komme und auch mal etwas anderes sehe. Zu Hause fällt mir so langsam aber sicher die Decke auf den Kopf. Nur Lesen, Kreuzworträtsel und Fernsehen, das kann es nicht sein. Ich will auch gefordert werden. Zum Glück habe ich meinen Computer und mein Hobby, das Schreiben. Ich habe ja auch wieder komplett das Zepter bei allen privaten Verwaltungsarbeiten übernommen, worüber mein

Mann sich natürlich freut, da er entlastet wird. Das letzte war die Steuererklärung für das vergangene Jahr, die ich fertig gemacht habe. Ansonsten bin ich im Moment hauptsächlich mit sämtlichen Arbeiten für die Herausgabe meines Buches beschäftigt. Ich bin in ständigem Kontakt mit Steffis Freundin, die bei dem Berliner Verlag arbeitet, bei dem ich das Manuskript eingereicht habe und die alles managt. Am Mittwoch teilt sie mir mit, dass sie mir den Coverentwurf zusenden wird. Alles Andere ist schon erledigt. Ich habe ihr mein Manuskript geschickt, es wurde Korrektur gelesen, in die richtige Form gebracht und nachdem ich mir auch noch einmal alles angesehen habe, wieder zurückgeschickt. Dann sollte ich ihr mitteilen, wie meine Vorstellung hinsichtlich des Buchcovers ist. Das Buch heißt ja „Augen so blau – Geschichten, die das Leben schreibt“ Dabei ist „Augen so blau“ meine Hauptgeschichte und da es dort um eine Jugendliebe mit blauen Augen und um eine Familie mit vorerst zwei Kindern geht, wollte ich gern auf dem Cover ein männliches blaues Augenpaar und in irgendeiner Form eine vierköpfige Familie. Dabei sollte der Altersunterschied zwischen den Kindern ersichtlich sein, denn das ist ein wichtiger Aspekt in der Geschichte. Sie sind elf und fünf Jahre alt. Swantje, so heißt Steffis Freundin, teilte mir mit, dass es gar nicht so einfach ist, Bilder zu bekommen, auf denen die Kinder zirka sechs Jahre auseinander sind. Der Trend ist, dass die Kinder heute zwei oder drei Jahre auseinander sind. Aber nun erhalte ich einen Covervorschlag, der mir fast hundertprozentig gefällt. Ich sage fast, weil nicht alles stimmt: Im oberen Drittel strahlt mich ein männliches blaues Augenpaar an und darunter ist ein Familienbild, auf dem die Kinder elf und fünf Jahre alt sein könnten. Aber das elfjährige Mädchen hat blonde Haare und das passt gar nicht zu meiner Geschichte. Das teile ich Swantje mit und frage an, ob das nicht geändert werden kann und die Haare dunkel gemacht werden können.

Am Donnerstag ruft Steffis Schwiegermutter bei mir an und fragt, ob wir am Sonnabendnachmittag zu ihnen kommen wollen. Ich weiß, dass sie übers Wochenende Benno haben, damit Steffi in Ruhe für ihre Prüfung am 23. Juli lernen kann. Am Sonnabend ist im Nachbardorf ein Sommerfest, zu dem sie mit Benno wollen und da ihnen leid tut, dass ich Benno nicht so ohne Weiteres nehmen kann, wollen sie, dass wir auch etwas von ihm haben und dass wir gemeinsam den Nachmittag verbringen. Das finde ich total nett von ihnen und ich sage zu, da ich weiß, dass Siggi auch damit einverstanden sein wird. Da zahlt sich aus, dass Steffens Eltern und wir uns prima verstehen.

Am Freitag, dem 13. Juli ist diesiges regnerisches Wetter. Typisch, Freitag der 13. denke ich, als ich nach meiner morgendlichen Tasse Milch einen Schritt auf die Terrasse wagen will. Ich lasse es lieber, muss aber gleich an meine ehemalige Therapeutin Nicole denken, die sich nach der Geburt ihres zweiten Kindes im Mutterschaftsurlaub befindet und heute heiraten will. Mir tut es leid, dass das Wetter nicht so richtig mitspielt.

Mit Steffi bin ich in diesen Tagen noch mehr als sonst in telefonischen Kontakt. Der errechnete Geburtstermin rückt immer näher, nur noch vierzehn Tage und so wie sie aussieht, kann es durchaus sein, dass es früher losgeht. Sie berichtet mir, dass sie heute beim Frauenarzt war, der sie zur Kontrolle in die Entbindungsklinik überwiesen hat, weil sie zu wenig Fruchtwasser hat. Ich sage ihr einfühlsam, dass es durchaus passieren kann, dass sie gleich bis zur Entbindung drin bleiben muss und sie sich auf diese Eventualität einstellen soll. Sie antwortet mir, dass sie genau das auch befürchtet und nun froh ist, dass Benno bei Steffens Eltern ist, denn sonst hätte sie so schnell gar nicht gewusst, wer in der Zeit Benno versorgt. Gegen Mittag gibt sie Entwarnung, es ist alles in Ordnung. Sie hat lediglich die Order bekommen, am 31. Juli ins Krankenhaus zu kommen falls bis dahin das Baby noch nicht da ist.

Inzwischen kämpft sich auch so langsam aber sicher die Sonne durch und ich denke an das Hochzeitspaar, das nun doch noch schönes Wetter am schönsten Tag ihres Lebens hat. Nachmittags ruft Steffens Mutter bei mir an und gibt mir Benno ans Telefon. Es ist so schön, seine Stimme zu hören. Das Herz geht mir richtig auf, wenn ich die süße Stimme meines Enkelsohnes höre: „Hallo Oma Anke." Wir erzählen eine Weile und Gitti berichtet, was sie alles schon angestellt haben und dass Benno sich wohl fühlt. Das glaube ich gern, denn Benno hat dort Hund, Katze und Eichhörnchen und einen riesigen Garten, in dem er immer noch etwas Neues entdecken kann.

Am Sonnabend ist es wie erwartet und auch vom Wetterbericht vorhergesagt trübe und etwas kühler. Na toll, denke ich, ausgerechnet, wo wir heute zum Sommerfest wollen! Am frühen Nachmittag fahren wir rüber zu Gitti und Roland. Als uns Benno aus dem Auto steigen sieht, freut er sich riesig, kommt uns entgegen und überschlägt sich fast dabei, was er uns alles erzählen will. Wir gehen gar nicht erst ins Haus, sondern setzen uns auf die Terrasse, da wir gleich weiter zum Sommerfest fahren wollen. Doch dann fängt es zu nieseln an und Roland muss die Markise ausfahren, damit die Terrassenmöbel und auch wir trocken bleiben. Gitti geht mit Benno noch mal ins Haus, da er aufs Töpfchen muss. Wir hören draußen auf der Terrasse den Jubelschrei von Benno. Das macht er immer, wenn er erfolgreich auf seinem Topf war und wir müssen lachen. Kurz darauf kommt Gitti mit ihm fertig angezogen zu uns. Benno hat dem Wetter entsprechen Regenhose und -jacke sowie Stiefel an und sieht ganz drollig aus. In Wokuhl, so heißt das Dorf, in dem das Sommerfest stattfindet, nimmt er auch jede Pfütze auf dem Weg zum Festplatz mit, ja, er springt hinein und freut sich, wenn es spritzt. Wir lassen ihm auch seine Freude, denn es kann nichts passieren, er ist optimal angezogen. Auch wir haben Regenjacken an und Schirme dabei.

Wir zahlen Eintritt und betreten die Festwiese. Benno entdeckt sofort das Kinderkarussell und zieht uns dort mit hin. Neben einer Reihe von Verkaufsbuden und noch einem Kettenkarussell gibt es auch ein Festzelt. Doch Benno zieht uns ganz zielstrebig zum Kinderkarussell. Roland lässt sich als erster breitschlagen und kauft ihm fünf Fahrten. Wir stehen am Rand und winken zurück, wenn Benno glücklich und zufrieden lächelnd an uns vorbei fährt. Als mir das Stehen langsam zu anstrengend wird, suchen Siggi und ich uns einen Sitzplatz in der Nähe. Von hier aus können wir auch zusehen und Siggi holt sich eine Bratwurst. Gitti lässt sich anstecken und setzt sich auch mit einer Bratwurst in der Hand zu uns. Die fünf Runden sind vorüber und Roland und Benno kommen ebenfalls. Doch kein Happen Bratwurst und auch kein Eis können Benno locken. Immer wieder sieht er sehnsüchtig zum Karussell und zeigt dorthin: „Fahren!“ Schließlich lässt Siggi sich erweichen und fragt Benno, ob er noch einmal fahren möchte. Sofort strahlt er über das ganze Gesicht und nickt heftig. Während wir uns noch unterhalten, was für ein Schlitzohr er doch ist, dreht Benno schon seine nächsten Runden. Als er diese fünf Fahrten abgefahren hat, kommen beide wieder zu uns. Gerade als sie sich hinsetzen wollen, fängt es wieder zu nieseln an. Wir beschließen, ins Festzelt zu gehen, aus dem zu hören ist, dass dort etwas los ist. Erwartungsgemäß und jetzt noch durch den einsetzenden Regen verstärkt, ist das Zelt knackend voll. Es findet gerade eine Vorführung von Kindern vom Judosport statt und da unser Thomas auch im Judo war, es sogar bis zum blauen Gürtel gebracht hat, kennen wir uns etwas aus und interessieren uns dafür. Den anderen geht es ähnlich und so suchen wir uns einen Platz. Wir finden aber nur einen Stehplatz. Siggi besorgt mir einen Stuhl und.Benno klettert gleich zu mir auf den Schoß. Er kann mit seinen zwei Jahren auch schon unterscheiden, was bequem ist und was nicht. Er ist mit besonderem Eifer dabei, wenn die Judokas einen Wurf vorführen und die Zuschauer ringsherum klatschen. Dann klatscht er auch wie wild und freut sich. Die Judovorführung ist vorbei und die Truppe wird durch eine Tanzgruppe abgelöst. Das ist jetzt so richtig was für Benno und kaum, dass die ersten Töne erklingen, hüpft er von meinem Schoß und tanzt mit. Doch er verliert schnell die Lust, weil er sich beobachtet fühlt. Da wir sowieso etwas trinken wollen und es auch schon leerer im Zelt geworden ist, suchen wir uns weiter hinten einen Tisch und holen uns Getränke. Da sitzen wir vielleicht eine Viertelstunde, als es Benno zu langweilig wird und er einfach losmarschiert. Ich sage zu Gitti: „Schau mal, der läuft ganz zielstrebig in Richtung Ausgang!" Gitti bekommt einen Schreck und nachdem wir Benno noch einen Augenblick beobachten, wie er immer näher zum Ausgang geht, läuft Gitti doch lieber hinterher. Es hat aufgehört, zu regnen und gespannt beobachten wir, was weiter passiert. Wie es zu erwarten war, zieht Benno Gitti rigoros in Richtung Ausgang und zeigt dort in die Richtung des Karussells. Gitti sieht noch einmal zu uns, zuckt mit den Schultern, nimmt Benno auf den Arm und geht aus dem Zelt raus. Uns allen ist klar, dass das die nächsten fünf Fahrten sind. Warum auch nicht. Dafür sind wir die Großeltern und wir haben das Privileg, unsere Enkel verwöhnen zu dürfen. Eltern müssen streng zu ihren Kindern sein und dürfen nicht alles durchgehen lassen. Diese Phase haben wir mit unseren Kindern durch und jetzt genießen wir es, Großeltern zu sein und auch alles zu tun, dass unser Benno sich wohl fühlt. Im Zelt wird die Luft langsam miefig und auch der Sonnenschein treibt uns wieder nach draußen. Wir sind kaum draußen und treffen Gitti mit Benno, da sieht Benno mich an, lächelt verschmitzt, gibt mir seine Hand und geht mit mir, als wäre es das Normalste von der Welt, direkt wieder in die Richtung des Kinderkarussells. Er ist wirklich ein Schlitzohr, er weiß genau, dass ich als Einzige noch keine Fahrten gekauft habe. Ich muss lächeln, füge mich gern meinem Schicksal, kaufe fünf Karten und helfe ihm in die Pferdekutsche, die er sich schon ausgesucht hat. Inzwischen sind Gitti, Roland und Siggi auch wieder bei mir und während wir Benno beim Vorbeifahren zuwinken, beschließen wir, dass das nun aber wirklich die letzten Fahrten heute für Benno sind. Dann suchen wir das Ehepaar, das wir mitgenommen haben, bummeln noch ein bisschen über den Festplatz, sehen uns an den Ständen um und setzen uns noch einmal kurz, um etwas zu trinken.Dann machen wir uns auch auf den Weg zu unseren Autos. Als Benno das mitkriegt, gibt es von ihm kurz einen Protest, weil er wieder zum Karussell will, doch nun sind wir streng und lassen uns nicht bezirzen.

Nachdem wir das Ehepaar abgesetzt haben, sind wir dann auch gleich wieder bei Gitti und Roland zu Hause. Bennos erster Weg führt zu Lords Zwinger und er rüttelt am Gitter, was heißt, dass Roland den Hund rauslassen soll. Das macht er auch prompt und mit wedelndem Schwanz begrüßt Lord seinen besten Freund Benno. Ich halte genügend Abstand, habe mehr Respekt als Benno, aber er ist so sicher im Umgang mit dem Hund, dass man sich absolut nicht vorstellen kann, dass etwas passieren könnte. Wir wissen alle, dass das schon so mancher gedacht hat und dann trotzdem ein Unglück geschehen ist. Aber wenn der Hund frei herumläuft, sind entweder Gitti oder Roland dabei und der Hund gehorcht aufs Wort, sodass man sich keine Sorgen zu machen braucht. Dann sieht Benno Felix, die Katze, die friedlich in ihrem Körbchen liegt und sich sonnt. Obwohl Gitti zu Benno sagt, er soll die Katze schlafen lassen, geht er zu ihr, zieht an ihrem Schwanz und wundert sich, dass Felix sich kurz regt und verschwindet. Wir sind uns einig, dass er Glück hatte, dass die Katze nicht nach ihm gekrallt hat und müssen lachen. Als nächstes sieht Benno zu einem bestimmten Baum am neben dem Grundstück vorbeifließenden Bach. Und wirklich, am Fuß des Baumes sitzt ein Eichhörnchen und frisst die Nüsse, die Roland ihm hingelegt hatte. Aufgeregt fordert Benno insbesondere Siggi und mich auf, dort hinzuschauen und sagt ganz deutlich und bestimmt: „Eichhörnchen!“ Wir loben ihn, wie gut er das schwere Wort sprechen kann und nun holt Benno aus allen möglichen Ecken des Grundstückes das Spielzeug, das Roland und Gitti schon für ihn angeschafft haben. Das ist schon eine ganze Menge und bald sieht das Grundstück aus, als wäre es der Hof eines Kindergartens. Gitti hat inzwischen Kaffee und Kuchen vorbereitet und den Terrassentisch gedeckt. Wir trinken in aller Ruhe Kaffee und fahren dann wieder los, sodass wir gegen neunzehn Uhr zu Hause sind.

Am Montag rufe ich mal wieder wegen meines „Antrages auf Teilhabe am Arbeitsleben“ bei der Rentenversicherung an, weil sich immer noch nichts weiter getan hat. Ich spreche mit einer sehr netten Frau, die mir aber leider nicht weiterhelfen kann und die mir sagt, ich möchte morgen noch einmal anrufen, da heute die für mich zuständige Sachbearbeiterin nicht da ist. Ansonsten ist dieser Montag wie alle anderen auch, nichts Besonderes passiert. Abends begleitet Siggi meine Mutti nach Hause und berichtet mir hinterher, dass er auf dem Rückweg einen Nachbarn getroffen hat, der ihm erzählte, dass er mein Buch gelesen hat, es toll fand und sich schon auf das nächste freut. Das freut mich natürlich auch und ich fühle mich darin bestätigt, dass ich mit dem Schreiben das Richtige tue. Das ist ja im Grunde auch das Einzige, was mich momentan geistig etwas mehr fordert. Deshalb ärgert es mich auch so sehr, dass es mit meinem Antrag nicht vorwärts geht, denn die Bearbeitung des Antrages ist Voraussetzung dafür, dass ich mich an den hiesigen Integrationsfachdienst wenden kann, der mir Hilfe und Unterstützung bei der Suche nach einer Arbeit, natürlich nur stundenweise, gibt. Ich habe so sehr den Wunsch, unter Leute zu kommen, dass es schon fast an den Nerven zerrt und ich kann mir gut vorstellen, dass andere Menschen in ähnlicher Situation da ganz schnell depressiv werden. Die Gefahr besteht bei mir nicht, da ja sonst das gesamte Umfeld stimmt, ich eine ganze Reihe von Fortschritten zu verzeichnen habe und schon viele Sachen ohne fremde Hilfe machen kann. Deshalb rufe ich am Dienstag wieder bei der Rentenversicherung an. Ich erreiche auch die für mich zuständige Sachbearbeiterin. Sie kann sich ebenfalls nicht erklären, warum nichts passiert ist und verspricht mir, den Sachverhalt an die Gutachterstelle weiterzuleiten und mit „eilt" zu vermerken. Im nächsten Atemzug sagt sie mit Verweis auf die Urlaubszeit, ich soll nicht gleich wieder nach vierzehn Tagen anrufen. Ich antworte ihr, dass ich keinen Grund dazu habe, wenn etwas passiert und es endlich vorwärts geht. Unausgesprochen lasse ich, dass ich wenig Hoffnung habe, dass es nun wirklich vorwärts geht.

Mittwochabend ruft meine Schulfreundin Birgit bei mir an und sagt den für Sonnabend vorgesehenen Besuch bei uns ab, da sie Thrombose hat, krankgeschrieben ist und die relativ lange Strecke von Magdeburg bis zu uns nach Neubrandenburg wegen des langen Sitzens nicht fahren kann. Ich bin zutiefst enttäuscht, kann es aber auch verstehen. Die Gesundheit geht schließlich vor. Den frühen Freitagmorgen nutze ich zum Backen. Da wir schon Einiges für den geplanten Besuch eingekauft hatten, habe ich mir überlegt, trotzdem zu backen. Ich probiere den Prasselkuchen das erste Mal mit Sauerkirschen. Da ich schon um halb acht Ergotherapie mit der Vertretung von Jan, der Urlaub hat, habe, koche ich uns zu dieser Zeit Kaffee und teste mit ihr gemeinsam den Kuchen. Sie ist angenehm überrascht, dass die Therapie heute so ganz anders abläuft.

Ich erfahre, dass sie ein kleiner Gourmet in Bezug auf Kuchen ist. Da habe ich ja alles richtig gemacht! Nachdem wir den Kuchen gegessen und auch eine Tasse Kaffee getrunken haben, lässt sie es sich nicht nehmen und macht doch noch in verkürzter Form Therapie mit mir. Dabei schwärmt sie, wie gut der Kuchen geschmeckt hat und lässt sich das Rezept erklären. Am Sonnabend laden wir meinen Bruder Olaf und Marion zum Grillen ein, da wir ebenfalls schon Fleisch und Bratwurst gekauft hatten. Das Wetter spielt wieder mit und wir haben einen sehr schönen und auch sehr langen Abend. Gegen halb zwei morgens brechen sie auf und wir liegen etwa um zwei im Bett.

Sonntagfrüh sitze ich eigentlich wie jeden Morgen an meinem PC und schreibe, als mich Steffi über Skype anklingelt. Steffi, Steffen und Benno sitzen beim Frühstück und ich habe meinen kleinen Benno im Blickfeld. Wir erzählen schön und später schaltet sich noch Thomas aus Spanien dazu und erzählt von einer Tour in den Norden Spaniens, die er mit Jule gemacht hat. Ich freue mich riesig, meinen Sohn nach drei Monaten und drei Wochen wieder zu sehen und mit ihm zu sprechen. Er erzählt weiter, wie seine Pläne sind, wenn er am 31. Juli zurückkommt. Als Siggi dann ausgeschlafen hat, ist das Skypen leider zu Ende und ich kann ihm nur erzählen, was ich mit unseren Kindern gesprochen habe. Er freut sich trotzdem über die Grüße und vor allem auch über das Lebenszeichen von Thomas. Da haben wir um den 31. Juli zwei Sachen zu erwarten: Steffis Baby und Thomas` Heimkehr aus Spanien.

Am Montag hat Steffi ihre Prüfung und ich fiebere mit ihr. Steffi selbst hat kein gutes Gefühl, wie sie mir vorher sagte, da sie sich nicht optimal vorbereiten konnte. Ich hoffe trotzdem, dass alles gut geht. Gegen Mittag ruft sie an und ich merke schon an ihrer Stimme, dass es gut gelaufen sein muss. So ist es auch, sie hat eine zwei und ist vollkommen zufrieden damit. Ich gratuliere und sage, dass sie stolz sein kann. Denn schließlich hat sie die Prüfung und die Prüfungsvorbereitungen unter erschwerten Bedingungen in doppelter Hinsicht absolviert. Zum einen als Mutter eines Kleinkindes und zum anderen als Hochschwangere. Sie sagt, dass sie sehr froh und ihr zumute ist, als hätte sie einen schweren Rucksack abgestreift. Endlich könne sie sich vollkommen auf Benno und ihr ungeborenes Kind konzentrieren. Ich kann voll mit ihr mitfühlen. Das sollen andere Studenten erst einmal nachmachen! Die haben ihren Kopf frei, in der Regel nur sich selbst zu versorgen und können sich mit ganzer Kraft auf die Prüfungen konzentrieren. Gut, bei Steffi muss man wiederum sagen, sie hat es sich schließlich so ausgesucht und dass es schwerer wird, als wenn man frei von sämtlichen Verpflichtungen ist und sich nur um sich selbst kümmern muss, liegt auf der Hand. Ich will hiermit auch nur herausstreichen, dass es schon eine enorme Leistung ist, neben Haushalt, Kind und Schwangerschaft eine große Prüfung so gut zu bestehen. Jedenfalls gönne ich meiner Tochter von Herzen, dass sie nun erst einmal „nur" den Haushalt und ihren Benno hat, in Ruhe alle Termine wahrnehmen und der Geburt ihres Sohnes entspannt entgegen sehen kann.

Am Mittwoch kommt meine Hausärztin zum Hausbesuch. Alles ist wie immer, mein Blutdruck super und auch sonst alles in Ordnung, sodass ich mir nur meine Tabletten aufschreiben lassen muss. Dann frage ich wegen einer Reha-Kur nach, auf die ich nach so vielen Jahren einen Rechtsanspruch habe. Sie sieht mich an, überlegt kurz, schüttelt dann den Kopf und sagt: „Eine Reha, die mit einem Klinikaufenthalt verbunden ist, würde ich Ihnen nicht empfehlen. Aber eine ambulante Reha hier im Ärztehaus. Da sind sie jeden Abend wieder zu Hause in ihrem Umfeld und das bringt genauso viel." Sie wird wohl einen Klinikaufenthalt für nicht so ratsam halten, weil ich nach meiner ersten Reha ganz schön depressiv war. Aber das war ja nicht der Reha geschuldet, sondern meinem Gesundheitszustand an sich. Doch als sie mir noch erzählt, dass sie eine junge Schlaganfallpatientin hat, der diese ambulante Reha sehr gut bekommen ist, beginne ich, mich damit anzufreunden. Wir verbleiben so, dass ich mich darum kümmere, wie mein Transport zum Ärztehaus geregelt wird und dass wir nach ihrem und unserem Urlaub einen Termin bei ihr machen, um die Antragsformulare auszufüllen.

Am Freitag ruft Thomas mich an und erzählt mir ganz stolz, dass er für die Masterarbeit und die Präsentation dieser eine 1,0 erhalten hat. Der spanische Professor war sehr begeistert und hat sie als exzellent beschrieben. Besser geht es nicht! Ich gratuliere ihm herzlich und wünsche ihm für die verbleibenden Tage in Spanien viel Spaß. Da hat er es wieder geschafft! Wenn man bedenkt, dass er die Arbeit in Englisch geschrieben und auch auf Englisch präsentiert hat, Hut ab vor der Leistung!

Mit Steffi bin ich in diesen Tagen in ständiger Verbindung. Die Geburt steht bevor und sie will sie auch endlich hinter sich bringen. Sie sagt mir, dass sie Sonntag- und Montagabend heiß baden will und so hofft, dass es dann losgeht und sie um eine Einleitung der Wehen herumkommt. Andererseits, sagt sie, hat sie nicht im geringsten das Gefühl, dass sich etwas tut und sich der Kleine so langsam auf den Weg macht.

Das Baden bringt nichts und als wir am Montag skypen, ist Steffi ganz enttäuscht und klagt, dass es nun endlich losgehen soll. Ich versuche, sie zu trösten und sage: „Morgen musst du ja ins Krankenhaus und pass mal auf, morgen oder übermorgen ist das Baby dann da und du hast die längste Zeit gewartet.“ Sie nickt und sagt, dass ihr am meisten Benno fehlen wird. Thomas schaltet sich aus Madrid dazu und erzählt, dass er alles gepackt hat und soweit fertig ist. Er will heute noch feiern gehen und hofft, dass er morgen nicht verschläft. Er wird gegen vierzehn Uhr in Hamburg landen.

Dienstagmittag ruft Steffi an und sagt, dass Steffen sie um halb zehn ins Krankenhaus gebracht hat, bisher aber noch nichts passiert ist, sie im Moment auf die Ärztin wartet. Sie erzählt weiter: „Hier ist ganz schöner Stress. Allein gestern wurden fünfzehn Kinder geboren!“ Ich staune, denn die Quote ist nicht schlecht. Aber Potsdam und Dresden sind ja als die geburtenstärksten Städte im Osten Deutschlands gegenwärtig bekannt und das hat sich gerade mit dem gestrigen Tag wieder bestätigt.

Eine Stunde später ruft Thomas an, dass er gut in Hamburg gelandet ist und wir uns am Wochenende sehen.

Am Mittwoch, dem ersten August 2012, ist es soweit. Um viertel sieben ruft Steffi an und sagt, dass um halb sechs Tammo geboren wurde, er 3650 Gramm wiegt und siebenundvierzig Zentimeter klein ist. Ich bin überglücklich, gratuliere ihr und sage, dass wir am Sonnabend kommen. Danach rufe ich erst einmal Siggi an und teile ihm die Neuigkeit mit. Nachdem er noch einmal nachfragen muss, wie er heißt, ist auch er stolz und glücklich.

Freitag erhalte ich von Swantje die finale Coverversion für mein Buch. Sie gefällt mir hundertprozentig, entspricht genau meinen Vorstellungen: Oben im Hintergrund ein blaues männliches Augenpaar, davor eine vierköpfige Familie mit der von mir gewünschten Änderung und passend zu meiner Hauptgeschichte „Augen so blau“. Nun kann es losgehen, dass das Buch in den Druck kommt. Abends kommt Thomas nach Hause. Nachdem wir ihm noch einmal persönlich zu seinem super Abschluss gratulieren und noch ein bisschen erzählen, zieht er los und trifft sich mit Freunden. Das Wiedersehen der Freunde und wahrscheinlich damit verbundene Feiern bis spät abends ist der Grund dafür, dass Thomas am Sonnabend nicht so richtig aus dem Bett findet. Doch dann kann es endlich nach einem ruhigen späten Frühstück los nach Potsdam gehen. Thomas fährt, sodass Siggi mal eine Pause hat, wo er schon die ganze Woche über fahren muss. Mittags sind wir in Potsdam, gratulieren und übergeben unsere Geschenke zu Tammos Geburt. Doch dann wird erst einmal der kleine Tammo begutachtet. Er ist ein ganz süßer, mit langen schwarzen Haaren und er hat fast ständig die Augen zu. Aber nicht, weil er schläft. Er ist einfach zu faul, die Augen zu öffnen.

Natürlich bekommt auch Benno etwas von uns. Thomas war gestern extra noch einmal los und hat für ihn ein Lego-Polizeiauto gekauft, da er selbst Fan von

Legospielzeug ist. Von uns bekommt er auch ein Auto, einen etwas größeren Carawan.

Als Tammo dann Hunger hat und ein bisschen zu meckern anfängt, macht er auch kurz die Augen auf und ich kann seine im Moment noch stahlblauen Augen sehen. Steffi legt ihn an ihre Brust, wo er auch gleich schön saugt und kurze Zeit später einschläft. Steffi sagt, das geht ständig so. Im Schlaf kommt dann zwischendurch der Saugreflex und er nuckelt noch ein bisschen. Das findet Steffi gar nicht so schön, sie will ja auch irgendwann fertig werden und ihre Brust einpacken und ihn auch mal hinlegen können, damit sie Zeit für andere Dinge und vor allem auch für Benno hat. Thomas reagiert gleich, nimmt ihr Tammo ab, der auch ein bisschen schimpft, aber nur ganz kurz, und legt sich mit Tammo auf seiner nackten Brust in die Hängematte und schaukelt, was Tammo wiederum anscheinend sehr gut gefällt und er ganz still ist und es genießt. Thomas bekommt natürlich von allen Seiten den Kommentar, dass ihm ein Baby auch gut zu Gesicht steht. Er lächelt nur und sagt, er hat noch Zeit, was definitiv stimmt.

Die Männer bekommen langsam Hunger und so beschließen wir, essen zu fahren. Steffi sagt, dass sie mit Tammo zu Hause bleiben und lieber die Zeit nutzen will, eine Stunde zu schlafen. Wir entscheiden uns für den Italiener, essen schön und als wir wieder bei Steffi sind, hat sie sich auch ein bisschen erholt. Wir verbringen noch den Nachmittag in Potsdam, spielen mit Benno, erzählen schön und fahren dann wieder nach Hause. Am Sonntag legt sich Thomas nach dem Mittag noch ein bisschen hin und fährt dann nach Hamburg, wo er nun seine Sachen packen will, weil er so langsam sein Studentenzimmer räumen muss. Aber einen Haken hat die ganze Sache noch. Thomas hat immer noch keine Kommandierung nach Rostock, was heißt, dass er sich noch nicht um eine Wohnung kümmern kann.

Das ist keine schöne Situation, Er behält trotzdem die Ruhe, sagt, mehr als Nachfragen kann er nicht und das hat er getan.

Am Montagvormittag hat Siggi eine Zahnoperation und ist deshalb krankgeschrieben. Es ist richtig komisch, wenn er an einem Wochentag auch zu Hause ist.

Ich bekomme einen Brief von der Rentenversicherung und öffne ihn in freudiger Erwartung. Doch der Freude folgt sogleich sachliche Ernüchterung, als ich den Brief lese. Als Gutachter wird nun mein Neurologe bestellt und ich weiß von ihm, dass der behandelnde Arzt kein Gutachten erstellen darf, weil er unabhängig sein muss. Daher rufe ich ihn auch gleich an und er erzählt mir sofort, dass er ebenfalls einen Brief von der Rentenversicherung bekommen hat, in dem er als Gutachter bestellt wurde. Da er das nicht darf, hat er schon heute früh in Berlin angerufen und auf diesen Fehler hingewiesen. Ihm wurde gesagt, dass er die Unterlagen zurückschicken möchte. Das hat er getan. Er erzählt mir noch, und ich kann dabei regelrecht sehen, wie er den Kopf schüttelt, dass sie ihm seine eigene Stellungnahme als Kopie mitgeschickt haben. Wieder ein Fehler, aber ich bin trotzdem froh, dass sich überhaupt etwas tut.

Die übrige Woche verbringe ich mehr recht als schlecht mit meinen Therapien und dem Packen meines kleinen Koffers für einen mehrtägigen Besuch bei meiner Tochter und Familie. Steffi hatte mir schon vor längerer Zeit vorgeschlagen, wenn das Baby da ist, einige Tage zu ihr zu kommen. Und das mache ich jetzt wahr, ich will von Sonnabend bis Dienstag nach Potsdam fahren. Mit dem Zug. Ausgerechnet am Sonnabend muss Siggi arbeiten und so lasse ich mich vom Pflegedienst zum Bahnhof bringen. Ich habe einen kleinen Trolleykoffer und den zieht die Pflegeschwester hinter sich her, während ich eingehakt neben ihr gehe und mit meinem linken Arm meine Handtasche an mich presse.

Wir müssen einen Moment warten, der Zug hat etwas Verspätung. Mit sechs Minuten Verspätung kommt er endlich, ich suche mir in dem etwas vollen Zug einen Platz, die Schwester stellt den Koffer neben mich und wir verabschieden uns. Ich habe gerade mein Buch aufgeschlagen, als mich lautes Geschrei beim Anfahren des Zuges „Nein nicht, ich muss hier aussteigen!“ aufhorchen lässt.

Es ist meine Pflegeschwester, die es nicht rechtzeitig geschafft hat, aus dem Zug auszusteigen. Sie weint und trommelt mit den Fäusten gegen die längst geschlossene Tür. Sie überlegt kurz, die Handbremse zu ziehen, lässt es dann aber zum Glück sein. Von einem Reisenden kommt der Hinweis: „Melden Sie sich doch beim Zugbegleiter!“ Sie antwortet genervt: „Das würde ich ja gern, aber sehen Sie hier einen?“ Es ist wirklich so, wenn man einen braucht, ist keiner da. Wir hatten ja schon beim Einsteigen Ausschau nach ihm gehalten, um ihm meinen Koffer zu geben und dann hätte sie gar nicht in den Zug einsteigen müssen. Ein anderer Reisender sagt: „Das ist doch alles nicht so schlimm. Dann steigen Sie in Burg-Stargard aus und fahren mit dem anderen Zug wieder zurück.“ Burg-Stargard ist die nächste Station, ungefähr zehn Kilometer von Neubrandenburg entfernt. Genau das ist auch mein Gedanke, aber die Schwester antwortet wütend und immer noch weinend: „Ich habe keine Zeit. Ich bin im Dienst und meine Patienten warten!“ Das stimmt schon, doch in solchen Situationen sollte man die Ruhe bewahren und überlegen, was zu tun ist. Sie beruhigt sich langsam und ich kann beobachten, dass sie mit dem Handy jemanden anruft und wohl bespricht, dass sie in Burg-Stargard abgeholt wird. Sie kommt noch einmal zu mir, mir tut das alles Leid und das sage ich ihr auch. Dann sagt sie mir, dass das alles nicht so schlimm ist, sie aber ohne Ausweise und Geld dasteht, da alles in dem vor dem Bahnhof geparktem Auto ist. Ich biete ihr an, ihr Geld zu borgen, doch sie lehnt ab.

In Burg-Stargard steigt sie dann aus und ich bin beruhigt, sie wird schon abgeholt werden. Heutzutage ist das alles nicht so tragisch. Mit dem Handy hat man zumindest die Möglichkeit, jemanden anzurufen. Als ich so alt war wie die Schwester jetzt hätte man ohne Geld und Telefon schon wesentlich hilfloser dagestanden. Ich bin also froh und optimistisch, dass alles gut gehen wird und lese in meinem Buch. In Fürstenberg, wo der Zug nun neun Minuten verspätet einfährt, gehe ich rechtzeitig zur Tür, damit mir nicht das Gleiche wie der Schwester passiert. Das ist für mich gar nicht so einfach mit Koffer und Handtasche und dem Hin- und Herschaukeln des Zuges. Als ich aussteigen und gerade einen anderen Fahrgast um Hilfe bitten will, ist auch schon Roland an der Tür und nimmt mir den Koffer ab. Ich bin erleichtert, wir begrüßen uns und gehen zum Tunnel. Es hat ganz gut gepasst, dass Steffis Schwiegereltern Gitti und Roland heute nach Magdeburg zu einer Geburtstagsfeier wollen und so hat Steffi mir den Tipp gegeben, sie zu fragen, ob sie mich ab Fürstenberg im Auto bis nach Potsdam mitnehmen. Und da sie sowieso Benno wieder in Potsdam abliefern wollen, passt es ganz gut und so können sie uns beide dort absetzen. Wir sind noch im Tunnel, als ich Benno schon rufen höre: „Oma Anke!“ Ich antworte ihm und als ich die Treppe hoch schaue, steht er dort mit seiner anderen Omi und freut sich. Wir begrüßen uns, gehen zum Auto und setzen gemeinsam die Fahrt in Richtung Potsdam fort. Benno ist ganz aufgeregt und brabbelt wie ein Wasserfall. Auf meine Frage, ob sie schöne Tage mit Benno hatten, bejaht Gitti das natürlich und schwärmt, was für ein lieber und verständiger Junge Benno schon geworden ist. Mit ihm kann man sich schon schön unterhalten und wenn er auf die Toilette muss, sagt er rechtzeitig Bescheid. In Potsdam angekommen, hat Benno natürlich nur noch Augen für seine

Mama. Sein Papa ist nicht da, muss wie meist am Wochenende arbeiten. Roland und Gitti kommen auch mit hoch in die Wohnung, da sie noch keine Gelegenheit hatten, Tammo zu sehen. Wie sie sich so um Tammo kümmern, wird Benno hellhörig, geht zu seinem Bruder, gibt ihm einen Kuss und sagt bestimmt: „Mein Bruder! Du nicht!“ Wir horchen auf. Sind das die ersten Anzeichen von Eifersucht? Wenn ja, ist das auch nur natürlich und wir müssen Benno helfen, mit der neuen Situation fertig zu werden. Wie soll auch ein kleiner Junge von zwei Jahren begreifen, dass er nicht mehr die alleinige Nummer Eins ist, sondern es neben ihm noch jemanden gibt, um den sich alle bemühen? Daher versuche ich, Benno abzulenken, frage ihn, ob er mit mir in sein Zimmer geht und mir sein Spielzeug zeigt. Das macht er auch bereitwillig und zeigt mir voller Stolz seinen beträchtlich gewachsenen Spielzeugschatz.

Roland und Gitti halten sich nicht lange auf, sie machen sich bald wieder auf den Weg, sie wollen ja noch nach Magdeburg. Steffi geht kurz noch mit hinunter zum Auto, da sie noch etwas aus Rolands Auto in ihres umladen muss. Tammo liegt in seinem Babykörbchen und döst friedlich vor sich hin. Auf dem Balkon frage ich Benno, ob er noch einmal seiner Omi und seinem Opi zum Abschied winken möchte. Er nickt begeistert und ich hebe ihn so gut es mit einem Arm geht hoch. Er zappelt sehr und es ist für mich nicht ganz einfach, ihn zu halten. Ganz leise sagt Benno: „Omi, Opi!“ Ich sage ihm, dass er laut rufen muss, sonst können ihn seine Großeltern nicht hören. Da zeigt er, welches Organ er hat und ruft das Ganze noch einmal ein paar Sequenzen lauter. Neben Oma und Opa sehen noch ein paar andere Leute zu uns hoch. Doch das ist egal, Gitti und Roland winken noch einmal, bevor sie in ihr Auto steigen und losfahren.

Ich bin erleichtert, dass ich Benno wieder von meinem Arm hinunterlassen kann, denn für mich ist es schon an sich schwer, das Gleichgewicht zu halten, und mit einem zappelnden Kind ist das noch einen Schwierigkeitsgrad höher. Wenig später klopft Steffi an die Wohnungstür. Ich will sie öffnen gehen, doch Benno ist schneller, macht die Tür auf und lässt sich von seiner Mama auf den Arm nehmen. Die nächsten zehn Minuten genießt er im Arm seiner Mutter und schmust mit ihr, als hätte er sie ewig nicht gesehen. Ein paar Tage waren es ja auch und auch Steffi genießt es, ihren Großen im Arm zu halten, zumal Tammo im Moment schläft. Wir überlegen, dass wir insbesondere wegen Benno raus an die frische Luft müssen und entscheiden, zum nahe gelegenen Spielplatz zu gehen. Das teilen wir Benno mit und er freut sich darauf. Steffi stillt Tammo davor, zieht Benno noch um und dann kann es losgehen. Steffi trägt Tammo in der Kinderwagenwanne hinunter und vor der Haustür gibt sie sie mir in die Hand, um das Unterteil aus dem Keller zu holen. Benno verhält sich ganz wie ein großer Bruder, streichelt Tammo, gibt ihm ein Küsschen und überprüft immer wieder, ob seine Zudecke noch richtig liegt. Doch als Steffi dann mit dem Kinderwagen kommt, die Wanne mit Tammo darauf tut und wir losgehen wollen, registriert er auf einmal, dass es nicht nur mit ihm zum Spielplatz geht, sondern Tammo im Kinderwagen auch mitkommt. Als hätte es sich schon die ganze Zeit angestaut und nur die richtige Situation kommen musste, schreit er auf einmal los und tritt permanent gegen den Kinderwagen. Er zerrt am Verdeck und würden Steffi und ich nicht aufpassen, hätte er schon längst den Kinderwagen umgestoßen. Steffi nimmt ihn auf den Arm, um ihn zu beruhigen, doch er ist dermaßen außer sich, dass Steffi zu tun hat, ihn zu halten und zu beruhigen. Ich frage, in welche Richtung es geht und gehe, den Kinderwagen schiebend, schon mal einige Meter vorneweg und dann schließen die Beiden auch schon zu mir auf und Benno lächelt wieder.

Nach einer Viertelstunde haben wir den Spielplatz erreicht und da Tammo schläft, widmen uns nun ganz und gar Benno. Er probiert sämtliche Spielgeräte aus und wir sehen ihm auf einer Bank sitzend zu. Das gefällt Benno und er ist wieder glücklich. Steffi ist sehr beunruhigt über Bennos Verhalten vorhin. Ich muntere sie wieder auf, indem ich ihr sage, dass sein Verhalten in seiner derzeitigen Situation ganz normal ist und er ja auch verarbeiten muss, dass sich nun nicht mehr alles nur um ihn dreht, sondern da noch jemand ist, der genauso die Aufmerksamkeit seiner Eltern einfordert wie er. Sie sagt resümierend: „Das war also ein klassischer Eifersuchtsanfall!“ Ich stimme ihr zu und antworte: „Das kannst du in Zukunft nur vermeiden, wenn du auch Benno viel Aufmerksamkeit schenkst und ihn möglichst viel bei der Betreuung von Tammo mit einbeziehst.“ Das ist ihr klar und sie sagt, dass es ganz schön schwer ist, weil sie so viel mit den Kindern allein ist und dass es einfacher wäre, wenn Steffen dabei wäre. „Natürlich“, stimme ich ihr zu, „Aber es ist nun einmal so, dass du die meiste Zeit mit den Beiden allein bist und damit musst du umzugehen lernen.“ Zwischendurch kommt Benno, seine Mutti holen, wenn er Hilfe benötigt, um auf irgendwelche Spielgeräte zu kommen. Ich passe derweil auf Tammo auf, schaukele etwas den Kinderwagen und winke Benno zu, wenn er die Rutsche hinunter saust oder an der Hand seiner Mama auf einem Schwebebalken balanciert. Wir sind froh, dass Benno wieder ausgelassen ist und lachen kann, bis er ein anderes Kind im Sandkasten buddeln sieht, zu uns kommt und sein Buddelzeug verlangt. Steffi sieht mich niedergeschlagen an und sagt, dass sie durch das Theater vor dem Wohnblock ganz vergessen hat, das Buddelzeug aus dem Keller zu holen und mitzunehmen. Sie hatte es eigentlich vor. Doch nun ist es nicht zu ändern und Benno ist traurig. Sie versucht, ihn abzulenken und schlägt ihm vor, mit ihm auf ein Klettergerüst zu steigen, was sie ihm vor ein paar Minuten noch ausgeredet hat, da es sehr hoch ist. Jetzt hat sie Benno überlistet und vollauf begeistert steuert er an der Hand von Steffi dem Klettergerüst entgegen. Ich gehe mit dem Kinderwagen hinterher und setze mich dort wieder auf eine Bank, um zuzusehen.

Wir haben schon eine ganze Weile auf dem Spielplatz zugebracht und beschließen, nun nach Hause zu gehen. Benno ist vom Herumtoben auch kaputt und deshalb mit unserem Entschluss einverstanden und so machen wir uns auf den Weg. Da ich ja den Kinderwagen schiebe, ist es auch kein Problem, dass Benno unterwegs ab und zu auf den Arm seiner Mama will. Zu Hause angekommen, ist erst einmal Tammo mit Stillen dran und ich gehe deshalb mit Benno ins Kinderzimmer spielen.

Es dauert nicht mehr lange und Steffen kommt von der Arbeit nach Hause. Benno ist ganz aus dem Häuschen, hat jetzt nur noch Augen für seinen Papa und tobt ausgelassen mit ihm rum.

Zum Abendbrot gibt es eine Käse-Hackfleisch-Lauchsuppe, die Steffen schon am Vortag gemacht hat und die ganz lecker schmeckt. Nach dem Sandmännchen geht Benno schlafen und Tammo schlummert schon friedlich in seinem Stubenwagen. Es ist ein warmer Tag gewesen und da ich in Steffens Bett schlafen soll, holt er für sich die Luftmatratze hervor und will damit auf dem Balkon die Nacht verbringen. Er könnte auch im Wohnzimmer schlafen, will aber Steffi den Raum lassen und nicht stören, wenn sie nachts stillen muss. Außerdem denkt er, dort seine Ruhe zu haben. Als ich gegen halb sieben wach werde, liegt nicht meine Tochter neben mir, sondern Benno. Steffi ist sicher im Wohnzimmer und stillt Tammo. Benno ist sehr unruhig, dreht sich im Schlaf hin und her. Außerdem atmet er schwer und so sehe ich, während ich noch döse und das Aufstehen hinauszögere, ab und zu zu ihm hin. Zum Glück, denn als er sich auf einmal wieder drehen will, ist das in Richtung

Bettkante, und geistesgegenwärtig lege ich den Arm um ihn und halte ihn fest. Sonst wäre er doch glattweg aus dem Bett gefallen! Ich spreche ihn an und er sieht mich mit seinen großen dunkelbraunen Kulleraugen an, sagt überrascht und halb fragend: „Oma?“ Ich muss lächeln und antworte: „Ja, Oma ist noch da“, woraufhin er sich freut und als ich ihn frage, ob wir beide aufstehen und nachsehen wollen, wo Mama ist, nickt er begeistert und ist natürlich schneller aus dem Bett als ich. Da er schon trampelt , helfe ich ihm im Bad auf den Topf und putze mir inzwischen die Zähne. Nachdem seine Sitzung erfolgreich ist, lobe ich ihn und helfe wieder beim Anziehen so gut es mit einer Hand geht. Dann gehen wir beide ins Wohnzimmer, wo Steffi Tammo schon zum Aufstoßen im Arm hält. Bevor Benno wieder eifersüchtig wird, fordert Steffi ihn auf, seinem Bruder einen Guten-Morgen-Kuss zu geben. Das macht Benno prompt und als im gleichen Moment Tammo schön aufstößt, gibt Steffi mir Tammo in den Arm und schmust erst einmal eine Runde mit Benno. Dann kommt Steffen, doch nicht aus der Richtung des Balkons, sondern aus Bennos Kinderzimmer. Er hat in der Nacht noch sein Quartier gewechselt, nicht, weil es zu frisch war, sondern weil er einfach nicht auf der Luftmatratze liegen konnte. So hat er sich zu Benno gelegt, sich an ihn gekuschelt und konnte so auch erst nicht schlafen. Deshalb war er dankbar dafür, dass Benno in der Nacht zu seiner Mama umgezogen ist.

Nachdem Steffi Tammo gestillt und gewickelt hat, geht sie mit Benno zum Bäcker Brötchen holen und ich passe auf Tammo auf, während Steffen im Bad ist und sich frisch macht Danach essen wir in aller Ruhe Frühstück und überlegen dabei, was wir am Nachmittag anstellen wollen. Ich sage, dass ich sie zum Mittagessen einlade, aber damit haben wir trotzdem noch nichts für den Nachmittag. Als Benno mit einem kleinen Spielzeugschiff spielt, schießt Steffen die Idee wie ein Blitz ein und er sagt: „Das ist es!

Wir fahren mit einem Schiff. Benno liebt Schiffe und Boote und ist noch nie mit einem gefahren. Was haltet ihr davon?“ Steffi stimmt begeistert zu: „Das wäre was für Benno!“ und auch ich erkläre mich damit einverstanden: „Vielleicht können wir die Schiffstour mit einem Gaststättenbesuch verbinden.“ Steffen sagt: „Auf alle Fälle. Da gibt es mehrere Möglichkeiten. Steffen sucht im Internet die Abfahrtszeiten heraus, während wir uns und die Kinder schon mal fertig machen. Benno ist ganz aufgeregt, als er hört, dass wir mit einem Schiff fahren wollen und freut sich schon sehr. Wir suchen uns ein Potsdamer Wassertaxi aus. Die Schiffsbesatzung hilft beim Einsteigen mit dem Kinderwagen. Wir staunen, dass das Schiff voll besetzt ist. Da haben viele die Idee und wollen das schöne Wetter auf dem Wasser verbringen. Andererseits ist Hauptsaison und es geht ja auch mit dem Schiff ins grüne Umland und zu den Sehenswürdigkeiten.

Uns kommen jede Menge Freizeitwassersportler entgegen und auf Bennos Winken hin reagieren einige auch und winken zurück. An der Station Cecilienhof steigen wir aus und gehen in die Meierei. Das ist eine Gaststätte, die wir schon einmal besucht haben und auf die auch heute unsere Wahl gefallen ist. Steffen sucht sich ein deftiges Eisbein mit Sauerkraut aus, Steffi wählt für sich und Benno Eierkuchen mit Blaubeeren und ich wähle Schnitzel mit Pommes. Wir wollen erst noch anschließend am Eisstand nebenan ein Eis kaufen. Weil es aber zu voll ist, verwerfen wir das Vorhaben und gehen stattdessen im Park spazieren und suchen uns ein stilles Plätzchen, wo Steffi Tammo stillen kann. Dann müssen wir auch schon wieder so langsam in Richtung der Anlegestelle gehen.

Wir sind die ersten auf dem Steg, aber es kommen immer wieder Leute dazu, einige mit Fahrrädern. Pünktlich fünf Minuten vor der Abfahrtzeit kommt auch das Wassertaxi und wir müssen erst den aussteigenden

Fahrgästen Platz machen, bevor wir auf das Schiff können. Dann geht es ruckzuck, wir steigen ein und legen kurz darauf ab. Während Benno wieder den Besatzungen von kleinen Booten oder auch Schiffen zuwinkt, genießen wir die schöne Aussicht und schauen uns um. Als erstes können wir ganz deutlich die Glienicker Brücke sehen, jene legendäre Brücke, auf der die Agenten zwischen Ost und West ausgetauscht wurden. In diesem Moment sagt Steffen auch schon: „Vor fünfzig Jahren fand auf dieser Brücke der erste von drei spektakulären Agentenaustauschen des Kalten Krieges statt. Früher standen sich hier die USA und die Sowjetunion gegenüber, heute verbindet die Brücke Potsdam und Berlin.“ Ich muss immer wieder staunen, wenn wir unterwegs sind, wie gut sich doch Steffen als Fremdenführer macht. Am Hafen steigen wir wieder aus, gehen zum in der Nähe geparkten Auto und fahren nach Hause, wo wir gegen halb acht ankommen.

Sandmann ist schon eine Weile vorbei und trotzdem fällt Benno auch ohne den Abendgruß nach dem Abendbrot todmüde ins Bett und schläft auch gleich ein. Tammo hat der Tag an der frischen Luft auch gut getan und auch er schläft nach dem Stillen ebenfalls gleich ein. Wir Erwachsenen sitzen noch eine Weile und resümieren, dass das heute wirklich ein schöner Tag und auch für Benno besonders schön war, da er endlich mal mit einem Schiff gefahren ist.

Am Montagmorgen stehe ich gegen Viertelsieben auf, eine für mich sehr gute Zeit, und nachdem Steffi Benno zur Kita gebracht und auf dem Rückweg wieder Brötchen gekauft hat, frühstücken wir gemütlich und machen uns am frühen Mittag zusammen mit Tammo auf den Weg zu einem Einkaufsbummel in einen Stadtteil, wo ich bisher noch nicht war. Anschließend fahren wir zum mir bestens vertrauten Sterncenter in der Nähe der Wohnung, wo wir statt Mittag einen schönen Eisbecher essen und natürlich durch die Geschäfte bummeln. Auf dem Rückweg holen wir Benno von der Kita ab und gehen mit ihm zu einem Eiscafe, um ein Eis für Benno zu holen. Wir sind vernünftig und holen für uns natürlich kein Eis, haben wir doch schon einen Eisbecher gegessen. Als wir so am Tisch sitzen, kommt eine dreiköpfige Familie vorbei, die meine Tochter herzlich begrüßt und neugierig in den Kinderwagen schaut. Es sind ehemalige Nachbarn aus dem Wohnblock, in dem Steffi, Steffen und Benno vorher gewohnt haben. Benno ist sofort zur Stelle, stellt sich seitlich an den Kinderwagen, streichelt Tammo und sagt ganz stolz und bestimmt: „Mein Bruder!" Die ehemalige Nachbarn lächeln und antworten, zu Benno gewandt: „Du hast aber einen süßen kleinen Bruder!" Benno ist ganz aus dem Häuschen, albert mit der kleinen Tochter der Bekannten herum und als diese mit Eisbechern an den Tisch zurückkommen und sich ebenfalls setzen, erzählen wir miteinander. Benno isst sein Eis auf und dann machen wir uns wieder auf den Heimweg, auf dem Benno den Kinderwagen schiebt. Wenn ich zwischendurch auch mal Anstalten mache, den Kinderwagen zu nehmen, kriege ich von Benno zu hören: „Du nicht!" Er sagt das so bestimmt und fast beleidigend, dass ich ihn auf die Probe stelle und antworte: „Na gut, dann bekommst du von Oma auch keine Gummibärchen mehr!" Benno horcht auf, stutzt und überlegt sich ganz schnell, dass es das nicht wert ist und lässt mich sofort wieder den Kinderwagen schieben. Steffi und ich müssen lachen, wie raffiniert er doch schon ist. Abends freut er sich, dass er männliche Verstärkung bekommt und stürmt seinem Vater entgegen, als wir den Schlüssel in der Wohnungstür schließen hören. Es folgen ausführliches Schmusen und Toben mit Steffen. Wir sind im Moment Luft für ihn. Erst als Steffen Tammo auf den Arm nimmt, will Benno auf den Arm von Steffi. Beim Abendbrot ist alles wieder gut. Benno steht im Mittelpunkt und genießt es.

Am Dienstag kommt gegen elf Uhr die Hebamme, um nach Mutter und Kind zu sehen. Sie ist soweit mit allem zufrieden, nur mit Tammos Gewicht nicht. Er hat hundert Gramm abgenommen und sie gibt Steffi zu verstehen, dass das nicht sein darf und dass er zum nächsten Termin unbedingt zugenommen haben muss, ansonsten müsse sie Steffi mit ihm zum Kinderarzt überweisen. Ich finde das ein wenig übertrieben und versuche, die ganze Sache zu entschärfen: „Aber das ist doch ganz normal, dass das Gewicht am Anfang runter geht!“ Sie widerspricht mir: „Das schon, aber nur dreißig, vierzig Gramm. Hundert Gramm sind zu viel. Es wäre auch in Ordnung, wenn das Gewicht stagnieren würde, aber so …“ Sie schlägt Steffi vor, die Anzahl der Stillmahlzeiten von derzeit sechs auf acht zu erhöhen. Als die Hebamme wieder weg ist und ich merke, wie sehr sich meine Tochter ihre Worte zu Herzen nimmt, beruhige ich sie, indem ich ihr sage, dass die Hebamme alles zu verbissen sieht und Tammo schon zunehmen wird. Da sie genug Milch und auch eine Milchpumpe hat, schlage ich ihr nochmals vor, immer abzupumpen, wenn sie merkt, dass die Brüste voll sind, und ihm zwischendurch die Flasche mit Muttermilch zu geben, damit er es leichter hat. Heute ist gleich Gelegenheit dazu. Denn kurz vor zwei Uhr fährt mein Zug, zu dem mich Steffi mit dem Auto bringt. Tammo, der gerade friedlich schläft, kommt natürlich auch mit und damit er gleich zu trinken bekommt, wenn er aufwacht, pumpt sie jetzt noch Milch ab. Benno ist in der Kita und dort bestens versorgt. Nachdem ich meine Sachen zusammengepackt habe, ist auch Steffi mit dem Abpumpen fertig und wir machen uns auf den Weg zum Bahnhof. Dort begleitet sie mich mit Tammo in der Babytrage in der einen Hand und meinem kleinen Koffer in der anderen bis in den Zug. Ich sage, sie soll bloß schnell machen, damit ihr nicht das Gleiche passiert wie der Pflegeschwester auf der Herfahrt. Wir beeilen uns und kaum ist sie ausgestiegen, fährt der Zug auch wirklich schon los. Ich winke und werfe ihr Handküsse zu.

Da habe ich ein paar schöne Tage mit meiner Tochter und meinen Enkelkindern verbracht, habe mal abgeschaltet von meinem so eintönigen Alltag und das Schönste dabei, meine Behinderung war absolut kein Problem. Wie gut ich mich fühle, kann nur jemand nachvollziehen, der in einer ähnlichen Situation ist wie ich.

Pünktlich um halb vier treffe ich in Neubrandenburg ein und werde von der Pflegeschwester Ivonne abgeholt, die ich sehr gerne mag. Kaum zu Hause, klingelt unser Telefon und Siggi ist dran, um zu erfahren, ob alles geklappt hat. Ich freue mich, dass er sich Sorgen macht und an mich denkt. Der Rest der Woche läuft ab wie ich es nun schon so lange gewohnt bin. Am Donnerstag habe ich die letzte Therapie mit meinem männlichen Physiotherapeuten, da er nur noch Freitag arbeiten muss und dann den restlichen August seinen Urlaub nimmt und Überstunden abbummelt. Da ich etwas Probleme mit der Hüfte auf der linken Seite habe, macht er heute mit mir Übungen auf dem Boden und er bewegt meine Hüfte kräftig durch. Das tut richtig gut und das sage ich ihm auch, woraufhin er mir antwortet, ich könne doch die Praxis dorthin wechseln, wo er zu arbeiten anfangen wird. Doch ich habe keine Lust, schon wieder die Praxis zu wechseln und neue Leute kennen zu lernen. Außerdem bin ich ja auch mit der Physiotherapeutin sehr zufrieden und sie tut mir sehr gut.

Am Freitag suche ich unsere Sachen für den Urlaub heraus und als meine Mutter kommt, packt sie mit mir Koffer und Reisetasche, denn am Sonntag geht es los in den Urlaub. Wohin, ist nicht schwer zu erraten. Wir haben wieder die Ferienwohnung in Trassenheide gebucht. Dort hat es uns letztes Jahr sehr gefallen, vor allem war es für mich sehr günstig, da wir direkt an der Strandpromenade wohnten. Dass das Wetter nicht so rosig war, war schlichtweg Pech und vielleicht werden wir dieses Jahr Glück haben. Als Siggi am Freitag von der Arbeit kommt, ist er richtig gut drauf und freut sich ebenfalls sehr auf den

Urlaub. Für ihn heißt es vor allem, endlich mal wieder am Stück vierzehn Tage ausschlafen, was ihm sehr gut tun wird.

Am Samstagabend laden uns unsere Nachbarn zu sich in den Garten ein. Sie haben ein Feuer in der Feuerschale gemacht, was super gut passt, da es im Moment etwas kühler geworden ist. Die Männer trinken ein Bier, wir Frauen ein Gläschen Wein, und wir erzählen schön. Es ist komisch, morgen soll laut Wetterbericht der heißeste Tag des Jahres werden, aber man kann es sich angesichts der momentanen Temperaturen einfach nicht vorstellen. Wir würden uns sehr darüber freuen, geht es doch morgen in den Urlaub nach Trassenheide.

Am Sonntagvormittag haben wir soweit alles fertig. Siggi hat alles ins Auto geladen und wir warten eigentlich nur auf meine Freundin Andrea und ihren Mann Siggi. Sie kommen eine Woche mit in den Urlaub und wir haben verabredet, dass wir ab hier zusammen fahren. Wir verzichten aufs Mittagessen, da wir noch Kaffee trinken wollen, sobald die Beiden da sind. Ich habe natürlich wieder Blätterteigkuchen gebacken. Das ist der Kuchen, der im Moment mein Favorit ist und außerdem schmeckt er auch lecker. Gegen halb zwei kommen die Beiden dann auch. Sie haben sich etwas verfahren, sonst wären sie schon eine Stunde eher hier gewesen. Wir trinken also schön auf der Terrasse Kaffee und kommen dabei ganz schön ins Schwitzen. Die Wettervorhersage scheint zu stimmen und es sind laut Radio auch schon über dreißig Grad. Um dreiviertel drei brechen wir auf, Andrea und Siggi fahren hinter uns her. Dank Klimaanlage ist es auszuhalten, denn unterwegs sind es schon vierunddreißig Grad. Als wir durch Wolgast fahren und dort auf die Temperaturanzeige schauen, die sich neben der Straße hinter dem Ortseingang befindet, werden sogar sage und schreibe vierzig Grad angezeigt. Gegen vier kommen wir in Trassenheide an, wo angesichts der traumhaften Temperaturen geschäftiges Treiben herrscht. Mein Mann holt die Wohnungsschlüssel und wir laden die Autos aus. Während Andrea und ich uns schon ein bisschen in der Wohnung einrichten, besorgt mein Mann einen Parkplatz für das Auto von Siggi und Andrea, da zu der Ferienwohnung natürlich nur ein Parkplatz gehört. Den Parkplatz hat er im gegenüber befindlichen Ferienlager organisiert, das ein ehemaliger Kollege von mir leitet, der zu DDR-Zeiten hier in Trassenheide Leiter unseres betriebseigenen Ferienlagers war. Ich bedauere, ihn nicht gesehen zu haben und frage Andrea, ob wir mal nachsehen wollen, wo das Auto geparkt ist. Wir gehen hinunter, ich zeige ihr den Parkplatz und während wir noch an der kleinen Straße stehen und über die extremen Temperaturen philosophieren, kommt ein Auto und wendet unmittelbar neben uns. Wir sehen dabei zu bis ich feststelle, dass der Fahrer mein ehemaliger Kollege ist. Ich rufe ihn noch und versuche, mich bemerkbar zu machen. Doch er hört und sieht mich nicht und parkt sein Auto auf dem Gelände des Ferienlagers. Aber dann kommt er zur Straße und ich spreche ihn an. Er freut sich, mich wiederzusehen, erkundigt sich nach meinem Befinden und erzählt, dass sein Ferienlager sehr gut läuft und er über Arbeit nicht klagen kann. Als wir wieder in unserer Ferienwohnung sind, macht Andrea den Vorschlag, eine gemeinsame Kasse einzurichten, damit wir nicht andauernd alles auseinanderdividieren müssen. Das fängt beim Essen an und hört beim Strandkorbbezahlen auf. Sie sagt, dass sie ein Portemonnaie vergessen hat. Dafür habe ich daran gedacht und hole es aus der Reisetasche. Wir müssen lachen, da sieht man doch mal wieder, dass wir ähnlich denken. Wir füllen gleich unsere Kasse, indem jedes Paar einen Fünfzig-Euro-Schein hineintut.

Am Abend gehen wir vier zum „Knurrhahn“, einer netten Gaststätte an der Strandstraße. Die Gaststätte unter unserer Ferienwohnung mochten wir auch, aber dort hat der

Eigentümer gewechselt und es wird jetzt hauptsächlich Schnellimbiss angeboten, was uns natürlich nicht so gefällt. Wir genießen unser Essen auf der Gaststättenterrasse bei lauen Temperaturen und stellen fest, dass das Feeling am Mittelmeer auch nicht anders sein kann, abgesehen vielleicht von den hier fehlenden Palmen. In unserer Ferienwohnung wieder angekommen, verbringen wir den restlichen Abend auf dem Balkon.

Montagfrüh ist es immer noch schwülwarm, aber bedeckt. Es sieht aber trotzdem so aus, als könne sich die Sonne bald durchsetzen. Das reden wir uns jedenfalls ein, denn dann kommt es tatsächlich anders und ein Regenschauer folgt dem nächsten. Wir hoffen, dass der Nachmittag schön wird und wir an den Strand können und machen uns, nachdem es zu regnen aufgehört hat, auf den Weg in den Ort. Für solche Unternehmungen haben wir meinen Rollstuhl mitgenommen und auch jetzt setze ich mich hinein. Ich laufe ja schon kürzere Strecken, aber bis in den Ort ist es einfach zu weit. Die beiden Siggis schieben mich abwechselnd. Wir zeigen Andrea und Siggi das auf dem Dach stehende Haus, eine Touristenattraktion in Trassenheide, die wir schon kennen und die bekannt ist unter „Die Welt steht Kopf", weil praktisch alle Möbel an der Decke hängen und lustige Bilder entstehen, wenn man fotografiert. Doch Andrea und Siggi schauen sich das Haus nur von außen an, der Eintrittspreis ist einfach abschreckend. Wir gehen überall spazieren, an der Schmetterlingsfarm vorbei und auch am Kinderspielparadies, wo verschiedene Fahrgeschäfte auf die kleinen Besucher warten und wo auch viele Buden sind. Zum Schluss gehen wir in den Supermarkt, noch einige Kleinigkeiten kaufen. Das meiste haben wir uns ja von zu Hause mitgebracht. Als wir aus dem Supermarkt kommen, strahlt die Sonne mit voller Kraft und wir ziehen erst einmal unsere Regenjacken aus. An der Fischgaststätte suchen wir uns einen Platz im Garten und bestellen jeder ein Fischbrötchen, die prima schmecken. Auf dem Rückweg zu unserer Ferienwohnung ist schon reger Verkehr in Richtung Strand und auch wir beschließen, nur unsere Sachen und das Eingekaufte abzulegen, die Strandsachen zusammenzusuchen und an den Strand zu gehen. Andrea und ich teilen uns einen Strandkorb und unsere Männer sitzen auf den Strandstühlen, die wir extra mitgenommen haben, um so die Kosten für einen weiteren Strandkorb zu sparen. Wir beklagen gerade, dass es ziemlich bedeckt ist und im nächsten Moment gibt es wieder einen heftigen Regenguss. Wir sichern unsere Kleidung im Strandkorb, ziehen das Verdeck vom Strandkorb vor und decken unsere Beine mit einem Badetuch ab. Die Männer sitzen inzwischen in ihren Strandstühlen unter unserem Sonnenschirm, der jetzt praktischerweise als Regenschirm dient. Wir amüsieren uns, wie schnell der vorher halbwegs volle Strand auf einmal wie leergefegt ist, bis auf ein paar ganz Hartgesottene. Viele, vor allem Jugendliche, sind während des Regens in die Ostsee baden gegangen, aber gerade die Familien mit kleinen Kindern wurden vom Regen in die Flucht geschlagen. Man hält es kaum für möglich, aber vielleicht zehn Minuten nach dem Regenschauer scheint die Sonne, als wäre nichts gewesen. Ginge es nach Andrea und mir, würden wir es auch noch eine Weile am Strand aushalten, aber unsere Männer drängeln und so gehen wir wieder in die Ferienwohnung. Mir tut vom langen Sitzen im Rollstuhl und danach im Strandkorb die gesamte linke Seite weh.

Zum Abendbrot gehen wir wieder in den „Knurrhahn“, wo es heute sehr voll ist. Vor allem auf der Terrasse hat man keine Chance, einen Platz zu ergattern. Der Kellner schickt uns in die Gaststätte und verspricht, dass wir einen Platz draußen bekommen, sobald ein paar Gäste gehen. Wir sitzen vielleicht fünf Minuten in der Gaststätte und beklagen uns über die muffige Luft da drin, als auch schon der Kellner zu uns kommt und uns einen Tisch auf der Terrasse zuweist. Dort fühlen wir uns wesentlich wohler, bestellen und genießen unser Essen und setzen den relativ frühen Abend als Spielabend in unserer Ferienwohnung fort. Auf Andrea`s Wunsch hin spielen wir „Schwimmen“, auch bekannt als „Knack“, und trinken dabei ein Glas Rotwein. Andrea weiß, dass wir gern und viel Karten spielen und möchte noch ein Spiel kennen lernen. Doch ihr Mann meutert, hat keine Lust mehr und macht den Fernseher an, woraufhin wir auch bald das Spiel beenden und die Karten wieder einpacken.

Wir gehen für meine Verhältnisse relativ früh schlafen und hoffen auf ein vom Wetter her schöneren nächsten Tag. Doch unsere Hoffnung wird nicht erfüllt. Am Dienstagmorgen ist es zwar wieder schwülwarm, aber es regnet den ganzen Vormittag. Wir müssen ja trotzdem etwas unternehmen und so gehen wir mittags wieder in den Ort, essen erneut ein Fischbrötchen und kaufen wieder Lebensmittel ein. Die Sonne setzt sich schließlich durch und wir beeilen uns auf dem Rückweg. Gegen halb zwei sind wir am Strand. Andrea liest im Strandkorb in meinem Manuskript „Augen so blau – Geschichten, die das Leben schreibt“ und ich lese ein spannendes Buch von Jilliane Hoffman. Die Männer wälzen die „Bild“ und irgendeine andere Klatschzeitung. Aber sie haben nicht die Ausdauer und Ruhe wie Andrea und ich und fangen bald wieder zu drängeln an, dass wir den Strand verlassen. Um vier lassen wir uns breitschlagen und gehen zur Ferienwohnung, um dort Kaffee zu trinken. Ich hatte den restlichen Kuchen von Sonntag eingepackt und mitgenommen. Insofern ist es gut, dass wir Kaffee trinken, damit der Kuchen auch alle wird. Als wir dann mal wieder auf den Balkon gehen, stellen wir fest, dass es merklich kühler geworden ist. Es sind zwar noch fünfzehn Grad, aber der Wind hat zugenommen und dadurch ist es gefühlt kälter. Wir beschließen, zum Abendbrot in eine andere Gaststätte zu gehen. Wir entscheiden uns für das „Hotel Kaliebe“. Dazu müssen wir erst die Strandstraße hinunter bis zur Kreuzung und dann noch ein ganzes Stück nach links in Richtung Zeltplatz. Natürlich nehmen wir wieder meinen Rollstuhl mit. Obwohl wir ein bisschen durchgefroren sind, entscheiden wir uns wieder für einen Tisch auf der Gaststättenterrasse. Allerdings ist diese von allen vier Seiten her geschützt und so ist es dort recht angenehm. Wir müssen eine ganze Weile auf unser Essen warten und meine Schmerzen auf der linken Seite, die ich auch schon gestern hatte, werden immer schlimmer. Zeitweise ist es, als drücke mir jemand die Luft ab und so bin ich froh, dass wir uns gleich nach dem Essen und Bezahlen wieder auf den Weg zu unserer Ferienwohnung machen. Wir frieren alle vier und die Männer streiten sich fast, wer mich im Rollstuhl schieben darf, weil einem dabei doch etwas warm wird. In der Ferienwohnung angekommen, mache ich erst einmal ein paar Übungen gegen meine Schmerzen. Das sind vor allem Streckübungen, um die stark verkürzten Sehnen und die strapazierten Muskeln an der linken Seite zu dehnen. Dazu setze ich mich auf einen Stuhl, beuge mich so weit ich kann zur rechten Seite und führe dabei mit Hilfe meiner rechten Hand meinen linken Arm mit. Das wiederhole ich so etwa zwanzigmal. Weil die Männer keine Lust auf Kartenspiele haben, gehen wir alle gegen elf schlafen.

Donnerstagfrüh ist das Wetter so wie wir es uns schon die vergangenen Tage wünschten. Die Sonne scheint und der Himmel ist blau. Ich bin mir sicher, dass es ein schöner Tag wird. Die Männer haben keine Lust auf Strand und Andrea und ich haben kein Problem damit, ohne sie an den Strand zu gehen. Beim Frühstück schlagen wir deshalb vor, sie sollen sich Fahrräder ausleihen und eine Radtour machen. Den Vorschlag finden sie gut und sie überlegen, nach Peenemünde zu fahren. Kurz nach zehn machen wir uns alle auf den Weg, Andrea und ich zum Strand und die Männer zum Fahrradverleih. Es ist der schönste Tag bisher und wir genießen die Sonne. Mittags kommt Andrea`s Mann zu uns an den Strand und fragt uns, was wir noch aus dem Supermarkt haben möchten. Sie wollen noch einkaufen fahren und danach die Fahrräder wieder beim Fahrradverleih abgeben. Wir teilen unsere Wünsche mit und widmen uns wieder unserer Lektüre. Als Andrea es sich gerade im Sand gemütlich gemacht und sie sich langgelegt hat, um auch den Rücken zu bräunen, und ich überlege, es auch in die Horizontale zu wagen, wird mir die Entscheidung durch einen heftigen Regenschauer abgenommen und Andrea flüchtet schnell wieder zu mir in den Strandkorb. Mit einem Badetuch decken wir wieder unsere Beine ab und sitzen einfach den Schauer aus. Danach warten wir ab und nach und nach kämpft sich die Sonne auch wieder durch. Wir wundern uns, als plötzlich mein Mann bei uns auftaucht. Auf unsere erstaunten Blicke reagiert er mit einem Achselzucken und sagt: „Siggi hat es entschärft. Als der Regenschauer kam und weit und breit keine Unterstellmöglichkeit war, hat er wie ein Wilder in die Pedalen getreten und auf einmal aufgeschrien. Er hat wohl einen Bandscheibenvorfall. Er hat sich hingelegt und ich wollte euch auch nur den Schlüssel bringen.“ Er erzählt uns weiter, dass Siggi sich ein Fischbrötchen wünscht, das er nun holen und selbst eine Kleinigkeit essen wird. Danach will er einkaufen fahren und anschließend die Räder wieder zurückbringen. Als Siggi wieder weg ist, frage ich Andrea, ob wir vom Strand aufbrechen wollen. Sie antwortet, dass wir ruhig am Strand bleiben und das inzwischen wieder schöne Wetter genießen können, da sie ja sowieso nichts für ihren Mann tun kann und er wahrscheinlich schlafen wird. Aber etwa eine Stunde später teilt sie mir mit, dass sie doch unruhig ist und gern mal nach ihrem Mann schauen würde. Ich habe nichts dagegen und so geht sie los, um nach ihm zu sehen. Ich habe keine Langeweile am Strand, denn kurz danach ist schon wieder mein Mann bei mir und erzählt, dass er erst einkaufen war und dann die Fahrräder weggebracht hat. Dem anderen Siggi geht es ziemlich schlecht, er hat starke Rückenschmerzen und humpelt beim Gehen. Da er gerne Wärmepflaster und Salbe zum Einreiben haben möchte, überlegt mein Mann, wie er nach Zinnowitz kommt, denn hier in Trassenheide gibt es keine Apotheke. Schließlich kommt er auf eine Idee: „Ich hab`s. Ich werde die Strandkorbvermieterin fragen. Sie kommt jeden Tag mit dem Fahrrad hierher.“ Mein Mann ist schon eine Weile weg, als Andrea zurückkommt. Sie hat die Gelegenheit genutzt und uns Käsebrötchen geschmiert. Das finde ich ganz toll, denn wir hatten heute sowieso keine Lust, schon wieder Bockwurst zu essen, die es hier am Strand gibt. Beim Essen erzählt sie mir, dass es ihrem Siggi wirklich nicht gut geht. Er hat Schmerzen in der Lendengegend und würde sich am liebsten hinlegen. Aber er kann weder liegen noch gut sitzen. Wir beide lassen es uns am Strand weiter gut gehen. Doch nach einer Weile merke ich, wie unruhig Andrea ist und schlage ihr vor, die Segel am Strand zu streichen und in die Ferienwohnung zu unseren Männern zu gehen. Als wir dort ankommen ist mein Mann gerade dabei, Siggi ein Wärmepflaster auf den unteren Rücken zu kleben. Verblüfft frage ich: „Bist du denn schon zurück und hat das mit dem Fahrrad geklappt?“ Er lächelt mich an und antwortet: „Na klar. Sie hatte erst nur Angst, dass ich auch ja das Fahrrad zurückbringe, aber da sie uns schon lange kennt, hat sie es mir schließlich geliehen.“ Später erzählt Siggi uns, dass das Wärmepflaster schon geholfen hat und es ihm schon wesentlich besser geht. Da ich immer noch Schmerzen in der Lendengegend und auch auf der gesamten linken Seite habe, die aber bei mir von der einseitigen höheren Belastung kommen, kommen Andrea und ich fast zeitgleich auf die Idee, es auch mal mit einem Wärmepflaster zu versuchen. Andrea klebt es mir auf den unteren Rücken und sofort strömt eine wohlige Wärme hindurch. Ich bin begeistert, kann es gar nicht richtig glauben, dass ein Pflaster so eine Wirkung haben kann. Meinem Rücken geht es immer besser, die Schmerzen sind bald komplett weg. Doch meine linke Seite tut mir immer noch weh. Andrea schlägt vor: „Probiere es da doch auch mal mit einem Wärmepflaster!“ Ich bin unsicher, denn die Pflaster sind ganz schön teuer. Doch als mein Mann mir auch zuredet, lasse ich mir wieder von Andrea eins auf die Seite kleben. Aber ich merke sofort den Unterschied zu dem Wärmepflaster vorher. Es wird nicht warm, es passiert gar nichts. Halb im Spaß sage ich zu Andrea: „Da ist zu viel Fett, deshalb wirkt es nicht!“ Sie antwortet: „Ach Quatsch, du hast da doch kein Fett!“ Ich lasse die Aussage unkommentiert, aber Fakt ist, an der Seite entfaltet das Pflaster keine Wirkung. Warum nicht, bleibt uns ein Rätsel.

Mit Rücksicht auf Siggis Gesundheitszustand gehen wir heute nicht in eine Gaststätte, um Abendbrot zu essen. Wir haben ja inzwischen alles eingekauft, sodass wir hier essen können. Nachdem wir durchs Fernsehprogramm geschaltet und festgestellt haben, dass nichts Ordentliches läuft, gehen wir schlafen.

Am Freitagmorgen ist es kühl und nichts von der Sonne zu sehen. Ich schaue vom Balkon aus zur Standuhr auf der Promenade, die gleichzeitig eine Temperaturanzeige enthält, und stelle fest, dass es nur zehn Grad warm ist. Die anderen Tage waren es zumindest so um die dreizehn Grad morgens. Wir vergammeln den Tag regelrecht, weil man bei dem Wetter nichts so richtig anfangen kann. Um die Mittagszeit gehen wir zum Spielplatz an der Düne, setzen uns auf eine Bank und sehen den Kindern beim Spielen zu. Dann gehen wir an der Fischbude etwas essen. Für Andrea`s Mann nehmen wir etwas mit, da er sich wieder hingelegt hat. Abendbrot essen wir wieder in der Ferienwohnung. Am Abend spielen wir „Buben raus“. Doch Andrea`s Mann hat keine richtige Lust beziehungsweise auch Schmerzen beim Sitzen am Tisch und bricht das Spiel ab. Er setzt sich auf die Couch und schaltet den Fernseher an, wo gerade „Titanic“ läuft. Wir beenden auch unser Spiel und setzen uns zu ihm, um ebenfalls den Film zu gucken. Der Witz ist, wir kennen alle den Film und trotzdem schauen wir alle ihn uns gebannt noch einmal an.

Als wir am Sonnabend aufstehen, beginnt es gerade zu regnen. Beim Frühstück verkünden uns Andrea und Siggi, dass sie heute nach Hause fahren werden. Wir gehen noch gemeinsam zum „Knurrhahn“ Mittag essen und danach verabschieden wir uns und sie fahren nach Hause. Es ist schade, denn eigentlich wollten sie bis Sonntag bleiben, aber die Gesundheit geht nun einmal vor. Aber wir freuen uns schon auf Steffi, die am Montag mit ihren beiden Söhnen für ein paar Tage zu uns kommen wird. Und wir haben mit dem Wetter heute noch Glück. Die Sonne hat sich durchgekämpft, sodass wir noch zum Strand gehen können. Dort bleiben wir gute drei Stunden und leisten uns danach einen Eisbecher. Nach dem Abendbrot gehen wir zur Strandmuschel, wo ein Diskjockey für musikalische Unterhaltung sorgt. Wir lernen ein nettes Pärchen kennen, sie hat gerade ihren fünfzigsten Geburtstag. Wir trinken zusammen etwas und unterhalten uns dabei nett mit ihnen. Doch dann fängt es plötzlich zu regnen an und wir beeilen uns, nach Hause zu kommen.

Am Sonntagmorgen scheint die Sonne schon ein wenig. Das Thermometer zeigt fünfzehn Grad an, so viel wie noch an keinem Morgen seit wir hier sind. So machen wir uns dann auch gegen zehn auf den Weg zum Strand. Dort bleiben wir bis zum Nachmittag. Es ist das erste Mal, dass es wirklich von morgens an schön ist und bleibt. Zum Abendbrot überlegen wir uns, zum „Kraftwerker“ zu gehen. Dorthin, wo wir schon seit Jahren jedes Jahr im Frühling ein verlängertes Wochenende verbringen und wo wir meine

Muttis achtzigsten Geburtstag gefeiert haben. Wir nehmen für mich den Rollstuhl mit, da es ganz schön weit bis dahin ist. Es ist noch so mild, dass wir uns entscheiden, auf der Gaststättenterrasse Platz zu nehmen. Als wir unser Essen haben und ich meine Pommes nachsalzen will, fällt der Schraubverschluss des Salzstreuers ab und es kommt natürlich mehr Salz heraus, als es meine Absicht war. Doch das ist halb so schlimm, Pommes gibt es sowieso immer zu reichlich, sodass ich die versalzenen Pommes einfach zur Seite schiebe. So habe ich ungewollt für etwas Unterhaltung gesorgt. Auf dem Rückweg treffen wir in der Nähe der Strandmuschel wieder das Pärchen von gestern und trinken mit ihm ein Glas Rotwein.

Der Montagmorgen ist das volle Gegenteil von Sonntagmorgen. Es sind nur zwölf Grad und durch den kühlen Wind kommt es einem noch kälter vor. Trotzdem entwickelt sich das Wetter so, dass wir mittags an den Strand gehen können. Wir bleiben nicht so sehr lange, da wir Steffi und unsere Enkel erwarten. Die kommen dann auch bald und die Freude ist auf beiden Seiten groß. Vor allem ist es niedlich, wie Benno das Appartement in Augenschein nimmt und sich offensichtlich erinnern kann, dass er letztes Jahr schon einmal hier war. Als Steffi mit Siggis Hilfe alles ausgeladen und eingeräumt und auch Tammo gestillt hat, gehen wir alle zum Spielplatz an der Düne. Dort spielt Benno ausgelassen und wir setzen uns auf eine Bank und sehen zu. Tammo liegt schön in seinem Kinderwagen und schläft. Bevor wir wieder zur Ferienwohnung gehen, geht es natürlich noch einmal runter zum Wasser. Benno möchte sich am liebsten die Sachen vom Leib reißen und baden gehen. Wir vertrösten ihn auf den morgigen Tag. Da Benno ungeduldig ist, während wir den Abendbrottisch decken, stecke ich mir zwei Eineuromünzen ein und locke ihn, dass wir kurz nach draußen gehen. Vor dem Souvenirgeschäft schräg unter unserem Appartement steht so ein euroschluckendes Spielgerät, womit ich Benno fahren lassen möchte. Das Schöne ist, es ist ein kleines Boot und das passt perfekt, wo Benno doch Boote und Schiffe so gerne mag. Neugierig kommt er mit mir. Im Treppenflur frage ich ihn, ob er mit einem Boot fahren möchte. Begeistert nickt er und fasst mich an die Hand, damit es schneller geht und ich es mir ja nicht wieder anders überlege. Ich überlege, dass er jetzt vielleicht denkt, dass wir mit einem richtigen Boot fahren und ergänze: „Benno fährt mit einem Spielzeugboot." Ja, damit ist er einverstanden. Als wir vor die Haustür treten stürmt er sofort in Richtung des kleinen Karussells neben dem Cafe gegenüber unserem Haus. Ich rufe ihm zu, dass er in die falsche Richtung geht und zeige auf das Boot. Das überzeugt ihn und er kommt sofort zu mir. Ehe ich mich versehe ist er auf das Boot geklettert, steuert das Ruder und wartet darauf, dass ich einen Euro in den Schlitz werfe. Dabei strahlt er mich an, dass es eine Freude ist und ich tue ihm gern den Gefallen und werfe den Euro ein. Nach ein bisschen Geruckel und Gewackel steigt er auch brav wieder ab und nun gilt seine ganze Aufmerksamkeit dem vielen Spielzeug, das vor dem Geschäft nebenan ausgelegt ist. Ich schaue auch und dabei fällt mein Blick auf eine langstielige Metallschippe. Ich sehe nach, wie viel sie kostet und denke dabei nicht an meinen pfiffigen Enkelsohn, der die Gelegenheit nutzt und sofort fragt: „Oma kaufen?" Mir gefällt die Schippe, denn um richtig im Sand spielen zu können, braucht man auch eine größere, und da auch der Preis stimmt, sage ich zu Benno: „Wir kaufen die, wenn wir morgen zum Strand gehen, ja?" Großzügig nickt er und bevor wir zurück zu den anderen gehen, lasse ich ihn ein zweites Mal auf das Boot.

Am Dienstag geht mein Mann mit Benno Frühstücksbrötchen holen. Während ich den Tisch decke, sehe ich misstrauisch aus dem Fenster, denn noch ist es ganz schön bewölkt. Als wir mit dem Frühstück fertig sind, sieht es schon viel besser aus und wir packen die Sachen für den Strand zusammen. Benno will natürlich wieder mit dem Boot fahren, doch dieses Mal bin ich streng und verweise darauf, dass er gerade gestern zweimal damit gefahren ist. Er sieht mich nachdenklich an und als er auf die Auslagen des Souvenir- und Spielzeuggeschäftes sieht, fällt es ihm wie Schuppen von den Augen, er nimmt mich an die Hand und zerrt mich ins Geschäft. Ich stelle mich dumm, aber in Wirklichkeit bin ich darauf vorbereitet und habe das Geld für die Schippe schon in der Hosentasche. Nach kurzem Umsehen entdeckt Benno auch die Kinderschippe, bringt sie zu mir und fordert mich auf: „Oma kaufen!“ Ich muss lächeln und frage ihn: „Wie sagt man dann?“ Wie aus der Pistole geschossen kommt: „Bitte, bitte!“ Jetzt muss auch die Verkäuferin lächeln und sie sagt: „Das ist ja ein goldiges Kerlchen!“ Recht hat sie und ich kaufe die Schippe. Mein Mann mag das gar nicht, wenn ich eigenmächtig etwas kaufe und so sieht er mich vorwurfsvoll an, als wir mit dem frisch erworbenen Teil aus dem Geschäft kommen. Doch ich bin clever und weiß, wie ich ihn auf meine Seite bekomme. Deshalb sage ich zu Benno: „Zeige doch Opa mal deine schöne Schippe. Da könnt ihr nachher am Strand ein Boot bauen!“ Benno macht es wie ich ihm vorgeschlagen habe, präsentiert seinem Opa stolz die Schippe, strahlt ihn dabei mit seinen großen braunen Augen an und sagt: „Benno und Opa ein Schiff bauen!“ Nun kann auch mein Mann nicht anders. Er lächelt und nimmt Benno die Schippe ab, da er damit herumhantiert, dass man Angst haben muss, er verletzt jemanden oder sogar sich selbst. Als mein Mann sagt, dass er die Schippe bis zum Strand trägt und er sie dort wiederbekommt, kann er gar nicht schnell genug zum Strand gehen. Steffi ist mit Tammo in der Ferienwohnung geblieben, um ihn zu stillen und noch einmal die Windeln zu wechseln und will dann nachkommen.

Siggi baut Benno vor unserem Strandkorb ein Boot im Sand mit zwei Sitzbänken. Die Armaturen des Cockpits, wie Lenkrad, Gasknüppel und Tachoanzeige werden durch Bennos Sandspielzeug ersetzt. Dann lädt Benno den Rest des Buddelspielzeugs ins Heck des Bootes und lässt sich von mir ein kleines Handtuch geben. Das hat er bei mir gesehen. Ich lege mir so ein kleines Handtuch immer zwischen meinen linken Arm und meinem Bauch, damit es da nicht so schwitzt, denn immer noch habe ich die für Schlaganfallpatienten typische Haltung, dass ich meinen linken Arm an den Bauch presse. Das mache ich nicht bewusst. Die Lockerheit ist noch nicht da, dass ich einfach den Arm herunterhängen lassen könnte. Es ist zwar schon besser geworden, aber nach wie vor ist der Arm spastisch. Dieses Handtuch jedenfalls nimmt Benno und legt es auf den Fahrersitz, damit sein kleiner Po ja nicht sandig wird. Siggi und ich müssen lachen, denn Benno ist schon eine Marke für sich. Dann genießen wir es und sehen zu, wie schön er mit seinem Boot spielt. Er erzählt, dass er nach Potsdam fährt, verabschiedet sich von uns, indem er winkt und lässt seinen Phantasien freien Lauf. Dann kommen Steffi und Tammo. Während Steffi dabei ist, den Kinderwagen so zu positionieren, dass Tammo im Schatten steht, drängelt Benno schon ungeduldig: „Mama einsteigen, das Boot fährt gleich los!“ Das tut Steffi und als die Sitzbank aus Sand in sich zusammenfällt, sagt Benno ganz gentlemanlike: „Macht nichts, Benno macht wieder heil“ und wir müssen herzlich lachen. Als Benno dann einigen Kindern hinterherschaut, die ins Wasser laufen, kommt er auch auf den Geschmack und Steffi geht mit ihm baden. Obwohl das Wasser mit siebzehn Grad noch ziemlich kalt ist, halten es die Beiden, insbesondere natürlich Benno, ziemlich lange aus. Doch als sie dann wieder bei uns am Strandkorb sind, ist Benno auch froh, sich ein Weilchen im Bademantel in den windgeschützten Strandkorb zu mir zu setzen. Gegen dreizehn Uhr essen wir alle eine Bockwurst, und Steffi bekommt einen Anruf von Steffen. Steffi erzählt ihm, dass es sich immer mehr bewölkt und Steffen sieht gleich im Internet nach, wie die Wetterprognose für Trassenheide heute noch ist. Er erzählt Steffi, dass es sich immer mehr bewölkt und dass es gegen halb drei von Westen her zu regnen beginnen soll. Wir halten es trotzdem noch bis drei aus. Da es dann aber immer dunkler am Himmel wird, verlassen wir doch lieber den Strand und beschließen, uns wetterfeste Sachen anzuziehen und nach Zinnowitz zu wandern. Kaum in der Ferienwohnung angekommen, sehen wir, dass es bereits nieselt. Steffi muss Tammo noch stillen. Deshalb schicken wir Siggi los, für eine halbe Stunde mit Benno auf den Spielplatz zu gehen. Gegen fünf sind wir startklar. Mein Mann ist nicht so überzeugt, im Regen loszugehen. Doch Steffi und ich können ihn schließlich mit dem Argument, dass es ja nur nieselt und wir alle nicht aus Zucker sind, überzeugen. Benno bockt ein bisschen, hat keine Lust zu laufen. Ich versuche, ihm den Platz auf meinem Schoß im Rollstuhl schmackhaft zu machen. Erst will er nicht, doch als das Laufen immer mühsamer für ihn wird und er ja auch schon ein bisschen kaputt vom Toben am Strand ist, kommt er doch zu mir auf den Schoß. Und er strahlt über das ganze Gesicht! Das ist auch an den Reaktionen der uns entgegenkommenden Leute zu merken, die allesamt lächeln und es niedlich finden, wie er auf meinem Schoß sitzt. Das sagt auch unser bekanntes Pärchen, das wir auf halben Weg zwischen Trassenheide und Zinnowitz auf Fahrrädern treffen. Sie wollten bis nach Ahlbeck radeln, haben aber wieder wegen des Regens kehrt gemacht. Benno gefällt es immer besser auf meinem Schoß, sodass er bis Zinnowitz brav dort sitzen bleibt. Er hätte ja auch die Möglichkeit, auf Tammos Kinderwagen mitzufahren. Steffi hat extra ein Bord dafür. Aber da müsste er stehen und bei mir kann er gemütlich sitzen. So pfiffig ist

Benno schon. Das weiß er ganz genau! Nur für Siggi ist es etwas schwieriger, den Rollstuhl mit uns Beiden zu schieben. Aber er macht es gern. In Zinnowitz kommen wir bald an den großen Spielplatz an der Strandpromenade. Der ist so gestaltet, dass außen herum eine Fahrbahn für kleine Elektroautos ist und im Innern befinden sich einige Spielgeräte wie mehrere Klettergerüste, ein kleines Kettenkarrussell, eine riesige Rutsche und ein Sandkasten. Steffi muss noch Besorgungen in der Drogerie machen und so verabreden wir, dass wir mit Benno hier bleiben und sie mit dem Kinderwagen die Einkäufe erledigt. Erwartungsgemäß ist Benno hellauf begeistert. Siggi will erst nur einen Chip für ein Elektroauto holen, aber ich kann ihn dann überzeugen, dass er gleich zehn kauft, da es pro Fahrt billiger ist und wir Benno nicht mit nur einer Fahrt abspeisen können. Außerdem erinnere ich ihn daran, wie süchtig usere Kinder schon vor vierundzwanzig Jahren nach den Elektroautos waren. Da gab es diesen Spielplatz schon. Er gehörte zu einem Ferienheim und war heiß begehrt. Da Benno mit seinen zwei Jahren noch Schwierigkeiten damit hat, ein Auto gleichzeitig zu lenken und auf das Gaspedal zu treten, bereitet sich Siggi darauf vor, dass er die ganze Runde nebenher laufen kann. Dann macht uns ein Mitarbeiter darauf aufmerksam, dass unter den zirka zehn bis zwölf Autos auch welche sind, bei denen jemand mitfahren kann. Das ist doch perfekt und so nimmt sich Siggi solch ein Auto. So eins will aber Benno nicht, da vermutlich die anderen Autos cooler aussehen.

Doch wir können ihn schließlich davon überzeugen, als wir ihm erklären, dass so Opa mitfahren und ihm beim Lenken helfen kann. Auf einer Bank am Ende der Runde sehe ich zu, wie die Beiden ihre Runden drehen. Und wieder erlebe ich einen kleinen strahlenden und glücklichen Benno, und das erwärmt mir das Herz. Das ist genau das Richtige für ihn. Kaum ist die Runde zu Ende, sieht er mit seinen großen Augen seinen Opa bittend an und fragt: „Noch mal?“ Wer kann da schon widerstehen? Und außerdem haben wir ja zehn Chips gekauft. Zwischendurch kommt Siggi doch noch dazu, eine Runde nebenher zu laufen, da Benno sich ein anderes Auto aussucht. Dann sind die zehn Runden um und wir können Benno nur dadurch überzeugen, dass er jetzt genug gefahren ist, indem wir auf die anderen Spielgeräte verweisen. Das überzeugt ihn und so geht er mit Siggi los, den restlichen Spielplatz erkunden. Ich sitze weiter auf der Bank und beobachte die Beiden aus der Ferne, als sich meine Tochter mit dem Kinderwagen zu mir gesellt. Ich erzähle ihr, dass Benno zehn Runden gefahren ist und es ihm super Spaß gemacht hat. Das kann sie sich gut vorstellen. Als Benno seine Mama entdeckt, kommt er zu uns und erzählt ganz aufgeregt, dass er ganz oft mit den Autos gefahren ist und zeigt ihr, mit welchen Autos er gefahren ist. Zum Schluss bittet er seine Mama, noch einmal fahren zu dürfen. In dem Moment kommt auch Siggi dazu und schlägt vor: „Opa kauft noch einmal zwei Fahrten und dann gehen wir nach Hause, ja?“ Natürlich ist Benno damit einverstanden, etwas Besseres kann ihm ja gar nicht passieren. Steffi sieht zu, wie er stolz winkend an ihr vorüber fährt. Die zweite Runde befolgt sie den Vorschlag meines Mannes und sie nehmen ein Auto, auf dem sie mitfahren kann. Dann will Benno ihr noch den restlichen Spielplatz zeigen und sie gehen noch einmal kurz los. Danach machen wir uns auf den Heimweg, der viel entspannter ist, da es schon seit unserer Ankunft in Zinnowitz nicht mehr regnet, sogar die Sonne schon wieder etwas scheint. Dieses Mal wechselt Benno nach Lust und Laune zwischen Laufen, bei mir auf dem Schoß mitfahren oder auf dem Bord des Kinderwagens stehen. So ist er dann nach der Ankunft in unserer Ferienwohnung entsprechend ausgepowert und verschwindet schnell nach dem Abendbrot ins Bett.

Am Mittwoch ist wieder schönes Wetter. Schon als wir beim Frühstück sitzen, scheint die Sonne ins Fenster und so gehen wir gleich danach zum Strand. Siggi baut Benno wieder ein Boot aus Sand und er spielt eifrig. Da er andauernd baden gehen will, das Wasser aber immer noch ziemlich kalt ist, kommen wir auf die Idee, ihm eine „Badewanne" zu bauen. Dafür ist die große Metallschippe gut geeignet und so nimmt Steffi sie mit und buddelt am Ufer eine Kuhle aus. Da sich das wenige Wasser darin schnell erwärmt, kann sich Benno getrost hineinsetzen und wir müssen nicht befürchten, dass er sich erkältet. Er hat ein kleines Spielzeugschiff und sein Buddelzeug mit dabei, sodass es kein Wunder ist, dass wir nach einer Weile Schwierigkeiten haben, ihn da wieder herauszubekommen. Schließlich schafft Steffi es damit, dass sie ihn fragt, ob er mitkommen will, einen Eisbecher essen. Es hat sich wieder bewölkt und wir haben beschlossen, den Strand zu verlassen. Auf dem Weg zum Eiscafe husche ich schnell in den Bücher- und Zeitungsladen und lasse mich von der Inhaberin, die wir schon gut kennen, beraten, was sie an Kinderbüchern für Bennos Alter im Angebot hat. Sie empfiehlt mir das Buch von den drei kleinen Schweinchen Billi, Willi und Zilli und meint, dass ich es bestimmt schon aus meiner Kindheit kenne. Ich verneine, sehe es mir aber an. Die drei kleinen Schweinchen bauen je ein Haus aus Stroh, aus Holz und aus Stein, und dann kommt der Wolf und pustet die beiden Häuser aus Stroh und Holz so einfach weg und die drei Schweinchen flüchten in das Steinhaus und können sich retten, da der Wolf ihnen im Steinhaus nichts anhaben kann. Das Buch finde ich gut, weil es lehrsam ist und so lasse ich es zurücklegen. Siggi, Steffi und Benno haben sich schon einen Tisch ausgesucht und warten auf mich, um nun die Eisbecher zu holen. Steffi und ich wählen einen Bananeneisbecher, Benno sucht sich seine zwei Kugeln nach knalligen Farben aus und wählt eine azurblaue und eine pinke Kugel, während Siggi anstelle eines Eisbechers lieber ein Bier nimmt. Steffi beeilt sich, um mit Tammo in die Ferienwohnung zu gehen, um ihn zu windeln und zu stillen. Benno und ich sind mit unserem Eis noch nicht fertig und so bleiben wir noch sitzen. Benno will dann auch in die Ferienwohnung, doch als ich ihm sage, dass ich ihm ein Buch kaufen möchte, ist er hellauf begeistert und geht brav an meiner Hand mit mir zum Buchgeschäft. Als die Inhaberin ihn freundlich begrüßt und feststellt, das er die hübschen braunen Augen doch bestimmt von der Oma und Mama hat, zeigt Benno sich von seiner Schokoladenseite und erzählt ihr, dass er einen kleinen Bruder hat. Sie ist begeistert von Benno, lobt, wie schön er schon spricht. Ich kaufe das Buch und Benno trägt es stolz wie Oskar bis in die Ferienwohnung. Unterwegs verspreche ich ihm, dass ich es ihm vorlesen werde. Er ist so darauf gespannt, dass es ihm gar nicht schnell genug gehen kann, er schnell seine Hausschuhe anzieht und sich zu mir an den Tisch setzt. Dann hört er mir aufmerksam beim Lesen zu und es ist eine Freude, wie er mit den Schweinchen mitfiebert als der böse Wolf kommt. Kaum ist die Geschichte zu Ende, bittet er mich, sie noch einmal vorzulesen und sieht mich dabei so lieb mit seinen Kulleraugen an, dass es keiner übers Herz bringen würde, es nicht zu tun. Nach dreimal Vorlesen haben auch Siggi und Steffi genug gehört und wir machen uns fertig, um Abendbrot essen zu gehen. Unsere Wahl ist wieder auf den „Knurrhahn“ gefallen. Benno sieht sich verwundert die Spieleisenbahn an, die jetzt an der Stelle steht, wo vorher das Schiff war. Ich reiche ihm über die gläserne Trennwand einen Euro und ehe wir uns versehen, sitzt Benno in der Eisenbahn und das Gerät schaukelt zu den Eisenbahngeräuschen. Steffi und ich bestellen uns ein Seelachsfilet und Siggi sich ein Bauernfrühstück. Als wir wieder in der Ferienwohnung sind, kommt Benno sofort mit dem Buch zu mir, dass ich ihm wieder vorlesen soll. Ich freue mich, dass das Buch so einen guten Anklang gefunden hat und will mein Versprechen auch einhalten, sage ihm jedoch, dass ich ihm vorlese, wenn er gewaschen ist, sich die Zähne geputzt hat und den Schlafanzug angezogen hat, damit Steffi dann entlastet ist und sich um Tammo kümmern kann. Benno ist so fix wie ich ihn noch nie erlebt habe und so lese ich ihm zwei weitere Male das Buch vor. Danach verabschiedet er sich auch ganz brav ins Bett. Damit er keine schlechten Träume bekommt, sage ich ihm noch, dass es bei uns keine Wölfe gibt.

Donnerstagfrüh ist das Wetter so wie vom Wetterbericht vorhergesagt, so um die fünfzehn Grad. Aber so wie es aussieht, hat die Sonne vorläufig keine Chance, durchzukommen. Unsere Hoffnung, noch einen Strandtag mit Steffi und den Kindern zu haben, zerschlägt sich immer mehr. Nachdem Steffi Tammo gestillt und noch Milch abgepumpt hat, halte ich Tammo auf dem Arm und versuche, ihn zu beruhigen, da er nach mehr verlangt. Steffi packt derweil schon ihre Sachen zusammen. Anschließend gehen wir statt zum Strand zum Spielplatz an den Dünen. Während Siggi Benno bei den Klettergeräten hilft und sich mit ihm beschäftigt, sitzen Steffi und ich auf einer Bank und sehen Benno beim Klettern zu. Da Tammo wieder zu weinen beginnt, beschließt Steffi, ihn hier auf der Bank zu stillen. Das macht sie sonst nicht, versucht immer, ein stilles Plätzchen zu finden. Nicht, weil sie sich geniert, sondern einfach, weil sie im Gegensatz zu Anderen nicht der Typ ist, der sich gerne präsentiert. Doch heute will sie ihn hier stillen. Wir beobachten die vorbeikommenden Leute und stellen fest, dass die Frauen immer dezent wegsehen oder Steffi anlächeln, während die Männer neugierig gucken, ob sie einen Blick auf die Brust erhaschen können. Wir machen das, was man in solchen Situationen am wirkungsvollsten ist Wir schauen diese Männer offensiv an, woraufhin sie in der

Regel verlegen den Blick senken oder in eine andere Richtung schauen.

Ich erzähle Steffi, dass ich nun eine ambulante Reha anstrebe, die in Neubrandenburg im Ärztehaus in der „Vier-Tore-Reha“ angeboten wird, dass meine Hausärztin mich davon überzeugt hat und sich weitere Besserung davon verspricht und auch, dass ich öfter aus meinen vier Wänden heraus- und unter Leute komme. Ich erzähle weiter, dass ich hoffe, dass endlich Post von der Rentenversicherung bezüglich meines „Antrages auf Teilhabe am Arbeitsleben“ da ist, wenn wir vom Urlaub nach Hause kommen. Steffi antwortet, dass sie stolz auf mich ist, wie beharrlich ich alles ansteuere und mich nicht unterkriegen lasse. Mir tun ihre Worte gut und ich nehme meine Tochter dankbar in den Arm. Mittags gehen wir zurück zur Ferienwohnung. Steffi will noch einmal abpumpen und dann bald losfahren, da Steffen heute frei hat und sie dann noch am späten Nachmittag und am Abend zusammen etwas unternehmen können. Siggi geht mit Benno zur Fischbude, um eine Kleinigkeit zu essen und Steffi und ich wollen uns Schnitten schmieren. Doch als wir kurz auf dem Balkon stehen und zum Eiscafe gegenüber herunterschauen, sehen wir beide uns nur an und wissen, dass wir das Gleiche wollen. Wir essen heute mal ausnahmsweise einen Eisbecher zum Mittag. Fünf Minuten später haben wir ihn vor uns zu stehen. Als Siggi und Benno vom Spielplatz und wir vom Eiscafe zurück sind, holt Siggi schon mal Steffis Auto vom Ferienlagergelände und stellt es an den Hintereingang, um es gut beladen zu können. Das geht ganz schnell, denn Steffi hat schon alles gut vorbereitet. Als Benno bewusst wird, dass die Urlaubstage hier zu Ende sind, will er am liebsten dableiben, doch als wir entgegnen, dass Papa wartet, ist alles wieder gut. Gegen halb zwei fahren die drei los. Nun stehen wir da und die schönen Tage mit unserer Tochter und unseren Enkelsöhnen sind wieder vorbei. Wir überlegen, dass wir in der Gaststätte unter unserer Ferienwohnung einen Kaffee trinken könnten. Das tun wir dann auch. Den restlichen Nachmittag und Abend verbringen wir mit Lesen und Fernsehen. Wir stellen wieder einmal fest, dass Enkelkinder zwar auch ein bisschen Arbeit machen, die Freude, sie um sich zu haben, aber überwiegt.

Als wir freitagfrüh nach dem Frühstück auf unseren Balkon gehen, müssen wir feststellen, dass es stark bewölkt und absolut keine Sonne in Sicht ist. Das wird wieder kein Strandtag! Sogar die Gaststätten und Cafes richten sich schon auf das Saisonende und den Herbst ein und öffnen nur nach Bedarf, sprich bei schönem Wetter. Das einzige Geschäft hier, das regelmäßig öffnet, ist das Souvenir- und Spielzeuggeschäft. Auf der Strandpromenade ist es trist und öde. Wenn man überlegt, wie sich hier bei schönem Wetter die Urlauber tummelten! Die Radfahrer sind jetzt in der Überzahl und es halten sich nur wenige an das Durchfahrtsverbot für Radler, das mit einem Zusatzschild versehen ist und das mir gut gefällt: „Die Vernünftigen steigen ab, den Anderen ist es verboten! (hier zu fahren)" Ja, warum sollten sich jetzt die Radfahrer an irgendwelche Verkehrsschilder halten? Sie behindern hier ja niemanden! So schlecht wie das Wetter am Morgen begonnen hat, bleibt es den ganzen Tag. Wir fangen schon an, unsere Sachen zusammenzupacken, denn wir werden morgen nach Hause fahren. Dann verschenken wir zwar einen bezahlten Tag, aber zu Hause können wir mehr anfangen als hier im Moment. Abends gehen wir noch einmal zum Abschluss zum „Kraftwerker". Auf dem Rückweg ist es schon empfindlich kühl.

September 2012

Am Sonnabend, dem ersten Tag im Monat September, stehen wir gegen sieben Uhr auf und staunen, dass die Sonne heute schon hervorlugt. Wider Erwarten steht uns vielleicht doch noch ein schöner Tag bevor. Nach einem gemütlichen Frühstück gehen wir schließlich zum Strand, und das Wetter wird immer besser. Wir bleiben bis nach eins. Dann gehen wir zur Ferienwohnung zurück, um unsere restlichen Sachen zu packen. Denn auch wenn es heute noch einmal schön ist, wissen wir nicht, wie es morgen wird und wir haben uns nun mal schon darauf eingestellt, heute nach Hause zu fahren. So hat Siggi noch einen Tag zu Hause zum Ausruhen, bevor dann die Arbeitswoche mit dem frühen Aufstehen beginnt. Siggi gibt die Schlüssel ab und bei herrlichem Sonnenschein fahren wir zur Kaffeezeit ab nach Hause. Was soll`s, wir hatten schöne Tage und vom Wetter her auch weniger schöne. Aber was kann man hier in Deutschland vom Wetter schon erwarten? Im Großen und Ganzen war es ein schöner Urlaub. Wir haben mit meiner Freundin und ihrem Mann ein paar schöne Tage verbracht, außerdem mit unserer Tochter und unseren zwei Enkelsöhnen.

Als wir am späten Nachmittag zu Hause ankommen, ist es, wie wir es erwartet haben und auch schon von früher her kennen. Meine Mutti hat ihre Aufgabe verantwortungsvoll erfüllt, den Briefkasten geleert und die Blumen gegossen. Fein säuberlich liegen die Zeitungen auf einem und die Post auf einem zweiten Stapel auf dem Esstisch. Während Siggi immer noch mit dem Ausladen des Autos beschäftigt ist, sortiere ich schon die Schmutzwäsche und wir machen eine Waschmaschine an. Dann widme ich mich dem Haufen mit der Post. Vieles ist Werbung, es sind aber auch Briefe von zwei Freundinnen aus dem Studium und einer von einer Schulfreundin aus Havelberg dabei. Ich freue mich sehr darüber, hatte aber auch gehofft, endlich Post von der

Rentenversicherung bezüglich meines „Antrages auf Teilhabe am Arbeitsleben“ zu haben. Aber leider nicht! Ich weiß nicht, was da immer so lange dauert. Es kann doch keine Ausrede sein, dass das die deutsche Bürokratie ist, und auch die Urlaubszeit darf keine Ausrede sein! Die müssen doch genauso wie alle anderen ihre Arbeit erledigen!

Wir hängen die Wäsche noch nach draußen und sie wird tatsächlich noch trocken. Am Sonntag ist das erste, was ich nach dem Frühstück mache, dass ich mich an meinen Laptop setze und einen Brief an die Rentenversicherung schreibe. Ich schreibe, dass ich mich an sie wende, damit mein „Antrag auf Teilhabe am Arbeitsleben“ vom Jahresanfang endlich weiterbearbeitet wird. Dann schildere ich den Sachverhalt und den aktuellen Stand. Das ist zum einen, dass mir die Rentenversicherung im April eine Ärztin zur Begutachtung mitgeteilt hat, die es hier nicht gibt. Ich schreibe weiter, dass ich ihnen diesen Umstand per E-Mail, durch Anrufe und per Brief mehrfach mitgeteilt habe. Dazu schreibe ich die Daten, wann das konkret war. Schließlich schreibe ich, dass das letzte, was ich von ihnen erhielt, ein Schreiben vom ersten August war, in dem sie mir ausgerechnet meinen behandelnden Neurologen als Gutachter benennen. Obwohl sie das selbst wissen müssten, schreibe ich weiter, dass der behandelnde Arzt kein Gutachten erstellen darf. Am Ende des Briefes drücke ich meine Hoffnung aus, dass es nun endlich mit der Bearbeitung meines Antrages weitergehen möge. Als ich mir alles noch einmal durchlese, bin ich zufrieden und denke, dass meine Worte doch am Ego des Bearbeiters kratzen müssten und es nun vielleicht voran geht. Der Sonntag wird so richtig zum Gammeltag. Das Wetter ist schön, wir arbeiten ein bisschen im Garten, lesen in der Sonne und machen die restliche Wäsche. Am Montag genieße ich meine Therapien nach der Urlaubspause. Ich bin nach wie vor so froh, dass ich mit dem Ausscheiden meines früheren

Therapeuten Thomas auch die Physiotherapiepraxis gewechselt habe. Zwar hat es nicht geklappt, dass ich zur gleichen Praxis wie der Thomas wechseln konnte, aber so bin ich auch an eine sehr kompetente Therapeutin geraten. Ich kann mich nicht erinnern, nach einer Therapie so entspannt gewesen zu sein wie ich es momentan immer bin. Auch mein Ergotherapeut hat den positiven Einfluss der Physiotherapie auf mich bemerkt. Meist habe ich die Ergotherapie nach der Physiotherapie und der Ergotherapeut staunt jedes Mal, wie entspannt und locker mein linker Fuß und mein linker Arm sind.

Mein Mann hat sich auch wieder an den Arbeitstrott gewöhnt, ich mich an die Woche mit den Therapien, und so sind wir unmittelbar nach dem Urlaub auch wieder im Alltagstrott gefangen. Am Sonnabend kommen Olaf und Marion zum Kaffee. Sie bringen Pflaumenkuchen mit, den Olaf gebacken hat. Das finde ich so Klasse, dass es sich mein Bruder zur Gewohnheit gemacht hat, ab und zu einen Kuchen zu backen und so seine Lebensgefährtin zu entlasten. Und nicht nur irgendeinen Kuchen! Es ist Hefekuchen, den kriege ich nicht einmal hin! Ich stelle noch die Plätzchen dazu, die ich diese Woche gebacken habe, und so trinken wir fünf gemütlich Kaffee und lassen uns Kuchen und Kekse dazu schmecken. Die Sonne scheint, wir erzählen von unserem Urlaub und die Beiden erzählen, was es bei ihnen so Neues gibt. Als es dann gegen neunzehn Uhr kühler wird, brechen sie zusammen mit meiner Mutter, die sie noch nach Hause bringen, auf.

Wir telefonieren noch mit unserer Tochter, die uns erzählt, dass Thomas das Wochenende bei ihnen verbringt, Samstagabend allerdings zum Geburtstag eines Freundes geht. Thomas hat sein Praktikum in Essen inzwischen auch erfolgreich beendet und nutzt die Gelegenheit, auf der Rückfahrt nach Hamburg bei seiner Schwester, Benno, Tammo und Steffen vorbeizuschauen.

Am Montagvormittag muss ich zu meiner Hausärztin, da sie mit mir alles wegen der ambulanten Reha durchsprechen möchte. Mich begleitet Schwester Manuela zum Arzt. Sie war in der ersten Zeit nach meiner Frühreha oft bei mir zur Pflege, jetzt hatten wir uns aber schon über zwei Jahre nicht mehr gesehen. Entsprechend groß ist die Freude auf beiden Seiten und sie ist angenehm überrascht, wie gut ich mich seitdem herausgemacht habe. Sie fragt mich: „Wissen Sie noch, wie stolz sie waren, als Sie ein paar Sekunden frei stehen konnten? Und jetzt laufen Sie hier schon durch das Haus. Ich freue mich für Sie." Ich freue mich auch über ihre netten Worte, gleichzeitig denke ich an die Zeit zurück, die sie angesprochen hat. Ja, da ging noch nicht viel. Deshalb hatte ich ja morgens und mittags den Pflegedienst zu Hause, der mir beim Aufstehen, Waschen sowie Anziehen und Frühstücken geholfen hat. Ich komme pünktlich zum bestellten Termin ran, wir sprechen alles durch und meine Ärztin macht sich entsprechende Notizen.

Meine Physiotherapeutin hat diese Woche Urlaub und so habe ich bei einer anderen Physiotherapeutin Vertretung. Ich bin erst skeptisch, aber sie ist genauso nett und mindestens genauso kompetent wie die andere Therapeutin. Da ich auf dem linken Rücken und insgesamt auf der linken Seite sehr verspannt bin, schlägt sie vor, dass ich ab sofort jede Woche einmal eine Massage bekommen soll. Damit bin ich sehr einverstanden, freue mich darüber. Am Dienstag bekomme ich dann meine erste Massage und fühle mich danach wunderbar entspannt. Am Mittwoch bemerke ich während der Physiotherapie, dass die Behandlung irgendwie anders als vorher ist. Da ich von Natur aus neugierig bin und auch nachhake, wenn mich etwas beschäftigt, frage ich: „Ist das die Therapie nach Bobath?" Sie antwortet mir lächelnd: „Nein, das ist nicht Bobath." Erläuternd fügt sie hinzu: „Es gibt verschiedene physiotherapeutische Techniken, um Beschwerden infolge der Spastik zu mindern. Das ist zum einen Bobath, dann gibt es noch Vojta und PNF. Was ich gerade mache ist PNF.“ Sie erklärt weiter, dass es nichts bringt, wenn sie mir sagt, wofür die Buchstaben PNF stehen. Deshalb will sie es mir lieber vom Inhalt her erklären. Und das habe ich so verstanden: Reize, wie zum Beispiel Dehnung, Zug oder Stauchung von Muskeln oder Gelenken sollen die Weiterleitung von Nervenimpulsen fördern. Dazu werden verschiedene Bewegungsmuster, die im Alltag benötigt werden, in unterschiedlichen Ausgangsstellungen geübt. Ziel ist die Normalisierung des Muskeltonus sowie eine Kräftigung und Dehnung der Muskulatur. Ganz wichtig dabei sind auch der Abbau falscher Bewegungsmuster sowie die Förderung der Mobilität und der Geschicklichkeit. Das alles ist auch in meinem Sinne und ich lasse mir wieder Übungen zeigen, die ich allein durchführen kann.

Abends skypen wir mit unserem Sohn. Er muss nun langsam aus seiner Studentenbude in Hamburg ausziehen, hat aber immer noch keine Kommandierung nach Rostock, soll dort jedoch bald zu arbeiten anfangen. Das Traurige daran ist, ohne Kommandierung kann er sich auch nicht um eine Wohnung kümmern. Unabhängig von all diesem Ärger bespricht er mit meinem Mann, dass er einen Transporter für übernächsten Sonnabend organisieren soll, um Thomas` Sachen dann erst einmal von Hamburg zu uns nach Hause zu bringen. Zum Glück haben wir genug Platz, so lange alles unterzustellen. Thomas muss versuchen, vorübergehend in der Kaserne unterzukommen.

Am Donnerstag klingelt es schon um neun Uhr an der Tür. Das ist ungewöhnlich, denn ein Therapeut kann es nicht sein, die kommen immer später, und auch die Post kommt normalerweise erst um die Mittagszeit. Heute ist es anders. Es ist zwar nicht die Post, aber irgendein Paketdienst, und der Bote steht mit einer Büchersendung, das erkenne ich sofort, in der Tür. Ich unterschreibe und bin ganz aufgeregt, denn ich weiß, das kann nur mein Buch sein. Meine

„Geschichten, die das Leben schreibt“. Ich habe zwar das Cover schon am PC gesehen, aber das ist nicht das Gleiche, wie das Buch wirklich in den Händen zu halten. Ruck-zuck ist es ausgepackt, und ich bin sehr zufrieden. Das Buch hat eine schöne Größe. Das Cover ist in hellblau und weiß gehalten und wirkt dadurch sehr freundlich. Die abgebildete vierköpfige Familie sieht so aus wie ich es gewünscht hatte und wie es zu der Hauptgeschichte „Augen so blau“ in dem Buch passt. Alles in Allem bin ich sehr zufrieden und rufe gleich Swantje an, um es ihr zu sagen. Sie freut sich auch, dass ich zufrieden bin.

Am Sonnabend hat Siggis Vater Geburtstag. Er hat uns im Vorfeld zu einer Gaststätte in Mirow eingeladen, in der wir schon öfter Mittag gegessen haben und es auch heute tun wollen. Mit Siggis Bruder haben wir vereinbart, dass wir vorher bei ihm vorbeikommen und ihn mitnehmen. Wir sind pünktlich an seiner Haustür, haben aber eine Weile zu tun, ehe er aufmacht. Die Klingel hört er nicht und auch an sein Handy geht er nicht ran. Ein Wunder ist es nicht, denn er ist erst morgens um vier nach Hause gekommen, wie er uns dann sagt, als er nach etwa zwanzig Minuten endlich öffnet. Wir setzen uns in die Küche und warten, denn er will noch schnell in die Wanne springen. Nach einer guten halben Stunde ist er fertig und wir können losfahren. Von seinem Haus sind es keine zwanzig Minuten bis zur Gaststätte und wir kommen innerhalb des akademischen Viertels dort an. Wir gratulieren meinem Schwiegervater, begrüßen Siggis und Bodos Schwester und unseren Schwager, die Schwägerin und Nichte von Schwiegervater und, worauf wir schon gespannt sind, Schwiegervaters Bekanntschaft, die sich seit dem Tod ihres Mannes und meiner Schwiegermutter zusammengefunden haben. Wir kennen sie zwar von der Goldenen Hochzeit meiner Schwiegereltern vor zwei Jahren und von früheren Besuchen bei den Schwiegereltern, denn sie ist die ehemalige Hausnachbarin meiner Schwiegereltern. Mit ihr und ihrem inzwischen verstorbenen Mann haben meine Schwiegereltern schon früher verkehrt, sich gegenseitig zu den Geburtstagen und auch mal so eingeladen. Aber wir haben uns noch nie so richtig mit ihr unterhalten können, und darauf sind wir neugierig. Es ergibt sich so, dass ich den Platz neben ihr habe. Sie sorgt schon einmal dafür, dass jeder ein Glas Sekt zum Anstoßen erhält. Als die ersten monieren, dass sie keinen Alkohol trinken können, weil sie Kraftfahrer sind, und weniger Gläser hätten bestellt werden können, sagt sie: „Das ist doch nicht so schlimm, es werden sich schon Abnehmer finden!" Und weil ich ihr beipflichte, habe ich gleich im nächsten Moment, das erste zusätzliche Glas bei mir zu stehen und wir müssen herzlich lachen. Bevor jeder sein Essen bestellt, stoßen wir auf Schwiegervaters Geburtstag an und erzählen schön. Hauptthema sind die in diesem Jahr geborenen Enkelkinder. Das ist zum einen unser Tammo am 1. August und zum anderen bei Siggis Schwester eine kleine Anna, die schon im Juni geboren wurde.

Wir wissen nicht so richtig, wie wir Schwiegervaters Freundin anreden sollen. Ich nutze die Gelegenheit, als sie mich mit „Frau Berg" anspricht, und sage zu ihr: „Sie brauchen mich nicht mit Frau Berg anreden, ich bin Anke." Sie antwortet: „Dann bin ich aber auch für dich Traudi!" Das besiegeln wir mit einem Schluck Sekt, und Siggi schließt sich schnell an, auch von ihr geduzt werden zu wollen, da es ihn schon lange stört, immer so förmlich von ihr angesprochen zu werden. Er hatte schon öfter die Gelegenheit genutzt, bei ihr und seinem Vater vorbeizuschauen, wenn er etwas in Rechlin ausliefern musste. Wir bekommen schnell unser Essen, obwohl sich so ziemlich jeder etwas anderes bestellt hat. Alles sieht gut aus und wir lassen es uns schmecken. Siggi hat sich ein Schnitzel mit Champignons ausgesucht, ich habe früher schon einmal gute Erfahrungen mit einem Cordonbleu gemacht und bestelle es mir wieder. Es schmeckt uns allen wirklich gut, wir sind satt, und trotzdem bestellen sich einige noch einen Eisbecher. Dann brechen wir auf, fahren alle noch einmal zu Schwiegervaters Ein-Raum-Wohnung im Bereich Betreutes Wohnen. Es ist wirklich nur eine kleine Wohnung, aber wenn es eng ist, ist es oft am gemütlichsten. Siggis Vater will ja nur noch einmal in Ruhe mit seinen Kindern und Schwiegerkindern anstoßen. Die Männer trinken Bier und ein kleines Schnäpschen und wir Frauen trinken noch eine Tasse Kaffee, bevor wir uns einen Sekt schmecken lassen. Es ist eine gute Stimmung, wir erzählen schön miteinander und prosten uns zwischendurch zu. Dann bittet Traudi um unsere Aufmerksamkeit und sagt, sie möchte uns etwas sagen. Wir sehen alle gespannt zu ihr hin. Sie fasst sich ein Herz und sagt: „Ich möchte mich bei euch allen ganz herzlich bedanken, dass ihr mich so gut in die Familie aufgenommen habt. Ich habe ja niemanden mehr, wie ihr wisst. Doch jetzt habe ich wieder eine Familie!“ Dabei sieht sie einen nach dem anderen tief in die Augen. Da sie feuchte Augen hat, muss ich mich auch ganz schön zusammenreißen, dass mir nicht auch die Tränen kommen. Aber es geht gut, weil Bodo die bedrückte Stimmung durchbricht und ablenkt, indem er sagt: „Darauf stoßen wir an, Prost!“ Wir erheben unsere Gläser und die etwas steife Stimmung entspannt sich wieder. Dazu muss man wissen, dass Traudi vor zwei Jahren ihren Mann verloren hat und dass sie zwei Söhne hatte, die beide als junge Männer gestorben sind.Wir freuen wir uns für Schwiegervater und Traudi, dass sie sich gefunden haben und nicht jeder für sich allein in seiner Bude hockt. Schwiegervater fährt Traudi zu Arztterminen und begleitet sie bei Besorgungen, Traudi kocht dafür und sie gehen zusammen mit dem Hund spazieren. Es ist ein gegenseitiges Geben und Nehmen.

Am frühen Abend brechen alle auf. Wir nehmen Bodo wieder mit und setzen ihn bei sich zu Hause ab. Siggis

Schwester bringt Traudi nach Hause. Es war ein schöner Tag, wir haben uns alle mal wieder gesehen und schön miteinander geredet.

Fast genau zwei Wochen nach meinem Brief an die Rentenversicherung Bund erhalte ich Mitte September endlich einen Termin von einem Neurologen zur Begutachtung. Da hat mein Brief doch etwas bewirkt! Ich bekomme die Aufforderung, mich von einem Neurologen in Altentreptow begutachten zu lassen. Bis nach Altentreptow sind es so zirka zwanzig Kilometer. Unsinnigerweise bekomme ich von der Rentenversicherung ein Formular mitgeschickt, mit dem ich die Fahrkosten mit öffentlichen Verkehrsmitteln abrechnen kann! Wer hat da nur wieder am Schreibtisch gesessen? Ich bin schwerbehindert, zu hundert Prozent! Und wenn eines für mich kompliziert ist, so sind es öffentliche Verkehrsmittel, zumal ich erst mit dem Bus fahren und dann in den Zug umsteigen müsste. Das nächste Problem wäre, die Arztpraxis zu finden. Aber ich habe zum Glück in der gleichen Woche noch einen Termin zum Blutabnehmen bei meiner Hausärztin. Sie löst das Problem unbürokratisch und schreibt mir einen Transportschein aus, sodass ich von meiner Haustür abgeholt und auch wieder bis zu dieser gebracht werden kann. Normalerweise wäre das Sache der Rentenversicherung gewesen. Ich hätte auch noch einmal anrufen können. Aber dort war es schon immer schwer, jemanden zu erreichen, ich bin sogar fast jedes Mal in einer Warteschleife gelandet. Außerdem ist da noch das Zeitproblem. Ich gehe davon aus, dass die Rentenversicherung es nicht schaffen würde, mir vor meinem Termin am 18. September beim Neurologen einen Transportschein zu schicken. Zur Not muss sich meine Krankenkasse eben das Geld für den Transport von der Rentenversicherung zurückholen.

Am 18. September warte ich gerade auf meinen Transport nach Altentreptow, als ich einen Anruf erhalte. Es ist eine Sachbearbeiterin meiner Krankenkasse, die mir mitteilt, dass mein Antrag auf eine ambulante Reha abgelehnt wird, da es keine Vereinbarung zwischen meiner Krankenkasse und der Vier-Tore-Reha gibt, wo die Reha durchgeführt werden soll. Alles Reden hilft nichts, die ambulante Reha wird abgelehnt. Ich bin enttäuscht, aber was soll ich machen?

Dann geht es mit einem Fahrzeug von Medicare nach Altentreptow zu meinem Termin. Der Fahrer ist nett und wir unterhalten uns schön. Er erzählt mir, dass er Ende des Monats mit seiner Freundin in die Schweiz auswandert, dort schon eine Arbeit als Krankenpfleger sicher hat. Auch erzählt er mir, dass er in diesem Jahr seinen Vater vor den Folgen eines Schlaganfalls bewahrt hat, indem er ihn sofort beim Auftreten entsprechender Hinweise zum Notarzt gebracht hat. Damit sind wir beim Thema, und er macht mir Komplimente, wie offensiv ich mit meiner Krankheit umgehe, dass ich mich nicht unterkriegen lasse und wie toll meine Fortschritte schon sind. Kurz gesagt, wir verstehen uns gut und nach kurzem Suchen finden wir auch die Praxis des Neurologen, zu der ich muss. Es ist leer, und ich muss auch nicht lange warten, bis ich aufgerufen werde. Nach einem kurzen Gespräch über das, was mir passiert ist, fordert der Doktor mich auf, mich auf eine Liege zu legen. Ich merke genau, wie er mich auf dem Weg dorthin beobachtet. Im Liegen testet er die Beweglichkeit meiner Arme und Beine, indem er sie kurz durchbewegt. Dann stellt er fest: „Eine gute Beweglichkeit ist da, und Sie können auch richtig gut ohne Gehhilfe gehen." Gut, das ist nichts Neues für mich und ich frage mich, ob es das schon gewesen sein soll. Nein, als Nächstes wird ein EEG gemacht. Danach soll ich mich in den Warteraum setzen bis ich wieder aufgerufen werde. Das dauert auch nicht lange und ich muss in ein Zimmer neben dem Behandlungsraum des Doktors. Als erstes bekomme ich von einer Schwester zwei DIN A4- Blätter voll mit

Wortgruppen, bei denen ich das Unpassende herausfinden und durchstreichen soll. Das muss ich in relativ kurzer Zeit schaffen. Ich weiß nicht genau, wie kurz die Zeit ist, ich denke nur, dass sie ganz schön kurz ist. Für mich ist das kein Problem, aber ich kann auch schnell lesen und das Gelesene erfassen. Das können viele bestimmt nicht unter Zeitdruck. Danach liest die Schwester Wort- und Zahlenreihen vor und ich muss sie unmittelbar danach wiederholen. So in der Art von zum Beispiel X7758BA1265. Das ist schwerer als es sich anhört. Im ersten Moment denkt man, die Reihe ohne Probleme wiederholen zu können, aber dann kommt man unweigerlich ins Stocken. Trotzdem meistere ich auch diese Aufgabe ganz gut. Schließlich werde ich nach erneutem kurzen Warten wieder vom Doktor aufgerufen. Wir unterhalten uns kurz über meinen „Antrag auf Teilhabe am Arbeitsleben“ und er meint, dass ich wohl eine Umschulung oder einen Lehrgang werde machen müssen, um in Arbeit zu kommen. Ich sehe ihn erstaunt an und antworte, dass das eigentlich nicht meine Absicht ist. Ich bin gelernte Wirtschaftskauffrau und Diplomwirtschaftlerin und möchte auch gern wieder auf diesem Gebiet arbeiten und nicht zum Beispiel in einer Behindertenwerkstatt. Dafür sehe ich außer meiner körperlichen Eingeschränktheit eigentlich keine Probleme. Um ihm das ganz deutlich zu machen, setze ich noch einen drauf, und meine das auch wirklich so wie ich es sage: „Wenn Sie das gleiche Schicksal wie ich hätten, geistig alles in Ordnung wäre, würden Sie doch auch wieder als Arzt arbeiten wollen und nicht umschulen oder?“ Er ist erstaunt über meine Direktheit und antwortet ziemlich leise: „Nun gut, wenn es so ist, ich werde alles ausfüllen und zurückschicken. Wie es dann weitergeht, weiß ich nicht.“ Muss er ja auch nicht, denke ich. Ich nicke und er fährt fort, dass mein EEG auch gut aussieht und keine Anfallbereitschaft zeigt. Auch die Tests zur Konzentrations- und Merkfähigkeit sind ganz gut ausgefallen, sagt er mir weiter. Er wird das alles dokumentieren und zur Rentenversicherung zurückschicken. Dann wünscht er mir alles Gute und wir verabschieden uns voneinander. Ich sitze kaum wieder im Warteraum, als auch schon der Kraftfahrer meines Fahrdienstes nachschauen kommt, ob ich schon fertig bin. Zu Hause angekommen denke ich, dass der Dienstag geschafft ist und es mit meinem Antrag wohl nun endlich in den Endspurt geht.

Mittwoch und Donnerstag habe ich je eine Physio- und eine Ergotherapie und am Freitag bekomme ich meine nun wöchentliche Massage. Danach erwarte ich zusammen mit meiner Mutter die Ankunft meiner Tochter mit Benno und Tammo. Steffen muss wieder am Wochenende arbeiten und so hat sich Steffi kurzerhand überlegt, zu uns zu kommen. Das ist auch gut so, und sie weiß, dass wir uns sehr darüber freuen. Dann ist es soweit. Steffi lässt Benno noch klingeln, schließt dann aber gleich die Haustür auf. Wir gehen ihnen entgegen und als meine Mutti und ich zuerst Steffi begrüßen und nach Tammo auf ihrem Arm schauen, meldet sich Benno energisch zu Wort: „Hallo Oma Anke, Oma Elli!“ Wir reagieren natürlich sofort und drücken und herzen dann erst einmal unseren Benno. Er ist zufrieden und geht zur Tagesordnung über: „Mama, Spielzeug holen!“ Ich lenke ihn ab und sage, dass er erst einmal zu mir kommen, seine Schuhe und seine Hose ausziehen und die Hausschuhe anziehen soll. Das macht Benno auch brav und Steffi gibt ihrer Oma Tammo in den Arm, um ihr Gepäck aus dem Auto zu holen. Benno passt akribisch auf. Als Steffi ihr Gepäck abgestellt hat, ist er sofort zur Stelle: „Spielzeug holen?“ Steffi nickt und sagt, dass sie sowieso die Reisetasche nach oben bringen muss und er mitkommen soll. Das lässt er sich nicht zweimal sagen und flitzt zur Treppe. Ein paar Minuten später ist ein Großteil des Spielzeuges im Wohnzimmer verteilt. Steffi stillt inzwischen Tammo, und damit Benno nicht solchen Krach macht, schlage ich ihm vor, dass wir zusammen aus verschieden großen Bechern einen Turm bauen. Doch er hat keine Lust, sagt doch glattweg zu mir: „Benno keine Zeit!“ Ich muss mir das Lachen verkneifen, will ihn aber auch auf die Probe stellen und sage: „Na gut, dann baut Oma eben einen Turm mit Tammo!“ Er sieht mich mit großen Augen an und entgegnet kopfschüttelnd: „Tammo kann nicht, Tammo klein!“ Guck einer an, denke ich und sage wiederum: „ Dann wartet Oma eben so lange bis Tammo gewachsen ist.“ Das wirkt und er kommt mit den Bechern zu mir, legt sie auf den Hocker, auf dem wir vorher immer den Turm gebaut haben, und sagt ganz bestimmt: „Benno baut Turm!“ Das macht er auch, und ich halte den Turm immer fest, damit er nicht umkippt, wenn er den nächstkleineren Becher obenauf setzt. Der Turm ist fertig, Benno dreht sich zu uns um, so als wollte er sagen, ob wir nicht klatschen wollen. Als wir drei das prompt machen, stößt er den Turm vom Hocker und freut sich. Trotz des daraus resultierenden Krachs lässt Tammo, der nach dem Trinken eingeschlafen war, sich nicht stören und schläft friedlich in Steffis Arm weiter. Steffi hat festgestellt, dass sie noch etwas aus der Drogerie benötigt und beschlossen, dass sie mit den Beiden noch mal losgeht, auch damit Benno und Tammo noch einmal an die frische Luft kommen. Steffi gibt mir vorsichtig Tammo auf den Arm und zieht schon mal Benno an. Als sie dann Tammo fertig macht, gehe ich mit Benno, der unruhig ist und es nicht erwarten kann, dass es losgeht, vor die Tür, um sein Laufrad aus dem Auto zu holen. Benno vertreibt sich die Zeit, indem er immer wieder von unserer Auffahrt hinunterrollt. Ich passe auf, denn wenn ein Auto unsere Straße entlang kommt, könnte es gefährlich werden. Aber dann kommt Steffi schon mit Tammo im Kinderwagenaufsatz, und nachdem sie diesen auf das Fahrgestell gesetzt hat, geht Steffi mit dem Kinderwagen los und Benno fährt mit seinem Laufrad nebenher. Nach einer Stunde sind sie wieder da. Dann bestimmen die Kinder den weiteren Tagesablauf. Wir essen Abendbrot, obwohl Siggi noch nicht von der Arbeit da ist. Sonst wird es für Benno zu spät. Als er gerade Sandmännchen sieht, kommt Siggi dann auch. Doch Benno ist so vom Abendgruß gefesselt, dass er ihm nur einen flüchtigen Kuss zur Begrüßung schenkt. Als mein Mann sich dann umzieht und frisch macht, also außer Sichtweite ist, und der Abendgruß vorbei ist, besinnt sich Benno plötzlich und ruft lautstark nach seinem Opi. Dann wird noch ein bisschen getobt und gegen einundzwanzig Uhr sind die Kinder in ihren Betten und schlafen. Siggi hält es auch nicht lange auf den Beinen. Morgen will er auch nicht so lange schlafen, denn er hat sich mit Thomas verabredet, dessen Sachen aus Hamburg abholen. Dafür hat er sich einen Transporter in seiner Firma ausgeliehen.

Steffi und ich genießen die Ruhe und sehen noch eine ganze Weile fern, wobei wir auch viel zu erzählen haben. Gegen Mitternacht gehen wir beide ebenfalls schlafen. Am Sonnabend holt Steffi wie immer frische Bäckerbrötchen zum Frühstück. Siggi ist schon um halb sechs losgefahren, um gegen neun Uhr in Hamburg zu sein. Steffi und ich sind uns einig, dass wir vorsichtshalber Tomi anrufen, damit er auch fertig ist, wenn sein Vater kommt. Thomas klingt noch mächtig verschlafen, als ich ihn anklingele und er ans Handy geht. Wir reden nicht viel, ich sage ihm nur, dass Siggi innerhalb der nächsten Minuten bei ihm ankommen wird. Und er fertig sein soll. Das verspricht er mir auch.

Mittags ist Siggi mit dem vollbeladenen Transporter zurück, und auch Thomas kommt eine halbe Stunde später mit seinem PKW. Beide entspannen erst etwas und essen eine Kleinigkeit. Benno liebt seinen Onkel sehr und belagert ihn. Als er sich seine Spielzeuggitarre nimmt und ihn fragt, ob sie zusammen Gitarre spielen und Thomas seine auch wirklich holt, wird Siggi unruhig und schlägt vor, erst einmal den Transporter zu entladen, damit er ihn auch wieder in seine Firma bringen kann. Das tun sie dann auch, laden alles ab und bringen die Sachen entweder in Thomas` Zimmer, in den Hobbyraum im Keller oder in die Garage, weil sie ja nur zwischengelagert und bei der nächsten Gelegenheit, wenn Thomas eine Wohnung in Rostock hat, wieder zu ihm gebracht werden.

Am Sonntag fährt Steffi mit den Kindern nach dem Mittag wieder nach Hause und Thomas fährt Montagfrüh nach Rostock. Nun ist der Trubel, der am Wochenende herrschte, wieder vorbei und der Alltag hat uns wieder.

Ich genieße meine Physiotherapien immer mehr, denn nach jeder Behandlung bin ich locker und frei wie lange nicht mehr. Auch die Ergotherapien haben einiges gebracht. Ich bekomme zwar meine linke Hand immer noch nicht ganz auf, aber jedes Mal ein klitzekleines Stück mehr, und dass ich Geduld haben muss, weiß ich ja. Ich rufe meine Hausärztin an, um zu erfahren, ob sie auch von meiner Krankenkasse erfahren hat, dass die ambulante Reha abgelehnt wurde. Die Nachricht hat sie auch erhalten, sie sagt mir aber, dass sie eine andere Möglichkeit gefunden hat, dass wir das trotzdem durchziehen und sie mich zurückrufen wird, wenn alles geklärt ist. Von meinem Ergotherapeuten erfahre ich inzwischen, dass meine Ärztin die Verordnungen für Physiotherapie schreibt und sie von den Mitarbeitern der „Vier-Tore-Reha“ nur die genauen Inhalte erfahren will. Kurz darauf ruft mich auch die leitende Ergotherapeutin an und wir sprechen ab, dass ich sowohl Bobaththerapie und Krankengymnastik an Geräten als auch Massagen erhalten soll. Das sagt mir dann auch meine Ärztin und ich erhalte meine Termine. Es soll am fünften November losgehen und bis vor Weihnachten dauern. Ich werde dann montags, mittwochs und freitags mit dem Fahrdienst des Behindertenverbandes zum Ärztehaus, wo sich die „Vier-Tore- Reha“ befindet, gebracht, führe meine zwei bis drei Therapien durch und werde anschließend wieder nach Hause gefahren. Ich bin hin- und hergerissen. Einerseits freue ich mich, etwas Neues auszuprobieren und die Methoden von anderen Therapeuten kennen zu lernen. Andererseits bekomme ich in dieser Zeit natürlich keine Therapien zu Hause, und das finde ich schade. Vor allem, weil mir die Physiotherapie in letzter Zeit so gut tat und ich jetzt sechs Wochen darauf verzichten muss. Aber vielleicht ist die Physiotherapie dort im Ärztehaus genauso gut oder sogar besser, versuche ich mir einzureden. Noch aber habe ich ja bis zum Beginn am fünften November meine Therapien zu Hause und genieße sie umso mehr.

Mit Thomas sind wir in ständigem telefonischen Kontakt. Er hatte uns bei seinem letzten Besuch von einer schönen Zwei-Raum-Wohnung in der Nähe des Stadthafens erzählt, die er schon mit einer Freundin besichtigt hatte und die die Freundin auch ganz toll fand. Er war sich nur nicht sicher, ob er sie nehmen soll, da ihm der Vergleich mit anderen Wohnungen fehlt und er auch Maklercourtage dafür zahlen müsste. Wir redeten ihm zu, die Wohnung zu nehmen, zumal er selbst von der Wohnung schwärmte und er andererseits bestimmt nicht noch einmal so eine schöne Wohnung finden wird. Thomas meinte auch, dass ihm das Wohnen in der Kaserne über ist, und er so langsam Nägel mit Köpfen machen müsste. Mit der Maklercourtage muss er sich abfinden und das Opfer bringen, wenn er die Wohnung haben will. Ich gebe zu bedenken, dass sicherlich bei allen guten Wohnungen Maklercourtage gezahlt werden muss. Das hat ihn schließlich überzeugt und er hat der Maklerin zugesagt. Ich musste ihm noch einige Sachen per Computer schicken, wie zum Beispiel die Schufaauskunft, die er sich zu uns schicken lassen hat.Dann hat er den Mietvertrag unterschrieben. Nun ist Thomas Mieter einer eigenen Wohnung und wir freuen uns mit ihm, zumal sie zentral liegt und schön geschnitten ist, wie Thomas uns erzählt hat.

Am Dienstag ruft mich meine Schulfreundin aus Havelberg, wo wir mal gewohnt haben, an und fragt, ob sie uns statt am Sonnabend auch am Freitag besuchen könnten, da bei ihnen etwas dazwischen gekommen ist. Da mir der Tag, an dem wir uns nach über zwanzig Jahren wieder sehen werden, egal ist, mir aber wichtig ist, dass wir uns überhaupt bald mal treffen, sage ich zu. Nachdem wir uns schon einmal im Juli zu einem Treffen verabredet hatten und es leider nicht dazu gekommen war, hatten wir uns erneut den kommenden Sonnabend für ein Treffen ausgesucht. Besser gesagt, sie kommen uns besuchen und wir werden schön Kaffee trinken und abends grillen. Sie wollen zwar abends wieder fahren, da sie mit der Tochter bei der Schwiegermutter zirka eine Autostunde entfernt zu Besuch sind. Nun kommen sie also schon Freitag statt Sonnabend.

Am Donnerstagabend kommt Thomas nach Hause. Ich bin sehr froh darüber, denn so kann er ein bisschen helfen, wenn mein Besuch da ist. Am Freitagvormittag backe ich dann erst einmal Kuchen. Natürlich den Russischen Zupfkuchen und meinen speziellen Prasselkuchen mit Mandarinenscheibchen. Ich muss mich ganz schön beeilen, denn um zehn bekomme ich meine inzwischen zur angenehmen Gewohnheit gewordene wöchentliche Massage. Um halb zwölf habe ich einen Friseurtermin. Thomas bringt mich hin und lässt sich bei dieser Gelegenheit auch gleich die Haare schneiden. Meine Friseuse stellt fest, dass wir an der gleichen Stelle einen Wirbel haben. Jetzt, wo sie es sagt, staune ich. Aber es stimmt tatsächlich, Thomas ist eben mein Sohn und sieht mir auch sonst sehr ähnlich. Die Friseuse fragt mich, wann ich das letzte Mal zusammen mit meinem Sohn beim Friseur war und beantwortet die Frage gleich selbst: „Das war doch bestimmt, als er noch klein war und noch nicht allein zum Friseur gehen konnte.“ Ich stimme ihr zu. Als wir nach einer guten Stunde wieder zu Hause sind, erzählt meine Mutter, die inzwischen das Haus gehütet hat, und die ich darum gebeten hatte, ans Telefon zu gehen, wenn es klingelt, dass meine Freundin und ihr Mann gegen fünfzehn Uhr hier sein werden. Meine Mutti geht sonst nicht ans Telefon bei uns, weil es ihr einfach zu modern ist, sie damit unsicher ist und sie die meisten Leute sowieso nicht kennt Aber Birgit kennt und mag sie und da ich ihr gesagt hatte, dass es nur Birgit sein kann, wenn das Telefon klingelt, ist sie schließlich auch rangegangen. Ich bin froh darüber, denn so weiß ich, dass sie bald kommen und kann den Kuchen und auch die Kaffeemaschine schon vorbereiten. Ich stelle auch das Geschirr schon zurecht. Mein Blick geht immer wieder nach draußen. Die Sonne scheint zwar, aber es ist auch ein bisschen frisch. Ich würde ja gerne auf der Terrasse Kaffee trinken. Das ist einfach gemütlicher. Thomas ist schon dabei, die Gartenstühle hinzustellen. Es ist gerade fünfzehn Uhr, als unser Telefon klingelt. Ich ahne, dass es Birgit ist und hoffe, dass nichts dazwischengekommen ist und sie nun doch nicht kommen. Doch Birgit erzählt mir, dass sie das Gefühl hat, ganz in der Nähe zu sein und will nur noch einmal ganz sicher gehen. Ich lasse mir die Straße sagen, in der sie gerade sind. Als ich den Namen höre, muss ich lächeln und sage: „Ihr seid keine hundert Meter Luftlinie von unserem Haus entfernt. Fahrt die Straße bis ans Ende, dann links und gleich wieder rechts. Im dritten Doppelhaus auf der linken Seite wohnen wir.“ Birgit und Jörg haben kein Navi und haben bisher mit den alten Mitteln Landkarte und Durchfragen überall hingefunden und so auch zu uns. Wir lachen beide am Telefon und verabschieden uns mit: „Bis gleich.“ Da sie es doch vorgezogen haben, ein Stückchen weiter weg zu parken, oder auch dachten, es ist kein Platz zum Parken bei uns, geht Thomas ihnen entgegen und sagt, dass sie auf unsere Auffahrt fahren können. Das tun sie und als wir uns begrüßen, ist es nicht, als hätten wir uns über zwanzig Jahre nicht gesehen, sondern wir sind gleich miteinander vertraut wie früher und umarmen uns herzlich. Auch mit Birgits Mann, den ich nur flüchtig vom Studium kenne, da er in

Birgits Seminargruppe war, werde ich schnell warm und wir verstehen uns gut. Auch meine Mutter begrüßt die Beiden herzlich und wird auch von ihnen herzlich begrüßt. Als Thomas eine Flasche Sekt zur Begrüßung aus dem Keller holt, sagt Birgit zu mir: „Dein Sohn ist aber ein ganz Hübscher und er sieht aus wie Olaf." Das kennen wir schon und wird oft gesagt und hängt wohl damit zusammen, dass mein Bruder Olaf und ich uns auch sehr ähneln. Ich antworte: „Ja, das wirst du noch genau vergleichen können, denn Olaf kommt auch heute Abend zum Grillen." Birgit ist angenehm überrascht und freut sich darauf, ihn wieder zu sehen. Wir stoßen mit Sekt auf unser Wiedersehen an und ich frage die Beiden, ob sie lieber im Haus oder draußen auf der Terrasse Kaffee trinken möchten. Einhellig kommt die Antwort: „Auf der Terrasse." Das ist auch in meinem Sinne, und Thomas beginnt schon mal, den Gartentisch zu decken. Der Kaffee läuft auch bereits durch die Maschine, sodass wir erst einmal in aller Ruhe Kaffee trinken können. Meine Mutter hat inzwischen den Blumenstrauß, den ich bekommen habe, in eine Vase getan und ich bedanke mich noch einmal dafür. Nachdem Jörg noch warme Strickjacken aus dem Auto holt, gehen wir auf die Terrasse und setzen uns an den Tisch. Wir philosophieren über das immer noch schöne Wetter. Ich sage, dass ich gehofft habe, dass sich das Wetter einigermaßen hält, zumal wir heute ja noch grillen wollen. Birgit, lustig wie immer, sagt nur: „Wenn Engel reisen!" Es ist aber auch schön! Die Sonne scheint und der Himmel ist so blau wie auf einer Ansichtskarte aus dem Urlaub. Gut, es ist auch ein wenig frisch und kurzärmelig kann man nicht mehr sitzen. Es ist ja inzwischen auch Ende September, da kann man einfach nicht mehr erwarten.

Wir lassen uns den Kuchen und Kaffee schmecken und nachdem Jörg und Birgit von beiden Kuchensorten probiert haben, loben sie, wie gut sowohl der Russische Zupfkuchen als auch mein Blätterteigkuchen schmecken. Ich freue mich darüber und erzähle, dass ich am Anfang gar nicht mehr gebacken hatte, dass ich es erst die letzten beiden Jahre wieder tue. Davor war ich auch gar nicht in der Lage dazu, denn da hatte ich noch mächtige Probleme mit dem Stehen und sogar mit dem Sitzen. Ich freue mich, als gegen halb fünf mein Mann kommt. Er hat zwar auch elf Stunden Arbeit hinter sich, aber sonst kommt er noch später. So kann er wenigstens noch eine Tasse Kaffee mittrinken. Die Begrüßung zwischen Birgit und Siggi fällt auch sehr herzlich aus. Das hängt damit zusammen, dass Birgit sowohl dabei war, als Siggi und ich uns kennen lernten als auch bei unserer Hochzeit. Siggi setzt sich zu uns und lässt sich überreden, da er sich sonst nicht viel aus Kuchen macht, doch ein Stück zu essen. Wir anderen sind im Prinzip schon fertig, leisten Siggi aber natürlich Gesellschaft bis er seinen Kuchen gegessen hat. Es ist so schön, wir haben uns so viel zu erzählen und kommen vom Hundertsten ins Tausendstel. Ich suche ein Fotoalbum heraus und wir sehen uns Fotos von einer Schuldisco und vom Studium an, als Birgit und ich mal einen Ausflug zum Berliner Weihnachtsmarkt gemacht haben und uns dort zusammen mit dem Weihnachtsmann fotografieren lassen haben. Dann will Siggi sich umziehen gehen und da es nun doch langsam zu kühl auf der Terrasse wird, frage ich Birgit, ob ich ihr unser Haus zeigen soll. Sie stimmt sofort zu. Ich nehme mal an, nur in zweiter Linie, weil sie neugierig ist, hauptsächlich ist sie froh, ins Haus zu kommen, denn nun ist es doch empfindlich kühl geworden. Siggi nutzt die Gelegenheit, um Jörg vorzuschlagen, ihm unseren Keller zu zeigen. Das hört sich komisch an, aber unser Keller ist riesig, die gesamte Hausfläche ist unterkellert. Er besteht aus dem Heizungskeller, wo Siggi auch sein Werkzeug untergebracht hat und ich meine Waschmaschine, dem Vorratskeller, wo wir Getränke und andere Lebensmittel aufbewahren und wo unser alter Kühlschrank steht, den wir aber nur in Betrieb setzen, wenn

Feierlichkeiten anstehen und unser Kühlschrank in der Küche nicht ausreicht, sowie dem Hobbyraum, der mit Teppich ausgelegt ist und in dem eine Tischtennisplatte steht, unsere alte Couch und ein paar Stühle und den wir auch nutzen, wenn wir bei einer Feier so viele Leute sind, dass es im Wohnzimmer etwas eng wird. Oder wenn unsere Kinder mal eine Party machen. Dann wird die Tischtennisplatte zum riesigen Tisch, Stühle herangestellt und es lässt sich prima feiern. Im Hobbyraum haben wir auch eine Heizung, sodass es auch nicht kühl wie in einem Keller, sondern kuschelig warm ist, wenn wir ihn für eine Feier nutzen. Ich zeige Birgit zuerst unsere Küche, die klein, aber fein ist, was Birgit auch bestätigt. Wir gehen die Treppe hinauf. Der Handlauf ist nicht mehr der, der original zur Treppe gehört. Es sind die Holme von einem Barren und ich erkläre Birgit, dass Siggi sie angebaut und die anderen abgebaut hat, weil ich diese besser greifen und mich daran hochziehen kann, was sehr wichtig für mich war, als ich von der Frühreha kam und noch ganz schlapp auf den Beinen war. Im Obergeschoss zeige ich Birgit Steffis Zimmer, das jetzt durch das Spielzeug von unseren Enkelkindern und das Reisekinderbett wie ein Kinderzimmer aussieht. Wir lassen Steffis und auch Thomas` Zimmer wie sie sind und wenn sie uns besuchen, haben sie immer ihr festes Zimmer. Ich zeige weiter das Bad mit Badewanne und Dusche sowie zwei Waschbecken, unser Schlafzimmer und mein Arbeits- und Bügelzimmer. Ich nenne es so, weil unter anderem mein Schreibtisch darin steht und ich immer darin gebügelt habe und meine Mutter es jetzt auch noch tut. Zum Schluss geht es hoch in den Dachausbau. Dort befindet sich Thomas` Zimmer. Es hat eine breite Fensterfront gegenüber der Eingangstür und obwohl links und rechts die Dachschrägen sind, ist es ein riesiges helles Zimmer. Birgit ist auch begeistert und sagt, dass ihr das Haus insgesamt sehr gut gefällt. Wir gehen wieder hinunter und weil die Männer gerade aus dem Keller hochkommen, gehe ich auch gleich noch mit Birgit hinunter und zeige ihr auch unsere Kellerräume. Anschließend setzen wir uns kurz wieder an den Couchtisch und trinken noch etwas Sekt. Thomas ist inzwischen dabei, den Grill vorzubereiten und anzuzünden. Die Zeit vergeht und ehe wir uns versehen, ist es halb sieben und es klingelt an der Wohnungstür. Das sind Marion und Olaf, die wir zum Grillen eingeladen haben. Alle begrüßen sich herzlich und Birgit stellt fest: „Olaf, du siehst noch genau aus wie früher, nur, dass deine Haare grau geworden sind!" Marion ergänzt: „Und, dass er älter geworden ist." Das ist wohl wahr und wir müssen alle lachen. Da Marion und Olaf schon ihre Schuhe in den Händen halten, also vorhaben, gleich auf die Terrasse zu gehen, entschließen wir uns alle dafür, wieder auf der Terrasse Platz zu nehmen. Jörg holt noch schnell zusätzliche Jacken aus dem Auto und auch ich tausche meine Strickjacke gegen eine dickere ein.

Thomas macht seinen Job am Grill gut und bald können wir zu essen anfangen. Ich habe neben Bratwürsten und Hähnchensteaks auch Schweinesteaks eingekauft. Dazu noch Kartoffelsalat, den wir immer bei einem Essenanbieter hier ganz in der Nähe kaufen. Wir toasten außerdem immer zusätzlich Brot, das dann mit Kräuterbutter beschmiert, herrlich schmeckt. Als alle außer Thomas etwas gegessen haben, löst Olaf Thomas am Grill ab, damit auch Thomas erst einmal reinhauen kann. Siggi ist ein absoluter Grillgegner, das heißt, er isst schon gern seine Bratwurst, mag aber nicht die Arbeit am Grill tun und das weiß Olaf. Zum Essen trinken Marion und ich Berliner Weiße und Birgit und die Männer Bier. Danach trinken wir Rotwein.

Es ist ein lustiger Abend und gar nicht kalt, obwohl die Temperatur kaum zehn Grad übersteigt. Aber wir haben auch vorgesorgt. Bevor es dunkel wurde, haben wir die Markise ausgefahren, sodass sie die gesamte Terrasse überspannt. Vom leichten Wind werden wir von allen Seiten geschützt. Von der Nordseite durch unser Haus, vom Osten durch ein Stück unserer Garage, im Süden grenzt eine bepflanzte Palisade an die Terrasse und im Westen der Wintergarten unserer Nachbarn. Bei bester Laune schauen Birgit und Jörg zur Uhr und bekommen einen Schreck. Es ist schon halb eins und da sie noch eine Strecke von zirka sechzig Kilometern zu fahren haben, beschließen sie, nun auch aufzubrechen. Es wird ein letztes Mal angestoßen und die Beiden verabschieden sich von uns. Sie versichern, dass es sehr schön war und wir versprechen uns, dass wir uns nun regelmäßig sehen werden. Dann verschwinden sie in die Nacht und wir winken hinterher. Marion und Olaf helfen noch beim Auf- und Abräumen und verabschieden sich dann auch. Siggi ist auch froh, ins Bett zu kommen, denn er muss morgen zum Lehrgang. Der beginnt zwar erst um acht, aber eine Woche Arbeit mit täglich um halb vier Aufstehen und dann noch am Freitagabend feiern geht natürlich nicht spurlos an ihm vorüber. Aber ich bin zufrieden. Es war insgesamt ein gelungener Tag, meine Freundin und ich haben uns endlich wiedergesehen und sowohl Kuchen als auch Abendbrot sind gut angekommen.

Am Sonnabend steht Siggi schon um halb sieben auf. Ich bin auch wach, kann nicht mehr liegen und stehe deshalb auch auf. Nachdem ich mich frisch gemacht habe, stelle ich Kaffee für Siggi auf. Dann leiste ich ihm beim Frühstück Gesellschaft und trinke auch eine Tasse Kaffee mit. Das kommt selten bei uns vor und ist richtig schön, dass wir uns in Ruhe unterhalten können. Doch Siggi ist nicht ruhig, er ist genervt, dass er diesen Lehrgang hat, was ja auch verständlich ist, da er den Tag lieber zum Erholen genutzt hätte. Aber es nutzt alles nichts! Gegen halb acht geht er zu dem Treffpunkt, an dem er sich mit einem Arbeitskollegen verabredet hat. Ich habe Einiges am Computer zu tun und setze mich an ihn, um einige Überweisungen zu erledigen und meine E-Mails zu checken. Ich bin begeistert, als ich gegen halb elf höre, dass mein Sohn im Gange ist. ich koche auch ihm einen Kaffee und decke ihm den Frühstückstisch. Als Thomas das sieht, freut er sich. Er weiß genau, dass ich gern für ihn da bin, aber er ist auch sehr dankbar dafür und bedankt sich immer ganz lieb. So auch heute. Ich bekomme eine Umarmung und einen Kuss.

Zum Mittag machen wir nichts extra für uns drei. Wir haben noch Kartoffelsalat von gestern vom Grillen übrig und Fleisch und Bratwürste sowieso. Deshalb machen wir es ganz unbürokratisch und machen Fleisch und Bratwürste in der Mikrowelle warm. Ich bin nicht der Typ für Resteessen, aber es wäre ja auch schade, die Reste wegzutun und so ist es natürlich besser, vor allem auch, weil Thomas ordentlich zulangt. Danach gönnen wir uns alle einen kleinen Mittagsschlaf. Als ich am Vorbereiten der Kaffeetafel bin, kommt Siggi auch vom Lehrgang. Er ist zwar müde, aber gutgelaunt, da er die anschließende kurze Prüfung ohne Probleme gut bestanden und jetzt den Kopf erst einmal wieder frei hat. Thomas ist, wenn wir nicht gerade bei einer Mahlzeit zusammensitzen, am Laptop mit seiner Wohnung beschäftigt und bezieht uns immer mit ein, ob er nun wirklich den Mietvertrag unterschreiben soll. Wir reden ihm zu, denn die Vorteile überwiegen einfach und ein weiterer Grund ist, dass er wieder seine eigenen vier Wände hat und nicht in der Kaserne übernachten muss. Außerdem ist am Montag der erste Oktober und es bietet sich förmlich an, an diesem Tag den Mietvertrag zu unterschreiben. Er fragt meinen Mann, ob es möglich wäre, am Feiertag, dem dritten Oktober, einen LKW auszuleihen und seine Sachen in die neue Wohnung zu bringen. Siggi kann natürlich nicht gleich zusagen, er muss schließlich erst seinen Chef fragen, ist aber ziemlich optimistisch, dass es klappen könnte und will am Montag nachfragen.

Am Sonntag nach dem Mittag fährt Thomas wieder nach Rostock. Ich bin aber gar nicht traurig, denn wenn alles so wie abgesprochen mit dem LKW klappt, kommt er am Dienstagabend schon wieder.

Am frühen Dienstagabend ist Thomas dann auch schon wieder zu Hause. Wir essen zusammen Abendbrot und als Thomas verkündet, dass er nach dem Abendbrot noch mal los zu Freunden will, weist Siggi ihn darauf hin, dass er seine Sachen fertig haben muss, da wir morgen nicht erst nachmittags los und nicht ewig auf ihn warten wollen. Das sieht er ein und packt wirklich noch einige Sachen zusammen, bevor er zu seinen Freunden loszieht.

Obwohl er erst spät in der Nacht wiederkommt, steht er am Mittwochmorgen relativ früh auf und backt sogar schon Brötchen auf. Siggi steht auch beizeiten auf, frühstückt fix und macht sich auf den Weg, den LKW zu holen. In der Zwischenzeit ist Thomas emsig dabei, seine restlichen Sachen zusammenzupacken. Gegen neun Uhr kommt mein Bruder Olaf, um beim Beladen des LKW zu helfen. Kurz danach ist auch Siggi wieder da und die drei beginnen damit, alles auf den LKW zu laden. Siggi passt natürlich auf, wie und in welcher Reihenfolge die Sachen auf den LKW kommen. Schließlich ist er auch der Einzige, der Erfahrungen mit dem Fahren von LKW hat. Um halb elf sind sie fertig und Olaf geht, nachdem sich Thomas herzlich bei ihm für seine Hilfe bedankt hat, wieder nach Hause. Kurz nach elf fährt erst Siggi mit dem 7,5-Tonner-LKW los und danach Thomas und ich mit Thomas` Auto. Wir haben das so ausgemacht. So kann ich auch Thomas` Wohnung mal sehen und sitze auf der Hinfahrt recht bequem im PKW, zurück muss ich ja sowieso mit dem LKW mitfahren.

Da jetzt Mittagszeit ist, halten Thomas und ich Ausschau nach einer Gelegenheit, eine Kleinigkeit zu essen. In Stavenhagen sehen wir eine Baracke mit Mittagsangebot und da sie günstig an der Straße liegt und weil dort auch Tische und Stühle draußen stehen und die Sonne gerade scheint, fahren wir kurzentschlossen da ran. Es gibt nur ein

Mittagsgericht und zwar Nudeln mit Jägerschnitzel und Tomatensauce. Das sagt uns zu und während ich mich draußen schon an einen Tisch setze, holt Thomas für uns beide das Essen. Es schmeckt sehr gut und vom Essen gestärkt machen wir uns wieder auf den Weg.

Es ist nicht ganz leicht, in der Straße, in der Thomas wohnt, einen Parkplatz zu finden. Aber wir haben Glück und finden einen, nur zirka zwanzig Meter vom Hauseingang entfernt. Das Problem wird kommen, wenn Siggi mit dem LKW auftaucht. Wir gehen in den Hausflur und ich bin überrascht, dass es hier sogar einen Fahrstuhl gibt. Ich halte ihn unten, während Thomas noch fix einige Sachen aus seinem Auto holt. Das sind zum Beispiel ein Schrubber und ein Eimer sowie Handfeger und Schippe zum Saubermachen, und noch einige Kartons mit persönlichen Dingen.

Als Thomas die Tür zu seiner Wohnung aufschließt und ich hineinsehe, bin ich sofort begeistert. Als erstes sticht mir das Parkett ins Auge, das in beiden Zimmern und im Flur ausgelegt ist. Dann sehe ich mir das Bad an, weil ich da ohnehin hin muss. Es ist groß, schön hell und mit Fenster und Badewanne und schönen hellen Fliesen.

In der Küche steht eine Einbauküche mit Kühlschrank und Geschirrspüler, die Thomas dem Vormieter günstig abgekauft hat. Sie ist sehr schön und noch super gut erhalten. Wir sehen uns noch die beiden Zimmer an, bevor Thomas nach unten geht, um zu schauen, ob Siggi inzwischen eingetroffen ist. Das Wohnzimmer ist quadratisch, sehr groß und hat einen Balkon. Das Schlafzimmer ist rechteckig und etwas kleiner, aber trotzdem ausreichend. Es hat ein großes bis zum Boden reichendes Fenster mit Blick auf die Straße. Ich will mich nützlich machen, lasse mir Wasser in die Spüle ein, suche und finde Reinigungsmittel und mache mich daran, die Küchenschränke auszuwischen. Zwischendurch gehe ich ins

Schlafzimmer, um zu sehen, ob Siggi inzwischen auch da ist. Ich sehe ihn gerade neben einer Hofeinfahrt einparken und Thomas weist ihn ein. Das ist ein Stückchen weiter weg, als von der Stelle, wo Thomas` PKW steht, aber es ist nun mal nirgendwo anders Platz und muss für den Moment gehen. Die Beiden fangen auch schon mit dem Entladen an und kommen beladen zur Haustür. Ich winke aus dem Fenster und gehe zur Wohnungstür, um sie zu öffnen.

Jetzt ist es natürlich mehr als praktisch, dass es hier einen Fahrstuhl gibt. Die Beiden holen immer so viel, dass es sich lohnt, mit dem Fahrstuhl zu fahren. Mit der Küche bin ich fertig und mache mich daran, die Fenster zu putzen. Ich staune selbst, wie gut das geht. Beim großen Balkonfenster merke ich nur, da ich schon länger stehe und mich strecken und bücken muss, dass ich ganz schön außer Puste komme. Aber ich sehe das als Therapie und wenn man nichts tut, kann es auch nicht besser werden. Das ist meine Einstellung! Außerdem steht inzwischen die Couchgarnitur im Wohnzimmer und so setze ich mich eben zwischendurch darauf und ruhe mich etwas aus.

Als Siggi und Thomas die letzten Kartons bringen, bin ich auch mit allen Fenstern fertig und mächtig stolz auf mich. Das ist Thomas auch und er drückt mich dankbar.

Wir halten uns nicht mehr lange auf, verabschieden uns von Thomas, nicht ohne ihm zu sagen, dass er mit dieser Wohnung wirklich einen Glücksgriff getan hat, und machen uns auf den Weg nach Hause. Siggi hat anfangs Bedenken, ob ich es überhaupt in den LKW schaffe. Es macht sich auch blöd mit nur einer Hand und wenn man ohnehin Probleme damit hat, seine Mitte zu finden. Aber irgendwie klappt es und ich lasse mich erleichtert auf den Sitz fallen. Siggi schnallt mich an und wir fahren los. Das ist auch mal eine neue Erfahrung, von so weit oben auf die Straße zu schauen! Ich freue mich über diesen Ausblick.

Allerdings lässt die Bequemlichkeit zu wünschen übrig. Die Federung ist hart und ich spüre jede Unebenheit auf der Straße. Kein Vergleich mit dem Sitzen in einem PKW! Aber egal, ich genieße die Aussicht von so weit oben, bewundere die Landschaft und staune, dass wir plötzlich an einer Tankstelle stehen. Das habe ich gar nicht mitbekommen, muss wohl geträumt haben. Wir sind schon fast in Neubrandenburg. Siggi muss den Tank wieder voll machen, so ist es mit seinem Chef ausgemacht worden. Als Siggi vom Bezahlen zurückkommt, klage ich: „Schade, dass du schon bezahlt hast, ich hätte gern ein Eis gegessen." Er antwortet erst: „Jetzt ist es aber zu spät!" und im nächsten Moment fragt er, welches Eis ich möchte und ist schon wieder auf dem Weg zum Tankstellengebäude. Siggi kann mir nichts abschlagen. Drei Minuten später halte ich mein Eis in der Hand und genieße es. Wir brauchen noch eine Viertelstunde, dann sind wir in der Spedition, wo Siggi arbeitet. Er hält direkt neben unserem Auto und ich steige um. Dann stellt er den LKW auf seinen Platz, bringt die Papiere weg und ist im nächsten Moment schon wieder bei mir und wir fahren los. Als wir zu Hause ankommen, ist es kurz nach sieben und am Abend nicht mehr viel dran, vor allem für Siggi. Siggi macht das Abendbrot, wir essen beide und reden noch darüber, was morgen ansteht und dann verschwindet er auch schon ins Bett.

Am Freitag entdecke ich bei meiner morgendlichen Zeitungslektüre sofort den Artikel über mein neues Buch. Ich hatte der gleichen Journalistin, die schon den Artikel über mein Buch „Haarscharf am Tod vorbei" geschrieben hatte, per E-Mail geschrieben und mitgeteilt, dass mein zweites Buch fertig ist und angefragt, ob sie wieder ein paar Zeilen schreiben würde. Dabei habe ich betont, dass es aber nicht wieder so ein großer Artikel werden muss, der eine ganze Seite ausmacht. Dieser Artikel ist kleiner, aber immerhin umfasst er eine halbe Zeitungsseite. Die

Journalistin hat es ganz unbürokratisch gemacht. Statt bei mir vorbeizukommen wie beim ersten Mal und mich zu interviewen, haben wir alles telefonisch geklärt. Ich lese mir den Zeitungsartikel durch und bin sehr zufrieden. Sie hat sachlich und nett geschrieben. Meine Mutter ist natürlich wieder sehr stolz auf mich, als ich ihr den Artikel zeige und sie ihn sich durchliest. Mittags bekomme ich schon die erste Reaktion auf den Artikel. Meine Exkollegin Gisela ruft mich an und gratuliert mir zu meinem neuen Buch.

Am späten Nachmittag kommen Steffen, Steffi und die Kinder zu Besuch. Schlagartig geht es turbulent bei uns zu. Aber das liebe ich und genieße es entsprechend. Am Sonnabend regnet es den ganzen Tag, sodass man nicht wirklich mit den Kindern nach draußen kann, um etwas zu unternehmen. Steffen hat Steffi versprochen, am Nachmittag Benno mitzunehmen, damit sie nicht beide Kinder hat. So machen Steffi, Tammo und ich uns auf den Weg zum Einkaufscenter in der Innenstadt zum Bummeln. Dort ist alles überdacht und somit trocken und wir bummeln beide gern durch die Geschäfte. Wir lassen uns Zeit und im Nu sind über zwei Stunden um und wir gehen zur Tiefgarage, um wieder nach Hause zu fahren.

Steffi bekommt den Kinderwagen nicht richtig in unser Auto und hat auch Probleme damit, Tammo in seinem Kindersitz festzuschnallen. Sie ruft Siggi an, aber der kann aus der Ferne auch nicht sagen, woran das liegt. Durch diese Aktion haben wir uns ganz schön verzettelt. Und so kommt es wie es kommen muss. Als wir an der Schranke die Parkkarte in den Automaten getan haben, werden wir aufgefordert, nachzuzahlen. Wir haben die zulässige Zeit vom Bezahlen der Parkkarte bis zur Ausfahrt an der Schranke überschritten und müssen nun für zehn Minuten einen Euro und fünfzig Cent nachlöhnen. Das ist ärgerlich, na klar! Aber wiederum kein Weltuntergang! Doch Steffi geht es ums Prinzip und sie ärgert sich sehr darüber. Siggi ist schon ungeduldig, wo wir bleiben und ist froh, als wir endlich kommen.

Am Sonntag fahren die vier nach dem Mittag wieder los. Schlagartig ist wieder Ruhe im Haus, die wir gern gegen Kinderlachen eingetauscht hätten, aber die vier wollten los und das akzeptieren wir natürlich. Heute scheint die Sonne und wir beide nutzen das schöne Wetter, um etwas im Garten zu tun. Ich pflanze Frühlingsblüher und Siggi schneidet die ersten Sträucher zurück.

Der Wochenalltag hat mich wieder im Griff. Am Montag ist mein Ergotherapeut aus dem Urlaub zurück und ich freue mich darüber, dass ich wieder bei ihm Therapie habe. In der letzten Woche hatte ich alle Tage jeweils eine andere Vertretungskollegin.

Meine Physiotherapeutin hat festgestellt, dass ich mit dem linken Fuß leicht nach innen kippe. Am Dienstag versucht sie, das zu korrigieren, indem sie etwas Neues ausprobiert und den Fuß mit Tape umwickelt. Es fühlt sich gut an und ich habe einen weitaus besseren Stand auf dem Fuß als vorher.

Als ich mit Steffi telefoniere, erzählt sie mir, dass sie gleich los muss, Benno von der Kita abholen. Eine Erzieherin hat angerufen und mitgeteilt, dass Benno abwesend ist, keinen Appetit und auch eingepullert hat. Sie hat den Verdacht geäußert, dass er bestimmt etwas ausbrütet. Abends berichtet sie, dass sie Benno abgeholt hat, er aber wieder gut drauf ist, also bestimmt nicht krank wird. Sie erzählt weiter, dass ihr eine Erzieherin, als sie Benno abgeholt hat, erzählt hat, dass Benno beim Wechseln der Hosen meinte: „Nicht so schlimm, Mama hat Waschmaschine!“ Wir müssen beide herzlich lachen und ich sage zu meiner Tochter: „Da kannst du mal sehen, wie er alles genau registriert, was du zu ihm sagst!“ Sie stimmt mir zu und erläutert: „Ja, weil er selbst immer so traurig war, wenn er eingepullert hat, wollte ich ihn trösten und habe das immer zu ihm gesagt.“ Das trifft es ja auch ganz genau! Wozu sich die Nerven aufreiben und schimpfen. Es ist nun mal in dem Alter so, dass es ab und zu noch mal schief geht. Genug Wechselwäsche hat man ja in der Regel, und eine Waschmaschine auch.

Da mir das Tape so gut tut, bekomme ich am Freitag auch eines auf den Rücken.

Siggi kommt schon gegen halb fünf von der Arbeit und nutzt das gleich aus, indem er im Garten werkelt. Kurz danach kommt unser Sohn. Wir essen gemeinsam Abendbrot und können danach Siggi überzeugen, mit uns zusammen eine DVD zu gucken. Denn Fernsehen hat er sich so ziemlich abgewöhnt seit er für die Arbeit so früh aufstehen muss. Aber heute ist Freitag und Thomas kann ihn überzeugen, dass der Film wirklich gut ist und er mitgucken soll. Diesen Film hat mir schon meine Freundin im Urlaub empfohlen und als meine Physiotherapeutin mir vor einigen Tagen erzählte, dass sie sich diese DVD gekauft hat, habe ich sie gefragt, ob sie mir den Film auch besorgen könnte. Das hat sie getan und nun bin ich schon ganz neugierig. Er heißt „Ziemlich beste Freunde“ und es geht um einen reichen Mann, der eigentlich alles hat, nur die Gesundheit nicht. Er ist vom Hals an abwärts gelähmt und sucht einen Pfleger. Dann stellt er ausgerechnet den jungen Mann als Pfleger auf Probe ein, der sich eigentlich nur einen Stempel für seine Arbeitslosenunterstützung abholen wollte. So beginnt eine verrückte und wunderbare Freundschaft zwischen den beiden Männern. Wir sehen uns also den Film an, müssen oft lachen, und Siggi, der am skeptischsten gegenüber dem Film war, schwärmt am Ende am meisten.

Am Sonnabend bin ich ganz aufgeregt, als ich die Post aus dem Briefkasten hole. Denn es ist ein Brief von der Rentenversicherung dabei. Sollte ich endlich Bescheid erhalten? Ich öffne ihn mit zittrigen Fingern und bin erst einmal enttäuscht. Es ist ein Angebot für eine medizinischberufliche Rehabilitation einschließlich Belastungserprobung und Arbeitstherapie. Die Reha soll in Magdeburg stattfinden und über einen Zeitraum von sechs Wochen gehen. Zuallererst bin ich empört, warum man mich nach Magdeburg schicken will und nicht in eine Einrichtung bei uns in Mecklenburg-Vorpommern. Thomas beruhigt mich und sagt, das kann ich ja am Montag telefonisch nachfragen. Als ich das Steffi am Telefon erzähle, reagiert sie anders als ich erwartet habe und sagt nur: „Na, Mutti, du willst doch etwas verändern und dann musst du eben da durch!" Ihre Worte geben mir zu denken und ich überlege, dass sie eigentlich Recht hat. Ich werde am Montag erst einmal bei der Rentenversicherung nachfragen und dann sehen wir weiter.

Das Wetter ist heute sonnig, aber sehr kühl. Der Herbst setzt sich immer mehr durch.

Am Sonntag fährt Thomas nach dem Mittagessen wieder los nach Rostock. Im Gepäck hat er Malerzeug, unsere Bohrmaschine und noch andere Kleinigkeiten, die er beim Werkeln in seiner Wohnung gebrauchen könnte.

Am Montag rufe ich die Rentenversicherung Berlin an und frage ein wenig empört, warum ich zur Reha nach Magdeburg muss und nicht in eine Einrichtung in Mecklenburg-Vorpommern kann. Mir wird geantwortet, dass es diese beruflich-medizinischen Rehaeinrichtungen nicht in allen Bundesländern gibt. Es hätte noch die Option Hamburg bestanden, aber man hat sich für Magdeburg entschieden und in Mecklenburg-Vorpommern gibt es definitiv keine solche Rehaeinrichtung. Noch bevor ich überhaupt reagieren kann wird mir weiter gesagt, wenn ich dieses Angebot nicht annehme, wird der „Antrag auf Teilhabe am Arbeitsleben" abgelehnt. Eilig versichere ich, wenn das so ist, werde ich natürlich diese Reha wahrnehmen und mache mich gleich nach dem Telefonat daran, das entsprechende Formblatt auszufüllen. Ich freunde mich immer mehr mit dem Gedanken an, dass die Reha vielleicht gar nicht so schlecht für mich ist. Mittags bekomme ich einen Anruf von meiner Hausärztin, dass es nun mit meiner ambulanten Reha am fünften November losgeht. Ich freue mich über diese gute Nachricht.

Mein Ergotherapeut bringt mir dann zur Therapie auch die genauen Termine mit. Interessiert sehe ich sie mir an. Die Termine sind immer montags, mittwochs und freitags und ich habe meistens Bobaththerapie mit einer anschließenden Massage und zwei- bis dreimal die Woche Ergotherapie. Das hört sich doch gut an und ich sehe diesen Therapien mit Optimismus und Vorfreude entgegen.

Dienstagnachmittag kommt Steffi mit Tammo. Benno hat sie bei ihren Schwiegereltern abgesetzt und die werden ihn dann Donnerstag zu uns bringen. Am Mittwochnachmittag kommt mich meine ehemalige Ergotherapeutin, die momentan im Babyurlaub ist, mit ihrer inzwischen sechseinhalb Monate alten Tochter besuchen. Sie freut sich sehr, als sie sieht, dass auch Steffi mit Tammo hier ist. Ihre Tochter reagiert total freudig auf Tammo und jauchzt in einem fort. Wir trinken Kaffee und erzählen schön bis sie dann auch schon wieder los muss. Donnerstagmittag bringen die anderen Großeltern Benno zu uns. Benno ist voller Vorfreude als wir ihm erzählen, dass wir morgen nach Burg-Stargard zum Tierpark fahren wollen.

Am Freitagvormittag bekomme ich in der Physiotherapie eine Massage und Benno, dem ich erzählt habe, dass eine Tante kommt, die mir hilft, gesund zu werden, sieht gespannt zu und sagt zu der Therapeutin altklug: „Tante macht Oma gesund!“ Sie und auch ich müssen lachen und bestätigen seine Aussage. Dann essen wir eine Kleinigkeit zu Mittag und fahren nach Burg-Stargard. Der Tierpark befindet sich auf einem bewaldeten Berg und wir fahren mit dem Auto bis zu dem vor dem Eingang befindlichen Parkplatz. Die Kassiererin am Eingang ist damit beschäftigt, das Laub zusammenzufegen. Doch das ist eine Beschäftigung ohne Ende, denn kaum hat sie den Weg frei- und das Laub zusammengefegt, kommt ein Windstoß und mindestens genauso viele Blätter fallen wieder von den Bäumen. Überhaupt sieht man hier am und im Tierpark erst einmal so richtig, dass der Herbst Einzug gehalten hat. Benno findet es gut, durch das Laub zu schlürfen, aber man muss gerade dort aufpassen, wo es bergan geht, denn wo das Laub nass ist, kann es gefährlich werden und man kann schnell ausrutschen. Ich kaufe für Steffi als Studentin und für mich als Schwerbehinderte ermäßigte Eintrittskarten, für die Kinder muss ich natürlich noch nichts bezahlen. Benno nimmt gleich die Rutschen in Beschlag, die in der Nähe des Einganges stehen. Als wir es schaffen, endlich weiter zu gehen und am Affenkäfig Halt machen, haben wir Glück, denn dort steht geschrieben, dass in wenigen Minuten eine Schaufütterung stattfindet. Wir warten, doch Benno ist etwas ungeduldig und als ich einen Kinderbagger in der Nähe sehe, den man mit einem Ein-Euro-Stück in Gang setzen kann, gebe ich ihm einen Euro, zeige ihm den Bagger und er geht sofort, begleitet von seiner Mutter, zum Bagger hin. Genau als sie zurückkommen, kommen auch zwei Tierpflegerinnen mit dem Futter für die Affen. Inzwischen haben sich noch zwei Familien mit Kindern zu uns gesellt und sehen der Schaufütterung mit Freude entgegen.

Die Tierpflegerinnen gehen in den Käfig und ich staune, dass die Besucher auch hineingehen. Da das normal zu sein scheint, gehen wir natürlich auch hinein. Als die Pflegerinnen das Futter verteilen, sieht man erst einmal, wie viele Affen hier untergebracht sind. Aus allen Ecken und Winkeln kommen welche, und das Schönste ist, dabei ist auch eine Affenmama mit einem Baby im Arm. Auf die Beiden ist sofort das besondere Interesse der Besucher gerichtet, und sie sind auch gar nicht scheu, kommen ganz dicht an die Leute heran. Als Benno die Beiden entdeckt, sagt er folgerichtig: „Der Affe hat ein Baby und wir haben ein Baby!“ Nicht nur Steffi und ich müssen lachen, sondern auch die in der Nähe stehenden Besucher.

Wir sehen uns die anderen Tiere des Tierparks an und sind froh, als wir die Runde geschafft haben, denn es ist anstrengend, mit dem Kinderwagen immer hoch- und runter zu fahren und für mich ist das Laufen ja schon ohne Hürden mühsam. Deshalb geht es schnurstracks zum Auto und da die Sonne scheint, wollen wir das schöne Wetter ausnutzen und noch zur Sommerrodelbahn, die sich hier ganz in der Nähe befindet, fahren.

Wir fahren durch ein Viertel mit neu errichteten Eigenheimen. Obwohl wir wissen, wo ungefähr die Sommerrodelbahn ist, werden wir durch die vielen kleinen und verschachtelten Straßen unsicher und beschließen, drei am Straßenrand spielende Kinder nach dem Weg zu fragen. Sie sind schätzungsweise acht oder neun Jahre alt und sehr bemüht, uns den Weg zu erklären. Doch sie sind mit so einem Feuereifer dabei und sprechen durcheinander, wobei einer den anderen übertönen möchte, dass wir letztendlich gar nichts verstehen. Das merkt der eine Junge von ihnen und schlägt vor: „Wir können auch vorlaufen und Sie fahren hinterher!“ Wir sind unschlüssig, wissen nicht, ob wir das Angebot annehmen können, als er bekräftigt: „Das können wir wirklich machen. Das ist nicht schlimm!“ Und weil die beiden anderen das nickend bestätigen, nehmen wir dankend an und die drei laufen auch schon los. Anfangs laufen sie im Dauerlauftempo, doch dann werden sie immer schneller und ehe wir uns versehen sind wir auf dem Parkplatz der Sommerrodelbahn. Die drei sind total außer Atem. Wir bedanken uns ganz herzlich und Steffi gibt jedem eine kleine Tüte Gummibärchen, etwas anderes haben wir im Moment nicht dabei. Als wir an der Kasse stehen staunen wir nicht schlecht, dass die drei immer noch in unserer Nähe sind.

Kurz darauf ist uns auch klar, warum. Sie fragen mich, ob ich ihnen eine Fahrt kaufe. Das führt dann doch zu weit und so antworte ich: „Ihr seid wirklich nett, dass ihr uns den Weg hierher gezeigt habt und dafür haben wir uns bedankt. Ob ihr mit der Sommerrodelbahn fahren dürft, müsst ihr schon eure Eltern fragen!“ Ich erhalte prompt zur Antwort: „Wir dürfen schon, aber sie bezahlen das nicht!“ Ich entgegne: „Das tut mir ja leid, aber das müsst ihr dann mit ihnen klären, das ist nicht mein Problem.“ Mit hängenden Köpfen ziehen sie weiter und wir beobachten, wie sie auch noch andere Leute ansprechen. Wir kommen zu dem Schluss, dass das Betteln um eine Fahrt wohl zu ihrer täglichen Beschäftigung gehört und wahrscheinlich zwischendurch auch von Erfolg gekrönt ist. Da kam ihnen bestimmt gerade recht, dass wir sie nach dem Weg gefragt hatten.

Steffi macht mich auf ein Schild aufmerksam, auf dem steht, dass Kinder erst ab drei Jahren mit der Bahn fahren dürfen. Ich flüstere ihr ins Ohr: „Na und, dann ist er eben drei Jahre!“ Sie antwortet mir, ebenfalls flüsternd: „Aber das kann ich nicht! Wenn ich lüge, merkt man mir das an.“ Ich entgegne: „Okay, dann sage ich es.“ Als ich „Ein Erwachsener und ein Kind“ bestelle, streckt der Kassierer seinen Kopf durch die Luke, zeigt auf Benno und fragt: „Wie alt ist er?“ Ich antworte: „Drei“ und staune selbst, mit welcher Sicherheit ich das sage. Ich fühle mich auch im Recht, denn erstens haben wir es Benno schmackhaft gemacht, mit der Sommerrodelbahn zu fahren, und zweitens, wie soll er es verstehen, dass er nicht fahren darf. Außerdem fährt er nicht allein, sondern zusammen mit Steffi auf einem Schlitten. Der Kassierer nickt und kassiert mich ab. Steffi steigt zuerst ein und lässt Benno vor sich Platz nehmen und dann geht es auch schon los. Ich schiebe Tammo im Kinderwagen zu einer in der Nähe stehenden Bank und setze mich. Es dauert nicht lange, vielleicht vier oder fünf

Minuten, da kommen die Beiden auch schon den Berg heruntergerast und Benno schreit vor Freude. Dann kommt noch eine Kurve und mit Schwung fahren sie wieder in die Station. Benno überschlägt sich fast als er mich mit leuchtenden Augen nach dem Aussteigen fragt: „Oma, noch mal?“ Ich kann ihn voll verstehen und das Omaherz wird auch gleich weich. Benno nimmt mich an die Hand und geht mit mir zur Kasse, während Steffi nach Tammo sieht. Ich muss lächeln, wie clever er doch in solchen Dingen ist. Steffi sagt zu mir, dass ich nicht noch eine Fahrt zu kaufen brauche, eine Fahrt reicht. Ich sehe das anders und überrede sie, Benno den Gefallen zu tun und noch einmal mit ihm zu fahren. Sie geht nur schnell zur Toilette und ich kaufe die Karten.

Benno wartet ungeduldig auf seine Mama und ich werde im nächsten Moment wieder von den drei Kindern umlagert und sie betteln erneut um eine Fahrt. Das finde ich jetzt schon etwas dreist und will sie gerade energisch abweisen, als auch meine Tochter zurückkommt und das natürlich mitbekommt, warum die drei bei mir stehen und sie nach Hause schickt. Während ich wieder auf der Bank warte, treiben sie sich immer noch in meiner Nähe herum und ich höre Sätze wie „Oh, wie gerne würde ich auch fahren!“ oder „Ich wünsche mir nichts sehnlicher, als mit der Bahn zu fahren!“. So leid es mir tut, dass ihre Eltern ihnen das Geld aus welchen Gründen auch immer für eine Fahrt nicht geben, ich bleibe auch hart und reagiere nicht auf ihre Worte. Dann kommen Steffi und Benno auch schon wieder den Berg heruntergesaust und obwohl sich Benno erneut noch eine Fahrt wünscht, bleibe ich auch ihm gegenüber dieses Mal auch hart und sage: „Nun ist es genug! Du bist doch zweimal gefahren und außerdem ist Oma kalt geworden.“ Steffi ergänzt: „Es wird auch gleich dunkel und wir müssen nach Hause, weil Mama Tammo fertig machen muss!“ Das überzeugt ihn und wir gehen zum Auto, um nach

Hause zu fahren. Wir sind froh, im warmen Auto zu sitzen. So lange die Sonne schien, war es noch schön warm, aber jetzt zum Abend hin ist doch schon sehr kühl.

Am Sonnabend ist es nach dem Frühstück ein bisschen hektisch bei uns. Steffi ist dabei, ihre Sachen zusammenzupacken, weil sie gegen elf Uhr los nach Hause will. Ausgerechnet jetzt hat Tammo die Windeln mit Durchfall voll und wie es dann so ist, ging Einiges auch daneben in den Body und in die Strumpfhose. Dazu spielt Benno lautstark und ich bin bemüht, ihn von kleinen Dummheiten abzuhalten.

Mit einer Stunde Verspätung fahren die drei dann schließlich los. Eine halbe Stunde später machen Siggi und ich uns dann auf den Weg. Wir fahren heute zu unseren Freunden Birgit und Jörg nach Berlin zu Besuch bis morgen.

Gegen halb drei kommen wir bei ihnen an. Als kleines Mitbringsel haben wir eine große Aster in einem Korb im Gepäck, worüber sich besonders Birgit freut. Zum Kaffee erscheint auch David, der jüngere der beiden Söhne. Birgit hat selbst gebacken, was nicht gerade zu ihren Stärken zählt, wie sie selbst sagt. Aber der Kuchen schmeckt sehr gut. Bis spät in den Abend sitzen wir gemütlich zusammen und erzählen schön bei einem Glas Rotwein über Gott und die Welt. Der Rotwein ist wohl auch der Grund, dass ich am Sonntag bis neun Uhr schlafe. Ich bin begeistert! Ich hatte mir schon für den Fall, dass ich wieder so früh wach werde, ein Buch eingesteckt. Nach dem Frühstück, zu dem uns Jörg frische Brötchen geholt hat, fahren wir auf meinen Wunsch hin zum Flughafen Berlin-Schönefeld. Hier habe ich von 1975 bis 1977 bei der Interflug gelernt und insgeheim hoffe ich, jemanden aus meiner damaligen Ausbildungsklasse zu treffen. Jörg setzt uns am Abfertigungsgebäude ab und wir verabreden, uns hier eine halbe Stunde später wieder zu treffen. Inzwischen will er die Sicherheitsausweise holen, da wir uns danach noch die Baustelle des neuen Flughafens

Berlin-Brandenburg Willy Brandt ansehen wollen und ohne diese Ausweise geht gar nichts. Erwartungsgemäß finde ich natürlich niemanden aus meiner Lehrlingsklasse. Ziemlich ernüchtert stelle ich auch fest, dass es immerhin siebenunddreißig Jahre her ist seit ich die Lehre begonnen habe und wirklich ein großer Zufall gewesen wäre, einen Mitlehrling von damals wiederzutreffen. Erstens heißen die Mädchen von damals in der Regel inzwischen anders, zweitens sind sie, wie gesagt, siebenunddreißig Jahre älter und drittens wäre es außerdem ein enorm großer Zufall, gerade heute Dienst zu haben. Auch das ganze Abfertigungsgebäude ist nicht wieder zu erkennen. Siggi fragt, was ich erwartet habe. Er hat Recht, denn auch hier musste man mit der Zeit gehen und vieles ist modernisiert worden.

Wir gehen wieder zu unserem Treffpunkt, wo Jörg schon auf uns wartet. Dann fahren wir zum neuen Flughafengebäude des künftigen Flughafens Berlin-Brandenburg, der den Namen „Willy Brandt“ tragen wird. Es befindet sich dort, wo zu meiner Lehrzeit die Flughafenwerft war. Das riesige Baugelände ist mit einem Sicherheitszaun umgeben und an mehreren Stellen befinden sich kleine Pförtnerhäuschen, in denen die Sicherheitsleute sitzen, die alle kontrollieren, die auf das Gelände wollen. Ohne einen entsprechenden Ausweis kommt man an ihnen nicht vorbei. Jörg arbeitet bei der Flugsicherung und weiß deshalb bestens Bescheid. Hinzu kommt, dass er zufällig den gleichen Autotyp fährt wie die Sicherheitsleute, die auf dem Baugelände herumfahren. So sind wir in kürzester Zeit durch die Kontrolle und Jörg erklärt uns alles fachmännisch. Viele Andockstationen für die Flugzeuge sind schon fertig. Eine fällt besonders auf, weil an ihr große Kugeln befestigt sind. Wir fragen, was das soll und Jörg weiß natürlich die Antwort. Die Kugeln sind dafür, dass gleich die richtige Andockstation gefunden wird, denn dort wird ein spezielles

Flugzeug abgefertigt werden. Es handelt sich um den Airbus A 300. Jörg erklärt uns alles wunderbar. Für mich fährt er extra an einem nicht abgerissenen Gebäude vorbei und sagt, dass dort zu Interflugzeiten einige Verwaltungsabteilungen untergebracht waren. Wie er den Agrarflug und die Inventurgruppe erwähnt, kann ich mich auch erinnern, finde aber keinen Bezugspunkt mehr, weil alles anders aussieht. Wir bekommen aber insgesamt einen Eindruck, welche Dimension dieser neue Flughafen hat. Er ist riesig und nicht mit dem alten Flughafen Berlin-Schönefeld zu vergleichen.

Es geht auf Mittag zu und wir machen uns wieder auf den Heimweg. Birgit war fleißig und wir können uns gleich an den gedeckten Mittagstisch setzen, als wir zu Hause ankommen. Es schmeckt prima und nach dem Mittag fahren wir wieder los nach Hause. Normalerweise kennen wir den Weg durch Berlin gut, aber heute ist uns danach, dass wir uns vom Navi leiten lassen. Es schickt uns auch ganz anders als wir bisher immer gefahren sind. Wir fahren durch Berlin-Neukölln, dann Richtung Wedding auf die Fernverkehrsstraße 96 und zum Schluss durch Berlin-Reineckendorf. Wir wussten gar nicht, dass man so auch fahren kann, aber so ist es interessant, wobei wir froh sind, als wir aus Berlin raus und auf der uns bekannten Fernverkehrsstraße sind. So sind wir nachmittags wieder zu Hause.

Für die kommende Woche steht planmäßig weiter nichts an, außer dass ich am kommenden Sonnabend Seminargruppentreffen in Berlin habe. Vor dreißig Jahren verteidigten und erhielten wir unser Diplom und es ist das zweite Treffen nach dem Studium. 2002 trafen wir uns schon einmal. Ich möchte unbedingt dabei sein und meine Freundin Andrea hat mir auch schon gesagt, dass sie mich vom Zug abholen würde. Ich würde schon mit dem Zug fahren, sehe darin gar keine Probleme, habe ja auch Erfahrung darin. Das Dumme ist nur, dass zurzeit auf der

Strecke Rostock-Berlin gebaut wird und deshalb Schienenersatzverkehr angesagt ist. Auch deshalb hat mir Siggi versprochen, mich am Sonnabend mit dem Auto nach Berlin zu bringen. Er würde mich absetzen, zu Steffi nach Potsdam fahren und dort übernachten und mich am Sonntag nach dem Frühstück wieder abholen. Ich freue mich, dass das kein Problem für ihn ist. Doch dann fällt uns ein, dass er ausgerechnet an diesem Sonnabend einen Lehrgang von der Firma aus hat, der wichtig für seine Fahrertätigkeit ist und den er auch nicht verschieben kann. Mist! Steffi hat mir beim letzten Besuch schon gesagt, dass sie für mich fahren würde, wenn alle Stricke reißen, weil sie weiß, wie sehr es mir am Herzen liegt, beim Seminargruppentreffen nach dreißig Jahren dabei zu sein. Doch das will ich ihr auch nicht zumuten, denn es hieße, beide Kinder mitnehmen und sie müsste ja auch erst von Potsdam nach Neubrandenburg kommen. Also Thomas! Ich rufe ihn an und sage: „Thomas, du bist meine letzte Rettung!“ Geduldig hört er sich an, was für ein Problem ich habe. Ohne lange zu überlegen antwortet er zu meiner Erleichterung: „Das passt gut. Am Sonnabend bin ich sowieso zu Freunden nach Berlin eingeladen.“ Ich strahle über das ganze Gesicht und versichere mich nochmals, ob es wirklich klappt. Er bestätigt das und sagt, dass er am Donnerstagabend nach Hause kommt.

Nachdem Thomas am Sonnabend schön ausgeschlafen hat und ich meinen kleinen Trolleykoffer gepackt habe fahren wir kurz nach elf ganz entspannt los. Unterwegs erzählen wir schön. Ich liebe es, mit meinem Sohn mal ganz allein und in Ruhe zu erzählen. Wir sind beide sehr ruhig, ähneln einander auch im Charakter sehr und oft weiß der eine auch ohne zu reden, was der andere denkt beziehungsweise, wie er denkt.

Wir finden ohne Probleme das Hotel. Schließlich habe ich in dieser Gegend vier Jahre studiert und wir hatten gestern auch schon online nachgesehen, wo es genau liegt.

Bezeichnenderweise ist es ein Hotel, in dem fast alle Angestellten ein Handycap haben und hier die Chance erhalten, einer normalen Arbeit nachzugehen, so lesen wir in einer Broschüre, die überall ausliegt. Das finden wir toll und als wir darüber diskutieren kommen wir zu dem Ergebnis, dass es ein solches Hotel in jeder Stadt geben müsste, oder zumindest in jeder größeren Stadt. Da es halb zwei und damit gerade noch Mittagszeit ist, lade ich meinen Sohn als kleines Dankeschön dafür, dass er mich gefahren hat, zum Mittagessen ein. Wir wählen im Restaurant einen Tisch am Fenster. So können wir auf die Straße sehen, die wir gekommen sind und wo Thomas auch sein Auto geparkt hat. Nachdem wir bestellt haben sehe ich immer wieder aus dem Fenster in der Hoffnung, einen meiner ehemaligen Kommilitonen bei der Anreise zu sehen, wobei wir nur wenige sind, die im Hotel übernachten, da die meisten in Berlin oder im Umfeld von Berlin wohnen. Schließlich ist das Essen da und wir lassen es uns schmecken. Als ich gerade mal zur Eingangstür sehe, kommt in dem Moment doch tatsächlich meine Freundin Andrea in das Restaurant und geht ganz zielstrebig auf unseren Tisch zu. Als ich sie frage, ob sie uns schon vorher gesehen hat, bejaht sie dies und sagt, dass sie mich im Vorbeifahren gesehen hat. So ist das! Da sehe ich die ganze Zeit aus dem Fenster, aber im entscheidenden Augenblick nicht! Wahrscheinlich war ich gerade durch den Kellner abgelenkt. Das ist ja auch egal, Andrea hat uns gesehen und nun setzt sie sich nach der Begrüßung zu uns und bestellt sich auch etwas zu essen.

Ich verabrede mit Thomas, dass ich ihn morgen nach dem Frühstück anrufen werde, wobei das nicht vor dem Aufstehen sein soll, wie er betont, und er mich dann wieder von hier abholt. Dann sind wir fertig und er macht sich auf den Weg zu seinen Freunden. Andrea und ich checken ein, bringen unsere Taschen aufs Zimmer und nachdem wir es begutachtet und für gut befunden haben, gehen wir noch einmal in die Hotellobby, in der Hoffnung, jemand anderen von den im Hotel schlafenden ehemaligen Mitstudenten zu treffen. So ist es auch. Elke, die an der Ostsee wohnt, ist auch schon da. Wir begrüßen uns herzlich und beim Umarmen sehen wir auch unsere Freundin Birgit. Andrea, Birgit, ich und noch eine weitere Studentin haben die meiste Zeit des Studiums zusammen im Internat gewohnt. Birgit ist zwar Berlinerin und wird jetzt nicht im Hotel wohnen, aber da sie zu zeitig hier ist, hat sie gedacht, schon mal im Hotel vorbei zu schauen. Auch wir begrüßen uns herzlich und wir wundern uns, dass unsere vierte Freundin Evi im Bunde noch nicht da ist. Dann sehen wir auf die Uhr und stellen fest, dass wir uns nun sputen müssen, denn um fünfzehn Uhr ist Treffpunkt an der Hochschule und ein paar Minuten brauchen wir noch bis dahin, und es ist schon nach halb drei. Wir fahren mit zwei Autos, weil wir davon ausgehen, dass Evi vielleicht schon am Treffpunkt ist und sie dann ja mit zurück ins Hotel muss.

Andrea parkt ihr Auto auf einem kleinen Parkplatz etwa fünfzig Meter vom Treffpunkt entfernt. Wir können schon eine Gruppe von Leuten sehen und erkennen, dass es unsere ehemaligen Mitstudenten sind. Während ich mich bei Andrea unterhake und wir langsam in Richtung des Treffpunktes gehen, „identifizieren" wir die einzelnen Personen. Es ist eigenartig, aber auch nach so vielen Jahren sind viele an ihrer typischen Haltung zu erkennen. Als wir näher kommen sind alle Blicke auf uns gerichtet. Ich will es nicht und versuche auch, mich zusammenzureißen. Aber es hilft alles nichts und mir kommen wieder einmal die Tränen. Jeder einzelne oder besser gesagt, jede einzelne, denn es sind ausnahmslos Frauen, wird zur Begrüßung herzlich umarmt und ich höre von fast allen: „Schön, dass du gekommen bist, Anke!" Es hat sich inzwischen herumgesprochen, was mit mir passiert ist und wahrscheinlich haben einige wohl gedacht, ich würde deshalb nicht kommen können. Als wir mit der Begrüßung fertig sind, klärt uns Sabine, die alles organisiert hat, auf: „Von unseren vier Männern lassen sich drei entschuldigen, sie haben heute schon etwas anderes vor. Aber Detlef kommt.“ Detlef war unser kleines Sorgenkind im Studium. Er hatte Alkoholprobleme und hat während des Studiums eine Entziehungskur gemacht. Auch sonst hatte er manchmal eigenartige Ansichten und merkwürdige Gewohnheiten. Aber umso mehr freuen wir uns, dass wenigstens er kommt. Doch er ist unpünktlich, denn er ist noch nicht hier und wir hätten ihn sonst auch im Hotel getroffen, denn da er von weiter weg anreist, hat er auch ein Hotelzimmer bestellt. Außer ihm fehlt noch unsere Evi. Wir hoffen, dass sie sich nur verspätet und nichts passiert ist. Im nächsten Augenblick begrüßt uns auch schon eine Frau, die an der Hochschule angestellt ist und uns über den Kampus führen wird, wie sich herausstellt.

Wir gehen zuerst in den Teil der Hochschule, in dem sich früher die ganzen Seminargruppenräume befanden. Die befinden sich immer noch hier, aber der inzwischen in die Jahre gekommene Altbau ist komplett renoviert und restauriert worden. Die Flure und auch die Seminargruppenräume sind hell und freundlich gestrichen worden, und was das Beste ist, es gibt für die drei Etagen Fahrstühle. Das wäre für uns damals unvorstellbar gewesen. Das hängt wohl damit zusammen, wie ich mir denke, nachdem ich die Toilette aufgesucht habe und gesehen habe, dass es extra eine Toilette für Behinderte gibt, dass inzwischen zum Standard gehört, dass die Hochschulen und Unis behindertengerecht ausgestattet sein müssen oder sollten. Es gibt auch viele zusätzliche Räume, in die mehr als eine Seminargruppe hineinpassen. Das hängt, wie uns die Angestellte der Hochschule erklärt, damit zusammen, dass das Studienangebot der Hochschule sehr breit gefächert ist und für bestimmte Fachrichtungen zusätzliche Räume benötigt werden. Wir gehen dann in den „Kleinen Hörsaal“

von früher, wobei von „klein“ nicht mehr die Rede sein kann und außerdem ist der Saal mit der modernsten Technik ausgestattet. Wir werden aufgefordert, uns zu setzen, und für einen kleinen Moment fühlen wir uns wohl alle noch einmal in unsere Studienzeit zurückversetzt. Die nette Dame ist gerade dabei, uns zu erklären, dass aus der früheren Hochschule für Wirtschaft eine Hochschule mit einem breit gefächerten Studienangebot geworden ist, als es an der Tür klopft. Automatisch gehen alle Augen zur Tür, und als sie sich öffnet und wir sehen, wer es ist, sind wir erleichtert. Es ist Evi. Sie entschuldigt sich für ihr Zuspätkommen damit, dass es bei ihr zu Hause in Zittau zwanzig Zentimeter Schnee gegeben hat und sie deshalb viel Zeit verloren hat. Wir hatten auch alle festgestellt, als wir am Treffpunkt standen und warteten, dass es merklich kühler geworden ist. Zum Glück hat es der Schnee aber nicht bis nach Berlin geschafft! Wir erfahren in der Folge, dass die Hochschule aufgrund des wesentlich erweiterten Studienangebotes jetzt auch „Hochschule für Wirtschaft und Technik“ heißt. Mit rund siebzig Studienangeboten in den Bereichen Technik, Informatik, Wirtschaft, Kultur und Gestaltung ist das Fächerspektrum bemerkenswert breit und bis hin zu künstlerischen Studiengängen ist sehr vieles im Angebot. Wir staunen nicht schlecht, als sie uns weiter berichtet, dass es an der Hochschule mit ihrer Außenstelle in Oberschöneweide zirka zwölftausend Studierende gibt und sie damit die größte Berliner Hochschule für Angewandte Wissenschaften ist. Wow! Uns stehen die Münder offen. Zu unserer Zeit war die Humboldt-Universität die größte und an unserer Hochschule gab es vielleicht viertausend Studenten und Wirtschaft wurde in sämtlichen Variationen gelehrt, angefangen bei Betriebswirtschaftslehre über Außenwirtschaft und Arbeitsökonomie bis hin zu Rechnungsführung und Statistik. Da hat sich die Hochschule aber mächtig entwickelt! Wir setzen den Rundgang fort, und gleich mehrere Exmitstudenten bieten mir ihren Arm als Stütze an. So geht es immer weiter. Sobald wir stehen und ich für einen Moment bei keinem eingehakt bin, bietet mir die Nächste ihren Arm an. Ich fühle mich geehrt und finde es gleichzeitig optimal, denn so habe ich Gelegenheit, mit fast jeder Frau in unserer Runde ein paar Worte allein zu wechseln.

Als es in Richtung der Turnhalle geht, nutze ich die Gelegenheit und bleibe in einem Vorraum, wo ich mich sitzend etwas ausruhen kann. Die Turnhalle interessiert mich nicht sonderlich. Was soll es dort schon zu gucken geben? Ich hatte dort während meines Studiums Volleyballtraining und unsere Mannschaft war auch in einem Jahr Berliner Studentenmeister. Eine Turnhalle sieht wie die andere aus! Das haben wohl auch die Anderen festgestellt, denn nach nicht einmal fünf Minuten sind alle wieder da, und nun geht es nach draußen über den Kampus ins andere Gebäude zum Auditorium Maximum. Wir nehmen auch hier Platz und den meisten ist die Enttäuschung anzusehen. Dieser Hörsaal hatte zu unserer Zeit etwas Majestätisches, Würdevolles. Das lag auch an der aus dunklem Holz bestehenden Bestuhlung. Diese ist entfernt und durch Schultische und Stühle ersetzt worden. Die Begründung ist einfach, dass so nun der Saal auch für andere Veranstaltungen als nur für Vorlesungen genutzt werden kann, zum Beispiel für Feiern und festliche Veranstaltungen, was vorher durch die feste Bestuhlung nur begrenzt möglich war. Wir sind uns alle einig, dadurch ist der Charme, den dieser Hörsaal hatte, verloren gegangen. Wie viel Zeit haben wir hier verbracht? Und vor allem, was haben wir hier noch alles getan? Bücher haben wir gelesen, und zwar nicht nur Fachliteratur, Kreuzworträtsel gelöst, Briefe geschrieben und … Andrea spricht aus, woran ich gerade denke: „Weißt du noch, hier haben wir sogar während der Vorlesung gestrickt!“ Ich nicke und muss lachen, denn ähnliche Sachen erzählen sich auch gerade die anderen. Als wir das Gebäude wieder verlassen, nehmen wir auf der davor befindlichen großen Treppe Aufstellung, und unsere Führerin bietet sich an, Fotos zu machen. Im Nu hat sie fünf oder sechs Kameras, fädelt sich die Schnüre dieser über den Arm und macht mit einer nach der anderen ein Erinnerungsfoto. Es ist auch schon über eine Stunde um und an unserem Treffpunkt verabschieden wir uns wieder von der netten Dame und bedanken uns ganz herzlich für die interessanten Ausführungen und die Führung über das Hochschulgelände. Wir Exstudentinnen verabschieden uns nur für kurze Zeit, denn um achtzehn Uhr geht es im Hotelrestaurant mit dem gemütlichen Teil weiter. Ich bin froh, als ich mit Andrea im Auto sitze, denn die Führung war für mich anstrengender als ich geglaubt hatte.

Fünf Minuten später sind wir wieder im Hotelzimmer, machen uns frisch und ziehen uns um. Dabei erzählen wir von unseren Eindrücken. Wir sind uns einig, dass alle wie früher sind, man nicht das Gefühl hat, dass dreißig Jahre dazwischen liegen, sondern man sich fühlt, als hätte man gestern noch zusammen die Schulbank gedrückt. Das Gefühl hält auch an als wir uns dann im Restaurant wieder treffen, etwas essen und dann jeder davon erzählt, wie es ihm seit dem Studienabschluss ergangen ist. Zwischendurch kommt der Kellner und informiert uns, dass Detlef angerufen hat und sich entschuldigen lässt. Er war schon mit dem Auto unterwegs, aber es wurde mit dem Schnee immer schlimmer, sodass er sich entschloss, lieber wieder umzukehren. Aber er lässt schöne Grüße an alle ausrichten. Das finden wir gut und richtig ist auch, dass er wieder umgedreht hat. Seinen guten Willen hat er zumindest gezeigt. Die Gesundheit und Sicherheit gehen vor. Als ich an der Reihe bin, von mir zu erzählen, sage ich, dass ich bis zur Wende Abteilungsleiterin Sozialökonomie im größten Betrieb unserer Stadt war. Nach der Wende wurde ich dann zusammen mit vier Männern ausgewählt, eine Arbeitsförderungsgesellschaft zu gründen, um die vielen Arbeitslosen vorrangig unseres Betriebes, später aber aus der ganzen Stadt und dem Umland, über Arbeitsbeschaffungs- und andere geförderte Maßnahmen aufzufangen. Das war gar nicht so einfach, denn wir mussten uns erst einmal mit vielen bundesdeutschen Gesetzen und Gegebenheiten auseinandersetzen. Keiner von uns wusste, was Arbeitsbeschaffungsmaßnahmen sind. Wozu auch? In der DDR hatten alle Arbeit und keiner musste befürchten, diese zu verlieren.

Aber wir haben es geschafft. Im August 1991 gründeten wir eine Arbeitsförderungsgesellschaft, und da ich die Einzige unter uns fünf mit einer ökonomischen Ausbildung war, wurde ich zum Finanzchef verdonnert. Ich baute die Buchhaltung auf. Und, worüber ich heute selbst noch staune, ich begann ein Fernstudium „Buchhaltung und Bilanzierung", weil ich mein Wissen auf diesem Gebiet erweitern und einfach sicherer werden wollte, wenn ich schon diesen verantwortungsvollen Posten hatte. Und das mit zwei kleinen Kindern! Da war immer Lernen und Selbststudium angesagt, wenn andere den Feierabend genossen und fernsahen. Jedenfalls schloss ich dieses Studium sehr gut ab und wurde Leiter Controlling und Stellvertreter des Geschäftsführers. Unsere Maßnahmen liefen gut, und weil wir uns ständig um neue Betätigungsfelder bemühten, hatten wir auch immer gut zu tun. In diesem Prozess musste ich vor neun Jahren zwei Tage vor Heiligabend zum Steuerbüro und dort „knallte" es dann. Ein Aneurysma in meinem Kopf platzte und meine Situation hatte sich von einer Minute auf die andere dramatisch verändert. Ich erzähle weiter, wie ich Koma und Krankenhaus überstanden und die Frühreha durchgeführt habe und mich nach und nach aufgerabbelt habe, wodurch ich heute da bin wo ich bin und dass ich verhältnismäßig viel erreicht habe, weil ich nie aufgegeben habe. Dann berichte ich davon, dass mir ganz besonders die Arbeit fehlt, dass es hart ist, wenn man immer viel und gern gearbeitet hat und auf einmal zum Nichtstun verdonnert ist. Alle staunen, als ich erzähle, dass ich einen Ersatz gefunden habe, indem ich Bücher schreibe. Ich erzähle von meinem ersten Buch, das im Januar herauskam, und auch von meinem zweiten, das gerade Anfang dieses Monats erschien. Da ich merke, wie interessiert die meisten sind, biete ich an, nachher ein paar Exemplare davon zu holen und wer möchte, kann eins kaufen. Als ich später mit Birgit und Evi auf mein Zimmer gehe, um ihnen ihre Bücher zu geben, denn wir hatten brieflich vereinbart, dass ich ihnen ein Buch mitbringe, helfen sie mir beim Tragen der sechs Exemplare, die ich in weiser Voraussicht und in der Hoffnung, sie zu verkaufen, mit nach Berlin genommen hatte. Ich werde sie reißend los, hätte nie gedacht, dass sich so viele dafür interessieren und hätte gut und gerne doppelt so viele Bücher mitnehmen können. Ich werde gebeten, allen eine kleine Widmung reinzuschreiben und komme mir in dem Moment wie ein kleiner Star vor. Wir sitzen weiter gemütlich zusammen und erzählen von unseren Familien. Mir fällt dabei eines auf. Es gibt zwei Extreme. Die Einen sind wie Andrea und ich so um die dreißig Jahre verheiratet oder so lange mit ihrem Partner zusammen und die Anderen sind schon wieder geschieden oder getrennt und/oder in einer neuen Beziehung. Am meisten sind wir von einer Freundin schockiert, mit der wir im Internat zusammen wohnten und die während des Studiums schwer verliebt war. Ihren Freund lernten wir auch kennen, er hatte sogar öfter bei uns im Zimmer übernachtet. Wie zu erwarten war, haben die Beiden später geheiratet, doch entgegen allen Spekulationen sind sie nun kein Paar mehr, weil er mit einer wesentlich jüngeren Kollegin zusammengekommen ist. Das hätte wirklich keiner von uns geglaubt, denn wir hatten hautnah miterlebt, wie sehr die Beiden ineinander verliebt waren. Aber so spielt das Leben manchmal!

Es geht auf Mitternacht zu und ich bekomme mit, wie Andrea etwas mit dem Kellner bespricht. Ich kann es mir denken, sie wird eine Runde Sekt oder ähnliches bestellt haben, denn sie hat morgen Geburtstag. Pünktlich um Mitternacht stimmen wir auch ein Geburtstagsständchen an, umkreisen Andrea und gratulieren ihr der Reihe nach. Sie erhält einige kleine Geschenke, dann gibt sie jedem ein Glas Sekt und wir stoßen auf sie an. Als sie später die kleinen Aufmerksamkeiten auf unser Zimmer bringen will, gehe ich mit, um ihr mein Geschenk zu geben. Es ist natürlich mein neues Buch, mit einer kleinen Widmung und hübsch eingepackt, wobei mir meine Mutter geholfen hat. Danach gesellen wir uns wieder zu den anderen und feiern ausgelassen weiter. Nach und nach löst sich dann aber unsere Runde auf und vor allem die Berliner verabschieden sich. Doch Andrea, Gudrun, Elke, Evi und ich haben noch Lust, weiter zu feiern und so organisieren wir noch ein paar kleine Flaschen Sekt und gehen damit auf unser Hotelzimmer. Dort unterhalten wir uns angeregt miteinander, trinken Sekt und ehe wir uns versehen ist es nach zwei Uhr. Das beunruhigt uns gar nicht, denn heute Nacht wird die Uhr eine Stunde zurückgestellt, sodass wir sowieso eine Stunde mehr haben. Aber uns geht langsam der Gesprächsstoff aus und so machen wir dann Schluss, verabschieden uns zur Nacht und verabreden uns zum Frühstück.

Andrea und ich stehen gegen halb neun auf und machen uns in aller Ruhe fertig. Beim Frühstück werden wir schon erwartet. Danach holt Andrea meine und ihre Tasche, die wir schon gepackt hatten, und erst machen sich Gudrun und Elke und gleich danach Andrea auf den Heimweg. Evi und ich fahren mit ihrem Auto zum Tierpark. Wir hatten gestern noch ausgemacht, die Gelegenheit zu nutzen und heute Vormittag dem Tierpark einen Besuch abzustatten. Das muss einfach sein, wo er sich doch hier ganz in der Nähe befindet und in den wir während unserer Studentenzeit oft zum Lernen vor Prüfungen und Testaten gegangen sind.

Ich rufe Thomas an, um ihm zu sagen, dass sich der Abholort ändert. Er ist gar nicht böse, denn so hat er noch ein bisschen Zeit, bis er los muss und kann in aller Ruhe frühstücken. Mit dem Wetter haben wir Glück. Es ist zwar kühl, aber die Sonne scheint, also das perfekte Wetter für einen Herbstspaziergang durch den Tierpark. Am Tierpark treffen wir Birgit mit ihrem Jürgen. Evi hat die Beiden öfter auch zwischendurch gesehen, aber ich nicht und so freue ich mich besonders, auch Jürgen wieder zu sehen, den ich auch seit der Studentenzeit kenne, und wo ich sogar dabei war, als sich die Beiden im Studentenclub der Humboldt-Uni kennen lernten.

Birgit erzählt mir, dass sie sich im Internet kundig gemacht haben und dass es für Fälle wie mich die Möglichkeit gibt, sich einen Rollstuhl auszuleihen. Ich bin begeistert, denn ich hatte schon die ganze Zeit im Hinterkopf, dass es wohl ganz schön anstrengend für mich wird, durch den Tierpark zu laufen. Zumal er auch so weitläufig ist und ich nicht diejenige sein will, wegen der wir den Spaziergang abbrechen müssen. Birgit fragt bei einer Angestellten nach, die sogleich einen Rollstuhl holt und mit Birgit zu mir kommt. Ich kann hören, wie sie fragt: „Sie kann sich doch bestimmt als Schwerbeschädigte ausweisen oder?“ Als Birgit mich fragend ansieht, nicke ich und halte den Schwerbehindertenausweis schon in der Hand. Fast entschuldigend sagt die Tierparkangestellte zu mir: „Sie bekommen den Ausweis gleich zurück. Ich muss nur aus versicherungstechnischen Gründen die Ausweisnummer aufschreiben.“ Verständnisvoll antworte ich: „Machen Sie das ruhig!“ Sie sieht mich an und erklärt weiter: „Sie können sich gar nicht vorstellen, was wir hier schon erlebt haben! Da kamen doch tatsächlich Jugendliche, die zu faul zum Laufen waren und wollten sich einen Rollstuhl holen, weil sie das auch im Internet gelesen hatten.“ Jürgen sagt empört aus dem Hintergrund: „Das gibt es doch nicht!“ und Evi meint: „Dann ist es ja richtig, dass Sie sich den Schwerbehindertenausweis zeigen lassen!“ Die Angestellte könnte noch ewig mit uns diskutieren, doch wir beenden höflich das Gespräch und gehen los. Zuerst schiebt mich Jürgen, dann löst Birgit ihn ab. Einiges ist verändert worden, aber im Großen und Ganzen haben wir alle die Orientierung. Auch das Schloss wurde restauriert, und als wir es uns von außen genauer ansehen, kommen uns einige Pelikane ganz nahe. Ich habe am meisten Respekt, sie sind ja, da ich sitze, meinem Gesicht auch am nächsten, und so gehen wir schnell wieder weiter. In der Sonne ist es richtig schön, im Schatten dafür schon empfindlich kalt. Ehe wir uns versehen ist es schon nach halb zwölf und wir gehen mit forscherem Schritt wieder dem Ausgang entgegen. Ich rufe meinen Sohn an und damit er nicht erst umständlich auf den Parkplatz fahren muss, verabreden wir uns an der Einfahrt zum Parkplatz. Am Ausgang will ich aus dem Rollstuhl steigen, damit wir ihn wieder abgeben können. Doch Birgit schlägt vor, mich noch bis zur Parkplatzeinfahrt zu fahren und den Rollstuhl dann zurückzubringen. Das ist ja auch das Vernünftigste, und so bleibe ich dankbar im Rollstuhl sitzen. Das Timing zwischen mir und Thomas stimmt, denn gerade als wir an der vereinbarten Stelle ankommen, fährt auch er vor die Schranke. Er behindert niemanden und so steigt er aus, um alle zu begrüßen.

Wir halten uns aber nicht weiter auf, verabschieden uns und fahren los. Unterwegs erzählen wir uns gegenseitig von unseren Erlebnissen und sind gegen halb zwei zu Hause. Wir essen eine Kleinigkeit und dann machen sich Siggi und Thomas daran, die Sommerreifen gegen die Winterreifen an Thomas` Auto auszutauschen. Wir trinken noch Kaffee und danach fährt Thomas auch schon wieder nach Rostock. Die letzte Oktoberwoche muss ich weitgehend ohne Therapien auskommen, da am fünften November meine ambulante Reha im Ärztehaus beginnt und sich die Rezepte natürlich nicht überschneiden dürfen. In meiner vorerst letzten Ergotherapie zu Hause ist mein Ergotherapeut der Vermittler zwischen der Vier-Tore-Reha und mir. Er bringt mir alle Termine mit und erklärt mir, wie der Ablauf vor Ort sein wird. Ich kann noch durch einen Anruf bei meiner Hausärztin erreichen, dass ich wenigstens noch ein Rezept für drei Physiotherapien diese Woche erhalte. Mein Argument, dass ich diese Woche ansonsten ganz ohne Therapien wäre, überzeugt sie schließlich. Diese Therapien genieße ich richtig. Das hängt damit zusammen, dass meine jetzige Therapeutin so gut ist, dass es mir nach jeder Behandlung wirklich besser geht und ich glaube, ich habe wohl ein bisschen Angst, die Physiotherapien bei der ambulanten Reha könnten qualitativ schlechter sein.

Am Tag vor dem Reformationstag und Halloween rufe ich Siggi auf Arbeit an und bitte ihn, auf dem Heimweg nach der Arbeit in einem Pflanzengeschäft vorbeizuschauen und nach einem Süßkirschenbaum zu fragen. Die letzten Tage und auch heute war das Wetter schön und außerdem ist morgen frei, sodass er gleich Zeit hätte, den Baum einzupflanzen. Wir hatten uns schon vor längerer Zeit vorgenommen, eine Süßkirsche zu pflanzen. Nicht nur, weil wir gerne Süßkirschen essen, sondern auch weil Kirschbäume in der Blütezeit so herrlich anzuschauen sind. Und die Bedingungen wegen der Bestäubung sind optimal, ringsherum in den anderen Gärten stehen auch Kirschbäume.

Ich bin trotzdem überrascht, als mir Siggi abends stolz den gerade erworbenen Kirschbaum präsentiert, denn als ich ihn angerufen hatte, war er von meinem Vorschlag nicht so begeistert Umso mehr freue ich mich nun. Der Baum ist gleich von der Verkäuferin entsprechend beschnitten worden, sodass er nun wirklich nur noch eingepflanzt werden muss.

Am Freitag ist herrliches Wetter und mein Mann macht sich gleich nach dem Frühstück daran, den Kirschbaum einzupflanzen. Wir suchen zusammen einen schönen Platz auf unserer Wiese aus und innerhalb von zwanzig Minuten ist das Werk getan. Siggi legt sogar noch als Umrandung Steine, und dann steht unser kleiner Baum richtig stolz da.

Der späte Nachmittag wird etwas stressig. Denn es ist noch nicht einmal dunkel als die ersten Kinder klingeln und „Süßes, sonst gibt`s Saures!“ verlangen. Wir haben eine Schale mit Süßigkeiten vorbereitet, aber jedes Mal, wenn es klingelt, stehen nicht ein oder zwei Kinder an der Tür, sondern immer gleich eine ganze Gruppe von sechs, sieben Kindern und somit nimmt der Inhalt der Schale schnell ab. Einige Kinder sind hübsch verkleidet und sagen ein kleines Gedicht auf oder singen, aber wir sind trotzdem froh, als die Abstände zwischen dem Klingeln größer werden und dann so gegen halb acht ganz und gar Ruhe einkehrt. Die Kinder aus dem angrenzenden Neubaugebiet kommen zu Halloween gern in unsere Eigenheimsiedlung. Ich nehme an, das ist deshalb so, weil hier die Haustür die Wohnungstür ist und sie von außen sehen können, ob jemand da ist, während sie im Neubau oft unten klingeln müssen und nicht genau wissen, wer ihnen geöffnet hat und ihnen wohlgesonnen ist. Da passiert es schon öfter mal, dass sie den Treppenflur ergebnislos hoch- und runterlaufen. Wie gesagt, endlich ist Ruhe eingekehrt und wir genießen den restlichen Abend in aller Ruhe vor dem Fernseher.

Ich habe von meiner Hausärztin für die Fahrten zum Ärztehaus und zurück einen Transportschein für den Zeitraum der ambulanten Reha bekommen und musste ihn von meiner Krankenkasse abstempeln lassen. Das hat Siggi für mich getan und er wurde darüber informiert, dass ich immer den gleichen Fahrdienst nehmen muss. Das ist ja auch in meinem Interesse und besser, als wenn man sich immer wieder auf neue Leute einstellen müsste. Ich überlege also, wen ich als Fahrdienst nehme. Taxi ist mir zu unpersönlich. Dann fällt mir ein, dass der Behindertenverband auch einen Fahrdienst hat und ich rufe dort an und stimme schon einmal die Abholzeiten für die nächste Woche ab.

Am Sonntag ist meine Mutter nicht bei uns. Sie ist bei ihrer Schwester zu deren Geburtstagsfeier. Uns ist es zu aufwendig, Mittag zu kochen. Das heißt, ich würde soweit schon alles machen, nur Kartoffeln schälen kann ich nicht. Die müsste Siggi schälen, der aber keine Lust dazu hat. Deshalb machen wir uns nur eine Kleinigkeit. Aber die Hauptmahlzeit fehlt, und so machen wir uns am frühen Abend auf und gehen zu unserem Italiener hier im Wohngebiet. Zufällig ist heute Brunch angesagt. Mein Ding ist das ja gar nicht, aber Siggi gefällt es, dass er sich etwas aussuchen kann und vor allem, dass er es sieht, bevor es bei ihm auf dem Platz steht. Ich bestelle mir eine Seniorenportion von meinem Lieblingsessen hier, ein Cordonbleu mit Kroketten. Es sieht aus wie immer, schmeckt aber nicht so gut wie früher. Den Käse im Fleisch kann man suchen und auch die Sauce ist heute gar nicht gelungen. Als die Kellnerin abräumen kommt und fragt, wie es uns geschmeckt hat, lobt Siggi sein Essen und ich sage, was mir nicht gefallen hat. Die Kellnerin verdreht die Augen, und ich frage mich, wozu sie gefragt hat. Ist das nur eine Höflichkeitsfloskel? Fragen die Kellner nur, weil sie in der Regel eine positive Antwort bekommen? Mir ist es egal. Ich hoffe nur, dass die Kritik beim Koch und beim Chef ankommt.

Als wir wieder zu Hause sind, telefoniere ich mit unserer Tochter und erzähle, dass es morgen mit meinen Therapien im Ärztehaus losgeht. Sie lässt sich von mir sagen, welche Therapien ich an welchen Tagen habe und macht mich darauf aufmerksam, dass ich maximal sechs Therapien die Woche habe und es zu Hause immer acht waren. Das ist mir noch gar nicht aufgefallen, aber sie hat Recht. Das muss ich morgen gleich ansprechen. Mit dem Fahrdienst klappt es besser als erwartet. Pünktlich zur verabredeten Zeit klingelt es an der Tür, und auch ich bin abfahrbereit. Hilfsbereit nimmt mir der Kraftfahrer meine kleine Sporttasche ab und hilft mir beim Einsteigen.

An der Anmeldung trage ich mein Anliegen vor, dass weniger Therapien pro Woche geplant sind als ich vorher zu Hause hatte, und ob ich nicht noch einige Therapien dazu bekommen könnte. Das bekommt die Chefin der Physiotherapie mit, als sie gerade bei uns vorbei geht, und sie erklärt mir, dass es so schon anstrengend genug für mich wird und dass ich erst einmal abwarten soll. Damit bin ich natürlich einverstanden. Sie ist ja schließlich die Expertin und hat die Erfahrung. Meine erste Therapie heute ist Ergotherapie bei meinem bisherigen Therapeuten Jan. Deshalb ist alles vertraut und locker. Danach ziehe ich mir meine Sportsachen an, weil ich nun Krankengymnastik an Geräten habe. Darauf freue ich mich eigentlich schon. Doch es gestaltet sich schwieriger als gedacht. Ich kann zwar ohne Probleme mit dem Ergometer fahren, mache das ja zwischendurch auch zu Hause auf unserem Hometrainer, doch sobald meine Hand mit ins Spiel kommt, wird es schwierig. Die Spastik schießt ein und meine Hand oder auch mein ganzer Arm verkrampft. Und das unter großen

Schmerzen! Die Physiotherapeutin hier zieht nachdenklich die Stirn in Falten und sagt, dass es eigentlich wenig Zweck hat und sie mit ihrer Chefin reden wird, ob nicht Bobaththerapien statt Krankengymnastik an Geräten effektiver wären. Wir brechen die Therapie ab.

Jetzt ist es vierzehn Uhr und mir knurrt ein bisschen der Magen. Ich frage die Angestellte an der Anmeldung, ob sie bitte bei meinem Fahrdienst anruft und ihn zu halb drei herbestellt. Meine Idee ist nämlich, in der Zwischenzeit ins Marktplatzcenter, das gute fünf Gehminuten entfernt ist, zu gehen und dort eine Kleinigkeit zu essen. Auf dem Weg dorthin fühle ich mich frei und glücklich. Wie lange bin ich nicht mehr ohne Begleitung irgendwohin gegangen? Das einzige war bisher der Gang zur Sparkasse neben meinem Friseur.

Beim Obst- und Gemüsehändler kaufe ich noch Tomaten und Weintrauben und erlebe dabei sehr hilfsbereite Kunden und auch eine sehr nette Verkäuferin, die mir beim Einpacken hilft. Auf dem Rückweg zum Ärztehaus treffe ich meine ehemalige Kollegin Karin. Ich höre zuerst ihre Stimme, die mir bekannt vorkommt und als ich mich in die Richtung umdrehe, aus der die Stimme kommt, sehe ich, wie sie sich gerade von einer Frau verabschiedet und dann treffen sich unsere Blicke. Überrascht und erfreut kommt sie zu mir und wir begrüßen uns herzlich. Sie ist perplex, mich hier so rumlaufen zu sehen, da sie dachte, es geht nur noch im Rollstuhl. Wir unterhalten uns noch kurz und als wir uns gerade voneinander verabschiedet haben, treffe ich die nächste Bekannte. Es ist Schwester Ivonne, eine liebe junge Frau von meinem Pflegedienst. Auch wir reden kurz miteinander, aber dann muss ich auch schon wieder weiter. Es ist gerade halb drei und als ich in die Straße einbiege, wo das Ärztehaus ist, sehe ich schon von weitem das Auto vom Fahrdienst stehen. Ich beschleunige meinen Schritt, was für mich nicht so einfach ist, und habe meinen Blick auf das

Auto gerichtet. Plötzlich geht die Fahrertür auf und der nette Fahrer von heute Vormittag steigt aus und geht ins Gebäude. Rufen ist zwecklos! Ich bin noch zu weit weg. Aber als ich am Auto ankomme, kommt er auch gerade wieder aus dem Haus heraus und ein Lächeln huscht über sein Gesicht, als er mich am Auto stehen sieht: „Da sind Sie ja, ich habe Sie schon gesucht!“ Ich erkläre ihm, dass ich Hunger hatte und eine Kleinigkeit essen war. Er antwortet, dass wir uns das nächste Mal ja gleich in der Nähe des Einkaufscenters verabreden können, dann würde ich mir den mühsamen Weg sparen.

Ich habe einen Fehler gemacht! Ich habe mich zu spät von zu Hause abholen lassen. Als ich am Mittwoch am Ärztehaus ankomme, habe ich noch acht Minuten Zeit bis zum Beginn der Physiotherapie. Das heißt, in der Zeit muss ich es schaffen, mit dem Fahrstuhl in die dritte Etage zu fahren, mich anzumelden und mich umzuziehen. Gestern habe ich das ohne Probleme geschafft, aber ich musste mich gestern auch nicht umziehen, da ich als erstes Ergotherapie hatte. Im Umkleideraum bin ich soweit fertig, habe auch meine Sachen im Schrank untergebracht. Nur meine Sportschuhe kann ich nicht zubinden. Ich überlege gerade, die Schnürsenkel für den kurzen Weg seitlich in die Schuhe zu stopfen, als eine Gruppe von Frauen in die Umkleide kommt, die einen Kurs Rückenschule belegen und die erste Stunde hinter sich haben. Ich frage eine Frau, ob sie mir die Schuhe zubinden kann. Hilfsbereit macht sie es natürlich sofort, und wir unterhalten uns noch kurz darüber, warum ich mir die Schuhe nicht selbst zubinden kann. Dann mache ich mich aber auf den Weg zum Wartebereich. Heute habe ich hier meine erste Bobaththerapie bei der Chefin der Physiotherapie. Kaum sitze ich, kommt sie schon und ruft mich auf, und als wir im Behandlungszimmer sind, schimpft sie erst einmal mit mir, dass es so nicht geht, die ersten zehn Minuten der Therapie schon weg sind. Sie fragt mich, wann ich mich abholen lassen habe. Als ich es ihr sage, antwortet sie, dass die Zeit zu knapp bemessen ist und ich mich schon eine halbe Stunde vor Therapiebeginn abholen lassen muss. Das sehe ich ein und versuche noch, mein Problem mit dem Binden der Turnschuhe als Entschuldigung vorzubringen. Sie sieht mich nachdenklich an, sagt nur: „Ach so!“ und ergänzt: „Trotzdem, das müssen Sie mit einplanen!“ Reumütig gebe ich ihr Recht und gelobe Besserung. Anschließend teilt sie mir mit, dass ich nun anstelle der Krankengymnastik an Geräten noch Bobaththerapien bekomme, dass es eingerichtet werden konnte, die Termine mit entsprechenden Therapeuten zu belegen. Dann beginnt die heutige Therapie. Es sind meine verkürzten Muskeln und Sehnen vor allem des linken Beines und des linken Rumpfes dran. Das wurde bisher noch gar nicht gemacht und die Therapie ist auch etwas schmerzhaft und anstrengend. Doch gleich nach der Therapie bekomme ich eine Massage. Mit dem Masseur verstehe ich mich auf Anhieb gut und wir erzählen uns gegenseitig Witze, worüber wir auch ausgelassen lachen. Ich fange an und erzähle: „Was möchte eine verheiratete Frau auf keinen Fall hören, wenn sie den besten Sex ihres Lebens hatte?“ Er weiß es nicht und ich gebe die Antwort: „Hallo Schatz, ich bin wieder da!“ Wir lachen herzlich und er sagt, dass er auch einen Witz passend dazu hat und erzählt: Zwei Arbeitskollegen unterhalten sich und der eine fragt den anderen: „Redest du eigentlich nach dem Sex mit deiner Frau? Der antwortet nach kurzem Überlegen: Wenn ein Telefon in der Nähe ist, ja.“ Wir müssen so herzhaft lachen, dass wir den Patienten und den Therapeuten in der Nachbarkabine anstecken und sie mitlachen, obwohl sie den Witz nicht gehört haben. Wir reißen uns zusammen und versuchen, etwas ernsthafter zu sein. Nach der Massage bekomme ich noch eine Moorpackung und werde schön eingepackt, um noch ein paar Minuten zu ruhen.

Auch die nächsten Tage lerne ich nach und nach andere Physiotherapeuten kennen und mit ihnen auch ganz neue Behandlungsansätze. Aber dadurch ist es auch sehr interessant. Am Freitag beginnt mein Behandlungspaket erst um vierzehn Uhr. Dadurch habe ich genug Zeit am Morgen und Vormittag und nutze sie, um noch ein paar Plätzchen zu backen. Hauptsächlich für Benno. Das habe ich ihm am Telefon versprochen, weil sie heute noch kommen.

Abends gegen zwanzig Uhr sind Steffi, Steffen und Tammo dann da. Steffi macht Tammo dann auch bald fürs Bett fertig. Wir sehen fern und erzählen schön. Nachts gebe ich noch meinem kleinen Enkel die Flasche, bevor erst er wieder und dann etwas später auch wir ins Bett gehen.

Am Sonnabend mache ich mit Steffi einen Einkaufsbummel ins Marktplatzcenter, Tammo ist natürlich auch dabei. Ich habe sogar Glück und finde eine schöne Jacke für den Übergang. Mittags bringen Steffens Eltern Benno zu uns und am Sonntag nach dem Mittag fahren sie auch schon wieder nach Hause.

Am Montag liegt in der Physiotherapie der Schwerpunkt wieder auf der Dehnung der Sehnen und Muskeln, hauptsächlich in der linken Wade und im linken Oberschenkel. Es ist wieder sehr anstrengend, meine verkürzten Sehnen und Muskeln machen mir ganz schön zu schaffen. Aber ich werde nach dieser Therapie wieder mit einer Massage belohnt und kann mich dabei erholen. Ich bekomme nun meine Termine mit den dazugehörigen Therapeuten für die ursprünglich angedachten Therapien an Geräten, wo es ja nicht so gut mit mir geklappt hat und sich die Spastik verstärkt hat, statt dass mir das Arbeiten an den Geräten etwas gebracht hätte. Am Dienstag habe ich sagenhaften Muskelkater in der linken Wade, im linken Oberschenkel sowie im Bauch. Jeder kleine Schritt sagt mir, dass da beanspruchte Muskeln sind und ich versuche mir einzureden, dass das gut ist, ich so weiß, dass da noch funktionierende Muskeln sind.

Am Mittwoch habe ich als erstes Ergotherapie und mache auch da eine neue Erfahrung. Ich bekomme ein Parafinbad für meinen linken Arm und die Hand. Es ist immerhin fünfzig Grad warm und anfangs zögere ich, den Arm da hinein zu tun, aber als er dann drin ist, ist es auch sehr angenehm. Meine Finger fangen gleich an, sich zu bewegen und wir deuten das als eindeutiges Zeichen, dass die Wärme meiner Hand und auch dem Arm gut tun. In der Physiotherapie fragt mich meine Therapeutin ahnungsvoll, wie es mir geht. Muskelkater hatte ich nur gestern, heute ist wieder alles schick und so beginnen wir heute die Therapie da, wo sie am Montag aufgehört hat und meine verkürzten Sehnen und Muskeln sind wieder dran. Am Freitag habe ich gleich früh um 8.30 Uhr einen Termin bei meinem Neurologen, der auch seine Praxis im Ärztehaus hat. Meine Therapien beginnen erst mittags. Um nicht die ganze Zeit meine Sporttasche mit mir herumzutragen, lasse ich mir in der „Vier-Tore-Reha“ schon einen Schrankschlüssel geben und schließe sie ein. Dann setze ich mich in den Warteraum beim Neurologen. Ich weiß aus Erfahrung, dass man hier mindestens zwei Stunden sitzt, ehe man drankommt, und richte mich darauf ein. Wenigstens mit dem EEG, das heute auch gemacht werden soll, komme ich schnell dran. Danach werde ich auch überraschend schnell vom Neurologen aufgerufen. Er wertet mein EEG aus, sagt, dass keine Anfallbereitschaft mehr zu erkennen ist und das ist für mich momentan auch das wichtigste und beste, was er mir sagen kann. Danach reden wir über den Stand meines „Antrages auf Teilhabe am Arbeitsleben“, sodass ich gegen zehn Uhr schon fertig bin. Da ich jetzt über drei Stunden Zeit habe, bis die Therapien beginnen, gehe ich ins Marktplatzcenter. Es ist wieder so wie bei meinem ersten Ausflug vom Ärztehaus aus hierher. Ich fühle mich frei und stolz wie ein Kind, das zum ersten Mal allein einkaufen gehen darf. Es ist ja auch fast so! Ich weiß nicht, ob sich das ein Gesunder vorstellen kann, aber seit fast neun Jahren bin ich nicht mehr ohne Begleitung aus dem Haus gegangen und da hat das jetzt eben etwas Erhabenes.

Ich gehe in die Buchhandlung, schmökere zwischen den Büchern und suche mir schließlich zwei aus, die ich kaufe. Für mich gibt es nämlich nichts Schlimmeres, als kein Buch zum Lesen da zu haben. Schon der Gedanke, wenn ich bei einem Buch ans Ende gelange und weiß, ich habe kein Neues mehr zu liegen, macht mich ganz krank. Anschließend kaufe ich mir ein Sportshirt und für meinen Mann und meinen Sohn Kleinigkeiten zu Weihnachten. Zum Schluss esse ich eine Kleinigkeit und mache mich dann wieder auf den Weg ins Ärztehaus. Ich bin zwar immer noch eine Stunde zu früh dort, aber das stört mich nicht. Ich ziehe mir mein Sportzeug an und setze mich im Wartebereich auf einen Stuhl, worüber ich froh bin, denn der Einkaufsbummel war doch anstrengender als gedacht. In der Bobaththerapie schafft es heute die Therapeutin, meine Finger der linken Hand vollkommen zur Streckung zu bringen. Ich kann es gar nicht glauben und starre auf meine Hand, die mit der Handfläche nach unten und gestreckten Fingern auf der Liege liegt, als wäre alles in Ordnung. Nach der Therapie bekomme ich wieder eine Massage mit anschließender Moorpackung, und als ich dann gegen halb fünf wieder zu Hause bin, bin ich von dem Tag ganz schön geschafft. Ich konnte meinen Mann überzeugen und auch meine Mutter freut sich riesig darüber, als ich ihr mitteile, dass wir Sonnabendnachmittag zu meiner Tante und ihrer Schwägerin nach Prenzlau fahren wollen. Meine Tante Ilse ist die Schwester meines Vaters, und ich weiß nicht, ob es auch daran liegt, dass sie meinem Vater sehr ähnlich sieht und ihm auch vom Charakter ähnelt, dass ich sie so sehr mag. Ich habe sie gestern angerufen und ihr von unseren

Plänen, sie zu besuchen, erzählt. Da sie allein mit ihrer Katze wohnt, hat sie sich sehr darüber gefreut, dass wir sie besuchen wollen.

Nach dem Mittag fahren wir dann auch los. Meine Tante erwartet uns schon und wir begrüßen uns sehr herzlich. Bei Kaffee und Kuchen werden die Neuigkeiten ausgetauscht und ich zeige die mitgebrachten Fotos von Muttis achtzigstem Geburtstag und von unseren Enkelkindern. Die Zeit vergeht viel zu schnell und als wir uns nach zirka zwei Stunden wieder verabschieden, ist sie traurig und betont noch einmal, wie schön es war, dass wir sie besucht haben. Wir fanden es auch schön und fahren zufrieden wieder nach Hause.

Am Sonntag staune ich, dass ich erst gegen acht aufwache. Ich bin froh, dass sich meine Schlafprobleme erledigt zu haben scheinen. Siggi steht eine Stunde später auf und da die Sonne scheint, also ein richtig schöner Herbsttag ist, erledigt er die allerletzten Arbeiten im Garten, sodass er jetzt winterfest ist.

Am Montag habe ich wieder bei einem neuen Therapeuten Bobaththerapie. Ihm fällt aufgrund meines Gangbildes als erstes auf, dass auch durch den ständig gebeugten und an den Bauch gepressten linken Arm die Sehnen und Muskeln meiner linken Rumpfseite stark verkürzt sein müssen und so geht es heute in der Therapie um diese Baustelle. Ich soll mich auf einen Hocker vor die Liege setzen, auf die er einen Sitzwürfel gelegt hat, und ich soll mich über den Würfel beugen und dabei muss ich meinen linken Arm strecken. Dabei soll ich den Arm ganz lang machen, brauche aktiv nichts weiter zu tun, die Arbeit hat er. Er drückt mich nach rechts, wodurch die linke Rumpfseite wiederum gestreckt wird, und knetet und massiert meine linke Rumpfseite von unter der Achsel bis zur Hüfte. Dabei stellt er fest, dass der Muskel am Rand zur Achselhöhle auch ganz hart und fest ist und knetet daran herum. Ehrlich gesagt bin ich froh, als die Therapiezeit um ist und ich zur Ergotherapie gehen kann, denn es ist etwas schmerzhaft. Doch auch hier ist es anstrengend. Da ich meinem Therapeuten Jan erzählt habe, dass ich in der einen Physiotherapie meine linke Hand vollkommen öffnen konnte, scheint jetzt bei ihm der Ehrgeiz geweckt worden zu sein und er widmet sich ganz besonders meiner linken Hand, aber sie lässt sich nicht ganz öffnen. Nach der Ergotherapie ist dann Ausruhen bei einer Massage und anschließender Moorpackung angesagt. Wir erzählen uns wieder Witze und kleine Anekdoten über unsere Enkelkinder, sodass wir uns nach der Behandlung in bester Stimmung wieder voneinander verabschieden.

So gehen meine Therapietermine weiter planmäßig über die Bühne. Immer montags, mittwochs und freitags bestelle ich zur Mittagszeit den Fahrdienst vom Behindertenverband, der auch pünktlich da ist und mich zum Ärztehaus bringt. Der Ablauf dort ist schon fast Routine für mich geworden: Mit dem Fahrstuhl in die dritte Etage fahren, mich anmelden und mir einen Schlüssel für einen Umkleideschrank geben lassen, mich umziehen und dann in den Wartebereich setzen. Ich kenne schon viele Angestellte und alle grüßen freundlich, wenn wir uns sehen.

Am 28. November hat mein Mann Geburtstag. Es ist ein Mittwoch und wir haben die Geburtstagsfeier für den folgenden Sonnabend, dann beginnt schon der Dezember, geplant. Siggi kommt relativ zeitig von der Arbeit und er macht noch irgendetwas in der Garage, nachdem er das Auto hineingefahren hat.

Ich sehe durchs Fenster immer wieder zu unserer Auffahrt, denn Steffi will ihren Papa überraschen und wird schon heute statt morgen kommen. Siggi weiß nichts davon, ich schon. Es soll ja auch eine Überraschung sein! Dann sehe ich auch schon ihr Auto auf die Auffahrt fahren. Siggi kommt gleich aus der Garage, um nachzusehen, wer da auf unsere Auffahrt gefahren ist. Als er sieht, dass es Steffi ist, lächelt er, begrüßt Steffi und Tammo und nimmt ihr Tammo ab. Sie kommen ins Haus und Siggi sagt begeistert zu mir: „Steffi ist da, und unser kleiner Tammo auch!" und gibt mir Tammo in seinem Maxi-Cosi. Ich stelle ihn vor meinem Sessel ab und setze mich, um mit ihm zu spielen. Sofort lächelt er mich an und ich bin wieder einmal begeistert, was für ein freundliches Kind er ist. Etwas später kommt dann auch noch Thomas.

Da Siggis Geburtstagsgeschenke noch hübsch verpackt daliegen beziehungsweise das größte so, wie es mit der Post gekommen ist, drängen wir ihn abends, seine Geschenke endlich auszupacken. Uns interessiert besonders, was er wohl zu dem großen Geschenk sagen wird. Ich hatte mir überlegt, ihm eine elektrische Gartenschere zu schenken und Thomas den Auftrag erteilt, eine ordentliche auszusuchen und zu bestellen. Und die ist jetzt in dem großen Paket. Mein Mann zermartert sich schon den ganzen Tag den Kopf, was da wohl drin ist, wie er zugibt. Schließlich lässt er sich überreden und macht die Geschenke auf. Die kleineren Geschenke sind das Übliche: ein Schlafanzug, Unterwäsche, ein Pullover, ein Rasierer und Rasierwasser. Mit dem großen Paket macht er es ganz spannend. Vorsichtig öffnet er es und wir müssen lachen, weil er zuerst nur zusammengeknülltes Papier herausholt. Das war uns fast klar, denn das Paket ist so groß wie mein Mann, und die Säge kann ja nicht 1,78 Meter lang sein! Umso spannender ist es für Siggi. Neugierig zieht er schließlich einen Karton aus dem Paket und sieht schon auf dem Aufdruck, was es ist. Als er den Karton dann aufklappt und sieht, dass es ein Markengerät ist, freut er sich endlich, sagt, dass das eine gute Idee ist und bedankt sich bei uns. Freitagfrüh backe ich einen Zupfkuchen. Ich muss immer etwas zu tun haben, mag nicht einfach nur rumsitzen und da Steffi und Thomas noch schlafen, Siggi zur Arbeit ist und morgen die erste

Geburtstagsfeier ansteht, ist das wirklich sinnvoll. Erste Geburtstagsfeier deshalb, weil wir morgen nur in engster Familie feiern, das heißt meine Mutter, mein Schwiegervater, unsere Kinder, sein Bruder und wir. Die zweite Feier ist dann nächsten Sonnabend bei meinem Bruder Olaf, weil doch zwei Tage nach Siggi unser Schwager, heute meine Schwester und kommenden Montag Olaf Geburtstag haben und weil es Blödsinn wäre, jeden Geburtstag einzeln zu feiern, feiern wir diese so dicht beieinander liegenden Geburtstage immer zusammen.

Gegen Mittag muss ich wieder zu meinen Therapien. Thomas und Steffi mit Tammo holen mich danach ab und wir machen noch einen Bummel durchs Marktplatzcenter. Thomas hat seinen Koffer dabei, denn er will noch weiter nach Berlin zu Freunden und hat sich mit einer Mitfahrgelegenheit verabredet. Ich spendiere uns ein schönes Mittagessen bei „Nordsee“ und da Thomas dann auch zu seinem Treffpunkt muss, verabschieden wir uns von ihm und fahren auch nach Hause. Ich bin froh, dass Wochenende ist, denn die Physiotherapie heute war wieder sehr anstrengend.

Als ich am ersten Tag des Weihnachtsmonats aufstehe und aus dem Fenster schaue, glaube ich, meinen Augen nicht trauen zu können. Es ist eine geschlossene Schneedecke zu sehen. Im Radio wird gesagt, dass es vier bis sechs Zentimeter sind.

Ich backe noch eine Erdbeertorte und noch meinen Blätterteigkuchen. Die letzten Stücke davon sind gerade im Ofen, als Steffi mit Tammo kommt und ihm eine Flasche fertig macht.

Gegen halb elf kommen Steffens Eltern und bringen Benno, der sich gleich daran macht und einiges von seinem Spielzeug von oben herunter ins Wohnzimmer holt. Zum Mittag gibt es heute angesichts der noch bevorstehenden Schlemmerei nur Kartoffeln mit Kräuterquark. Benno haut ordentlich rein. Das Essen ist so richtig nach seinem Geschmack. Uns schmeckt es auch, wir brauchen nicht ständig Fleisch zum Mittagessen, sondern geben uns auch mit einfachen Gerichten zufrieden. Wir sind gerade am Aufräumen in der Küche, als ich aus dem Küchenfenster heraus sehe, dass ein Auto vor unserem Haus hält und Thomas aussteigt. Ich sage Benno, dass er zur Haustür gehen soll, weil sein Onkel Tomi kommt. Das lässt er sich nicht zweimal sagen und rennt sofort zur Tür. Stürmisch begrüßt er seinen Onkel und geht ihm die nächste Zeit nicht mehr von der Pelle, sodass Thomas nur mit Mühe dazu kommt, seine Sachen wegzuräumen. Um halb drei klingelt es und Siggis Bruder Bodo kommt. Jetzt sind wir vollständig, denn Siggis Vater hat gestern noch angerufen und sich entschuldigt, dass er nicht zum Geburtstag kommt, da er in der Dämmerung und im Dunkeln nicht mehr fahren mag, weil er dann unsicher wird. Das ist zwar schade, aber lieber so, als wenn er sich zu viel zutraut und dann etwas passiert.

Wir trinken in aller Ruhe Kaffee und als Steffi sich von Thomas noch einmal bestätigen lassen will, dass er nach dem Kaffee mit zum Weihnachtsmarkt kommt, damit die Kinder auch rauskommen, wird Bodo hellhörig und sagt: „Ich würde gern mitkommen, wenn ihr nichts dagegen habt!“ Dagegen hat natürlich keiner was und ich merke, dass Siggi auch die Finger jucken und ermuntere ihn, auch mitzufahren. Er hat Bedenken, dass ich dann mit Mutti allein zurückbleibe, doch die kann ich zerstreuen als ich ihm sage, dass ich dann in Ruhe das Abendbrot vorbereiten und mit Mutti Halma spielen kann. Ich gebe Benno mit auf den Weg, dass er die Onkel und den Opa fragen soll, wenn er mit dem Karussell fahren möchte. Er sieht mich mit seinen großen Augen an und nickt eifrig. Das hat er auf alle Fälle verstanden und auch, dass der Ausflug mit Karussellfahren verbunden ist.

Meine Mutti und ich spielen Halma, danach schiebe ich schon mein Sahne-Zwiebelhähnchenfleisch fürs Abendbrot in den Ofen und decke mit Mutti schon den Tisch. Das Timing ist perfekt, denn kurz nach sieben sind alle wieder da. Benno erzählt begeistert, dass er ganz oft Karussell gefahren ist und Steffi bestätigt, dass die Männer sehr spendabel waren. Kurz nachdem alle ihre Jacken und Schuhe ausgezogen haben, klingelt es. Wir sehen uns fragend an, wissen nicht, wer das sein könnte. Da Siggi und ich nicht gleich reagieren, geht Bodo an die Tür und ich gehe hinterher, um zu sehen, wer es ist. Es ist Mario, der Sohn meiner Schwester. Wir freuen uns über seinen überraschenden Besuch und bitten ihn herein. Später erzählt mir Thomas, dass er Mario überredet hat, bei uns vorbeizuschauen, zumal sie beide später noch feiern gehen wollen. Nach dem Abendbrot verabschiedet sich Siggis Bruder, nicht ohne zu betonen, dass es ein sehr schöner Tag war. Bodo ist sehr kinderlieb und ihm hat vor allem auch der Ausflug mit den Kindern zum Weihnachtsmarkt gefallen, und nun braucht er noch zirka eine Autostunde bis nach Hause.

Nachdem die Kinder in ihren Betten sind, entscheiden wir uns dazu, heute einen Spielabend zu machen. Siggi meutert zwar etwas, denn er spielt nicht gerne Karten, aber gegen die Überzahl, die dafür sind, hat er keine Chance und so muss er mitspielen. Wir spielen verschiedene Spiele. Es macht Spaß und ist sehr lustig.

Gegen Mitternacht bringt Steffi mit dem Auto ihre Oma nach Hause und anschließend Mario und Thomas zur Disco. Ich kann die beiden jungen Männer hören als sie Sonntagmorgen gegen halb sechs wieder nach Hause kommen. Siggi hat auch für Mario vorsorglich ein Bett hergerichtet, sodass er nicht gezwungen ist, so spät beziehungsweise früh nach Hause zu fahren, zumal er ein paar Kilometer von Neubrandenburg weg wohnt. Ich biete ihm an, mit uns Mittag zu essen, aber Mario lehnt dankend ab und verabschiedet sich noch vor dem Essen.

Steffi fährt nach dem Mittag mit den Kindern auch wieder los nach Hause. Thomas legt sich nach dem Essen noch einmal hin, danach trinken wir noch zusammen Kaffee und er fährt auch wieder los nach Rostock.

Das Wochenende ist so schnell vergangen und der Alltag hat uns wieder. Am Montag beginne ich meine Therapien mit der Ergotherapie. In der Physiotherapie anschließend übt der Therapeut mit mir das Gehen. Ich soll darauf achten, das linke Bein einfach nach vorn kippen zu lassen, ansonsten humpele ich mehr als dass ich ordentlich gehe, sagt er mir. Das ist leichter gesagt als getan, denn ich muss mich wahnsinnig konzentrieren. Ich soll auch ganz langsam gehen, aber das bedeutet auch, dass ich relativ lange besonders auf meinem linken Bein stehen muss und da werde ich einfach unsicher, habe das Gefühl, zur Seite zu fallen. Der Therapeut hat viel Verständnis, kann meine Probleme aber nicht wirklich verstehen. Ich bin froh, als endlich Schluss ist und ich mich bei der anschließenden Massage ausruhen kann.

Am Dienstag will der Winter noch einmal zurückkommen. Morgens ist alles weiß, aber nur auf dem Rasen bleibt der Schnee etwas länger liegen. Am Mittwoch geht in der Physiotherapie das Üben an meinem Gangbild weiter, nur bei einem anderen Physiotherapeuten. Im Übungsraum sind Spiegel an den Wänden und ich mag mich gar nicht ansehen, wenn ich da so langstolziere. Ich habe mich so sehr verändert, war immer rank und schlank und jetzt sind da doch einige Kilos zu viel auf den Hüften und am Bauch. Gut, ich bin nicht mehr die jüngste, bin dreiundfünfzig und schließlich auch schon zweifache Oma. Aber trotzdem, ich nehme mir ganz fest vor, dass einige Pfunde wieder runter müssen. Natürlich ist das nicht so einfach, wenn man in der Bewegung eingeschränkt ist, aber wenn ich ehrlich bin, ich nasche auch ganz gern, und da könnte ich auf alle Fälle etwas tun.

Während der Schnee die vergangenen Tage keine Chance hatte und wieder weggetaut ist, bleibt er am Sonnabend liegen und Siggi hat ordentlich damit zu tun, alles wegzufegen, was heute über Nacht runtergekommen ist.

Heute gibt es bei uns Spinat und Rührei. Mit Blick auf Weihnachten bitte ich meine Mutter, bei vier Eiern Eiweiß und Eigelb zu trennen. Ich habe mir nämlich überlegt, morgen Kokosmakronen zu backen, und dafür benötige ich vier Eiweiß für eine Portion. Nachmittags sind wir zu halb drei bei Olaf eingeladen. Dann startet die große Geburtstagsparty meiner Geschwister Olaf und Ines sowie meines Mannes und meines Schwagers. Es ist total verrückt: Nicht nur die vier hatten in den letzten vierzehn Tagen Geburtstag, sondern auch noch die Söhne von Olafs Lebensgefährtin, und somit haben wir fünf Geburtstagsgeschenke mitzunehmen. Wir legen uns nach dem Mittag kurz hin und dann gehen wir gemütlich in Richtung Olaf und Marion. Es ist zwar gerade mal eine Viertelstunde Weg bis zu ihnen, aber für mich ist es ganz schön anstrengend. Außerdem ist es sehr kalt, minus acht Grad. Wir sind froh, als wir uns nach der Begrüßungsrunde ins warme Wohnzimmer setzen können. Wir sind die ersten und erfahren, dass meine Schwester und Partner etwas später kommen werden, da Ines heute arbeiten muss. Wir warten erst einmal auf Marions Söhne und beginnen dann mit dem Kaffee. Olaf hat natürlich wieder Hefekuchen gebacken, der ganz prima schmeckt. Wir loben ihn und Olaf ist das etwas peinlich. Aber er braucht sein Licht nicht hinter den Scheffel stellen, wie man so schön sagt. Denn sind wir doch mal ehrlich: Welcher Mann um die fünfzig macht sich Gedanken ums Kuchenbacken zu seinem Geburtstag oder besser noch, wer tut es auch? Die kann man bestimmt an einer Hand abzählen oder? Am späten Nachmittag dann kommen auch meine Schwester und unser Schwager. Wir sind eine lustige Runde und es wird ein schöner Nachmittag und Abend. Kurz nach Mitternacht ist die Luft raus und wir verabschieden uns. Maik und Ines bringen meine Mutter und uns noch mit dem Auto nach Hause.

Trotz der Feier am Vortag stehe ich am Sonntag kurz nach sieben auf und mache mich daran, die Kokosmakronen zu backen. Es klappt alles ganz gut, nur den Quark bekomme ich mehr schlecht als recht aus dem Becher. Aber dadurch lasse ich mich nicht entmutigen und schaffe es irgendwie doch. Der Backerfolg entschädigt mich für meine Mühen. Die Kokosmakronen sehen gut aus und schmecken auch prima. Montagfrüh geht es mit dem Backen gleich weiter. Wie gesagt, ich möchte zu Weihnachten schöne Plätzchen da haben und so teile ich es mir nach und nach ein. Heute sind Kakaokugeln dran, die bei uns in der Familie Kleiner- Muck-Plätzchen genannt werden, wie ich es hier schon mal beschrieben habe. Sie werden mit Weizeninmehl gebacken und sind dadurch besonders mürbe. In die Mitte der Kugel kommt eine Haselnuss und durch das Hineindrücken dieser und dem anschließendem Bestäuben mit Puderzucker sehen die Plätzchen wie kleine Turbane aus, wie auch der Kleine Muck einen trug und daher unsere Kinder den Plätzchen diesen Namen gaben. Weil wir sie alle gerne essen, mache ich gleich zwei Portionen mit einem Mal.

In der Physiotherapie heute steht wieder laufen üben auf dem Programm. Dazu gehe ich den Flur von einem Ende zum anderen entlang, meine Therapeutin geht zur Kontrolle hinter mir. Mir ist das etwas unangenehm, denn die Wartebereiche der Physio- und Ergotherapie kreuzen unseren Weg und ich mag es nicht, beobachtet zu werden, was automatisch passiert, wenn man da vorbeimarschiert. Als ich meiner Physiotherapeutin sage, dass es mir unangenehm ist, brechen wir den Flurspaziergang sofort ab und gehen wieder ins Behandlungszimmer.

Siggi schafft es, so zeitig zu Hause zu sein, dass wir noch zu unserer Hausärztin fahren können. Wir benötigen beide Rezepte für unsere Tabletten und ich muss für meine Reha noch etwas ausfüllen lassen. Bei der Gelegenheit frage ich nach einem Mittel zum Ein- und Durchschlafen, denn das ist nach wie vor ein Problem. Sie empfiehlt mir ein pflanzliches Mittel auf Baldrianbasis, das wir anschließend auch gleich aus der Apotheke holen und ich vor dem Zubettgehen einnehme. Und tatsächlich, ich schlafe seit langem mal wieder eine Nacht wunderbar durch.

Im für mich inzwischen normal gewordenen öden Alltag verbringe ich den Rest der Woche. Ich fahre zu meinen Therapien zum Ärztehaus und Donnerstagfrüh backe ich Mürbeteigplätzchen. Das sind Stangen von schwarz-weißem Teig, die wie für mich gemacht sind. Denn man muss sie nur zu Plätzchen schneiden, aufs Backblech tun und backen. Und das schönste ist, die gelingen immer! Dazu schmecken sie auch noch sehr gut und ich habe eine weitere Sorte in meinem Weihnachtsplätzchenangebot. Diese Plätzchen sind wirklich zu empfehlen und jeder kann sie backen. Da braucht sich keiner herauszureden, er könne nicht backen, denn hier muss man nur schneiden, die Plätzchen in den Ofen tun und sie wieder nach der angegebenen Zeit herausholen.

Am Freitag schlafe ich bis acht Uhr. Wow, das habe ich lange nicht mehr geschafft und meinem Einschlafdragee zu verdanken. In der Physiotherapie ist wieder laufen an der Reihe und ich muss Übungen machen, bei denen die Muskeln und Sehnen meines linken Oberschenkels gedehnt werden. Anschließend darf ich mich bei einer Massage ausruhen. Sonnabendfrüh ist mein erster Gedanke, nachdem ich das Datum registriert habe, dass heute mein Vater Geburtstag hätte und dreiundachtzig Jahre alt geworden wäre. Warum musste er schon mit gerade sechzig sterben? Die Frage kann niemand beantworten, ich weiß, trotzdem stellt man sie sich immer wieder. Aber heute ist auch ein schöner Tag, denn heute hat auch Steffen Geburtstag. Unser Schwiegersohn ist genau fünfzig Jahre jünger als mein Vater wäre und wird heute dreiunddreißig. Für heute früh habe ich mir vorgenommen, Weihnachtskarten zu schreiben und tue dies auch. Das ist zwar ein bisschen aus der Mode gekommen, aber ich weiß genau, dass sich jeder über einen handgeschriebenen Gruß mehr freut als über eine unpersönliche Mail. Ich schreibe allen, mit denen ich noch in brieflichen und persönlichen Kontakt stehe und von denen ich weiß, dass sie auch schreiben werden.

Am Montag backe ich noch einmal Kakaokugeln, weil die Vorräte schon am meisten abgenommen haben. Das sollen dann aber auch die letzten Plätzchen sein, die ich in diesem Jahr backe. Heute ist auch mein vorletzter Therapietag im Rahmen der ambulanten Therapie. In der Ergotherapie verabschiedet sich eine junge Therapeutin, die jetzt ihren Resturlaub nimmt und Anfang des nächsten Jahres für ein Jahr im Rahmen von „work und travel“ nach Australien geht. Ich wünsche ihr alles Gute und sage, dass sie es richtig macht und solche Angebote nutzten soll, solange sie noch jung ist und keine Familie hat. In der Physiotherapie ist wieder mein linker Oberschenkel dran und danach versucht die Therapeutin, meine linke Hand zu öffnen. Erstaunlicherweise gelingt ihr das nur, wenn sie mir den Arm auf den Bauch legt. Mit gestrecktem Arm besteht keine Chance, die Hand zu öffnen. Mit meinem Masseur anschließend lache ich noch einmal viel und lange und dann ist mein Therapietag auch schon wieder um. Am Dienstag habe ich leichten Muskelkater im linken Oberschenkel, der zur allerletzten Therapie am Mittwoch zum Glück wieder weg ist. Ich bringe den Mitarbeitern, mit denen ich heute noch ein letztes Mal zu tun habe, eine Kleinigkeit zu Weihnachten mit und wir wünschen uns gegenseitig schöne Feiertage.

Ich bin wirklich froh, dass ich die ambulante Therapie nun hinter mir habe. So gut alles auch war: Ich habe neue Therapeuten kennen gelernt, die auch zum Teil ganz anders Therapie gemacht haben, was interessant für mich war. Aber ich musste auch immer auf den Punkt fertig sein, wenn ich abgeholt wurde, hatte Wartezeiten zwischen den Therapien und musste rechtzeitig meine Abholtermine mit dem Fahrdienst abstimmen. Alles in allem war es ein bisschen stressig und nun bin ich froh, dass ab morgen meine Therapien wieder zu Hause sind. Ich freue mich riesig besonders auf meine erste Physiotherapie wieder zu Hause. Obwohl ich verschiedene Therapeuten in den letzten sechs Wochen hatte und sie ihre Sache wirklich gut gemacht haben, keiner hat es so gut hinbekommen wie meine derzeitige Therapeutin zu Hause. Wenn sie den linken Schulterbereich und den Bereich unter der linken Achselhöhle behandelt hat, bin ich dort schmerzfrei und kann den linken Arm locker hängen lassen, was ansonsten ganz selten der Fall ist.

Entsprechend freudig begrüße ich sie, wir erzählen miteinander, während sie mich behandelt, und nach nicht einmal einer halben Stunde ist mein linker Arm locker. Es ist allerdings auch die letzte Physiotherapie mit ihr im alten Jahr, die Praxis hat zwischen den Feiertagen Betriebsferien. So wünschen wir uns natürlich auch noch schöne Feiertage und sie verspricht mir, dass ihre Kollegin morgen zur Massage die Termine für das neue Jahr mitbringt.

Mein Mann hat schon die ganze Woche Urlaub und das passt perfekt, weil ich heute eigentlich mit der einen Gisela einen Krankenbesuch bei der anderen Gisela, die Brustkrebs hatte und schon vor längerer Zeit operiert worden ist, machen wollte. Nur kann sie nicht, weil etwas dazwischen gekommen ist und weil mir das Leid tut, habe ich meinen Mann gefragt, ob er mich zum Krankenbesuch fährt. Natürlich macht er das und ich habe mich vorgestern auch schon angemeldet. Gisela freut sich, dass wenigstens ich komme. Zu halb drei habe ich mich angemeldet. Ich mache noch eine kleine Tüte Weihnachtsplätzchen fertig und dann fahren wir los. Unterwegs kaufen wir einen Blumenstrauß und dann stehen wir auch schon vor der Tür. Gisela öffnet und bittet uns beide hinein, aber Siggi begrüßt sie nur kurz und verschwindet dann wieder. Er will in der Zwischenzeit einkaufen. Unsere Begrüßung fällt wesentlich herzlicher aus. Wir kennen uns ja schon dreißig Jahre, waren mal Kolleginnen und haben auch danach ständig den Kontakt zueinander gehalten und sind so Freundinnen geworden. Gisela staunt, dass ich auch Plätzchen gebacken habe. Ich antworte ihr, dass ich mir nach und nach immer mehr zutraue. Ihr Mann kommt dazu und wir trinken in aller Ruhe Kaffee. Natürlich hat Gisela ebenfalls Plätzchen gebacken und ich muss die verschiedenen Sorten probieren. Viel zu schnell vergeht die Zeit und als es klingelt, sehe ich erschrocken auf die Uhr und weiß, dass es Siggi ist. Gisela bittet ihn noch für einen Moment hinein, doch er hat vorher schon zu mir gesagt, dass wir uns dann wirklich auf den Weg machen, und so verabschieden wir uns dann auch nach weiteren zehn Minuten von Gisela und ihrem Mann. Gisela unterstreicht noch einmal, dass sie sich riesig gefreut hat, dass ich da war und ich betone, dass ich mich ebenfalls gefreut habe, sie wieder zu sehen und vor allem, festzustellen, dass es ihr einigermaßen gut geht und sie optimistisch in die Zukunft sieht.

Zu Hause zeigt mir Siggi stolz die Nordmanntanne, die er inzwischen gekauft hat und die mir auch ganz prima gefällt, da sie die richtige Größe hat und schön voll ist. Jetzt wird einem so richtig bewusst, dass in ein paar Tagen wirklich schon Weihnachten ist, im Grunde nur noch das Wochenende dazwischen liegt.

Freitagmittag bekomme ich zur Einstimmung auf Weihnachten meine letzte Massage in diesem Jahr und auch die versprochenen neuen Termine für den Anfang des neuen Jahres. Die Massage tut mir gut und ich genieße sie. Als ich danach den Fernseher anmachen will, geht nichts mehr. Auch kein Telefon, wie ich sogleich ebenfalls feststelle. Fernsehen und Telefon laufen bei uns über den gleichen Anbieter. Das ist ganz schön blöd, vor allem jetzt am Wochenende! Aber Siggi hat sich schon sein Handy geschnappt und ist am Telefonieren und wenn ich es richtig verstanden habe, soll morgen Vormittag ein Monteur kommen.

Am späten Nachmittag kommen Steffi und Tammo. Eine halbe Stunde danach fahren wir drei zum Supermarkt, um die allerletzten Kleinigkeiten für Weihnachten einzukaufen. Als wir zurückkommen, ist Thomas gerade angekommen. Er steht noch an seinem Auto und im nächsten Moment kommt auch Siggi dazu, der Thomas offensichtlich beim Ausladen hilft. Beim Abendbrot überlegen wir uns, was wir machen können. Es ist ganz schön doof ohne Fernseher. Wir spielen ja auch gerne Karten. Jetzt wäre die Gelegenheit für Doppelkopf, doch Siggi hat keine Lust, er ist immer unser kleiner Spielverderber. Meine Kinder und ich sind immer für Kartenspiele zu haben, stellen auch die persönlichen Wünsche, was gespielt wird zugunsten der Mehrheit zurück, nur Siggi torpediert das immer.

Thomas kommt auf die Idee, trotzdem einen Spieleabend zu machen, nur dass wir eben Leute mobilisieren müssen. Da er sich sowieso schon mit seinem Cousin Mario verabredet hat, später zur Disco zu gehen, ruft er ihn an und bestellt ihn schon jetzt zu uns. Danach ist mein Bruder Olaf an der Reihe, doch er ist zur Weihnachtsfeier seiner Firma. Marion ist am Apparat und kurzentschlossen fragt Thomas sie, ob sie und ihr Sohn Marvin Lust hätten, zum Spieleabend zu uns zu kommen. Marion wundert sich erst, sagt aber nicht ab, sondern will sich das noch überlegen.

Um halb neun sitzen wir dann mit sieben Personen am Tisch und spielen Schwimmen“, besser bekannt vielleicht als „Knack“. Danach ist noch „Buben raus“ an der Reihe und bei einem Glas Bier oder Rotwein lassen wir es uns gut gehen. Wir haben viel Spaß und es ist ein richtig schöner Abend. Sogar meine Mutti ist mit ihren achtzig Jahren richtig gut drauf, denn von ihr und meinem Vater haben wir Kinder das „Spielgen“. Wir haben schon früher viel und gerne Karten gespielt. Nur Siggi kennt das von zu Hause nicht, dass man öfter mal einen Spieleabend macht und auch wir können ihn nur ganz selten aus der Reserve locken. Wir spielen bis nach Mitternacht. Thomas und Mario wollen jetzt auch los zur Disco. Marvin hat sich entschieden, auch mitzugehen. Zuerst bringen die drei auf dem Weg zur Disco Marvins Mutti nach Hause und Siggi bringt meine Mutti nach Hause.

Obwohl es gestern ein langer Abend war, stehe ich am Sonnabend schon um sieben auf. Als ich in der Küche auf den Kalender schaue, wird mir in dem Moment erst bewusst, welches Datum heute ist. Heute ist der 22. Dezember. Genau heute vor neun Jahren hatte ich die Hirnblutung! Ich weiß noch genau, dass es ein Montag war, denn es wäre mein letzter Arbeitstag vor meinem Weihnachtsurlaub gewesen.

Wie ich so in Gedanken versunken bin, höre ich die Haustür schließen und gehe nachsehen. Es ist Thomas, der erst jetzt wieder nach Hause kommt. Mario ist schon lange da und schläft. Ich habe ihn in der Nacht kommen gehört, da Siggi ihm im Zimmer neben unserem Schlafzimmer ein Bett fertiggemacht hat und als ich heute aufstand, habe ich ihn schnarchen gehört. Thomas erzählt kurz mit mir, trinkt eine Tasse Milch und dann verschwindet er auch schon in sein Zimmer und sagt, er möchte nicht geweckt werden. Ich bin inzwischen auch mit meinem Frühstück fertig und widme mich nun dem, was ich eigentlich vorhatte. Ich hatte mir überlegt, zu Weihnachten einen Bienenstich zu backen. Die anderen Kuchen hatten wir jetzt schon öfter und so mache ich mich ans Werk und wenig später ist das Blech mit dem Kuchen auch schon im Ofen. Statt Butter oder Margarine nimmt man bei diesem Rezept Saure Sahne und der Teig kommt erst einmal ohne Belag fünfzehn Minuten in den Ofen. Während dieser Zeit tue ich gehackte Nüsse, Zucker, Fett, etwas Bienenhonig und etwas Milch in einen kleinen Topf und lasse alles aufkochen. Inzwischen sind die fünfzehn Minuten um und ich hole das Blech aus dem Ofen, um die Nussmasse jetzt darauf zu streichen. Der Teig ist noch hell, aber schon fest. Ich schiebe nun das Blech mit Belag für weitere fünfzehn Minuten in den Ofen.

Auf Siggis Handy geht eine Nachricht ein. Ich sehe, dass sie von seinem Chef ist und da es wichtig sein könnte, bringe ich ihm das Handy ans Bett und muss ihn leider auch wecken. Er hat aber schon ausgeschlafen und will auch aufstehen. Deshalb mache ich ihm gleich einen Kaffee und bereite das Frühstück vor. Zehn Minuten später sitzt er bei mir in der Küche und erzählt, dass sein Chef ihm und mir schöne Feiertage und einen guten Rutsch ins neue Jahr gewünscht hat, womit klar ist, dass er dieses Jahr nicht mehr arbeiten muss. Das ist doch mal eine gute Nachricht! Ich wundere mich, dass Siggi freiwillig gleich aufgestanden ist, doch im nächsten Augenblick fällt mir ein, dass der Monteur für Fernsehen und Telefon zwischen acht und neun kommen wollte. Ich schaue auf die Uhr und da es schon nach acht ist und ich irgendwie ein schlechtes Gefühl habe, sage ich zu Siggi: „Der kommt bestimmt nicht mehr!" Siggi schaut aus dem Küchenfenster und sieht an der Verteilerstation ein Auto stehen und ein Mann werkelt an der Station herum. Er sagt zu mir: „Da ist er doch!" und geht gleich darauf nach draußen zu dem Mann. Keine fünf Minuten später kommt er wieder rein und im nächsten Augenblick klingelt unser Telefon. „Alles wieder heil!" ist sein Kommentar und er erklärt mir weiter, dass die Ursache in einem Defekt im Verteilerkasten lag und der Monteur deshalb den Fehler schnell gefunden hat. Ich bin erleichtert, denn Weihnachten ohne Fernsehen wäre echt schwierig geworden. Zum Mittag gibt es heute nur Spinat und Rührei. Thomas wird sowieso lange schlafen und Mario nach dem Aufstehen gleich nach Hause fahren. Gegen drei kommen Steffen und Benno, die unterwegs zu Steffens Freunden waren.

Eine halbe Stunde später trinken wir Kaffee und probieren bei der Gelegenheit gleich meinen heute Morgen gebackenen Bienenstich. Er ist mir dieses Mal bestens gelungen und schmeckt allen sehr gut. Sogar von Benno bekomme ich ein Lob: „Oma, gut gebacken! Kuchen schmeckt gut!" Nach dem Kaffee begleiten Steffi, Steffen und die beiden Jungen Thomas zum Möbelhaus, wo er sich neue Inspirationen für seine Wohnung holen will. Thomas hat besonders gern seine Schwester als Beraterin dabei. Als sie wieder zurückkommen, hat es mächtig geschneit und Siggi ist gerade dabei, den Schnee vor dem Haus wegzuschieben.

So beschließen sie, gleich noch einmal wegen des Schnees mit den Kindern spazieren zu gehen. Als Siggi den Schlitten für Benno aus der Garage holt und bereitstellt, spielen Thomas und Benno Gitarre, wobei Thomas natürlich wirklich spielt und Benno mit seiner Spielzeuggitarre ihm alles nachzumachen versucht.

Nur die Aussicht, Schlitten zu fahren, bringt ihn dazu, die Gitarre beiseite zu legen und sich anziehen zu lassen. Tammo wird auch schön in seinen Kinderwagen eingepackt und ab geht die Post. Auch Siggi geht mit.

Als sie nach gut einer Stunde wiederkommen, erzählt Benno meiner Mutter und mir, dass er den großen Berg ganz oft allein hinunter gerodelt ist. Wir haben hier bei uns ganz in der Nähe einen wirklich schönen Berg, der hinunter ins Lindetal führt und sowohl im Winter gern als Rodelberg als auch im Frühling und Sommer zum Spazierengehen genutzt wird. Alle sind ein bisschen durchgefroren und erzählen, dass sie zu tun hatten, einmal bei Benno auf dem Schlitten mitfahren zu dürfen. Benno hat festgelegt, wer darf und wer nicht. Meist ist er allein gefahren und die Erwachsenen durften nur beim Hochziehen helfen. Jedenfalls war es ein schöner Samstagausflug und mit gutem Appetit essen alle Abendbrot.

Heute ist der 24. Dezember und ich esse allein Frühstück. Das macht mir aber wirklich nichts aus. Sollen sie doch alle ausschlafen, es kann ja niemand etwas dafür, dass ich immer so früh aufstehe. Der zweite im Bunde ist Siggi und gleich nach dem Frühstück macht er sich daran, den Weihnachtsbaum aufzustellen. So spät waren wir noch nie, aber andererseits reicht es ja. Ich beginne damit, den Baumschmuck anzuhängen. Als meine Mutter gegen halb elf kommt, hilft sie mir dabei. Dann ist das Lametta dran. Da bin ich ganz eigen und es darf immer nur ein Faden aufgehängt werden und nicht, wie ich schon oft bei anderen gesehen habe, dass zwei oder drei Fäden oder sogar ein ganzes Bündel über die Tannenzweige geworfen werden, damit es schneller geht. Schließlich versuche ich mich mit den LED-Kerzen, die wir uns erst letztes Jahr gekauft haben. Aber ich komme damit nicht klar.

Nach und nach stehen alle auf. Zuerst meine Tochter mit ihren beiden Kindern und dann treibt der Hunger oder der Krach der Kinder auch Steffen und Thomas aus den Betten. Steffi und Steffen wollen noch los und für ihren Urlaub in Dänemark, der vom ersten Weihnachtsfeiertag bis ins neue Jahr geht, Lebensmittel einkaufen, da diese dort im Vergleich zu Deutschland sehr teuer sind. Thomas will auch mit. Deshalb bitte ich ihn, vorher noch die Kerzen am Baum anzubringen, was er dann auch gleich ohne zu Murren macht. Ich gucke zwischendurch nach dem Essen, das auf dem Herd und im Ofen brutzelt und ich schon heute früh vorbereitet habe. Es gibt heute Kasseler und Ananassauerkraut. Nachdem Thomas mit den Kerzen fertig ist und wir alle Mittag gegessen haben, fahren sie auch schon zum Einkaufen los.

Als sie wieder zurück sind, können sie sich gleich an den Kaffeetisch setzen, den ich inzwischen gedeckt habe. In aller Ruhe lassen wir uns die Torte, den Kuchen und die Plätzchen schmecken. Anschließend stoßen wir mit einem Glas Sekt auf Weihnachten an. Doch dann müssen erst noch die eingekauften Sachen für den Urlaub im Auto oder auf dem Dachgepäckträger verstaut werden, aber auch so, dass alles geordnet und wieder zu finden ist. Das machen jetzt Steffen, Thomas und Siggi. Steffi sucht inzwischen eine Weihnachts-CD heraus und wir stellen die Sektgläser rüber zum Couchtisch. Benno ist ganz aufgeregt und rutscht immer dichter an den Weihnachtsbaum, unter den Siggi schon die Geschenke gelegt hat, die Mutti und ich so hübsch eingepackt haben, und Benno fragt sich, welches wohl seine Geschenke sind. Tammo ist bei all dem Trubel eingeschlafen. Damit ich dann beim Verteilen weiß, welches Paket, wem gehört, und weil ich zu faul war, die kleinen Paketanhänger fertig zu machen, habe ich mir etwas anderes überlegt. Thomas` Geschenke haben ein grünes Schleifenband bekommen, Siggis ein blaues, Steffens ein silberfarbenes, Steffis ein pinkes, Muttis ein goldfarbenes und Bennos Geschenke brauchen kein extra Schleifenband, denn seine Geschenke sind an den Kindermotiven auf dem Geschenkpapier zu erkennen.

Endlich sind die drei fertig und nachdem sie sich wieder frisch gemacht und sich wieder zu uns gesetzt haben, kann es losgehen. Wir sitzen alle festlich gekleidet am Couchtisch, eine Weihnachts-CD läuft und dann stoßen wir erst noch einmal mit einem Glas Sekt an.

Dann übernimmt Thomas das Kommando und beginnt mit dem Verteilen der Geschenke. Er und Steffi haben inzwischen ihre Geschenke dazu geholt und neben die anderen gelegt. Benno bekommt natürlich als erster ein Geschenk und beginnt aufgeregt, das Papier aufzureißen. Zum Vorschein kommen Lego-Duplo- Bausteine und er hält Ausschau nach dem nächsten Päckchen, das er prompt auch bekommt. Es ist noch größer als das erste und neugierig macht sich Benno ans Werk, hinter das Geheimnis seines Inhalts zu kommen. Dieses Mal ist es ein Lego- Duplo-Wohnhaus und er will auch gleich mit dem Aufbauen des Hauses beginnen und hat keine Lust mehr auf weitere Geschenke.

Er ist regelrecht überfordert mit den vielen Geschenken und wir lassen ihn auch erst einmal spielen. Nach und nach öffnen auch wir Erwachsenen unsere Geschenke und sehen uns gegenseitig dabei zu. Ich muss besonders bei einem Geschenk von uns an Mutti lächeln, denn ich habe sie es einpacken lassen und bin jetzt gespannt, ob sie es wieder erkennt. Aber das tut sie nicht und ich denke, ich habe sie wohl beim Einpacken gut abgelenkt. Das Geschenk sind edle Pralinen in einer hübschen Blechdose und ein Buch von und über Heinz-Florian Oertel, einen Sportreporter aus der DDR, den ich selbst sehr gut finde und der allgemein in der DDR sehr beliebt war. Mutti freut sich sehr darüber. Ich habe Steffen gebeten, uns ein I-Pad zu besorgen. Das hat er getan und das ist jetzt ein Weihnachtsgeschenk für Siggi und mich, was wir uns selbst schenken. Wenn ich ehrlich bin, ist das I-Pad mehr für mich, weil Siggi mit solchen Dingen nichts am Hut hat. Aber er hat zumindest die Möglichkeit, sich damit zu beschäftigen. Ich habe es mir gewünscht, weil ich sehr wissbegierig bin und oft beim Fernsehen gleich nach bestimmten Begriffen googeln würde, es aber bisher weniger getan habe, weil es einfach zu umständlich war, zu meinem Laptop zu gehen, ihn anzumachen und zu warten bis ich endlich im Internet war. Jetzt kann ich das I-Pad auf dem Schoß haben und bin sofort da, wo ich hin will, ohne den Platz verlassen zu müssen.

Ich habe das natürlich mit Siggi abgesprochen, denn diese tablets sind nicht billig und nun habe ich auch eins! Benno packt doch noch ein Geschenk aus. Es ist ein Rettungshubschrauber von Thomas. Danach will er nicht mehr und wir beschließen, die restlichen drei Geschenke einfach unter dem Baum liegen zu lassen bis sie alle wieder aus dem Urlaub zurückkommen. Da wir inzwischen mit unseren Geschenken auch fertig sind, machen sich Steffen und Thomas, denen schon die ganze Zeit die Finger kribbeln, daran, Benno beim Aufbau des Wohnhauses zu helfen. Sie werden selbst noch mal zu Kindern und sind mit Feuereifer dabei und schon bald steht das Haus fertig aufgebaut da. Es ist eine Wonne, es anzusehen! An alles ist gedacht, auch eine Badewanne und ein WC gibt es! Und Benno ist glücklich und spielt ausgelassen, nachdem er seinem Papa und seinem Onkel begreifbar gemacht hat, dass **er** das Wohnhaus geschenkt bekommen hat.

Wir begutachten weiter unsere Geschenke, wünschen uns gegenseitig Fröhliche Weihnachten und sind guter Dinge. Nebenbei trinken wir Sekt.

Zum Abendbrot gibt es Kartoffelsalat und Würstchen. Als wir dann viel später alle schlafen gehen, wünschen wir uns nicht nur eine „Gute Nacht“, sondern verabschieden uns auch von Steffi und Steffen sowie von Benno und Tammo, da sie schon zwischen vier und fünf Uhr los in den Urlaub nach Dänemark wollen. Ich bekomme dann mit, dass sie erst kurz nach Viertel sechs losfahren. Als ich dann am ersten Weihnachtsfeiertag so gegen halb acht aufstehe und in der Küche meine Morgentasse Milch trinke, klingelt auch schon das Telefon und Steffi teilt mir mit, dass sie gut weggekommen sind und bisher alles planmäßig verlaufen ist. Sie sagt mir noch, dass das Gute an dem frühen Losfahren ist, dass Benno und Tammo das gar nicht so richtig mitbekommen haben und jetzt friedlich im Auto schlafen. Sobald einer von beiden wach wird, wollen sie irgendwo ranfahren und frühstücken.

Wir verbringen die beiden Feiertage mit Thomas so, wie es die meisten machen: Viel zu viel und oft essen und naschen und viel fernsehen. Wir sehen uns unsere Standardfilme „Drei Haselnüsse für Aschenbrödel“ und „Der kleine Lord“ an. Es ist wirklich so, dass sie jedes Jahr zu Weihnachten im Fernsehen laufen und man sie sich trotzdem immer wieder gern ansieht! Am Donnerstag nach Weihnachten fährt Thomas nach dem Mittag auch wieder nach Rostock.

Die Tage vergingen wie im Fluge, der Weihnachtsbaum ist inzwischen wieder abgeschmückt und entsorgt und die andere Weihnachtsdekoration liegt auch wieder verpackt im Keller. Ehe wir uns versehen ist Silvester. Da wir dieses Mal nichts weiter vorhaben, nirgendwo eingeladen sind und auch selbst keine Gäste haben, hat Siggi wenigstens zum Abendbrot Plätze beim Italiener bestellt, auch in Anbetracht dessen, dass er aus unserem Wohngebiet wegziehen soll und sich im Stadtzentrum niederlässt. Als wir dann unser Abendbrot genießen, füllt sich nach und nach die Gaststätte. Wir glauben, dass andere auch so denken wie wir und ein letztes Mal hierher kommen, da der vielen liebgewordene Italiener demnächst an einen anderen Standort zieht. Unter den Gästen sind auch unsere Nachbarn mit ihrem Silvesterbesuch. Unsere Nachbarn kommen kurz an unseren Tisch, um uns zu begrüßen. Nach dem Abendbrot trinken wir noch ein Glas Rotwein und als der Chef persönlich bei uns nachfragt, ob das Essen geschmeckt hat, wünschen wir ihm alles Gute am neuen Standort und fragen, wann dort eröffnet wird. „Um sechzehn Uhr“ antwortet er irgendwie kurz angebunden. Auf unseren Wunsch hin schickt er dann die Kellnerin zum Abkassieren zu uns und ich hake bei ihr noch einmal nach: „Da haben Sie ja morgen am Neujahrstag volles Programm, morgens der Umzug und nachmittags die Neueröffnung!“ Sie sieht mich etwas verwundert an und antwortet: „Nein, morgen wird erst einmal ausgeschlafen und Nachmittag wieder aufgemacht.“ Wir denken uns nichts weiter dabei, glauben, dass am neuen Standort schon alles gut vorbereitet ist.

Um Mitternacht stoßen wir beide erst einmal alleine miteinander an und gehen dann vor die Tür, um uns das Feuerwerk anzusehen. Unsere Nachbarn und ihre Gäste sind auch vor der Tür und wir wünschen uns gegenseitig ein „Frohes und gesundes neues Jahr“, wobei die Nachbarin schnell noch einmal im Haus verschwindet und mit gefüllten Sektgläsern zurückkommt. Wie wir so zusammenstehen, erzähle ich, dass unser Italiener am Neujahrstag nun am neuen Standort öffnet. Sie sieht mich erstaunt an und sagt: „Ach wo, das hat doch nicht geklappt. Hat er euch das nicht erzählt? Er zieht nicht um, er bleibt hier.“ Ich bin baff und kann es gar nicht fassen. Wir hatten eigentlich ein gutes Verhältnis zu ihm, glaubten wir zumindest. Und nun hat er uns mitten ins Gesicht gelogen! Für uns steht fest: Vorläufig gehen wir da nicht mehr hin. Wir sehen noch eine Weile bei der Knallerei zu und dann verschwinden alle wieder nach drinnen. Wir machen noch ein paar Anrufe, sehen die Bunte Sendung zu Ende und gehen dann auch schlafen.

Januar 2013

Ich könnte so schön ausschlafen! Die Betonung liegt auf **könnte**, also im Hinblick darauf, dass ich die Zeit hätte und nichts verpasse. Aber es geht nicht mehr. Wie fast jeden Morgen treibt es mich auch heute am Neujahrstag um halb sieben aus dem Bett. Ich bin ja schon froh, dass es eine halbwegs annehmbare Zeit ist! Schließlich hatte ich auch schon Zeiten, als ich um vier oder halb fünf in der Nacht aufgestanden bin. Heute habe ich auch schon einen Plan, was ich mit dem langen Vormittag anfange. Als erstes backe ich einen Russischen Zupfkuchen. Wir haben gestern Abend noch alles vorbereitet und heute ist ja schließlich Feiertag. Außerdem kommen übermorgen Steffen, Steffi und die Kinder aus dem Urlaub zurück und die freuen sich auch, wenn wir Kuchen da haben. Als Siggi gegen zehn aufsteht, kann er schon meinen gut gelungenen Zupfkuchen bewundern und ich habe uns beiden einen Kräutertee aufgebrüht, den ich mehr aus Solidarität mittrinke, aber Siggi tut er gut, denn er ist seit Weihnachten ganz schön erkältet. Meine Mutter kommt am späten Vormittag mit den Worten ins Haus: „ Oh, das riecht aber gut, da hat Anke doch bestimmt wieder gebacken!" Nach unserer Begrüßung und den persönlichen Wünschen fürs neue Jahr zeige ich ihr den Kuchen und sie lobt mich erneut: „Was du jetzt schon alles machst, prima!" und tätschelt mir dabei die Hand.

Wir machen zusammen Mittag und danach legen sich Siggi und meine Mutti hin, während ich lieber lese, sonst kann ich nachts noch schlechter schlafen. Zum Kaffee probieren wir ein Stück vom Zupfkuchen und danach spiele ich mit Mutti ein paar Runden Halma. Uns kommt es so vor, als ob es heute besonders schnell dunkel wird.

Ehe wir uns versehen ist es dunkel wie die Nacht und deshalb bringt Siggi meine Mutter auch nach Hause. Dann klingelt das Telefon und am anderen Ende der Leitung ist

Steffens Mutter, die uns im Namen von Steffen und Steffi ausrichten soll, dass die vier schon heute Nacht statt übermorgen aus dem Urlaub kommen. Ich freue mich sehr darüber und auch Siggi, als ich es ihm nach seiner Rückkehr erzähle. Da mein Mann noch Urlaub hat, beschließen wir, so lange aufzubleiben, bis sie kommen.

Kurz nach eins sind sie dann da. Tammo und Benno schlafen tief und fest und sie werden auch beim Hereintragen nicht wach. So werden sie von ihren Eltern gleich in ihre Betten gelegt, damit sie weiterschlafen. Wir erzählen noch eine halbe Stunde und gehen dann auch endlich schlafen.

Trotzdem bin ich am nächsten Morgen wieder als erste wach und nachdem ich meine Morgentasse Milch getrunken habe sitze ich noch in der Küche und schreibe an meinem neuen Buch, das als Fortsetzung zu „Haarscharf am Tod vorbei“ gedacht ist.

Ich freue mich, als ich Steffi mit den Kindern die Treppe hinunterkommen höre. Ich schaue um die Ecke und da kommen sie. Links und rechts je ein Kind auf dem Arm hat Steffi ganz schön zu tragen. Benno lacht mich verschmitzt an. Ich nehme an, er wird sich, als Steffi Tammo auf den Arm genommen hat, auch seinen Platz eingefordert haben. Ich möchte von Benno ein Begrüßungsküsschen, doch das verweigert er mir. Daher greife ich in die Trickkiste und sage: „Na dann eben nicht! Dann gibt mir Tammo bestimmt ein Küsschen!“ Benno wird hellhörig und als ich mich zu Tammo hinbeuge, tippt er mir auf die Schulter und als ich zu ihm hinsehe hält er mir seine kleine Schnute hin. Lächelnd frage ich: „Gibst du Oma nun doch einen Kuss?“ und als er heftig nickt, füge ich, mich zu Steffi wendend, hinzu: „Er will es sich lieber nicht mit seiner Omi verderben, siehst du?“ Steffi nickt ebenfalls und wir lächeln uns zu bevor ich dann meinen Kuss bekomme. Im nächsten Moment entdeckt Benno den frischgebackenen Zupfkuchen in der Backröhre und bevor er fragt, sage ich, dass sie gerne vom Kuchen essen können. Schließlich haben wir alle einen Teller mit einem Stück Zupfkuchen darauf vor uns zu stehen und lassen es uns schmecken. Es wird ein schöner Tag und am frühen Nachmittag fahren die vier wieder los, sie wollen noch zu Steffens Eltern und dann auch nach Hause.

Am dritten Tag im Neuen Jahr habe ich meine ersten Haustherapien. Erst kommt die Physiotherapeutin, die in der halben Stunde meine linksseitigen Schmerzen in Rumpf und Schulter wegzaubert. Gleich danach kommt der Ergotherapeut. Am nächsten Tag das Gleiche, nur dass ich in der Physiotherapiesitzung eine Massage bekomme, was natürlich total entspannend für mich ist.

Am Sonnabend findet unsere alljährliche Straßenneujahrsfeier statt. Wie immer findet sie bei der Familie im vorletzten Haus statt, die eine Doppelgarage hat, die dann leergeräumt wird und Stühle und Tische werden reingestellt. Dazu einige Heizungen rein und angemacht und wir haben eine wunderbare Feierlokalität. Wir gehen zu vier Uhr hin und es ist mollig warm in der Garage. Wir begrüßen und beglückwünschen uns gegenseitig zum Neuen Jahr. Erstaunlicherweise sind fast alle Anwohner da. Es fehlen nur die, die wirklich nicht können und die, die noch nie da waren. Sogar unsere über achtzigjährige Nachbarin kommt noch gegen zwanzig Uhr.

Es wird wie immer ein schöner und lustiger Abend. Die ersten gehen um halb elf, wir halten bis Mitternacht durch. Ich hatte wieder einmal geglaubt, durch die lange Feier und die damit für mich verbundenen Anstrengungen, am Sonntag etwas länger schlafen zu können. Aber denkste! Pünktlich um sechs treibt es mich aus dem Bett. Als Siggi viel später aufsteht, frühstückt er schnell und geht dann aufräumen helfen.

Die folgende Woche passiert nichts Besonderes. Ich bin glücklich, meine Therapien wieder zu Hause zu haben und meine Physiotherapeutin bandagiert meine besonders schmerzenden Stellen mit Tape. Das sind der linke Rumpf und mein linker Fuß. Man sollte gar nicht glauben, welche Wirkung dieses Pflaster hat! Erst einmal gibt es dem Rücken und dem Fuß Halt und ich habe dadurch eine bessere Körperhaltung. Ich jedenfalls kann das Tape nur empfehlen! Nicht ohne Grund wird es ja auch bei vielen Sportlern angewendet.

Nachdem wir über die Feiertage auch aufgrund meines eigenen Schreibeifers mit Weihnachtspost verwöhnt wurden, schaue ich auch jetzt jeden Tag in den Briefkasten. Vor allem seit ich weiß, dass ich einen Platz in der Reha bekomme, sobald ein Bett frei wird. Aber außer unserer Zeitung und Werbung ist meistens nichts drin. Heute ist Montag, das heißt, es hat schon wieder eine neue Woche angefangen. Es ist der neunte Januar und wieder ist kein Brief von der Reha drin! Das macht mich ganz krank, denn ich will es doch nun endlich wissen und ich will planen können.

Mittags sitze ich im Sessel und beschäftige mich mit meinem I-Pad. Als meine Physiotherapeutin klingelt, stehe ich auf und gehe zur Tür. Ich weiß nicht, ob ich zu abrupt aufgestanden bin, jedenfalls habe ich auf dem Weg zur Tür Schmerzen in der Magengegend und ich bekomme nicht richtig Luft. Nicht einmal richtig begrüßen kann ich sie, es kommen nur ganz leise Laute aus meinem Mund. Ich habe das starke Bedürfnis, mich zu setzen, was die Therapeutin auch sofort vorschlägt. Als ich sitze, bekomme ich aufsteigende Hitze und merke, dass meine Allergie zum Ausbruch kommt. Das ist eine Urticaria, besser bekannt als Nesselsucht. Da bekommt man den ganzen Körper voller Quaddeln und es juckt furchtbar. Auch die Mundschleimhäute fangen an zu kribbeln und schwellen an. Aber das ist auch schon fast das Schlimmste. Nach ein bisschen Ruhe verschwinden die Quaddeln und der Juckreiz auch ganz schnell wieder. Jedenfalls lässt mich meine Physiotherapeutin aufgrund meines Zustandes heute im Sessel sitzen bleiben, nimmt sich meinen linken Fuß vor und macht neues Tape an den Fuß. Ich bin ganz traurig, denn ich hatte mich schon so auf ihre Griffe zur Lockerung meiner linken Seite gefreut, denn es ist alles schon wieder ganz fest und schmerzhaft. Doch sie bleibt streng, sagt, dass sie das nicht darf und sich mein Zustand dann noch verschlechtern könnte und das will sie nicht riskieren. Weil mir nicht besser wird, schlägt sie mir vor, mich auf unsere Zwei- Sitzer-Couch zu legen. Das kostet mich ordentlich Mühe und als ich dann endlich liege, ist mir wahnsinnig schlecht. Sie verabschiedet sich vorzeitig mit dem Hinweis, dass ich unbedingt einen Arzt rufen soll, wenn es nicht besser wird. Die Zeit werden wir morgen nachholen. Als ich die Bestellkarte meiner Hausärztin wegen der Telefonnummer herausgesucht habe, sehe ich, dass sie jetzt gar keine Sprechstunde hat. Daher rufe ich Siggi an und erzähle ihm alles. Er sagt, dass er auf keinen Fall eher von der Arbeit kommen kann, ich aber unbedingt den Notarzt rufen soll, wenn es mit mir nicht besser wird. Ich würde gern wissen, was das wohl war. Doch dann geht es mir nach und nach immer besser und ich rufe natürlich keinen Arzt.

Am Donnerstag ist mein Gang zum Briefkasten von Erfolg gekrönt. Endlich ist der sehnsüchtig erwartete Brief da! Aufgeregt setze ich mich hin und öffne ihn. Genau heute in einer Woche soll es losgehen. Meine Reha geht vom 17. Januar bis 28. Februar. Na bitte, ich bin froh, dass ich nun endlich Bescheid weiß. Meinen beiden Therapeuten gebe ich gleich den Termin, sodass sie die Therapien in der Zeit streichen und mich schon für die Zeit nach der Reha einplanen können.

Es ist fast Mitte Januar und wir haben Schmuddelwetter und immer noch Plusgrade. Am Wochenende beginne ich schon mit dem Packen der Sachen für die Reha, ich will ja auch nichts vergessen! Am Sonntag ist es schon kühler, wir haben zumindest Minusgrade, so wie es sich für den Winter gehört.

Am Donnerstag, dem Beginn meiner Reha, fahren wir sehr zeitig von zu Hause los. Die geplante Abfahrtszeit sieben Uhr haben wir zwar nicht ganz geschafft, aber eine Viertelstunde später sitzen wir im Auto und fahren los. Ich bin ein bisschen aufgeregt, weiß ich doch nicht, was mich erwartet. Nach dreieinhalb Stunden Autofahrt sind wir in Magdeburg. Wir müssen nur noch ein Stück durch die Stadt und sind Punkt elf am Eingang der Reha-Klinik. Sie macht einen guten Eindruck, es ist alles sauber und gepflegt. Allerdings sieht es im Umfeld ein wenig trostlos aus, was zum einen wahrscheinlich dem Umstand zu verdanken ist, dass wir uns hier in einem Industrieviertel befinden, und zum anderen wohl an der Jahreszeit liegt, aber das wollte ich ja so und sollte kein Problem sein. Wir gehen erst einmal an die Rezeption und ich melde mich an. Ich erfahre, dass ich auf die Station neun in der dritten Etage komme. Das ist die Station für die beruflich-medizinische Reha. Während die Empfangsdame auf meiner Station anruft und mich anmeldet, holt Siggi das Gepäck aus dem Auto. Eine sehr nette Schwester empfängt uns dann auf der Station. Wir können erst einmal das Gepäck in mein Zimmer bringen, bevor sie mit mir die Einweisung macht.

Das Zimmer gefällt mir auf Anhieb. Die Möbel sind in heller Buche gehalten. Neben dem Bett, dem Nachtschränkchen, dem Schrank, einem Tisch und einem Stuhl gibt es noch einen Korbsessel und einen Fernseher im Zimmer. Nachdem ich mich kurz umgeschaut habe, gehe ich ans Fenster, um die Aussicht zu genießen. Mit genießen ist hier nichts! Direkt nebenan befindet sich eine Baustelle, ein Haus, auf dem einige Arbeiter gerade herumwerkeln. Das kleine Bad ist funktionell: eine Toilette, ein Waschbecken und eine Dusche. Toilette und Dusche sind behindertengerecht, das heißt bei Beiden sind Geländer und in der Dusche ist noch ein Duschstuhl angebracht. Siggi hilft mir schnell, den Koffer und die Reisetasche auszupacken und dann gehen wir wieder zur Stationsschwester. Da Siggi noch eine lange Strecke vor sich hat und morgen auch wieder zur Arbeit sehr früh aufstehen muss, verabschieden wir uns dann auch gleich voneinander. Ich muss einiges unterschreiben, werde belehrt und erhalte Informationen zum Ablauf. Mein Blutdruck wird gemessen und ist trotz der kleinen Aufregung wieder sehr gut. Dann muss ich noch auf die Waage, was mir gar nicht gefällt und als ich das Ergebnis sehe, bin ich auch leicht schockiert. Aber was habe ich erwartet? Früher war ich rank und schlank, da habe ich aber auch regelmäßig Sport getrieben und mich auch so viel mehr bewegt. Jetzt fehlt mir einfach die regelmäßige Bewegung. Die Essenzeiten bekomme ich auch und da wir gerade fertig sind, sagt die Schwester, dass ich nun im Erdgeschoss im Speisesaal Mittag essen gehen kann. Dort wird mir ein fester Platz zugewiesen, wo ich zu allen Mahlzeiten sitzen werde. Am Tisch sitzen drei Frauen. Obwohl ich mich höflich vorstelle, kommt nichts zurück. Besonders zwei Frauen mit großer und frecher Klappe gefallen mir gar nicht. Aber ich muss ja auch nicht mit ihnen auskommen, wobei es natürlich schöner wäre. Das Mittagessen brauchen wir uns nicht einmal selbst zu holen, es wird serviert. Es gibt drei Wahlessen: ein Vollkost-, ein Vegetarier- und ein Diätgericht. Ich wähle heute Hähnchenschenkel mit Pommes. Mit den drei Frauen komme ich nur schwer ins Gespräch und ich beschließe, mir in Zukunft keine Mühe mehr zu machen, es lohnt sich einfach nicht. Das Essen schmeckt gut und als ich vielleicht zehn Minuten später wieder in meinem Zimmer bin, kommt ein Doktor zur Einweisungsuntersuchung zu mir. Er ist, wie ich seinem Namen entnehme, ein Russe und versteht mich nur schwer. Die Untersuchung dauert recht lange, etwa eine

Dreiviertelstunde. Er fragt vieles ab und ich muss mich zur Untersuchung auf mein Bett legen, wo er dann die Beweglichkeit meiner Gliedmaßen prüft und die Reflexe an verschiedenen Stellen wie Knie, Knöchel, Handgelenk und Ellenbogen. Zum Schluss muss ich kurz hin- und herlaufen und er fragt mich, welche Ziele ich für die Reha habe. Ich antworte ihm, da ich ja nun schon das zehnte Jahr zu Hause bin, ist es mir besonders wichtig, wenigstens wieder ein paar Stunden arbeiten gehen zu können, um auch soziale Kontakte zu haben und nicht den ganzen Tag zu Hause zu sitzen.

Eine halbe Stunde nachdem er gegangen ist, kommt eine Physiotherapeutin zum Erstbefund Physiotherapie. Sie führt ein Gespräch mit mir und prüft, inwieweit ich das linke Bein und den linken Arm bewegen kann und erklärt mir, dass sie zusammen mit dem Arzt entscheiden wird, welche Therapien genau ich bekommen werde. Ich erfahre außerdem, dass sie meine Therapeutin für die Zeit hier sein wird. Das gefällt mir sehr gut, denn sie ist nett und ich werde mich gut mit ihr verstehen. Kaum ist sie gegangen, muss ich auch schon wieder los. Im Erdgeschoss werden im Versammlungsraum die neuen Patienten begrüßt.

Jeder bekommt ein Erfrischungsgetränk seiner Wahl und dann geht es auch schon los. Die Klinik wird vorgestellt und es wird erklärt, dass die in den letzten Jahren zugenommenen neurologischen Erkrankungen dazu geführt haben, dass diese Klinik gebaut wurde. Sie besteht nicht nur aus Rehastationen, sondern hat auch neurologische Stationen mit akut verletzten Patienten, die in der Regel im Anschluss an ihre Operation gleich hier zur Frühreha bleiben. Da der Bedarf weiter steigt, ist schon wieder ein weiteres Haus mit dreißig Bettenplätzen im Bau. Das ist die Baustelle, auf die ich aus meinem Zimmer blicke.

Am nächsten Morgen wird mir Blut angenommen und der Blutdruck gemessen, der mit 120/80 nach wie vor gut ist.

Beim Frühstück gibt es ein Buffet, an dem sich alle bedienen. Nur der Kaffee steht schon in einer Thermoskanne auf dem Tisch. Ich entdecke beim Müsli kalte Milch und hole mir ein Kännchen davon. Da ich nur mit rechts etwas tragen kann, bringe ich es zuerst an meinen Platz und gehe noch einmal los, um mir Brot und Belag zu holen. Als ich zurückkomme, sehe ich, dass die drei Frauen bei sich schon Kaffee eingegossen haben, bei mir aber nicht. Nun gut, das kann ich auch allein. Die zwei Frauen mit der großen Klappe werden mir immer unsympathischer. Nicht nur, weil das, was sie sagen, größtenteils Quatsch ist, sondern dazu auch noch schlechtestes Deutsch. Ich bin froh, als ich mitbekomme, dass beide in der nächsten Woche entlassen werden, die Eine Anfang und die Andere Mitte der Woche.

Am Freitagmorgen bin ich gleich wieder mit Blutabnehmen und Blutdruckmessen dran. Auf meinen Blutdruck ist Verlass. Es ist der gewohnte gute Wert. Meine Therapien beginnen heute bei der mir bereits bekannten Physiotherapeutin. Zuerst soll ich auf den Yobatrainer. Das ist im Prinzip wie ein Eselsrücken, auf dem man sitzt und der dann schaukelt. Meine Hüfte ist zu fest und sie soll dadurch gelockert werden. Die Therapeutin zeigt mir, wie ich am besten aufsteige und wie man das Gerät bedient. Sie sagt, dass ich auch zwischendurch den Yoba nutzen kann. Der Raum, in dem er steht, ist frei zugänglich. Da ich doch etwas unsicher beim Aufsteigen und auch beim Durchschütteln selbst bin, denke ich insgeheim, dass ich das wohl nicht so oft tun werde. Hiernach habe ich Ergotherapie und muss dafür durch das ganze Haus gehen.

Die Zeiten zwischen den Therapien sind sehr knapp bemessen beziehungsweise es gibt gar keine Zeiten dazwischen. Man ist darauf angewiesen, dass der vorherige Therapeut rechtzeitig vorher Schluss macht, aber da die Therapeuten andererseits auch bestrebt sind, die Zeit sinnvoll auszulasten, bleibt es meist dabei, dass man kaum

Zeit dazwischen hat. Und da es für mich sowieso anstrengend ist, zu laufen, ist dies unter Zeitdruck wie zusätzlicher Sport. Heute muss ich mich auch ganz schön beeilen. Die Ergotherapeutin, die übrigens auch sehr nett ist, fragt mich, wie die Therapien bisher zu Hause abliefen und macht sich dann ein Bild von der Beweglichkeit meiner linken Seite, also der Schulter, des Armes und des Beines.

Danach ist auch schon Mittagessenzeit und es ist wieder ein Ende zu laufen. Gleich nach dem Mittag geht es mit dem Erstbefund bei der Logopädin weiter. Ich sage ihr, dass ich keine Therapien benötige und nach einigen kleinen Untersuchungen und Tests stimmt sie mir darin zu und meint, dass sie auch der Meinung ist, auf diese Therapie zugunsten anderer Therapien zu verzichten, von denen ich mehr profitieren würde.

Ich bin wieder in meinem Zimmer und lese, als mein Handy klingelt. Es ist meine Freundin Birgit, die hier in Magdeburg wohnt und mir mitteilt, dass sie mich heute noch besuchen kommen wird. Wenn das mal keine gute Nachricht ist!

Gegen drei ist sie da. Die Freude ist auf beiden Seiten groß. Wir gehen in die Cafeteria, essen ein Stück Torte und trinken einen Kaffee dazu. Dabei erzählen wir natürlich und der Gesprächsstoff geht uns nicht aus. Wir haben uns zwar vor etwa einem halben Jahr gesehen, als sie und ihr Mann uns besuchen waren, aber wir hatten davor lange Zeit keinen Kontakt und man darf nicht vergessen, dass wir als Kinder sehr gut befreundet waren. Wir haben zusammen Handball gespielt und oft zusammen etwas unternommen. Später haben wir an der gleichen Hochschule studiert. Unsere und ihre Tochter waren gleich alt, nur dass sie ein tragisches Schicksal erleiden musste. Ihre Tochter starb mit zwei Jahren und zu dieser Zeit ging dann auch unser Kontakt verloren. Inzwischen hat sie wieder eine Tochter und ist, soweit ich es beurteilen kann, sehr glücklich mit ihrem

Mann und ihrer Tochter. Gegen halb fünf kommen die Beiden, um sie wieder abzuholen. Sie setzen sich noch zu uns an den Tisch und wir erzählen kurz miteinander, bevor sich die drei dann gegen fünf von mir verabschieden. Es war ein schöner Besuch und ich bin richtig glücklich und zufrieden.

Die Zeit bis zum Abendbrot überbrücke ich mit Lesen. Um sieben gehe ich zum Musikalischen Unterhaltungsabend. Laut Aushang sollte es ein Abend mit Gesang und Tanz werden, aber angesichts der vielen Rollstuhlfahrer und Gehbehinderten ist es mir schon klar, dass aus dem Tanzabend nichts wird. Dafür ist der Gesang umso besser. Der DJ singt hauptsächlich deutsche Schlager wie „Jugendliebe“ und „Einen Stern schenk’ ich dir“, bei denen auch kräftig mitgesungen wird. Nach einer Stunde ist alles vorbei und die Patienten machen sich wieder auf den Weg zu ihren Zimmern. Ich natürlich auch, obwohl ich noch gar keine Lust habe, schlafen zu gehen. Schließlich entscheide ich mich für eine Dusche und lege mich danach ins Bett und sehe vom Bett aus fern. Vor dem Sonnabend graule ich mich etwas. Erstens gibt es zum Mittag Eintopf, was überhaupt nicht mein Fall ist, und zweitens bekomme ich keinen Besuch, da es einfach zu weit von zu Hause hierher ist.

Am Sonntag werden Steffi und Familie kommen, aber erst einmal muss ich den Sonnabend hinter mich bringen. Von anderen Patienten habe ich gehört, dass das Wochenende echt öde ist, wenn man keinen Besuch hat. Ich habe ja noch mein dickes Buch, aber ständig lesen kann man irgendwie auch nicht Heute Abend soll ein Videoabend mit dem Film „Der seltsame Fall des Benjamin Button“ stattfinden. Als ich mit Steffi telefoniere und ihr davon erzähle, empfiehlt sie mir, da hinzugehen. Das tue ich dann auch pünktlich zum angegebenen Termin. Doch als ich am Fernsehraum ankomme, ist dort keine Menschenseele. Ich gehe zurück zur Rezeption und frage nach, ob ich vielleicht beim verkehrten Raum gewesen bin. Mir wird gesagt, dass der Videoabend mangels Interesse ausfällt und ich frage mich, woher man weiß, dass kein Interesse besteht. Dann hätte ja zumindest jemand zu der angegebenen Uhrzeit dort am Fernsehraum sein müssen, ich war dort jedoch die einzige.

Vielleicht ist es einfach bequemer so. Wer weiß, vielleicht hätte jemand seinen kostbaren Sonnabendabend dafür opfern müssen und hatte einfach keine Lust dazu. Das ist nur so eine Vermutung von mir, doch der Hammer kommt erst noch. Da schlägt sie mir doch tatsächlich vor, mir allein den Film anzusehen. Das ist dann doch zu viel des Guten! Ich setze mich doch nicht allein in den Fernsehraum, um mir einen Film anzusehen, sei er auch noch so gut! Da habe ich es in meinem Zimmer gemütlicher und lehne daher dankend ab. Als ich auf dem Rückweg zu meinem Zimmer bei unserer Stationsschwester vorbeigehe, bittet sie mich, noch schnell bei mir den Blutdruck messen zu dürfen. Das macht sie dann auch und ich bin wie immer mit dem Wert 120/80 sehr zufrieden. Anschließend gehe ich ins Bett und sehe mir von diesem aus einen Film an.

Obwohl ich noch sehr lange ferngesehen habe, schlafe ich am Sonntag nur bis sechs Uhr und dann treibt es mich aus dem Bett. Da ich jetzt so einen bequemen Duschstuhl habe und ich die Zeit bis zum Frühstück auch rumkriegen muss, gehe ich erst einmal ausgiebig duschen. Beim Frühstück heute lasse ich mir mehr Zeit als sonst und sehe interessiert in die Runde. Die Masse der Patienten sind wirklich Schlaganfallpatienten. Aber es gibt auch viele Patienten mit ganz anderen Erkrankungen, denen aber gemein ist, dass sie in irgendeiner Form neurologische Auswirkungen haben. So habe ich gestern im Fahrstuhl einen Mann kennen gelernt, der einen Schiefhals hat. Auf meine Frage, wie man einen Schiefhals bekommt, zuckte er mit den Schultern und sagte, morgens war er auf einmal da und die Ursache kann ihm keiner sagen. Er wurde auch schon operiert, indem die Sehnen im Nacken verkürzt wurden, aber gebracht hat die Operation anscheinend nichts. Zwei Tische weiter hat ein Mann seinen Platz, bei dem ich schon mitbekommen habe, dass seine Tischnachbarn ihre Gesichter verziehen, wenn er sich eine Schnitte fertig macht und nach einer dicken Schicht Butter und Wurst sich Unmengen Salz und Pfeffer obendrauf tut, zum Schluss sogar noch eine Portion Maggi oder irgendeine andere Sauce. Inzwischen weiß ich, dass er keinen oder nur einen stark eingeschränkten Geschmacksinn hat. Oder eine andere Patientin hat durch Lippenherpes eine neurologische Infektion bekommen und muss nun die Epilepsietabletten nehmen, bei denen ich so kämpfen musste, um sie endlich wieder absetzen zu können.

Nach dem Frühstück lese ich oder beschäftige mich mit meinem I-Pad. Gegen halb zwölf ruft Steffi so wie wir es ausgemacht haben an und sagt, dass sie gleich losfahren werden. Ich gehe nicht zum Mittag, da mich ja die vier besuchen kommen und ich ihnen vorgeschlagen habe, dass wir dann in eine Gaststätte essen gehen können. Außerdem gibt es Schweinebraten, was nicht so mein Ding ist. Ich bin schon voller Vorfreude und verbringe die Wartezeit mit lesen. Eine dreiviertel Stunde später klingelt mein Handy erneut und Steffi erzählt mir, dass ihr kleiner Ford Fiat, der auch schon einige Jahre auf dem Buckel hat, seinen Geist auf der Autobahn gar nicht weit weg von Potsdam aufgegeben hat und sie von der Autobahn runter mussten. Zum Glück war dort gerade eine Außenstelle vom ADAC und sie sind dort gleich hingefahren.

Jetzt wird das Auto erst einmal durchgecheckt. Sie sagt weiter, dass sie nicht wissen, ob sie noch kommen werden, es hängt davon ab, was bei der Autountersuchung herauskommt. Bei diesem Gedanken, dass es vielleicht nichts mit einem Besuch bei mir wird, kommen mir die Tränen und ich muss mich zusammenreißen, dass Steffi nichts merkt. Ich habe mich doch so sehr auf diesen Besuch gefreut, vor allem darauf, meine beiden Enkel wieder zu sehen. Steffi merkt es trotzdem und versucht, mich zu beruhigen. Sie sagt, dass sie vielleicht ja auch noch kommen und wir erst einmal abwarten müssen. Um halb drei kommt dann der erlösende Anruf, dass sie in zirka zwanzig bis dreißig Minuten bei mir sind. Sie haben einen Leihwagen bekommen und da alle schon Hunger haben, verabreden wir uns gleich am Fahrstuhl gegenüber der Rezeption. Als ich dann aus dem Fahrstuhl steige, steht Steffi schon da und wartet auf mich. Wir begrüßen uns herzlich und gehen zum Auto, das vor der Tür steht und in dem die anderen warten. Wir steigen schnell ein und ich begrüße Steffen und die Jungen im Auto. Da es schon sehr spät für Mittagessen ist, wundert es uns auch nicht, dass unsere ursprüngliches Ziel, eine kroatische Gaststätte, schon Küchenschluss hat und wir begeben uns gleich zu einem Steakhaus in der Nähe des Magdeburger Doms.

Dort ist es sehr gemütlich und wir können auch noch Essen bestellen. Während wir warten, steigt Benno auf meinen Schoß, schlingt seine kleinen Arme um meinen Hals, gibt mir einen Kuss und sagt ganz leise, aber deutlich zu mir: „Oma, ich hab` dich lieb!“ Es kommt so unerwartet und er sieht mich dabei so süß mit seinen dunkelbraunen Kulleraugen an, dass ich vor Rührung fast weinen muss. Stattdessen reiße ich mich zusammen und antworte: „Oma hat dich auch ganz doll lieb!“ Er ist zufrieden und setzt seine Schmusetour bei seiner Mama fort.

Mit unserem Essen sind wir alle sehr zufrieden und gegen halb sechs sind wir wieder in der Klinik und gehen alle noch einmal zu meinem Zimmer, wo Steffi die Mitbringsel auspackt. Dann machen sie sich auch wieder auf den Weg nach Hause. Ich bringe sie noch zu der Straße, in der das Auto parkt und warte, bis sie losfahren. Wir winken einander zu und ich gehe wieder in die Klinik. Zum und aus dem Speisesaal ist ein ständiges Kommen und Gehen. Ja richtig, jetzt ist ja schon wieder Abendbrotzeit. Doch ich verzichte heute aufs Abendbrot, bin noch vom Mittag ganz satt.

Am Montag habe ich als erste Therapie nach dem Frühstück gleich eine Stunde Belastungserprobung im Übungsbüro. Ich bin gespannt, wie es da langgeht. Doch ich bin angenehm überrascht. Das Übungsbüro ist im Prinzip ein Computerkabinett, also ein großer Raum mit zirka zwanzig Computerarbeitsplätzen. Eine der beiden Sozialpädagoginnen erklärt mir, wie es hier langgeht. Als erstes sucht man sich einen Arbeitsplatz aus und dann kommt eine Sozialpädagogin mit den Aufgaben, die zu lösen sind. In der Regel haben die anwesenden Patienten unterschiedliche Aufgaben, da sie zum einen gestaffelt kommen und zum anderen die Schnelleren immer schon die nachfolgenden Aufgaben bekommen. Und da das Niveau recht breit gefächert ist, sind die Patienten auch unterschiedlich weit mit den Aufgaben. Ich bekomme wie alle anderen auch einen USB-Stick, damit ich bereits gelöste Aufgaben speichern kann. Die heutigen Aufgaben finde ich einfach. Es sind hauptsächlich Aufgaben zur Rechtschreibung. Ein Text soll mit dem PC abgeschrieben und dabei sollen gleich die eingebauten Fehler korrigiert werden und in einem anderen Text sollen alle Rechtschreibfehler angestrichen werden, wobei zur Vereinfachung angegeben ist, dass in jeder Zeile genau ein Fehler vorkommt. Manchmal muss ich ein zweites und drittes Mal gucken, da die Fehler raffiniert versteckt sind. Die letzte Aufgabe sind Fragen zum Allgemeinwissen, wie „Wer war der erste Mensch im Weltall?“ oder „Wer hat die Zauberflöte komponiert?“ Das sind insgesamt dreißig Fragen. Alles in Allem sind die Aufgaben lösbar und ich muss feststellen, dass mir die Stunde richtig Spaß macht. Ich mag es, wenn ich auch geistig gefordert werde und das ist ja genau der Grund, der mich hierher nach Magdeburg geführt hat, mein „Antrag auf Teilhabe am Arbeitsleben“.

Danach habe ich Ergotherapie, in der meine linke Schulter und mein linker Arm durchbewegt werden. Mit der Ergotherapeutin verstehe ich mich genau wie mit der Physiotherapeutin gleich von Anfang an sehr gut, wir haben, wie man so schön sagt, die gleiche Wellenlänge. Kurz nach elf muss ich zum Ruhe-EKG.

Auf dem Weg zum Mittag habe ich eine einschneidende Begegnung im Fahrstuhl. Ein Patient, mit dem ich schon öfter gesprochen habe, erzählt mir, dass er in den drei Wochen, die er schon hier ist, schon viermal mit einem Sarg im Fahrstuhl unterwegs war. Ich bin erst einmal erschrocken, aber als ich mir den Fakt später noch einmal durch den Kopf gehen lasse, relativiert sich alles wieder. Bei der Einführung wurde uns gesagt, dass akute neurologische Fälle auch hierher kommen und hier auch operiert werden. Gerade in der Neurologie ist bei Operationen meist das Gehirn betroffen und dass es da oft um Leben und Tod geht, habe ich am eigenen Leibe erlebt und in meinem ersten Buch „Haarscharf am Tod vorbei“ niedergeschrieben. Sonst wird es hier auch nicht öfter als in einer anderen vergleichbaren Klinik passieren, dass jemand stirbt. Eine andere Frage ist, ob man das nicht anders organisieren könnte, die Särge in das Kellergeschoss zu bringen. Sicherlich gibt es da Möglichkeiten, aber wahrscheinlich hat sich darüber von der Verantwortlichen noch niemand Gedanken gemacht. Nach dem Mittag habe ich einen Termin in der Neuropsychologie. Da ich keine psychischen Probleme mehr habe und auch keine entsprechenden Tabletten mehr nehmen muss, kommen wir gemeinsam zu dem Ergebnis, dass ich hier keine weiteren Therapien benötige und der Schwerpunkt lieber auf die Physio- und

Ergotherapien gelegt werden soll. Dann fragt die Therapeutin mich, ob ich Interesse an einer Fahrschule haben würde. Natürlich habe ich das, riesiges Interesse sogar! Ich stimme zu, dass sie das entsprechend umgebaute Auto bestellt. Es muss immer drei Wochen vorher in Hannover bestellt werden. Ich kann es gar nicht fassen. Nun bekomme ich sogar ein Fahrsicherheitstraining! Die Psychologin erklärt mir zwar, dass ich auch von einem speziellen Arzt untersucht werden muss, aber selbst, wenn ich aus irgendwelchen Gründen nicht Auto fahren dürfte, wüsste ich zumindest, woran ich bin und kann mich darauf einstellen. Sie gibt mir noch den Tipp, dass heute Nachmittag ihre Chefin einen Vortrag über Auswirkungen von Hirnschädigungen hält. Dann muss ich auch schon wieder los zur Belastungserprobung im Übungsbüro. Das Übungsbüro ist jetzt schon immer für zwei Stunden angesetzt und ich muss mir schon bald neue Aufgaben geben lassen, weil ich mit meinen fertig bin. Danach muss ich zur Krankengymnastik und die Therapieräume befinden sich am anderen Ende des Gebäudes, sodass ich mich ganz schön beeilen muss. Mein linkes Bein wird durchbewegt, ebenso die linke Schulter und der linke Arm bis hin zu meiner linken Hand, deren Finger auf einmal ohne Schmerzen völlig gestreckt sind. Ich bin begeistert und ich glaube, meine Physiotherapeutin staunt selbst, dass es so einfach ging.

Nach dieser Therapie habe ich etwas Zeit zum Ausruhen und mache mich auf den Weg zum empfohlenen Vortrag über die Auswirkungen von Hirnschädigungen. Er ist gut besucht und sehr interessant. Ich bin froh, dass ich hingegangen bin. Die Zeit bis zum Abendbrot vergeht wie im Fluge und als ich mich gerade bettfertig mache, ruft mich Birgit, eine Studienfreundin von mir, an. Ich freue mich sehr über ihren Anruf und wir erzählen eine ganze Weile. Für den nächsten Tag steht bei mir ein Langzeitblutdruckgerät im Therapieplan. Ich kann das überhaupt nicht verstehen, denn wenn etwas bei mir in Ordnung ist, dann ist es der Blutdruck. Gleich vom Speisesaal aus mache ich mich nach dem Frühstück auf den Weg dorthin. Es ist wohl die längste Strecke, die man im Hause zurücklegen kann. Auf dem Weg zur Diagnostik sind wie überall im Hause an der Seite Handläufe für die Leute, die schlecht zu Fuß sind. Also für mich auch. Da mir schon die Hüfte schmerzt, nehme ich den Handlauf zu Hilfe. Natürlich läuft man da nicht ideal, sondern kommt ins Humpeln, da man sich ja mit rechts abstützt. Es dauert nicht lange und ein Arzt, der mich überholt, sagt mir im Vorbeigehen: „Junge Frau, darf ich ihnen mal was sagen?" Erstaunt nickend sehe ich ihn an und denke, was will der denn? Er sagt: „Sie haben ein ganz schlechtes Gangbild!" Hallo, was soll das denn? Was glaubt der, weshalb ich hier bin? Unter anderem auch, um genau das zu verbessern und das sage ich ihm auch und dass ich froh bin, überhaupt wieder laufen zu können. Er ist geschockt von meiner heftigen Reaktion und geht schnell weiter.

Ich bekomme mein Blutdruckgerät angelegt. Danach habe ich Ergotherapie, die sich hier in der Nähe befindet. Meine linke Schulter und Arm werden wieder durchbewegt und danach geht es zum Kiesbecken. Das ist eine Wanne voll warmer kleiner Kieselsteine, in die man den Arm tut und ihn bewegt. Das tut gut und ich erfahre, dass ich jederzeit auch ohne Therapeut das Kiesbecken nutzen kann.

Dann geht es wieder zum Übungsbüro, das sich ebenfalls auf dieser Seite der Klinik befindet. Eine Stunde lang muss ich einfache Verwaltungsaufgaben lösen und dann muss ich mich auch schon wieder beeilen, weil ich auf die andere Seite des Gebäudes zur Physiotherapie muss, wo heute wieder Schulter und Arm durchbewegt werden. Dabei stößt die Physiotherapeutin auf den Muskel, der die Verbindung zwischen Achselhöhle und Brust darstellt und so viel ich weiß, auch Brustmuskel heißt. Sie stellt fest, dass dieser Muskel total verhärtet und fest ist. Die nächsten zehn Minuten ist diese Stelle dran und wird massiert, gedehnt und gedrückt, sodass ich nur noch das Ende der Therapie herbeisehne. Danach muss ich mich auch schon wieder beeilen, denn um elf ist Visite bei der Stationsärztin. Ich frage sie, wieso in meiner Aufnahmeakte steht, dass ich unter Bluthochdruck leide, denn ich nehme täglich nur eine halbe der am niedrigsten dosierten Blutdrucktablette, wie mir meine Hausärztin erklärt hat. Und das auch nur als Vorsichtsmaßnahme wegen meines geplatzten Aneurysmas und weniger aus der Notwendigkeit heraus, weil mein Blutdruck zu hoch ist. Wie gesagt, mein Blutdruck ist in letzter Zeit immer optimal gewesen, auch in der Zeit hier. Ich bekomme zur Antwort, dass das automatisch geschieht, sobald man Blutdrucktabletten nimmt. Das muss ich erst einmal hinnehmen und die Ärztin sagt noch, dass wir ja sehen werden, welches Ergebnis das Langzeitblutdruckgerät bringt.

Nach dem Mittag ruft mich meine Freundin Birgit hier aus Magdeburg an und teilt mir mit, dass sie mich morgen Nachmittag besuchen kommen will. Darauf freue ich mich jetzt schon. Vom stressigen Tag etwas kaputt, lege ich mich aufs Bett und da ich nicht schlafen kann, lese ich. Nachmittags gehe ich in die Cafeteria, einen Eiskaffee trinken. Nach dem Abendbrot bekomme ich meinen Therapieplan für morgen. Da er bis weit in den Nachmittag hineinreicht, rufe ich Birgit an, um ihr das zu sagen und sie verschiebt ihren Besuch auf Donnerstag.

Am Mittwoch geht es gleich nach dem Frühstück wieder mit Einzelgymnastik los. Heute arbeiten wir an meiner Haltung und meinem Gangbild. Ich bekomme außerdem die Aufgabe, wenn ich durchs Haus gehe beziehungsweise, wenn ich überhaupt laufe, das linke Bein ordentlich zu heben und zu versuchen, nicht zu humpeln. Ich verfalle nämlich immer dazu, vor allem, wenn ich es eilig habe, das linke Bein steif zu machen und dann humpele ich automatisch. Ich soll mich immer erst schön aufrichten, zeigen, wie groß ich bin und dann ganz locker im Storchengang losmarschieren. Das sagt sich so leicht! Locker geht schon mal gar nicht, wenn die linke Seite gelähmt ist. Mein Arm geht automatisch zum Bauch, da verschwende ich keinen Gedanken dran. Ich kann mir noch so sehr einreden, dass der Arm locker an der Seite herunterhängen soll, es funktioniert einfach nicht!

Um neun Uhr ist wieder eine Stunde Belastungserprobung im Übungsbüro angesagt und um halb elf Ergotherapie.

Um elf geht es wieder ans andere Ende des Gebäudes zur Turnhalle zum Neurogruppensport. Dort sind alles Patienten, die mehr oder weniger gut laufen können. Einige Schlaganfallpatienten sind darunter, die ich immer daran erkenne, dass sie einen Arm genau wie ich am Bauch halten. Es gibt auch Parkinsonerkrankte. Manche Patienten sitzen auch noch im Rollstuhl oder laufen am Rollator.

Am Anfang sitzen wir alle in einer Reihe auf einem Hocker. Während eine Physiotherapeutin Aufwärmübungen mit uns macht, bauen zwei andere einen kleinen Parcours auf. Es sind einfachste Aufgaben. Ein Gesunder würde sich wahrscheinlich kranklachen beim Anblick der Aufgaben, die wir aufbekommen. Doch so ist das nun mal! Bei uns liegen neurologische Erkrankungen vor und da geht das nun mal nicht mehr so wie früher. Die Rollstuhlfahrer erhalten für die Sportstunde einen Rollator und die Patienten mit Rollator bekommen ersatzweise eine Gehhilfe. Nach dem Warmmachen sollen wir weitere fünf Minuten kreuz und quer durch die Turnhalle gehen und darauf achten, dass wir ordentlich gehen. Ich bemühe mich mit meinem Storchengang, was gar nicht so einfach ist, weil man ständig das Gleichgewicht verliert und ich mich dabei ertappe, dass ich schnell auf das gesunde Bein kommen will und so letztendlich doch humpele. Das sieht auch die Physiotherapeutin und ermahnt mich, das linke Bein ordentlich zu heben. Dadurch verkrampfe ich noch mehr. Dann werden wir auf die verschiedenen Stationen des Parcours aufgeteilt. Da ist zum Beispiel eine kurze Slalomstrecke, durch die wir hindurchgehen sollen oder eine Hindernisstrecke, bei der wir über immer etwas höher werdende kleine Kästen steigen müssen. Das hört sich wieder einfach an, aber für uns ist es aufgrund der Schwierigkeit mit dem Gleichgewicht schwer und erfordert höchste Konzentration. Eine weitere schwierige Station ist eine dicke Hochsprungschaummatte, auf die wir uns setzen, einmal langlegen und dann wieder aufstehen sollen, wobei die Herausforderung darin besteht, aus dem weichen Schaumstoff wieder in den Stand zu kommen. Die meisten schaffen das auch nur mit Hilfestellung durch einen Therapeuten. Als persönliche Herausforderung sehe ich die kleine zehnstufige Treppe an. Die Treppe hoch habe ich überhaupt keine Probleme. Runter geht es schon schwerer, aber es geht. Außerdem dürfen wir das Geländer benutzen. Als ich trotzdem versuche, die Treppe ohne Geländer hochzugehen und es auch schaffe, bekomme ich ein dickes Lob vom Therapeuten und er ermuntert mich, es auch einmal die Treppe herunter ohne Geländer zu probieren. Da er sich daneben stellt, um Hilfestellung zu geben, falls notwendig, versuche ich es. Und ich schaffe es! Ich bin stolz und strahle über das ganze Gesicht. Solche kleinen Erfolge motivieren mich ungemein. Dazu die netten und kompetenten Therapeuten, die auch wirklich Mut machen und loben, wenn man etwas schafft. Nach dieser Sportstunde, bei der im Übrigen alle ein bisschen ins Schwitzen gekommen sind, muss ich wieder ans andere Ende des Gebäudes zur Diagnostik. Heute wird ein EEG gemacht. Ich sträube mich dagegen, die ganze Strecke so im Storchengang zu gehen, weil es einfach auch blöd aussieht und jeder mich ansieht, als hätte ich nicht alle beieinander. Aber zwischendurch bemühe ich mich schon, so zu gehen. Durch die Physiotherapie und jetzt auch noch den Neurosport habe ich auch einige Aufpasser. Wenn ich im Haus unterwegs bin, höre ich ab zu die oder eine ähnliche Ermahnung: „Frau Berg, ordentlich laufen und das Bein ordentlich anheben!" Und dann soll ich auch noch den linken Arm schön locker hängen lassen! Zusätzlich trage ich das blöde Langzeitblutdruckgerät, was mich schon in der Nacht Schlaf gekostet hat und auch am Tage recht unangenehm ist, vor allem immer, wenn es sich aufpumpt und man denkt, gleich platzt der Arm.

Nach dem EEG muss ich wieder zum Übungsbüro und gleich danach habe ich einen Massagetermin. Hierbei entspanne ich total und bin trotzdem froh, dass danach Freizeit ist. Die folgende Nacht schlafe ich wieder schlecht. Schuld ist das dämliche Blutdruckmessgerät. Seit drei Uhr liege ich wach und nehme schließlich mein Buch zur Hand, um mich müde zu lesen. Das gelingt auch nicht so richtig und so stehe ich um halb sechs auf und gehe ausgelassen duschen, um die Zeit bis zum Frühstück totzuschlagen. Mein Therapietag beginnt heute mit der Ergotherapie. Wieder wird meine linke Schulter gelockert, aber dieses Mal mit einem Vibrationsgerät. Anschließend bekomme ich in der Bäderabteilung eine Fangopackung. Ich muss aufpassen, dass ich nicht einschlafe, so gut tut das. Danach ist wieder die tägliche Belastungserprobung im Übungsbüro dran, wobei dies absolut keine Belastung für mich ist, sondern ich mich hier eher wohl, voll in meinem Element fühle. Das einzige Anstrengende ist das lange Sitzen. Als die Stunde rum ist, muss ich wieder quer durchs Gebäude zum Einzeltraining Krankengymnastik. Heute geht es auf den Gangtrainer. Ich bin froh, als die halbe Stunde rum ist, denn es ist doch schon anstrengend, vor allem auch, weil ich auf so viele Dinge achten soll. So soll ich zum Beispiel im

Oberkörper gerade bleiben, den linken Arm schön locker hängen lassen und schön locker aus der Hüfte heraus meine Beine bewegen.

Einen Strich durch die Rechnung macht mir dabei mein linker Arm, denn sobald ich mich anstrenge, wird er fest. Aber ich bemühe mich und irgendwann habe ich es geschafft. Da ich noch Zeit habe, gehe ich in den Raum, wo der Yobatrainer steht und mache vier Mal drei Minuten eine Sitzung auf dem Yoba. Das wurde mir ja empfohlen, es zwischendurch zu tun.

Meine Laune wird immer besser, denn jetzt geht es zur Diagnostik und ich werde endlich das Blutdruckmessgerät los. Ich fühle mich richtiggehend befreit und gehe gutgelaunt wieder zum Übungsbüro. Die Stunde ist auch schnell rum und als ich auf meine Station komme, entdecke ich Birgit im Wartebereich. Das hätte ich ja fast vergessen, dass ich noch Besuch bekomme. Wir begrüßen uns sehr herzlich und gehen noch kurz auf mein Zimmer, da ich mich noch ein wenig frisch machen und umziehen will. Danach gehen wir in die Cafeteria, einen Eiskaffee trinken und erzählen. Sie schlägt mir vor, dass ihre Familie mich am Sonnabend abholen kommt und wir in der Innenstadt ein bisschen bummeln gehen können. Das finde ich ganz toll und ich freue mich schon jetzt riesig auf Sonnabend. Gegen halb sechs wird sie von ihrem Mann und ihrer Tochter wieder abgeholt.

Am nächsten Tag unterhalte ich mich beim Frühstück richtig toll mit meiner neuen Tischnachbarin. Sie heißt Petra, wir sind in etwa gleich alt und haben gleich einen guten Draht zueinander. Mit ihr und einer anderen Patientin, sie heißt Gabi, kann man sich wenigstens ordentlich unterhalten und die beiden komischen Frauen sind zum Glück inzwischen entlassen worden.

Um acht Uhr bekomme ich eine Massage und die ist wirklich gut. Von der Bäderabteilung geht es zum

Übungsbüro, wo es heute darum geht, mit dem PC einen Geschäftsbrief zu schreiben und einen Text fehlerfrei abzuschreiben. Das ist ja gar kein Problem für mich, schließlich komme ich aus der Verwaltung und habe das hundertfach getan. Vor dem Mittag ist noch Stationsvisite, bei der ich nachfrage, was mein Langzeitblutdruckgerät ergeben hat. Mir wird gesagt, dass mein Blutdruck soweit in Ordnung, der zweite Wert aber etwas zu hoch ist. Das kann ich jetzt gar nicht nachvollziehen und ich wundere mich. Ich muss es erst einmal hinnehmen, aber wenn ich Eines weiß, dann ist es das, dass mein Blutdruck die letzten Jahre immer optimal war! Egal, erst einmal nehme ich es hin.

Nach dem Mittag habe ich Ergotherapie und lerne dort ein neues Gerät kennen. Es heißt Amadeo und an jede Fingerspitze der linken Hand kommt ein Pflaster, in das ein Magnet integriert ist. Diese Magneten wiederum kommen an je einen Hebel, die sich beim Start des Gerätes in Bewegung setzen und somit auch meine Finger. Meine Finger werden also passiv durchbewegt und danach machen wir noch eine Übung, bei der ich die Finger aktiv strecken und beugen muss. Je nachdem, wie gut ich das mache, erscheint auf dem Bildschirm ein fröhliches oder trauriges Gesicht. Ich sehe nur einmal ein etwas trauriges Gesicht, in der Regel sehe ich ein lächelndes Gesicht und auch ich freue mich automatisch. Mein linker Arm liegt während der gesamten Übung auf einer Schiene, wird also gestützt, sodass ich mich ganz und gar auf meine Finger konzentrieren kann. Nach einigen Minuten befreit mich die Ergotherapeutin wieder von den Pflastern und ich bin begeistert. Meine linke Hand ist locker wie lange nicht mehr, um genauer zu sagen, eigentlich kenne ich das Gefühl gar nicht mehr.

Meine Begeisterung freut auch die Therapeutin und sie sagt, wenn mir das Gerät so gut tut, wird sie versuchen, es so oft wie möglich für mich einzuplanen. Bevor ich den Bereich der Ergotherapie verlasse, tue ich noch etwas Gutes für meinen linken Arm und gehe zum Kiesbecken. Dahin hat man freien Zutritt und kann das Kiesbecken zwischendurch nutzen. Die wohlige Wärme bekommt meinem Arm gut. Anschließend muss ich wieder zur Physiotherapie und dort auf den Gangtrainer und komme dabei ganz schön ins Schwitzen. Die Therapeutin meint, dass meine Hüfte nach wie vor zu fest ist und daher gehe ich nach dieser halben Stunde noch auf das Yobagerät, zumal es sich im Raum nebenan befindet und ich alles Mögliche unterstützend tun möchte, um meinen Zustand zu verbessern. Abends ruft mich meine Freundin Birgit noch einmal an, um nachzufragen, ob ich am Sonnabend Therapien habe. Ich habe keine und so bleibt es dabei, dass sie mich gegen halb elf abholen wollen.

Inzwischen ist es zur Gewohnheit geworden, dass ich jeden Abend nach dem Abendbrot meinen Mann anrufe. Von seiner anfänglichen Euphorie, sechs Wochen seine Ruhe zu haben, ist nichts mehr zu merken. Im Gegenteil, er sagt, dass es viel zu ruhig zu Hause ist und er froh ist, wenn ich wieder da bin. Heute ist mein Telefoniertag, denn anschließend rufe ich noch Steffi an, um ihr und ihren drei Männern einen schönen Urlaub in Ägypten zu wünschen. Sie fliegen nämlich morgen zusammen mit Steffens Eltern für eine Woche dorthin.

Am Sonnabend bin ich wie immer sehr zeitig wach. Ich lese noch ein bisschen und löse Kreuzworträtsel, bevor ich mich auf den Weg zum Frühstück mache. Ich freue mich jetzt schon jeden Tag auf die Mahlzeiten, weil ich da Petra treffe und wir angenehme Gespräche führen.

Da wir auf verschiedenen Stationen sind, sehen wir uns eigentlich auch nur zu den Mahlzeiten und vielleicht mal zwischendurch auf dem Weg zu unseren Therapien.

Um viertel elf bin ich startbereit für meinen Ausflug und gehe am Fenster im Wartebereich auf meiner Station nachschauen, ob ich zufällig das Auto der Familie meiner

Freundin auf den Parkplatz fahren sehe. Aber es wäre wirklich ein unglaublicher Zufall, wenn sie genau in dem Moment, in dem ich nachschaue, auf den Parkplatz fahren würden und so gehe ich wieder in mein Zimmer und lese ein wenig. Kurz nach halb elf sind sie dann da: Meine Freundin Birgit, ihr Mann Jörg und die Tochter Christin. Wir halten uns auch gar nicht groß auf, sondern gehen gleich zum Auto und fahren in die Innenstadt von Magdeburg. Wir trennen uns von Jörg und seiner Tochter und starten den Einkaufsbummel. Ich möchte mir gern noch ein paar T-Shirts kaufen, da man bei den Therapien teilweise doch ganz schön ins Schwitzen kommt und ich darauf nicht so richtig eingestellt bin. Man kann in der Klinik zwar seine Wäsche auch waschen, aber das will ich auch wieder nicht, denn meine T-Shirts müssen grundsätzlich gebügelt werden, was ich wiederum wieder nicht kann mit einer Hand.

Wir werden schnell fündig und im Handumdrehen habe ich mir vier hübsche und preiswerte T-Shirts ausgesucht. Ich kaufe noch andere Kleinigkeiten ein, die ich benötige, und Birgit richtet sich bei Allem total nach meinen Wünschen. Für Siggi kaufe ich sogar zwei Hosen: eine helle Jeans und eine graue Cordjeans. Birgit staunt nicht schlecht, dass ich einfach so für Siggi ohne Anzuprobieren einkaufen kann. Ich erzähle ihr, dass wir das schon so lange wie wir uns kennen so machen.

Ich glaube sogar, er hat sich noch nie selbst eine Hose gekauft, er weiß nicht einmal seine Größe, glaube ich. Aber bei den Jeansgrößen ist das so bequem, dass man eigentlich nichts falsch machen kann und eine bestimmte Größe ist eben diese Größe und fällt nicht kleiner oder größer aus wie man es oft bei den anderen Sachen hat. Und da ich die Größe von Siggi kenne und mir die Hosen gefallen, er außerdem neue Hosen braucht, kaufe ich sie einfach.

Da Thomas Anfang März Geburtstag hat, suche und finde ich auch etwas für ihn. Ein weißes und hellblaues T-

Shirt sowie einen grauen Pullover mit V- Ausschnitt, da er so gerne Hemden trägt. Darüber freue ich mich richtig, denn ich habe schon seit Jahren nichts mehr für ihn ausgesucht, immer hat Steffi das für mich erledigt. Zwar in Abstimmung mit mir, aber ich habe es eben nicht allein ausgesucht. Dieses Mal schon! Ich bin richtig stolz auf mich und eigentlich auch sicher, dass die Sachen ihm gefallen werden.

Nach zwei Stunden treffen wir vier uns wieder und fahren in das Dorf in der Nähe von Magdeburg, in dem sie wohnen. Dort kehren wir beim Griechen ein und essen schön Mittag. Danach geht es zu ihnen nach Hause, wo ich mich bequem in einen Sessel setzen und die Beine hochlegen darf. Das tut gut, denn nach dem vielen Laufen tun mir die Beine echt weh. Dann trinken wir Kaffee. Christin hat zwei Kuchen gebacken, die beide ganz prima schmecken.

Birgit bietet mir an, noch bis zum Abendbrot zu bleiben, doch ich lehne dankend ab, da heute Abend in der Klinik ein Spielabend ist, zu dem ich gern hingehen würde, da man bei solcher Gelegenheit am besten andere Patienten kennen lernt. So bringen sie mich nach dem Kaffe zurück zur Klinik. Unterwegs halten wir noch an einem Supermarkt, da ich mir gerne Mandarinen mitnehmen würde. Für mich ist es wichtig, dass es möglichst solche Mandarinen sind, bei denen die Schale nicht so fest am Fruchtfleisch haftet, da ich sie dann nicht gepellt bekomme. Wir haben Glück und es gibt die von mir gewünschte Sorte und ich nehme mir eine kleine Kiste mit.

Sie bringen mich noch zu meinem Zimmer und dann bedanke ich mich für den wundervollen Tag, der mir viel Freude gebracht hat, und wir verabschieden uns voneinander.

Obwohl ich pünktlich beim Spielabend bin, sind dort nur vier weitere Patienten, die am Nachbartisch Rommee spielen. Ich denke, vielleicht kommen ja noch welche oder sie lassen mich mitspielen und warte geduldig. Mein Warten wird belohnt, denn nach etwa einer Stunde spricht mich Ellen an, ich kenne sie vom Übungsbüro, und fragt, ob ich Rommee mitspielen möchte. Sie und zwei Patienten sitzen woanders, wo die Tische etwas höher sind und es sich so besser spielt. Natürlich möchte ich das, sehr gern sogar, und wir gehen zusammen zu Heiko und Steffen.

Als die Karten ausgeteilt werden, mache ich mir Sorgen, wie ich die Karten halten soll und habe Bedenken, dass die anderen die Geduld verlieren könnten und keine Lust mehr zum Spielen haben. Ich sage, dass es ohne Kartenhalter für mich schwierig wird. Zu meinem Erstaunen hat Steffen sofort eine Lösung parat.Er hat bei einem anderen Patienten beobachtet, wie der es macht. Bevor er es uns lang und breit erklärt, geht er los und kommt mit einem Puzzlekarton wieder. Er legt ihn vor mir mit der Vorderseite nach unten auf den Tisch und zeigt mir, dass ich nun die Karten in die Rille zwischen Deckel und Unterboden stecken kann. Ich bin begeistert, diese Lösung ist ja fast besser als mein Kartenhalter zu Hause. Da der Karton ziemlich viel Platz vom Tisch einnimmt, steht Heiko auf und schiebt einen kleineren Tisch an diesen heran. Jetzt ist alles perfekt, ich habe genug Platz für den Karton und mir kann auch niemand in die Karten gucken.

So spielen wir eine gute Stunde Romme und haben viel Spaß dabei. Heiko macht als erster schlapp, er ist müde und möchte schlafen gehen. Ich könnte noch ewig weiter spielen, aber gut, es ist schon nach halb zehn und so machen wir Schluss und gehen jeder auf sein Zimmer.

Ich sehe, dass Siggi versucht hat, mich anzurufen. Ich rufe zurück und erzähle ihm von dem schönen Tag. Dann mache ich mich fertig, gehe ins Bett und sehe noch ein bisschen fern, bevor ich einschlafe.

Am Sonntag bekomme ich es zum ersten Mal mit, wie langweilig es am Wochenende hier ist, wenn man keinen Besuch hat. Ich bin ja erst eine gute Woche hier und da habe ich Siggi gesagt, er soll nicht kommen, weil es einfach den Aufwand nicht wert ist, eine so lange Strecke zu fahren und wie gesagt, so lange ist es nicht her, dass wir uns gesehen haben. Außerdem telefonieren wir jeden Tag. Aber ich bin froh, dass mir Birgit ein Buch geliehen hat, denn meinen Wälzer habe ich schon durch und so verbringe ich den heutigen Tag mehr oder weniger mit Lesen. Birgit hat mir auch noch einen Katalog von Weltbild mitgegeben und ich schreibe mir Bücher heraus, die mich interessieren.

Am Montag geht es früh gleich mit dem Gangtrainer los und danach dehnt meine Physiotherapeutin meine Beinmuskeln und -sehnen, indem sie mein Bein anwinkelt, während ich bäuchlings auf der Pritsche liege. Das zieht ganz schön im Oberschenkel. Das Übungsbüro danach ist wie immer keine Hürde für mich, eher schon die Sportstunde dann mit der Neuro-Gruppe. Die Übungen sehen sehr einfach aus, sind aber für uns durchaus anstrengend und wir sind alle froh, als die Stunde um ist. Ich habe mir anscheinend auch noch einen Nerv eingeklemmt, denn bei jedem Schritt habe ich Schmerzen in der Hüfte. Nach dem Mittag muss ich noch einmal zum Übungsbüro und danach ist nur noch Ergotherapie, bevor für heute Feierabend ist.

Abends gehe ich nachsehen, ob meine Leute vom Kartenspielen wieder da sind und ich habe Glück und wir spielen wieder Romme.

Mein Therapietag am Dienstag beginnt ganz entspannend mit einer Fangopackung. Danach gehe ich in der Ergotherapie wieder an den Amadeo und nun sind neben meiner Schulter auch meine Finger ganz locker. In der Krankengymnastik im Anschluss spreche ich meinen vermeintlich eingeklemmten Nerv an. Ich muss mich auf den Bauch legen und die Therapeutin knetet mich durch, wobei sie mir sagt, dass mein Problem kein eingeklemmter Nerv, sondern mein altbekanntes Problem ist, nämlich verkürzte Muskeln und Sehnen. Zum Abschluss bekomme ich

Tapepflaster auf den Rücken links und an den linken Fuß. Nun geht es wieder ans andere Ende des Gebäudes zum Übungsbüro.

Heute besteht die Aufgabe darin, einen Text zu erfassen und zu analysieren. Danach bekomme ich eine Massage, genau richtig zur Einstimmung auf die Mittagspause. Am Nachmittag habe ich nur eine Stunde Sport mit der Neuro-Gruppe, worüber ich auch froh bin, denn die Sportstunde ist wie immer sehr anstrengend. Am Mittwoch habe ich das gewohnte Programm: Physiotherapie und Übungsbüro, wobei mich im Übungsbüro ärgert, dass aus Versehen meine bereits ausgedruckten Lösungen vom letzten Mal im Papierkorb gelandet sind, wodurch ich gezwungen bin, alles noch einmal auszudrucken.

Dadurch komme ich in Zeitverzug und auf dem Weg zur Ergotherapie kommt mir meine Ergotherapeutin schon entgegen, um mir zu sagen, dass ich gleich zur nächsten Therapie gehen kann, da diese nun ausfallen muss. Das ärgert mich schon, zumal ich heute wieder an den Amadeo gegangen wäre, der meiner Hand so gut tut. Am Nachmittag gehe ich noch zum Vortrag „Wege der beruflichen Rehabilitation“, der mir aber viel zu allgemein gehalten ist und von dem ich mir mehr versprochen habe.

Am Donnerstag, dem letzten Tag im Januar, habe ich die üblichen Therapien. Der Tag beginnt nach dem Frühstück mit Einzelkrankengymnastik, in der meine linken Beinmuskeln und Beinsehnen gedehnt werden. Danach habe ich Ergotherapie an meinem geliebten Amadeo. Es folgen zwei Stunden Übungsbüro und nach dem Mittag habe ich den einzigen und letzten Termin bei der Logopädin. Ich muss nacheinander alle Gesichtsmuskeln anspannen und bekomme, da links eine leichte Schieflage zu verzeichnen ist, ein paar Aufgaben als Hausaufgabe mit, da ich auf diese Therapie zugunsten der Physio- und Ergotherapie in Zukunft verzichten möchte. Zum Abschluss habe ich wieder eine

Stunde Sport in der Neurogruppe. Falls man denkt, danach kann ich mich endlich ausruhen, so stimmt das nur teilweise. Aufgrund meiner Probleme mit dem Blutdruck, die aus meiner Sicht keine sind, wurde ich wieder zu einem Vortrag verdonnert, der um 16.00 Uhr beginnt und zirka eine Stunde dauert. Es ist ein Vortrag zum Bluthochdruck und er ist interessanter als ich erwartet habe. Letztendlich bestätigt sich meine Theorie und bei meinen Werten in meinem Alter spricht man von einem guten, ja sogar optimalen Blutdruck.

Abends spielen wir mal wieder Karten, was mir viel Spaß macht. Am Freitag schlafe ich für meine Verhältnisse recht lange, bis Viertel acht. Ich muss mich ganz schön beeilen, um in Ruhe frühstücken zu können und pünktlich zu halb neun in der Physiotherapie zu sein. Es folgt eine Stunde Übungsbüro. Ich habe eine Frage an die Sozialarbeiterin, komme aber erst später an eine heran, da beide ein Einzelgespräch führen.

Dadurch komme ich zu spät zur nächsten Therapie und sie muss ausfallen. Dumm nur, dass es ausgerechnet wieder die Ergotherapie ist und die Sitzung am Amadeo meiner Hand so gut tut. Vor dem Mittag habe ich dann ein erstes Gespräch mit der Leiterin der beruflich-medizinischen Rehabilitation. Sie teilt mir mit, dass meine Ergebnisse im Übungsbüro recht gut sind, aber nicht ausreichen, dass ich unter Konkurenzbedingungen arbeiten könnte. Ich frage sie, woher sie das wissen will und versuche, ihr zu erklären, dass mein einziges Problem meine körperlichen, nicht aber meine geistigen Einschränkungen sind. Sie bleibt dabei und sagt, dass es darauf hinauslaufen wird, dass ich drei Stunden arbeiten darf. Ich bin enttäuscht, denke gleich, wer nimmt mich schon für drei Stunden täglich. Doch sie erklärt mir dann, dass bei über drei Stunden mein Verdienst bei der Rente gegengerechnet werden würdeird und darunter könnte ich echt bis zu 450 Euro dazuverdienen. Darum geht es mir ja nur in zweiter Linie, in erster Linie geht es mir darum, wieder soziale Kontakte zu haben und unter Leute zu kommen und so gehe ich recht zufrieden aus dem Gespräch. Vor allem, als ich dann von einer Patientin die ich vom Übungsbüro her kenne, erfahre, dass sie zunächst ein Jahr pausieren muss und dann auch nur drei Stunden arbeiten darf. Und sie hat keine körperlichen Defizite, sie hat nur sehr oft Kopfschmerzen, kann herumlaufen und alle Gliedmaßen normal bewegen.

Am Sonnabend stehe ich frohen Mutes auf, denn heute kommt mich Siggi besuchen. Nach dem Frühstück rufe ich ihn an. Offiziell will ich ihm noch einige Kleinigkeiten sagen, die er mir noch mitbringen soll. In Wahrheit denke ich jedoch, dass er noch schläft und will ihn mit meinem Anruf wecken, denn er hat gesagt, er will gegen elf hier sein und dann müsste er schon unterwegs sein. An die Festnetznummer geht niemand ran und so versuche ich es noch einmal auf seinem Handy und erreiche ihn auch. Ich frage, ob er noch im Bett ist. Er bejaht, will mich aber nur hinters Licht führen. Nach einer Weile rückt er damit heraus, dass er schon in Nassenheide ist und damit schon eine Stunde Fahrzeit von drei hinter sich hat. Ich freue mich darüber und verbringe den Vormittag entspannt mit Lesen. Gegen halb zwölf ist er da und wir fahren gleich zum Kroaten, um dort Mittag zu essen. Heute gibt es mal wieder Eintopf in der Klinik und das ist so gar nicht mein Ding. Außerdem braucht Siggi auch sein Mittag, also liegt es nahe, dass wir essen gehen. Den Kroaten haben wir deshalb ausgesucht, weil wir da schon hinwollten, als Steffi und Familie hier waren. Es war nur zu spät und schon Küchenschluss, aber es hatte so gut gerochen. Es ist wie erwartet sehr angenehm in der Gaststätte. Ich bestelle mir ein Cordon bleu und Siggi sich ein Wiener Schnitzel. Er fragt, ob er auch noch zwei Spiegeleier dazu haben kann und auch das ist möglich. Uns schmeckt es sehr gut. Bei Siggi staune ich. Er ist so gar nicht der Gaststättenesser, aber heute hat er den ganzen Teller leer gegessen. Nachmittags gegen drei macht sich Siggi wieder auf den Heimweg. Ich gehe noch bis zum Auto mit. Es ist recht kalt geworden, besonders der Wind ist sehr unangenehm. Laut Wetterbericht soll es wohl auch wieder kälter werden.

Ich gehe relativ zeitig ins Bett, sehe aber noch eine ganze Weile vom Bett aus fern. Kurz nach Mitternacht erhalte ich von meiner Freundin Christine eine SMS, dass sie am Sonntag gegen zehn bei mir sein werden. Christine ist auch eine Freundin aus meiner Havelberger Zeit. Sie wohnt jetzt in Osterburg und ist bei einer Freundin in Magdeburg zu Besuch. Auf der Rückfahrt nach Hause will sie mir dann einen Besuch abstatten. Darauf freue ich mich, denn wir haben uns auch schon eine Weile nicht mehr gesehen und so wird das Wochenende perfekt werden, weil ich auch Sonntag Besuch habe. Fast pünktlich gegen halb elf sind Christine und ihr Freund Rüdiger bei mir. Nach einer herzlichen Begrüßung reden wir noch kurz und machen uns dann gleich mit deren Auto auf dem Weg ins Stadtzentrum von Magdeburg. Wir überlegen, was wir unternehmen könnten. Doch ich kann leider nichts zu den Überlegungen beitragen, dazu kenne ich Magdeburg zu wenig. Aber Christine kann sich an eine Gewächshausanlage erinnern, die wir nach kurzem Suchen auch finden. Wir sehen uns die Pflanzen an und danach fahren wir zu einer Gaststätte an der Elbe, um Mittag zu essen. Zurück in der Klinik trinken wir noch einen Kaffee und dann verabschieden sich die Beiden wieder von mir. Immerhin ist es schon halb drei und sie haben noch eine längere Strecke vor sich. Glücklich und zufrieden mit dem Wochenende gehe ich auf mein Zimmer, um den restlichen Nachmittag mit Lesen zu verbringen. Nach dem Abendbrot spielen wir in alter Runde wieder Karten.

Am Montag bin ich nicht böse, dass es mich schon um sechs Uhr wieder aus dem Bett treibt. Ich habe nämlich erfahren, dass man sich montags vor sieben Uhr im Bereich der Ergotherapie in eine Liste eintragen muss, wenn man in seiner Freizeit beim Korbflechten oder der Seidenmalerei mitmachen will. Und das habe ich mir für heute vorgenommen. Außerdem ist es eine ganz schöne Strecke entfernt. Ich muss erst mit dem Fahrstuhl ins Erdgeschoss fahren und dann noch den halben Flur entlanglaufen. Bis auf Reinigungskräfte und einige Krankenschwestern trifft man um diese Zeit niemanden. Als ich endlich angekommen bin und auf die Listen schaue, staune ich nicht schlecht. Auf der Liste fürs Korbflechten ist Platz für zehn Namen, sechs stehen schon drin. Bei der Seidenmalerei dürfen sich nur sechs eintragen und da stehen auch erst zwei drin. Ich trage mich in beide Listen ein und muss mich dann auch schon wieder beeilen, dass ich zum Frühstück komme, denn gleich danach um acht beginnt die erste Therapie.

Danach geht es wieder zum Übungsbüro, wo heute Excel-Tabellen dran sind und da macht mir keiner was vor, im Gegenteil, es macht mir großen Spaß, diese Tabellen zu erstellen. Eineinhalb Stunden später muss ich wieder zur Turnhalle am anderen Ende des Gebäudes zur Sportstunde mit der Neuro-Gruppe, bei der es wieder anstrengend, aber auch lustig ist. Dann haben wir uns unser Mittag und die Mittagspause verdient, aber die Zeit ist schnell um und ich muss noch einmal eine Stunde ins Übungsbüro. Danach habe ich wieder Ergotherapie an meinem geliebten Amadeo. Um halb drei ist Schluss und ich genieße den Feierabend beim Lesen.

In meinem Therapieplan habe ich um sechzehn Uhr noch einen medizinischen Vortrag zu stehen, aber den schwänze ich heute einfach ohne auch nur eine Spur schlechten Gewissens. Erstens interessiert er mich nicht und zweitens habe ich den Eindruck, dass ich fast jeden Tag einen Vortrag im Plan zu stehen habe und Andere komplett davon verschont bleiben. Um halb fünf gehe ich zum

Peddigrohrflechten. Ich beginne mit einem ovalen Brotkorb. Es macht sich zwar schwer mit einer Hand, aber es geht und ich fuchse mich ein. Ruckzuck ist die Zeit um und wir räumen auf und machen uns auf den Weg zum Abendbrot. Danach telefoniere ich wie jeden Tag mit Siggi und gehe dann auch bald ins Bett, um noch fernzusehen. Gegen 23 Uhr klingelt mein Handy und Steffi ist dran. Sie meldet sich aus dem einwöchigen Urlaub aus Ägypten zurück, wo sie zusammen mit ihren Schwiegereltern waren. Begeistert erzählt sie, wie schön es war. Ich freue mich mit ihr, vor allem auch darüber, dass sie alle wieder heil hier gelandet sind und sich gut erholt haben. Beruhigt kann ich nun den Fernseher ausschalten und schlafe bald ein.

Am Dienstag sieht mir bei der Ergotherapie am Amadeo eine Praktikantin zu und sie ist auch total begeistert, weil es mir danach mit meiner Hand so gut geht. Im Übungsbüro dann muss ich heute eine Art Haushaltsbuch führen, das heißt Ausgaben nach Kostenarten sortieren und in den PC eingeben. Das mache ich natürlich wieder über Exceltabellen und das ist absolut kein Problem für mich. Danach bekomme ich eine Massage, die dieses Mal alles andere als entspannend ist, weil es mir richtig weh tut.

In der Krankengymnastik anschließend werde ich noch einmal durchgeknetet, allerdings nur auf der linken Seite bis zur Hüfte. Zum Abschluss steige ich noch auf den Yoba, damit meine Hüfte lockerer wird. Heute ist ein körperlich besonders anstrengender Tag für mich, denn nach der Krankengymnastik habe ich noch eine Stunde Sport mit der Neuro-Gruppe. Aber trotzdem schaffe ich es heute, die in der Turnhalle befindliche Treppe hoch- und runterzugehen, ohne das Geländer zu Hilfe zu nehmen. Dafür bekomme ich auch ein ganz dickes Lob vom Physiotherapeuten und ehrlich gesagt, ich bin auch stolz auf mich, denn es kostet schon ganz schön Überwindung, es ohne Geländer zu probieren. Im Hinterkopf ist immer die Angst, dass ich mich auf meine linke Seite nicht verlassen kann. Das bedeutet, bei einem Stolperer könnte ich mich nicht einmal abstützen und wenn man schon einmal die Erfahrung gemacht hat, ist die Angst ein ständiger Begleiter.

Nachmittags um drei habe ich als letzte Therapie für heute das erste Mal Training mit dem Ergometer. Ich hätte nicht gedacht, dass zwanzig Minuten so anstrengend sein können, aber ich glaube, das hängt heute mit dem ganzen Tag zusammen, irgendwie war alles anstrengend. Als ich vom Ergometer steige, merke ich, dass unten herum alles taub ist, sodass ich kaum richtig gehen kann. Ich bin wirklich froh, dass für heute Schluss ist. Zu halb fünf gehe ich zur Seidenmalerei und schaffe es, gleich zwei Tücher zu bemalen. Nun müssen sie trocknen und beim nächsten Mal werden sie ausgespült und gebügelt.

Heute habe ich wieder richtig Lust, Karten zu spielen und ich habe Glück und treffe meine Mitspieler an. Es macht wie immer Spaß und als die anderen gegen 22.00 Uhr Schluss machen wollen, versuche ich, sie zu überzeugen, noch ein bisschen zu bleiben. Aber eigenartigerweise sind sie alle müde und kaputt, was ich gar nicht verstehen kann, zumal sie vom Gesundheitlichen viel besser drauf sein müssten als ich. Aber letztendlich muss ich mich geschlagen geben und wir machen uns auf den Weg zu unseren Zimmern. Mittwochfrüh bin ich als erstes in der Peddigrohrgruppe. Ich hatte das gestern schon gesehen als ich den neuen Therapieplan erhalten hatte und mich sehr darüber gefreut. Meiner Ergotherapeutin hatte ich nämlich erzählt, dass ich auch gern regulär das Korbflechten als Therapie hätte und sie meinte, sie wollte mal sehen, was sich machen lässt. Und nun hat es geklappt. Mit meinem Brotkorb bin ich schon relativ weit. Ich muss nur noch ein paar Runden flechten und dann ist auch schon der Rand dran. Der ist allerdings kaum mit nur einer Hand zu bewerkstelligen und nach einigen erfolglosen Versuchen macht ihn mir letztendlich die Ergotherapeutin fertig. Nun habe ich noch genug Zeit, um einen neuen Korb anzufangen. Ich wähle einen kleinen Boden mit zirka zwölf Zentimeter Durchmesser. So muss ich mich noch einmal anmelden und werde dann auch hoffentlich fertig. Anschließend bin ich wieder in Gesellschaft der Praktikantin von gestern am Amadeo und danach geht es zwei Stunden ins Übungsbüro. Der Nachmittag beginnt auch wieder mit dem Übungsbüro. In der Krankengymnastik danach lerne ich wieder ein neues Gerät kennen. Es heißt Vibofit und ist eine Vibrationsmaschine. Zuerst muss ich mich darauf stellen, den Kopf aus dem Wirkungsbereich halten und werde dann heftig durchgeschüttelt. Das ist schon ein eigenartiges Gefühl und soll auch der Lockerung der Muskulatur dienen. Danach geht es im Liegen weiter. Ich muss mich so hinlegen, dass meine Waden auf der Trittfläche liegen und dann werden diese durchgeschüttelt. Ich muss sagen, das ist schon wesentlich angenehmer als im Stehen. Zum Schluss sind meine Schenkel dran, was wieder etwas unangenehmer ist.

Den Feierabend habe ich mir verdient und kaum bin ich in meinem Zimmer, erhalte ich auch schon einen Anruf von Birgit, die mir unter anderem erzählt, dass sie mich am Sonnabend wieder abholen wollen, worüber ich mich natürlich sehr freue. Abends treffe ich wieder meine Kartenrunde an und dieses Mal halten alle bis 23.00 Uhr durch. Ich weiß nicht, ob es an dem späten Zubettgehen liegt, jedenfalls werde ich am Donnerstag erst um Viertel acht wach. Eigentlich sollte ich mich darüber freuen, auch mal etwas länger schlafen zu können, doch mein Zeitplan wird dadurch sehr eng. Ich habe es schon eilig, zum Frühstück zu kommen, als mich die Stationsschwester beim Vorbeigehen daran erinnert, dass ich heute zum Blutdruckmessen dran bin und kurz Platz nehmen muss. Zwei andere Patienten sind noch vor mir dran. Ich werde unruhig und denke, jetzt wird mein Blutdruck durch die Aufregung vielleicht höher. Aber denkste: 110/70, zuverlässig gut wie immer! Gleich nach dem Frühstück habe ich wieder einen Termin am Amadeo. Ich komme zehn Minuten zu spät und da die Vorbereitung fürs Gerät schon immer einen Großteil der Therapiezeit in Anspruch nimmt, gehen wir nicht mehr ans Gerät, sondern ich muss mich auf eine Liege legen und meine Schulter und mein Arm werden manuell durchbewegt. Das ist auch mal nötig, trotzdem hätte ich lieber etwas für meine Finger getan, denn die Chance dafür habe ich nur so lange, wie ich hier in Magdeburg bin. Im anschließenden Übungsbüro erhalte ich die Auswertung für das Haushaltsbuch. Ich habe einige kleine Fehler gemacht, das heißt, Ausgaben übersehen oder sie verkehrten Kostenarten zugeordnet. Das kratzt doch mächtig an meinem Image und ich ärgere mich über mich selbst, denn das sind Flüchtigkeitsfehler, die nicht hätten sein müssen. Obwohl die Sozialarbeiterin sagt, dass das trotzdem eine solide und gute Arbeit war, kann sie mich nicht wirklich trösten. Ich bin sehr ehrgeizig und will alles immer bestens machen, da ärgere ich mich ohne Ende über solche Flüchtigkeitsfehler. Dafür werde ich danach belohnt. Ich bekomme eine Fangopackung und könnte eine halbe Stunde entspannen, wobei die Betonung auf könnte liegt. Meine Gedanken kreisen um die Fehler, die ich gemacht habe. Wenigstens beim anschließenden Ergometertraining komme ich auf andere Gedanken.

Nach den zwanzig Minuten flotten Radelns hilft mir die Physiotherapeutin in meine Jacke und fragt mich, ob ich zu Hause allein bin oder ob ich einen Partner habe. Ich antworte, dass ich verheiratet bin, sehe sie erstaunt an und frage zurück, wieso sie mich das fragt. Sie antwortet, dass sie mich bewundert, was ich schon alles geschafft habe und wie selbständig ich bin. Und sie hat sich gefragt, ob das zwangsläufig vielleicht dadurch gekommen ist, dass ich allein e bin und daher sozusagen gezwungen war, mir alles anzunehmen. Sie sagt weiter: „Umso besser für Sie und machen Sie weiter so!“ Meine schlechte Stimmung von vorher ist sofort weg und frohgelaunt gehe ich zur Turnhalle, wo ich als Nächstes wieder eine Stunde Sport mit der Neuro-Gruppe habe. Dort wird heute wieder besonderes Augenmerk darauf gelegt, dass ich beim Gehen schön mein linkes Bein hebe. Das Problem ist dann nur, dass ich da schnell Gleichgewichtsprobleme bekomme beziehungsweise einfach nicht lange auf einem Bein stehen kann, was, wie ich glaube, wohl jedem so geht. Ich stehe dann ja praktisch länger auf dem rechten Bein, was dazu führt, dass ich schnell das linke Bein nachsetzen will, wodurch ein ganz komischer Gang entsteht und letztendlich ein schlechteres Gangbild dabei herauskommt als es vorher war. Es folgt eine Stunde Übungsbüro und nach zwei Stunden Pause gehe ich dann zum Korbflechten. Auf dem Rückweg vom Abendbrot unterhalte ich mich länger mit Josi. Das ist eine ganz Liebe, sie ist erst zweiundzwanzig und hatte schon dreimal ein geplatztes Aneurysma im Kopf. Obwohl sie Ewigkeiten in Krankenhäusern verbracht hat, sprüht sie vor Lebensenergie. Das gefällt mir an ihr und mir wird mal wieder bewusst, welches Glück ich hatte, dass mich mein Unglück erst heimgesucht hat als ich Ausbildung und Studium bereits abgeschlossen hatte, zwanzig Jahre schon im Arbeitsleben gesteckt habe, verheiratet bin und zwei Kinder habe, nicht zu vergessen meine Enkelkinder. Josi erzählt mir, dass sie auch viel schreibt, dass sie schon einige Gedichte zu Papier gebracht hat. Am Ende tauschen wir Kontaktdaten aus und wollen in Verbindung bleiben. Abends gehe ich wieder Rommee spielen.

Am Freitag beginnt mein Therapietag mit einer wohltuenden Massage. Die vor dem Mittag angesetzte Visite fällt mal wieder aus. Nach dem Mittag geht es zum Übungsbüro, wo ich wieder Rechnungen schreiben muss. In der Einzelkrankengymnastik wird der Muskel links, der vom Arm über die Achselhöhle zur Brust führt, massiert, da er durch die ständige Fehlhaltung meines linken Armes stark verkürzt ist. Das Massieren bereitet mir höllische Schmerzen, aber gleich im Anschluss fühlt sich alles ganz locker an und die Schmerzen sind vergessen. Der Abend klingt wieder mit Kartenspielen aus.

Am Sonnabend ist meine Freundin Birgit gegen elf bei mir in der Klinik. Wir halten uns nicht lange auf, ich schnappe mir meine Sachen und wir gehen zum Auto, in dem Jörg und Christin warten, und fahren ins Stadtzentrum von Magdeburg. Im Allee-Center kaufe ich mir einen Schwung Bücher, die ich mir vorher im Katalog ausgesucht habe. Dann decke ich mich noch mit Mandarinen ein, denn mit Obst und Gemüse ist es nicht doll in der Klinik. Jörg ist so lieb und trägt meine eingekauften Sachen. Statt Mittag lassen wir uns einen Eisbecher schmecken.

Auf dem Weg zur Klinik habe ich ein dringendes Bedürfnis und da wir gerade an einem Rewe-Supermarkt vorbeifahren, hält Jörg kurzerhand an. Birgit kommt mit mir mit ins Geschäft und wir fragen einen Mitarbeiter, ob ich vielleicht mal die Toilette benutzen dürfte. Zu meinem Erstaunen nickt er freundlich und führt mich zur Mitarbeitertoilette und ich bedanke mich vielmals aus tiefstem Herzen, denn es hat nicht viel gefehlt und es wäre schiefgegangen. In der Klinik angekommen, bringen wir meine Sachen aufs Zimmer, trinken noch einen Kaffee und dann fahren sie auch wieder los.

Der Sonnabend war schon schön und nun freue ich mich auf Sonntag, weil Steffi und Benno mich besuchen kommen. Wir telefonieren, bevor sie zu Hause losfahren und dann ruft Steffi noch einmal kurz vor Magdeburg an und sagt, dass sie in zwanzig Minuten bei mir sein werden und ich am besten schon vor die Klinik kommen soll. Ich gehe ihnen also entgegen und kaum, dass ich um die Ecke biege, sehe ich sie auch kommen. Ich steige ins Auto und wir fahren zum Restaurant „Kroatien“, weil wir dort sehr gute Erfahrungen gemacht haben. Beim Aussteigen drücke ich die Beiden erst einmal herzlich und mit dem Essen sind wir wie erwartet sehr zufrieden. Wieder in der Klinik zurück, gehen wir noch kurz auf mein Zimmer und danach in die Cafeteria, um ein Eis zu essen. Gegen 17.30 Uhr verabschieden wir uns voneinander und mein kleiner süßer Benno sagt zu mir, dass ich mitkommen soll. Ich antworte ihm, dass ich noch hier bleiben muss und er erwidert hartnäckig: „Du kannst mitfahren!“ Dabei sieht er seine Mama wie um Bestätigung bittend an. Ich finde das so süß, dass mir fast die Tränen kommen. Ich winke noch einmal zum Auto, drehe mich um und gehe zurück zur Klinik.

Diese Nacht schlafe ich ganz schlecht und da ich mich nur noch hin- und herwälze, stehe ich schließlich um halb fünf auf und lese erst einmal eine Weile. Kurz vor sieben gehe ich los zum Bereich der Ergotherapie, um mich wieder zum Korbflechten und zur Seidenmalerei einzuschreiben.

Beim Frühstück erlebe ich eine schöne Überraschung. Meine Tischnachbarin Petra ist wieder da. Ihre Station stand über eine Woche unter Quarantäne wegen des Neuro-Virus. Alle Patienten dieser Station durften ihre Zimmer nicht verlassen und somit haben wir uns seitdem auch nicht mehr gesehen. Umso größer ist die Freude jetzt, zumal sie ja morgen schon entlassen wird. In der Einzelkrankengymnastik knetet die Therapeutin meinen linken Fuß durch, nachdem ich ihr gesagt habe, dass ich Schmerzen im Fuß habe. Das tut richtig gut und auf dem Weg zum Übungsbüro anschließend geht es gleich besser mit dem Laufen. Zwei Stunden später habe ich wieder eine Stunde Sport mit der Neuro-Gruppe. Heute bleiben wir nicht in der Turnhalle, sondern machen einen Marsch durchs Haus. Es geht Treppen hoch und Treppen runter und der Massageeffekt für meinen Fuß ist schnell wieder weg. Der

Therapeut sieht, dass ich Schmerzen habe und schlägt vor, ich solle mir beim nächsten Mal den Fuß tapen lassen. Endlich haben wir es geschafft und werden zum Mittag entlassen. Am frühen Nachmittag habe ich nur noch einmal Übungsbüro und der Therapieplan ist für heute abgehakt. Nachmittags gehe ich zum Korbflechten und bezahle die Materialkosten für meinen Brotkorb, damit ich ihn auch mitnehmen kann. Beim Abendbrot zeige ich ihn stolz meinen Tischnachbarn. Am Dienstag verabschiede ich mich beim Frühstück von Petra. Wir tauschen Telefonnummern und Adressen aus und versprechen uns, miteinander in Kontakt zu bleiben. In der anschließenden Krankengymnastik bringe ich den Tipp des Physiotherapeuten von gestern an und frage, ob mir die Therapeutin den linken Fuß tapen kann. Ohne viel Gewese macht sie das gleich und ich fühle mich mit meinem linken Fuß auch gleich besser. Danach habe ich wieder ein Gespräch mit der Leiterin der beruflich-medizinischen Rehabilitation und es wird das bestätigt, was bereits beim ersten Gespräch gesagt wurde. Ich darf fünfzehn Stunden die Woche arbeiten.

Die letzte Therapie vor dem Mittag ist die zweistündige Belastungserprobung im Übungsbüro. Nach dem Mittag geht es wieder eine Stunde in die Turnhalle zum Sport mit der Neuro-Gruppe. Wir müssen wieder verschiedene kleine Übungen in einem Parcours machen. So leicht die Übungen eigentlich sind, aber ich und auch die anderen kommen jedes Mal trotzdem ins Schwitzen. So soll es ja auch sein, sonst wäre es sicherlich auch kein Sport. Zum Abschluss des Tages bin ich am Amadeo. Nach einer Stunde Pause geht es zum medizinischen Vortrag, wofür ich mal wieder eingetragen bin. Aber dieses Mal interessiert mich wenigstens das Thema, es geht um Anfallsleiden. Danach mache ich mich auf den Weg zur Seidenmalerei. Meine beiden Tücher sind nun trocken und müssen heute nur noch ausgespült und gebügelt werden. Ich habe bei beiden Tüchern die gleichen Farben gewählt, im Hinblick auf den nahenden Frühling grün, gelb und rot. Ich spüle das erste Tuch aus und gehe damit zum Bügelbrett, um es trocken zu bügeln. Doch das gestaltet sich schwieriger als ich gedacht habe. Ich habe schon dabei Probleme, es glatt aufs Bügelbrett zu legen. Die Feinmotorik der linken Hand fehlt einfach und als ich versuche, mit dem linken Unterarm das Tuch an einem Ende festzuhalten, um es mit der rechten Hand glatt hinzulegen, merke ich, dass mich die Ergotherapeutin beobachtet. Daher spreche ich sie an, ob sie mir beim Bügeln helfen kann. Doch was ich als Antwort bekomme, haut mich fast um. Da sagt sie doch, dass das nichts wird und dass ich mir vorher hätte überlegen können, dass es Unsinn ist, dass ich bei der Maßnahme dabei bin. Und dass sie sich schließlich um alle Patienten kümmern muss und nicht nur um einen kümmern kann. Ich will mich gerade aufregen, ob sie nicht weiß, dass diese freiwillige Therapie allen Patienten offen steht, als Ellen einspringt und sagt: „Warte mal, Anke, ich helfe dir gleich. Wir kriegen das auch untereinander hin, wir helfen uns gegenseitig und sind auf keine andere Hilfe angewiesen.“ Ellen kenne ich vom Übungsbüro und wir haben uns etwas angefreundet. Ich bin froh, mir die Auseinandersetzung zu sparen, bei der ich der Therapeutin sicher ein paar Takte erzählt hätte. Während Ellen also mein Tuch bügelt und ich daneben stehe, kann ich es nicht unterdrücken, trotzdem meinen Unmut loszuwerden, dass es ein Unding ist, wie sich die Therapeutin verhält. Ich spreche absichtlich so laut, dass sie es hören kann. Von da an ist sie super höflich zu mir, sodass es mir schon fast unangenehm ist. Nach dem Bügeln ist erst so richtig zu sehen, wie schön sich die Farben entfaltet haben und wie gut sie harmonieren. Zum Schluss bezahle ich meine beiden Tücher und nehme sie mit. Heute Abend spielen wir wieder zwei Stunden Karten.

Der neue Therapietag beginnt nach dem Frühstück mit der Einzelkrankengymnastik. Ich muss das Stehen auf einem Balancebrett üben. Es ist ganz schön schwer für mich und dauert eine Weile bis ich es schaffe. Davon sind meine Waden so angespannt, dass meine Therapeutin sie anschließend noch lockert. Danach habe ich zwei Stunden Belastungserprobung im Übungsbüro, wo ich heute mit dem Schreiben der insgesamt fünfzehn Rechnungen fertig werde und froh bin, dass ich eine neue Aufgabe bekomme. Bei der anschließenden Massage wundere ich mich, dass es mir heute weh tut. Die Masseurin erklärt mir auf meine diesbezügliche Frage, dass mein gesamter Rücken links verhärtet und zum Teil sogar verklebt ist und das muss nach und nach wieder gelockert werden. Vor der Mittagspause ist wieder eine Stunde Sport in der Neuro-Gruppe an der Reihe und wir sind alle froh als die Stunde um ist und wir zum Essen gehen können. Wieder einmal hat uns der Sport ins Schwitzen gebracht.

Nach dem Mittag habe ich noch einmal eine Stunde Übungsbüro. Ich muss eine Stellenanzeige entwerfen, jemanden zum Vorstellungsgespräch einladen und jemandem eine Absage auf seine Bewerbung erteilen. Das macht mir richtig Spaß und ich bin in meinem Element. Meine letzte Therapie für heute ist die Ergotherapie, in der meine Schulter durchbewegt wird. Nach einer guten Stunde Erholung gehe ich zum Vortrag „Schlaganfall", der mich interessiert und der auch recht spannend gehalten wird. Am Abend sehe ich wieder nach meiner Kartenrunde, aber heute bin ich zu spät, sie sind schon sechs Spieler und so ziehe ich mich enttäuscht wieder auf mein Zimmer zurück.

Als ich mich am Donnerstag auf den Weg zum Frühstück mache, werde ich von der Stationsschwester daran erinnert, dass ich wieder zum Blutdruckmessen dran bin und bitte warten möchte. Nachdem mir hier angeblich zu hoher Blutdruck diagnostiziert wurde, bin ich selbst immer auf meine Werte gespannt. Aber ich habe wie erwartet wieder einen guten Blutdruck: 110/60! Da soll noch mal jemand behaupten, mein Blutdruck ist zu hoch! Nach dem Frühstück geht es zum Ergometer und es heißt wieder, zwanzig Minuten flott in die Pedalen treten. Mich beunruhigt etwas, dass ich neuerdings so schnell ins Schwitzen komme. Ich habe immer viel und regelmäßig Sport getrieben und früher wäre das Pienatz für mich gewesen. Aber früher war ich ja auch jünger und habe mich auch mehr bewegt, versuche ich, mich zu beruhigen. Vom Ergometer kann ich mich bei der anschließenden Belastungserprobung im Übungsbüro erholen. Ich muss immer wieder betonen: Während viele über die Aufgaben im Übungsbüro stöhnen, empfinde ich es wirklich als angenehm, den Geist ein wenig anzustrengen und zu tun als erledige man Aufgaben auf der Arbeit. Nach den zwei Stunden Übungsbüro geht es zum Mittag und nach einer kurzen Pause danach wieder zum Übungsbüro. Ich erhalte meine Rechnungen mit einem großen Lob zurück. Ehrlich gesagt, habe ich auch nichts anderes erwartet, Rechnungen schreiben gehörte während meiner beruflichen Zeit zu meinen täglichen Aufgaben.

Meine letzte Station heute ist die Ergotherapie am Amadeo und ich bin wieder glücklich, für ein paar Stunden eine enorm gelockerte linke Hand zu haben. Auch heute bin ich wieder zu einem medizinischen Vortrag eingeteilt worden, Thema Multiple Sklerose. Obwohl der Vortrag ziemlich interessant ist, würde mich mal interessieren, nach welchen Kriterien man für die Vorträge ausgewählt wird. Ich glaube allmählich einfach, und das hat sich nach Gesprächen mit anderen Patienten und wenn man sich bei den Vorträgen umschaut, auch bestätigt, dass grundsätzlich mehr Frauen eingeteilt werden. Ich glaube, man denkt, Frauen sind disziplinierter als Männer und gehen dann auch zu den Vorträgen hin, denn kein Arzt möchte in einem nur mäßig gefüllten Saal einen Vortrag halten, zumal er sich ja auch entsprechend vorbereiten muss.

Nach dem Abendbrot ist wie jeden Tag meine Telefonierstunde und da heute Valentinstag ist, bekomme ich natürlich auch einen ganz lieben Anruf von Siggi. Aber ich freue mich über noch einen Anruf sehr. Meine Tischnachbarin Petra, die am Dienstag entlassen worden ist, meldet sich und erzählt mir, wie schnell sie wieder im alten Trott war und dass es ihr sehr gut geht. Darüber freue ich mich und wir wünschen uns gegenseitig gesundheitlich das Beste.

Als ich am Abend nach meinen Kartenspielern schaue, habe ich heute Glück und sie warten schon auf mich. Wir spielen wieder gute zwei Stunden Rommee.

Am Freitag muss ich gleich früh zwei Stunden zum Übungsbüro, in der Ergotherapie danach wird meine Schulter durchbewegt und dann beeile ich mich, zurück zu meinem Zimmer zu kommen, da noch vor dem Mittag Visite sein soll. Ich warte ungeduldig, schließlich findet sie mit einer halben Stunde Verspätung statt. Die Gelegenheit nutzend frage ich den Oberarzt, wie es eigentlich mit dem Sicherheitsfahrtraining aussieht. Er belehrt mich, dass vor dem Fahrtraining eine Untersuchung erforderlich ist, die unter anderem die Konzentrationsfähigkeit und Reaktionsgeschwindigkeit zum Inhalt hat. Ich antworte ihm, dass mir das alles schon klar ist, mir die Psychologin beim Einweisungsgespräch aber gesagt hätte , dass sie veranlasst, dass alles eingeleitet wird, ich bräuchte mich nicht weiter darum zu kümmern und da nun schon vier Wochen der Reha um sind, wollte ich eigentlich nur mal nachfragen, ob das in den letzten beiden Wochen noch vorgesehen ist. Der Oberarzt wird richtig böse und entgegnet mir, dass die Psychologin gesagt hätte, ich wollte das nicht. Jetzt schon etwas wütend antworte ich: „Das ist einfach nicht wahr, ich war am Anfang etwas zögerlich, aber als mir die

Psychologin erklärt hatte, dass ich ja nichts zu verlieren hätte und dann wüsste, wie mein Stand ist, habe ich begeistert zugestimmt.“ Vor allem auch in Anbetracht der Tatsache, dass man diese Gelegenheit nicht so oft geboten bekommt, füge ich in Gedanken hinzu. Kopfschüttelnd sagt der Oberarzt wiederum: „Dann hätte ein entsprechend umgebautes Auto bestellt werden müssen!“ Das weiß ich ja alles und weil sich nichts tat und ich diese Untersuchungen bisher nicht in meinem Therapieplan zu stehen hatte, habe ich jetzt nachgefragt.

Spätestens jetzt ist mir klar, dass das Ding in die Hose gegangen ist. und ich mich damit abfinden muss, dass das Sicherheitsfahrtraining nicht mehr stattfinden wird. Auf einmal dreht sich der Oberarzt noch einmal um und sagt: „Und außerdem, sein sie mal ehrlich, wie wollen sie mit dieser Einschränkung Auto fahren?“ Als ich ihn verdattert ansehe, fährt er fort: „Das ist im Übrigen nicht nur meine Einschätzung, sondern auch die der anderen Kollegen.“ Obwohl mir schon die Tränen in den Augen stehen, kann ich mich noch einmal zusammenreißen und antworte: „Meine Idee war das nicht mit dem Sicherheitsfahrtraining, mir wurde es von der Psychologin vorgeschlagen und mein körperlicher Zustand war da so wie er auch heute ist.“ Ich habe so langsam den Eindruck, dass das hier ein Schlagabtausch zwischen uns wird, denn nun entgegnet er ziemlich wütend: „Sie dürfen jedenfalls **nicht** Auto fahren!“ Ich weiß gar nicht, was das jetzt soll, denn es wäre das letzte, was ich momentan tun würde. Ich würde doch nicht andere Verkehrsteilnehmer gefährden und deshalb käme ich gar nicht auf die Idee, als Kraftfahrer ins Auto zu steigen. Trotzig antworte ich: „Das habe ich auch gar nicht vor!“ So aufgebracht wie er jetzt ist, traue ich mich kaum, ihm mein nächstes Anliegen vorzutragen. Da er aber inzwischen schon wieder lächelt, tue ich es doch und frage: „Ist es möglich, dass ich übernächstes Wochenende zu meiner Tochter fahre?“ Auf die Idee hat mich Steffi gebracht als ich ihr erzählte, dass hier viele Patienten am Wochenende nach Hause fahren und frage eigentlich nur, weil ich denke, dass es reine Formsache ist. Der Oberarzt schüttelt gleich mit dem Kopf und sagt: „Zu weit!“ Ich entgegne: „Nicht nach Neubrandenburg, meine Tochter wohnt in Potsdam!“ Er holt tief Luft und sagt: „Trotzdem nicht. Die Rentenversicherung sieht das nicht gern. Wir machen das nur in Ausnahmefällen, wenn der Patient schon mindestens sechs Wochen hier ist.“ Nun gut, ich bin dann erst fünf Wochen hier, aber trotzdem habe ich das Gefühl, dass das eine subjektive Entscheidung ist und ich drehe resigniert den Kopf zur Seite, da mir die Tränen kommen.

Ich bin froh, als die Visitemannschaft endlich mein Zimmer verlässt. Wegen der Visite habe ich meine Fangopackung verpasst und gehe erst einmal zum Mittag. Danach muss ich zum Übungsbüro und da das Sprechzimmer der Psychologin ganz in der Nähe ist, gehe ich dort hin, um mit ihr zu sprechen. Ich will von ihr hören, dass ich angeblich gesagt hätte, ich wolle das Sicherheitsfahrtraining nicht, denn irgendetwas stimmt hier nicht. Nach dem Klopfen schaue ich vorsichtig durch die Tür und sehe, dass sie einen Patienten hat. Bevor ich etwas sagen kann, kommt sie mir zuvor und erstaunlicherweise weiß sie sogar noch meinen Namen: „Frau Berg, der Oberarzt hat mich schon informiert. Sie können entweder warten oder wir besprechen das bei dem Termin, den sie in den nächsten Tagen bei mir haben.“ Warten kann ich nicht, weil ich zum Übungsbüro muss und daher bedanke ich mich und sage, wir können das dann auch beim Termin besprechen. Ich wundere mich nur, wie schnell der Informationsfluss ist und dass sie, kaum, dass die Visite beendet ist, schon Bescheid weiß. Ich bin überzeugt, dass in der ganzen Sache etwas versäumt wurde und nun niemand dazu stehen will. Ich werde es erfahren, wenn ich den Termin bei ihr habe.

Nach dem Übungsbüro ist für heute Feierabend und mir fällt ein, dass Birgit heute Nachmittag noch zu mir zu Besuch kommen will. Gegen 15.00 Uhr ist sie da und schlagartig verbessert sich meine Laune wieder. Ich erzähle ihr von meinem bisher schlechten Tag und sie versucht, mich wieder aufzubauen. Heute scheint schon den ganzen Tag die Sonne und daher schlage ich vor, dass wir zur Tankstelle gehen und dort einen Kaffee trinken. Tankstelle hört sich komisch an, aber es ist wirklich eine. Die Betreiber haben sich voll auf die Rehaklinik eingestellt und quasi ein Cafe in den Verkaufsraum integriert. Die halbe Klinik läuft dort hin, weil der Kuchen besser und preiswerter als bei uns in der Cafeteria ist. Wir suchen uns ein Stück Kuchen aus und nehmen einen Capuccino dazu und genießen Beides in aller Ruhe. Auf dem Weg zurück zur Klinik kommen uns dann Birgits Mann Jörg und ihre Tochter Christine auch schon entgegen, um Birgit abzuholen. Auf meinen Wunsch hin haben sie mir noch gut pellbare Mandarinen mitgebracht und die tragen sie mir noch bis in mein Zimmer, bevor wir uns dann voneinander verabschieden.

Vor dem Sonnabend graut mir, da ich keinen Besuch erwarte und es am Wochenende ohne Therapien hier besonders langweilig ist. Natürlich bin ich wieder sehr früh wach und obwohl ich mich noch einmal umdrehe und versuche, weiterzuschlafen, gelingt es mir einfach nicht. So verbringe ich den Vormittag auf dem Bett liegend mit Lesen und Telefonieren. Zum Mittag gibt es Eintopf. Das ist eigentlich gar nicht nach meinem Geschmack, aber da auch Möhreneintopf im Angebot ist, versuche ich es damit. Aber der ist leider versalzen und nach drei Löffeln bin ich damit durch. Während der Mittagspause ringe ich mich dazu durch, am Nachmittag noch einmal zur Tankstelle zu gehen. Ich würde mich zwar in Begleitung sicherer fühlen, aber ich will und muss mir auch etwas zutrauen. Unterwegs sind auch einige Bänke, sodass ich mich zwischendurch auch mal setzen kann. Also mache ich mich auf den Weg. Ich gehe ruhig und langsam und benötige für den Weg, den Gesunde vielleicht in zehn Minuten gehen, eine halbe Stunde. Nachdem ich mir ein Stück Kuchen ausgesucht und die Bestellung aufgegeben habe, bin ich aber auch froh, dass ich mich setzen kann. Ich lasse mir Zeit beim Kaffeetrinken und auf dem Weg zurück setze ich mich zwischendurch auf eine Bank. Als ich wieder in meinem Zimmer bin, sehe ich auf meine Uhr und denke, dass ich so optimal eineinhalb Stunden rumgebracht habe.

Am Sonntag ist es beim Frühstück auffällig leer. Viele sind auf Kurzurlaub zu Hause und ich kann nicht verstehen, was mir der Oberarzt hinsichtlich der Genehmigung für Kurzurlaub erklärt hat. Dadurch, dass alle Patienten feste Sitzplätze zu den Malzeiten haben und man sich vom Sehen schon kennt, kann ich erkennen, dass auch Leute fehlen, die erst wenige Wochen hier sind und keine sechs Wochen. Zum Mittag gibt es Cordon bleu. Das ist mein Lieblingsessen beim Italiener und ich staune, es schmeckt auch hier sehr gut. Danach drehe ich eine kleine Runde ums Haus, um den Sonnenschein zu genießen. Dann sehe ich mir im Fernsehen den Massenstart der Männer im Biathlon an. Den Nachmittag über lese ich. Das wird mir auch nicht bis zum Abendbrot über, da ich gerade einen spannenden Thriller von Karen Rose lese. Gegen acht Uhr abends mache ich mich wieder auf den Weg zu meiner Kartenrunde, die leider schon wieder voll ist und so mache ich gleich wieder auf dem Hacken kehrt. Ich bin aber nicht böse, denn es kommt ein toller Film im Fernsehen: „Blind Side- die große Chance“, den ich mir ja nun ansehen kann. Leider sehe ich nicht einmal die Hälfte vom Film, weil ich einschlafe. Da hat mich wohl das viele Lesen heute so müde gemacht. Am Montag hat meine lustige Tischnachbarin Karin ihren 71.

Geburtstag. Ich nehme die Schachtel Pralinen mit, die ich bei meinem Spaziergang zur Tankstelle extra für sie gekauft habe. Ich bin gerade am Buffet, als ich höre, dass sie kommt. Wieder einmal hat sie mit jemandem ein Späßchen gemacht und lacht jetzt herzlich. Ich warte, bis sie bei mir ist, drücke sie herzlich und gratuliere ihr zum Geburtstag. „Psst, nicht so laut, das braucht keiner mitzukriegen!“, flüstert sie mir dabei zu. Doch ich lasse mich nicht beeinflussen und setze meine Gratulation in der gleichen Lautstärke fort. Was ich erreichen will, erreiche ich auch und die eine Servierkraft, die sich auch sehr gut mit Karin versteht, kommt näher und fragt mich sicherheitshalber noch einmal: „Sie hat heute Geburtstag?“ und zeigt dabei auf Karin. Das bestätigend nicke ich und sie gratuliert Karin ebenfalls. Als wir beide am Tisch sind, gebe ich ihr die Schachtel Pralinen und nun wissen es auch die anderen von unserem Tisch und gratulieren ihr, was wiederum auslöst, dass auch einige Patienten von den Nachbartischen kommen und ihr gratulieren. Karin, nun leicht errötet, ist froh, als die Glückwunschrunde zu Ende ist, holt tief Luft und sagt: „ So, nun werde ich erst einmal in aller Ruhe meinen Kaffee trinken.“ Wir stimmen ihr zu und locker plaudernd genießen wir alle unser Frühstück.

Während meiner Physiotherapie wird meine linke Schulter durchbewegt und danach mein linker Fuß. Zum Abschluss muss ich wieder auf das Balancebrett. Dann habe ich wieder zwei Stunden Übungsbüro, wo ich heute zum Thema Rechtsgeschäfte Entscheidungen treffen muss, weil ich in leitender Stellung war, wie mir begründet wird. Das ist heute schon eine anspruchsvollere Aufgabe, bei der man auch im BGB nachschlagen muss. Ich hatte mitbekommen, dass schon mehrere Patienten diesen Aufgabenblock zurückgegeben und sich neue Aufgaben geben lassen haben, weil diese Aufgaben doch schon schwieriger sind. Doch ehrgeizig wie ich bin, will ich es erst einmal versuchen und kämpfe mich durch das BGB. Dann ist erst einmal Mittag und Mittagspause, doch danach geht es gleich im Übungsbüro weiter und weil die letzte Aufgabe sehr speziell ist und ich keine Lust mehr auf diese Aufgabe habe, gebe ich sie schließlich auch zurück, wobei ich von sechs Aufgaben zumindest fünf gelöst habe.

In meiner letzten Therapie, der Ergotherapie, wird meine Schulter noch einmal durchbewegt. Die Pause danach habe ich mir verdient und dann gehe ich zu halb fünf wieder zum Korbflechten, wo ich mein kleines Körbchen fertig stelle, die Materialkosten bezahle und es mitnehme. Abends spielen wir mal wieder Rommee.

Am Dienstag ist wieder Blutdruckmessen bei mir dran und der Wert 110/60 bestätigt mir mal wieder, dass mein Blutdruck in Ordnung ist. Meine erste Therapie nach dem Frühstück ist dann die Ergotherapie am Amadeo. Das finde ich gut, wenn ich gleich morgens an dem Gerät bin. Meine Hand ist dann den ganzen Tag locker und entspannt. Es folgen die üblichen zwei Stunden Übungsbüro, bevor es dann zur Visite bei der Stationsärztin geht. Ich sage ihr bei der Gelegenheit, dass ich das Gefühl habe, dass mir hier eingeredet werden soll, mein Blutdruck wäre zu hoch, obwohl ich bei jeder Messung Superwerte habe. Weil ich auch auf die wasserentziehende Tablette anspiele, die ich neuerdings jeden Morgen nehmen muss, bekomme ich zur Antwort: „Das ist die Entscheidung Ihres Hausarztes. Wenn der sagt, Sie brauchen sie nicht zu nehmen, ist es auch gut.“ Irgendwie finde ich diese Bemerkung komisch, gebe mich damit aber erst einmal zufrieden, weil ich keine Lust auf Auseinandersetzung habe.

Nach dem Mittag bekomme ich eine Fangopackung und in der anschließenden Einzelkrankengymnastik steige ich auf ein Trampolin. Die Therapeutin stellt es so an die Sprossenwand, dass ich mich daran festhalten kann und dann soll ich mich zuerst ganz langsam bewegen, mich an das

Trampolin gewöhnen. Danach soll ich mit beiden Beinen leicht hopsen. Sie lobt mich und spornt mich an, immer höher zu springen, bis ich immer mutiger werde und schließlich vielleicht dreißig Zentimeter hoch springe. Als es dann ganz schön anstrengend für mich wird, darf ich eine kurze Pause machen. Dann sagt sie, dass ich das Gleiche jetzt nur mit dem linken Bein probieren soll. Entgeistert sehe ich sie an und will schon mit dem Kopf schütteln, als sie mir erklärt, dass das Bein Belastung benötigt, sonst würde es nie besser werden. Das hat mir bisher noch niemand gesagt und so versuche ich es. Es geht besser als ich gedacht hätte und mich lobend feuert sie mich an, immer noch ein Stückchen höher zu springen. Als ich dann außer Puste bin, beendet sie die Therapie und ich bin froh, dass ich noch über eine Stunde Zeit habe, bis ich zur Seidenmalerei gehe, wofür ich mich wieder eingetragen habe. Heute wähle ich die Herbstfarben braun, rot und gelb, denn ich will das Tuch für Steffis Schwiegermutti Gitti machen und ich glaube, diese Farben stehen ihr.

Als ich abends wieder nachsehen will, ob die Mitspieler unserer Runde bereit zum Kartenspielen sind, treffe ich sie schon in der Sitzecke unserer Station und wir spielen knapp zwei Stunden, wobei ich sogar am Ende als Sieger hervorgehe.

Am Mittwoch habe ich gleich als erstes einen Termin in der Neuropsychologie. Ich bin mir nicht sicher, ob dieser Termin mit dem Fahrsicherheitstraining zu tun hat, aber die Psychologin, bei der ich bestellt bin, ist die gleiche, bei der ich schon einmal war. Doch das muss ja nichts zu sagen haben. Als sie mich dann aufruft und mir erklärt, dass ich einen Test am PC zur Konzentration und Reaktion machen muss, ist mir klar, dass es doch um das Fahrsicherheitstraining geht. Meiner Frage, ob sie dem Oberarzt gesagt hätte, ich wolle das Fahrsicherheitstraining nicht, weicht sie aus und sagt, wir sollten uns jetzt auf diese

Aufgabe konzentrieren. Das bestätigt mir, dass sie ein schlechtes Gewissen hat. Insgesamt vier Aufgaben erhalte ich. Bei der ersten muss ich einen Schalter betätigen, wenn ein x auf dem Bildschirm erscheint. Bei der zweiten Aufgabe kommt vor dem x ein Warnton, ich darf aber trotzdem den Schalter erst drücken, wenn das x kommt. Die dritte und vierte Aufgabe sind schon schwieriger. Bei der dritten Aufgabe soll ich den Schalter betätigen, wenn vier Kreuze ein Quadrat ergeben und wenn zwei gleiche Töne zu hören sind. Die letzte Aufgabe testet meine Ermüdungsbereitschaft. Den Schalter soll ich betätigen, wenn zwei Dreiecke in einer Reihe von fünf Dreiecken mit der Spitze nach unten zeigen. Diese Aufgaben sind insofern schwer, weil ich mich voll konzentrieren muss und an nichts anderes denken darf.

Ich habe ein gutes Gefühl. Die Auswertung später ergibt, dass meine Sorgfaltspflicht, sprich Aufmerksamkeit, sehr gut war. Ich habe also keine oder so gut wie keine Fehler gemacht. Aber die Reaktionsgeschwindigkeit war zu langsam, wobei mir nicht bewusst war und es mir auch nicht gesagt worden war, dass es auf die Geschwindigkeit ankam. Ich habe mehr Wert darauf gelegt, keine Fehler zu machen. Zum Schluss erhalte ich die Empfehlung, in nächster Zeit kein Auto selbst zu fahren. Ich versuche noch einmal, das Gespräch darauf zu bringen, warum für mich doch kein behindertengerechtes Fahrschulauto bestellt worden ist, aber ich spüre, dass meine Frage der Psychologin unangenehm ist, denn sie redet sich wieder heraus und verweist darauf, dass sie gleich den nächsten Patienten hat.

Durch den Test, der doch etwas länger gedauert hat, komme ich zu spät zur Ergotherapie. Das ärgert mich, denn heute hätte ich wieder Therapie am Amadeo gehabt. Es folgen die üblichen zwei Stunden Übungsbüro. Danach muss ich in der Einzelkrankengymnastik auf das Vibrationsgerät Fit-Vibo und werde erst im normalen Stand und dann auf dem linken Bein stehend durchgerüttelt. Danach wird es etwas entspannender und ich lasse im Liegen meine Waden durchschütteln. Zum Schluss soll ich noch ein paar Mal hin- und herlaufen und da der Lockerungseffekt in meinen Waden nicht wie erhofft eingetreten ist, massiert die Therapeutin noch meine Waden. Nun doch wesentlich lockerer werde ich in die Mittagspause entlassen. Die ist schnell um und weiter geht es im Übungsbüro mit dem Erstellen von Exceltabellen. Während das wieder entspannend für mich ist, strengen mich die nachfolgenden zwanzig Minuten auf dem Ergometer doch ganz schön an. Es ist für mich besonders schwer, das Gleichgewicht auf dem Ergometer zu halten und nicht zu verkrampfen, da ich mich ja nur mit der rechten Hand festhalten kann. Außerdem ist es für das linke Bein sehr anstrengend, so viel Bewegung ist es einfach nicht mehr gewöhnt. Danach mache ich mich frisch und ziehe mich um. Gegen 16.00 Uhr kommt Birgit zu Besuch und bringt mir einen Strauß Tulpen mit.

Da ich nicht weiß, ob wir uns noch einmal hier sehen und als Dankeschön, dass sie sich so viel um mich gekümmert hat, schenke ich ihr eins von den beiden grün-rot-gelb-gemusterten Seidentüchern. Sie findet sie sehr hübsch und als ich ihr sage, eins ist für sie, kann sie es erst gar nicht glauben. Dann zeige ich ihr noch stolz meine beiden Körbchen und kurzentschlossen schenke ich ihr auch noch das Kleinere von beiden.

Wir gehen einen Kaffee trinken und dann begleite ich sie vor die Tür, wo sie noch auf den Anruf ihres Mannes und ihrer Tochter warten will, die sie abholen werden. Wir gehen ein Stück spazieren und hätten die Beiden beinahe übersehen. Ich begrüße sie und verabschiede mich zugleich und dann warte ich noch, bis sie losfahren und winke.

Es war wieder einmal ein sehr schöner Nachmittag für mich. Ich gehe zeitig schlafen, da ich schon beim Mittag erfahren habe, dass meine Leute heute nicht Rommee spielen. Donnerstagfrüh wird wieder mein Blutdruck gemessen. Er ist heute mit 130/80 nicht so optimal. In der Ergotherapie wollen wir an den Amadeo, aber er ist schon besetzt und so wird eben meine Schulter gelockert, was mir auch gut tut.

Unmittelbar vor dem Mittag habe ich zwei Stunden Übungsbüro und nach dem Mittag auch gleich noch eine Stunde. In der Physiotherapie geht es wieder auf das Trampolin. Ich soll erst nur stehen, dann leicht die Füße bewegen und zum Schluss wieder springen. Es geht heute schon besser als das letzte Mal und ich habe keine Bedenken mehr, dass mein linkes Bein die Belastung nicht aushält. Abends spielen wir wieder in der Sitzecke auf unserer Station Rommee, doch heute haben viele keine Ausdauer und einer nach dem anderen hört auf zu spielen und geht auf sein Zimmer.

Der Therapietag am Freitag verläuft wie die anderen Tage, nur mit dem Unterschied, dass nach dem Übungsbüro und der Einzelkrankengymnastik wieder Stationsvisite ist.

Mir ist klar, dass der Oberarzt den neuropsychologischen Test ansprechen wird und als er wirklich etwas dazu sagen will, komme ich ihm zuvor und sage, dass meine Reaktionsgeschwindigkeit leider zu langsam war. Ich erwarte, dass er sowas in der Art sagt: „Sehen Sie, da habe ich doch Recht gehabt!“, aber zu meinem Erstaunen sagt er: „Was nutzt die Reaktionsgeschwindigkeit, wenn man nicht aufmerksam ist und darin waren Sie ganz ausgezeichnet. Aufmerksamkeit und Konzentration waren sehr gut. Trotzdem heißt das für das nächste halbe Jahr: üben, üben und noch mal üben und nicht Auto fahren! Sie können aber jederzeit den Test zu Hause beim TÜV wiederholen.“ Mir steht im wahrsten Sinn der Mund offen, weil ich nicht damit gerechnet habe, so nette und aufmunternde Worte von ihm zu hören.

Ich beeile mich, zum Mittagessen zu kommen, denn die Visite war wieder später als geplant. Nach dem Mittag habe ich nur noch eine Fangopackung, das heißt, ich kann den ganzen Nachmittag lesen, was ich auch tue. Abends packe ich meine kleine Reisetasche, denn morgen werde ich nach Potsdam zu Steffi und Tammo fahren. Ich habe zwar nicht die offizielle Erlaubnis, aber nachdem ich mit einigen Leuten gesprochen habe, wurde mir von mehreren Seiten geraten, einfach zu fahren, mich vorher natürlich ordnungsgemäß auf meiner Station auszutragen, denn es ist ja zum Beispiel erlaubt, mit seinem Besuch einen Tagesausflug zu machen. Aber dann soll ich unbedingt abends auf meiner Station anrufen und mich entschuldigen, dass ich es bis zum Abend, aus welchen Gründen auch immer, nicht mehr bis zur Klinik schaffe und am Sonntag zurückkomme. Ich bin zwar eigentlich nicht der Typ, der so was macht, aber nachdem ich mitbekommen habe, wie viele Patienten das Wochenende für Wochenende tun, habe ich auch keine Skrupel mehr. Von Siggi habe ich mir meine Wertmarke schicken lassen, mit der Schwerbehinderte kostenlos mit allen öffentlichen Verkehrsmitteln fahren können.

Ärgerlich ist nur, das ich ausgerechnet dieses Mal am Sonnabendmorgen um 8.05 Uhr Ergometertherapie habe, wie ich gleich feststelle, als ich den Therapieplan von meiner Stationsschwester erhalte. Bisher hatte ich samstags nie Therapien.

Am Sonnabend bestelle ich mir noch vor dem Frühstück ein Taxi zu 8.35 Uhr, da der Zug um 9.06 Uhr abfährt. Nach den zwanzig Minuten in die Pedalen treten mache ich mich so gut es geht frisch und stelle auf dem Weg zum Eingangsbereich, wo ich auf das Taxi warten will, fest, dass die Eingangstür defekt ist.

Es ist eine Tür mit Bewegungsmelder und weil ich Angst habe, so das Taxi zu verpassen, will ich doch lieber draußen vor der Tür warten. Doch ich muss dazu durch eine andere Tür nach draußen kommen, aber an der Rezeption ist niemand, den ich fragen könnte, wie man noch nach draußen kommt. Langsam unruhig werdend mache ich mich auf die Suche nach einer kompetenten Person. Wieder an der Rezeption zurück, ohne jemanden gefunden zu haben, spricht mich wahrscheinlich aufgrund der kleinen Reisetasche, die ich mit mir herumtrage, ein Mann an und fragt, ob ich ein Taxi bestellt habe. Erstaunt darüber, wie er in das Gebäude gekommen ist, aber gleichzeitig froh, nicke ich heftig und sehe erst jetzt, dass die Tür wieder funktioniert und gehe mit ihm zum Taxi.

Der Taxifahrer ist sehr nett und da er mitbekommen hat, dass ich Schwierigkeiten beim Laufen habe, bringt er mich zum Seiteneingang des Bahnhofes, von wo aus ich gleich zum richtigen Gleis komme, wie er mir erklärt. Es klappt alles ganz prima. Nach einer Stunde und sechzehn Minuten Fahrt komme ich in Potsdam an. Beim Aussteigen sehe ich schon meine Tochter mit Tammo und wir begrüßen uns herzlich und gehen zum Auto.

Den Vormittag nutzen wir noch, indem wir zu einem Einkaufscenter fahren und bummeln gehen. Erst als wir wieder zum Auto gehen, bekommen wir mit, dass es inzwischen geschneit hat Der Winter ist zurückgekehrt und dabei wünschte sich schon jeder, dass so langsam der Frühling an die Tür klopft. Außerdem ist es noch einmal so richtig glatt geworden, wie wir feststellen müssen, als wir zu Steffi nach Hause fahren. Bei Steffi zu Hause angekommen, ruhe ich mich kurz aus. Steffi, die inzwischen Tammo gefüttert und gewickelt hat, setzt Tammo auf die Couch und ich staune, wie sicher er ohne Lehne oder andere Hilfe sitzen kann, denn schließlich ist er erst sechseinhalb Monate alt. Und freundlich ist er! Sobald man sich ihm zuwendet und mit ihm erzählt oder sich mit ihm beschäftigt, lacht er freundlich.

Das Wetter muss dann auch für meine Entschuldigung herhalten. Ich rufe in der Klinik auf meiner Station an und sage, dass ich bei meiner Tochter bin, dass mein Schwiegersohn mich zurückbringen wollte und er heute eigentlich auch frei hat, aber aufgrund des Wetters doch zur Arbeit gerufen wurde und mich so heute nicht mehr bringen kann. Mir gehen Lügen eigentlich schwer über die Lippen, doch heute nicht. Es ist ja nur eine Notlüge, rede ich mir ein. Irgendwie fühle ich mich im Recht. Erleichtert lege ich auf, nachdem mir die Schwester gesagt hat, dass es gut ist, dass ich angerufen habe und dass sie es für die Nachtschwester einträgt. Sie wünscht mir noch einen schönen Abend mit meiner Tochter und verabschiedet sich freundlich bis morgen von mir. Ich habe den Eindruck, dass dieses Prozedere gang und gebe ist, mir schleicht sich sogar der Verdacht ein, dass der Tipp, es so zu machen, oftmals von den Schwestern kommt.

Ich nutze die Zeit mit Tammo und beschäftige mich viel mit ihm. Am Sonntagvormittag ruft Steffen, der mit Benno bei seinen Eltern ist und heute Abend wiederkommen wollte, an und sagt, dass er doch eher losfährt, da Benno kränkelt und etwas auszubrüten scheint. Daraufhin verschiebe ich meine Abfahrtzeit um eine Stunde nach hinten, denn ich möchte die Beiden, insbesondere Benno, gerne noch sehen. Gegen 14.30 Uhr treffen sie ein. Mit Benno ist wirklich nicht viel los, aber ein Begrüßungsküsschen bekomme ich trotzdem und Benno kann es gar nicht erwarten, dass Tammo, der gerade schläft, aufwacht. Die Beiden sind inzwischen ein Herz und eine Seele. Das zeigt sich, als Steffi mit Tammo auf dem Arm ins Wohnzimmer kommt. Sie muss Benno regelrecht zurückhalten, der seinen Bruder am liebsten gleich abknutschen will. Aber auch Tammo streckt seine Ärmchen nach Benno aus, kriegt ihn auch zu fassen und denkt gar nicht daran, ihn wieder loszulassen. Doch falls Benno wirklich etwas ausbrütet, soll er nicht auch noch Tammo anstecken und das erklärt Steffi Benno, sodass er sich geschickt aus den Fängen von Tammo befreit und erst einmal aus der Sichtweite von Tammo verschwindet.

Viel Zeit habe ich nicht mehr, denn mein Zug fährt bald. Nach einer Tasse Kaffee bringt Steffen mich dann zum Zug. Der ist voll besetzt und ich bekomme nur einen Platz auf einem Notsitz zwischen den Abteilen und sitze praktisch quer zur Fahrtrichtung, was nicht gerade bequem ist. Trotzdem bin ich froh, überhaupt einen Platz zu haben und fühle mich an meine Studienzeit zurückerinnert, als es fast immer übervolle Züge gab. Ich dachte, die Zeiten sind vorbei, aber offensichtlich ist das nicht so.

Nach einer guten Stunde Fahrt bin ich froh, wieder gut in Magdeburg angekommen zu sein und mache mich auf den Weg zum Taxistand. Dazu muss ich erst einmal eine große Treppe vom Bahnsteig herunter gehen.

Ich habe zwar nur eine kleine Reisetasche, aber da ich die rechte Hand benötige, um mich am Geländer festzuhalten, schwinge ich mir die Tasche auf die linke Schulter, wo sie mir aber ständig wieder herunterrutscht. So versuche ich, mit der Tasche in der rechten Hand mich gleichzeitig am Geländer festzuhalten, was natürlich nicht wirklich gut geht. Eine junge Frau, die gerade die Treppe hochkommt, sieht, wie ich kämpfe und fragt mich, ob sie helfen kann. Sie hat selbst eine Reisetasche und es tut mir leid, ihr zur Last zu fallen. Andererseits ist die Verlockung, die Hilfe anzunehmen groß und so antworte ich: „Es wäre nett, wenn Sie mir die Tasche nach unten tragen könnten!“ Sie entgegnet: „Natürlich, das mache ich gerne!“ und schon ist sie mit ihrer und meiner Tasche unterwegs. Ich bedanke mich herzlich und sage, dass es mir leid tut, dass sie nun noch einmal die Treppe hinauf muss. Sie antwortet: „Das macht doch nichts. Ich bin jung und gesund.“ Ja, das stimmt, aber trotzdem frage ich mich, ob es nicht genauso viele junge und gesunde Männer gibt, denn die sind alle wortlos an mir vorübergegangen. Ich habe auch solch ein Helfergen in mir. Im Zug musste zum Beispiel auch eine ältere Frau stehen, der ich meinen Platz anbot. Den wollte sie erst dankend nehmen, sah dann aber, dass ich Schwierigkeiten beim Stehen habe und nahm wieder Abstand davon. Aber wenigstens hatte das bewirkt, dass ein junger Mann das mitbekam und er ihr seinen Platz anbot. Doch wieder erst, nachdem eine Frau helfen wollte, wieso ist er nicht selbst vorher auf die Idee gekommen?

Ich mache mich weiter auf den Weg zum Taxistand und gelange, ehrlich gesagt, an meine Grenzen. Ich kann nur noch mit Mühe laufen. Als mich bis zum Taxistand vielleicht noch achtzehn Treppenstufen trennen, kommen mir auch schon fast die Tränen vor Erschöpfung. Aber ein Taxifahrer sieht mich und kommt mir entgegen. Als ich auf seine Frage, ob ich ein Taxi möchte, nicke, nimmt er mir meine Tasche ab und bietet mir seinen Arm als Stütze an. Das finde ich total nett und für den Moment revidiere ich meine Meinung zu helfenden und nichthelfenden Männern. Während ich eben noch fast geweint hätte, lächele ich jetzt.

Innerhalb von zehn Minuten sind wir an der Klinik, ich melde mich auf meiner Station zurück und dann kann ich auch schon zum Abendbrot gehen. In dem Bewusstsein, dass nur noch vier Tage vor mir liegen und ich die Reha dann geschafft habe, schlafe ich später ein. Der erste Tag in meiner letzten Woche beginnt nach dem Frühstück wieder mal mit dem Übungsbüro. Thema ist heute für mich der geschäftliche Einkauf, Bestellungen aufgeben und Konditionen aushandeln, alles kein Problem für mich. In der anschließenden Einzelkrankengymnastik werten wir die vergangenen Therapien aus. Ich soll meiner Therapeutin sagen, wie ich meine Kondition und die gelaufenen Therapien einschätze. Ehrlich antworte ich ihr, dass sich meine Kondition verbessert hat und dass mir die Therapien auch sehr viel gebracht haben. „Auch mein Gangbild ist besser geworden und ich arbeite täglich weiter daran“ füge ich noch hinzu.. Sie sieht das auch so und bestätigt meine Aussage. Zum Abschluss für heute gehen wir als Therapie noch ein paar Flure entlang. Danach habe ich erstaunlicherweise schon wieder Therapie am Ergometer. Das ist gut, denn ich brauche Bewegung, aber es ist auch anstrengend. Nach dem Mittag habe ich noch einmal eine Stunde Übungsbüro und als letzte Therapie für heute Ergotherapie an meinem geliebten Amadeo.

Am Dienstag sagt die Stationsschwester auf dem Weg zum Frühstück zu mir: „Frau Berg, wir müssen Sie noch wiegen, wir brauchen das Entlassungsgewicht. Können wir das gleich machen? Ich habe nichts dagegen und auf dem Weg zur Waage sage ich: „Mal sehen, vielleicht habe ich bei der vielen Bewegung und dem Gehetze manchmal sogar abgenommen!“ Die Schwester nimmt mir die Hoffnung, indem sie sagt: „ Hier hat noch keiner abgenommen! Im Gegenteil, durch das regelmäßige Essen haben die meisten sogar zugenommen!“ Ich steige auf die Waage und stoße einen Jubelschrei aus. Die Schwester sieht mich fragend an und ich sage stolz: „Ich habe doch abgenommen! Genau zwei Kilo.“ Sie sieht auf die Waage und dann in ihre Unterlagen, bevor sie meine Aussage mit einem anerkennenden Lächeln bestätigt. Beim Frühstück verabschieden wir uns von Karin, die heute entlassen wird. Wir wünschen uns gegenseitig alles Gute und versprechen, in Kontakt miteinander zu bleiben.

In der Einzelkrankengymnastik dann hüpfe ich noch einmal auf dem Trampolin und danach soll ich nur gerade und aufrecht stehen. Das hört sich komisch an, aber im Laufe der Zeit habe ich mir unbewusst angewöhnt, immer leicht nach vorn gebeugt zu stehen und zu gehen und so ist sogar das Stehen für mich anstrengend.

Danach ist Ergotherapie und dieses Mal machen wir nur indirekt Therapie. Ich hatte meiner Ergotherapeutin erzählt, dass ich so gern noch ein Seidentuch bemalt hätte, aber versäumt hatte, mich noch einmal einzutragen. Sie schlug mir daraufhin vor, das in der Therapie zu machen und so bemale ich heute wieder ein Seidentuch. Dieses Mal wähle ich die Sommerfarben: hellblau, gelb und rot. Im Übungsbüro danach werde ich mit meiner Mappe zum Thema Einkauf fertig. Nach dem Mittag bekomme ich noch eine Fangopackung und ich verabschiede mich von der sehr netten Mitarbeiterin und habe Feierabend.

Am Mittwoch ist mein letzter Tag, also mein letzter Tag mit Therapien. Nach dem Frühstück geht es in der Einzelkrankengymnastik ein letztes Mal aufs Trampolin und meine Therapeutin lobt mich, dass ich schon viel sicherer und besser springe als die ersten Male. Ich sage ihr, dass ich auch bemerkt habe, dass ich einen Schub bekommen habe und es insofern schade ist, dass meine Reha zu Ende ist, weil sich gerade die Fortschritte einstellen und man jetzt darauf aufbauen hätte können. Sie sagt, dass sie auch meiner Meinung ist, aber nun wäre hier nun einmal Schluss und ich solle am Ball bleiben und weiter fleißig wie bisher üben, dann würde es auch weiter voran gehen.

Ich hole die kleine Schachtel Pralinen aus dem Beutel, überreiche sie der Therapeutin mit einem Dankeschön und drücke sie zum Abschied. Sie freut sich riesig und wir wünschen uns alles Gute. Jetzt muss ich zum Entlassungsgespräch zur Leiterin der beruflich-medizinischen Rehabilitation. Sie sagt mir letztendlich das, was sie mir schon beim Zwischengespräch gesagt hat: Ich kann drei Stunden täglich arbeiten. Als Ratschlag gibt sie mir auf den Weg, in zwei Jahren eventuell erneut so eine Reha zu beantragen. Im Übungsbüro danach erhalte ich meine Mappe Einkauf mit dem Kommentar zurück, dass ich mal wieder sehr ordentlich und ausgezeichnet gearbeitet habe und bekomme noch eine neue Mappe Verkauf. Damit bin ich eine halbe Stunde vor Ablauf der Zeit fertig und mache mich auf den Weg zum Mittag. Der Witz ist nur, nach dem Mittag geht es schon wieder mit dem Übungsbüro weiter. Als ich nach neuen Aufgaben frage, bekomme ich den Eindruck, dass die Sozialarbeiterinnen gar nicht mehr wissen, was sie mir noch geben sollen. Offensichtlich bin ich mit den Aufgaben durch. Schließlich bekomme ich zur Beschäftigung noch eine kleine Excelaufgabe. Meine allerletzte Therapie bei dieser Reha ist dann die Ergotherapie. Meine Therapeutin hat für mich das Seidentuch, das ich gestern bemalt habe, gespült und gebügelt. Ich muss nur noch den Materialpreis bezahlen und bedanke mich auch bei ihr recht herzlich mit einer kleinen Schachtel Pralinen. Meine Ergo- und meine Physiotherapeutin sind mir während der Reha besonders ans Herz gewachsen und deshalb hatte ich für die Beiden die Pralinen gekauft.

Abends packe ich meine Sachen soweit zusammen, wie ich es kann. Beim Koffer wird mir morgen Siggi helfen müssen, ihn zu schließen. Wenn Siggi dann kommt, will ich auch gleich los. Sechs Wochen reichen!

Donnerstagfrüh bin ich schon um halb fünf wach. Das ist wohl die Aufregung, weil es heute nach Hause geht. Nach dem Frühstück verabschiede ich mich herzlich von meinen Tischnachbarn, insbesondere von Andrea und Gabi, mit denen ich mich inzwischen sehr gut verstehe und mit denen ich auch in Kontakt bleiben möchte. Die Patienten an den Nachbartischen bekommen natürlich auch mit, dass ich heute entlassen werde und so kommen dann auch von Einigen gute Wünsche und der Eine oder Andere schüttelt mir die Hand oder wir umarmen uns kurz.

Fast finde ich es schade, dass ich nach Hause fahre. Ich habe so viele nette Leute, sowohl Belegschaft als auch Mitpatienten, kennen gelernt und wenn ich ein Resümee ziehen soll: Die Reha war sehr gut und hat mir auch viele kleine Fortschritte gebracht.

Ich vertreibe mir die Zeit im Zimmer mit lesen. Ich staune nicht schlecht, als mir Siggi schon gegen halb zehn über Handy sagt, dass er gerade angekommen ist. Da hat er es wahr gemacht und ist sehr zeitig von zu Hause losgefahren. Ich freue mich und wenig später steht er in meinem Zimmer. Er hilft mir, die letzten Sachen im Koffer zu verstauen und ihn zu schließen. Als eine Reinigungsfrau bei uns anklopft, zur Tür hereinschaut und fragt, wann sie ins Zimmer kann, sputen wir uns und machen uns auf den Weg zum Auto. Ich gebe die Fernbedienung vom Fernseher und mein Therapieheft bei der Schwester ab und verabschiede mich. Auch auf dem restlichen Weg zum Auto verabschiede ich mich noch von vielen Patienten, die ich inzwischen kennen gelernt habe, und erhalte beste Wünsche für die Gesundheit. Bei so vielen guten Wünschen muss es doch einfach klappen und besser werden!

Es ist kurz nach zehn, als wir losfahren. Um Viertel eins sind wir in Potsdam. Wir haben mit den Kindern ausgemacht, dass wir vorbeikommen und alle zusammen essen gehen. Als ich vor dem Neubaublock aussteige, geht mein Blick hoch zu den Fenstern von Steffis und Steffens Wohnung. Und was sehe ich? Steffi steht dort mit Benno auf dem Arm und Benno winkt schon fleißig hinter der Fensterscheibe und ruft auch etwas, wie ich sehen kann. Ich winke zurück und während Siggi erst einmal eine Zigarette raucht, mache ich mich schon auf den Weg nach oben. Benno kommt mir im Treppenflur entgegen und bevor ich ihn sehen kann, höre ich ihn schon aufgeregt rufen: „Oma, Oma!“ Ich beeile mich und als wir aufeinander treffen, fällt mir Benno auch schon um den Hals und gibt mir ein Begrüßungsküsschen.

Wie gut das tut! Wieder einmal spüre ich, wie sehr ich meinen Enkel liebe. Er zieht mich die restlichen Stufen an der Hand bis in die Wohnung. Dann hört er die Haustür klappen, ruft: „Opa!“ und macht sich nun auf den Weg, ihm entgegen zu gehen. Steffi und Steffen kommen mir in ihrer Wohnung entgegen, um mich zu begrüßen. Als Steffi sieht, wie ich mich suchend umsehe, erklärt sie: „Tammo schläft noch.“ Als Siggi und Benno auch da sind, erzählen wir einen kurzen Moment und machen uns dann gleich auf den Weg zur Gaststätte. Steffen hat auch hier in Potsdam eine kroatische Gaststätte ausgemacht und die steuern wir heute an. Tammo schläft noch immer in seinem Buggy und Benno ist auch während der Fahrt in seinem Autokindersitz eingeschlafen. Steffen trägt ihn kurzerhand samt Autositz in die Gaststätte und wir suchen uns eine ruhige Ecke, damit die Beiden weiterschlafen können. Als der Kellner uns die Speisekarten bringt, sieht er Benno in seinem Autositz und sagt ganz freundlich: „Ach, der schläft ja!“ Ich zeige auf Tammo neben mir auf der Bank und sage: „Hier ist noch einer!“ Er lächelt und findet es süß, wie die Beiden schlafen und sich durch nichts stören lassen.

Wie erwartet ist das Essen ganz prima und schmeckt uns vorzüglich. Weil Siggi morgen wieder sehr früh aufstehen und arbeiten muss, wollen wir uns gleich nach dem Bezahlen von der Gaststätte aus auf den Weg weiter nach Hause machen. Als wir uns von Steffen und Steffi verabschieden, wird Benno wach und sieht sich ganz verdattert um. Wir verabschieden uns auch von ihm, aber er sieht uns entgeistert an und sagt: „Mittag essen gehen!“ Lächelnd antworte ich ihm, dass wir schon essen waren und er die ganze Zeit geschlafen hat, aber Benno ist jetzt so durch den Wind, dass er das nicht versteht und Steffen nimmt ihn auf den Arm, um ihn abzulenken.

Um fünf sind wir zu Hause in Neubrandenburg und fahren gleich noch zu einem Supermarkt, um einzukaufen. Es fühlt sich gut an, wieder zu Hause zu sein. Zuerst mache ich einen Rundgang durch unseren kleinen Garten, aber meine Hoffnung, schon ein paar Frühlingsblüher aus der Erde gucken zu sehen, zerschlägt sich. Im Gegenteil, überall hat sich hartnäckig noch etwas Schnee versteckt. Ich melde mich telefonisch bei meiner Mutter, dass wir wieder angekommen sind. Sie sagt gleich, dass sie morgen so wie immer kommt. Das ist um halb zehn. Ich spüre ganz deutlich, dass sie auch froh ist, dass ich wieder da bin und sie wieder jeden Tag zu mir kommen kann. Sie ist schließlich achtzig Jahre alt und allein in ihrer Neubauwohnung. Da sehnt man sich nach einer Beschäftigung und Gesellschaft und für mich ist es auch gut, wenn sie hier bei mir ist.

Ich sehe die Post durch, die wir inzwischen erhalten haben, und hefte alles Wichtige gleich ab. Dann schmökere ich noch ein bisschen in den Zeitungen der letzten Tage und gehe auch bald schlafen. Siggi ist schon längst im Bett verschwunden, seine Nacht ist um 3.45 Uhr wieder zu Ende.

An meinem ersten Tag beziehungsweise in meiner ersten Nacht wieder zu Hause schlafe ich ausgesprochen gut und vor allem auch lange, immerhin bis halb acht. Als meine Mutti pünktlich zur gewohnten Zeit hier ist, habe ich unsere Lokalzeitung bereits gelesen und wir erzählen erst einmal ausführlich miteinander. Dann organisiere ich telefonisch wichtige Termine für mich. Ich muss unbedingt zum Zahnarzt und auch zum Friseur. Obwohl heute schon der 1. März ist, hat der Winter das Land noch voll im Griff. Es sind noch Minusgrade, aber heute scheint zumindest schon die Sonne. Wenn die Sonne scheint, kann ich einfach nicht anders: Ich hole mir einen Gartenstuhl auf die Terrasse und in eine Decke eingepackt lese ich eine Weile. Zwischendurch schließe ich auch die Augen und genieße einfach die Sonne. Es ist herrlich, nach einem so düsteren Winter endlich wieder die Sonne zu sehen und vor allem auch zu spüren. Das Gleiche mache ich am Wochenende, wenn die Sonne scheint, zieht es mich auf die Terrasse.

Am Montag geht dann mein Alltag wieder richtig los. Ich habe meine erste Physiotherapie wieder zu Hause und freue mich riesig, als die Therapeutin dann da ist, denn ich weiß, jetzt werde ich von meinen Schmerzen befreit. Ich habe nach wie vor ständig Schmerzen auf der linken Rückenhälfte, die bis in die Seite ausstrahlen. Sie kommen von der Fehlhaltung meines linken Armes. Aber schmerzfrei war ich zwischendurch erst, seit ich Anna, meine jetzige Therapeutin, habe. Sie macht die richtigen Griffe und rückt die Muskeln zurecht, sodass es mir nach jeder Therapie immer bestens geht. So auch heute und das passt super gut, denn im Anschluss muss ich schon los zum Zahnarzt. Dort klappt auch alles wunderbar und da nebenan eine Eisdiele ist, kaufe ich für Mutti und mich einen tiefgefrorenen

Eisbecher, den wir dann bei herrlichem Sonnenschein und ein wenig Schnee um uns herum genießen.

Nachmittags rufe ich beim Integrationsdienst an und teile der Mitarbeiterin mit, dass ich zur beruflich-medizinischen Reha war und dabei herausgekommen ist, dass ich drei Stunden täglich arbeiten kann und frage, wie es nun weitergeht. Die Mitarbeiterin hört sich alles geduldig an und sagt, dass sie als Integrationsdienst erst tätig werden können, wenn sie einen Auftrag von der Rentenversicherung als Kostenträger haben. Ich habe eine Ansprechpartnerin bei der Rentenversicherung hier vor Ort mitgeteilt bekommen, die aber nur dienstags zu erreichen ist. Daher ist meine erste Amtshandlung am Dienstag, sie anzurufen. Aus unerklärlichen Gründen kann sie meinen Vorgang im PC nicht öffnen und so rufe ich auch noch bei der Rentenversicherung in Berlin an., wo mir mitgeteilt wird, dass mein Abschlußbericht von der Reha noch nicht eingetroffen ist und ich mich noch zwei bis drei Wochen gedulden soll. Was bleibt mir weiter übrig, nun kann ich auch noch die drei Wochen warten.

Es pegelt sich langsam, aber sicher wieder der gewohnte Tagesablauf ein. Ich habe wie bisher täglich Physiotherapie und dreimal die Woche Ergotherapie. Heute ist Freitag, der 8. März und statt dass es langsam wärmer wird, ist es merklich kühler geworden und bei einem Blick auf das Außenthermometer stelle ich fest, dass wir minus vier Grad haben. Ich sehe, dass ich eine Nachricht auf meinem Handy habe. Sie ist von Thomas und es sind Glückwünsche zum Frauentag. Dabei hat **er** heute Geburtstag und so rufe ich gleich an, um ihm zu gratulieren. Als ich wieder auflege, ruft auch schon Steffi an und gratuliert mir ebenfalls zum Frauentag. Ich selbst nehme den Tag nicht so wichtig, ob Frauentag oder nicht, ist mir egal. Aber als ich dann meine Lieblingspralinen und einen hübschen kleinen Blumenstrauß für mich stehen sehe, freue ich mich doch. Da hat mein Mann mich echt überrascht!

Nachmittags kommt mein Bruder Olaf kurz bei uns vorbei und erzählt, dass Marion und er am Sonntag nach Thailand in den Urlaub fliegen. Das ist auch richtig so, dort ist es wenigstens warm. Samstagabend fängt es leicht zu schneien an. Als wir nach Mitternacht schlafen gehen, gibt es schon eine geschlossene Schneedecke von vielleicht fünf bis sieben Zentimetern. Sonntagfrüh sieht es nicht anders aus, es ist vielleicht sogar noch etwas Schnee hinzugekommen. Angesagt wurden für heute minus drei bis minus sechs Grad. Siggi geht noch, bevor er frühstückt, vor unserem Haus Schnee schieben. Das einzig Schöne am Schnee ist, dass es dadurch etwas freundlicher aussieht und nicht so grau wie die letzten Tage.

Am Montag ist es zwar immer noch kalt, es sind minus sechs Grad, aber es hat wenigstens nicht neu geschneit. Doch am Dienstag sieht es schon anders aus. Über Nacht hat es wieder etwas geschneit. Mich ärgert das, ich will endlich wenigstens einen Hauch Frühling. Daher freue ich mich, als im Radio gesagt wird, dass heute drei bis fünf Stunden Sonnenschein erwartet werden. Das bestätigt sich auch bald. Ich bin gerade dabei, ein Sudoku zu lösen, als ich mich durch einen plötzlichen Knall furchtbar erschrecke. Durch die starke Sonneneinstrahlung hat sich vereister Schnee auf dem Dach gelöst und ist wie auf einer Rutsche vom Dach auf unsere Terrasse gerutscht. Ich sehe das als positives Zeichen. Die Sonne hat anscheinend schon so viel Kraft, den Schnee zu tauen. Allerdings liegt überall so viel Schnee, dass es jetzt ein paar Tage mit der Sonne so weitergehen müsste.

Am Mittwoch kommen Steffi und Tammo zu uns zu Besuch. Benno ist bei den anderen Großeltern und sie werden ihn später zu uns bringen. Steffi hat jetzt einen Minijob und das ist die letzte Gelegenheit, dass sie noch einmal wochentags kommen kann und die wollen wir gemeinsam nutzen. Am Freitag fahren wir dann nach Rostock. Ich möchte bei IKEA eine Kommode kaufen und bei der Gelegenheit wollen wir auch Thomas besuchen, der gerade von seinem Lehrgang in München zurück ist. Wir finden schnell die Kommode, die ich mir im Netz schon angeschaut habe. Auch ein Verkäufer ist schnell gefunden, der uns beim Aufladen auf den Einkaufswagen hilft. Auf meine Frage, ob uns auch jemand beim Einladen ins Auto helfen würde, schüttelt er den Kopf und sagt: „Das dürfen wir aus versicherungstechnischen Gründen nicht." Na gut, dann müssen wir eben einen Kunden ansprechen. Wir kriegen das schon hin. Bei IKEA kommt man zum Schluss immer durch die Blumenabteilung. Da könnte ich immer einiges einpacken. Dieses Mal hat es mir eine Palme angetan und ich sage zu meiner Tochter mit Blick auf die Palme: „Die würde ich am liebsten mitnehmen!" Sie antwortet: „Nein, Mutti, aber nicht in dem kleinen Auto, wir haben schon die Kommode!" Ich muss lachen, denn mir ist das auch klar und so entgegne ich: „Ich habe doch gesagt, ich **würde** sie gern mitnehmen und mir ist das natürlich klar, dass das heute nicht geht. Also geht es nun schnurstracks zur Kasse und danach zum Auto. Ein Mann geht mit seinem Sohn gerade an uns vorbei und Steffi nutzt die Gelegenheit und fragt ihn, ob er mal mit anfassen und uns beim Einladen ins Auto helfen würde. Amüsiert sieht er uns an und antwortet lakonisch: „Ja, klar, ich sehe ja auch wie ein Möbelpacker aus!" Erst jetzt fällt mir auf, dass er wirklich etwas korpulent ist und schlagfertig antworte ich: „Nein, wir haben Sie ausgesucht, weil Sie so einen netten Eindruck machen!" Er lacht und ohne zu zögern hilft er mit, die Pakete im Auto zu verstauen. Wir bedanken uns und fahren los, um Thomas zu besuchen. Wir freuen uns, einander zu sehen und Thomas zeigt stolz, was er sich inzwischen neu angeschafft hat, wobei Steffi ja noch gar nichts kennt. Nach dem Rundgang setzen wir uns auf die Couch, um etwas zu trinken. Dann holen wir unsere Geschenke hervor und überreichen sie Thomas nachträglich zum Geburtstag, der vor vierzehn Tagen war und wir ja nur telefonisch Kontakt hatten seitdem. Unsere Geschenke kommen gut an und ich freue mich besonders, denn dieses Jahr habe ich seit langem mal wieder das Geschenk selbst besorgt, nämlich als ich in Magdeburg mit meiner Freundin Birgit einen Stadtbummel gemacht habe.

Steffi legt Tammo trocken, der die Windeln voll hat. Tammo liegt mit nacktem Po da, als Thomas die Nase rümpft, aufsteht und ehe wir uns versehen, ist er an der Balkontür und öffnet sie. Er reagiert erst, als wir beide ihn verdutzt ansehen und als Steffi ihn fragt, was das soll. Thomas entgegnet ganz unschuldig und ich glaube, ihm ist das in diesem Moment wirklich nicht bewusst: „Na, das Fenster aufmachen, weil es so stinkt!“ Erst unsere vorwurfsvollen Blicke machen ihm klar, dass es doch etwas zu kalt für Tammo werden könnte und er schließt die Balkontür sofort wieder. Während wir mit ihm schimpfen und es nicht fassen können, wie man so reagieren kann, entschuldigt er sich immer wieder und am Ende müssen wir drei über die Situation herzlich lachen. Dann fahren wir auch schon bald wieder los nach Hause, wo wir gegen halb neun ankommen und Siggi sich schon Sorgen gemacht hat, wo wir bleiben. Tammo hat die Fahrt über geschlafen und nach seiner Flasche, die Steffi ihm als erstes fertig macht, schläft er gleich wieder ein. Sonnabendvormittag macht sich Siggi daran, die Kommode zusammenzubauen. Kurz nach dem Mittag bringen Steffens Eltern Benno. Überschwänglich begrüßt er zuerst seine Mama und seinen Bruder mit vielen Küssen. Es sprudelt aus ihm nur so heraus, er will mit einem Mal alles erzählen, was er bei Oma und Opa erlebt hat und überschlägt sich dabei fast. Als er dann mitbekommt, dass Opa am Bauen ist, will er natürlich mithelfen. Siggi kommt zwischendurch zu uns und sagt, so dass es Benno nicht hören kann, wir sollen Benno mal bei uns beschäftigen, da er ihm mehr durcheinander bringt, als dass er ihm eine Hilfe ist. Tja, da muss er ihn besser mit einbeziehen, denke ich. Deshalb erinnere ich Benno, dass er noch gar kein Spielzeug heruntergeholt hat und so ist er erst einmal damit beschäftigt, sein Spielzeug zu holen und Siggi kann in Ruhe weiterarbeiten. Nachmittags kann Siggi dann Benno schon effektiver einsetzen, sodass er jetzt wirklich bei der Kommode mithilft und ganz stolz darauf ist, als die Beiden mir und Steffi die fertige Kommode zeigen. Um halb acht gehen Tammo und Benno schlafen. Sie dürfen heute mal ausnahmsweise alle beide in Mamas Bett schlafen. Bis die beiden Mäuse eingeschlafen sind legt sich Steffi zu ihnen. Am Sonntag staunen wir alle nicht schlecht. Der Winter hat noch einmal Einzug gehalten. Das darf doch nicht wahr sein! Wir haben schon fast Ende März und draußen ist alles weiß!

Steffi bleibt noch bis zum Mittag, danach fahren die drei wieder los nach Hause. Benno bekommt von mir wieder das obligatorische Gummibärtütchen für die Fahrt, das ich immer aufschneide, da ich es ja nicht aufreißen kann. Aber dieses Mal habe ich ihm noch zwei Kaubonbons, die er besonders gern isst, mit hineingetan und zeige ihm das beim Abschied. So wie seine Augen leuchten, findet er meine Idee gut.

Nun sind die Tage mit unseren Enkelkindern schon wieder vorbei und der alte Trott kehrt wieder ein. Am Montag muss ich in der Ergotherapie dicke Holzstäbe mit der linken Hand greifen und sie in ein Holzbrett mit den dafür vorgesehenen Löchern stecken. Das geht wider Erwarten schon recht gut. Auch meine Physiotherapeutin ist mit mir sehr zufrieden. Sie meint, mein Gangbild ist wesentlich besser geworden. Über solche kleinen Erfolgserlebnisse freue ich mich natürlich immer sehr.

Am Dienstag zeigt uns der Winter noch einmal, welche Kraft er noch hat. Kurz bevor Siggi um halb fünf zur Arbeit fährt, fegt er vor dem Haus noch Schnee. Das kann ich noch im Halbschlaf hören. Als ich dann zwei Stunden später aufstehe, ist nichts mehr davon zu sehen und ich fege noch einmal Schnee. Nur mit einem Arm! Es geht schwer, aber es geht! So langsam muss ich wohl meinen Wunsch, an meinem Geburtstag wie im vergangenen Jahr Kaffee auf der Terrasse zu trinken, begraben. Immerhin ist es schon in einer guten Woche so weit.

Am Donnerstag gibt es einen Lichtblick. Die Temperaturen sind schon leicht über Null Grad, aber die Sonne schafft es immer noch nicht durch die dicken Wolken. Am Sonnabend scheint die Sonne laut Wetterbericht schon sechs bis acht Stunden, aber die Temperaturen sind auch wieder in den Minusbereich gesunken.

Als ich zwischendurch mal kurz auf unserer Terrasse nach dem Rechten sehe, höre ich ein Klopfen und ich wundere mich, woher das kommt. Dann stelle ich schnell fest, dass es aus dem Meisenkasten kommt. Der hängt an der Pergola neben der Terrasse. Da haben wir wie schon im letzten Jahr wieder ein Meisenpärchen zum Brüten im Meisenkasten. Darüber freue ich mich.

Am Sonntagmorgen backe ich Bienenstich für meinen Geburtstag und am Montag ist noch einmal backen angesagt. Dieses Mal einen Zupfkuchen und am Dienstag Prasselkuchen sowie Blätterteig mit Mandarinen und Streuseln.

Montagnachmittag habe ich einen Termin bei meiner Hausärztin. Ich erzähle ihr von der Blutdruckgeschichte während meiner Reha und dass mir die Ärztin dort diese Wassertabletten verschrieben hat und sie, meine Hausärztin, entscheiden soll, ob ich die weiter nehmen soll. Wie aus der Pistole geschossen sagt sie: „Nein!“ und erklärt mir, dass das Quatsch ist, die Tablette dem Körper Wasser entzieht, was in unserem Alter gar nicht so gut ist und außerdem ist mein Blutdruck, wie sie gerade festgestellt hat, mal wieder super gut. Sie sagt weiter: „Wir lassen alles wie gehabt!“ Ich bin sehr einverstanden damit und zufrieden verabschieden wir uns wieder voneinander. Als ich wieder zu Hause bin kommt kurz darauf Siggi von der Arbeit und bringt heute Vogelfutter mit, das er irgendwo unterwegs zu kaufen bekommen hat. Er hatte schon in verschiedenen Geschäften Ausschau danach gehalten, aber weil der Winter schon so lange anhält, war es überall ausverkauft. Von nun an tue ich jeden Morgen eine Hand voll ins Vogelhäuschen und kurz danach wimmelt es darin nur so von Vögeln. Ich freue mich darüber, denn sie finden ja nichts zu fressen bei dem vielen Schnee und wenn sogar die Zugvögel dieses Jahr wieder kehrt in den Süden gemacht haben, weil die Felder zugeschneit sind und sie nichts zu fressen finden, sagt das ja alles. Vom Wohnzimmer aus beobachte ich das Treiben der Vögel und ich frage mich, woher sie wissen, wann Futter im Häuschen ist, denn das Futter riecht doch nicht!

Wie fast immer so bin ich auch am Mittwochmorgen wach, als mein Mann um halb vier aufsteht. Als er das mitbekommt, umarmt er mich und gratuliert mir zum Geburtstag. Nachdenklich sage ich: „Das ist heute mein 54. Geburtstag, aber auch mein 10. Geburtstag nach der Hirnblutung.“ Was habe ich alles seitdem durchgemacht! Doch ich habe auch viele kleine Fortschritte zu verzeichnen. Und das allerschönste: Ich habe zwei süße Enkelsöhne bekommen. Außerdem habe ich die Reha gemacht und die Hoffnung damit verbunden, danach eine Arbeit für ein paar Stunden in der Woche zu finden. Dass sich das vorerst zerschlagen hat, konnte ich nicht vorhersehen, da die Information diesbezüglich einfach schlecht sowohl vom Integrationsdienst als auch von der Reha aus war. Ein großes Ziel bleibt weiter, irgendwann wieder Auto fahren zu können. Aber das gehe ich ruhig an. Mir ist durchaus bewusst, dass dafür meine Bewegungsfähigkeit vor allem im Arm und in der Hand besser werden muss.

Heute habe ich erst einmal Geburtstag. Meiner Physiotherapeutin und meinem Ergotherapeuten habe ich mitgeteilt, dass wir heute mal Therapie Therapie sein lassen und wir stattdessen schön Kaffee trinken. Wir konnten das mit den Terminen so regeln, dass beide kurz nach zwölf bei mir sind. Den Tisch habe ich schon gedeckt und der Kaffee ist auch fertig, sodass wir uns gleich an die Kaffeetafel setzen können. Wir erzählen schön und lassen es uns schmecken. Zwischendurch bekomme ich immer mal wieder einen Anruf mit Geburtstagswünschen. Die allerersten waren natürlich meine Tochter und mein Sohn. Abends kommt meine Nachbarin, um mir zu gratulieren und ich stoße noch mit Siggi kurz auf meinen Geburtstag an. Dann ist alles wie sonst auch immer. Siggi geht ins Bett und ich sehe noch eine ganze Weile fern. Die Familienfeier ist ja noch am kommenden Sonnabend. Freitagabend kommt Thomas und gratuliert mir noch einmal nachträglich zum Geburtstag. Verlegen sagt er, dass das Geschenk Steffi mitbringt, da sie etwas zusammen gekauft haben. Ich denke mir nichts dabei, als er noch einmal nach draußen geht und seine Sachen aus dem Auto holt. Das macht er immer so. Er kommt wieder rein und ich blicke auf, als er irgendwie vorsichtig die Wohnzimmertür öffnet. Und dann strahle ich über das ganze Gesicht. Thomas hat so eine Palme im Arm wie ich sie bei IKEA gern gekauft hätte. Schon kommt er mir entgegen und auch er strahlt: „Na, freust du dich? Ist uns die Überraschung gelungen? Die ist auch noch zu deinem Geburtstag.“ Ich drücke ihn und freue mich wirklich riesig. Schnell ist ein schöner Platz für die Palme gefunden.

Sonnabendfrüh mache ich mir die Mühe und färbe Eier zu Ostern. Als Steffi mit Benno und Tammo nachmittags gegen halb drei kommt, beginnen wir auch gleich mit dem Kaffee. Steffen ist zu Hause geblieben, er hat Bronchitis.

Benno schenkt mir meine Lieblingspralinen und macht sich gleich ganz schüchtern wieder aus dem Staub. Aber als ich frage, ob ich denn gar keinen Kuss von ihm zum Geburtstag bekomme, ist er sofort wieder da und hält mir seine kleine süße Schnute hin. Das Geschenk von meinen Kindern kenne ich schon, das heißt, ich weiß nicht, wie es aussieht, aber ich habe mir einen mittelgroßen Rucksack gewünscht. Wenn ich mich dann mal allein auf den Weg mache und einkaufen will, ist für mich ein Rucksack besser als eine Einkaufstasche. Er gefällt mir sehr gut, ist schwarz und hat zusätzlich viele kleine Taschen. In der Beziehung kann ich mich voll auf Steffi verlassen, sie hat einen guten Geschmack.

Mein Bruder Olaf und Marion kommen etwas später. Sie haben im Moment viel mit ihrem Vater um die Ohren. In aller Ruhe trinken wir Kaffee, lassen uns den Kuchen schmecken und erzählen schön. Wir feiern bis nachts halb zwei.

Trotz des späten Zubettgehens bin ich am Sonntag wieder sehr früh wach. Es ist ein besonderer Sonntag – heute ist Ostersonntag, und so nutze ich die Zeit und Ruhe, die Ostersachen im Wohnzimmer zu verstecken. Leider kann die Suche nicht draußen im Garten stattfinden. Da ist noch alles voll Schnee.

Nach dem Frühstück geht es los. Benno ist ganz aufgeregt und findet auch schnell die ersten Naschereien. Um ihm dann weiterzuhelfen, sehe ich ganz auffällig zu einem der Verstecke. Als er mitbekommt, was das zu bedeuten hat, gefällt ihm das und ich soll ihm erneut einen Tipp geben: „Oma, gucke wieder hin!“, sagt er zu mir. Fast gleichzeitig schütteln Steffi und ich den Kopf und entgegnen, dass er die Sachen schon allein finden muss, was dann auch immer besser klappt. Von meiner Mutter bekommt er einen Helikopter, der zwar nicht fliegen, aber dafür fahren kann, wobei sich die Rotorflügel drehen und ein

Licht blinkt. Fährt er irgendwo gegen, stößt er zurück und ändert die Fahrtrichtung. Auf den Fliesen geht das besonders gut und Benno spielt schön mit seinem Helikopter. Auf einmal nimmt er ihn in die Hand, geht zu meiner Mutter, die auf der Couch sitzt, und sagt zu ihr: „Oma Elli, den hast du aber schön ausgesucht!“ Darüber freut sie sich sehr, aber Benno hat das ja auch besonders lieb gesagt. Ich bekomme einen Anruf von Monika aus Pasewalk. Monika ist eine Freundin aus meiner Kindheit. Wir wohnten im selben Hausaufgang und haben oft zusammen gespielt. Später haben wir uns öfter im Zug getroffen, wenn wir zu unseren Studienorten reisten. Wir stehen in brieflichem Kontakt, aber haben uns nun schon sehr lange nicht mehr gesehen. Eigentlich hatten wir ausgemacht, dass sie mich im März einmal besuchen kommt. Aber heute ist schon der 31. März und außerdem noch Ostersonntag. Somit hatte ich es schon aufgegeben, dass es noch mit einem Besuch klappt. Sie schlägt mir vor, mich am Dienstag besuchen zu kommen. Da passt es ganz gut und sie könnte mit ihrem Mann mitfahren. Mir passt es natürlich auch und ich freue mich, dass es nun doch endlich noch klappt. Wir vereinbaren, uns am Montag noch einmal genauer abzustimmen.

Ostermontag ist es bei uns ruhig. Alle schlafen länger, nur ich mal wieder nicht! Aber das stört mich nicht. Ich weiß mich schon zu beschäftigen. So backe ich erst einmal einen Obstboden, damit ich Monika auch ein Stück Kuchen anbieten kann. Zum Mittag machen wir es uns mal einfach und bestellen Pizza. Danach fährt Steffi mit den Kindern auch wieder los. Thomas macht sich gegen 19.00 Uhr auf den Weg. Zwischendurch ruft Monika an und teilt mir mit, dass sie morgen zwischen 9.30 und 10.00 Uhr bei mir sein wird.

Dienstagfrüh rufe ich bei der Rentenversicherung hier in Neubrandenburg an und frage nach, ob sie nun den Integrationsdienst beauftragen können, denn nun müsste ja der Abschlußbericht von der Reha vorliegen. Ich bekomme als Antwort, dass die Rentenversicherung solche Aufträge nur erteilt, wenn es um eine versicherungspflichtige Arbeit geht, drei Stunden täglich aber keine versicherungspflichtige Arbeit sind und es durchaus sein kann, dass die Rentenversicherung Berlin meinen „Antrag auf Teilhabe am Arbeitsleben“ genau deshalb ablehnt. Ich kann es nicht fassen und frage mich, was die Reha eigentlich bewirken sollte. Dass ich nicht in der Lage sein würde, viel mehr als diese drei Stunden täglich zu arbeiten, hätte wohl jeder einschätzen können, der meine Krankengeschichte nur vom Papier her kennt. Und ich frage mich, warum die Verantwortlichen von der Reha das nicht wussten und im Gegenteil noch die Hoffnung geschürt haben, dass ich ein paar Stunden arbeiten gehen könnte. Kurzentschlossen rufe ich gleich noch beim Integrationsdienst an und teile die Antwort von der Rentenversicherung mit. Jetzt bekomme ich zur Antwort, dass der Integrationsdienst vom Land gefördert wird und in den Richtlinien ebenfalls festgehalten ist, dass nur versicherungspflichtige Arbeit gefördert werden darf.

Empört sage ich: „Das hätten Sie mir aber auch schon mal vorher sagen können! Anscheinend haben wir immer aneinander vorbeigeredet!“ „Ja, das haben wir dann wohl“, bekomme ich nur zur Antwort. Ich bin, ehrlich gesagt, ganz schön wütend. Was soll der Integrationsdienst denn bewirken? Im Netz steht, dass er Schwerbehinderten Hilfe und Unterstützung bei der Suche nach Arbeit gibt. Bloß wann trifft das zu? Na gut, es gibt ja auch Schwerbehinderte mit einem geringeren Grad der Behinderung, die noch volltags arbeiten können, oder solche, die aufgrund der Behinderung nicht so stark eingeschränkt sind, wie zum Beispiel Gehörlose.

Pünktlich um halb zehn kommt Monika. Wir verbringen zwei schöne Stunden bei einer Tasse Kaffee und erzählen von Gott und der Welt. Nach ihrem Besuch habe ich Physiotherapie bei der Chefin von meiner Therapeutin, da diese Urlaub hat. Heute wird mein linkes Bein behandelt und sie lobt, wie gut beweglich es ist. Darüber freue ich mich. Offensichtlich hat die Reha wenigstens medizinisch etwas bewirkt. Das bestätigt mir auch der Ergotherapeut, bei dem ich anschließend Therapie habe.

Am Mittwoch scheint den ganzen Tag die Sonne. Trotzdem ist es noch sehr kalt. Die Sonne lockt mich zu sehr und so setze ich mich um die Mittagszeit gut eingepackt für eine Stunde auf die Terrasse und lese. Das brauche ich einfach und genieße es sehr. Als ich am Donnerstag einen Termin beim Frauenarzt habe und mir der Blutdruck dort gemessen wird, bestätigt sich wieder, dass ich mit meinem Blutdruck sehr zufrieden sein kann.

So langsam aber sicher wird es täglich wärmer und der Frühling setzt sich endlich durch. Mir fällt auf, dass ich noch nie so sehr unsere Pflanzen im Garten beobachtet habe wie in diesem Jahr. Die Frühblüher werden größer und größer. Ich tue nach wie vor noch Vogelfutter ins Häuschen, denn stellenweise liegt noch Schnee und da sich die Singvögel noch jeden Morgen im Vogelhäuschen einfinden, gehe ich davon aus, dass sie noch Schwierigkeiten haben, in der Natur genug zu finden. Als ich an einem Morgen gerade dabei bin, Vogelfutter nachzufüllen, sehe ich einen Schwarm Zugvögel. Nun kommen sie doch wieder zurück aus dem Süden, denke ich und freue mich. Wenn das mal kein Zeichen ist, dass bei uns auch endlich der Frühling einkehrt!

Ich rufe beim hiesigen Jobcenter an und verlange einen Vermittler für Schwerbehinderte. Mir wird gesagt, dass ich persönlich vorsprechen muss, da ich nicht als arbeitssuchend registriert bin. Wieder eine neue Erkenntnis zur Bürokratie in Deutschland! Aber ich nehme es erst einmal hin. Zwei Tage später telefoniere ich mit meiner Studienfreundin Andrea und erzähle ihr vom neuesten Stand in Bezug auf meine Arbeitssuche. Wir überlegen zusammen, dass mir wohl nur das Jobcenter bleibt oder ich auf eine Anzeige in der Zeitung hoffen muss, in der ausdrücklich Schwerbehinderte gesucht werden. Schließlich komme ich selbst auf die Idee und sage zu Andrea: „Oder ich gebe selbst eine Anzeige auf." Meine Freundin stimmt mir zu und in Gedanken bin ich schon beim Formulieren meines Stellengesuchs.

Ich habe weiterhin regelmäßig meine Therapien. Am Sonntag ist es am frühen Morgen schon zu sehen, dass es ein schöner Tag wird. Und wirklich, schnell steigt das Thermometer auf 20 Grad. Nach dem Mittag setze ich mich daher auf die Terrasse zum Lesen. Man kann es sogar schon kurzärmelig aushalten. Endlich ist der Frühling da! Beim Telefonieren mit Steffi ist im Hintergrund zu hören, dass Steffen wohl die Formel 1 im Fernsehen verfolgt. Steffen sagt, er schickt mir mal ein Video, in dem Benno und er Formel 1 spielen, Steffen ist der Stadionsprecher und Benno ist der Rennwagen.

Am Montag sehe ich mir das Video an und muss herzlich laut lachen. Mit Feuereifer spielt Benno das

Rennauto und pest durch die Wohnung, während Steffen alles kommentiert.

Am Mittwoch fahre ich mit dem Pflegedienst zu unserem Jobcenter. Laut Wegweiser befindet sich das Reha-Team, das für Schwerbehinderte zuständig sein soll, in der ersten Etage. Mit meiner Begleitung suche ich alles ab, doch es ist kein Reha-Team zu finden. Auf Nachfrage werden wir wieder ins Erdgeschoß geschickt, wo es auch schwierig ist, überhaupt jemanden zu finden. Schließlich haben wir Glück und finden einen netten Herrn, der mir eine Telefonnummer gibt, nachdem er sich diese von einer Kollegin geben lassen hat. Dort soll ich anrufen und dann auch einen Termin beim Reha-Team bekommen. Als ich am nächsten Tag unter der erhaltenen Telefonnummer anrufe, glaube ich, meinen Ohren nicht trauen zu können, denn was ich höre, ist: „Kein Anschluß unter dieser Nummer." Das ist doch wohl mal wieder typisch! Dafür habe ich extra den Pflegedienst bestellt und mich zum Jobcenter bringen lassen! Dieser muss ja schließlich auch bezahlt werden. Ich rufe noch einmal im Jobcenter an und erhalte wieder eine Telefonnummer. Doch erneut verkehrt! Ich lande bei einem privaten Anschluß, entschuldige mich und frage mich, was das für ein Saftladen ist. Jetzt steht mein Entschluss endgültig fest: Ich werde selbst eine Annonce aufgeben, von der ich mir zwar nicht allzu viel verspreche, aber dann habe ich wenigstens alles in meiner Macht stehende getan und habe ein ruhiges Gewissen. Als erstes suche ich mir die für den privaten Anzeigenverkauf entsprechende Telefonnummer im Netz heraus. Dann formuliere ich meinen Text, der schließlich so aussieht: „Diplomökonomin, 54 Jahre, langjährige Berufserfahrung in Allgemeiner Verwaltung und Buchhaltung, mit körperlichen Einschränkungen, sucht geringfügige Beschäftigung für 10 bis 15 Stunden/Woche." Dass ich schwerbehindert bin, schreibe ich bewusst nicht, denn dann habe ich gar keine Chancen, denke ich. Eine sehr nette Frau ist am Telefon und in ein paar Minuten ist alles erledigt. Nun soll mein Stellengesuch am Sonnabend und am Dienstag in der lokalen Zeitung und am Mittwoch im „Anzeigenkurier“ erscheinen. Falls Zuschriften kommen, werden diese zweimal pro Woche an mich herausgeschickt. Ich bin gespannt, halte meine Erwartungen aber niedrig.

Es wird zunehmend sonniger und am Wochenende sind bei uns im Garten die ersten Osterglocken und Tulpen aufgebrochen. Von Dienstag bis Freitag hat mein Mann unverhofft frei. Bei dem schönen Wetter will man am natürlich am liebsten im Freien etwas tun. Auf meinen Wunsch hin kümmert er sich um den Hang in unserem Garten. Dort hat sich eine bodendeckende Pflanze so ausgebreitet, dass es nicht mehr schön aussieht und ich möchte gern, dass er diese herausreißt und in aufgelockerter Form verschiedene andere Pflanzen setzt. Dafür fahren wir zu einem Pflanzengeschäft und kaufen uns einige kleine Staudenpflanzen. Das soll erst einmal der Anfang sein und dann werden wir weitersehen. Wir können ja auch etwas von bei uns bereits vorhandenen Pflanzen abstechen. Jetzt kann man regelrecht zusehen, wie bei uns im Garten jeden Tag neue Frühlingsblüher aufbrechen. Es sieht schon richtig schön aus.

Ich telefoniere wieder mit meiner Freundin Andrea und wir machen aus, dass wir sie am ersten Wochenende im Mai besuchen kommen. Am Freitag erhalte ich einen Brief von der Rentenversicherung Berlin, in dem nun steht, was ich schon weiß, nämlich, dass meinem „Antrag auf Teilhabe am Arbeitsleben“ aus den bereits erwähnten Gründen nicht entsprochen wird. Nun habe ich es noch einmal schwarz auf weiß, ich habe mich damit ja schon abgefunden.

In unserer Lokalzeitung wird zu einem Leserwettstreit zum Muttertag zum Thema „Wer hat die beste Mama?“ aufgerufen und kurzentschlossen setze ich mich an meinen PC und schreibe meine Geschichte auf, schreibe, dass meine

Mutter sich aufopferungsvoll um mich gekümmert hat und es noch heute tut und schicke den Beitrag ab.

Am Sonnabend backe ich einen Zupfkuchen und einen Tortenboden für eine Obsttorte. Denn morgen hat Benno seinen dritten Geburtstag und ich habe ihm versprochen, Kuchen zu backen und mitzubringen. Heute ist auch mein Stellengesuch zum ersten Mal in der Zeitung.

Am Sonntag fahren wir pünktlich um zehn los, holen meine Mutter von zu Hause ab und ab geht die Fahrt nach Potsdam. Als wir ankommen, steht Steffi mit Benno unter der Dusche. Das sagt sie mir durch die Sprechanlage, als ich unten an der Haustür klingele. Die Wohnungstür ist angelehnt und wir treten ein. Das Wohnzimmer ist schön mit Luftballons beschmückt. Aufgeregt hören wir Benno rufen: „Ich bin gleich fertig“ und kurze Zeit später kommt er schon angerannt, um uns zu begrüßen. Wir gratulieren zum Geburtstag und übergeben unsere Geschenke. Von uns bekommt er einen großen Karton Lego-Duplo-Bausteine. Er hat zu tun, den Karton zu tragen. Von meiner Mutti bekommt er ein Angelspiel für die Badewanne und noch einige Kleinigkeiten dazu. Ich sage ihm, dass er die Sachen auf den Geburtstagstisch legen soll. Mich traurig ansehend antwortet er mir: „Ich habe keinen Geburtstagstisch!“ Dabei habe ich die anderen Geschenke schon gesehen. Steffi hat in der Anbauwand neben dem Fernseher ‚platz gemacht und so sage ich, indem ich dorthin zeige: „ Da, das ist dein Geburtstagstisch“ und sofort leuchten seine Augen wieder und mit einem glücklichen Lächeln macht er sich daran, die gerade erhaltenen Sachen dazu zu legen. Trotzdem kann er sich nicht verkneifen, mir noch zu sagen: „Aber das ist **kein** Tisch!“

Tammo hat gerade ausgeschlafen und Steffi kommt mit ihm auf dem Arm ins Wohnzimmer. Da er meine Mutti anlächelt, gibt Steffi ihn ihr in den Arm. Etwas später sitzt er wie eine Eins neben ihr auf der Couch und spielt mit meiner

Mutter. Ich setze mich hinzu und halte ihm einen Luftballon hin. Das findet er so toll, dass er wie wild darauf herumhämmert, während ich den Luftballon festhalte. Das ist so niedlich, dass wir alle herzlich lachen müssen, weshalb Tammo wiederum auch lacht. Ich hole einen weiteren Luftballon und lasse beide über ihm schweben. Wenn einer in seine Nähe kommt, haut er ihn weg. So spielen wir eine Weile bis es klingelt und die anderen Gäste kommen. Das sind Steffens Eltern Gitti und Roland sowie zwei Tanten und Onkel von ihm, sein Cousin mit Frau und natürlich Steffen selbst. Sie waren zusammen in einer Gaststätte Mittag essen. Schlagartig sind wir dreizehn erwachsene Personen in der Wohnung. So viele Leute hatten Steffi und Steffen lange nicht mehr zu Besuch, aber mit den Stühlen aus der Küche finden alle einen Platz. Benno kommt mit einem Karton ins Wohnzimmer, der fast größer als er selbst ist. Bei seinem Papa angekommen, sagt er, etwas außer Atem: „So, aufmachen, bitte!“ Gemeinsam öffnen sie das Paket und zum Vorschein kommt ein großer Bagger, auf den Benno sich sogar setzen kann, wie er gleich herausfindet. Als er dabei ist, die anderen Geschenke auszupacken, will Steffen Tammo kurz auf den Bagger setzen, weil der ganz aufgeregt dahin zeigt. Aber Benno sieht das und ist schneller. Mit den Worten: „Das ist mein Bagger!“ setzt er sich demonstrativ wieder darauf und hat die Lacher auf seiner Seite. Das findet Steffen gar nicht gut und er erklärt Benno, dass Tammo doch auch nur mal ganz kurz darauf sitzen möchte. Nun sieht er es ein und lässt Tammo auf den Bagger. Ganz in der Rolle des großen Bruders zeigt er ihm noch einige Funktionen. Steffi kommt mit einem Glas Sekt für alle ins Wohnzimmer. Was heißt, für alle? Eigentlich nur für die Frauen, die Männer müssen fast alle noch Auto fahren und geben sich heute ausnahmsweise mit einem Glas Saft oder Wasser zufrieden. Benno bekommt ein Glas rote Brause. Wir erheben die Gläser und stimmen gemeinsam „Happy birthday“ an, sodass Benno noch einmal merkt, dass er heute hier im Mittelpunkt steht. Stolz stößt er mit jedem an und bekommt noch einmal viele gute Wünsche. Auch sonst genießt er den Besuch. Jeder nimmt sich die Zeit und spielt mit ihm eine Weile in seinem Zimmer. Auf die Frage, wie alt er denn jetzt ist, kommt inzwischen wie aus der Pistole geschossen: „Drei Jahre!“ und unaufgefordert fügt er noch hinzu, wo er wohnt. Darüber staunt sogar Steffens angeheiratete Cousine, die Erzieherin ist, und sie sagt: „Viele Hortkinder können noch nicht einmal ihre Straße und Hausnummer sagen, alle Achtung!“

Etwas später bereitet Steffi den Kaffee vor und ich hole mir ein Stück Kuchen, um den Bann zu öffnen, dass sich die anderen auch trauen. Da Steffen und Steffi keinen großen Kaffeetisch besitzen, machen sie es ganz zwanglos als Kuchenbuffett. Der Kuchen sowie die Teller und Besteck stehen auf dem Küchentisch und jeder kann sich holen, worauf er Appetit hat. Den Kaffee verteilt Steffi.

Als erste machen Siggi, meine Mutti und ich uns wieder auf den Weg. Die Unruhe ist doch einfach da, wenn man im Hinterkopf hat, dass für Siggi die Nacht um halb vier wieder vorbei ist. Um halb fünf fahren wir los und sind genau zwei Stunden später wieder zu Hause.

Am Montag kommen mein Ergotherapeut und ich in der Therapie auf die Idee, künftig in die Therapie Tischtennisspielen einzubeziehen. Ich muss mein Gleichgewicht trainieren und benötige mehr Standsicherheit und da ist das eine ganz gute Übung. Zumal die Voraussetzungen da sind, wir haben im Hobbyraum eine Tischtennisplatte zu stehen. Am Dienstag spielen wir dann das erste Mal in der Therapie Tischtennis. Zuerst nur Ping-Pong, machen aber für das nächste Mal aus, dass wir einen Satz spielen, weil das mehr Spaß macht und man dann auch ehrgeiziger ist. Wir stellen fest, dass ich noch ganz gut und schnell reagieren kann. Nur wenn ich ein paar Schritte mehr machen muss, um einen Ball noch zu erreichen, treffe ich ihn manchmal nicht. Aber deshalb üben wir ja und obwohl es nur ein bisschen Bewegung ist, die Bewegung tut mir auch gut.

Mittwochfrüh treibt es mich regelrecht aus dem Bett. Ich habe ganz schlecht geschlafen und habe auf dem Rücken links bis nach vorn ziehend Schmerzen. Jede Bewegung ist unerträglich. Plötzlich kommt mir der Gedanke, dass sich vielleicht ein Herzinfarkt ankündigt oder ich einen in der Nacht hatte, denn man hat oft schon gehört, dass Symptome nicht ernst genommen werden und man oft zu spät einen Arzt aufsucht. Mich beunruhigt die Sache schon etwas. Doch dann fällt mir ein, dass das sicher nur ein Muskelkater ist, denn gestern hat meine Physiotherapeutin versucht, meine Muskeln in dem Bereich „zurechtzurücken“, was auch etwas schmerzhaft war. Erleichtert genieße ich nach dieser Erkenntnis den bereits den ganzen Tag schon andauernden Sonnenschein auf der Terrasse und lese dabei. Freitagnachmittag sitze ich wie auf Kohlen und warte darauf, dass Siggi sich meldet, dass er Feierabend hat und nach Hause kommt. Wir wollen heute nämlich noch nach Senftenberg zu meiner Studienfreundin Andrea und ihrem Mann Siggi fahren. Gerade als Siggi dann endlich nach Hause kommt, bekomme ich einen Anruf von einer Journalistin unserer Lokalzeitung. Sie bedankt sich für meine Geschichte zum Thema „Meine Mama ist die Beste“ und möchte nun gern ein Foto von meiner Mutter und mir machen. Wir machen einen Termin für Anfang der kommenden Woche aus.Gegen halb sieben fahren wir endlich los. Das Schlimme ist, dass mein Mann heute schon sehr viele Kilometer „geschrubbt hat und jetzt noch einmal drei Stunden Fahrt vor uns liegen. Er tut mir leid, aber das nutzt jetzt nichts, es ist alles abgesprochen und da muss er durch. Wie so oft auch in ähnlichen Situationen denke ich, wie schön es doch wäre, wenn ich wie früher Auto fahren könnte, ich den Part übernehmen und Siggi sich auf dem Beifahrersitz ausruhen könnte. Aber „könnte, wenn und aber“ nutzt uns jetzt nichts. Um halb zehn haben wir es geschafft und sind da. Und wir nehmen uns herzlich in die Arme. Andrea und Siggi haben sogar mit dem Abendbrot auf uns gewartet und es tut uns leid, dass sie wegen uns nun auch so spät essen. Es gibt viel zu erzählen und wir sitzen lange gemütlich zusammen. Am Sonnabend schlafe ich sogar bis halb acht. So treffe ich gleich, als ich aus dem Bad komme, auf Andrea`s Mann Siggi, der gerade vom Bäcker zurückgekommen ist und dem ich nun Gesellschaft in der Küche leiste, wo er schon anfängt, den Frühstückstisch zu decken und Kaffee zu kochen. Es dauert auch nicht mehr lange, bis Andrea und Siggi zu uns stoßen und wir gemeinsam frühstücken. Danach fahren Andrea und ich mit dem Auto los nach Hoyerswerder, um einen Einkaufsbummel zu machen und wie Andrea meint, kann man dort gut bummeln. Die beiden Siggis brechen zu einer Fahrradtour rund um den Senftenberger See auf, der aus einem stillgelegten Tagebau entstanden ist. Beim Einkaufsbummel bin vor allem ich erfolgreich und wie es so ist, wenn man etwas findet, macht es auch viel mehr Spaß. So wie wir es abgesprochen haben, treffen wir vier uns pünktlich zum Kaffee bei Andrea und Siggi zu Hause. Das Wetter ist richtig schön geworden und wir können sogar draußen Kaffee trinken. Siggi und ich hatten schon gelästert, dass wir vom schönen Wetter weg zum schlechten gefahren sind. So sollte es hier laut Wetterbericht nämlich werden. Da haben wir echt Glück, dass das nicht zutrifft. Zum Abendbrot gehen wir in eine in der Nähe befindliche Gaststätte. Danach sehen wir uns den WM-Boxkampf von Wladimir Klitschko gegen Francesco Pianeta im Fernsehen an. Er ist sehr spannend, aber wie von uns erwartet und erhofft gewinnt wieder einmal Wladimir Klitschko. Sonntag schlafe ich sogar bis halb neun, was ich schon seit Ewigkeiten nicht mehr geschafft habe, und ich bin froh darüber. Nach dem Frühstück fahren wir zum kürzlich eröffneten Stadthafen. Man muss sich mal vorstellen, die kleine Stadt Senftenberg hat sogar einen Stadthafen und wir sind beeindruckt, was hier gebaut worden ist. Durch das schöne sonnige Wetter und weil viele Leute es für einen Ausflug hierher nutzen, bekommt man gleich Urlaubsstimmung.

Nach dem Mittag, das wir draußen auf der Terrasse essen, fahren wir wieder nach Hause. Nach zweieinhalb Stunden haben wir es geschafft. Da auch hier schönes Wetter war, gießen wir erst einmal ordentlich die Pflanzen im Garten und ich entdecke dabei, dass unser kleiner erst im Herbst gepflanzter Kirschbaum schon ein paar Blüten hat und ich freue mich sehr darüber. Montagnachmittag kommt die Journalistin, um ein Foto von meiner Mutter und mir zu machen. Sie sieht sich im Wohnzimmer um, wo sich das Foto am besten machen würde. Bevor sie etwas sagt, schlage ich vor, es auf der Terrasse zu machen. Die Sonne scheint so schön und ein paar Blumen im Hintergrund machen sich bestimmt besser als unser Wohnzimmer. Sie ist damit sehr einverstanden und ich setze mich neben meine Mutter, lege ihr den Arm um die Schulter und die Journalistin macht ein paar Aufnahmen. Schon ist der Termin erledigt und die Journalistin verabschiedet sich wieder.

Wir beide holen uns das Halmaspiel nach draußen und spielen bei dem schönen Sonnenschein Halma. Wir sind so im Spiel vertieft, dass wir gar nicht mitbekommen, dass Thomas inzwischen gekommen ist und hinter uns steht. Er hat ab heute einen dreitägigen Übungsleiterlehrgang für Volleyball hier in Neubrandenburg und nun schon den ersten Tag hinter sich. Nachdem wir uns herzlich begrüßt haben, laden wir ihn ein, eine Runde mitzuspielen. Er schüttelt nur den Kopf und sagt: „Aber nicht Halma!“ Irgendwie ist Halma für meinen Mann und auch für meine Kinder ein rotes Tuch, was ich gar nicht so richtig verstehen kann.

Als etwas später Siggi von der Arbeit kommt, machen sich Thomas und er daran, die Reifen an Thomas` Auto zu wechseln. Dienstagfrüh genieße ich die seltene Gelegenheit und frühstücke gemeinsam mit meinem Sohn. Siggi ist schon längst auf Arbeit und Thomas muss wieder zu seinem Übungsleiterlehrgang. Bevor ich am Mittwoch ebenfalls mit Thomas frühstücke, war ich schon fleißig und habe Prasselkuchen gebacken, von dem wir nun auch probieren können. Da Thomas nach dem Lehrgang heute gleich zu sich nach Hause nach Rostock fährt, packe ich ihm noch etwas Kuchen ein.

Ich staune nicht schlecht, als ich mittags im Briefkasten tatsächlich eine Zuschrift auf mein Stellengesuch habe. Sie kommt von einer Behindertenwerkstatt, was ja in Ordnung wäre, allerdings befindet sich diese zirka fünfzig Kilometer von uns entfernt und das lohnt bei drei Stunden Arbeit täglich nicht den Aufwand. Da wäre ich ja noch einmal so lange unterwegs, um überhaupt dahin- und zurückzukommen. Außerdem ist es eine reine Sekretärinnenarbeit. Nichts gegen Sekretärinnen, aber ich möchte schon etwas meiner Qualifikation entsprechendes tun.

Am späten Nachmittag kommt Steffi mit Benno und Tammo. Am Donnerstag ist Herrentag und Steffi und ich haben den Tag mit den Kindern schon verplant. Siggi ist mit meinem Bruder Olaf und Steffen mit seinen Freunden verabredet. Siggi und Olaf wollen eine Radtour zu unserem See machen. Obwohl die Wetterprognosen nicht die besten sind, fahren Steffi, die Kinder und ich gegen neun Uhr los in Richtung Usedom. Es soll vormittags etwas regnen und nachmittags die Sonne rauskommen. Als wir eine gute Stunde später in Trassenheide aus dem Auto steigen, scheint zwar nicht die Sonne, aber es ist schwülwarm und es sind auch schon einige Sonnenanbeter unterwegs.

Wir gehen zum Strand und mieten uns einen Strandkorb. Benno spielt mit dem Mitbringsel von unserem Ausflug nach Senftenberg Eismann und versorgt uns mit Sandeis. Ich habe kein klassisches Sandspielzeug gekauft, sondern einen Eimer mit zwei Eiswaffeln statt Sandförmchen sowie einen Eiskugellöffel statt einer Schippe. Wir erklären Benno, dass er erst etwas Wasser mit seinem Eimer holen und dann mit dem Zuckersand vermischen muss. Als er dann mitbekommt, dass das wirklich klappt und er Kugeln formen kann, ist er begeistert und Steffi und ich werden seine Kunden, die Eis bei ihm kaufen müssen. Meinen Wunsch nach Erdbeereis ignoriert er ständig und gibt mir mit den Worten: „Erdbeereis gibt es nicht!“ Schokoeis, das ich nicht besonders mag. Dafür Steffi, aber sie bekommt Erdbeereis und als wir uns darüber bei unserem Eismann beschweren, muss er herzlich lachen.

Am späten Vormittag fängt es auf einmal zu nieseln an. Das ist aber kein Problem für uns. Tammo hatte sowieso gerade sein Essen bekommen und er macht jetzt Mittagsschlaf in seinem Kinderwagen und nachdem Steffi den Wagen so gedreht hat, dass es nicht reinregnen kann, machen wir drei es uns im Strandkorb gemütlich. Wir beobachten die Leute, die keine Geduld haben und fluchtartig den Strand verlassen. Der Schauer dauert nicht lange und es ist jetzt sogar zu sehen, dass die Sonne sich durchkämpfen will. Gegen Mittag haben wir dann tatsächlich den herrlichsten Sonnenschein und ziehen uns nach und nach immer mehr Sachen aus und genießen das schöne Wetter. Dann kommt eine Durchsage vom Turm der DLRG zu den aktuellen Temperaturen. Wir erfahren, dass die Ostsee acht Grad hat. Aber als die Lufttemperatur durchgesagt wird, sehen Steffi und ich uns an und schütteln die Köpfe. Es wird nämlich mitgeteilt, dass die Lufttemperatur achtundzwanzig Grad beträgt und dann kommt der Nachtrag: „natürlich im Schatten gemessen!“ und wir beide müssen herzlich lachen. Soweit kennen wir uns aus, um zu wissen, dass es niemals achtundzwanzig Grad sind und schon gar nicht im Schatten. Egal, wie warm es ist, es ist schön und wir sind froh, dass wir hierher gefahren sind. Auch Tammo fühlt sich wohl. Er dreht und schaukelt sich auf der Decke von links nach rechts und umgekehrt, um verschiedenes Spielzeug, das wir in seine Nähe gelegt haben, zu erreichen. Wir hoffen, ihn dadurch zum Krabbeln zu animieren, aber wir haben uns geirrt, er tut das nicht. Irgendwie schafft er es auch mit seinen Schaukelbewegungen, dahin zu kommen, wo er hin möchte.

Steffi und ich sitzen entspannt im Strandkorb und genießen die Sonne, als es auf einmal dunkler wird. Im gleichen Moment setzen wir uns gerade hin und gucken nach oben. Es haben sich, von uns unbemerkt, dicke dunkle Wolken gebildet und es ist auch etwas kühler geworden. Wenn es jetzt regnet, kommt bestimmt ein ordentlicher Schauer herunter und deshalb beschließen wir, uns anzuziehen und aufzubrechen. Als wir alles fertig haben, um zum Auto zu gehen, kommt eine Durchsage vom Turm der DLRG. Es wird gesagt, dass im Fall eines Unwetters die Strandgäste darum gebeten werden, den Strand unverzüglich zu verlassen. Da braut sich also wirklich etwas zusammen und wir beeilen uns jetzt. Auf halben Weg zum Parkplatz macht Steffi den Vorschlag, dass ich mit Benno hier warte, sie fix das Auto holt und uns hier abholt. Ich bin dankbar für den Vorschlag, denn durch das schnelle Gehen habe ich mich ein wenig verkrampft und die Spastik ist wieder eingeschossen, was sehr schmerzhaft ist. Benno hat auch nichts dagegen und als er von mir dann noch einen Kaubonbon bekommt, damit er sich neben mir auf die Bank setzt, sodass er mir nicht verloren gehen kann, findet er es sogar richtig cool.

Wir sitzen am Hauptweg vom Ort an den Strand und man hat den Eindruck von einer Völkerwanderung, so viele

Leute flüchten vom Strand. Ab und zu kann man schon den Donner hören und ich erzähle Benno, dass es gleich ein Gewitter geben wird. Er hört mir so gespannt zu, als ob ich ihm eine Abenteuergeschichte erzähle und als Steffi dann ein paar Minuten später mit dem Auto kommt, kann es gar nicht schnell genug gehen, dass er einsteigt. Wir sind gerade aus dem Ort Trassenheide heraus, als es dann auch zu gießen anfängt, begleitet von Blitz und Donner. Benno beobachtet interessiert das Geschehen, aber bald fallen ihm dann die Augen zu und er schläft genau wie Tammo ein. Das ist das Beste, was die Beiden machen können, denn so vergeht die Zeit für sie schneller.

Genau eine Stunde später sind wir wieder zu Hause in Neubrandenburg. Siggi ist auch schon da, er hatte auch einen schönen Tag. Zuallererst kommen Benno und Tammo in die Badewanne und beim Abendbrot fallen beiden schon wieder die Augen zu, sodass Steffi heute keine Mühe damit hat, dass sie einschlafen. Der ganze Tag an der frischen Luft hat seinen Tribut gezollt und Benno ist zudem noch sehr viel am Strand herumgelaufen. Steffi und ich sind auch froh, dass wir den Tag so genutzt haben. Es war doch ein sehr schöner Tag, sowohl für die Kinder als auch für uns.

Steffi und Steffen wollten eigentlich bis Sonntag bleiben. Nun hat Steffi aber über E-Mail mitgeteilt bekommen, dass sie morgen und auch am 25. Mai zum Arbeiten eingeteilt ist. Das ist der Sonnabend, für den mein Sohn das Cousin- und Cousinentreffen organisiert hat und da möchte Steffi natürlich auch hin. Um nicht beide Samstage absagen zu müssen, hat sie sich mit Steffen überlegt, heute noch nach Hause zu fahren. Wir sind zwar ein wenig traurig, können die Situation aber wiederum auch verstehen. Wir verbringen noch einen schönen Tag zusammen und nachmittags um vier fahren die vier wieder los nach Hause. Am Sonnabend erhalte ich ganz unverhofft zwei weitere Zuschriften auf mein Stellengesuch. Die eine geht gar nicht!

Da steht handschriftlich auf einem Zettel vom Notizblock: „Guten Tag, falls Sie Interesse an einem unverbindlichen Gespräch und einer möglichen Zusammenarbeit haben, rufen Sie mich doch mal kurz an, bitte möglichst mit Handy.“ Was soll ich davon halten? Nicht viel, denn wenn der Herr nicht mal in der Lage ist, ein ordentliches Schreiben zu verfassen, ist wohl mit ihm nicht viel los. Auf diesen Zettel werde ich definitiv nicht antworten! Die zweite Zuschrift ist auch nicht viel besser. Vom Äußeren her schon. Das Anschreiben ist ordentlich auf Kopfbogen geschrieben, aber das erste Mal wundere ich mich schon, dass als Betreff steht: „Stellenangebot außerhalb Ihrer Annonce“ Das ist lustig, denn ich konnte nur über meine Chiffre-Nummer erreicht werden! Die Anrede ist auch nicht persönlich, sondern ganz allgemein: „Sehr geehrte Damen und Herren“. Das Stellenangebot ist ebenfalls so beschrieben, dass es eigentlich auf alle Arbeiten zutrifft. Die Zuschrift ist von einer privaten Vermittlungsagentur und im Netz werde ich auch fündig, dass von Reinigungskräften über Küchenkräfte auch kaufmännisches Personal vermittelt wird. Ich werde den Verdacht nicht los, dass diese Agentur Schwierigkeiten hat, zu vermittelnde Personen zu finden und sie daher es auf dem Weg versucht, über Stellengesuche an arbeitsuchende Leute heranzukommen. Also lege ich beide Zuschriften erst einmal zur Seite.

In unserer Lokalzeitung ist heute mein Artikel zum Muttertag mit dem Foto von meiner Mutter und mir abgedruckt. Meinen Text kenne ich ja, aber auf das Foto war ich schon gespannt. Ich bin angenehm überrascht, sowohl Mutti als auch ich sind richtig gut getroffen.

Als ich am Montag meinem Sohn am Telefon von den Zuschriften erzähle und er auch mitbekommt, wie enttäuscht ich bin, sagt er zu mir: „Mutti, setze dich doch nicht so unter Druck. Du **musst** doch nicht arbeiten, du bist doch abgesichert. Lasse es einfach!“ Ich bin dankbar für die

Worte und er hat ja auch Recht. So verschwende ich erst einmal keinen Gedanken mehr an die misslungene Aktion.

Ich mache viele kleine Fortschritte sowohl in der Physio- als auch in der Ergotherapie. In der Physiotherapie habe ich gelernt, besser darauf zu achten, wie ich auch mein linkes Bein gut belaste und dadurch Standsicherheit bekomme. Das Tischtennisspielen in der Ergotherapie hat sich auch als gute Therapie erwiesen. Von Therapie zu Therapie werde ich sicherer und habe gar keine Gleichgewichtsprobleme mehr beim Tischtennis. Hinzu kommt, dass es Spaß macht. Bisher habe ich sogar jeden Satz, den wir gespielt haben, gewonnen. Mein Ergotherapeut ist etwas traurig darüber, aber ich versuche, ihn zu beruhigen, indem ich ihm verrate, dass ich schon als Jugendliche viel Tischtennis gespielt habe und wir die Platte schon seit unserem Einzug haben und da wir auch oft in der Familie spielten, habe ich eindeutig einen Trainingsvorteil. Das überzeugt ihn zwar im Hinblick auf meine Einschränkungen nicht ganz, aber er nimmt es mit Humor.

Am Mittwoch soll es hier bei uns im Norden sehr warm werden, 25 bis 27 Grad sind angesagt worden. Es scheint zu stimmen, denn um acht sind es schon 17 Grad. Mit meiner Mutter habe ich abgesprochen, wenn sie wie üblich heute gegen halb zehn kommt, gehen wir gleich los zu einem Supermarkt, weil dort schöne Zimmerpflanzen im Angebot sind, die ich gern haben möchte. Früher habe ich mich immer geärgert, wenn es nach Feierabend meist nichts mehr von den schönen Angeboten gab. Das haben schon die Arbeitslosen und Rentner weggekauft, dachte ich immer. Jetzt gehöre ich selbst zu einer dieser Gruppen.

Es ist ein Fußmarsch von etwa zwanzig Minuten und unterwegs stehen ab und zu Bänke, auf die wir uns setzen, um kurz auszuruhen. Man darf nicht vergessen, meine Mutter ist immerhin schon achtzig Jahre alt, hinzu kommt heute das schwül- warme Wetter. Wir finden die Blumen und ich packe zwei in den Einkaufswagen, dazu noch Lavendel für den Hang in unserem Garten. Natürlich kaufe ich bei dieser Gelegenheit noch etwas Gemüse und andere diverse Kleinigkeiten ein und dann machen wir uns wieder auf den Rückweg. Mein Rucksack tut gute Dienste. Zum einen brauche ich keinen Beutel in der Hand tragen und zum anderen bin ich durch das Gewicht darin gezwungen, schön gerade zu gehen. Wir sind froh, als wir wieder zu Hause sind, alles wegräumen und es uns endlich auf Sessel und Couch bequem machen können. Vor allem ich bin es ja nicht gewohnt, eine solche Strecke zu gehen, zumal ich auch versucht habe, die Tipps meiner Therapeuten dabei umzusetzen und es ist nicht einfach, wenn man sich bei jedem Schritt voll darauf konzentrieren muss, wie man die Beine setzt und die Arme bewegt.

Am Freitag ist für mich wieder Backtag. Ich probiere das Rezept aus, das ich von Andrea habe. Es ist der Quarkkuchen, den wir bei unserem Besuch in Senftenberg zum Kaffee gegessen haben. Äußerlich sieht er gut gelungen aus. Ob er auch so gut schmeckt, wird sich Pfingsten zeigen, also am kommenden Sonntag und Montag. Als meine Mutter kommt, riecht es im ganzen Haus nach frisch gebackenem Kuchen und als sie ihn sieht, lobt sie mich, dass ich das mit dem Backen schon genauso gut hinbekomme wie noch zu Zeiten, als ich gesund war.

Am Sonnabend ist es schon früh sehr warm, unser Thermometer zeigt einundzwanzig Grad an. Und der Wetterbericht hat dieses Mal Recht, schnell haben wir um die fünfundzwanzig Grad und wir nutzen das Wetter, um im Garten etwas zu tun.

Um die Mittagszeit ruft mich Gabi, meine Tischnachbarin zur Rechten in der Reha, an und sagt, dass sie mein Buch „Augen so blau – Geschichten, die das Leben schreibt“ durchgelesen und es ihr gefallen hat. Wie versprochen wollte sie mir dann eine E-Mail schreiben, hatte aber immer eine Fehlermeldung. Schnell kann ich den Fehler benennen, ein Buchstabe war nur verkehrt.

Am Nachmittag ist es schnell mit dem schönen Wetter vorbei, dunkle Wolken ziehen auf und kurz darauf gibt es ein ordentliches Gewitter mit Hagel. Am Sonntag setze ich mich wie jeden Morgen nach dem Frühstück erst einmal an den Computer, um meine E-Mails zu checken. Das habe ich mir inzwischen so angewöhnt. Meine Vermutung bestätigt sich und ich habe eine ausführliche Mail von Gabi, worüber ich mich sehr freue. Darauf und auf einige andere noch antworte ich und dann ist meine PC-Stunde auch wieder vorbei. Nachmittags probieren wir die Quarktorte, es ist ja schließlich Pfingstsonntag. Sie ist wirklich gut geworden und Mutti wünscht sich, dass ich die zu ihrem Geburtstag auch backe, was ich natürlich sehr gern machen werde. Pfingstmontag laden wir Olaf und Marion zum Kaffee ein. Ich hatte gedacht, dass wir schön Kaffee auf der Terrasse trinken können, aber es hat sich ganz schön abgekühlt und meine Mutti und auch Siggi möchten lieber drinnen Kaffee trinken. So machen wir es dann auch und es wird ein schöner Nachmittag. Mittwoch sagt mir Steffi am Telefon, dass sie gestern mit Benno zum Notarzt musste. Ich bekomme einen gehörigen Schreck und dann erzählt mir Steffi, dass Benno am Unterschenkel eine kleine Stelle hat, die wie ein aufgekratzter Mückenstich aussah und sie dem erst keine Beachtung weiter geschenkt hatten. Allerdings ist es gestern um die Stelle herum zunehmend blau geworden und deshalb hatten sich Steffen und Steffi überlegt, zum Notarzt zu gehen. Gegen neun Uhr abends waren Steffi und Benno endlich in der Notaufnahme, aber dort war es so voll, dass sie bis ein Uhr nachts warten mussten, ehe sie an der Reihe waren. Die Ärztin bestätigte dann, dass es sich auf alle Fälle um eine Infektion handelt und verschrieb ein Antibiotikum. Sie soll morgen ihre Kinderärztin aufsuchen, um zu prüfen, ob das Antibiotikum auch anschlägt. Ein weiterer Grund ist, dass Steffi am Wochenende verreisen will. Da ist doch das Cousin- und Cousinentreffen einschließlich Partnern und Kindern, das Thomas in Rostock organisiert hat und da möchte Steffi verständlicherweise mit den Kindern hin. Steffen kann nicht mit, da er grundsätzlich sonnabends und in der Hauptsaison keinen Urlaub bekommt. Steffi will mit den Kindern am Donnerstag zu uns kommen und von hier aus am Freitag dann nach Rostock fahren. Nun steht alles erst einmal in den Sternen und wir müssen abwarten, was die Kinderärztin morgen sagt.

Donnerstagmittag ruft Steffi mich an und sagt, dass sie inzwischen mit Benno bei der Kinderärztin war und dass das Antiniotikum gewirkt hat, sodass sie wie ursprünglich geplant heute noch mit den Kindern zu uns kommt. Ich freue mich und auch Mutti, als ich es ihr erzähle. Als ich es später Siggi am Telefon erzähle, freut er sich natürlich auch, zumal er auch endlich die Reifen an Steffis Auto wechseln kann.

Nachmittags um drei besucht mich meine ehemalige Ergotherapeutin mit ihrer kleinen Tochter. Sie ist im Mutterschutzurlaub und ihre Tochter ist nun schon etwas über ein Jahr alt. Ich bin begeistert, wie gut und sicher die Kleine schon laufen kann. Wir trinken auf der Terrasse Kaffee und unterhalten uns schön. Als mein Besuch wieder weg ist, spiele ich mit meiner Mutti draußen Halma. Das Wetter ist zu schön, um ins Haus zu gehen. Meine Mutter konnte ich inzwischen überzeugen, dass die Sonne für sie auch gut ist, so lange es nicht zu heiß ist. Wir sind dermaßen in unser Spiel vertieft, dass wir erst mitbekommen, dass sowohl Steffi mit Benno und Tammo als auch mein Mann angekommen sind, als Siggi durch die Garagentür sieht und „Hallo“ sagt. Natürlich räumen wir gleich das Spiel beiseite und begrüßen uns erst einmal.

Während Siggi die Reifen an Steffis Auto wechselt, sieht Benno ihm aufmerksam dabei zu. Zwischendurch sehe ich nach ihm und da er gern ein bisschen buddeln möchte, zeige ich ihm eine Stelle im Garten, wo er das tun kann. Dabei kommt mir der Gedanke, dass es Zeit wird, den kleinen Muschelsandkasten wieder aufzustellen und vor allem Sand zu besorgen und ihn damit zu befüllen.

Der Freitagvormittag wird etwas hektisch bei uns.Zwischen Frühstück und Versorgung der Kinder ist Steffi dabei, ihre Sachen wieder zusammenzupacken. Mutti und ich helfen ihr dabei so gut es geht. Mittags fährt sie dann mit den Kindern los nach Rostock zum Cousin- und Cousinentreffen. Schlagartig ist es gleich wieder zu ruhig bei uns.

Am Sonnabend wechseln sich Sonne und Regen den ganzen Tag ab und uns tut es leid, dass unsere Kinder sowie unsere Nichten und Neffen kein schönes Wetter bei ihrem Treffen haben. Sonntag ist es dann endlich mit dem Regen vorbei.

Die letzte Maiwoche ist für mich wie alle anderen Wochen vorher auch. Ich habe meine Therapien zu Hause, nur mit dem schönen Unterschied, dass ich zwischendurch die Zeit nutzen und mich bei Sonnenschein auf die Terrasse setzen kann, um mich zu sonnen und zu lesen. Mittwochfrüh habe ich mal wieder einen Termin beim Neurologen. In größeren Abständen wird bei mir immer ein EEG gemacht, so auch heute. Bei der Auswertung sagt mir der Arzt, dass es gut und keine Anfallsbereitschaft mehr zu erkennen ist. Damit habe ich, ehrlich gesagt, auch gerechnet, denn mir geht es vom Kopf her gut. Früher war da doch öfter eine Unruhe bei mir zu spüren. Steffi erzählt mir am Telefon, dass Steffen, seine Mutter und Benno am kommenden Sonnabend für eine Woche auf Kreuzfahrt in den Norden gehen. Ich freue mich besonders für Steffen, für den es schwierig ist, in der Saison und an den Wochenenden Urlaub zu bekommen. Nun hat es mal geklappt und auch für Benno wird es ein schönes Erlebnis werden, auf so einem riesigen Schiff zu fahren.

Beim Zeitungsstudium am Sonnabend entdecke ich eine Annonce, in der ein Steuerbüro Steuerfachkräfte sucht. Ich muss sie immer wieder lesen, denn der Sitz des Steuerbüros ist hier ganz in der Nähe von uns. Als Siggi nach dem Frühstück einen kleinen Spaziergang dorthin macht und mir danach erzählt, wo genau sich das Steuerbüro befindet, bin ich Feuer und Flamme und beschließe, am Montag dort anzurufen. Ich bin zwar keine ausgebildete Steuerfachkraft, aber ich habe langjährige Berufserfahrung auf diesem Gebiet, habe schließlich immer die Jahresabschlüsse für unser Steuerbüro vorbereitet und die Buchhaltung für unsere Firma gemacht.

Am Sonntag regnet es wieder den ganzen Tag. Montag hat Mutti ihren 81. Geburtstag. Als sie zur gewohnten Zeit eintrifft, bringt sie Kuchen mit. Nachdem ich ihr herzlich gratuliert habe, fasse ich mir ein Herz und rufe bei dem Steuerbüro an. Eine Ansprechpartnerin war in der Annonce angegeben und ich erreiche sie auch gleich. Auf meine Frage, ob ich mich auch für eine Geringfügige Beschäftigung bewerben kann, reagiert sie erstaunt. Sie fragt mich, was ich denn von Beruf bin. Auf meine Antwort „Diplomökonomin" reagiert sie dann erst einmal sprachlos und als sie sich wieder gefasst hat, antwortet sie: „Sie können sich gern bewerben, aber versprechen kann ich nichts." Ich denke, sie wird sich das schon überlegen, wenn sie in meinen Unterlagen liest, dass ich langjährige Berufserfahrungen habe. Als ich später Steffi am Telefon erzähle, dass sie kurz sprachlos war, erwidert Steffi: „Das ist doch auch klar! Wer bewirbt sich denn sonst um eine Geringfügige Beschäftigung? Da geht es doch meist um irgendwelche Hilfsarbeiten!"

Heute ist schönes Wetter und wir trinken auf der Terrasse Kaffee. Siggi kommt gerade rechtzeitig von der

Arbeit, um noch ein Stück Kuchen mitzuessen und einen Kaffee zu trinken.

Am Dienstag mache ich meine Bewerbungsunterlagen fertig und als Siggi von der Arbeit kommt, bringt er sie gleich noch vorbei. Ich hoffe so sehr, dass es klappt. Es wäre so optimal, hier ganz in der Nähe, besser geht es eigentlich nicht.

Am Mittwoch beginne ich wieder damit, jeden Tag zwanzig Minuten auf dem Hometrainer zu radeln. Ich bin mit meiner Figur unzufrieden und muss abnehmen. Alleine die süßen Sachen zu reduzieren und nur mäßig zu den Mahlzeiten zu essen, reicht nicht. Mir fehlt die Bewegung und deshalb kam ich auf diese Idee. Nun muss ich nur konsequent bleiben und durchhalten.

Am Donnerstag backe ich eine Quarktorte und einen Tortenboden, denn am Sonnabend ist Muttis Geburtstagsfeier bei uns und ich muss mit den Vorbereitungen beginnen. Bei der Massage habe ich heute nicht wie sonst meist eine Frau, sondern einen Mann. Als ich die Haustür öffne, wundere ich mich, was er mitbringt. Es ist eine ausklappbare Liege und seine Begründung dafür ist, dass ich mich so viel besser entspannen kann als wenn ich auf dem Hocker sitze. Und auch für den Masseur ist es bequemer. Er hat wirklich Recht, denn im Liegen bin ich einfach entspannter und kann die Massage viel besser genießen, wie ich dann feststelle. Beim Tischtennisspiel gewinnt heute das erste Mal mein Ergotherapeut den Satz und er freut sich sehr darüber. Nachmittags kommen Steffi und Tammo und wir fahren noch für die Geburtstagsfeier einiges einkaufen.

Sonnabendfrüh backe ich Prasselkuchen und Blätterteigkuchen mit Mandarinen und Streuseln. Nach dem Frühstück wollen wir eigentlich das neu gekaufte Planschbecken aufpusten, doch als Siggi es auspackt und sieht, wie groß es ist, schüttelt er energisch den Kopf und sagt, dass ich es allein aufpusten kann. Ich bin da ruhiger und nicht so impulsiv wie mein Mann. Daher nehme ich es gelassen und weil ja schönes Wetter ist und sich das Wasser noch erwärmen soll, bleibt mir nichts anderes übrig und ich mache mich auf einem Stuhl sitzend daran, das Planschbecken aufzupusten. Es hat eine relativ große Öffnung, etwa zwei Zentimeter im Durchmesser, und es geht besser als gedacht. Durch die Rücksicherung kann keine bereits hineingepumpte Luft entweichen und der Schraubverschluss ist auch praktisch. Ich teile es mir so ein, dass ich immer dreißigmal puste und danach kurz Pause mache. Obwohl gerade am Anfang kaum etwas zu sehen ist, verliere ich nicht die Geduld und nach einer knappen Stunde bin ich fertig und präsentiere meinem Mann stolz mein Werk. Er staunt nicht schlecht und kann es gar nicht richtig glauben, dass ich es wirklich geschafft habe. Da er denkt, dass mir vom Pusten schlecht ist, schlägt er vor, dass ich mich erst einmal eine Weile ausruhen soll. Aber mir geht es gut und so sage ich: „Lass uns lieber das Wasser ins Planschbecken füllen, damit es sich durch die Sonne bis zum Nachmittag noch erwärmt.“ Gesagt, getan und wir staunen, nachdem das Wasser schon eine ganze Weile lief, dass gerade mal der Boden bedeckt ist. Siggi würde am liebsten den Wasserhahn zudrehen, aber als ich ihm sage, dass wir das Wasser anschließend ja auch zum Gießen nehmen können, ist er auch damit einverstanden, dass wir das Planschbecken bis zur Hälfte mit Wasser füllen. Danach stellt Siggi Tische und Stühle auf der Terrasse zurecht. Wir haben uns vorsorglich bei unseren Nachbarn einen zusätzlichen Tisch mit vier Stühlen geborgt. Außerdem stellt er schon beide Grills an ihre Plätze. Da haben wir uns auch einen geborgt, denn bei so vielen Leuten reicht einer nicht. Entspannt setzt Siggi sich zu mir und sagt: „So, jetzt können so langsam alle eintrudeln.“ Zirka eine Stunde später ist es soweit. Unser Sohn Thomas bringt Steffen, Gitti und Benno mit, die heute wieder von ihrer Kreuzfahrt nach Rostock zurückgekehrt sind. Da hat sich natürlich angeboten, dass er sie vom Schiff abholt und mit herbringt.

Aufgeregt sprudelt es aus Benno nur so heraus. Er will uns erzählen, was er alles erlebt hat und überschlägt sich fast dabei. Als sein Vater ihn auffordert, zu erzählen, wo sie überall waren, kommt es wie aus der Pistole geschossen heraus: „In Tallin, in Stockholm, Helsinki und Oslo.“ Wir staunen, dass er sich die Städte so gut merken konnte. Nachdem Steffen und Benno ihre Mitbringsel für Steffi gezeigt und übergeben haben, kommt auch schon Roland, um Gitti abzuholen.

Als sie sich verabschiedet haben und losgefahren sind, entdeckt Benno plötzlich das Planschbecken und möchte natürlich sofort da hinein. Steffi holt die Sonnencreme und er nutzt die Zeit und gießt erst einmal mit seiner kleinen Gießkanne mit dem Wasser aus dem Planschbecken einige Blumen im Garten. Ruckzuck ist er dann ausgezogen, eingecremt und tobt schon im Planschbecken. Steffen hält auch Tammos Füße hinein, aber dem ist das etwas unheimlich und er fängt zu weinen an, sodass Steffen ihn lieber wieder zu Steffi auf den Schoß setzt. Dann kommt auch endlich meine Mutti, die Hauptperson heute, mit ihrer Schwester Gerda.

Danach geht es Schlag auf Schlag. Mein Bruder Jürgen und meine Schwägerin Carmen kommen zuerst. Mit dabei ist sogar ihre Tochter Anne, was nicht selbstverständlich, sondern Zufall ist. Sie arbeitet als Reiseleiterin und ist ansonsten hauptsächlich in den USA, Kanada, Australien oder Afrika unterwegs. Jetzt fällt Muttis Geburtstagsfeier in ihren Heimaturlaub und sie bringt auch ihren Verlobten Anthony, der die britische und südafrikanische Staatsbürgerschaft besitzt, mit. Die nächsten sind mein Bruder Olaf mit seiner Lebensgefährtin Marion und ihre

Söhne Dustin und Marvin sowie meine Tante Renate, die Schwester meines Vaters.

„Viele Hände, schnelles Ende“ heißt es so schön und so ist es auch bei uns. Wir decken die Tische auf der Terrasse ein, Kuchen und Torten werden ein- und aufgeschnitten und serviert und der Kaffee läuft durch die Maschine.

Wir sind fast fertig als auch mein Bruder Manfred und seine Frau Liane kommen. Sie hatten den längsten Anreiseweg, kommen aus München. Sie sind etwas spät dran, da sie im Stau standen.

Wir lassen uns Kaffee und Kuchen schmecken und erzählen schön. Als wir mit dem Kaffee fertig sind, sind die Tische genauso schnell wieder abgeräumt wie sie eingedeckt waren. Das ist der Vorteil bei einer großen Familie. Dann kommen meine Schwester Ines mit ihrem Lebensgefährten Maik und ihrem Sohn Mario. Damit hatten wir noch gar nicht gerechnet. Ines ist Verkäuferin und hätte heute eigentlich den ganzen Tag arbeiten müssen. Umso besser, dass es doch noch geklappt hat. Natürlich bekommen die drei auch noch ihren Kaffee und Kuchen.

Nun sind Muttis Kinder alle bis auf Klaus da. Aber er hat sich entschuldigt, da seine Tochter heute auch ihren Geburtstag feiert und sie dort hingefahren sind. Dafür war er ja direkt an Muttis Geburtstag bei ihr.

Die Männer lassen sich ein Bier geben und die Geburtstagsgäste verteilen sich in Grüppchen im Garten. Das eine Grüppchen sind die Raucher, zu einem weiteren Grüppchen haben sich die Jugendlichen zusammengefunden und die anderen bleiben am Tisch sitzen. Ich und auch die anderen staunen nicht schlecht als wir mitbekommen, wie Thomas sich fließend englisch sprechend mit Anthony unterhält. Auch Anthony selbst lobt, wie gut und fast akzentfrei Thomas englisch spricht. So vergeht die Zeit bis zu den Abendbrotvorbereitungen. Ich frage Thomas und meinen Neffen Mario, ob sie das Grillen übernehmen, womit sie gleich einverstanden sind.

Gegen sieben beginnen wir mit dem Grillen. Es ist für jeden etwas dabei: Hähnchen- und Putensteaks, Schweinebauch und Schweinenackensteaks sowie Bratwürste. Dazu haben wir Kartoffelsalat und Toastbrot. Alle lassen es sich schmecken und danach sitzen wir noch bei Sekt, Rotwein und Schnaps für die Männer gemütlich beisammen. Die ersten gehen gegen 23.00 Uhr. Dann holt Thomas seine Gitarre und spielt und singt uns etwas vor. Das kommt bei allen gut an. Etwas später machen sich Thomas, Mario sowie Marions Söhne Dustin und Marvin auf den Weg zur Disco.

Um viertel zwei machen wir dann Schluss. Meine Schwester nimmt Mutti und meine Tanten mit dem Auto mit. Die Allerletzten sind eine halbe Stunde später Olaf und Marion, Siggi, Steffi und ich. Zusammen räumen wir noch die Gläser ab, alles andere lassen wir erst einmal stehen.

Wieder einmal habe ich gedacht, dass ich nach der ganzen Aufregung am Vortag am Sonntag etwas länger schlafen kann, aber um halb sieben treibt es mich wieder aus den Federn. Ich staune nicht schlecht, als ich meinen Mann beim Aufräumen antreffe und er mir erzählt, dass er schon eine halbe Stunde vor mir aufgestanden ist. So gut ich kann helfe ich mit. Am späten Vormittag kommen Manfred und Liane noch einmal kurz vorbei, um ihr Auto abzuholen, das sie gestern hier stehen ließen, als sie mit einem Taxi zum Hotel gefahren sind. Bei einer Tasse Kaffee auf der Terrasse erzählen wir noch einmal schön miteinander. Als sie gerade weg sind, klingelt es an unserer Haustür, vor der mein Bruder Jürgen und Familie stehen. Sie haben etwas vergessen und wollen das nur abholen. Sowohl vorhin Manfred als auch Jürgen jetzt versichern uns, dass das gestern eine sehr schöne Feier war. Gegen Mittag stehen Mario und Thomas auf, die von ihrem Discobesuch gestern sehr enttäuscht sind. Zum Mittag gibt es heute die Reste vom Grillen, dazu Kartoffelsalat. Danach fahren Steffi und Steffen mit den Kindern wieder nach Hause. Thomas bleibt noch zum Kaffee, dann fährt er auch wieder nach Rostock.

Gestern war hier noch volles Haus und nun ist wieder Ruhe eingekehrt. Am späten Nachmittag gießen wir mit dem Wasser aus dem Planschbecken die Pflanzen im Garten.

Als ich am Montag die Post aus dem Briefkasten holen will und den großen Umschlag sehe, ahne ich es schon. Und richtig, es ist die Absage vom Steuerbüro mit meinen eingereichten Bewerbungsunterlagen. Im Schreiben steht der Standardsatz für so etwas: „Wir bedauern, Ihnen mitteilen zu müssen …“ Als Begründung wird angegeben, dass eine Steuerfachkraft in Vollzeit gesucht wird. Ich bin zutiefst enttäuscht, habe darauf gehofft, dass Erfahrungen auch etwas wert sind. Es sollte also nicht sein und so langsam finde ich mich mit dem Gedanken ab. Es wäre auch einfach zu schön gewesen, von der Entfernung genau richtig, dass ich den Weg zu Fuß zurücklegen hätte können. Und auch die Thematik, Steuern und Buchhaltung, hätte mich ausgefüllt. Ich glaube einfach auch, dass da wohl eine ganze Menge Unsicherheit ist und bestimmt auch Bedenken, ob ich vom Kopf her belastbar bin. Aber das hätte man ja bei einem persönlichen Gespräch herausfinden können. Diese Chance hätte ich gern gehabt. Doch genug geärgert, ich zwinge mich, dieser Sache nicht mehr hinterher zutrauern. Es sollte nicht sein und basta! Mir lässt das trotzdem keine Ruhe und ich frage mich, warum ich es nicht einmal in dem Steuerbüro versuche, in dem ich damals die Blutung bekam. Dieses Steuerbüro befindet sich zwar im Stadtzentrum, aber direkt vor dem Gebäude ist die Bushaltestelle für den Stadtbus und bei uns ist auch eine ganz in der Nähe, sodass es durchaus für mich möglich wäre, dort gut hin zu kommen. Ich muss mir sowieso so langsam immer mehr zutrauen, sonst geht es gar nicht vorwärts.

Also rufe ich am Dienstag dort an. Ich weiß, dass die Chefin, mit der ich immer zu tun hatte, schon in Rente ist, und so lasse ich mir die Kollegin geben, die meine Ansprechpartnerin war. Ich frage sie, ob sie bei ihrer neuen Chefin mal nachfragen könnte, ob die Möglichkeit einer Geringfügigen Beschäftigung für mich bestünde. Sie antwortet mir, dass jetzt der denkbar ungünstigste Moment dafür ist, da ihre Chefin kürzlich entbunden und natürlich im Moment kein Ohr für solche Dinge hat. Wir verbleiben so, dass ich mich noch einmal Anfang August melden soll.

In dieser Woche kümmert sich meine Physiotherapeutin besonders um meine linke Schulter und meinen linken Arm. Die immer noch vorhandene Fehlstellung zeigt sich dadurch, dass mein Ellenbogen deutlich nach außen gerichtet ist und mein Unterarm ständig in Richtung meines Bauches geht. Sie gibt mir einen Tipp, wie der Arm in eine bessere Stellung kommt. Dazu muss ich nur die Schulterblätter zueinander führen und siehe da, der Arm streckt sich schön durch und dreht sich automatisch so hin, wie es richtig ist. Diesen Rat werde ich jetzt immer befolgen.

Das Tischtennisspiel in der Ergotherapie wirkt sich ebenfalls gut aus. Ich kann die Hinweise aus der Physiotherapie gleich anwenden und mit meinem Gleichgewicht wird es auch zusehends besser. Am Donnerstag gewinnt mein Physiotherapeut Jan das zweite Mal das Tischtennisspiel.

Die ganze Woche ist schon schönes Wetter. Heute soll es noch einmal regnen und am Wochenende soll eine Hitzeperiode beginnen. Wir freuen uns sehr darüber, denn von Freitag bis Montag fahren wir wie jedes Jahr um diese Zeit nach Trassenheide auf der Insel Usedom. Dass wir am Freitag erst nach Siggis Arbeit losfahren, stand sowieso schon fest, aber Siggi ruft mich an und sagt mir, dass er für Montag keinen Urlaub bekommen hat. Ich habe Verständnis für Siggis Chef, dass er ungern einzelne Tage Urlaub genehmigt, aber jetzt ärgere ich mich doch. Wann kommt das schon mal vor? So viel Urlaub gibt es doch nicht, dass man immer gleich eine ganze Woche nehmen müsste, um einen bestimmten Tag frei zu bekommen. Aber es ist nicht zu ändern. So muss Siggi dann am Sonntag allein zurückfahren. Zum Glück fahren ja Olaf und Marion auch nach Trassenheide. Das machen wir schon viele Jahre zusammen so, ursprünglich war sogar noch mein Bruder Jürgen und unsere Schwägerin Carmen dabei, aber die Beiden haben sich inzwischen ausgeklinkt. Siggi kommt am Freitag ziemlich spät von der Arbeit, sodass wir erst gegen halb sieben loskommen. Eine gute Stunde später sind wir in der Bungalowsiedlung und lassen uns neben unserem Schlüssel auch gleich den Schlüssel für Olafs und Marions Bungalow geben, der direkt neben unserem ist. Sie sind beide heute erst noch beim Abiball von Marions Sohn Marvin und wollen bis zehn bleiben, bis der offizielle Teil zu Ende ist. Wir gehen inzwischen schön Abendbrot in der zur Bungalowsiedlung gehörenden Gaststätte essen. Pünktlich eine Stunde später sind Olaf und Marion auch da und bei einem Glas Rotwein erzählen sie vom Abiball. Dann gehen wir auch bald schlafen.

Am Sonnabend geht es nach dem Frühstück an den Strand. Das Wetter ist nicht optimal, Sonne und Wolken wechseln sich ab, trotzdem ist es okay. Steffi ruft an, dass sie gegen Mittag in Trassenheide sein werden. Siggi geht ihr dann entgegen, um ihr beim Auspacken und mit den Kindern zu helfen. Die Freude ist groß, als sie alle an den Strand kommen. Tammo findet den Sand faszinierend und spielt schön im Sand sitzend. Für Benno wird am Ufer eine „Badewanne“ gebuddelt und so rennt er ständig zwischen der „Badewanne“ und unserem Strandkorb hin und her, um Nachschub an Spielzeug zu holen. Zwischendurch geht natürlich einer von uns nach ihm sehen. Steffi wirbelt ihn in der Ostsee um sich herum. Dabei taucht Benno seine Füße ins Wasser und freut sich darüber, dass er dabei Steffi und sich bespritzt. Unter seinem Spielzeug ist auch eine Kletterburgspritze. Da muss man in die eine Hälfte des Behälters feinen Zuckersand und in die andere Hälfte Wasser füllen und dann kommt ein Gemisch von beiden heraus, sodass man eine Kletterburg bauen kann. Allerdings ist das nicht so einfach wie es sich anhört. Olaf ist der Richtige dafür, der die Ruhe und Geduld hat, das auszutüfteln, sodass er sich nach kurzem Probieren mit Benno daran macht, eine tolle Kleckerburg zu bauen.

Abends hat Steffi Kopfschmerzen und wir gehen deshalb ohne sie in die Gaststätte Abendbrot essen. Als wir zurückkommen, liegt sie mit Tammo und Benno auf der ausgezogenen Couch und die drei schlafen friedlich. Wir vier spielen noch Karten und gehen dann auch schlafen. Am Sonntag geht es nach dem Frühstück wieder an den Strand. Es hat sich ganz schön abgekühlt und wir sind immer froh, wenn nach einer längeren wolkenreichen Phase endlich wieder die Sonne scheint und wir uns aufwärmen können. Mittags macht sich Steffi mit den Kindern wieder auf den Weg nach Hause. Siggi geht erneut mit, ihr helfen. Er hat keine Ruhe und da das Wetter sowieso sehr wechselhaft ist, macht er sich dann ebenfalls am frühen Nachmittag auf den Weg nach Hause. Mir tut es sehr leid, dass er für Montag keinen Urlaub bekommen hat und er heute schon allein nach Hause fahren muss. Aber er hat auch nichts dagegen, dass ich noch bis morgen hier bleibe und dann mit Olaf und Marion mitfahre. Am Sonntag bleiben wir drei noch bis zum frühen Abend am Strand. Abends um sieben gehen wir zum „Knurrhahn“ Abendbrot essen. Wir bekommen einen Platz auf der Terrasse und als wir gerade sitzen, fängt es doch tatsächlich zu nieseln an. Aber ein Kellner ist sofort zur Stelle und fährt die Markise aus. Wieder zurück in der

Bungalowsiedlung spielen wir noch eine Weile Karten bei einem Glas Bier oder Wein.

Am Montag stehe ich schon um halb sieben auf. Ich kann einfach nicht mehr schlafen. Da nebenan noch nichts zu hören ist und die beiden noch eine ganze Weile schlafen werden, was ja normal ist und ich ihnen auf alle Fälle auch gönne, packe ich schon alle meine Sachen zusammen, denn nach dem Strand geht es heute wieder nach Hause. Die Sonne scheint schon schön, aber Olaf und Marion schlafen und schlafen… Als es dann halb neun ist, überlege ich, bei ihnen anzuklopfen, entscheide mich dann aber doch dagegen. Ich überlege auch, schon allein zum Frühstück zu gehen. Doch ich brauche Hilfe beim Schmieren meines Brötchens und so verwerfe ich den Gedanken wieder und vertreibe mir die Zeit mit lesen. Gegen neun Uhr ist endlich Bewegung im Bungalow und zwanzig Minuten später sind wir auf dem Weg zum Frühstück.

Danach machen wir die Bungalows frei und Olaf packt die Taschen ins Auto. Als wir dann unsere Schlüssel abgegeben haben, gehen wir zum Strand. Der Himmel ist wolkenlos und sieht aus wie auf Ansichtskarten am Mittelmeer. Es verspricht, ein schöner Tag zu werden. Die Durchsage mittags vom Rettungsturm bestätigt das. Die Lufttemperatur beträgt zweiundzwanzig Grad, wobei man beachten muss, dass es hier an der Ostsee immer etwas kälter als im Binnenland ist. Die Temperatur der Ostsee beträgt schon fünfzehn Grad. Heute ist vom Wetter her der schönste der drei Tage und wieder tut es mir leid, dass Siggi gestern schon fahren musste. Gegen fünf verlassen wir den Strand, trinken beim Fischer noch einen Kaffee und sitzen um viertel sieben im Auto, um nach Hause zu fahren. Eine gute Stunde später sind wir zu Hause. Siggi ist noch nicht einmal von der Arbeit zurück. Ich rechne kurz nach. Vor zwölfeinhalb Stunden hat er zu arbeiten begonnen! Aber gerade als ich beginne, meine Sachen zu sortieren, kommt er auch endlich.

Am Dienstag beginnt für mich wieder der Alltagstrott. Beim Tischtennisspielen in der Ergotherapie gewinnt mal wieder mein Ergotherapeut Jan. Meine Physiotherapeutin Anna ist begeistert, wie schön weich meine linke Rückenhälfte ist. Ich kann es mir nicht wirklich erklären, woran das liegt. Ob die Sonne beziehungsweise die Wärme mit dazu beigetragen hat? Ich weiß es nicht. Wenn es so ist, umso besser. Nachdem es sich am Dienstag etwas abgekühlt hat, ist es am Mittwoch wieder sehr warm, weit über zwanzig Grad. Zu Siggis Aufstehzeit gegen halb vier gewittert es am Donnerstag ordentlich. Ich werde nur kurz wach, bekomme das Gewitter mit und denke, schön, dass es regnet, der Regen tut not. Am Freitag ist Sommeranfang und es gibt am frühen Morgen wieder ein Gewitter, aber die Sonne setzt sich trotzdem schnell durch und es wird ein schöner Tag.

Ich backe am Sonnabend Prasselkuchen, denn wir haben uns spontan entschlossen, zu meiner Tante Ilse nach Prenzlau zu fahren und den Kuchen will ich mitnehmen. Gleich nach dem frühen Mittag fahren Siggi, meine Mutti und ich los und sind entsprechend früh dort, denn es sind nur sechzig Kilometer bis Prenzlau. Aber das ist gut so, denn wir haben viel zu erzählen. Meine Tante erzählt unter anderem von der Landesgartenschau, die dieses Jahr in Prenzlau ist und sehr schön sein soll. Tante Ilse freut sich sehr über unseren Besuch, es ist ihr deutlich anzumerken. Wir trinken schön Kaffee und danach meine Tante Ilse und ich ein Glas Rotwein. Dann fahren wir wieder nach Hause. Als wir Mutti bei sich abgesetzt haben, sage ich zu meinem Mann, dass ich irgendwie das Gefühl habe, dass heute noch mein Bruder Olaf kommt. Und wirklich, wir sind vielleicht eine Stunde zu Hause, da hören wir das typische Familienklingeln. Wir haben uns angewöhnt, innerhalb der Familie zweimal kurz zu klingeln. Gleichzeitig sagen wir: „Da ist Olaf.“ Siggi öffnet Olaf freudig und erzählt ihm, dass ich schon so eine Ahnung hatte. Olaf lächelt und zeigt auf die Erdbeeren, die er uns mitgebracht hat. Die sind aus dem Garten von Marions Eltern, den sie hegen und pflegen seit im Februar Marions Mutter gestorben ist. Wir freuen uns sehr über die Erdbeeren, zumal sie auch besonders gut aussehen. Olaf erzählt uns von der reichhaltigen Ernte, die sie dieses Jahr schon hatten und dass Marions Mutter sich sehr darüber gefreut hätte. Sonntagfrüh regnet es so vor sich hin, aber eine halbe Stunde nach dem Regen ist nichts mehr davon zu sehen, so ausgetrocknet ist der Boden.

Am Montag beginnt die letzte Juniwoche und wir hoffen, dass es das jetzt noch nicht mit dem Sommer war, denn wir wollen im Juli noch eine Woche an die Ostsee fahren und wünschen uns dafür natürlich schönes Wetter.

Am Dienstag erzählt Steffi mir, dass sie für Benno ein Hochbett gekauft haben. Hintergrund ist der, dass es abends immer schwieriger wurde, dass Benno allein einschläft. Trotz Gute-Nacht-Geschichte musste sich Steffen oder Steffi meist dazulegen, damit er endlich zur Ruhe kommt und einschläft. Jetzt haben sie Benno erzählt, dass das im Hochbett nicht mehr geht und da Benno stolz ist, so ein Bett zu haben, nimmt er es auch in Kauf, alleine einzuschlafen. Mir erzählt Benno dann am Telefon: „Oma, ich habe jetzt ein Hochbett!“ Ich tue erstaunt und entgegne: „Das ist doch ein Bett für große Jungs!“ Darauf er: „Ich bin doch schon ein großer Junge!“ Ich erwidere: „Große Jungs schlafen auch allein ein“, worauf er antwortet: „Ich bin schon zweimal alleine eingeschlafen.“ Ich lobe ihn und muss lächeln. Meine Physiotherapeutin widmet sich jetzt verstärkt meinem linken Arm, da ich Schwierigkeiten habe, ihn einfach gestreckt hängen zu lassen und mich das auch beim Gehen behindert. Sie meint, dass das daher kommt, dass der Arm die ganze Zeit seit der Blutung immer die bequemste Stellung gesucht hat und das war angewinkelt am Bauch. Solche Gewohnheiten sind schwer wieder rückgängig zu machen, aber es ist das typische Krankheitsbild.

Am letzten Tag im Juni, einem Sonntag, gehen Siggi und ich zum Eiscafe hier bei uns in der Nähe. Meine Mutter will nicht mitkommen, legt sich stattdessen so lange hin. Ich bin mächtig kaputt, als wir nach einem zwanzigminütigen Fußmarsch dort ankommen. Es ist zum einen das Laufen an sich und zum anderen kommt hinzu, dass es nahezu dreißig Grad warm ist. Erwartungsgemäß ist ordentlich was los, doch wir bekommen einen Tisch auf der Terrasse und genießen unsere Eisbecher.

Juli 2013

Die erste Juliwoche vergeht schnell, obwohl ich es kaum erwarten kann, dass es Sonntag wird, denn da geht es für eine Woche ab in den Urlaub nach Trassenheide auf Usedom. Mein Ergotherapeut hat auch ab Montag Urlaub und wir reden uns gegenseitig ein, dass wir schönes Wetter haben werden.

Am Sonntag lassen wir uns Zeit, da wir sowieso erst ab drei in die Wohnung kommen. Schließlich fahren wir mittags los und sind gegen halb drei in Trassenheide. Ich habe etwas Bedenken, dass wir die Schlüssel noch nicht bekommen, aber wir bekommen sie ohne Probleme. Es ist schönes Wetter und nachdem wir unsere Sachen ausgepackt haben, gehen wir erst einmal kurz hinunter an den Strand, die Ostseeatmosphäre genießen. Abends gehen wir zum „Knurrhahn" und genießen unser Abendessen in der milden Luft auf der Terrasse dort.

Der Montag, es ist der achte Juli und unser dreißigster Hochzeitstag, kündigt sich bereits früh mit Sonnenschein und blauem Himmel an und so gehen wir gleich nach dem Frühstück zum Strand. Nachmittags meldet sich Steffi, dass sie in Trassenheide ist. Sie kommt uns mit den Kindern ein paar Tage besuchen. Siggi geht ihr entgegen, um ihr beim Ausladen des Gepäckes und mit den Kindern zu helfen. Ich kann es am Strand gar nicht erwarten, dass sie endlich kommen. Dann kommt mir Benno freudig entgegen gerannt, als er mich im Strandkorb entdeckt hat, und ich muss ihn auch erst einmal ordentlich drücken. Nachdem er mir einen Begrüßungskuss gegeben hat, löst er sich aber aus meiner Umarmung und sagt, dass ich ihm bitte beim Ausziehen helfen soll. Natürlich, er ist auch schon ganz aufgeregt und will nach der langen Autofahrt endlich im Sand und Wasser spielen.

Als Steffi beide Kinder eingecremt hat und auch Tammo mit Spielzeug versorgt im Sand vor uns sitzt, sind alle zufrieden und glücklich. Wir verbringen noch ein paar schöne Stunden am Strand und nachdem wir uns alle in unserer Ferienwohnung noch einmal frisch gemacht haben, gehen wir zusammen wieder zum „Knurrhahn“, denn schließlich haben wir heute einen Grund zum Feiern, nämlich unsere Perlenhochzeit. Den Abend beschließen wir mit einem Cocktail und gehen dann in unsere Ferienwohnung, wo wir noch kurz fernsehen und dann schlafen gehen.

Am Dienstag ist wie vom Wetterbericht vorhergesagt schönes Wetter und so gehen wir nach dem Frühstück natürlich gleich zum Strand und verbringen den Tag dort. Mittwoch dagegen ist bewölktes Wetter angesagt und schon frühmorgens ist zu sehen, dass die Sonne es schwer haben wird, sich durchzusetzen. Daher beschließen wir, nach Zinnowitz zu wandern. Die vier Kilometer sind für mich zu Fuß natürlich nicht machbar und so wird mein Rollstuhl herausgeholt. Benno hat sein Laufrad mit und zirka die Hälfte der Strecke fährt er damit auch immer flott vorneweg. Doch dann bleibt er auf einmal stehen und wartet auf uns. Als wir auf seiner Höhe sind, sehe ich seinen schelmischen Blick und kann auch gleich seine Gedanken erraten. Daher frage ich ihn: „Willst du zu Oma auf den Schoß?“ Er nickt sofort und freut sich, also hatte ich mit meiner Vermutung Recht. Eigentlich ist es auch klar. So wie er die ganze Zeit mit nicht geringem Tempo gerollert ist, tun ihm jetzt die Beine weh und er hat die Nase voll. Ich sage: „Na komm!“ und Siggi nimmt Benno das Laufrad ab. Ruckzuck klettert Benno auf meinen Schoß und als es weitergeht, strahlt er über das ganze Gesicht. Weil das Laufrad Siggi beim Schieben des Rollstuhls behindert, nimmt Steffi es Siggi ab und klemmt es irgendwie am Kinderwagen fest. Benno fragt immer wieder, wann wir endlich da sind. Unser Ziel ist ein toller Kinderspielplatz direkt an der Strandpromenade in Zinnowitz, der von einer Fahrbahn für Kinderelektroautos umschlossen wird. Den Spielplatz gab es schon zu DDR-Zeiten und auch unsere Kinder sind schon mit solchen Elektroautos gefahren. Wir haben Benno versprochen, dass er ganz oft mit den Autos fahren darf und darauf freut er sich schon sehr. Endlich haben wir es geschafft und sind da.

Schnell wie der Blitz klettert Benno von meinem Schoß herunter und macht sich ganz aufgeregt daran, sich ein Auto unter den bereitstehenden Autos auszusuchen. Er wählt einen grünen Flitzer und wartet ungeduldig darin sitzend, dass sein Opa mit dem Chip kommt und er losfahren kann. Siggi kommt dann auch, schiebt Benno auf die Fahrbahn, steckt den Chip ein und ab geht die Fahrt. Im Vergleich zu den anderen Autos ist das von Benno recht schnell und wir können beobachten, wie er einige andere überholt. Darunter sind auch Kinder, die älter sind und sich nicht überholen lassen wollen und schon gar nicht von so einem kleinen Kerl wie Benno, und sie versuchen, Benno abzudrängen. Doch Benno lässt sich nicht beeindrucken und hält dagegen, wie wir amüsiert beobachten können. Nach nicht ganz zwei Runden wundern wir uns, wo Benno bleibt und Siggi geht nachsehen. Kurz darauf kommt Benno auch schon wieder bei uns vorbeigefahren und Siggi erzählt, dass Benno im Sand feststeckte und er ihn nur wieder auf die Fahrbahn schieben und anstoßen musste. Nach bestimmt zwanzig Runden Fahrt mit dem Elektroauto sagen wir Benno vor der letzten Runde, dass hiernach Schluss ist. Das gefällt ihm natürlich gar nicht, aber sein Betteln nützt nichts, denn nun ist er wirklich genug gefahren.Wir wollen noch in den Ort, um einige Lebensmittel einzukaufen.

Als wir das erledigt haben, machen wir uns auf den Rückweg nach Trassenheide. Zwangsläufig kommen wir wieder am Spielplatz vorbei und Benno schafft es jetzt, unser Herz zu erweichen und darf erneut sechs Runden drehen.

Am Donnerstag ist es entgegen den Wettervorhersagen wieder bewölkt und absolut kein Strandwetter. So beschließen wir, noch einmal nach Zinnowitz zu wandern, dieses Mal aber nicht an den Dünen entlang, sondern die Straße entlang, die auch über die Zeltplätze führt. Benno ist glücklich, als er hört, dass wir wieder nach Zinnowitz gehen. Er hat sich doch tatsächlich gemerkt, dass dort der schöne Spielplatz mit den Elektroautos ist! Auf dem Zeltplatz machen wir Rast und essen eine Kleinigkeit zu Mittag. In Zinnowitz bummeln wir durch die Einkaufsstraßen, schauen ab und zu in ein Geschäft rein und essen ein Eis. Inzwischen scheint auch wieder die Sonne und wir machen uns auf den Rückweg. Da wir jetzt an der Strandpromenade entlanggehen, kommen wir auch wieder am Spielplatz mit den Elektroautos vorbei. Benno, der mit seinem Laufrad wieder vorneweg fährt, wartet am Eingang zum Spielplatz auf uns. Erst wollten wir uns eigentlich nicht darauf einlassen, dass Benno wieder mit dem Elektroauto fahren darf, denn schließlich durfte er es gestern schon voll auskosten. Doch als wir seine leuchtenden Augen sehen, als er ganz aufgeregt fragt, ob er mit dem Auto fahren darf, können wir es ihm nicht abschlagen und so fährt Benno nochmals ein paar Runden. Sein grüner Flitzer von gestern ist besetzt und so sucht er sich heute ein hellblaues Auto aus, mit dem er aber etwas Pech hat. Er bleibt öfter stehen, sodass Steffi und Siggi abwechselnd nach ihm sehen und ihn wieder anstoßen müssen. Benno ist zufrieden und so geht es danach weiter nach Trassenheide, wo wir auch noch ein bisschen bummeln und den Nachmittag verbringen. Am Freitag scheint wieder schon am frühen Morgen die Sonne und so gehen wir natürlich wieder nach dem Frühstück an den Strand.

Weil Benno heute ganz besonders lieb war, kaufe ich ihm auf dem Rückweg zur Ferienwohnung ein Buch. Es heißt „Bodobär auf dem Bauernhof" und ich muss es ihm vor dem Schlafengehen immer wieder vorlesen, so sehr interessiert es ihn.

Auch am Sonnabend ist es schön, sodass wir wieder gleich nach dem Frühstück an den Strand gehen. Wie wir vermutet haben, kommen am frühen Mittag auch mein Bruder Olaf und Marion, sogar mit Marions Söhnen Marvin und Dustin aus Neubrandenburg, um auch einen schönen Tag hier an der Ostsee zu verbringen. Olaf baut mit Benno wieder eine Kleckerburg bei uns in der Nähe des Strandkorbes. Dafür braucht man Ruhe und Geduld und die hat Olaf.

Später zieht sich das Wetter immer mehr zu und so entschließt Steffi sich, am Nachmittag mit den Kindern nach Hause zu fahren. Siggi und ich gehen am Abend zur Gaststätte „Zum Kraftwerker" in der Bungalowsiedlung, wo wir jedes Jahr im Juni ein verlängertes Wochenende verbringen.

Am Sonntag ist unser letzter Urlaubstag. Wir müssen um zehn aus der Wohnung ausgezogen sein und wir überlegen, ob wir den Tag noch am Strand verbringen. Aber dazu ist das Wetter doch zu wechselhaft, sodass wir kurz nach zehn, nachdem Siggi unsere Sachen im Auto verstaut hat, auch nach Hause fahren. Mittags sind wir da und zuallererst gießen wir die Pflanzen im Garten.

Ab Montag habe ich in der Ergotherapie bei einer Vertreterin Therapie, da mein Therapeut Urlaub hat. Sie sagt, dass mein linkes Handgelenk ganz schön instabil ist, weil ich mich damit nicht abstützen kann. Das ist wohl wahr, aber ich würde nie auf die Idee kommen, mich damit abzustützen und deshalb frage ich meine Physiotherapeutin in der Therapie anschließend, was sie dazu meint. Sie ist auch der Meinung und meint sogar, dass ich mich dabei verletzen könnte und nachdem sie meinen linken Arm einer Untersuchung unterzieht, sagt sie zu mir, dass sie sich ab jetzt auch um meine Problemzone Handgelenk kümmern will. Sie stellt fest, dass die Sehnen der Finger stark verkürzt sind und zeigt mir, wie ich die Hand ausstreichen soll, damit die Hand irgendwann wieder lockerer wird. Aber auf keinen Fall darf ich mich auf meiner linken Hand abstützen, dazu ist sie einfach zu instabil.

Am Dienstag hat sie einen weiteren, ganz anderen Vorschlag für mich. Da meine linke Hand ohne mein bewusstes Zutun immer zur Faust geballt ist und die geschlossene Hand logischerweise schwitzt, faltet sie ein Papiertuch von der Küchenrolle auf zirka eineinhalb Zentimeter Breite und fädelt es durch meine Finger, damit diese etwas gespreizt werden und die Hand weniger schwitzt. Ich finde, durch die leicht gespreizten Finger ist die Hand gleich viel lockerer. Deshalb nehme mir vor, mir ab jetzt selbst jeden Morgen so ein Papiertuch durch die Finger meiner Hand zu fädeln.

Am Sonnabend erzählt mir Steffi bei unserem täglichen Telefonat, dass Tammo nun endlich krabbeln kann. Sie sagt weiter, dass es eigentlich kein richtiges Krabbeln ist und sie es auch nicht gut beschreiben kann, dass man es einfach selbst sehen müsste. Dazu werden wir Gelegenheit haben, wenn wir zu seinem ersten Geburtstag hinfahren. Der ist am ersten August. Da es ein Donnerstag ist, werden wir an dem Sonnabend darauf hinfahren.

Die letzte Juliwoche ist mit teilweise über dreißig Grad so heiß, dass ich nur gleich morgens, wenn es noch etwas kühler ist, kurz etwas im Garten mache. Tagsüber bleiben Mutti und ich auch lieber im Haus, weil es drinnen angenehm kühl ist. Am Sonntag erreicht die Hitze mit vierunddreißig Grad ihren Höhepunkt und nachts gibt es dann ein heftiges Gewitter.

Die neue Woche beginnt etwas kühler und die dreiundzwanzig bis siebenundzwanzig Grad sind im Vergleich zu den Temperaturen zuvor recht angenehm. Am Mittwoch nieselt es seit dem frühen Morgen und geht später in heftigen Regen über, was auch sehr wichtig für die Pflanzen ist.

Die Physiotherapeutin widmet sich wie angekündigt täglich auch meiner Hand und ich habe das Gefühl, dass sie langsam, ganz langsam immer lockerer wird. Das wäre ein großer Wunsch, dass irgendwann meine linke Hand wieder zu gebrauchen ist. Sie ist so wichtig als Haltehand! Bei sämtlichen Bewegungen, die wir teils unbewusst machen, braucht man sie. Es geht schon los beim Anziehen und Waschen. Jedes Mal ärgert es mich aufs Neue, wenn ich unter der Dusche auf meinem Duschstuhl sitze, dass ich mich zwar mit meiner gesunden rechten Hand fast überall einseifen kann, außer eben den rechten Arm und die rechte Schulter. Da muss mir dann immer mein Mann helfen und nun habe ich den leisen Hoffnungsschimmer, dass ich wenigstens das irgendwann vielleicht wieder alleine kann.

August 2013

Heute, am ersten August, wird Tammo ein Jahr alt. Wie doch die Zeit vergangen ist! Freitagfrüh backe ich einen Zupfkuchen. Ich habe Steffi versprochen, diesen am Sonnabend mitzubringen. Ich habe ihn gerade im Backofen, als Thomas anruft und erzählt, dass er soeben in Frankfurt gelandet ist, er später nach Berlin weiterfliegt, dort bei einem Freund übernachtet und am Sonnabend auch zu Tammos Geburtstagsfeier kommt. Auf meine Frage, wie sein Thailandurlaub war, antwortet er, dass er darüber am Sonnabend erzählen wird, wenn wir uns alle sehen.

Wir fahren am Sonnabend Punkt neun los. Als erstes holen wir meine Mutter ab, die natürlich auch mitkommt. Als wir im Stadtzentrum sind, klingelt Siggis Handy. Er geht über die Freisprechanlage ran und es meldet sich unser Benno, der fragt: „ Opa, seid ihr schon unterwegs?“ Ich hatte Steffi erzählt, dass wir gegen neun losfahren wollen und das hat sie wohl Benno mitgeteilt, der offensichtlich gerade aufgestanden ist und sich erinnert, dass wir nach dem Schlafen kommen. Jetzt ist er schon ganz aufgeregt und freut sich auf unseren Besuch. Steffen hat Benno schon sämtliche Autotypen beigebracht, die er auch auf der Straße erkennt, und so ist seine nächste Frage: „Opa, fährst du mit deinem Mitsubishi?“ Ich staune, wie gut er das Wort aussprechen kann und vor allem, dass er behalten hat, was für ein Auto wir haben.

Es ist wieder ein sehr heißer Tag, aber Dank der Klimaanlage im Auto merken wir nichts davon und haben eine gute Fahrt.

Als wir zwei Stunden später in Potsdam ankommen, kommt uns Benno im Treppenflur entgegen. Da es so heiß ist, hat er nur eine Unterhose an. Wir werden mit einem Küsschen begrüßt und als wir in die Wohnung kommen und auch Steffi begrüßen, tritt hinter ihr Thomas hervor, der schon seit etwa einer Stunde hier ist. Thomas ist schön braungebrannt und betont seinen athletischen Körper mit einem farbenfrohen Achselshirt. Nachdem auch wir uns mit einem Kuss begrüßt haben, mache ich ihm ein Kompliment, wie gut er aussieht, worüber er sich freut. Das Geburtstagskind schläft noch und so setzen wir uns erst einmal hin und erzählen miteinander. Thomas berichtet von seinem Thailandurlaub, von der schönen Landschaft, aber auch von den einfachen Menschen, die sehr arm sind und dass sich viele junge Frauen deshalb prostituieren.

Benno entdeckt das Geburtstagsgeschenk in meinem Beutel und fragt mich, ob er es schon auspacken kann. Ich antworte ihm, dass doch Tammo Geburtstag hatte und er es öffnen muss, worauf er entgegnet: „Tammo kann das noch nicht, der ist zu klein!“ Ich muss lächeln und wir einigen uns schließlich darauf, dass Benno Tammo später beim Auspacken des Geschenkes helfen kann. Als ich ihm dann noch sage, dass wir für ihn auch etwas mitgebracht haben, werden seine Augen ganz groß und er kriegt vor Aufregung nur „ Ja?“ heraus. Wir haben ihm ein Buch gekauft. Ich hole es heraus und gebe es ihm zusammen mit ein paar Kaubonbons, die er so gerne mag. Das Buch handelt wieder von Bodobär, von dem ich ihm schon im Urlaub ein Buch gekauft habe. Dieses hier heißt: „Bodobär bei der Feuerwehr“ und Benno freut sich.

Er sitzt auf der Couch und ist in sein Buch vertieft, als Steffi mit Tammo zu uns kommt, der nun ausgeschlafen hat. Als Siggi Tammo hält und ich das Geschenk aus dem Beutel heraushole, ist auch Benno sofort zur Stelle und ehe wir uns versehen, ist das Geschenk ausgepackt. Es ist ein kleines Müllauto von Playmobil. Artig gibt Benno es Tammo, der es neugierig von allen Seiten betrachtet. Erst als Tammo es nicht mehr beachtet, schnappt Benno sich das Müllauto und spielt auch eine Runde mit ihm. Dann trinken wir Kaffee und lassen uns den von uns mitgebracht Kuchen und auch noch einen zweiten, den Steffi gekauft hat, schmecken. Nach dem Kaffee macht sich Thomas daran, meinen PC in Ordnung zu bringen. Als ich mal wieder schreiben wollte, waren alle meine Dateien weg und da ich da mit meinem Latein am Ende bin, muss Thomas ran. Es dauert länger, als Thomas gedacht hatte, aber schließlich hat er es geschafft und er zeigt mir, worauf ich achten muss. Ich bin unendlich froh, dass alles wieder in Ordnung ist und bedanke mich bei meinem Sohn. Dann rüstet er sich zur Heimreise nach Rostock, was auch verständlich ist, denn er hat sein Auto noch voll mit seinem Urlaubsgepäck von drei Wochen und will nach Hause, es auspacken und die Wäsche waschen. Außerdem muss er sich auch noch an die Zeit hier anpassen und sich von dem langen Flug erholen.

Eine halbe Stunde später fahren auch wir wieder los. Nachdem wir nach zwei Stunden Fahrt Mutti bei sich zu Hause abgesetzt haben und zu uns gefahren sind, gibt es noch einen heftigen Regenschauer.

Am Sonntag hat meine Tante Renate ihren fünfundsiebzigsten Geburtstag. Meine Mutter zögerte noch, ob sie zur Feier hingeht. Auf der Autofahrt konnten wir sie schließlich dazu überreden. Das ist für sie auch mal eine Abwechslung und vor allem ist dann auch Tante Ilse bei der Feier und mit ihren beiden Schwägerinnen kommt sie sehr gut klar, hat mal wieder andere Gesprächsthemen.

Mein Mann und ich überlegen erst, ob wir uns eine Kleinigkeit zum Mittag selbst machen. Dann kommen wir aber auf die Idee, mal wieder beim Italiener hier bei uns im Wohngebiet vorbeizuschauen. Dort ist es sehr leer, die Zeiten, als man hier ohne Vorbestellung keinen Platz bekam, sind definitiv Geschichte. Aber umso schneller bekommen wir unser Essen. Es schmeckt wie immer sehr gut und zufrieden machen wir uns wieder auf den Heimweg. Ich bin so froh, dass ich für solche kurzen Strecken keinen Rollstuhl mehr benötige. Gegen sechs kommen mein Bruder Olaf und

Marion vorbei. Sie sind Freitag vom Urlaub an der polnischen Ostsee zurückgekommen. Wir Frauen trinken eine Berliner Weisse und die Männer ein Bier auf der Terrasse und dabei erzählen Olaf und Marion von ihrem Urlaub. Nach einer Stunde gehen sie wieder.

Am Montag lobt meine Physiotherapeutin, wie locker meine linke Hand heute ist. Wir sind beide davon überzeugt, dass das zwischen die Finger eingefädelte gefaltete Papiertuch sein Übriges tut.

Dienstag rufe ich noch einmal bei dem Steuerbüro an, in dem ich vor neuneinhalb Jahren die Hirnblutung bekam und spreche mit der Kollegin, mit der ich immer zu tun hatte, als ich noch arbeitete. Ich erinnere sie daran, dass ich mich Anfang August noch einmal bei ihr melden sollte, damit sie bei ihrer Chefin nachfragt, ob die Möglichkeit einer Geringfügigen Beschäftigung für ein paar Stunden dort für mich besteht. Sie hat noch nicht mit ihr gesprochen, verspricht mir aber, in den nächsten Tagen mit ihrer Chefin zu reden und mich dann zurückzurufen.

Mittwoch backe ich einen Quarkkuchen, da ich mit meinen Tanten Ilse und Renate verabredet habe, dass sie uns morgen zum Kaffee besuchen kommen, zumal auch Steffi mit den Kindern kommt und meine Tanten gern die beiden Kleinen sehen würden.

Als ich am Donnerstag gegen halb sieben aufstehe, regnet es schon und eine halbe Stunde später gibt es sogar ein heftiges Gewitter. Ich sehe schon unseren Kaffeenachmittag buchstäblich ins Wasser fallen, doch mittags scheint schon wieder die Sonne. Gegen zwei ist Steffi mit den Kindern da. Als sie ihre Sachen ausgepackt und Tammo erst einmal seine Mittagsmahlzeit gegeben hat, fährt sie meine beiden Tanten abholen, da insbesondere meine Tante Ilse nicht mehr so gut zu Fuß ist. Benno bleibt so lange bei uns und spielt inmitten seines Spielzeuges, das er sich schon aus Steffis Zimmer heruntergeholt hat. Meine

Mutter und ich decken inzwischen den Tisch auf der Terrasse. Als alle da sind trinken wir in aller Ruhe Kaffee und unterhalten uns schön. Siggi kommt gegen fünf von der Arbeit und trinkt auch noch eine Tasse Kaffee mit uns.

Um sechs bringt Steffi wieder meine Tanten nach Hause. Dieses Mal fahren beide Kinder mit und meine Tanten versichern mir beim Abschied, dass das heute ein schöner Nachmittag war.

Als ich am Freitag aufstehe, ist mir schlecht und ich fühle mich matt. Ich weiß nicht so richtig, was mit mir los ist, als ich dann auch noch Durchfall bekomme. Ich überlege, ob ich mich bei Benno angesteckt habe. Sein Magen-Darm-Infekt liegt schon über zwei Wochen zurück, aber wer weiß, wie lange man sich da noch anstecken kann. Als ich meiner Physiotherapeutin davon erzähle, meint sie, dass ich da gar nicht viel machen kann, denn wenn es ein Virus ist, muss ich Diät halten und Tee trinken und einfach die Zeit aussitzen, bis alles vorüber ist. Am Nachmittag bin ich zum Glück gerade auf dem Weg zur Toilette, denn ich muss mich übergeben und habe anschließend wieder Durchfall. Freitagfrüh muss Steffi zum Zahnarzt. Sie bekommt eine Krone und da die hier billiger als in Potsdam ist, hat sie sich hier in Neubrandenburg einen Termin beim Zahnarzt besorgt. Sie nimmt die Jungs mit und bringt sie so lange zu Steffens Tante Edeltraud. Ich kann leider nicht auf die Beiden aufpassen. Ich könnte nicht einmal Tammo hochheben, würde er weinen. Das ärgert mich, aber ändern kann ich es so schnell nicht! Die Hoffnung ist natürlich da, dass ich mit viel Therapie und Üben irgendwann mal wieder meine linke Hand gebrauchen kann. Meine Physiotherapeutin Anna macht mir da ja Hoffnung und auch mein Ergotherapeut Jan meinte gestern gerade, dass sich die Beweglichkeit meiner Hand und Finger sehr verbessert hat, wenn man überlegt, wie fest zur Faust geschlossen die Hand anfangs war.

Zum Mittag ist Steffi mit den Kindern wieder zurück. Am Sonnabend geht es mir schon besser, ich habe ja auch nichts außer Tee und Zwieback zu mir genommen.

Siggi, Steffi, die Kinder und ich fahren gegen halb zehn los zur Ostsee. Das haben wir in Anbetracht dessen, dass es vielleicht die letzte Gelegenheit in diesem Jahr ist, kurzfristig beschlossen. Wir wissen, dass das Wetter nicht optimal werden soll, sondern eher wechselhaft. Doch das Wichtigste ist, dass es nicht regnet und danach sieht es nicht aus, als wir Viertel vor elf dort sind. Für die Kinder wird es auf alle Fälle ein schöner Tag, denn was gibt es Schöneres für sie, als im Sand ausgelassen zu buddeln?

Wir sind angenehm überrascht vom Wetter. Es wird ein schöner Tag, auf alle Fälle besser, als vom Wetterbericht vorhergesagt. Doch ab drei zieht es sich immer mehr zu und so beschließen wir dann eine halbe Stunde später, aufzubrechen. Eine weitere gute Stunde danach sind wir wieder zu Hause und es fängt zu regnen an. Steffi badet die Jungs, dann gibt es Abendbrot und es geht ins Bett. Durch den ganzen Tag an der frischen Luft schlafen erst Tammo und etwas später Benno schnell ein.

Am Sonntag ist mir wieder schlecht. Jede Bewegung ist mir zu viel und kurz vor dem Mittag muss ich mich übergeben. Obwohl ich noch vorher Bescheid sage, kommt Siggi mit dem Eimer zu spät und ich habe ein Kissen und meine Kleidung vollgespuckt. Zum Glück ist alles dünn und es hat etwas Gutes, dass alles raus ist. Natürlich tut es mir leid, dass ich mich im Sessel sitzend übergeben habe, aber ich habe es einfach nicht geschafft, so schnell aufzustehen und zur Toilette zu gehen. Hätte ich es geschafft und wäre schnell aus dem Sessel hochgekommen, hätte ich mich bestimmt auf dem Weg zur Toilette übergeben. Siggi schimpft etwas mit mir, während Steffi ihn beschwichtigt und mich verteidigt, dass es kein böser Wille von mir war und ich nun mal nicht so schnell reagieren kann wie ein

Gesunder. Am meisten Mitleid bekomme ich von Benno, denn er hat seinen Magen-Darm-Infekt mit Durchfall und Spucken noch gut in Erinnerung, was er mir mit großen Augen und ganz ernst auch erzählt, als ich frisch umgezogen und gewaschen wieder im Wohnzimmer erscheine: „Ich musste auch so spucken. Das war gar nicht schön!" Wie er das so unschuldig sagt, muss ich lächeln und gebe ihm Recht.

Mir geht es etwas besser, aber ich bin noch schwach auf den Beinen. Zum Mittag esse ich nur trockene Kartoffeln und trinke etwas Tee. Nach dem Mittag fahren Steffi und die Jungs wieder los nach Potsdam. Steffi hofft, dass die Beiden während der Autofahrt schlafen. Gegen zwei wiederholt sich das ganze Spiel von neuem. Dieses Mal schaffe ich es rechtzeitig zur Toilette. Ich hatte sehr großen Durst und hatte wohl meinen Tee zu hastig getrunken. Heute Abend wollten wir eigentlich den Räucheraal, den wir uns von der Ostsee mitgebracht haben, essen. Das lassen wir natürlich sein und verschieben das auf Morgen.

Am Montag geht es mir wieder gut. Als ich mich mit meinem Ergotherapeuten unterhalte, ist mir klar, woher ich den Magen-Darm-Infekt habe. Nämlich von ihm. Er erzählt mir, ohne dass ich von meinen Problemen am Wochenende erzählt habe, dass er einige Tage mit Durchfall zu tun hatte.

Beim Tischtennisspiel gewinne ich wieder einmal. Zum Abendbrot gibt es heute endlich den Räucheraal. Ich bin etwas skeptisch, aber alles bleibt drin und mir geht es auch weiterhin gut. So ist es auch am Dienstag, aber meine Mutter ruft an, dass sie heute nicht kommt, da sie Durchfall hat. Mir tut das total leid und ich habe ein schlechtes Gewissen. Daher bestärke ich sie darin, sich hinzulegen und auch morgen noch zu Hause zu bleiben, wenn sich ihr Zustand nicht verbessert. Ich schlage vor, dass ich Siggi Bescheid sage, er soll nach der Arbeit nach ihr sehen. Doch bescheiden wie sie ist, lehnt sie dankend ab und versichert mir, sie habe alles da und es wäre nicht nötig, dass Siggi vorbeischaut.

Am Freitag hat sich meine Mutter so weit erholt, dass sie wieder zu mir kommt. Sie staunt, dass es nach frischgebackenem Kuchen riecht, als sie unser Haus betritt. Ich habe schon wieder gebacken, weil wir am Sonnabend Besuch von meiner Schulfreundin aus Havelberg und ihrem Lebensgefährten bekommen. Es ist wieder mein Prasselkuchen in zwei Variationen, einmal mit und einmal ohne Mandarinenscheiben unter den Streuseln. Am Sonnabend backe ich noch einen Quarkkuchen.

Kurz nach zwölf kommen Christine und Rüdiger. Wir begrüßen uns freudig und erzählen vor dem Mittag noch ein bisschen. Nach dem Mittagessen machen wir einen Verdauungsspaziergang zu dem hier in der Nähe befindlichen Eiscafe und essen dort ein Softeis. Einen Eisbecher wollen wir uns nicht zumuten, da es nachher noch Kaffee und Kuchen gibt. Auf dem Rückweg gibt es tatsächlich einen kurzen Regenschauer, nachdem es hier schon seit Wochen nicht mehr geregnet hat. Wieder bei uns angelangt, setzen wir uns auf die Terrasse. Es ist zwar noch etwas bewölkt, aber trotzdem warm, so um die zwanzig Grad. Gegen halb vier trinken wir draußen gemütlich Kaffee. Danach bleiben wir noch auf der Terrasse sitzen, weil die Luft so schön ist.

Wir haben meinen Bruder Olaf und Marion zum Grillen mit eingeladen, die dann auch kurz nach sieben kommen. Olaf übernimmt das Grillen, was Siggi überhaupt nicht mag. Wir lassen uns das Fleisch und die Bratwürste schmecken und auch ein kühles Blondes dazu. Bei herrlich milder Luft sitzen wir noch bis ein Uhr zusammen. Dann rüsten sich Olaf und Marion zum Aufbruch. Sie nehmen meine Mutter mit, die prima durchgehalten hat, und bringen sie nach Hause. Wir vier räumen noch den Tisch ab und gehen dann schlafen. Ich schlafe wider Erwarten sehr gut.

Aber um halb sieben ist die Nacht für mich trotzdem zu Ende. Ich kann nicht mehr liegen und so stehe ich eben auf, koche den Kaffee und die Eier und decke den Frühstückstisch. Eine Weile später ist Siggi auch auf und geht frische Bäckerbrötchen holen. Um acht sitzen wir alle schon am Frühstückstisch und lassen es uns schmecken. Gegen zehn kommt meine Mutter und kurz darauf verabschieden sich Christine und Rüdiger wieder.

In der folgenden Woche erzählt mir Thomas am Telefon, dass er ein Gespräch mit seinem Personaloffizier hatte. Es ging um die künftige Einplanung. In Rostock wird er definitiv nicht bleiben können, da es dort keine Hauptmannplanstelle für ihn gibt. Das ist natürlich ärgerlich, insbesondere weil er nun gerade seine Wohnung so schön eingerichtet hat. Jetzt heißt es, bald wieder umziehen. Aber das wusste er ja vorher. Das ist eben der Bund und es wird ihm wohl in der Zukunft noch öfter so gehen! Er bekommt unter anderem eine Stelle in Potsdam angeboten und tendiert dahin, diese anzunehmen. Auch unter dem Aspekt, dass Steffi dort wohnt und er auch seine Neffen öfter sehen könnte. Doch er möchte sich das erst noch gründlich überlegen. Er hat mit dem Personaloffizier auch darüber gesprochen, dass er gerne promovieren würde. Das unterstützt dieser, meinte aber, um eine Doktorandenstelle müsste Thomas sich selbst kümmern, da er keinen Einfluss auf Doktorandenstellen hat. Daraufhin rief Thomas am nächsten Tag bei seinem ehemaligen Professor an der Uni in Hamburg an. Dieser freute sich, von Thomas zu hören und als er sich nach der Möglichkeit einer Promotion erkundigte, meinte der Professor, was für ein Zufall das wäre, dass er nun nachfragte. Denn vor einigen Tagen fiel Thomas` Name im Zusammenhang mit einem Forschungsobjekt an der Uni, wofür eine Doktorandenstelle geschaffen werden soll und der Professor gleich an Thomas gedacht hatte. So hatte Thomas, ohne vorher etwas gesagt oder gefragt zu haben, eine Doktorandenstelle angeboten bekommen! Ich bin begeistert und Thomas erzählt mir weiter, dass es diese Stelle frühestens im Jahr 2015 geben würde und er noch einmal für drei Jahre nach Hamburg gehen müsste. Was wiederum bedeuten würde, sich dort eine Wohnung zu suchen. „Das machst du doch trotzdem?“, frage ich. Die Antwort kenne ich schon, denn ich weiß, wie ehrgeizig mein Sohn ist und so antwortet er auch: „Na klar, zumal es bei dem Thema ja um mein Fachgebiet Maschinenbau geht. Aber es dauert eben noch. Doch der Professor hat mir versprochen, sich dafür einzusetzen, dass ich auf die Stelle komme.“ Ich bin so stolz auf meinen Sohn und mein Mann auch, als ich ihm später von unserem Telefonat erzähle. Wir sind sicher, dass er auch diese Herausforderung mit Bravour meistern wird.

Als ich bei unserem nächsten Telefonat nachfrage, was nun mit dieser Stelle in Potsdam ist, antwortet Thomas und die Enttäuschung in seiner Stimme ist nicht zu überhören: „Das ist Geschichte.“ Ich bin überrascht und frage nach. Er erklärt mir, dass die Stelle vom Vorgesetzten seines Personalchefs besetzt wurde. Ich will mich gerade darüber erbosen, dass das doch nicht sein kann, als mir Thomas zuvor kommt: „Dabei handelt es sich um eine Härtefallregelung und somit kann ich gar nichts machen. Ich hätte mich einfach mit meiner Entscheidung beeilen müssen!“ Er ergänzt, dass er nun neue Stellen angeboten bekommen wird und dass ihm so etwas nicht noch einmal passieren wird.

Abends rufe ich Karin an. Das ist meine Tischnachbarin von der Reha, die immer so ein fröhliches Gemüt hatte und die alle mit ihrem Lachen ansteckte. Wir reden nur kurz, sie sagt, sie ruft zurück, im Moment wäre es gerade ungünstig, da sie Besuch hat. Kein Problem, dann machen wir es so.

Am Freitag erzählt mir Steffi, dass Tammo heute das erste Mal auf den Topf gemacht hat und zwar das große **und** das kleine Geschäft. Ich bin begeistert. Schließlich ist es erst drei Wochen her, dass er ein Jahr alt wurde. Aber andererseits, wenn ich an unsere Kinder zurückdenke, sie wurden in der Kinderkrippe auch auf den Topf gesetzt, sobald sie ein Jahr alt waren. Dann ging es ganz schnell, dass sie sich daran gewöhnten und es immer besser klappte.

Meine Physiotherapeutin, die sich in letzter Zeit verstärkt meiner linken Hand widmete, und auch mein Ergotherapeut meinen, dass meine Hand schon besser geworden ist. Ich bin natürlich auch der Meinung, habe das schon längst festgestellt und freue mich, das von Fachkräften bestätigt zu bekommen.

Am Freitag fahre ich fürs Wochenende mit dem Zug nach Potsdam zu Steffi und Tammo. Steffen ist mit Benno bei seinen Eltern, da seine Mutter gerade von der Reha zurückgekommen ist. Von einer Pflegeschwester werde ich bis in den Zug gebracht. Wir spaßen über das Missgeschick einer ihrer Kolleginnen, die es voriges Jahr, als ich auch zu meiner Tochter gefahren bin, nicht rechtzeitig aus dem Zug geschafft hatte und bis Burg-Stargard mitfahren musste. Heute klappt alles wunderbar.

In Oranienburg muss ich in den Regionalzug umsteigen. Als etwas schwierig erweist sich der Tunnel zum anderen Gleis, besser gesagt die Treppenstufen. Da ich meine rechte Hand zum Festhalten der Handtasche und des Treppengeländers benötige, hänge ich mir meine kleine Reisetasche um den Hals. Das mache ich die Treppe hinunter so und auch wieder die Treppe hinauf. Ich muss mich beeilen, denn ich habe nur neun Minuten zum Umsteigen. Aber ich schaffe alles gut. Auf dem Hauptbahnhof in Potsdam angekommen, erwartet mich meine Tochter mit Tammo im Tragetuch schon auf dem Bahnsteig.

Wir fahren noch kurz ein paar Kleinigkeiten einkaufen und dann geht es zu ihr nach Hause. Jetzt habe ich viel Zeit, mich ausschließlich Tammo zu widmen. Obwohl er inzwischen auch richtig krabbeln kann, benutzt er seine andere Technik, das Robben, nach wie vor zwischendurch auch, je nachdem wie eilig er es hat und ob er seine rechte Hand zum Mitnehmen von Spielzeug benötigt oder nicht. Es macht mir Spaß, ihn zu beobachten, wie er alles handhabt. Er zieht sich an der Couch und überall, wo er Halt hat, hoch und geht dann ein paar Schritte, wenn er etwas zum Festhalten hat.

Als Steffi mit ihm auf dem Boden spielt, er sich hinstellt und sich dabei an Steffi festhält, bekommt er gar nicht richtig mit, dass er einen Moment frei steht und danach sogar zwei, drei Schritte freihändig macht. Als wir beide uns darüber freuen, lauthals lachen und ihn loben, versucht er das Gleiche noch einmal.

Freitagfrüh holt Steffi mit Tammo Brötchen. Nach dem Frühstück bringen wir Tammo in die Kita und fahren zum Einkaufscenter, um ein bisschen durch die Geschäfte zu bummeln. Wir essen eine Kleinigkeit zum Mittag und holen Tammo gegen zwei wieder von der Kita ab. Da schönes Wetter ist, gehen wir noch auf den Spielplatz neben der Kita und lassen Tammo eine Weile im Sand buddeln. Heute bleiben wir etwas länger auf. Am Sonnabend fahren wir, nachdem Tammo Mittag bekommen hat, mit dem Auto nach Berlin. Wir wollen heute mal in den Wilmersdorfer Arkaden bummeln gehen. Schon in Steffis Lehrzeit habe ich sie ab und zu in Berlin besucht und dann waren wir zusammen bummeln. Zu der Zeit gab es die Arkaden noch nicht, befanden sich aber schon im Bau. Da zogen wir durch die Geschäfte in der Wilmersdorfer Straße, da Steffi dort ganz in der Nähe wohnte. Ich bin beeindruckt, wie schön das Einkaufszentrum geworden ist. Nach drei Stunden und um einige Kleidungsstücke reicher fahren wir wieder nach

Potsdam. Es wird auch Zeit, mir tun die Füße sehr weh. Es ist ein ganz komischer Schmerz, der sich auf die Bereiche Ballen und Zehen des linken Fußes konzentriert und den ich schon öfter hatte, wenn ich lange zu Fuß unterwegs war.

September 2013

Am Sonntag geht es wieder nach Hause. Steffi leiht mir ihren Rucksack, meine kleine Reisetasche und die größeren eingekauften Sachen bleiben erst einmal bei ihr. Entweder sie bringt die Sachen bei ihrem nächsten Besuch mit oder wir nehmen sie mit, wenn wir das nächste Mal in Potsdam sind. Steffi bringt mich zu halb eins zum Potsdamer Hauptbahnhof. Sie hat aus dem Internet herausgesucht, dass ich um diese Zeit mit der S-Bahn bis Oranienburg fahren muss und dort in meinen Zug nach Neubrandenburg umsteige. Ich will nicht, dass sie sich die Umstände macht und mich bis Berlin bringt, was auch eine Möglichkeit wäre. Wir wundern uns, dass auf dem entsprechenden Bahnsteig nicht Oranienburg, sondern Schöneberg als Ziel steht. Wir haben jetzt nicht mehr die Zeit, uns zu informieren und so rät Steffi mir, einzusteigen und auf die Durchsagen zu achten. Sie hat mehr Angst um mich als ich habe, besser gesagt, ich habe gar keine Angst. Durch meine Studienzeit in Berlin bin ich S- und U-Bahnfahren durchaus gewohnt und weiß, wie das lang geht. Allerdings kenne ich mich mit Schöneberg nicht aus, weiß nicht, wo es in Berlin genau liegt. Auf alle Fälle im westlichen Teil, weiß ich. In Schöneberg steige ich aus und sehe sofort ein Hinweisschild, dass Reisende in Richtung Oranienburg bis Südkreuz fahren und dort umsteigen sollen. Auch das Umsteigen klappt prima. Doch mein Blick geht immer wieder zur Uhr, denn die Abfahrtzeit meines Zuges in Oranienburg rückt immer näher. Die letzten Stationen kenne ich noch aus meiner Studienzeit und ich kann einschätzen, dass es mehr als knapp mit meinem Zug wird. Und so ist es dann auch. Die Bahn kommt statt 14.00 Uhr erst 14.16 Uhr in Oranienburg an. Mein Zug fuhr um 14.09 Uhr und meine leise Hoffnung, dass er Verspätung hat, zerschlägt sich sofort nach einem Blick auf den Bahnsteig. Ich gehe trotzdem zu dem

Bahnsteig, aber in aller Ruhe. Auf der Anzeige steht nichts mehr, also ist er wirklich weg. Steffi hat mir erzählt, dass jede Stunde ein Zug fährt und so sehe ich auf dem Aushang nach und richtig, der nächste Zug fährt um 15.09 Uhr. Was bleibt mir weiter übrig, als zu warten. Zum Glück ist hier eine Bank und das Wetter ist auch ganz gut. Etwas kühl zwar, aber die Sonne scheint. Ich rufe Siggi an und erzähle ihm, dass ich hier in Oranienburg noch festsitze und er mich erst eine Stunde später in Neubrandenburg abzuholen braucht. Er fragt, ob ich weiß, wann der Zug in Neustrelitz ist. Dort müsste ich nämlich umsteigen. Darauf habe ich geachtet und sage es ihm. Kurzentschlossen sagt er, dass er mich dann mit dem Auto in Neustrelitz abholt, bevor ich den Zug dort auch verpasse. Es ist mit dem Auto eine halbe Stunde Fahrt und ich finde den Vorschlag gut. Die Bahnfahrt hat doch ein wenig an meinen Kräften geschlaucht. Es klappt alles prima und gegen halb fünf bin ich zu Hause und trinke meinen wohlverdienten Kaffee. Dann schaue ich neugierig in den Garten. Bevor ich zu Steffi fuhr hatte mein blauer Roseneibisch zwei Knospen kurz vor dem Aufbrechen. Die sind jetzt aufgebrochen und ich freue mich über den schönen Anblick. Ich habe drei Roseneibische im Garten, einen blauen, einen weißen und einen roten. Die hege und pflege ich ganz besonders. Allerdings ist mir ein weiterer roter im vergangenen Winter schon erfroren.

Am Montag beginnt wieder der Alltag für mich und der kurze Ausflug ist nur eine, sehr schöne zwar, Erinnerung. Am Abend beschließe ich, Petra anzurufen. Ich habe sie bei der Reha kennen gelernt. Wir waren Tischnachbarinnen und haben uns super verstanden und daher auch angefreundet. Sie hatte Anfang Juni ihren 56. Geburtstag und da hatte ich ihr natürlich eine Karte geschrieben. Sie bedankte sich telefonisch kurz dafür, sagte aber, im Moment wenig Zeit zu haben, da sie wieder an die Arbeit musste. Ich sagte noch, sie solle sich schonen, weil ich wusste, dass ihr das bei der

Reha auch von den Ärzten gesagt worden war. Das ist natürlich schwierig, wenn man wie sie eine große Gastwirtschaft hat. Sie versprach mir, zurückzuschreiben oder mich anzurufen, sodass wir in Ruhe erzählen könnten. Weder das eine noch das andere ist passiert und da heute schon der zweite September ist, beschließe ich, dass ich mich mal wieder melde und rufe an. Ich bekomme nur den Anrufbeantworter und spreche darauf, dass Petra sich doch bitte mal bei mir melden möchte. Später am Abend erhalte ich einen Anruf. Aber es ist nicht Petra, sondern ihr Sohn. Sie hatte mir erzählt, dass ihr Sohn Musiker und sie mächtig stolz auf ihn ist. Er fragt mich, ob ich Anke Berg aus Neubrandenburg bin. Ich bejahe das und frage verwundert: „Warum rufen Sie an und nicht Ihre Mutter?" Er antwortet: „Meine Eltern sind leider verstorben." Ich bin dermaßen erschrocken, dass ich erst einmal kein Wort herausbekomme. Nachdem ich mich wieder gefasst habe und ihm mein herzliches Beileid ausgesprochen habe, erzählt er mir alles. Sein Vater starb am 18. August, er hatte wohl Probleme mit dem Herzen. Er war erst sechzig! Seine Mutter folgte ihm dann drei Tage später. Sie hatte, und deshalb war sie bei der Reha, Probleme mit dem Darm, der schon nach außen verlegt war. Sie sollte sich schonen und dann sollte der Darm bald wieder nach innen verlegt werden, worauf sie sich schon freute. Sich zu schonen war offensichtlich sehr schwer und leichter gesagt als getan mit der großen Gastwirtschaft. Petra war schon bei der Reha super schlank und ihr Sohn erzählt mir, dass sie zum Schluss nur noch vierzig Kilo wog und dass sie einfach nicht darüber hinweg kam, dass ihr Mann so plötzlich gestorben war. Ich bin immer noch so erschrocken und sage zu ihm, dass er nun ja alle Hände voll mit dem Haus und der Gaststätte zu tun hat. Daraufhin erzählt er mir, dass er das Erbe ausschlagen muss, da zu viele Schulden auf dem Haus lasten und er das nicht übernehmen kann. Mir tut das alles sehr leid und uns gegenseitig das Beste wünschend verabschieden wir uns wieder voneinander.

Siggi bekommt unverhofft vom 9. bis 13. September Urlaub. Da wir nichts weiter vorhaben, beschließen wir, an seinem letzten Urlaubstag, also am Freitag, nach Potsdam zu Steffi Steffen und unseren Enkelkindern zu fahren und bis Sonntag dort zu bleiben. Wir sollen erst nachmittags kommen, da Steffi die Kinder zur Kita bringen und den Tag für die Uni nutzen will. So fahren wir auch erst mittags hier los, essen wie üblich in Nassenheide eine Kleinigkeit und sind kurz nach drei in Potsdam, so wie es Steffi vorgeschlagen hat, damit wir die Kinder zusammen von der Kita abholen können. Steffi wartet schon vor der Haustür auf uns. Wir begrüßen uns kurz und dann geht es auch schon ab zur Kita. Wir holen zuerst Benno und dann mit ihm zusammen Tammo ab. Die Beiden freuen sich, dass Oma und Opa da sind und wir gehen mit ihnen noch auf den neben der Kita befindlichen Spielplatz. Sie spielen schön. Steffi tobt mit Benno, der laufend die Riesenrutsche runterrutschen will und Tammo, der im Sand mit seinem Buddelspielzeug spielt, haben wir im Blick. Siggi und ich sitzen auf einer Bank und sehen dem Treiben zu. Zu Hause müssen wir Bennos und Tammos Zimmer mit dem Spielzeug darin bewundern. Benno hat einiges mit seinen Legobausteinen aufgebaut und ist voller Sorge, dass Tammo das einfach umschubst und so lenken wir Tammo schnell ab und gehen mit ihm in sein Zimmer.

Gegen halb sieben kommt endlich Steffen von der Arbeit und wir verbringen einen schönen Abend.

Am Sonnabend gehen wir nach dem Frühstück mit den Kindern zu einem Spielplatz, damit sie sich ein bisschen austoben können. Nach dem Mittag fahren wir zu einem Spargelhof. Natürlich ist die Spargelzeit längst vorbei und jetzt dreht sich dort alles um das Thema Kürbis. Es gibt jede Menge Buden und auch für Kinder ist einiges dabei: ein großer Spielplatz, ein Streichelzoo mit Ziegen, außerdem sind Pferde, Esel und Schweine zu sehen. Wir halten uns lange hier auf und kurz nachdem wir wieder zu Hause sind, meldet sich Steffen, dass er gleich von der Arbeit kommt. Siggi, Benno und ich gehen ihm schon entgegen. Ich gehe die Treppe rückwärts hinunter, aus dem einfachen Grunde, damit ich rechts das Treppengeländer zum Festhalten habe. Benno sieht mir verwundert zu und fragt, warum ich rückwärts gehe. Ich muss über seine Neugier lächeln und erkläre es ihm. Dann fällt ihm prompt auf, dass ich die Stufen vor dem Haus ganz normal hinunter gehe. Ich erkläre ihm, dass ich jetzt auf der richtigen Seite das Geländer zum Festhalten habe und deshalb ganz normal gehen kann. Wie ein kleiner Professor nickt er und sagt zu mir: „Das machst du gut, Oma.“ Ich muss mal wieder über meinen Benno lachen und drücke ihn herzlich. Dann fahren wir mit Steffen zum Italiener, um schön Abendbrot zu essen. Steffi bleibt mit Tammo zu Hause, um ihn in Ruhe bettfertig zu machen. Da schönes Wetter ist, setzen wir uns auf die Terrasse. Wir lassen es uns schmecken und als es dann schon langsam dunkel wird, zahlen wir und machen uns auf den Heimweg.

Am Sonntag fahren wir nach dem Frühstück wieder los. Heute ist der 15. September und Siggis Vater hat seinen 77. Geburtstag. Er hat seine Kinder zum Mittagessen in eine Gaststätte in Mirow eingeladen. Dahin wollen wir gleich von hier aus fahren. Auf dem Spargelhof haben wir für ihn eine mehrfarbig blühende Aster für seine Terrasse gekauft und eine kleine deftige Mettwurst dazu. Wir holen noch Siggis Bruder Bodo ab und treffen pünktlich zusammen mit Siggis Schwester und unserem Schwager auf dem Parkplatz der Gaststätte ein. Zum Anstoßen gibt es ein Glas Sekt. Das Essen wählt jeder selbst aus. Wir lassen es uns schmecken und erzählen schön miteinander, denn wir sehen uns alle eigentlich nur zu Schwiegervaters Geburtstag einmal im Jahr. Gegen drei wird die Runde aufgelöst und alle fahren wieder nach Hause. Dieses Mal nimmt Siggis Schwester ihren Bruder Bodo mit, da es für uns ein kleiner Umweg wäre. Gegen vier sind wir wieder zu Hause.

Es ist Mitte September und da sich die Kollegin vom Steuerbüro, die ich gebeten hatte, bei ihrer Chefin nachzufragen, ob die Möglichkeit einer Beschäftigung für mich für ein paar Stunden bestehen würde, noch nicht gemeldet hat, rufe ich dort an. Als ich darum bitte, mit ihr verbunden zu werden, merke ich, dass diese sich offenbar verleugnen lässt und mir ist gleich klar, dass wohl keine Chance besteht. Schließlich lande ich bei der Chefin selbst und trage ihr mein Anliegen vor. Sie weiß zumindest Bescheid und sagt mir, dass im Moment leider kein Bedarf besteht, dass es eher so ist, dass sie zu viele Leute hat. Ich bedanke mich trotzdem und bitte darum, an mich zu denken, wenn sich die Situation wieder ändert. Das verspricht sie mir und sie macht sogar noch den Vorschlag, mich weiter zu empfehlen, sollte sie von einem Mandanten hören, dass er jemanden sucht. Darüber freue ich mich und trotz der negativen Information bezüglich einer Arbeit bin ich mit dem Telefonat zufrieden.

Am Mittwoch bin ich wieder einmal bei meiner Hausärztin. Ich hatte eigentlich am vergangenen Mittwoch einen Termin, aber den habe ich total verschwitzt. Als ich daraufhin anrief, um mir einen neuen Termin geben zu lassen, sagte mir die Schwester, dass sie keinen Termin hat und dass ich ohne Termin innerhalb der Sprechzeiten kommen soll. Und natürlich auch viel Zeit mitbringen muss. So habe ich mir diesen Mittwoch herausgesucht, da ich mittwochs immer nur eine Therapie und somit viel Zeit habe. Ich muss eine ganze Weile warten, aber darauf bin ich vorbereitet, ich habe bei solchen Sachen immer ein Buch dabei.

Wie immer ist mein Blutdruck gut und auch sonst gibt es keine Probleme. Die Ärztin teilt mir mit, dass mein

Rehaantrag, den sie bei meinem letzten Arztbesuch fertig gemacht hat, aller Wahrscheinlichkeit nach befürwortet wird. Ich soll mir für den nächsten Termin im November Notizen machen, was in der Reha erreicht werden soll und dann wollen wir den Restantrag gemeinsam ausfüllen. Als ich fertig bin, lasse ich wie immer die Schwester beim Behindertenfahrdienst anrufen, dass ich abgeholt werden kann. Normalerweise dauert das fünfzehn bis zwanzig Minuten und das Auto ist da. Heute stehe ich schon eine halbe Stunde an der Tür und von einem Auto vom Fahrdienst ist weit und breit nichts zu sehen. Ich gehe noch einmal hoch in die Praxis, um erneut anrufen zu lassen. Aber die Praxis ist bereits zu, hat über Mittag geschlossen und ich ärgere mich, dass ich ausgerechnet heute mein Handy wieder einmal vergessen habe. Ich überlege, nach Hause zu gehen, doch es ist eine ganz schön weite Strecke, mindestens eine halbe oder dreiviertel Stunde Fußweg und außerdem regnet es. Ich will es trotzdem versuchen, was soll`s, ich kann ja nicht ewig hier stehen. In dem Moment, als ich losgehen will, kommt das Auto und ich bin froh. Der Fahrer kann sich auch nicht erklären, warum er nicht früher eingeteilt worden ist.

In der folgenden Woche scheint noch ab und zu mal die Sonne. Doch der Schein trügt und es ist deutlich zu merken, dass der Herbst Einzug gehalten hat. Jetzt regnet es auch öfter in der Nacht. So vergeht der September, das Wetter wechselhaft, doch insgesamt mehr Regen als Sonnenschein.

Am dritten Oktober, es ist ein Donnerstag, ist Tag der Deutschen Einheit und somit ein Feiertag. Nicht deshalb, sondern weil Steffi morgen mit den Kindern kommt und auch Thomas, backe ich einen Zupfkuchen. Ich habe es am Telefon Benno, der gern Kuchen ist, versprochen. Am späten Freitagvormittag treffen Steffi und die Kinder ein. Die Begrüßung ist wie immer herzlich und als Benno schon dabei ist, das Spielzeug aus der zweiten Etage nach unten ins Wohnzimmer zu holen, bewundere ich, wie sicher Tammo inzwischen schon laufen kann. Er sieht sich erst genau um, bevor er ein Bein vor das andere setzt. Jetzt nimmt er das alles bei uns erst einmal bewusst wahr. Erst als Benno den halben Wohnzimmerboden voll Spielzeug gepackt hat, guckt sich Tammo etwas aus, geht dort hin, hebt es auf und lässt sich auf seinen Po fallen, um nun ausgelassen zu spielen. Am frühen Abend kommt Thomas. Benno lässt alles stehen und liegen, als er das mitbekommt, und stürmt zur Haustür. Tammo hinterher. Ich gehe auch hin, damit die Beiden nicht auf die Straße laufen, und um meinen Sohn zu begrüßen. Während Thomas von den Kindern in Beschlag genommen wird und versucht, dabei zu erzählen, kommt auch Siggi von der Arbeit. Wieder stürmt Benno zur Haustür und darf dieses Mal auch nach draußen, um seinen Opa zu begrüßen. Tammo will auch, doch Steffi hält ihn erst einmal zurück und lenkt ihn ab, bis Siggi und Benno ins Haus kommen.

Am Sonnabend holt Siggi Brötchen, während ich den Frühstückstisch decke. Gegen halb neun sitzen alle tatsächlich am Tisch und wir essen gemütlich Frühstück. Danach wechselt Siggi an Steffis Auto die Reifen. Benno hilft ihm fleißig und bekommt für seine Hilfe von Opa zehn Euro für den Rummel. Steffi fährt nach dem Mittag mit den Kindern zum Oktoberfest und Benno freut sich schon darauf, das gesponserte Geld für Karusselfahrten ausgeben zu können. Um die Wartezeit zu verkürzen, bis Steffi mit Tammo fertig ist, fährt Siggi mit Benno, jetzt, da er Fahrrad fahren kann, eine kleine Runde durch unser Wohnviertel. Unterwegs sammeln sie Kastanien, die Benno mit nach Potsdam nehmen will, um zusammen mit seinem Papa etwas zu basteln.

Abends, als die Kinder im Bett sind und Ruhe eingekehrt ist, sehen wir uns einen Boxkampf mit Wladimir Klitschko im Fernsehen an, den er erwartungsgemäß gewinnt. Am Sonntag fährt Steffi mit den Kindern nach dem Mittag wieder nach Potsdam. Thomas bleibt noch bis zum Kaffee und fährt danach auch wieder nach Rostock. Mit einem Mal ist es wieder sehr ruhig bei uns. Ich mag ja diesen Rummel, doch Siggi ist froh, dass wieder Ruhe eingekehrt ist.

Am Dienstag werde ich von meiner lieben Exkollegin Gisela mit dem Auto abgeholt. Sie und ihr Mann hatten vor einigen Tagen Goldene Hochzeit und sie haben ein paar Exkollegen und mich in ein Cafe eingeladen. Ich freue mich besonders, meinen ehemaligen Chef wiederzusehen, der inzwischen 92 Jahre und dabei körperlich und geistig topfit ist. Die anderen Exkollegen kenne ich auch sehr gut und so freuen wir uns, dass wir uns wiedersehen. Wir verbringen zwei schöne Stunden bei Kaffee und Torte und unterhalten uns gut.

Am Freitag fasse ich mir ein Herz und mache mich mit dem Rucksack auf dem Rücken auf den Weg zu einem Supermarkt hier in der Nähe. Es gibt asiatische Lilien im Angebot und ich möchte mir zwei davon holen. Es klappt alles wunderbar. Neben den Blumen kaufe ich noch ein paar Kleinigkeiten ein. Die Blumen verstaue ich in einer Einkaufstüte, den restlichen Einkauf im Rucksack. Von einem älteren netten Herrn lasse ich mir dabei helfen, den Rucksack auf den Rücken zu schnallen und mache mich wieder auf den Heimweg. Insgesamt bin ich über eine

Stunde unterwegs und doch etwas außer Puste, als ich wieder zu Hause bin. Doch die hübschen Lilien entschädigen mich dafür.

Während am Montag meine Physiotherapeutin nach zwei Wochen Krankheit wieder da ist, hat mein Ergotherapeut jetzt eine Woche Urlaub. Wenn meine Physiotherapeutin längere Zeit nicht da ist oder das Wochenende zwischen zwei Therapien liegt, habe ich immer Schmerzen auf der linken Rückenseite. Kaum geht Anna, so heißt meine Physiotherapeutin, mit ihren Zauberfingern daran, geht es mir hinterher wieder deutlich besser.

Am frühen Dienstagabend kommt mein Bruder Olaf noch kurz auf ein Bier bei uns vorbei. Siggi hatte ihm nach seinem Feierabend geholfen, das Auto, mit dem Marions Sohn liegen geblieben war, wieder in Gang und zur Werkstatt zu bringen. Ich bin dankbar für jede Abwechslung und so tauschen wir Neuigkeiten aus.

Am Freitag backe ich wie immer am frühen Morgen eine Quarktorte und einen Obstboden, denn wir erwarten am Sonnabend Besuch von unseren Freunden Birgit und Jörg aus Berlin. Wir waren mal in unserer ersten Wohnung Nachbarn und sind seitdem befreundet. In der Physiotherapie wendet sich die Therapeutin besonders meiner linken Hand zu. Ich kann nur staunen, wie sie durch gezielte Stimulation meiner Armmuskeln erreicht, dass sich meine Finger nach und nach entspannen.

Pünktlich zum Kaffee treffen am Sonnabend Birgit und Jörg ein. Ich hätte es gern gesehen, dass wir auf der Terrasse Kaffee trinken, aber dafür ist es dann doch schon zu kühl. Ich mag gar nicht daran denken, dass wir heute ein letztes Mal grillen wollen. Hoffentlich lässt es das Wetter zu! Gegen sechs kommt mein Bruder Olaf, der zurzeit Strohwitwer ist, da Marion mit ihrer Schwester übers Wochenende verreist ist. Das Wetter ist trocken und so bereitet Siggi schon den Grill vor. Um sieben ziehen wir aus dem Wohnzimmer auf die Terrasse um und beginnen mit dem Abendessen. Nur meiner Mutter ist es zu kalt draußen und sie wird im Wohnzimmer mit Essen versorgt.

Nach dem Essen bringt Siggi sie nach Hause und wir halten noch bis nach Mitternacht draußen durch. Dann gehen wir noch für eine halbe Stunde rein in die warme Stube und als Olaf dann aufbricht, gehen wir auch schlafen. Wir haben ausgemacht, uns am Sonntag um neun zum Frühstück einzufinden. Punkt neun sind wir auch am Frühstückstisch vereint und genießen es in aller Ruhe. Danach fahren Jörg und Siggi noch einmal mit dem Auto los. Jörg möchte sich einiges in Neubrandenburg ansehen, schließlich haben sie hier auch einmal gewohnt und Jörg interessiert sich dafür, was sich inzwischen überall getan hat. Birgit und ich nutzen die Zeit und erzählen schön. Als die Männer zurück sind, gehen wir zu dem Italiener in unserem Wohnviertel Mittag essen. Das ist gut, denn an der Eingangstür erfahren wir, dass er zum Monatsende endgültig von hier weg zieht und wir somit vorläufig wohl zum letzten Mal bei ihm einkehren. Es schmeckt uns allen gut und wieder zu Hause angekommen, trinken wir alle noch einen Kaffee und dann fahren Birgit und Jörg wieder nach Hause, nicht ohne uns das Versprechen abzunehmen, dass wir sie als nächstes besuchen.

In der Physiotherapie ist jetzt besonders mein linkes Bein an der Reihe. Anna hat festgestellt, dass es immer leicht nach innen geht. Als sie mir an sich zeigt, wie das beim Laufen aussieht, kann ich es gar nicht richtig glauben und bin froh darüber, dass wir daran arbeiten, dass es wieder besser wird. Eine Folge ist nämlich auch, dass ich links zu sehr auf dem Außenfuss laufe. Das bedeutet, ich muss gleichmäßiger laufen. Ich merke selbst, dass ich den linken Fuß immer nur kurz aufsetze, weil langsames Gehen mein Gleichgewicht mehr herausfordert. So machen wir noch einige Übungen für das Standgleichgewicht und ich nehme mir vor, diese Übungen in meinen Alltag einzubeziehen, wo immer es sich anbietet. Die Therapeutin sagt auch, dass das Tischtennisspielen in der Ergotherapie sehr gut in das Programm für mein Gleichgewicht passt und es auf alle Fälle gut ist, das weiter zu machen. Drei Tage später sagt Anna zu mir, dass es beim Laufen schon besser aussieht. Ich freue mich darüber, denn so hat das Üben etwas gebracht. Sie hat nur noch eine Kleinigkeit zu bemängeln. Vorher kippte das linke Knie beim Gehen immer ganz leicht nach innen. Das ist jetzt nicht mehr so. Aber beim Sitzen geht es wieder leicht nach innen und Anna zeigt mir wieder Übungen, wie ich das trainieren kann, dass es besser wird. Beim linken Arm ist es so, dass ich, wenn ich ihn nach vorn strecken soll, zu sehr aus der Schulter komme und mein Ellenbogen dann automatisch nach außen geht. Die Bewegung muss aus der Hand kommen, lerne ich. Dann öffnet sich sogar leicht die Faust und die Finger zucken, stelle ich fest, als ich es ausprobiere.

Am Sonnabend ist noch einmal schönes Wetter und ich nutze es, um Blumenzwiebeln zu stecken. Tulpen, Narzissen und Osterglocken stecke ich heute im Garten. Als ich damit fertig bin, bin ich auch total erschöpft. Das viele Bücken und die einseitige Belastung rechts haben mich ganz schön außer Puste gebracht und ich bin froh, als ich mich im Anschluss daran auf einen Gartenstuhl setzen und für ein paar Minuten einfach nur die Sonne genießen kann. Aber ich bin noch nicht fertig. Da Sonntag genauso schönes Wetter ist, nehme ich mir nun den Vorgarten vor und bin erleichtert, als mir zum Schluss mein Mann zu Hilfe kommt und mir bei den letzten Blumenzwiebeln hilft.

Wie immer ist das Wochenende schnell vorbei und die neue Woche beginnt. Am Montag ist in der Physiotherapie mein Kopf an der Reihe. Ich neige dazu, den Kopf zu sehr links zu halten und der Radius, wenn ich ihn sowohl nach links als auch nach rechts drehe, ist eingeschränkt. Anna bearbeitet meinen Hals und die obere Schulter und schon geht es wesentlich besser mit dem Kopf drehen.

An Halloween, es ist ein Donnerstag, treffen mittags Steffi und Kinder bei uns ein. Nachdem wir uns begrüßt haben, läuft es wie immer ab. Benno geht nach oben, das Spielzeug runter holen und binnen von Minuten sieht unser Wohnzimmer wie ein Kinderzimmer aus. Tammo findet das ganz toll und interessiert sucht er sich in aller Ruhe schon ein Spielzeug heraus, geht dort hin und lässt sich auf seinen Po fallen, um damit zu spielen. Als Benno die Schale mit den Süßigkeiten für Halloween sieht, sagt er zu mir: „Die möchte ich verteilen.“ Dagegen habe ich nichts einzuwenden und sage ihm, dass wir das zusammen machen und dass wir nur noch warten müssen, bis es klingelt. Er ist ungeduldig und kann es gar nicht erwarten. Wir erklären ihm, dass es erst losgeht, wenn es dunkel ist, worauf er entgegnet: „Es ist doch schon dunkel!“, wobei das mehr sein Wunsch als Wirklichkeit ist. Um halb sechs geht es dann endlich los. Tammo und Benno spielen auf dem Boden sitzend, als es klingelt. Benno springt sofort hoch und während er schon zur Haustür läuft, ruft er: „Los, Oma, komm!“ Ich gehe hinterher und belehre ihn, dass er erst immer warten soll, bis ich bei ihm bin und dass ich dann die Tür öffne. Er verspricht es mir und es klingelt von nun an am laufenden Band. Die meisten Kinder sind schön verkleidet und entsprechend geschminkt. Manchmal kann man Angst kriegen, so gut sind sie hergerichtet. Benno erfüllt gewissenhaft seine Aufgabe. Als sich einmal die Kinder selbst bedienen wollen, gebietet er ihnen Einhalt und sagt streng zu ihnen: „Das mache ich!“ Einmal stehen drei Mädchen vor der Tür, ich schätze sie zehn oder elf Jahre alt. Sie beobachten Benno, wie er ihnen Süßigkeiten in ihre Beutel tut und da sagt doch die eine von ihnen: „Ist der nicht süß? Können wir den nicht mitnehmen?“ Benno stemmt seine Hände in die Hüften und äußerst empört antwortet er dem Mädchen: Ich kann doch hier nicht weg! Hier ist doch meine Mama und mein kleiner Bruder!“ Ich kann mich kaum halten vor lachen.

Gegen acht wird es langsam ruhiger. Wir hatten viel Spaß, haben viele als Gespenster, Hexen und Gerippe verkleidete Kinder gesehen, von denen einige auch ein kleines Gedicht aufgesagt oder etwas vorgesungen haben. Aber nun sehnen wir Erwachsenen auch endlich das Ende herbei. Besonders Steffi, die inzwischen Tammo fertig gemacht hat und ihn schlafen legen will. Da soll das Klingeln aufhören, damit Tammo schlafen kann. Um kurz nach acht ist es dann soweit und Ruhe ist eingekehrt. Benno würde am liebsten weitermachen und ihm gefällt es gar nicht, dass es nicht mehr klingelt. Damit er nicht traurig ist, lobe ich ihn, dass er sehr fleißig war und jetzt von Oma auch ein paar Süßigkeiten bekommt. Er weiß genau, wo ich diese Sachen aufbewahre und er ist schon vor mir dort am Schrank. Ich gebe ihm einige von seinen Lieblingskaubonbons und zwei kleine Gummibärtütchen. „Aber erst nach dem Abendbrot“, teilt er mir altklug mit und ich nicke lächelnd. Das trägt dazu bei, dass er zügig Abendbrot isst und nachdem Benno auch artig seine Zähne geputzt hat, geht er gegen neun schließlich schlafen.

November 2013

Für Freitag haben wir mit meinem Sohn vereinbart, dass Steffi, die Kinder und ich nach Rostock kommen und zusammen etwas unternehmen. Siggi kann leider nicht mitkommen, da einige seiner Kollegen schneller waren und Urlaub eingereicht haben und außerdem zwei Kollegen krank sind, sodass er arbeiten muss.

Wir fahren um acht Uhr mit dem Auto los. Frühstück essen wir unterwegs, indem wir uns belegte Brötchen vom Bäcker holen. So sparen wir Zeit. Gegen zehn sind wir in Rostock vor Thomas` Haustür. Thomas kommt uns entgegen, um Steffi mit den Kindern zu helfen. Wir sehen uns nur kurz noch einmal seine Wohnung an, die er so liebevoll eingerichtet hat und von der er sich wahrscheinlich noch in diesem Jahr trennen muss, da er ab dem nächsten Jahr eine neue Planstelle bekommt und die ist definitiv leider nicht in Rostock. Dann machen wir uns schon auf den Weg zum Zoo. Wir freuen uns, dass das Wetter mitspielt, es trocken ist und sich sogar ab und zu die Sonne mal blicken lässt.

Unser erster Weg führt uns ins Darwineum. Hier läuft sogar Tammo munter umher und wir müssen aufpassen, dass er uns nicht verloren geht, denn an der Hand mag er nicht laufen. Ganz dicht hinter einer Scheibe sitzt ein riesiger Gorilla und sieht mit bösem, gelangweiltem Gesicht auf die Tierparkgäste hinter der Scheibe. Steffi will Benno mit dem Gorilla im Hintergrund fotografieren, doch ihm ist das irgendwie unheimlich und er schickt Tammo vor. Das Foto sieht wirklich aus, als würde er direkt vor dem Gorilla stehen.

In der Cafeteria essen wir eine Kleinigkeit und setzen dann den Rundgang fort. Der Tierpark ist so weitläufig und obwohl ich mich die ganze Zeit bei meinem Sohn unterhake, komme ich dann nach über drei Stunden an meine Grenzen und sage: „Ich kann wirklich nicht mehr und würde jetzt gern in Richtung Ausgang gehen.“ Von Benno bekomme ich Unterstützung, als er sagt: „Oma, ich kann auch nicht mehr, ich bin auch schon ganz kaputt!“ Alle müssen lachen und Thomas nimmt Benno auf seine Schulter und wir machen uns auf den Weg zum Auto. Dann fahren wir noch ins Stadtzentrum, denn ich möchte noch eine Winterjacke für Siggi kaufen. Ich komme ja nicht dazu, mit Siggi einkaufen zu fahren und hier in Rostock ist die Auswahl auch größer. Bevor es auf die Suche nach der Jacke geht, treffen wir meinen Neffen Mario, der inzwischen auch in Rostock wohnt und studiert. Nachdem wir uns kurz mit Mario unterhalten und uns dann wieder verabschiedet haben, werde ich schnell fündig. Es ist eine dunkelblaue Jacke, die am Kragen und Reißverschluss mit beigefarbenen Cordstoff abgesetzt ist und mir auf Anhieb gefällt. Nachdem Thomas sie anprobiert und sie ihm etwas zu klein ist, befinden wir alle, dass sie Siggi passen könnte. Doch Thomas hat etwas Bedenken und fragt mich: „Was ist, wenn sie Papa doch nicht passt oder sie ihm nicht gefällt? Ihr habt nur vierzehn Tage Zeit, um sie umzutauschen!“ Ich nehme ihm die Bedenken und antworte: „Die passt ihm hundertprozentig, ich habe schon so oft Sachen für Papa gekauft und mich noch nie in der Größe vertan. Und gefallen wird sie ihm auch, da bin ich mir sicher!“ Thomas nimmt es hin und murmelt nur: „Wie du meinst.“

Es ist schon dunkel, als wir wieder zu Hause ankommen. Als Siggi die Einkaufstüte sieht, vermutet er: „Hast du dir was Schönes gekauft und wieder viel Geld ausgegeben?“ Er kann es gar nicht glauben, als ich antworte: „Für mich habe ich gar nichts gekauft, nur für dich.“ Er sieht mich ungläubig an. Ich hatte ihm nichts davon gesagt, dass ich mich nach einer Jacke für ihn umsehen werde, die Idee kam mir spontan. Als ich ihn auffordere, mal nachzusehen, holt er skeptisch die Jacke aus der Tüte, doch sie gefällt ihm wohl, denn er probiert sie auch gleich über. Sie passt wie angegossen und Siggi freut sich richtig über die Jacke. Dann beeilen wir uns, Abendbrot zu essen. Davor macht Steffi Tammo fertig, damit er erst einmal ins Bett kommt. Benno darf sich noch den Abendgruß vom Sandmännchen ansehen und dann geht er auch schlafen. Ich bin auch froh, nach diesem anstrengenden Tag, nun die Beine hochlegen zu können.

Am Sonnabend fahren Steffi, Tammo und ich nach dem Frühstück zum Supermarkt einkaufen. Benno bleibt so lange bei meiner Mutter und Siggi, was nicht selbstverständlich ist. Aber er mag einkaufen nicht und Siggi hat ihm versprochen, mit ihm in der Zwischenzeit eine Runde Fahrrad zu fahren. Als wir wieder auf dem Heimweg sind, ist uns klar, dass die Radtour wohl sprichwörtlich ins Wasser gefallen ist, denn es regnet leicht. Und es wird nicht besser, im Gegenteil, der Regen wird immer schlimmer und da Steffi mit den Kindern nicht raus kann, entschließt sie sich, nach dem Mittag wieder nach Potsdam zu fahren. Wir finden es schade, verstehen es aber auch und so verbringen wir den Nachmittag allein.

Auf den Abend freue ich mich schon, denn mein Bruder hat einen Bowlingtermin organisiert und wir werden zusammen hingehen. Das haben wir vor meiner Erkrankung regelmäßig mindestens einmal im Monat gemacht und es hat immer viel Freude gebracht. Olaf hat sogar Buch darüber geführt und immer ausgewertet, wie wir in der Statistik liegen. Vor ein paar Jahren, ich weiß nicht mehr genau wann, haben wir schon einmal einen Versuch unternommen, ob das mit dem Bowlen mit mir klappt. Aber da ging es absolut nicht, mir fehlten das Gleichgewichtsgefühl und die Standsicherheit. Das Gleichgewicht trainiere ich nun schon eine ganze Weile besonders in der Ergotherapie beim Tischtennisspielen und auch ansonsten bin ich viel sicherer geworden, sodass ich dem Abend optimistisch entgegen sehe. Als ich dann die Bowlingkugel in der Hand halte, ist das vertraute Gefühl wieder da. Und gleich im ersten Durchgang räume ich sogar ab. Siggi, Olaf und Marion meinen, dass es doch schon ganz gut geht und machen mir Mut. Doch ich werde immer schlechter. Ich merke, dass mich mein linker Arm, weil er so schlaff und unnütz an mir herunterhängt, in dem Moment, wenn ich die Kugel loslasse, mich nach links zieht und ich kann mich anstrengen, wie ich will, jede Kugel landet zu weit links und so mache ich nur wenige Punkte. Während die drei nach und nach schon einen Strike hatten, hinke ich hinterher und stelle einen neuen Rekord mit Ratten auf. Aber mein Ehrgeiz ist geweckt. Ich brauche nur noch etwas Übung und dann schaffe ich auch wieder einen Strike, bin ich mir sicher. Wir spielen vier Durchgänge und beim letzten stehen dann schon die neuen Gäste bereit, weil sie auf die Bahn wollen. So setzen wir uns an einen Tisch und bestellen unser Abendessen.

Als ich von der Toilette auf dem Weg zurück zum Tisch bin, spricht mich ein älterer Herr mit meinem Namen an, das heißt, er fragt: „Sie sind doch Frau Anke Berg oder?" Ich bin überrascht, dass mich jemand erkennt, zumal sein Anblick bei mir absolut keine Erinnerung hervorruft. Er sagt, dass er mein Buch „Haarscharf am Tod vorbei" gelesen hat und da ich ihn noch immer ratlos ansehe, stellt er sich schließlich vor. Er ist der Ehemann einer früheren Arbeitskollegin von mir, die ich kürzlich auch im Supermarkt getroffen hatte. Er erklärt, dass seine Frau heute ihren siebzigsten Geburtstag feiert und schlägt vor, zu ihr zu gehen. Ich sehe hinüber zu dem Raum, in dem sie feiern. Doch so gern ich ihr gratulieren würde, so gut kennen wir uns auch wieder nicht und ich will nicht die ganze Aufmerksamkeit auf mich ziehen, wenn ich in den Raum gehen würde. So lasse ich nur ein paar liebe Grüße bestellen und ihr alles Gute wünschen. Wieder zurück am Tisch lassen wir es uns schmecken, zahlen und dann geht es wieder nach Hause.

Der Sonntag ist öde und langweilig. Sowohl vom Wetter her als auch sonst. Für mich gibt es im Garten nichts mehr zu tun, aber Siggi schneidet die Sträucher zurück und harkt die Blätter auf dem Rasen zusammen. So bleibt mir nichts weiter übrig, als den ganzen Tag zu lesen und fernzusehen. Zu allem Unglück hat heute auch noch meine Tante Geburtstag und deshalb ist meine Mutter bei ihrer Schwester feiern und das Halmaspielen entfällt, was für mich noch etwas Abwechslung gebracht hätte.

Das einzig Nützliche, was ich heute tue ist, dass ich das Abendbrot zubereite. Schon seit September bereite ich uns wieder das Abendessen zu und auch die Schnitten für meinen Mann für die Arbeit. Es geht hauptsächlich um die Wochentage, damit Siggi auch etwas vom Abend hat und nicht mehr nur nach Hause kommt, Abendbrot zubereitet und isst und dann auch schon ins Bett verschwindet. Er muss mir nur dabei helfen, die Schnitten zu schneiden, denn auch bei der Bedienung der Brotschneidemaschine braucht man zwei Hände. So schneidet er mir die Schnitten ab, die wir abends essen und dazu noch die, die er mit zur Arbeit nehmen will. Ich lege mir dann mein Einhänderschneidebrett und dazu die rutschfeste Unterlage zurecht und dann kann es losgehen. Das spezielle Schneidebrett ist nichts anderes als ein normales Stullenbrett, nur dass zusätzlich kleine Nägelchen angebracht sind, auf die man die Schnitte drückt, sodass ich dann mit der rutschfesten Unterlage darunter prima die Schnitten schmieren kann. Beides habe ich mir von der Reha mitgebracht. Siggi freut sich, dass diese Tätigkeit für ihn wegfällt und mir macht es richtig Spaß, auch etwas Sinnvolles zu tun zu haben.

Am Freitag nimmt sich meine Physiotherapeutin meinen Kopf und Hals vor. Ihr ist aufgefallen, dass ich Schwierigkeiten habe, ihn nach links und rechts zu drehen.

Ich wende dann den ganzen Körper zur entsprechenden Seite, statt nur den Kopf zu drehen. Nach der Therapie geht es schon viel besser, aber laut meiner Therapeutin müssen wir weiter an dem Problem arbeiten, da dies auch Auswirkungen auf meine Körperhaltung gesamt hat. Dann gehen wir noch meine Aufzeichnungen für meine Hausärztin durch. Ich habe nächste Woche einen Termin bei ihr und wir wollen in der Hauptsache die Unterlagen für eine medizinische Reha für mich ausfüllen. Sie hatte mir als Hausaufgabe mitgegeben, mir Gedanken und Notizen darüber zu machen, was bei der Reha erreicht werden soll. Wir arbeiten drei Schwerpunkte heraus. Der erste ist die Verbesserung meines Gangbildes, wozu auch ein gleichmäßiges Gehen gehört und die Erhöhung der Belastbarkeit meines linken Beines, was wiederum mein Gleichgewichtsgefühl verbessern würde. Den zweiten Schwerpunkt bildet die Verbesserung der funktionsgerechten Bewegungsfähigkeit meines linken Armes und insbesondere der linken Hand inklusive der Greiffunktion. Der dritte Schwerpunkt ist die Verbesserung der Körperhaltung in allen Positionen.

Am Sonnabend ist Siggi zum Lehrgang, wobei mich das nicht weiter stört, da ich es gewohnt bin, allein zu sein und damit inzwischen schon gut klarkomme. Als er zurück ist, spielen wir heute mal wieder eine Runde Tischtennis, was wir schon seit Ewigkeiten nicht mehr getan haben. Er staunt, wie gut ich schon wieder spielen kann und wir wollen das in Zukunft öfter mal wieder machen.

Die ersten vier Tage der kommenden Woche vergehen wie im Fluge. Am Freitag widmet sich meine Therapeutin insbesondere der linken Hand. Sie massiert sie ordentlich durch und reizt sie, sodass sich die einzelnen Finger bewegen. Ehe ich mich versehe, liegt meine Hand so auf meinem Knie, wie sie es auch sollte, als leichte Hohlhand. Ich bin begeistert und sie sagt mir, dass wir das jetzt immer mal wieder wiederholen. Anschließend habe ich meinen Termin bei meiner Hausärztin. Sie staunt, wie gut vorbereitet ich bin und Punkt für Punkt gehen wir den Rehaantrag durch und sie füllt ihn in Abstimmung mit mir aus. Als Wunschtermin geben wir März bis Mai 2014 an.

Am Sonnabend pflanzt Siggi den Süßkirschenbaum ein, den er auf meinen Wunsch hin in dieser Woche gekauft hat. Jetzt haben wir zwei Süßkirschenbäume. Den ersten haben wir voriges Jahr zu Tammos Geburt gepflanzt. Da Benno schon gefragt hat, wo sein Baum ist, passt das jetzt gut. Der neue ist etwas größer und wir beschließen, dass wir ihn Benno widmen.

Sonntag bin ich mit meinem Manuskript „Auf Abwegen“ fertig. Ich warte nur darauf, dass Swantje aus ihrem Urlaub zurückkommt, damit ich ihr mein Manuskript schicken und sie alles Weitere einleiten kann.

Mittwochfrüh habe ich seit langem mal wieder einen Termin beim Neurologen. Nachdem ich eine Stunde gewartet habe, wird bei mir ein EEG gemacht. Danach geht es relativ schnell und ich werde vom Doktor aufgerufen. Mein EEG ist soweit in Ordnung. Mein Doktor sagt, dass man die Narbe von der Einblutung sieht. Aber, so erklärt er mir weiter, das ist normal und war auch schon bei den vorherigen EEG so. Am wichtigsten ist, dass keine Anfallbereitschaft zu erkennen ist und dass ich auch keine epileptischen Anfälle mehr hatte. Dann fragt er mich, ob ich inzwischen Arbeit habe. Ich erkläre ihm, dass ich wohl zu viel Hoffnung in den Integrationsdienst gesetzt habe. Der ist zwar für die Eingliederung von Schwerbehinderten in Arbeit zuständig, aber er macht das nur, wenn man in ein volles Arbeitsverhältnis einsteigen könnte und nicht so wie ich nur für ein paar Stunden arbeiten kann. Daraufhin entgegnet er, ich soll mich mit meiner Rente zufrieden geben und mich damit abfinden, dass ich nicht arbeiten kann. Als ich ihm antworte, dass ich durchaus ein paar Stunden arbeiten könnte, da ich geistig gesund und belastbar bin, und dass es mir nicht um das Materielle geht, sondern um die sozialen Kontakte, die mir fehlen, horcht er auf und ich glaube, er scheint mich das erste Mal seit wir über das Thema Arbeit sprechen, zu verstehen.

Ich bekomme einen neuen Termin im April 2014 und habe es für heute geschafft. Da ich solche Ausflüge gern mit etwas Nützlichem verbinde, entschließe ich mich, noch einen kleinen Spaziergang zu einem Obst- und Gemüsestand in der Nähe zu machen. Ich kaufe mir Möhren und Weintrauben und als ich bezahlt habe, rufe ich den Behindertenfahrdienst an, dass ich beim Arzt fertig bin und jetzt abgeholt werden kann.

Inzwischen hat sich Swantje gemeldet, dass sie aus ihrem Urlaub zurück ist und am frühen Abend schicke ich ihr mein Manuskript „Auf Abwegen“ per E-Mail.

Am Donnerstag sind wir überrascht, dass den ganzen Tag die Sonne scheint, nachdem es die letzten Tage immer grau und trostlos ausgesehen und es Dienstag und Mittwoch sogar fast den ganzen Tag geregnet hatte. So geht es die folgende Woche weiter. Immer wieder gibt es zwischen dunklem Nieselwetter auch einen Sonnentag. Am Donnerstag, den 28. November hat Siggi Geburtstag. Von mir erhält er die ersten Glückwünsche, als er gegen halb vier aufsteht. Ich stehe drei Stunden später auf und backe schon mal einen Tortenboden. Als Siggi dann nachmittags von der Arbeit kommt, klingelt das Telefon am laufenden Band und er nimmt die Glückwünsche entgegen und kann so erst später als sonst duschen. Wir stoßen nach dem Abendbrot nur noch kurz miteinander an und dann verschwindet er auch schon ins Bett.

Am Freitag wird in der Physiotherapie wieder Tape an meinem Fuß angelegt. Der Therapeutin ist aufgefallen, dass ich in letzter Zeit eigenartigerweise sehr über den Außenfuß laufe. Ich kann das auch nicht richtig verstehen, denn bisher war mein Problem, dass ich leicht nach innen abgeknickt bin. Nach dem Tapen geht es richtig gut. Ich merke, wie der Fuß in die richtige Position gezwungen wird und das ist angesichts der bevorstehenden Geburtstagsfeier am Sonnabend gut so.

Mittags kommen Steffi und die Kinder. Innerhalb von ein paar Minuten sieht es im Wohnzimmer wie in einem Kinderzimmer aus und die Beiden spielen ausgelassen. Ich muss besonders über Tammo lachen, als ich den Beiden ein Gummibärtütchen gebe und Tammo es gar nicht schnell genug gehen kann, die Bärchen in seinen Mund zu stopfen. Benno zeigt mir ein Kinderbackset, das ihm seine Mama gekauft hat. Dabei sind neben Ausstechformen auch drei kleine Kuchenformen und er kommt auf die Idee, mit mir zusammen Kuchen zu backen. Ich zögere noch und überlege, welches Rezept man nehmen könnte und da backen meine Leidenschaft ist, sagt Steffi, um mich herauszufordern: „Mutti, du kannst am besten backen und wenn einer mit Benno backen sollte, dann bist du es. Du solltest Benno den Wunsch erfüllen." Das sehe ich auch so und so nehme ich mein Rezeptbuch zur Hand, suche das Rezept für einen Pulverkuchen heraus und dann machen Steffi, Benno und ich uns daran, einen Teig, natürlich für die kleinen Backformen entsprechend in der Menge reduziert, herzustellen. Benno darf die Zutaten in die Schüssel geben und auf einem Küchenstuhl stehend den Teig mit dem elektrischen Mixer verrühren. Das macht er ganz gewissenhaft und er ist aufgeregt, ob der Kuchen wohl gelingen wird. Als die Kuchenformen dann im Backofen sind, ist er ganz stolz auf sein Werk. Dann gibt es Abendbrot für Tammo und Steffi bringt ihn ins Bett. Benno darf noch so lange aufbleiben, bis sein Kuchen fertig ist. Benno zeigt seinem Opa stolz den Kuchen im Ofen. Dann sind sie fertig und während Siggi mit Benno spielt, stürze ich die kleinen Kuchen und rufe danach Benno zu mir in die Küche. Ein

Kuchen ist besonders gut gelungen. Er hat die Form eines Teddybären und Benno beschließt, ihn morgen, wenn sie sich mit seiner anderen Oma auf dem Weihnachtsmarkt treffen, ihn ihr mitzunehmen und ihr zu schenken. Natürlich muss er von einem Kuchen noch probieren und nachdem er ihn für gut befunden hat, essen wir alle Abendbrot und Benno geht auch ins Bett. Zu dritt stoßen wir noch einmal auf Siggis Geburtstag an und nach einem gemütlichen Abend gehen wir relativ zeitig schlafen. Sonnabendfrüh mache ich mich an den Blätterteigkuchen. Dieses Mal habe ich mir überlegt, Blätterteigtaschen mit einer Quarkfüllung zu machen. Ich bin so froh, dass ich mir das Backen inzwischen wieder angenommen habe, nachdem ich mich anfangs gar nicht daran gewagt habe, gedacht hatte, es klappt sowieso nicht.

Steffi fährt inzwischen mit Tammo und Benno zum Weihnachtsmarkt, um sich dort mit Steffens Mutter zu treffen und gemeinsam über den Weihnachtsmarkt zu bummeln. Als sie wieder zurück sind, bewundert Benno als kleiner Kuchenkenner meinen frischgebackenen Kuchen. Da sagt doch der kleine Mann zu mir: „Ist gut geworden, Oma!“ Ich nutze die Gelegenheit auch aus, halte ihm meinen Mund hin und frage: „Und was bekommt Oma dafür?“ Er lächelt mich verschmitzt an und gibt mir ein Küsschen. Dann fällt mir ein, dass heute ja der Lebensgefährte meiner Schwester Geburtstag hat und ich rufe ihn an, um ihm zu gratulieren. Wir erzählen anschließend noch etwas und auf einmal sagt er: „Jetzt kommt gerade Thomas.“ Ich freue mich, denn dann ist Thomas in spätestens fünfzehn Minuten auch hier bei uns. Zu Maik sage ich: „Mario ist doch auch dabei oder?“ Von Thomas weiß ich, dass er meinen Neffen und dessen Freundin aus Rostock mitbringen wollte. Maik antwortet nur zögerlich: „Ja, Mario ist auch im Auto“ und etwas später fügt er erstaunt hinzu: „Und ein Mädchen ist auch dabei. Ist das Thomas` Freundin?“ Ich muss lächeln und denke gleich, dass Mario wohl nicht angekündigt hat, dass er seine Freundin mit nach Hause bringt. Maik antworte ich: „Nein, Thomas` Freundin ist das nicht, er kommt allein. Aber vielleicht ist das Marios Freundin?“ Ich merke, dass er einen Schreck bekommen hat und das bestätigt sich auch sogleich, als er sagt: „Ach Gott und ich laufe hier in Räuberzivil herum!“ Ich verabschiede mich und wünsche ihm eine schöne Feier, was er erwidert. Zu Benno, der schon sehnsüchtig auf seinen Onkel wartet, sage ich: „Onkel Tomi ist gleich hier. Das dauert nicht mehr lange.“ Er freut sich und als Thomas dann endlich auf unsere Auffahrt fährt, ist Benno als Erster an der Haustür und begrüßt seinen Onkel liebevoll. Nachdem Thomas uns alle auch begrüßt hat, setzt er sich mit Tammo und Benno auf den Boden und spielt mit ihnen.

Zur Kaffeezeit erfahren wir, dass Siggis Bruder nun doch nicht zur Geburtstagsfeier kommen kann. Siggi ärgert sich etwas, zumal auch sein Vater und dessen Lebensgefährtin abgesagt haben, weil sein Vater sich längere Autofahrten nicht mehr zutraut, aber es ist nicht zu ändern. So sind wir zusammen mit meiner Mutter heute ganz in Familie und das ist auch mal schön. Einziger Wermutstropfen ist, dass Thomas nach dem Abendbrot schon wieder los nach Rostock muss. Er nimmt gleich meine Mutter mit und setzt sie zu Hause ab. Die Kinder sind auch schon längst im Bett und so sitzen wir zu dritt noch eine Weile gemütlich zusammen. Es ist Schicksal, dass Siggi zusammen mit vier Leuten aus der Familie innerhalb einer Spanne von sechs Tagen Geburtstag hat. Es war schon immer problematisch, wie wir das am besten unter einen Hut bekommen. Nahe liegend ist, zusammen zu feiern, was wir auch schon taten, aber es gibt immer einige, die dann unterstellen, man würde sich vor einer Feier drücken. Egal, nachdem wir um Mitternacht ein letztes Mal miteinander anstoßen, gehen wir schlafen.

Dezember 2013

Heute ist der erste Dezember und der erste Advent. Tammo und Benno bekommen von uns einen Adventskalender geschenkt. Ausnahmsweise dürfen sie das Türchen vor dem Frühstück öffnen und die Schokoladennascherei auch gleich essen. Beide wollen mehr. Als wir Benno erklären, dass man jeden Tag nur ein Türchen öffnen kann, kommt prompt die Frage: „Warum?“ Wir erklären ihm, dass so die Wartezeit verkürzt wird, bis der Weihnachtsmann kommt. Er hört uns aufmerksam zu, überlegt kurz und sieht uns schelmisch an, als er altklug sagt: „Dann mache ich gleich alle Türchen auf und der Weihnachtsmann ist da!“ Er sagt das voller Überzeugung und wir müssen heftig lachen. Bis zum Mittag ist es noch einmal unruhig bei uns, weil Tammo und Benno für Stimmung sorgen. Nach dem Mittag fährt Steffi mit den Kindern wieder nach Hause.

Mein ältester Bruder Manfred wird heute, am zweiten Dezember sechzig Jahre alt. Er wohnt in München und wir waren auch eingeladen, aber mein Mann hätte zwei Urlaubstage nehmen müssen und das ist im Dezember nicht mehr möglich, wenn es nicht von vornherein geplant war. Auch mein jüngster Bruder Olaf hat einen runden Geburtstag. Er wird morgen, am dritten Dezember, fünfzig und wir werden am Sonnabend im „Punktum“ feiern. Da habe ich auch meinen fünfzigsten Geburtstag gefeiert und es war sehr schön. Nachdem sich am Montag und Dienstag die Sonne noch einmal für ein paar Stunden sehen lassen hat, ist es am Mittwoch den ganzen Tag trübe. Mein Masseur und ich sind uns einig, dass dieses hässliche Wetter richtig auf die Stimmung drückt.

Meine Physiotherapeutin stellt fest, dass meine Uhr zu stramm am Handgelenk sitzt. Sie erklärt mir, dass auch die Blutgefäße von der Lähmung betroffen sind und ich unbedingt die Uhr abmachen oder sie rechts tragen soll. Am

Donnerstag bekomme ich Tape an den linken Fuß, auf die linke Rückenseite sowie links an den Hals in Richtung Schulter. Das dient alles der Feier am Sonnabend, damit ich besser durchhalte. Als ich nach dem Tapen zur Probe durchs Wohnzimmer laufe, merke ich gleich, dass mein linker Arm schön an der Seite hängt, so wie es sein soll. Ich kann auch besser mit dem linken Fuß abrollen. Damit ist das Ziel der heutigen Therapie erreicht.

Am Freitag bekomme ich von meiner Krankenkasse eine Absage für die beantragte Reha und bin sehr enttäuscht darüber. Die Begründung ist, dass ich erst in diesem Jahr eine Reha bekommen habe. Dass das eine beruflich-medizinische Reha war, wird mit keinem Wort erwähnt. Ich rufe meine Ärztin an und erzähle ihr von der Absage. Sie ist der gleichen Meinung wie ich und rät mir, Widerspruch einzulegen. Das werde ich auch tun. Schließlich hatte ich außer der eben genannten Reha in der ganzen Zeit nur noch die Frühreha unmittelbar nach meiner Hirnblutung und alle vier Jahre hat man Anspruch auf eine solche medizinische Leistung. So ist dann auch am Sonnabend das erste, was ich tue, dass ich mich an meinen PC setze und einen Widerspruch gegen die Absage formuliere. Nachmittags treffen pünktlich um halb fünf wie abgesprochen Thomas und mein Neffe Mario bei uns ein. Wir erzählen noch ein bisschen und machen uns dann für die Geburtstagsfeier fertig, damit wir dort pünktlich zum Beginn um 18.00 Uhr eintreffen. Thomas ist freiwillig Kraftfahrer heute. Als wir an der Gaststätte eintreffen, sind schon einige Gäste da und Olaf steht draußen, um eine Zigarette zu rauchen. Wir gratulieren ihm herzlich und überreichen das Geldgeschenk und eine wunderschöne Orchidee. Olaf hat neben seinem Händchen fürs Backen auch einen grünen Daumen. Wir finden einen Platz neben Olafs langjährigem Freund und dessen Frau auf der einen Seite und auf der anderen Seite neben meiner Schwester Ines und ihrem Lebensgefährten

Maik. Uns gegenüber sitzen Thomas und Mario. Um 19.00 Uhr bedankt sich Olaf für die vielen Geschenke und das Kommen seiner Gäste und eröffnet das Abendbrotbuffet. Es sind ausschließlich warme Speisen und für jeden Geschmack ist etwas dabei. Beim Essen baut auch schon der Musikunterhalter seine Geräte auf. Dann singt eine junge Frau ein paar Lieder und begleitet sich dabei selbst auf der Gitarre. Wie sich herausstellt, ist das eine Klassenkameradin von Dustin und der Liedervortrag eine Geburtstagsüberraschung von ihm für Olaf. Die Lieder kommen gut an und werden mit viel Beifall honoriert. Als das erste Lied zum Tanzen erklingt, staune ich, wie viele gleich auf die Tanzfläche stürmen. Das rege Treiben auf der Tanzfläche geht bis nach Mitternacht weiter und sogar ich tanze ein paar Runden. Dieses Mal war ich cleverer als zum Beispiel zu meiner Jubiläumsfeier. Zu meinem 50. Geburtstag hatte ich mich in Pumps gequält, hatte gedacht, es würde schon irgendwie gehen. Doch bei Spastik die Füße in enge, unbequeme Schuhe zu stecken, ist ein großer Fehler und die Quittung bekam ich dann, dass mir bei der Feier und erst recht danach, die Füße dermaßen wehtaten, dass ich es gar nicht richtig beschreiben kann. Heute habe ich meine bequemen Schuhe an und mir ist es egal, dass sie nicht so gut aussehen wie Pumps. Neben meinem Mann und meinem Sohn tanze ich mit meinem Bruder Jürgen und sogar mit Marions Sohn Dustin. Der Disco-Fox klappt schon ganz gut. Ich muss nur jedem meiner Tanzpartner sagen, nicht so schnell mit mir zu tanzen. Mir wird von mehreren Seiten gesagt, dass es doch schon recht gut geht und ich freue mich darüber.

Kurz vor eins verabschieden sich die ersten Gäste und alle anderen Gäste und so auch wir tun das eine halbe Stunde später ebenfalls, nicht ohne uns vorher noch bei Olaf für die schöne Feier zu bedanken. Siggi und ich bestellen uns ein Taxi. Thomas und Mario kommen nicht mit, sie wollen noch bei der Disco vorbeischauen, die hier gleich nebenan ist. Sie haben extra andere Sachen mitgenommen, die sie gegen ihre schicken Anzüge tauschen werden. Als wir auf dem Weg zum Taxi sind, sehen wir durchs hell erleuchtete Fenster, wie sie sich gerade umziehen.

Fünfzehn Minuten später sind wir zu Hause und beeilen uns, ins Bett zu kommen. Siggi hat einen leichten Schleuderschuh an und ich muss auch ehrlich zugeben, der Rotwein, den ich über den Abend verteilt getrunken habe, zeigt jetzt auch Wirkung.

Als ich am Sonntag immerhin bis sieben schlafe und dann aufstehe, staune ich nicht schlecht. Draußen ist alles weiß. Es ist offensichtlich zwar nur eine dünne Schneedecke, aber immerhin ist alles weiß und sieht dadurch hell und freundlich aus. Zwischendurch kommt Siggi nachschauen, was ich so mache. Als ich frage, ob ich den Kaffee anstellen soll, verneint er und verschwindet noch einmal ins Bett. Thomas kommt gegen elf runter ins Wohnzimmer und erzählt, dass er und Mario gegen fünf zu Hause waren. Sie haben neben Marions Söhnen Dustin und Marvin sogar meinen Bruder Olaf und Marion in der Disco wiedergetroffen. Ich muss lächeln, aber es erstaunt mich nicht wirklich. Marion und Olaf sind gute Durchhalter und für solche Ausflüge zu haben. Gegen zwölf findet auch Mario aus dem Bett, der bei uns geschlafen hat. Nachdem beide eine Kleinigkeit gegessen haben, machen sie sich auf den Weg, Thomas` Auto zu holen. Als sie zurück sind, gibt es auch gleich Mittag. Danach fahren dann beide auch bald wieder nach Rostock.

Am Montag tastet meine Physiotherapeutin die Stelle an meinem Hals ab, die sie am vergangenen Donnerstag mit Tapeband beklebt hat und sagt, dass alles weich wie Butter ist. So soll es auch sein und sie meint, dass ich sehr gut auf das Tape anspreche. Ich merke es auch selbst. Während mein Hals sonst sehr verspannt war und ich den Hals vorher nur mit Mühe und Schmerzen nach links drehen konnte, geht es jetzt schon viel besser. Deshalb beschließen wir, am Freitag wieder zu tapen. Ich bekomme Tapeband an den Fuß, auf die linke Rückenhälfte und heute zusätzlich noch an den linken Arm.

Am Sonnabend starte ich noch einmal einen Backmarathon mit Plätzchen. Ich backe zwei Portionen Kakaokugeln, Kokosmakronen und Schwarz- Weiß-Gebäck, bei dem ich nur die Stangen in Scheiben schneiden und die Plätzchen in den Backofen schieben muss. Zusätzlich backe ich noch Haselnussplätzchen. Das Rezept hierfür habe ich gerade per E- Mail von Gabi bekommen, mit der ich bei der Reha in Magdeburg an einem Tisch saß und mit der ich mich seitdem regelmäßig schreibe. Es gelingt alles prima. Schade ist nur, dass ich keine Plätzchen machen kann, bei denen ich den Teig ausrollen und ausstechen muss. Das klappt absolut nicht mit nur einer funktionierenden Hand. Aber auch so können sich meine Plätzchen sehen lassen und sie schmecken auch gut. Das Chaos, das ich in der Küche angerichtet habe, beseitigt Siggi bereitwillig, damit er in Ruhe frühstücken kann.

Am Sonntag ist der fünfzehnte Dezember. Heute wäre mein Vater vierundachtzig Jahre alt geworden. Und nicht nur das. Unser Schwiegersohn hat heute auch Geburtstag. Er ist genau fünfzig Jahre jünger. Steffi hat ihm eine besondere Überraschung zum Geburtstag vorbereitet. Sie hat zwei Freunde von Steffen aus Neubrandenburg ohne sein Wissen eingeladen, sodass sie am Sonnabend in den Geburtstag reinfeiern konnten. Als ich mit Steffi am Sonntagmorgen telefoniere, erzählt sie, dass die Überraschung super gut angekommen ist und dass die drei noch schlafen. Gleichzeitig hatte sie mit ihren Schwiegereltern abgesprochen, dass sie die Kinder holen, weil das sonst zu Hause zu laut und unruhig für sie geworden wäre.

Am Montag hat Siggi Urlaub und das sogar bis ins neue Jahr. Das sind vierzehn Tage! Für mich ist es ungewohnt, dass er in der Woche zu Hause ist. Ich kenne es nun schon so lange, dass ich allein bin beziehungsweise mit meiner Mutter, die jeden Tag gegen halb zehn kommt. Umso besser für Siggi. So ist er ausgeruht, wenn wir über Weihnachten mit unserer Tochter und Familie nach Tschechien fahren.

An diesen Gedanken mussten wir uns erst gewöhnen. Zu Weihnachten gehört die Familie nach Hause unter den Tannenbaum, denkt man so. Aber inzwischen haben wir uns damit angefreundet und freuen uns schon auf die Reise. Einziger Wermutstropfen ist, dass Thomas nicht mitkommen kann. Aber er hat uns beruhigt, dass wir uns um ihn keine Gedanken machen sollen. In der Physiotherapie stellt meine Therapeutin wieder fest, wie gut ich auf das Tape anspreche. Sie schlägt vor, auf alle Fälle am nächsten Montag vor unserer Fahrt nach Tschechien wieder zu tapen, damit ich Erleichterung über die Feiertage habe. Auch mein Ergotherapeut stellt heute fest, dass sich die Finger meiner linken Hand viel leichter strecken lassen.

Da Steffi heute wieder die Kinder von ihren Schwiegereltern abholt, hat sie sich überlegt, für zwei bis drei Stunden zu uns zu kommen. Am frühen Nachmittag sind sie da und besonders Benno ist total aufgedreht und flitzt im Wohnzimmer hin und her. Tammo hat unterwegs im Auto geschlafen und benötigt erst einige Zeit, ehe er zu sich kommt und uns begrüßt. Doch als dann Benno einiges vom Spielzeug aus Steffis Zimmer geholt hat, ist er richtig wach und die Beiden spielen schön. Nach zweieinhalb Stunden machen sich die drei wieder auf den Weg nach Potsdam.

Obwohl es nur ein kurzer Besuch war, fühle ich mich richtig gut. Es ist so herzerfrischend, wenn ich meine Enkelkinder sehe und mich mit ihnen beschäftigen kann.

Natürlich freue ich mich auch über meine Tochter. Aber das ist etwas Anderes. Mit ihr kann ich zwischendurch auch telefonieren und bin so immer auf dem neuesten Stand. Bei den Enkelkindern ist es schon wichtig, dass man sie oft sieht. Sonst kann es schnell passieren, dass man etwas verpasst.

Beim Zeitungsstudium am Dienstag lese ich einen Beitrag über geplante Sylvesterfeiern, in welcher Gaststätte keine Karten mehr zu bekommen sind, aber auch, wo man noch welche kriegen kann. Ich hatte in den vergangenen Tagen schon nach Sylvesterveranstaltungen an der Ostsee gegoogelt. Aber vieles war schon ausgebucht und dort, wo noch freie Kapazitäten waren, war als Bedingung, dass man mindestens vier oder fünf Übernachtungen buchen musste. Das wiederum bedeutet recht hohe Kosten. Nur dafür, um an einer Sylvesterfeier teilnehmen zu können, war uns das auch zu schade. Beim Frühstück rede ich gleich mit meinem Mann und wir sind uns einig, dass ich hier in Neubrandenburg anrufe und wir unser Glück versuchen.

In der Ergotherapie gewinnt heute mein Therapeut den Satz beim Tischtennisspielen. Am Mittwoch packen wir ein Weihnachtspaket für unseren Sohn. Neben Geschenken und Süßigkeiten fülle ich auch eine Dose mit meinen selbstgebackenen Plätzchen. Wenn er schon nicht nach Tschechien mitkommen kann, soll er wenigstens etwas familiäre Weihnachtsatmosphäre bekommen und es soll eine Überraschung sein. Wir bringen das Paket zur Post und anschließend holen wir die Sylvesterkarten ab. Mein Anruf war erfolgreich. Nun werden wir Sylvester in einer Gaststätte an unserem Tollensesee verbringen. Dort wird es auch ein Feuerwerk geben und wir stellen uns das auch schön vor.

Am Sonntag ist der zweiundzwanzigste Dezember. Ich habe ein trauriges Jubiläum. Genau zehn Jahre ist es her, als ich die Hirnblutung erlitt. Zehn Jahre lang führe ich schon ein eingeschränktes Leben und stehe nicht im Arbeitsprozess, obwohl ich immer gern gearbeitet habe. Aber es sind auch zehn Jahre voller Höhen und Tiefen. Nachdem ich mich anfangs sehr zurückzog, nahm ich dann immer mehr am Leben teil. In dieser Zeit wurden auch meine beiden Enkelsöhne geboren, die mir viel Halt geben und mir große Freude bereiten. Es sind auch zehn Jahre voller vieler klitzekleiner Fortschritte. Ich kann mich ohne Rollstuhl und ohne Gehhilfe fortbewegen und benötige zu Hause keinen Pflegedienst mehr. Die Finger meiner linken Hand kann ich schon etwas bewegen und ich bin voller Zuversicht, dass ich da noch einiges erreichen kann. Obwohl mein Neurologe einmal zu mir sagte, es würde nie wieder etwas mit meiner linken Hand werden, bin ich optimistisch, dass ich ihn vom Gegenteil überzeugen werde, auch wenn mir klar ist, dass meine Hand nicht mehr so funktionstüchtig wie eine gesunde Hand werden wird. Ich habe Glück mit meiner ergotherapeutischen und physiotherapeutischen Betreuung. Es gibt immer wieder kleine Erfolgsmeldungen und wir haben auch viel Spaß miteinander. Und was mir ganz wichtig ist: Ich bin psychisch sehr viel stabiler geworden und lasse mich nicht unterkriegen. Auch an meinem großen Wunsch, irgendwann wieder Auto fahren zu können, werde ich festhalten. Mein Sohn hat mir versprochen, mit mir mit seinem Automatikauto fahren zu üben und dann werden wir sehen, was möglich ist.

Weil heute auch der vierte Advent ist und wir zu Weihnachten verreist sind, machen wir mit Mutti ein vorgezogenes Weihnachtsfest. Zum Mittag gibt es Ente mit Rotkohl und zum Kaffee haben wir eine kleine Schokotorte und lassen uns meine selbstgebackenen Plätzchen schmecken.

Am Tag vor Heiligabend habe ich meine letzten beiden Therapien vor den Weihnachtsfeiertagen. Meine Physiotherapeutin Anna versorgt mich vor unserer Fahrt noch mit Tapeband, um meine Schmerzen für diese Zeit zu minimieren und in der Ergotherapie läuft alles wie immer ab. Natürlich bekommen beide von mir auch eine Kleinigkeit zu Weihnachten geschenkt und sogar ich bekomme von meinem Ergotherapeuten Jan eine Flasche Rotwein geschenkt. Dann wünschen wir uns gegenseitig schöne Weihnachtsfeiertage und die Beiden uns einen schönen Urlaub und wir verabschieden uns.

Am nächsten Tag ist auch schon Heiligabend. Wie geplant fahren wir um Viertel nach sieben los nach Tschechien. Die Straßen sind frei, die meisten werden schon bei ihren Lieben sein oder fahren später los. Es ist schon zu sehen, dass es ein sonniger Tag werden wird, die Sonne will sich schon durchkämpfen. Nach fast genau fünf Stunden landen wir am Ziel. Steffi kommt uns mit Tammo entgegen. Sie sind kurz vor uns eingetroffen.

In der Hotellobby treffen wir dann auch Gitti und Roland mit Benno. Benno findet es toll, dass er beide Omas und Opas um sich hat. Es ist eine riesige Hotelanlage und viele Deutsche sind hier. Wie wir erfahren, verfügt das Hotel über mehr als tausend Zimmer. Heute soll es noch ein Drei-Gänge-Menü geben und nachdem wir unser Zimmer in Beschlag genommen und uns etwas im Hotel umgesehen haben, ist es auch schon so weit und wir gehen essen. Was wir allerdings nicht erwartet haben, wir müssen uns alles selbst vom Buffet holen. Es ist nicht so, dass es deshalb weniger gibt. Das Angebot ist großzügig und vielfältig. Aber bei einem Drei-Gänge-Menü erwartet man eben was anderes. Für nach dem Essen haben wir die Bescherung geplant. Benno ist schon ganz aufgeregt, weil wir ihm erzählt haben, dass wir nach dem Essen in unseren Zimmern nachschauen wollen, ob der Weihnachtsmann inzwischen da war. Unsere Zimmer liegen nebeneinander. Wir lassen Benno zuerst in Gittis und Rolands Zimmer nachsehen. Benno kommt enttäuscht und traurig mit dem Kopf schüttelnd wieder heraus. Wir machen ihm Mut und sagen, dass der Weihnachtsmann in einem von unseren Zimmern schon gewesen sein wird. Als Steffen seine Tür öffnet, lugt Benno vorsichtig durch den Spalt und freudig überrascht dreht er sich zu uns um und flüstert: „Da ist was!“ Aber ihm ist das alles trotzdem etwas unheimlich und er geht erst ins Zimmer, als Roland sagt: „Na dann lasst uns mal alle hineingehen!“ Wir suchen uns einen Platz und Steffi lenkt Tammo zu dem einen Stapel Geschenke und Benno zu dem anderen Stapel. Benno greift gleich zu dem größten Geschenk. Er hat zusammen mit Gitti und Roland beim Weihnachtsmann in Himmelpfort einen Wunschzettel für eine große Spielzeugfeuerwehr abgegeben und vermutet sie wahrscheinlich in diesem Paket. Und richtig, hinter dem Geschenkpapier kommt diese Feuerwehr zum Vorschein. Benno freut sich riesig und sagt erst einmal seinen Eltern, die schon daran zweifelten, ob er überhaupt die Feuerwehr bekommt: „Seht ihr, ich war doch artig und der Weihnachtsmann hat mir die Feuerwehr gebracht!“ Wir müssen lachen und geben ihm Recht. Im nächsten Moment probiert Benno sämtliche Funktionen der Feuerwehr aus. Tammo ist gleich dazugekommen und will auch damit spielen. Steffi versucht daraufhin, ihn mit seinen Geschenken von der Feuerwehr abzulenken und als er beginnt, von einem Geschenk das Papier abzureißen, flüstert mir Roland zu: „Das ist ein Hubschrauber. Benno hat zu uns gesagt, dass Tammo sich einen Hubschrauber wünscht. Als wir ihn fragten, woher er das weiß, antwortete Benno, dass Tammo ihm das gesagt hat.“ Wir müssen lachen, denn Tammo kann außer „Mama“, „Papa“ und „Oma“ noch nicht viel mehr sagen. Als Tammo den Hubschrauber ausgepackt hat und Benno ihn sieht, bietet er Tammo großzügig seine Feuerwehr im Gegenzug zum Hubschrauber zum spielen an. Es gibt noch mehrere kleine Geschenke, die sich als Spiele und Bücher herausstellen und als eine kurze Pause entsteht, sagt Siggi: „Dann werde ich mal in unserem Zimmer nachsehen, ob der Weihnachtsmann da auch etwas hingelegt hat“ und geht los. Er kommt mit zwei großen Geschenken zurück und übergibt eins Benno und eins Tammo. Wir hatten es nämlich verpasst, unsere Geschenke für die Kinder zu Steffis und Steffens Zimmer zu bringen. Neugierig öffnet Benno sein Geschenk und freut sich über eine Carrera-Autorennbahn. Die Männer überlegen erst, sie aufzubauen. Da es aber etwas eng im Zimmer ist, wird dies auf zu Hause verschoben. Tammo bekommt eine bunte Kugelbahn aus Holz. Steffen fragt Benno, ob er denn ein Weihnachtsgedicht aufsagen kann. Als der nickt, ermuntert er ihn, es auch zu tun. Benno hat keine Scheu und sagt „Lieber guter Weihnachtsmann“ auf und das so klar und deutlich, dass wir zum Schluss applaudieren. Sogar Tammo, der inzwischen in sein Spiel mit dem Hubschrauber vertieft ist, dreht sich zu uns um und klatscht eifrig mit.

Die Geschenke unter uns Erwachsenen sind nicht so aufregend. Steffi und Familie haben von Steffens Eltern die momentane Reise bekommen und von uns bekommen sie die Hotelunterkunft für eine einwöchige Reise nach Ägypten, die für Februar geplant ist und wo wir dann mitfliegen. Steffen hatte ja diesen Monat Geburtstag und Steffi hat im Januar Geburtstag, sodass es sich angeboten hat, ihnen das Geschenk zusammen zum Geburtstag und zu Weihnachten zu machen.

Wir bekommen von den Kindern eine Wanduhr, in deren Hintergrund ein Bild ist, auf dem Siggi mit unseren Kindern zu sehen ist, als diese noch klein waren. Ich habe dieses Foto immer geliebt, da ich da meine drei Blonden zusammen hatte. Jetzt wird mir auch klar, warum ich vor ein paar Tagen für Thomas dieses Bild einscannen und ihm schicken sollte. Ich finde die Idee so originell und toll, dass ich nur mit Mühe meine Tränen zurückhalten kann. Wir bekommen noch einen selbstgebastelten Fotokalender für das neue Jahr und Bambusschalen die ich das letzte Mal bei IKEA gesehen habe und die mir sehr gefallen haben und Steffi hat das gleich registriert. Siggi und ich schenken uns gegenseitig unser Lieblingsparfüm. Dann stoßen wir mit einem Glas Sekt an.

Da Tammo beim Spielen schon die Augen zufallen und Steffi von der vergangenen halbwegs durchwachten Nacht, in der Tammo immer wieder geweint hat, da er einen Backenzahn bekommt, auch sehr müde ist, beschließt sie, dass sie Tammo fertig macht und sie sich mit ihm schon schlafen legt.

Wir Großeltern gehen mit Steffen und Benno in den Lunapark in den Keller der Hotelanlage. Dort sind verschiedene Karussells, alles im Preis inbegriffen. Benno führt uns zuerst zur Autoscooteranlage und abwechselnd fährt ein Erwachsener mit ihm. Dabei bleibt natürlich nicht aus, dass sich insbesondere die Männer gegenseitig anrempeln. Ich setze mich so lange auf eine Bank und sehe zu. Erst ganz zum Schluss fahre ich auch einmal mit Siggi mit. Er muss mir nur wieder aus dem Auto helfen, weil es so tief liegt. Dann fährt Benno noch mit einem Kettenkarussell und einer Eisenbahn. Zum Schluss setzen wir uns noch beim „Wilden Bullen" hin und sehen zu, wie nacheinander einige Kinder auf ihm reiten, ohne herunterzufallen. Steffen fragt die Frau, die das Gerät bedient, ob er auch mal reiten darf. Sie nickt und lächelt schelmisch und ich weiß in diesem Moment schon, dass sie den Bullen bei Steffen schneller einstellen wird, um mal wieder jemanden zu haben, der herunterfällt. Ich beobachte die Frau, wie sie die Geschwindigkeit immer weiter erhöht und bei Steffen beobachte ich, wie er schon dagegen ankämpft, herunter zu fallen. Benno sitzt artig neben mir auf der Bank und als ich zu ihm sage, dass sein Papa gleich vom Bullen herunter fällt, schüttelt er energisch den Kopf und antwortet voller Überzeugung: „Papa fällt nicht runter!" Als es dann doch geschieht, geht er seinem Papa entgegen und fragt ihn enttäuscht und vorwurfsvoll: „Papa, warum bist du herunter gefallen?“ Steffen erzählt, dass man die Oberschenkel ganz schön zusammenpressen muss, um nicht zu fallen und dass es ganz schön anstrengend war, was ihm auch anzusehen ist.

Anschließend gehen wir in der _Hotellobby etwas trinken und als wir sehen, dass Benno auch so langsam die Augen zufallen und wir auch vom langen Tag müde sind, entscheiden wir uns, auch die Segel zu streichen und schlafen zu gehen. Von Gitti und Roland, die schon länger hier sind, haben wir schon erfahren, dass sich die Zimmerfenster nicht öffnen lassen. Außerdem haben wir alle festgestellt, dass die Zimmer überheizt sind und man an der Klimaanlage nichts verändern kann. Die Nacht wird eine Qual. Siggi und ich sind es gewohnt, im Winter wie im Sommer bei geöffnetem Fenster zu schlafen und jetzt das hier! Wir werden laufend wach und stöhnen uns gegenseitig etwas vor.

Beim Frühstück sind wir die ersten. Dann kommen Gitti und Roland und als wir fast fertig sind, kommen auch Steffen und Steffi mit den beiden Jungen. Das Frühstücksangebot ist gut und reichhaltig. Nach dem Frühstück machen wir einen Ausflug zum eintausendundzwölf Meter hohen Berg Jested. Das letzte Stück fahren wir mit einem Seilbahnwagen. Wir haben einen schönen Ausblick von hier oben. Außer Gitti und Siggi, die beiden leiden unter Höhenangst und sie richten ihre Blicke lieber in die Ferne. Wir sehen den ersten Schnee in diesem Jahr. Als wir aussteigen, bekommen wir einen Schreck, wie windig und kalt es hier ist. Wie wir später erfahren, sind es um die null Grad. Wir gehen noch ein paar Meter höher zu einer Ausflugsgaststätte, um uns dort bei einem Kaffee aufzuwärmen. Auf dem Rückweg mit den Autos machen wir an einer Gaststätte Halt, um Mittag zu essen. Es ist wie wahrscheinlich überall in Tschechien preiswert und gut.

Abends gehen wir alle noch einmal in den Lunapark unseres Hotels. Die Kinder haben viel Spaß. Sogar Tammo fährt abwechselnd mit seiner Mutter und seinem Vater Autoscooter und lacht lauthals, wenn sie ein anderes Auto anrempeln.

Die Nacht ist wieder ein Albtraum. Es ist einfach nicht schön, in einem überheizten Raum zu schlafen und so treibt es uns morgens auch schnell aus dem Bett, um diesem Zimmer zu entkommen und irgendwo wieder frische Luft zu atmen. Die Reihenfolge beim Frühstück ist wie am Vortag und danach geht es zu einer Sommerrodelbahn. Es ist ein sonniger Tag, aber schon etwas kühler als die letzten Tage. Steffen fährt mit Benno und Steffi mit Tammo. Steffen reizt die Geschwindigkeit voll aus und Benno gefällt das. In einer Runde sind ihnen Steffi und Tammo zu langsam und sie schubsen den Schlitten von ihnen an, worüber sich besonders Benno freut. Bei der Zieleinfahrt können wir glückliche Kindergesichter beobachten und auch Steffen und Steffi hat es Spaß gemacht. Steffi sagt, dass die Bahn viel schöner und größer als in Burg-Stargard ist. Heute essen wir in unserem Hotelrestaurant Mittag und sind sehr zufrieden. Nach dem Abendbrot haben Steffi und Steffen nacheinander eine Massage gebucht. Ich bin heute schon zeitig bettfertig und Siggi ist gerade zur Rezeption gegangen, um etwas zu klären, als es bei mir an der Tür klopft. Es ist Steffen und er fragt, ob ich auf die Kinder aufpassen könnte, bis sie mit ihren Massagen fertig sind. Natürlich kann ich das und so gehe ich im Schlafanzug mit meinem Buch, meiner Brille und meinem Handy mit rüber zu Steffis und Steffens Zimmer. Tammo schläft schon und Benno sieht sich einen Zeichentrickfilm auf dem I-Pad an. Steffi hat eine Flasche Milch für Tammo für den Fall fertig gemacht, dass er wach wird und danach verlangt. Aber es bleibt alles ruhig. Tammo schläft, Benno sieht seinen Trickfilm und ich lese. Erst als Benno genug von seinem Film hat, fragt er mich, wo Papa und Mama bleiben. Ich versuche, ihn abzulenken, aber er lässt sich nicht beruhigen, sodass ich versuche, Steffi per Handy zu erreichen. Aber hier in der Hotelanlage hat man keinen Handyempfang und so sehe ich mit Benno ein Buch an und als wir es gerade durch haben, öffnet sich die Zimmertür und Steffi und Steffen kommen und Benno ist zufrieden.

Ich habe keine Lust, noch einmal runter zur Hotellobby zu gehen, wo Gitti, Roland und Siggi noch sitzen. Dann müsste ich mich auch wieder umziehen und da mein Buch gerade so spannend ist, gehe ich zu unserem Zimmer und lese noch ein bisschen. Es dauert auch gar nicht mehr lange und Siggi kommt und wir gehen schlafen.

Die letzte Nacht hier im Hotel bringen wir wieder mehr schlecht als recht hinter uns. Wir sind am Sonnabendmorgen wieder froh, endlich aufstehen zu können. Als ich etwas zu Siggi sagen will, kommt nur ein Krächzen aus meinem Mund und dann muss ich ordentlich husten. Mich ärgert es, dass ich mich wegen der blöden Klimaanlage und dem überhitzten Zimmer offensichtlich erkältet habe. Beim Frühstück treffen wir uns alle wieder und danach geht es daran, die Taschen und Koffer in die Autos zu laden. Die Hotelmodalitäten sind schnell erledigt und so sind wir pünktlich um zehn aus den Zimmern und der Hotelanlage verschwunden. Es ist wieder mehr Frühlings- als Winterwetter. Die Sonne scheint und es fährt sich gut.

Ich habe mit meiner Studienfreundin Andrea vereinbart, dass wir sie auf dem Rückweg nach Hause besuchen. Spontan hat sie auch Steffi und Familie mit eingeladen, vorbeizuschauen. Das ist gar nicht so schlecht, denn so können sich die Kinder auch etwas die Beine vertreten und die Fahrt erscheint ihnen nicht so lang. Gegen halb eins treffen wir bei Andrea ein und eine halbe Stunde später kommen auch Steffen, Steffi und die Kinder. Wir begrüßen uns herzlich und freuen uns besonders, auch Siggis und Andreas` Sohn Silvio wieder zu sehen. Andrea hat es sich nicht nehmen lassen und Nudeln mit Tomatensoße für alle gekocht. So lassen wir es uns gut schmecken und vor allem Benno ist begeistert. Er mag Nudeln. Noch mehr begeistert ist er, als Andrea nach dem Essen noch Spiele heraussucht, die er noch nicht kennt und womit er sich auch gleich beschäftigt. Auch Tammo will mitspielen und da es etwas Krach gibt, schreitet Silvio als Schiedsrichter erfolgreich ein. Nach dem Kaffee verabschieden sich Steffi, Steffen, Benno und Tammo und machen sich wieder auf den Weg nach Hause.

Wir gehen abends in eine Gaststätte essen und danach spielen wir auf der Wi-Spielekonsole Bowling. Siggi und ich kennen das noch nicht und da es Spaß macht und sehr unterhaltsam ist, verbringen wir den ganzen Abend damit. Um eins geht es dann ins Bett und als Siggi und ich in einem gelüfteten Zimmer bei geöffnetem Fenster in unseren Betten liegen, wünschen wir uns eine Gute Nacht und wissen, dass wir sie nach drei nicht so guten Nächten haben werden. So ist es dann auch. Als wir am Sonnabend aufstehen, fühlen wir uns frisch und ausgeruht. Wir essen gemütlich Frühstück und dann machen wir uns auf den Heimweg. Nach nicht einmal drei Stunden landen wir zu Hause. Das Wochenende vergeht wie im Fluge und am Montag habe ich meine letzte Therapie am vorletzten Tag des Jahres 2013 mit meinem Ergotherapeuten. Die Physiotherapie hat Betriebsferien zwischen den Feiertagen. Es ist ein ruhiger, sogar etwas sonniger Tag. Nur ab und zu hört man schon einen Sylvesterknaller.

Am Sylvestertag bestellen wir uns eine Viertelstunde vor sieben ein Taxi, das uns zur Gaststätte am Tollensesee bringt, wo die Feier um sieben beginnt. Auf der Gaststättenterrasse findet auch eine Sylvesterfeier bei Bier und Grillfleisch statt, wahrscheinlich für die Jugendlichen mit kleinerem Geldbeutel. Ein DJ macht hier schon ordentlich Stimmung und als wir die Stufen zur Gaststätte hinaufgehen, werden wir von ihm begrüßt. In der Gaststätte ist es noch sehr leer, wir sind gerade elf Personen. Uns wird ein Zwei-Mann-Tisch in einer Ecke zugewiesen, was es uns unmöglich macht, mit anderen Gästen in Kontakt zu kommen. Die Musik hier ist auch sehr lahm, keine Spur von Sylvesterstimmung. Das Fünf-Gänge-Menü ist ganz in Ordnung, aber auch nicht so, dass wir uns wieder danach sehnen würden. Uns ärgert immer mehr, dass die Musik so langweilig ist. Siggi, der inzwischen schon draußen eine rauchen war, fordert mich auf, mit ihm nach draußen zu kommen. Ein bisschen frische Luft tut gut und kurz mal die Beine vertreten ist auch nicht verkehrt. So ziehen wir uns unsere Jacken über und gehen auf die Terrasse. Hier ist wenigstens richtige Sylvestermusik und auch die Stimmung ist besser. Wäre es nicht so kalt, wir würden glattweg hier nach draußen ziehen.

Doch nun gehen wir erst einmal wieder rein, uns aufwärmen. Natürlich hat sich noch nichts verändert und in uns reift immer mehr der Gedanke, nach Hause zu fahren. Wir haben uns zwar ganz besonders auf das Feuerwerk hier am See gefreut, aber eine halbe Stunde vor Mitternacht sitzen wir im Taxi und fahren nach Hause. Dort stoßen wir um Mitternacht mit einem Glas Sekt an und wünschen uns gegenseitig ein gutes neues Jahr. Nebenbei läuft der Fernseher mit ordentlicher Partymusik. Wir gehen vor die Tür, um das Feuerwerk anzusehen. Unsere Straße ist mal wieder wie ausgestorben. Entweder sind alle ausgegangen und verreist oder sie bleiben lieber im Warmen. Als wir wieder im Haus sind, bekommen wir, angesteckt durch die Party im Fernsehen, Lust, eine Runde zu tanzen. Als ich außer Puste bin, stoßen wir noch einmal an, sehen noch eine halbe Stunde fern und gehen dann gegen eins schlafen.

Der Neujahrstag ist vom Wetter her wie die letzten Dezembertage. Es ist sonnig und trocken. Am Donnerstag kommt Siggi nur schwerfällig aus dem Bett. Nun ist der Schnupfen, den ich schon seit unserer Abreise aus Tschechien mit mir herumschleppe, auch bei ihm angekommen und seine Nase ist vollkommen zu. Schade, dass er ausgerechnet heute wieder zu arbeiten anfangen muss. Aber dafür ist die Woche kurz und er kann sich am Wochenende auskurieren.

Ich habe wieder meine beiden Therapien. Besonders auf die Physiotherapie freue ich mich, denn nach so langer Pause habe ich wieder ganz schöne Rückenschmerzen und ich weiß, wenn Anna da ran geht, geht es mir gleich wieder besser. Als sie dann da ist, klagt sie, dass ich ganz schön viele „Baustellen" habe. Der Rücken ist fest und der gesamte linke Arm auch. Sie macht sich an die Arbeit und ich muss sagen, dass es heute ganz schön schmerzhaft ist. Aber hinterher fühle ich mich wieder gut und da ich nun wieder regelmäßig meine Therapien haben werde, wird es auch so bleiben.

Siggi kommt schon um halb drei von der Arbeit. Das passt gut, denn Steffi müsste auch jeden Moment kommen. Siggi ist noch in der Garage beschäftigt, als Steffi dann auf die Auffahrt fährt. Inzwischen habe ich einen Anruf von Thomas bekommen und er überrascht mich mit der Aussage, dass er auch gleich da ist. Ich soll aber Siggi noch nichts sagen. Als ich den Hörer auflege, kommt Steffi gerade mit Benno ins Haus. Dahinter Siggi mit Tammo. Zu meiner Überraschung bekomme ich von Benno einen Strauß Astern. Er fragt mich: „Freust du dich, Oma?" Ich strahle ihn an und antworte: „Ja, ganz doll." Erstaunt sieht er mich an und fragt zurück: „Warum?" „Weil Blumen schön sind", antworte ich. Nachdenklich sieht er mich an und fragt weiter: „Warum freuen sich Omas über Blumen?“ Jetzt nehme ich ihn nur in den Arm und drücke ihn an mich. Ich liebe diese kleinen Dialoge mit meinem Enkel. Später erfahre ich von Steffi, dass Gitti, die auch einen Blumenstrauß bekommen hat, sich auch so darüber gefreut hat und Benno es wohl nicht nachvollziehen kann, wie man sich über so etwas wie Blumen freuen kann.

Benno und Tammo sind ganz aufgelöst und laufen wie wild durch das Wohnzimmer. Dann geht Benno nach oben, Spielzeug holen. Steffi folgt ihm mit Tammo. Im Handumdrehen ist einiges an Spielzeug unten und das Wohnzimmer sieht aus wie ein Schlachtfeld, in dem die Beiden artig spielen. Siggi hat sich inzwischen daran gemacht, das Gitter an der Treppe zum Keller anzubringen, damit unser kleiner Tammo da auch nicht hinunterstürzt. So bekommt er auch nicht mit, dass Thomas gekommen ist und Steffi und mich begrüßt. Erst als Benno „Onkel Tomi“ ruft und Thomas ihm antwortet, sieht Siggi auf und freut sich sichtlich, als er Thomas sieht. Sie gehen sich entgegen und begrüßen sich mit einer Umarmung.

Wir verbringen einen schönen Nachmittag. Hauptsächlich Siggi und Thomas werden von Benno und Tammo belagert und müssen mit ihnen toben. Siggi muss leider schon kurz nach den Kindern schlafen gehen, da er morgen wieder arbeiten und sehr früh aufstehen muss. Wir drei trinken noch ein Glas Sekt und erzählen schön.

Am Freitag bin ich schon in der Küche, als Steffi mit den Kindern kommt. Sie geht mit Tammo Brötchen holen und Benno bleibt bei mir und hilft mir, den Frühstückstisch zu decken. Das macht er so gut, dass ich ihn immer wieder lobe und stolz erwidert er, dass er ja schließlich schon groß ist. Als Steffi zurück ist, geht sie mit Benno Thomas wecken. Das klappt ohne Probleme und zwanzig Minuten später ist Thomas unten und wir können frühstücken.

Nach dem Frühstück fährt Thomas wieder nach Rostock. Steffi hat ihn nur zum Kommen überreden können, indem sie ihm vorschlug, wenigstens eine Nacht zu bleiben. Eigentlich passte es nicht so richtig und er hat nur Steffis Bitten nachgegeben.

Am Sonnabend bleibt Steffi noch bis zum Mittag und fährt danach mit den Kindern auch nach Hause. Schlagartig ist es wieder viel zu ruhig bei uns.

Am Sonntag stimmen Steffi, Steffen und wir telefonisch den genauen Termin für unsere gemeinsame Reise nach Ägypten ab und die Beiden buchen die Reise auch gleich online. So wird es am siebzehnten Februar für zehn Tage nach Ägypten gehen.

Am Sonntag haben wir auch die Einladung für unser jährlich stattfindendes Neujahrsfest für die Bewohner unserer Straße im Briefkasten. Das wird am kommenden Sonnabend sein und wir freuen uns schon darauf, wenn wir wieder bei Glühwein und Grillwurst in der Doppelgarage des vorletzten Hauses unserer Straße feiern werden.

Eigentlich staunt man, wie schnell der Alltag wieder Einzug gehalten hat und alles wieder abläuft wie um vergangenen Jahr.

Am Mittwoch bekomme ich einen Anruf von einer Mitarbeiterin meiner Krankenkasse. Es geht um meinen Widerspruch gegen die Ablehnung der Reha. Sie erklärt mir, dass sie zusammen mit dem Medizinischen Dienst erneut zu dem Ergebnis gekommen sind, dass die Reha abgelehnt wird. Es sind keine Fortschritte zu verzeichnen und auch keine Verbesserungen zu erwarten, erklärt sie. Woher wollen sie das wissen, frage ich mich, schließlich hat mich keiner von ihnen gesehen oder mit mir gesprochen. Nachdem sie mir zirka fünf Minuten lang für mich nicht nachvollziehbare Argumente genannt hat, fragt sie mich, ob ich trotzdem bei dem Widerspruch bleiben will. Dann würde er nämlich noch zur Widerspruchstelle gehen. „Natürlich“, antworte ich,

„sonst hätte ich ja keinen Widerspruch eingelegt!“ Mir wird noch gesagt, dass es sehr lange dauern kann, aber das ist mir egal. Meine Physiotherapeutin, die gerade meinen Fuß behandelt und nichts dagegen hatte, dass ich das Gespräch entgegennahm, hat das Gespräch mitbekommen und ist auch meiner Meinung, dass ich mir nicht einfach so die Reha ausreden lassen soll.

Abends ruft mein Bruder Olaf bei uns an und erzählt von der Ägyptenreise, die er, Marion und ihre Söhne gerade hinter sich haben. Das löst gleich Vorfreude bei uns aus und wir verabreden, dass sie bald zu uns kommen und wir uns noch einmal persönlich über unsere letzten Erlebnisse bei einem Glas Wein austauschen werden.

Pünktlich zu um sechs gehen wir am Sonnabend ans andere Ende unserer Straße zur Neujahrsfeier. Einige sind schon da und wir wünschen uns gegenseitig ein gesundes neues Jahr. Wir suchen uns einen Platz. Es ist auch gar nicht kalt in der Doppelgarage und zwar deshalb, weil die Außentemperatur mit zirka sechs Grad nicht gerade niedrig ist und weil überall in der Garage Heizungen aufgestellt sind und schon ordentlich ihre Arbeit getan haben.

Bei Glühwein und Grillwurst lassen wir es uns gut gehen und erzählen schön. Wir sind siebzehn Leute, wie ich feststelle, als ich einen Blick in die Runde mache. Es sind die da, die jedes Jahr kommen. Einige sind verreist, wie wir erfahren. Aber der harte Kern ist da. Die Stimmung ist auch in diesem Jahr wieder schön.

Allerdings macht mir das Sitzen ohne Lehne für meinen linken Arm Probleme und die Schmerzen auf der gesamten linken Seite werden immer schlimmer, sodass wir gegen zehn entscheiden, nach Hause zu gehen. Es tut uns leid, aber was soll ich machen? Zu Hause setze ich mich in den Sessel und unterlagere meinen linken Arm, dass ich schmerzfrei sitzen kann, und wir sehen noch eine Weile fern, bevor wir dann auch schlafen gehen. Wir sind uns einig, dass es ein schöner Auftakt für das neue Jahr war. Beim Einschlafen geht mir so einiges durch den Kopf. Was wird das Jahr 2014 bringen und wie geht es mit mir weiter? Bevor depressive Gedanken aufkommen, versuche ich, an die schönen Sachen zu denken. In den nächsten Tagen wird mein Buch „Auf Abwegen" erscheinen und in zwei Wochen hat unsere Tochter Geburtstag und wir werden nach Potsdam fahren. Ab kommende Woche ist meine ehemalige Ergotherapeutin aus dem Mutterurlaub zurück und ab übernächste Woche werden sich mein Ergotherapeut Jan und sie die Ergotherapien bei mir teilen. Das ist eine gute Lösung, finde ich. Dann habe ich Jan und Jana im Wechsel, welch ein Zufall mit den Namen!

Das ganz große Ereignis in diesem Jahr wird unsere zehntägige Reise mit Steffi, Steffen und den Enkelkindern im Februar nach Ägypten sein und wir freuen uns schon riesig darauf. Ich hätte vorher nicht gedacht, dass ich mir in meinem Zustand so eine Reise zutraue. Im Sommer werden wir wieder zwei Wochen Urlaub in Trassenheide machen, eine Woche davon zusammen mit unseren Freunden Jörg und Birgit.

Ansonsten werden wir gespannt sein, was das neue Jahr noch an Überraschungen für uns bereithält. Vielleicht klappt es ja mit einer Arbeit für mich. Auf jeden Fall werde ich am Ball bleiben und eventuell noch einmal eine Annonce aufgeben. Ich fühle mich geistig frisch und muss einfach noch gefordert werden. An der Verbesserung meiner körperlichen Einschränkungen werde ich weiter arbeiten und die Ratschläge der Therapeuten befolgen. Ich bin sicher, so wird es auch Schritt für Schritt mit meiner Hand besser werden und dann klappt es auch irgendwann, dass ich wieder Auto fahren kann und weitgehend unabhängig werde. Das ist noch ein langer Weg, aber erst dann bin ich wirklich zurück im Leben.

Weitere Bücher der Autorin

Auf Abwegen

Martin ist ein junger Mann, der irgendwie nicht bei Frauen seines Alters landen kann. Zufällig trifft er auf ein kleines Mädchen, das seine Schulklasse verloren hat und weinend umherirrt. Er kümmert sich um das Mädchen und bevor er es wieder seiner Klassenlehrerin übergibt, kommt es zu vorsichtigen sexuellen Kontakten. Er entdeckt, dass ihm kleine Mädchen viel besser gefallen als die eingebildeten Frauen in seinem Alter.So macht er sich daran, gezielt Mädchen auszuspionieren. Unverhofft lernt er doch eine junge Frau kennen und verliebt sich. Sie kommt hinter sein Geheimnis. Zum Glück, wer weiß, was sonst passiert wäre!

ISBN 978-3-8442-7517-9
Erschienen im epubli Verlag

Augen so blau
Geschichten, die das Leben schreibt

Ein Mann will nach Jahren seine Jugendliebe besuchen, vor Ort muss er aber feststellen, dass sie bereits tot ist. Doch er lernt ihre Kinder kennen und erkennt in ihnen seine Anja wieder.
Jutta trifft zufällig ihre Jugendliebe, von der sie ein Kind hat. Er weiß nichts davon, kommt aber langsam dahinter und seine große Liebe von damals erwacht wieder.
Eine Frau ist schwanger mit ihrem zweiten Kind. Sie möchte es bekommen, doch ihr Freund will die Abtreibung. Werden die beiden eine Lösung finden?
Nach mehrfachen Einladungen ihres Brieffreunds Shandor, fasst sich Anja ein Herz und reist zusammen mit ihrer Freundin zu ihm nach Ungarn. Sie erleben ein paar schöne Tage in Budapest, aber auch einen komischen Kauz.
Dies sind nur einige „Geschichten, die das Leben schreibt“ - Geschichten, die die Autorin in ihrem Umfeld in der Lehre, während des Studiums und im Arbeitsleben miterlebt hat und so interessant fand, dass sie es einfach wert waren, aufgeschrieben zu werden.

ISBN 978-3-8442-2661-4
Erschienen im epubli Verlag

Haarscharf am Tod vorbei
Diagnose: Aneurysma

22. Dezember 2003: Anke Berg ist vierundvierzig Jahre alt, als sich ihr Leben von einer Stunde auf die andere dramatisch verändert. Ein geplatztes Aneurysma …
Erst fünf Wochen nach der Notoperation erwacht sie aus dem Koma und stellt fest: Nichts ist mehr so, wie es einmal war ... Ihr linkes Bein und den linken Arm kann sie nicht mehr bewegen. Sie kann nicht sprechen und keine Flüssigkeiten zu sich nehmen. Und doch hatte sie Glück. »Sie sind haarscharf am Tod vorbeigeschrammt …«, sagen die Ärzte immer wieder zu ihr.
Als sie endlich nach Hause entlassen wird, hofft sie, hier schneller auf die Beine zu kommen. Doch sie fällt in ein depressives Loch, grübelt und weint viel – und hadert mit ihrem Schicksal. Die Wende kommt, als 2010 ihr Enkelkind geboren wird. Sie blüht regelrecht auf und ist motivierter denn je, alles zu tun, um ihrem Enkelsohn eine richtige Oma sein zu können. Ihre Familie, im Besonderen ihre Mutter, wird zu der wichtigsten Stütze in ihrem Kampf zurück in ein selbstständiges Leben.

ISBN 978-3-943168-04-4
Erschienen im Spica Verlag

Printed in Poland
by Amazon Fulfillment
Poland Sp. z o.o., Wrocław

90650238R00342